Caroline Brinkmann
Die Perfekten

CAROLINE BRINKMANN

DIE PERFEKTEN

one

Dieser Titel ist auch als E-Book erschienen

FSC
www.fsc.org
MIX
Papier aus verantwortungsvollen Quellen
FSC® C014496

Originalausgabe

Die Veröffentlichung dieses Werkes erfolgt auf Vermittlung der literarischen Agentur Peter Molden, Köln.

Umschlaggestaltung: FAVORITBUERO, München
Unter Verwendung eines Motivs von © shutterstock/Aleshyn_Andrei
Satz: hanseatenSatz-bremen, Bremen
Gesetzt aus der Adobe Garamond Pro
Druck und Einband: GGP Media GmbH, Pößneck
Printed in Germany
ISBN 978-3-8466-0049-8

2 4 5 3 1

Sie finden uns im Internet unter: www.one-verlag.de

Für dich.
Weil jeder Tag mit dir ein perfekter Tag ist.

Und euch.
Weil ihr meine Basisstation seid.

PROLOG

AN RAINS SECHZEHNTEM GEBURTSTAG nahm ihre Mutter sie in den Arm und flüsterte: »Für mich bist du perfekt.«

Sie kauerten unter einem selbst gebauten Unterschlupf aus Zweigen und Blättern, die zwar den Regen, aber nicht die Kälte abhielten. Eine Weile verharrten sie eng umschlungen, wärmten sich gegenseitig und starrten in den Wald, der vor ihnen lag. Grau und kalt war es, denn der Regen wusch Farben und Wärme fort.

»Nicht die Gene machen einen Menschen perfekt, sondern sein Wesen. Vergiss das nicht, mein Herz.« Ihre Mutter ließ sie los und überreichte ihr ein Armband. Es bestand aus zwei Lederkordeln, die ineinandergeschlungen waren. Es war so lang, dass Rain es sich zweimal um den Arm binden konnte. In der Mitte lag ein kleiner Glasstein, blau wie der Himmel, in der Form eines Tropfens. Eines Regentropfens. Im Inneren, eingeschlossen von dem Glas, konnte man Wasser erkennen.

»Danke. Es ist unglaublich.« Rain war sprachlos.

»Der Anhänger enthält Regenwasser«, erklärte ihre Mutter. »Weißt du, alles beginnt mit einem Tropfen. Einem Tropfen, dem Milliarden weitere Tropfen folgen. Zusammen verbünden sie sich zu einem Meer aus Wasser, das aus dem Himmel stürzt. Der Regen gibt Hoffnung. Er wäscht die Sorgen und die Spuren der Vergangenheit hinfort und schenkt einen Neuanfang. Du wurdest im Regen geboren. Ich wusste gleich, dass es ein gutes Zeichen ist.«

Rain fuhr mit klammen Fingern über das Geschenk und hoffte, dass der so gepriesene Regen, dem sie ihren Namen verdankte, bald enden würde, denn sie war durchnässt und ihr war kalt.

TEIL 1

DER GHOST

1.

DAS LÄUTEN DER SCHULGLOCKE schallte über den Hof und riss Rain aus ihren Gedanken. Es war so weit. Sie reckte ihren Kopf, um besser sehen zu können, und sie ließen nicht lange auf sich warten. Schon nach wenigen Minuten strömten Schüler in der Mitte des asphaltgrauen Schulhofs zusammen und erfüllten den tristen Platz mit Leben.

Rains Herzschlag beschleunigte sich, während ihre Augen jeder Bewegung folgten. Auf den ersten Blick sahen alle gleich aus. Wie graue, ineinanderfließende Puzzleteile, die sich in Grüppchen zusammenfanden. Wie Rain sie beneidete. Um ihr normales geregeltes Leben, um ihre grauen groben Schuluniformen. Die Art, wie sie lachen konnten und sich über Lehrer aufregten. Sie wirkten so ausgelassen.

Im Gegensatz zu ihnen fühlte sich Rain wie ein Hase auf einem weiten Feld, ständig in der Angst, dass ein Falke auf ihn aufmerksam werden würde. Ihr Blick huschte in Alarmbereitschaft zum Himmel empor, zuckte die Hauswände entlang. Nur war der Falke, den sie fürchtete, aus Metall und in der Regel gut bewaffnet.

Die Kinder auf dem Schulhof mussten nicht weglaufen und lebten nicht in der ständigen Angst, von den Sentinal entdeckt zu werden. Die Sentinal, sie waren die ausführende Hand der Gesegneten, eine Polizeiarmee, die im ganzen Land mit brutaler Kompromisslosigkeit für Ordnung sorgte.

Sie hatten ein Leben – ein einfaches, aber sicheres Leben hier im Industriezirkel des Landes Hope.

Rain zog die Kapuze tiefer ins Gesicht und wagte sich ein paar

Schritte näher an den Hof heran. Der Maschendrahtzaun, der sie von den anderen trennte, war nur noch wenige Zentimeter entfernt. Ein Surren ging von dem dünnen Metall aus und brachte die Luft zum Vibrieren. Rain passte auf, ihn nicht zu berühren, wohl wissend, dass das einen Alarm auslösen würde. Innerhalb weniger Minuten würde es hier von Drohnen nur so wimmeln. Also sah sie den Schülern einfach zu.

»Hey, Lark. Kommst du nachher vorbei?«, fragte ein aschblondes Mädchen. Keines der Mädchen trug das Haar länger als schulterlang, und wie es sich in der Schule gehörte, war es auch bei diesem Mädchen zu einem strengen Zopf zurückgebunden. »Nuts hat die alte Spielekonsole repariert.«

»Tut mir leid, Hail. Ich schaffe es nicht. Meine Eltern machen heute eine Doppelschicht, und ich muss auf meine Schwester aufpassen.« Die meisten Jungen trugen die Haare kurz rasiert, ebenso Lark, wenngleich seine etwas länger waren als üblich. Keine Absicht, vermutete Rain, denn sonst gab es keine Hinweise, die auf ein rebellisches Wesen hindeuteten.

»Oh, schon wieder eine Doppelschicht?« Hails Augen weiteten sich, bevor sich der Ausdruck von Mitleid in ihr Gesicht schlich.

»Sie kürzen Stellen, und meine Eltern fürchten, dass die Zweien zuerst fliegen«, erklärte Lark. Er zuckte die Schultern, vermutlich, um sich lässig zu geben, aber er sah angespannt aus. Auf seiner Stirn hatten sich Sorgenfalten gebildet, die durch schwarze Smogspuren noch betont wurden.

»Das habe ich auch schon gehört. Oh Lark! Es tut mir so leid, dass dein Vater keine Eins ist. Wenn wir irgendetwas tun können …«

Sie begleitete den Jungen bis zum Tor, das den einzigen Zugang zum Schulgelände darstellte. Eine unsichtbare Schranke scannte die Passierenden und überprüfte ihre Identität. Drohnen waren nicht zu sehen, doch Rain war sich sicher, dass sie nicht weit entfernt sein konnten. Wächterdrohnen. Sogenannte Watch-Bots. Die Falken von Hope.

Den Schülern zuzusehen, erfüllte Rain immer wieder mit einer tiefen Sehnsucht. Seit sie den Wald hinter sich gelassen hatten, beschäftigte sie dieser Wunsch. Der Wunsch nach dem, was für sie unerreichbar war, hinterließ Spuren in ihrem Herzen. Jeder Schlag begann zu schmerzen, als sie sich einmal mehr ins Bewusstsein rief, dass sie nie eine Schule besuchen würde. Sie würde nie durch die unsichtbare Schranke treten. Sie würde nie dort stehen mit grauer Schuluniform und strengem Zopf und sich mit den Mitschülern verabreden.

Sie war anders. Sie war ein Ghost. Kein wirklicher Geist, sondern jemand, der im System keinen Platz hatte. Sie war nicht registriert, und wer keine Nummer hatte, existierte nicht. Es war verboten, nicht zu existieren.

Ein lautes Aufsummen ließ die Schüler innehalten, als sich zwei Projektoren einschalteten. Die Luft über den Maschinen begann zu zittern, und ein bläuliches Bild wurde über die Köpfe der Kinder projiziert.

Rain wich instinktiv zurück, als das Hologramm einer Frau erschien. Ihr dichtes, kohleschwarzes Haar fiel in vollendeten Wellen auf ihre Schultern und umspielte ein Gesicht, in dem Zerbrechlichkeit und Stärke perfekt harmonierten. Sie sah unnatürlich schön aus.

»Liebe Schüler von Grey«, begann sie und lächelte liebevoll wie eine Mutter auf ihre Kinder hinab. »Ich bin stolz auf das, was ihr heute geleistet habt. Ich bin sicher, ihr seid fleißig und arbeitet hart daran, ein wertvolles Mitglied unserer Gesellschaft zu werden. Hope kann sich glücklich schätzen, Bürger wie euch zu haben.«

Sie machte eine Pause, um ihre strahlend weißen Zähne zu enthüllen. Rain konnte sich nicht von der Sprecherin abwenden. Wie konnte ein Mensch nur so wunderschön aussehen? Ihre Haut war makellos. Keine Unebenheit, keine Falte war zu erkennen. Ihre erdbraune Farbe ließ die großen himmelblauen Augen nur umso prägnanter hervorstechen.

Bei ihrem Anblick schämte Rain sich für ihr unordentliches Haar und die Kruste aus Dreck und Staub auf ihrer Haut.

»Die Rote Seuche hat weitere Opfer aus allen zehn Zirkeln von Hope gefordert. Wir, die Gesegneten, tun alles, was in unserer Macht steht, um euch Menschen im Kampf gegen diese grausame Krankheit zu unterstützen. Wir sind voller Hoffnung und Zuversicht, dass unsere Forscher von White Pearl diese Plage in den Griff bekommen werden, wie sie einst den Krebs, die Demenz und andere Schwächen besiegten.«

Die Sprecherin war Amygdala, die Gesegnete, die das zweifelhafte Glück hatte, der amtierende Earl von Grey zu sein. Es gab immer einen Gesegneten, der für den Zirkel zuständig war und somit den Titel »Earl« trug. Auch wenn Amygdala bei ihrer Ernennung, wie alle anderen vor ihr, von einer großen Ehre gesprochen hatte, zweifelte Rain an dieser Ehre. Es war schon auffällig, wie oft die Earls von Grey wechselten.

Die Gesegnete hielt inne, um den Schülern die Möglichkeit zu geben zu applaudieren. Und sie wurde nicht enttäuscht. In Grey gab es nur vereinzelt Opfer der Roten Seuche, die vor allem in den Grenzgebieten von Hope vorkam. Trotzdem war die Angst vor der Erkrankung allgegenwärtig, denn sie konnte jeden treffen. Zumindest, wenn man ein Mensch war.

»Tapfere Wissenschaftler sind aufgebrochen, um Erkrankte in den Epidemie-Gebieten zu untersuchen. Stets in der Hoffnung, den Durchbruch in der Bekämpfung der Roten Seuche zu finden. Es ist wichtig, dass auch ihr euren Teil dazu beitragt.« Nach einer dramatischen Pause fuhr sie fort. »Haltet eure Augen offen und meldet potentielle Ghosts, denn sie verbreiten die Seuche.«

Rain erstarrte. Ein saurer Geschmack breitete sich in ihrem

Mund aus, doch sie schluckte ihn herunter. Da Ghosts nicht an den regelmäßigen medizinischen Kontrollen teilnahmen, wusste sie nicht, ob sie krank war. War sie wirklich eine Gefahr für andere? Oder war das bloß eine Masche, die Angst vor ihresgleichen zu schüren?

»Ich bin sicher, ihr werdet Hope nicht enttäuschen. Ich bin sicher, ihr werdet uns stolz machen und eure Aufgabe voller Hingabe erfüllen.« Amygdala sah auf die eifrig klatschenden Schüler hinab, wie ein stolzer Hirte auf seine kostbare Schafherde. »Nun. Gibt es etwas, was ich für euch tun kann?«

Die Earls hatten einerseits die Aufgabe, für Ordnung in ihrem Zirkel zu sorgen, andererseits vertraten sie die Interessen ihres Zirkels im Regierungssitz Aventin. Viel holten sie für Grey allerdings nicht raus.

Hail, das Mädchen, mit den aschblonden Haaren, warf einen Blick auf ihre Mitschüler und trat vor. Sie streckte Zeige- und Mittelfinger der rechten Hand und berührte mit ihnen erst ihr Herz und dann die Stirn, eine sehr höfliche Art der Begrüßung. Für ein einfaches »Hallo« hätte ein Berühren der Stirn gereicht, aber sie wollte der Gesegneten ihre Loyalität unter Beweis stellen. Rain verdrehte die Augen, da sie es für übertrieben hielt. *Schleimerin!*

»Wir sind sehr dankbar für das, was du für uns tust«, stammelte Hail und klammerte sich mit den Händen am Saum ihrer Uniform fest. »Im Moment leiden wieder viele Bewohner in Grey an dem Smog der Fabriken.«

Der Smog verseuchte seit einiger Zeit ganze Stadtteile. Die Bewohner brauchten teure Schutzkleidung und Filtermasken, um sich zu schützen. Andernfalls riskierten sie, sich die Schleimhäute zu verätzen. Eine unbedeutende Angelegenheit für die Gesegneten, die alle Hände voll zu tun hatten, die Rote Seuche in den Griff zu bekommen, die Grenzen ihres Landes zu verteidigen und etwas gegen die Rebellen und Ghosts zu unternehmen.

»Ich weiß, was ihr erdulden müsst. Ich fühle mit euch und verspreche, dass wir uns auch darum kümmern werden.« Das Hologramm warf dem Mädchen ein aufmunterndes Lächeln zu. »Bist du eine G-Eins?«

Hail drückte den Rücken durch und reckte das Kinn. Ihr Gesicht glühte, und sie schien vor Stolz beinahe zu platzen, wodurch sie an einen aufgeplusterten Vogel erinnerte.

Rain musterte sie genauer. Um eine Eins zu sein, mussten Intelligenz und körperliche Verfassung überdurchschnittlich hoch sein. Mit den Voraussetzungen würde sie es nicht schwer haben, eine gute Arbeit zu finden. Vielleicht sogar jenseits der Fabriken und jenseits von Greys Rauch spuckenden Schloten.

»Wenn du fleißig bist und hart arbeitest, erhältst du womöglich bald selbst die Gelegenheit, in Hopes Forschungseinrichtungen nach einer Lösung für euer Smogproblem zu suchen.« Amygdalas Blick lag fest auf dem Mädchen. Es hieß, Gesegnete konnten Gedanken lesen. Es hieß, sie wussten alles über die Menschen. Ob das wohl stimmte? Eine Gänsehaut kroch über Rains Rücken.

»Das wäre wunderbar.« Hail nickte eifrig.

»Ich glaube an euch. Ihr seid die Grundsteine unserer Gesellschaft.« Mit diesen Worten verschwand die Gesegnete, und mit den Projektoren erlosch das Bild. Die Schüler applaudierten und gratulierten Hail, die ihr Glück noch kaum fassen konnte.

»Greys ganzer Stolz«, scherzte Lark und drückte seine Finger auf sein Herz, um ihr scherzhaft seinen Respekt zu zollen.

»Wenn du dich anstrengst, darfst du mir die Koffer tragen, wenn es so weit ist«, antwortete sie grinsend.

Langsam lösten sich die Grüppchen an Schülern auf und verstreuten sich in alle Himmelsrichtungen. Sie machten sich auf den Weg nach Hause. Rain wollte nicht zurückbleiben und folgte ein paar Schülern vorsichtig. Für einen Moment gönnte sie sich den Luxus zu träumen. Sie stellte sich vor, selbst von der Schule zu kommen. Woran würde sie denken? Würde sie sich über die Lehrer ärgern? Oder die Hausaufgaben, die auf sie warteten? Oder würde sie von einer Karriere in den Forschungseinrichtungen träumen? Für diese Gelegenheit müsste sie allerdings auch eine Eins, wenn nicht sogar eine Eins Plus sein, denn nur die Besten erhielten die Chance auf eine derartige Ausbildung.

Sie zog ihren Rucksack fester, und ein Lächeln huschte über ihr Gesicht. Sie lächelte nicht oft, denn es gab nicht viel Grund dazu.

Die Straßen waren bis auf einige automatisch gesteuerte Transport- und Lastenfahrzeuge leer. Alle, die nicht mehr schulpflichtig waren, waren noch bei der Arbeit. Erst gegen Abend würden sich die Straßen füllen, wenn die Tagschicht endete.

Es lebten viele Arbeiter in dem Industriezirkel Grey. Hier war alles grau. Ob es nun ihre Uniformen waren, die Straßen, Fabriken oder die aneinandergepressten Wohnblöcke … Es war nicht schwer zu erraten, wonach man ihren Zirkel benannt hatte.

Das Summen einer Drohne ließ Rain aufschrecken. Sie sprang zwischen zwei Häusern in eine schmale Gasse und verfluchte sich für ihre Unachtsamkeit. *Kallisto!* Sie drückte sich an eine Wand, hielt die Luft an und beobachtete, wie die flache Scheibe mit den leblosen Kameraaugen über die Gruppe Schüler hinwegschwebte. Ein WatchBot.

Das Metall glänzte, als wäre es immun gegen den Staub in der Luft, und bildete somit einen starken Kontrast zur Umgebung. Zwischen den alten Hausfassaden und den keuchenden vorbeiziehenden Fahrzeugen wirkte sie seltsam fehl am Platz.

Die Drohne gab einen fordernden Piepton von sich und brachte die Kinder zum Stehen. Automatisch entblößten sie die Tätowierung auf ihren Unterarmen, damit sie gescannt werden konnten. Einer nach dem anderen wurde von der Drohne kontrolliert. Es war bloß eine Abfolge von Buchstaben und Zahlen, doch sie gab ihnen die Berechtigung zu existieren.

Rain fuhr sich über ihren eigenen Arm. Auf der Innenseite des Handgelenkes unter dem Armband mit dem Regentropfen stand Az 1707 w – G3. Die ersten zwei Buchstaben beschrieben den Zirkel, in dem man geboren wurde, die vierstellige Zahlenfolge gaben ihre individuelle Nummer an. Die letzte Zahl stellte den Wert ihrer Gene dar.

Rains Tattoo war nicht echt. Es war mit einem Kohlestift aufgemalt und musste regelmäßig erneuert werden. So fiel sie unter den Menschen weniger auf, aber die Maschinen würde sie dadurch nicht täuschen können.

Als die Drohne außer Sichtweite war, trat Rain zurück auf die Straße. Sie zog sich die Kapuze tief ins Gesicht und wollte sich gerade aus dem sprichwörtlichen Staub machen, dem man in Grey nie entkam, als sie bemerkte, dass sie beobachtet wurde.

Der Junge mit dem Namen Lark stand auf der anderen Straßenseite und sah zu ihr herüber. Rain stockte der Atem. Hatte er ihr kleines Versteckspiel bemerkt?

Bevor sie reagieren konnte, drehte sich der Junge um und bog in eine Straße ab. *Er wird es melden*, schoss Rain durch den Kopf, also folgte sie ihm. Sie musste ihn aufhalten. Irgendwie. Er beschleunigte seinen Schritt, als ob er ahnen würde, dass sie direkt hinter ihm war. Was sollte sie tun?

»Verdammt! Kallisto!«, fluchte sie vor sich hin, während ihre Stiefel über den Asphalt flogen. Der Junge bog unerwartet in eine Seitenstraße ein und verschwand aus Rains Sichtfeld. Unschlüssig lugte sie in die schmale Gasse zwischen den Häuserreihen. Schatten und rostige Mülltonnen boten jede Menge Möglichkeiten, sich zu verstecken, ein perfekter Ort für eine Falle, schlussfolgerte sie.

Ihre Finger wanderten unter ihr Cape und schlossen sich um *Sting*, einen ausfahrbaren Stab, an dessen Spitze sie per Knopfdruck ein elektrisches Energiefeld generieren konnte. Dieses konnte Angreifer mit einem Stromschlag außer Gefecht setzen. Sie war stolz auf die Waffe, die sie selbst aus einer Stromfalle für Mutantenratten, einem elektronischen Dietrich und Ersatzteilen für Kohlegleiter zusammengeschraubt hatte. Das machte Sting zu etwas ganz Besonderem, zu ihrem eigenen Besitz. Auch wenn die Bestandteile geklaut waren.

Vorsichtig wagte sie sich einige Schritte in die Gasse und spürte die Anwesenheit des Jungen in der Dunkelheit. Rains Instinkt riet ihr zur Flucht, doch sie zögerte. Zögerte einen Moment zu lang. Aus dem Schatten löste sich eine Gestalt und packte sie am Arm.

»Wer bist du?«, brüllte ihr eine Stimme ins Ohr. Die Kapuze wurde ihr vom Kopf gerissen. Ohne weiter zu überlegen drehte Rain sich um die eigene Achse, um sich zu befreien, doch der Angreifer ließ sie nicht los. Rain hob ihre Arme, um das Gesicht zu schützen, wie sie es gelernt hatte. »Rede!«

Die Antwort war ein gezielter Tritt gegen das Schienbein. Während Lark vor Schmerz aufstöhnte, fuhr sie Sting aus. Der Stab wuchs auf das Doppelte seiner Größe heran.

Der Junge hielt sie immer noch am Handgelenk fest. Sie würde ihn nicht schocken können, ohne sich selbst zu verletzen, doch sie würde es riskieren. Ohne einen weiteren Gedanken an die Folgen zu verschwenden, holte sie tief Luft und stach zu. Ein brennender, kribbelnder Schmerz fuhr durch seinen Körper in ihren und warf beide zu Boden. Es fühlte sich an, als würden ihre Nerven selbst in Flammen stehen.

Verdammtes Kallisto!

Ihre Muskeln spannten sich an, nur um danach zu erschlaffen. Lark war ebenfalls zusammengebrochen und hatte sie wie erhofft losgelassen. Keuchend lagen sie wie gelähmt nebeneinander, ihre Nasen nur Zentimeter voneinander entfernt. Larks aschblondes Haar kitzelte sie an der Stirn. Sie war ihm so nah, dass sie Spuren von Ruß darin entdecken konnte.

Rain biss die Zähne zusammen und kämpfte gegen Stings

lähmende Wirkung an. Es dauerte einige Sekunden, bis sie die Kraft hatte, sich zu drehen und erneut nach ihrer Waffe zu greifen. Der Stab war in diesem Moment nutzlos, da er sich erst wieder aufladen musste, aber das wusste ihr Gegenüber ja nicht. Sie richtete Sting auf Lark, während sie sich hochrappelte. Der Junge hielt sich die Stelle, an dem der Strom in seinen Körper geflossen war, und starrte mit hasserfüllten Augen zu ihr empor.

»Was hattest du vor?«, keuchte Rain, um nicht zu viel preiszugeben. Es gab eine Chance, dass er nicht ahnte, dass sie ein Ghost war. Eine verdammt kleine Chance, aber immerhin. »Warum bist du weggelaufen?«

»Weil du ein Lauscher bist.« Er spuckte die letzten Worte förmlich aus.

»Was?« Rain war von dieser Behauptung so überrascht, dass sie länger als gewohnt brauchte, um zu reagieren. Sie versetzte dem Jungen den Tritt, den er für diese Anschuldigung verdiente. »Willst du mich beleidigen?«

»Dreckiger Lauscher!«, keuchte er erneut und schlug nach ihr, doch Rain wich seinem Angriff aus. Wütend versuchte sie, ihm einen weiteren Hieb zu verpassen. Im gleichen Moment trat er nach ihrem Schienbein. Ein stechender Schmerz durchzuckte sie, doch sie ignorierte ihn und warf sich mit dem Gewicht ihres ganzen Körpers auf den Jungen. Dieser griff nach ihren Haaren und zog so fest daran, dass Rain für einen Moment fürchtete, er würde ihr den Büschel samt Wurzeln ausreißen.

Sie zögerte nicht lang und biss ihm in die Schulter. Er schrie erschrocken auf, aber ohne von ihr abzulassen. Sie kämpfte mit allen Mitteln und ging dabei sicherlich nicht zimperlich vor. Lark dachte allerdings ebenfalls nicht ans Aufgeben. Nicht einmal, als sie erneut zubiss, ließ er ihre Haare los. Der Stoff seiner Uniform erwies sich als widerstandsfähig genug, ihre Zähne abzuhalten. Immerhin tat es, seinem japsenden Atem nach zu urteilen, weh.

»Lass los«, keuchte sie und versuchte ihren Daumen auf sein rechtes Auge zu drücken. Wenn es um sein Augenlicht ging, würde der kleine Mistkerl ihre Haare schon loslassen, doch er drehte sich weg.

Ihre Kopfhaut schien in Flammen zu stehen, und sie wunderte sich, dass der Junge ihre Haare nicht schon längst in der Hand hielt. Sie rollten über den Boden, bis eine Mülltonne sie zum Stehen brachte. Mit seiner freien Hand versuchte Lark, Rains Gesicht wegzudrücken. Je mehr er drückte, desto wütender und verbissener kämpfte sie. Sie würde sich ganz sicherlich nicht von diesem Mistkerl unterkriegen lassen. Der metallische Geschmack von Blut füllte ihren Mund. Ob es ihr eigenes oder seins war, konnte sie nicht sagen.

Sie holte mit Sting aus und traf Lark am Arm. Er erwartete einen weiteren Stromschlag und war für einen Moment abgelenkt. Rain nutzte die Gelegenheit, rollte sich über ihn, presste ihren Daumen auf sein Auge und drückte zu. Er wich entsetzt zurück.

»Stopp! Nicht!«

»Dann lass mich los!«, forderte sie.

»Okay, okay«, keuchte er und ließ von ihr ab. Rains Kopfhaut brannte, doch sie biss sich auf die Lippe und ignorierte den Schmerz. Drohend legte sie Sting an Larks Hals. Der Junge hielt die Hand zwischen sich und ihren Stab und sah zu ihr hinauf.

»Ihr habt kein Recht, uns wie Verbrecher zu behandeln. Wir haben nichts falsch gemacht«, beteuerte er. »Bitte. Wir arbeiten hart, und ihr habt nichts Besseres zu tun, als uns auszuspionieren und nach Fehlern zu suchen, die ihr melden könnt? Sucht euch eine ehrliche Arbeit.«

Er hielt sie offenbar wirklich für einen Lauscher, einen bezahlten Spitzel, der für die Sentinal arbeitete.

»Ihr könnt meinen Eltern nicht wieder das Gehalt kürzen. Wir brauchen das Geld.«

»Ich glaube, du verwechselst mich. Ich bin kein Spitzel.« Rain spuckte Blut aus ihrem Mund und ließ von dem Jungen ab, ohne ihn aus den Augen zu lassen. Vorsichtig betastete sie ihren Kopf und stellte erleichtert fest, dass sie keine kahle Stelle hatte. Allerdings musste Lark im Eifer des Gefechts ihre Nase getroffen haben. Die war schmerzhaft geschwollen, und Blut tropfte aus ihr und benetzte ihre Lippen.

»Du bist kein Lauscher?«, fragte Lark verwundert und rieb sich den Hinterkopf. Es hieß, die Sentinal unterhielten ein enges Netzwerk an Spionen, die jede Unruhe, jedes Zeichen von Gesetzesverstößen meldeten, um mögliche Rebellen zu enttarnen und Ghosts wie Rain aufzuspüren. Rain kannte die Meinung der Gesegneten nur zu gut: Die Rebellen sind missgeleitete Gruppierungen, die voller Neid auf das blicken, was wir geschaffen haben. Sie stören unsere Ordnung und unseren Frieden. Sie sind nicht nur unsere Feinde, sondern auch eure. Indem sie unsere Forschungen sabotieren, verhindern sie Fortschritt im Kampf gegen die Rote Seuche und schlimmer noch, sie verbreiten sie.

Für sie waren Ghosts und Rebellen ein und dasselbe: Eine Gefahr, die eliminiert werden musste. Für Rain jedoch gab es einen erheblichen Unterschied, denn nicht alle Rebellen waren Ghosts. Viele lebten und arbeiteten unerkannt und agierten im Geheimen. Andersherum waren auch nicht alle Ghosts Rebellen. Da Menschen eine Erlaubnis zur Fortpflanzung benötigten, waren sie oft gezwungen, ungeplante oder unerlaubte Schwangerschaften geheim zu halten. Professionelle Abtreibungen kosteten viel Geld, und die nicht professionellen waren mit hohen Risiken verbunden. Die geborenen Kinder wurden zu Ghosts, da sie nicht autorisiert waren zu leben. Es gab nur zwei Möglichkeiten für die Eltern: ihre Kinder aussetzen oder sie im Verborgenen großziehen. Rains Fall sah ähnlich aus. Mit den Rebellen hatte sie nichts zu schaffen. Im Gegenteil. Sie verachtete sie.

»Es sah so aus, als würdest du uns beschatten«, erklärte Lark.

»Hab ich nicht.« Er hatte ihr Verstecken vor den Drohnen offensichtlich fehlgedeutet. Glücklicherweise. Doch die Frage war, warum fürchtete er die Lauscher? Hatte er etwas zu verbergen, was gegen die Gesetze von Grey verstoßen würde?

»Oh! Tut mir leid. Ich habe wohl überreagiert.« Larks Augen waren von so hellem Braun, dass sie fast gelb wirkten. Wie die eines Falken, von denen es in den Wäldern viele gab. Rain hatte dort einige Jahre mit ihrer Mutter in einer Jagdhütte gelebt, verborgen vor den Sentinal und ihren Drohnen.

»Hast du.« Rain zuckte die Schultern. Larks Bedauern wirkte ehrlich, also entschied sie, Sting zurück an ihren Gürtel zu stecken.

»Interessante Waffe hast du da. So eine hab ich noch nie gesehen. Ist die autorisiert?« Lark stand ruckartig auf, klopfte seine Uniform ab und fuhr sich über das Haar.

Er war fast einen Kopf größer als Rain, und trotzdem hatte sie ihm im Kampf ganz schön zugesetzt. Seine Wange war dort gerötet, wo sie ihn erwischt hatte. Das würde nicht so schnell verschwinden.

»Nein, aber sie ist praktisch«, erklärte Rain. »Nicht dass ich sie gegen dich gebraucht hätte.«

»Du kämpfst schlimmer als meine kleine Schwester. Wie eine tollwütige Füchsin.« Als er lachte, bildeten sich kleine Grübchen auf den Wangen, die ihm einen schelmischen Ausdruck verliehen. »Wo bist du aufgewachsen? In den Slums von Pitch?«

»Nein. In einem Fischerdorf in Azure.« Das stimmte nur teilweise. Dort war sie geboren, doch die längste Zeit hatte sie mit ihrer Mutter im Wald gelebt, wo es keine Drohnen gab und man keine Zahlen auf dem Arm brauchte, um eine Existenzberechtigung zu haben.

»Meine Güte. Die armen Fische.«

»Es waren verdammt große Fische«, verteidigte sich Rain, musste aber ebenfalls lächeln. Sie war überrascht, wie freundlich Lark war. Auch wenn sie nicht sagen konnte, was sie erwartet hatte. Sie hatte noch nicht oft mit Gleichaltrigen gesprochen, da ihre Mutter ihr jeglichen näheren Kontakt zu anderen Menschen verbot.

»Wie heißt du, Fischermädchen?«

»Rain.« Wenn man nicht zu den Gesegneten gehörte, war es üblich, einfache Namen zu wählen. Namen, die nur aus einer Silbe bestanden. Rains Mutter meinte, diese Regel gäbe es nur, um den Menschen ihren Platz zu verdeutlichen, einen Platz am Fuße des Aventin. Aventin war die Heimat der Gesegneten, eine gewaltige Stadt, vielmehr ein eigener Zirkel, der einer Festung aus neuester Technologie glich. Von dort aus wurde das Land Hope regiert.

»Regen«, kommentierte Lark und ließ den Namen über die Zunge rollen, als wolle er die Bedeutung dahinter entschlüsseln. Rain jedoch war nicht gewillt, ihm weitere Erklärungen zu geben.

»Ich bin Lark.«

Das wusste sie bereits, aber sie sagte es ihm nicht. Er streckte ihr seine Hand entgegen, eine veraltete Form der Begrüßung, auf die man lieber verzichtete, da man so Krankheiten übertragen konnte. Rain ließ seinen Arm in der Luft hängen und verschränkte ihre vor der Brust.

»Du hast doch nicht etwa Angst vor meinen Keimen? Nach dem Gerangel haben wir mehr Erreger ausgetauscht als beim Küssen.« Lark zog eine Augenbraue hoch.

Das war nicht der Grund, warum sie gezögert hatte. Es war einfach ein ungewohntes Gefühl, jemanden … anzufassen. Zögernd reichte sie ihm ihre Hand, ihre Haut berührte die seine, und sie zuckte unwillkürlich zusammen.

Wann hatte sie das letzte Mal eine Hand geschüttelt? Sie

konnte sich nicht daran erinnern, es jemals getan zu haben. Sie war es gewohnt, die Unsichtbare zu sein, der Schatten, der schnell wieder verschwand und den niemand wahrnahm. Nur ein Geist im Dunkel der Häuser und Türme.

»Warum kenne ich dich nicht aus der Schule, Rain?«

»Ich bin befreit«, log Rain und zog ihren Arm zurück. »Deswegen.«

Wenn man eine G Eins war, hatte man das Privileg, die Schule bis zum achtzehnten Lebensjahr besuchen zu dürfen, um die Chance auf einen gesellschaftlichen Aufstieg zu bekommen. Als G Zwei durfte man bei guten Noten bis zum vierzehnten Lebensjahr bleiben. Als G Drei jedoch musste man die Schule nach dem zehnten Lebensjahr verlassen, ein reines Basiswissen musste genügen.

Dreien. Menschen, deren körperliche oder geistige Verfassung sie davon abhielt, der Gesellschaft zu dienen. Für die meisten Familien war es äußerst beschämend, eine Drei zu haben, daher geschah es nicht selten, dass sie versteckt oder verstoßen wurden. Es gab zudem pränatale Untersuchungsmethoden, bei denen Dreien früh erkannt und abgetrieben werden konnten.

Dreien waren der Bodensatz der Gesellschaft. Genau aus diesem Grund hatte Rains Mutter ihr diese Klasse auf das Handgelenk geschrieben. Es erklärte nur zu gut, warum sie um diese Uhrzeit auf der Straße herumlief und weder bei der Arbeitsstelle war, noch die Schulbank drückte.

»Du wirkst nicht wie eine Drei«, bemerkte Lark und zog die Stirn in Falten. »Zumindest nicht, wenn du kämpfst.«

»Für dich reicht es noch.« Rain zauberte sich ein Lächeln aufs Gesicht und hoffte, dass der Junge es ihr abnahm. Er schien ihr ihren Sieg nicht übelzunehmen, ebenso wenig wie er sie für ihre vermeintlich schlechten Gene verurteilte. Das war für eine Eins wie ihn nicht selbstverständlich.

»Ich versteh das. In meiner Familie gibt es auch eine Drei.«

Sein Blick tastete Rain ab, während er überlegte, weshalb sie diese Einstufung hatte. »Bist du krank?«

»Keine Angst. Nichts Ansteckendes«, entgegnete Rain, als sie ihn dabei erwischte, wie er sich seine Hand an der Hose abwischte. *Na, wer hat jetzt Angst vor Keimen?*

»Du kommst aus Azure, sagtest du?«

»Ich bin vor Kurzem hergezogen.« Die Lügen formten sich automatisch in Rains Kopf. Ihre Mutter hatte ihr die neue Identität nur allzu oft eingeimpft. Sie war sehr gründlich, wenn es um so etwas ging. Immer und immer wieder hatte sie es mit ihr durchgesprochen, damit sie keine Fehler machte. Denn Fehler waren tödlich.

Azure war ein weitläufiges Gebiet im Süden, das sich auf Wasserlandwirtschaft und Fischen spezialisiert hatte. Eine wunderbare Gegend mit zahlreichen Seen und Sumpfgebieten, die durch Flussarme verbunden waren. Die Bewohner lebten in kleinen Dörfern, die sich auf Inseln befanden und teilweise auf Flößen im Wasser schwammen. Ihr Element war das Wasser, und im Rest von Hope scherzte man, dass keiner der Bewohner je festen Boden unter den Füßen hatte.

»Warum kommt ihr dann nach Grey? Nicht gerade der geeignete Ort. Hier werden kranke Leute nur noch kränker.« Sein Blick, die Art, wie er sie musterte, gefiel Rain nicht. Er wurde misstrauisch. Das konnte sie mit jeder Faser ihres Körpers spüren. Die wahre Antwort lautete: wegen der Anonymität. Hier gab es viele Arbeiter, viele leer stehende Häuser und viel Verschmutzung. Jeder kämpfte für sich, und niemand achtete so genau auf seine Mitmenschen.

»Wir waren Fischer, doch nach dem Tod meines Vaters wurde es zunehmend schwieriger für uns. Wir konnten nicht mehr mit den anderen Fischern und den neuen Maschinen mithalten.«

Es waren Drohnen entwickelt worden, um die Effizienz des

Zirkels zu steigern. Durch sie hatten die Fische kaum mehr eine Chance zu entkommen, aber auch die Fischer konnten den neuen Maschinen aus Aventin nicht die Stirn bieten.

»Es gibt nur wenig Arbeit in Azure. Und in den neuen Fisch-Zucht-Betrieben ist es als Drei schwierig, Arbeit zu bekommen. Wir mussten das Boot verkaufen und sind hergezogen«, erzählte Rain so unbeschwert wie möglich.

Viele Familien aus den ländlichen Zirkeln Azure und Green kamen her, um in den Fabriken von Grey Arbeit zu finden. Es war nicht ungewöhnlich.

»An eurer Stelle wäre ich auf dem Land geblieben«, erwiderte Lark. »Es muss toll sein, inmitten der Natur zu leben. Ohne Smog. Ohne Lärm. Auf schwimmenden Häusern.«

Seine Augen glänzten bei der Vorstellung.

»Und ohne Geld für Medizin oder Nahrung«, ergänzte Rain. Insgeheim gab sie ihm recht. Die Seen von Azure und der Wald von Green hatten ihr besser gefallen als die triste Fabriklandschaft, doch sie wollte das Thema wechseln. Auch wenn es ihr nicht schwerfiel zu lügen – darin war sie schon immer gut gewesen –, wollte sie es vermeiden, sich in Ungereimtheiten zu verstricken.

»Warum habt ihr eine Drei?« Die Worte waren einfach herausgesprudelt, und sie biss sich auf die Lippen. Durfte man so etwas fragen, oder war das unverschämt?

»Der Smog ist schuld«, murmelte Lark so leise, als sei es verboten, sich über irgendetwas zu beschweren.

»Das tut mir leid«, stieß Rain ein wenig holprig hervor. Sie war nicht gut darin, Mitgefühl auszudrücken. Also versuchte sie ihm aufmunternd auf die Schulter zu klopfen, eine Geste, die er offenbar nicht kannte oder missinterpretierte. Er sprang zurück und sah sie entsetzt an. Sie hob beschwichtigend die Hände.

»Oh!« Seine Augen weiteten sich, als er verstand. »Ich bin nicht der Einzige mit veralteten Gesten, was?«

Er lachte laut auf, bevor er sich gehetzt in alle Richtungen umsah.

Es drängte sich ihr eine andere Frage auf. Eine, die noch unverschämter war als die Frage zuvor. »Und warum fürchtest du die Lauscher, Lark?«

Er zuckte zusammen, als ob sie ihn auf frischer Tat bei einem Verbrechen ertappt hätte, schluckte sichtbar und rang nach Worten. Beinahe konnte sie sehen, wie sich die Gehirnwindungen hinter seiner Stirn verrenkten, auf der Suche nach einer glaubwürdigen Erklärung.

»Ich kann sie einfach nicht ausstehen«, erklärte er langsam. »Das ist alles.«

Das war nicht alles. Rain hatte die Wahrheit so oft verdreht, dass sie eine schlechte Lüge erkannte.

»Na ja. Wer mag die schon?«, bestätigte sie dennoch.

Er sah erleichtert aus, ja beinahe dankbar, dass sie seine Worte zu schlucken schien. Verdammt! Was tat sie da? *Schließe keine Freundschaften, nicht einmal Bekanntschaften*, hatte ihre Mutter ihr eingebläut. *Bleibe unsichtbar.*

Unsichtbar war sie nicht geblieben. Larks anschwellendem Auge nach zu urteilen, hatte sie dafür gesorgt, dass er sie nicht so schnell vergessen würde.

Rain drehte sich um und schielte aus der Gasse auf die Straße hinaus. Sie war leer. Weder Menschen noch Drohnen in Sicht.

»Darf ich dich auf ein Eis einladen, um die Verwechslung wiedergutzumachen?«, fragte Lark lächelnd. Er schob sich an ihr vorbei, aus der Gasse hinaus und deutete auf ein Haus. Dort zwischen den Wohnblockreihen stand ein kleiner Laden. Unter Planen, die den Smog abwehren sollten, lagen Brote aus. Bauchige, tellerbreite Drohnen schwebten ohne Unterlass über die Backware und saugten den Smog von ihrer Oberfläche. Smog. Er war einfach überall, und keine Mauer oder Plane konnte ihn aussperren.

Ein kleines Schild wies auf den Verkauf von Eis hin, gefrorenes Wasser mit Sirup. Es gab nur eine Geschmacksrichtung. Stachelapfel. Eine mutierte Frucht, die selbst den Lebensbedingungen in Grey gewachsen war.

»Nicht nötig, danke.« Es war an der Zeit, zu gehen. Sie hatte sich schon zu lange mit dem Jungen unterhalten. »Ich muss heim.«

»Soll ich dich bringen?«

»Nein, du hältst mich bloß auf.« Rain berührte mit ihren Fingern die Stirn zum Abschied und sprintete los, ohne eine Antwort abzuwarten. Wenn sie neben dem Lügen etwas gut konnte, dann war es Rennen. Er würde ihr nicht folgen können, und so blickte sie sich kein einziges Mal um.

2.

»ICH BIN ZURÜCK.« Rain kletterte die quietschende Feuerleiter empor und schlüpfte durch das Fenster in die Wohnung. Mit ihr wehte eine Wolke aus Smog hinein, Dreck und Staub, welcher langsam auf den Boden rieselte. Sie schloss das Fenster und zog sich die Maske vom Kopf, die die Luft filterte und die Schleimhäute vor gefährlichen Dämpfen schützte. Das Haus, das sie mit ihrer Mutter bewohnte, lag nahe einer Stahlindustrieanlage und war aufgrund der extrem hohen Luftverschmutzung in der Gegend von den Vormietern verlassen worden. Allerdings gab es hier gute Lüftungssysteme, die die Luft innerhalb der Wohnung filterten, wenn man Fenster und Türen geschlossen hielt. Draußen konnte man ohne Maske nicht überleben. »Mom?«

»Rain! Mein Herz!« Ihre Mutter Storm kam in das Zimmer geeilt und drückte ihre Tochter an sich, wie sie es immer tat, wenn sie heimkehrte. Die Geste war ebenso altmodisch wie das Händeschütteln. Eine kurze Berührung der Brust über dem Herzen drückte das Gleiche aus, doch ihrer Mutter gefiel eine liebevolle Umarmung besser, und Rain stimmte ihr zu. Umarmt zu werden war so viel intensiver: Die willkommene Wärme, der beruhigende Herzschlag, den man vernahm, während man sein Kinn auf die Schulter des anderen legte und den vertrauten Geruch einatmete. All das gab einem für einen Moment Glück und das Gefühl von Geborgenheit. Ihre Mutter löste sich viel zu schnell von ihr.

»Ist irgendetwas passiert?« Erschrocken registrierte Storm die geschwollene Nase, an der noch getrocknetes Blut haftete.

»Nein, ich habe mich nur mit einem Jungen geprügelt«, entgegnete Rain, streifte sich den Mantel von der Schulter und klopfte ihn über einem Metallbehälter aus, der für diesen Zweck auf dem Boden stand. »Keine Sorge. Er weiß nicht, wer ich bin.«

Sie hängte den Mantel an einen Haken und drehte sich um. Der Blick ihrer Mutter lag weiterhin auf ihr.

»Bist du sicher?« Sie warf den Kopf herum, als erwartete sie, dass jeden Moment eine Gruppe bewaffneter Sentinal durch die Wände brach. Rain rollte mit den Augen. Ihre Mutter rechnete immer mit dem Schlimmsten, doch nur aufgrund ihrer an Paranoia grenzenden Vorsicht waren sie so lange unentdeckt geblieben.

»Ja, er hat mich für einen Lauscher gehalten.«

»Du musst aufpassen. Nur der Hauch eines Verdachtes könnte uns in Gefahr bringen«, schärfte sie ihrer Tochter mit ernstem Blick ein. »Du weißt, was sie mit Menschen wie uns machen. Im besten Fall bringen sie uns um.«

Rain ließ sich von ihrer Mutter ins Bad führen, um sich das verrußte Gesicht zu waschen.

»Ich glaube nicht, dass er den Vorfall an die Sentinal verrät. Er hatte selbst etwas zu verbergen.«

Das Bad beinhaltete nicht mehr als eine Toilette, ein Waschbecken und eine Nasszelle mit einem verrosteten Duschkopf, aus dem gelegentlich sogar warmes Wasser kam. Wie immer hoffte Rain, dass heute so ein Tag war, doch sie hatte kein Glück. Aus dem Rohr drang eine kalte und trübe Flüssigkeit. Rain hielt ihre Hände unter den schwachen Strahl, und ihre Haut begann zu kribbeln. Es kostete sie einige Überwindung, sich das eisige Nass ins Gesicht zu reiben.

»Das sind die Schlimmsten, Rain. Sie versuchen von sich abzulenken und rennen zu den Gesegneten, um ihnen zu zeigen, wie loyal sie sind.« Ihre Mutter war schon zu lange auf der Flucht und hatte zu viel miterlebt. Die Furcht, entdeckt zu werden, war ihr ständiger Begleiter, seitdem die Schwangerschaft sie zu einer Gesetzlosen gemacht hatte. Sie traute niemandem. Niemandem außer Rain.

»Viele glauben an das System«, murmelte Rain, mehr zu sich selbst, während sie sich die Stirn schrubbte. »Es gibt ihnen Sicherheit.«

Sie musterte sich im Spiegel. Trotz Wasser und Seife wollte der Ruß nie ganz von der Haut verschwinden, als sei er ein fester Bestandteil von ihr. Ihre Haare waren von dunklem kräftigem Rot, doch die Asche hatte sie nahezu schwarz gefärbt. Ihre Augen hatten die Farbe des Waldes. Ein durchdringendes Grün, welches angesichts des Smogs auf der Haut umso mehr hervorstach.

»Rain. Das System ist ungerecht.« Ihre Mutter griff nach einem Lappen und schruppte ihr damit über die Stirn, ehe sie etwas dagegen unternehmen konnte. »Die Gesegneten beschützen uns Menschen nicht. Sie unterdrücken uns. Sie erlauben uns nicht, eine andere Meinung zu haben, und lassen uns für ihren Wohlstand arbeiten. Ich kenne sie… Ich habe für sie gearbeitet, bis…«

»… du Vater getroffen hast«, ergänzte Rain und nahm ihrer Mutter den Lappen weg. »Das kann ich selbst, Mom!«

Ihre Mutter hatte ein ganz normales Leben geführt und als G Eins gute Aussichten gehabt. Bis der Rebell Bolt gekommen war und sie sich u-n-s-t-e-r-b-l-i-c-h ineinander verliebt hatten.

Für immer hatten sie bei den Rebellen im Untergrund leben wollen. Ihr »Für immer« hatte genau zwei Jahre angedauert. Dann war Rain auf die Welt gekommen, und alles hatte sich verändert.

»Dein Vater und ich haben uns geliebt.«

»Muss wirklich die große Liebe gewesen sein.« Rain entfuhr ein trockenes Lachen.

»Wir wollten frei sein.« Ihre Mutter verzog das Gesicht, als hätte Rain ihr einen Schlag versetzt. Sie liebte Bolt nach all den

Jahren immer noch, auch wenn sie nicht oft genug betonen konnte, was für ein »unzuverlässiger Idiot« er gewesen war.

»Tolle Freiheit«, knurrte Rain zynisch.

Egal, was ihre Mutter glaubte, viele Bewohner sahen es anders. Die Gesegneten waren mehr als bloß Menschen. Sie waren eine neue Rasse, perfekt und vollkommen in jeder Hinsicht. Sie nutzten ihre Fähigkeiten, um die Menschen zu schützen und Krankheiten zu besiegen. Kein Wunder, dass die Menschen ihnen mehr Glauben schenkten als den Rebellen.

»Die Freiheit ist alles, was wir haben. Wir müssen dafür kämpfen. Wir sind mehr als bloß Nummern und Erbgut.« Ihre Mutter machte ihrem Namen alle Ehre.

Storm.

Sie war der tobende Sturm, der niemals aufgab, wenn es um das ging, woran sie glaubte. Die Jahre auf der Flucht hatten sie nicht klein gekriegt. Das Leben in Angst hatte sie nicht zermürbt. Im Gegenteil. Sie war in jedem Jahr stärker geworden und entschlossener.

»Ich will nicht immer weglaufen, Mom. Ich will ein normales Leben führen. Ich will zur Schule gehen, Freunde finden und nicht ständig wegrennen, wenn ich eine Drohne sehe.«

»Oh, mein Herz.« Ihre Mutter griff nach einem Kamm. Langsam begann sie damit, den Smog aus dem Haar ihrer Tochter zu streichen.

Einmal mehr stellte Rain fest, wie sehr sie sich unterschieden. Ihre Mutter hatte hellblondes fast weiß wirkendes Haar, welches sie kurz geschoren trug, und große dunkle Augen. Sie war fast einen halben Kopf kleiner als ihre Tochter, aber von ebenso drahtiger Statur.

»Es tut mir so leid«, sagte sie schließlich, und ihre Stimme schwankte. Der Sturm in ihrem Herzen hatte sich für den Moment beruhigt und enthüllte den liebevollen weichen Kern. »Es ist das einzige Leben, das ich dir jemals bieten kann. Ich weiß, du hattest in dieser Sache keine Wahl.«

Die hatte sie nicht gehabt. Ihre Eltern hatten entschieden, Rebellen zu sein, nicht sie. Ihretwegen war sie nun ein Ghost, ein Niemand, der nirgends dazugehörte, der nirgends zu Hause war. Sie wusste, sie hätte eine andere Wahl getroffen.

»Ich habe gehofft, dass du es verstehen würdest«, fuhr ihre Mutter fort und legte den Kamm beiseite. »Dass du es irgendwann auch so sehen könntest.«

»Ich verstehe dich ja.« Rain strich ihr Haar zurück und band es in einem strengen Zopf zusammen, wie es in Grey üblich war. »Nur, wo soll das hinführen? Sollen wir immer nur weglaufen?«

»Ruh dich aus. Ich werde uns Essen machen.«

Es war nicht das erste Mal, dass sie diese Unterhaltung führten, doch sosehr Rain es sich auch wünschte, sie wusste, ihre Mutter konnte die Entscheidung nicht rückgängig machen. Nicht einmal, wenn sie es gewollt hätte.

Sie ging in ihr Zimmer. Es war ein kleiner Raum, in dem eine Hängematte hing, die ihr als Schlafplatz diente. Sie war mit Kissen und Decken gepolstert, die sie auch in kalten Nächten warmhielten. Darunter lagen einige zerschlissene Bücher, die Rain las, und Schreibfolie, auf der sie das Schreiben übte. Ihre Mutter hatte ihr alles beigebracht, was sie wusste. Lesen zu können, war ein Geschenk, denn die Bücher ermöglichten ihr, neue Welten zu entdecken, fern von Sentinal und Drohnen. Auch wenn diese nicht immer besonders realistisch waren, zum Beispiel dann, wenn Engel auftauchten, ein genetisches Mischwesen aus Mensch und Vogel. Eine sogenannte Chimäre. Das kam Rain sehr unrealistisch vor, ebenso wie die Tatsache, dass sie fliegen konnten, was aerodynamisch unmöglich war. Dafür waren die menschlichen Knochen viel zu schwer.

In manchen Büchern waren gar keine Geschichten, nur

Rezepte, um Gerichte herzustellen, von denen Rain noch nie etwas gehört hatte. Auch die Zutaten kamen ihr befremdlich vor. Sie hatte auf dem Markt einmal nach Zimt gefragt, aber der Verkäufer war ebenso ratlos wie sie gewesen. Jedenfalls schien es Zimt dem fröhlichen Herrn Weihnachten, offenbar ein großer Koch der alten Welt, angetan zu haben, denn man fand es in fast all seinen Rezepten.

Die meisten Bücher stammten aus der Zeit vor dem Wandel, bevor das Land Hope sich aus der Asche der Welt erhoben hatte. Sie waren Fenster mit kleinen Einblicken in die Vergangenheit.

In einem Karton sammelte Rain Ersatzteile und ausrangierte Technikgeräte, an denen sie gelegentlich aus Spaß herumschraubte.

An der Wand neben der Hängematte war eine Stange befestigt, über die sie ihre Kleidung hängen konnte. Ihre Mutter stellte diese selbst her, wenn sie an Stoff kam, oder nähte Kleidung um, die sie im Müll fand.

Rain lief zum Fenster und sah eine Weile auf die Straße hinunter, über der dunkle Wolken hingen. Sie war leer, denn die meisten Bewohner Greys waren noch immer bei der Arbeit. In einer Stunde würden die Sirenen das Ende der Schicht ankündigen.

Rain schaltete das TecDec an der Wand ein, welches surrend zum Leben erwachte. Das Glas zwischen den Rahmen flimmerte und hieß Rain willkommen, bevor es sie mit den üblichen Informationen über Grey versorgte. Wetterbericht, Luftqualität, Quarantänebereiche, Statistiken über die Exporte in andere Zirkel und das übliche Gefasel darüber, wie wunderbar Greys Beitrag zum Wohle von Hope sei.

Etwas pochte gegen das Fenster. Rain hob den Blick und entdeckte Cassiopaio, der mit seinen Pfötchen am Glas schabte. Schnell sprang sie auf und entriegelte die Sicherung, um ihren Freund hineinzulassen. Er sprang an ihr vorbei, eine Wolke aus Smog hinter sich herziehend.

»Wo hast du dich herumgetrieben, Pi?« Rain langte nach einem Handtuch, um die Fuchsmanguste von der Asche zu befreien, die sich in ihrem Fell angesammelt hatte. Sie hatte das Tier im Wald aus einer Falle befreit. Seitdem folgte Cassiopaio ihr auf Schritt und Tritt. Rain war sich sicher, dass er keine normale Fuchsmanguste war, sondern ein Mutant. Sein Fell war flauschiger und röter als bei seinen wilden Verwandten. Außerdem hatte er größere Ohren, die beinahe an die eines Fenneks erinnerten. Für ein normales Tier war er zu intelligent, und er liebte es, glitzernde Gegenstände zu stibitzen. Der Verdacht lag nahe, dass jemand seinen Gencode verändert hatte. Das war nicht weiter ungewöhnlich.

Viele Mutanten oder Chimären waren ursprünglich dazu erschaffen worden, die Aufgaben, für die sich andere Tiere nicht eigneten, zu erfüllen.

Bei Mutanten hatte man bestimmte Eigenschaften manipuliert und somit das ursprüngliche Tier intelligenter, stärker, schneller oder gehorsamer gemacht. Auch ihr Aussehen konnte verändert werden. Größe, Fellbeschaffenheit, Farbe – alles war möglich. Aber nicht immer nützlich. Ein beliebter Mutant bei den Reichen in Aventin war das Modell Miu, eine Katze, die nicht größer als ein Zeigefinger war und in erster Linie aus Fell zu bestehen schien. Auch in Grey hatte es ein paar Mius gegeben. Allerdings waren sie schnell den Mutantenratten zum Opfer gefallen und ausgestorben.

Chimären waren die Kreuzung aus zwei Tierarten, aus der völlig neue Arten entstanden waren. Besonders beliebt waren dabei die Hundebären oder Ochsenpferde.

Rain legte sich in ihre Hängematte und starrte auf das TecDec, während Pi es sich auf ihrem Bauch gemütlich machte und seinen buschigen Schwanz um sich legte.

»… Wie in jedem Jahr erhalten einige Menschen unter euch die Chance ihres Lebens. Die Chance aufzusteigen.« Der Sprecher

strahlte vom Bildschirm auf sie herab. Er war ein normaler Mensch. Seine Haut zeigte bereits die ersten Falten unter den Augen, und ein Muttermal prangte auf seiner Stirn. Außerdem war seine Nase ein wenig zu schief und zu groß.

»Bist du eine Eins? Oder sogar eine Eins Plus? Dann bewirb dich und erhalte die Gelegenheit deines Lebens. Die Besten kommen weiter.«

Es folgten Bilder von jubelnden Menschen, die von einem Luftschiff abgeholt wurden, um in ein neues Leben aufzubrechen. Thrax, der sogenannte Caretaker von Grey, schüttelte ihnen die Hände. Er war ein Mensch, eine Eins Plus, und Amygdalas Kontaktmann im Zirkel.

»Bist du stark? Sind deine körperlichen Leistungen überdurchschnittlich? Dann lasse dich zum Sentinal ausbilden, um unser Land zu verteidigen.« Über das TecDec flogen Bilder von den Außenmauern von Black Shell, dem Festungszirkel. Dort wurden die Elitesoldaten ausgebildet. Dann glitt die Kamera weit fort an die Grenzen des Landes, wo die Mauer stand. Soldaten verteidigten sie in einem ewigen Krieg gegen die Nachbarländer.

»Ist dein Verstand deine Waffe?«, fragte der Sprecher. *»Dann brauchen wir deine Hilfe in der Forschung. Du kannst neue Impfstoffe entwickeln, Krankheiten besiegen oder technische Fortschritte erzielen.«*

Es folgten Bilder der Forschungszirkel White Pearl, in denen die schlausten Köpfe von Hope lebten. Sie beschäftigten sich mit den unterschiedlichsten Dingen. Vor einiger Zeit gelang es ihnen, ein Tier zu entwickeln, welches die Gene von Kühen und Schafen miteinander vereinte. Das »Kaf« gab Milch und hatte das wollige Fell eines Schafes.

»Oder machen dich deine Gene zu etwas ganz Besonderem? Einer Eins Plus? Dann beglückwünsche ich dich. Du bist ein wahrer Segen für unsere Gesellschaft und kannst dir eine führende Position

erarbeiten. Ja, mit deinen Genen kannst du es sogar bis nach Aventin schaffen, um an der Seite unserer geliebten Gesegneten zu leben.«

Rain lauschte dem Beitrag, auch wenn sie die Sätze schon so oft gehört hatte, dass sie die Worte auswendig kannte. Wie anders ihr Leben sein würde, wenn sie doch auch eine Nummer hätte. Wäre sie eine Eins? Oder eine Zwei?

Cassiopaio kläffte, um Aufmerksamkeit einzufordern. Als sie ihm über den Rücken strich, gab er ein wohliges Knurren von sich. Eigentlich konnte er Berührungen von Menschen nicht leiden, nur von Rain ließ er sich kraulen. Aber auch nur, wenn er es wollte.

»Eine neue Arbeitsstelle, ein neues Zuhause, ein neues Leben erwartet euch. Euer Erbgut ist euer Wert, es ist euer Beitrag für die Gesellschaft.«

3.

LARK ÖFFNETE DIE TÜR und schleppte sich über die Schwelle. Er war so müde, dass er befürchtete schon im Gehen einzuschlafen. In seinem Kopf sah es aus wie in einem verstopften Schornstein. Grauer Nebel, der es unmöglich machte, auch nur einen klaren Gedanken zu fassen.

Er hatte trainiert, nun, eigentlich war es Arbeit gewesen, denn abends, wenn seine Eltern von der Schicht zurückkamen, ging er los, um für vier Stunden die Züge zu beladen, die die Fabriken untereinander verbanden. Es war eine mühsame Arbeit, aber er sah es als Training, denn es war sein Wunsch, zum Sentinal ausgebildet zu werden. Seine Gene waren gut genug, um für diese ehrenwerte Aufgabe auserwählt zu werden, wenn er sich nur genug anstrengte und sich keine Fehler erlaubte. Fehler wie sich mit anderen zu prügeln.

Er wusste nicht, was in ihn gefahren war, aber als er dachte, von einem Lauscher verfolgt zu werden, waren seine ohnehin schon blanken Nerven durchgebrannt. Eine Kurzschlussreaktion, die ihn seine Zukunft hätte kosten können, wenn Rain wirklich ein Lauscher gewesen wäre.

Lark zog seinen Mantel aus, entledigte sich der klobigen Stiefel und der äußeren Hose. Der Staub hatte sich trotz Schutzbeschichtung durch seine Kleidung gefressen, und das Hemd darunter grau gefärbt, ebenso wie seine Haut. Er hängte die Kleidung auf und stellte sich auf ein Gitter. Die Vorrichtung darunter erwachte mit einem Surren zum Leben und saugte den gröbsten Dreck von seinem Körper.

Wenig später setzte sich auch der DustBot in Bewegung, eine kleine, bauchige Maschine, die rund um die Uhr Smog von Boden und Wänden fegte. Ganz sauber sah es trotzdem nie aus. Er griff nach der Drohne, die mit einem Piepton protestierte und hielt sie sich über den Kopf, damit sie sein Haar grob vom Smog befreite. Dann ließ er sie los. Ein empörtes Trällern von sich gebend, flog sie zur gegenüberliegenden Wand und setzte ihre Arbeit fort.

»Lark, du bist spät.« Seine Mutter Knot war noch wach. Sie saß am Küchentisch und hatte wie gewohnt auf ihn gewartet. Allerdings war sie beim Warten eingeschlafen, wie der Abdruck auf ihrer rechten Gesichtshälfte verriet.

»Ma, geh ins Bett. Du brauchst deinen Schlaf.« Lark ließ sich von seiner Mutter umarmen. Trotz ihrer schlanken Gestalt und der eingefallenen Wangenknochen spürte er die Kraft in ihren Armen, die Kraft, die sie tief aus dem Herzen nahm, um damit ihre Familie zu beschützen. Sie roch vertraut nach Kohle, Maschinenöl und Linsensuppe. Und ein klein wenig nach Rosenwasser. Das hatte Larks Vater ihr vor langer Zeit geschenkt, und sie benutzte es sparsam, um möglichst lang etwas von diesem bisschen Luxus zu haben.

»Was ist mit deinem Auge passiert?«

Das Fischermädchen. Rain. Der pulsierende Schmerz im Auge und die blauen Flecken erinnerten ihn an ihre stürmische Begegnung.

»Keine Sorge, Ma. Nur eine kleine Auseinandersetzung.«

»Lark, was habe ich dir über Prügeleien gesagt? Du darfst nicht negativ auffallen. Dein Vater hat es ohnehin schon schwer, und deine Schwester…« Knot stemmte die Hände in die Hüften, aber sie sah eher müde als wütend aus. Dunkle Schatten lagen unter ihren Augen, Schatten, die nie verblassten.

»Ich weiß. Keine Sorge. Es ist nichts.«

Dieses Mädchen, Rain, war so stark gewesen. Sie hatte es ohne

Probleme mit ihm aufnehmen können. Kaum zu glauben, dass sie nur eine Drei sein sollte bei ihren Kräften. Und ihrem Aussehen. Trotz Ruß- und Schmutzschicht hatte Lark feine, fast makellose Gesichtszüge erkannt und keine Asymmetrien oder Deformierungen. Sie waren sich immerhin verdammt nah gewesen. Nein, ihr Gesicht war das einer Eins.

Aber da lag das Problem. Nicht alle Erkrankungen oder Einschränkungen konnte man auch tatsächlich sehen. Verrücktheit zum Beispiel. Und die gab es in Grey gar nicht selten. »Qualmköpfe« wurden die Betroffenen genannt, weil man fürchtete, dass der Smog ihnen das Gehirn vernebelt hatte.

»Hail war hier und hat nach dir gefragt.« Seine Mutter drückte ihn sanft auf den Stuhl und schob ihm eine Metallschüssel mit dem Rest vom Abendbrot vor die Nase. Larks Magen knurrte, auch wenn er viel zu müde war, um den Löffel zu heben. »Sie ist ein sehr nettes Mädchen.«

Lark wusste, was seine Mutter sich wünschte. Hail kam aus einer Einserfamilie mit reiner Genlinie. Niemand von ihnen war schlechter als Eins eingestuft worden, und somit hatte sie gute Aussichten auf eine bessere Zukunft in anderen Zirkeln, Zirkeln, die nicht vom Smog verseucht wurden.

»Ma! Du weißt, dass wir nur Freunde sind«, erklärte er. Eine Bindung zu ihr könnte seiner Familie aus den finanziellen Nöten und ihnen zu mehr Ansehen verhelfen.

»Sie hängt sehr an dir.«

Sie waren beste Freunde, seitdem er Hail aus einem Abwasserkanal gezogen hatte, in den sie dank eines fehlenden Kanaldeckels gefallen war.

»Wir werden nie mehr als Freunde sein, Ma. Ihre Familie steckt viel Hoffnung in sie. Sie ist ehrgeizig und hat große Pläne. Sie könnte es nach White Pearl schaffen. Eine Bindung mit mir… darum könnte ich sie nicht bitten.«

Hail träumte von einem Leben als Wissenschaftlerin. Sie war keine Eins Plus, aber dafür sehr fleißig.

»Du hast auch große Pläne. Du könntest es zum Sentinal schaffen.«

»Könnte. Das wird ihrer Familie nicht reichen.«

Lark war zu müde, um darüber zu diskutieren. Er beeilte sich, die Suppe in den Mund zu schaufeln, ohne dem faden Geschmack Beachtung zu schenken. Es war egal, wie es schmeckte. Hauptsache, es füllte seinen knurrenden Magen und gab ihm Kraft für den nächsten Tag.

»Denk wenigstens darüber nach. Ich bin sicher, ihr würdet einander sehr glücklich machen.« Knot seufzte. »Du weißt, ich würde dich nie drängen, aber…«

Knot selbst war entgegen dem Wunsch ihrer Familie einen Bund aus Liebe eingegangen, einen Bund mit einer Zwei. In den Augen der Gesellschaft etwas Unverantwortliches, denn es sorgte dafür, dass sich Schwäche vererbte.

»Ist es so schlimm?«, fragte Lark. »Pa?«

»Zweien haben es im Moment nicht leicht. Vor allem nicht mit einem Kind wie …«

Seiner kranken Schwester, die ein sichtbarer Beweis für die schlechten Gene in seiner Familie war. Das war nicht fair, einfach nicht gerecht.

»Aber mach dir keine Sorgen. Solange wir zusammenhalten, wird alles gut.«

»Ich gehe schlafen«, brummte Lark. »Tut mir leid, Ma. Ich schreibe morgen einen Test.«

Deshalb musste er ein paar Stunden eher aufstehen, um noch zu lernen. Er brauchte Bestnoten, um den Sentinal aufzufallen, denn die Konkurrenz war groß. Viele Mädchen und Jungen träumten davon, rekrutiert zu werden, um es aus Grey heraus zu schaffen.

»Danke für das Essen.«

Lark schlurfte zur Waschkabine, wo er Kopf und Hände wusch. Ein dunkles Rinnsal verschwand im Abfluss, und es dauerte eine ganze Weile, bis sich das Wasser aufhellte und der gröbste Smog aus seinem Haar gewaschen war. Lark wäre am liebsten gleich ins Bett gegangen, aber das Reinigen war tägliche Pflicht, wenn man von draußen kam, allein der Gesundheit wegen.

Er rubbelte über seinen Unterarm, um das Tattoo von Staub zu befreien. Gr 4438 m – G1. So lange er denken konnte, zierte der Code seinen Unterarm. Er kannte ihn so gut wie seinen eigenen Namen.

Richtige Seife konnten sie sich im Moment nicht leisten, nur eine Art Pulver, das zwar den Smog von der Haut löste, aber dabei die obersten Hautschichten wegätzte. Als er einigermaßen sauber war, ließ er sich von einer Art Föhn trocken pusten. Dann putzte er sich die Zähne mit einer altmodischen Zahnbürste.

Vom TecDec wusste er, dass es in Aventin Miniroboter gab, die den Mund reinigten und die Zähne polierten, aber das hatte er in Grey noch nie gesehen. Anschließend schlurfte er in sein Zimmer. Es war so klein, dass nicht mehr als eine Matratze hineinpasste, die man tagsüber hochklappen konnte. Dann verschwand sie in der Wand, und er konnte eine Tischplatte aus der anderen Wandseite ziehen, um zu arbeiten. Im Zimmer stand außerdem eine kleine Kommode, in der er seine Kleidung verstauen konnte.

Lark entledigte sich seiner Kleidung und klappte das Bett aus. An eine kleine Fensterscheibe prasselte der Regen und spielte seine Melodie. Rain. Der Regen. Er mochte den Regen, der mit seinen Tropfen den Ruß aus der Luft einfing und ihn zu Boden rieseln ließ. Er mochte den Geruch und das Gefühl auf der Haut. Er mochte das Geräusch, wenn er gegen die Scheiben trommelte und den Schmutz von den Häusern wusch. Regen. Er war die Hoffnung.

4.

ALS RAIN AM NÄCHSTEN MORGEN erwachte, war ihre Mutter fort. Auf dem Tisch lag jedoch ein Kästchen, welches mit einem schwachen Blinken Rains Aufmerksamkeit verlangte. Es war ein veraltetes Diktiergerät zum Aufzeichnen von Sprachnachrichten. Die meisten hatten heute bereits eines, bei dem der Sprecher in die Luft projiziert wurde. Eigentlich überflüssig, wie Rain fand. Die Stimme allein aufzuzeichnen, erfüllte schließlich auch seinen Zweck. Rain presste mit dem Daumen den Knopf hinunter. Storms Stimme schallte blechern aus dem kleinen Lautsprecher und teilte Rain mit, dass sie erst spät nach Hause kommen würde.

»Bis in einem Moment, mein Herz.« Das sagte Storm immer zum Abschied. *»Und denk dran. Unwetter haben keine Angst.«*

Es bedeutete nichts anderes als »alles wird gut« oder »keine Angst, wir haben uns«.

Unwetter. Regen und Sturm. Das waren sie. Niemand mochte Unwetter, aber es war ein schöner Gedanke, denn als Unwetter brauchte man sich nicht zu fürchten. Man war frei, tobte über den Himmel und tat, was man wollte.

Storm verließ das Haus oft früh, um nach einem Tagesjob zu suchen oder ihre selbst genähten Tücher und Taschen zu verkaufen. Normale Arbeit konnte sie nicht annehmen, da Arbeiter an den Eingängen der Fabriken und öffentlicher Gebäude gescannt wurden. Auch wenn ihr Tattoo echt war, würde es den Maschinen verraten, dass sie eine gesuchte Rebellin war. Daher fürchtete sie die Drohnen ebenso sehr wie ihre Tochter. Glücklicherweise gab es in Grey einige arbeitslose Dreien, und so war es möglich, Schwarzarbeit anzunehmen, ohne aufzufallen.

Zügig zog Rain sich frische Kleidung an, welche aus einer groben Hose, einem zu weiten Hemd und einem abgenutzten Ledergürtel bestand. Der Stoff war natürlich grau, um nicht aufzufallen. Sie zog sich ein beschichtetes Cape über, das sie vor dem Smog schützte, und setzte sich die Maske auf. Wie jeden Morgen wollte sie laufen gehen.

Jetzt war es ruhig auf den Straßen, perfekt, um sich ungestört durch Grey zu bewegen. Cassiopaio trippelte hinter ihr her, aber wie sie ihn kannte, würde er verschwinden, sobald er die Chance witterte, einen Vogel oder eine Ratte zu erlegen.

Sie verbarg Sting unter ihrem Cape, schob sich aus dem Fenster und hangelte sich die Feuerwehrleiter hinunter. Die Fuchsmanguste war ihr dicht auf den Fersen.

Ein Schleier hing wie ein Teppich über dem Asphalt. Rain setzte sich in Bewegung. Ihre Stiefel bewegten sich mühelos über den harten Grund. Sie sprintete an den zahllosen Wohnblöcken vorbei, Fenster und Türen zerflossen zu undeutlichen Streifen. Rain beschleunigte ihren Schritt und ließ ihre Gedanken zurück. Es gab keine Sorgen mehr, nur den Asphalt, der unter ihren Füßen dahinflog. Trotz der Behinderung durch die Maske fiel Rain das Joggen nicht schwer. Sie war gut im Training und hatte Ausdauer.

Ein Summen kündigte eine Drohne an, die noch nicht in Sichtweite war. Rain bremste ab, nutzte den Schwung, um sich wie eine Tänzerin um die eigene Achse zu drehen und zwischen zwei Häusern zu verschwinden. Der Spalt war so schmal, dass sie gerade hindurchpasste. Vorsichtig lugte sie hinaus.

Ein glänzender WatchBot zerschnitt den Smog. Sein blau glühender Antrieb war im Qualm gut auszumachen. Er flitzte um eine Ecke und verschwand. Gerade wollte Rain ihren Lauf fortsetzen, als eine zweite Drohne heranschoss. In letzter Sekunde brachte sie sich in Sicherheit. WatchBots kontrollierten nicht einfach die Tätowierungen. Sie konnten ihr Gegenüber, wenn nötig, auch mit einem Elektroschock paralysieren, bis die Sentinal oder schwer bewaffnete Kampfdrohnen eintrafen.

Rain presste ihren Kopf an die raue Wand und wagte nicht zu atmen, auch wenn die Sonden ausschließlich über visuelle Systeme arbeiteten und sie nicht hören konnten. Ihr Herz schlug ihr bis zum Hals, als die Maschine an ihrem Versteck vorbeiflog. Das war knapp gewesen.

Ein Rascheln ließ Rain herumfahren.

»Pi?« Cassiopaio bellte leise und schmiegte sich an ihre Füße, um Schutz zu suchen. Rain schluckte. Irgendetwas bewegte sich dort in der Dunkelheit zwischen den Häusern. Angestrengt starrte sie hinein, doch konnte in dem düsteren Schleier nichts entdecken. Eine Ratte womöglich?

Sie blieb nicht länger, um es herauszufinden. Der Zusammenstoß mit Lark hatte ihr gereicht. Sie sprang zurück auf die Straße, die Kapuze ihres Capes tief ins Gesicht gezogen, und wurde wieder vom Smog verschluckt. Der Qualm war in dieser Straße besonders dicht. Rain hielt sich nahe an der Häuserfassade, eine Hand am Gemäuer, um sich zu orientieren. Nach einigen Metern bog sie in eine Gasse ab. Hier beschleunigte sie ihre Schritte, bog erneut ab und ließ die Smogwolke hinter sich.

Vor ihr lag eine kleine Parkanlage, um die sich schon lange keiner mehr zu kümmern schien. Die Pflanzen wucherten und verdeckten die gepflasterten Wege. Kleine Bänke und Tische aus Eisengittern verschwanden bereits unter Efeu und Gestrüpp. Ein verzweifelter Kampf, Natur gegen Stadt, die ihrerseits wie Unkraut spross und stetig wuchs. Eine Kreatur aus Stein und Metall, die alles an sich riss, was ihr in die Quere kam. Aus ihren Nüstern drangen Smog und Rauch in den Himmel. Ihr ständiger Lärm und Gestank vergiftete die Gegend, doch dieser Park wehrte sich so gut es ging.

Rain liebte diesen Ort, gerade wegen seiner Wildheit. Hier war sie allein, sicher vor Menschen und Drohnen. Sie streckte sich unter einem Baum aus, riss sich die Maske vom Kopf und starrte in den Himmel. Obwohl die Sonne schien, konnte man sie durch die dichten Wolkenschwaden kaum erkennen. Auf Dauer musste sich das Leben in Grey auf die Stimmung auswirken. Wie sollte man hier nicht depressiv werden?

Rain atmete tief ein, genoss den Duft von Gras und Bäumen und sah Cassiopaio dabei zu, wie er emsig ein Loch buddelte. Vermutlich ein neues Versteck für seine Beute.

Ein altes Schild, aus dem Kabel und alte Glühlampen hingen, hing oben in den Zweigen. »McDonalds« stand dort drauf, und eine grinsende Fratze mit roten Haaren sah zu ihr herunter.

Dieser Donald schien eine wichtige Persönlichkeit in der alten Welt gewesen zu sein, auch wenn er auf Rain ein wenig gruselig wirkte. Sie verstand nicht, warum er dieses aufgemalte Lächeln trug und seine Nase rot gefärbt hatte. Ob das eine bestimmte Bedeutung gehabt hatte? Die alte Welt war voller Geheimnisse. Nur zu gerne hätte Rain mehr über Herrn Weihnachten und diesen seltsamen Donald erfahren.

Nach einigen Minuten Ruhe rappelte sie sich auf, um nach Beeren zu suchen. Hier gab es Brombeerbüsche, die um diese Zeit Früchte trugen. Ihre Mutter würde sich freuen, wenn sie etwas mitbrachte, um das Essen zu verfeinern. Außerdem konnte sie Feuerzahnblätter für einen Salat sammeln.

Während sie durch das dichte Gestrüpp stapfte, vergaß sie für einen Moment sogar, dass sie sich inmitten einer Stadt befand. Nur das monotone, niemals verstummende Stöhnen und Ächzen der Fabriken erinnerten sie daran.

Sie pflückte einige Beeren von einem Strauch, rieb den

gröbsten Staub von ihrer Oberfläche und ließ sie in einen Beutel gleiten.

Ein Fiepen ertönte zu ihren Füßen, und gelbe Mangustenaugen sahen flehend zu ihr empor.

»Na gut.« Sie ließ sich erweichen und reichte Cassiopaio, der flehend auf seinen Hinterbeinen stand, eine Beere. Der Kleine schnappte so gierig danach, dass er um ein Haar ihre Finger erwischte.

»Au!«

Ein Knacken von Zweigen ließ Rain erneut aufschrecken. Jemand war hinter ihr. Jemand war ihr gefolgt. Ihre Finger wanderten unter das Cape und schlossen sich um Sting. War das in der Gasse vielleicht doch eine menschliche Ratte gewesen, ein Lauscher, auf der Suche, sich Geld zu verdienen? Sie ging weiter, ohne sich etwas anmerken zu lassen, und lauschte: Die Schritte kamen näher.

Rain ging auf eine Weide zu und verschwand mit einem Satz hinter dem Stamm. Sie eilte herum, um hinter ihren Verfolger zu gelangen, holte tief Luft und zog Sting. *»Das Überraschungsmoment zum Angriff nutzen«*, pflegte ihre Mutter zu sagen. Nun gut. Dann würde sie überraschen. Sie sprang hinter dem Baum hervor.

»Ahhh!« Ihrem Verfolger entfuhr ein spitzer Schrei, als sich Sting in seine Magengrube bohrte. Rain wollte gerade den Schock auslösen, hielt aber im letzten Moment inne, denn vor ihr stand ein kleines Mädchen. Es war einige Jahre jünger als Rain und viel zu dünn für sein Alter. Es sah aus, als würde es mit dem nächsten Windhauch davongeweht werden.

»Wer bist du?«

»Eine Prinzessin. Und man haut keine Prinzessinnen, du Unhold.«

Rain war sich ziemlich sicher, dass keine Prinzessin vor ihr stand. Nur die Angehörigen der regierenden Gesegneten durften sich so nennen, und dieses Mädchen sah mit ihrem eingefallenen Gesicht und den dünnen Haaren nicht gerade gesegnet aus. Nein, sie war definitiv ein Mensch.

»Was tust du hier?«

»Ich bin dir gefolgt.«

»Gefolgt? Warum?« Rain starrte das Kind entgeistert an.

»Du hast dich auch vor den WatchBots versteckt, und da … da war ich neugierig.«

Rain musterte ihr Gegenüber genauer. Haut und Haare sahen einigermaßen gepflegt aus. Auf jeden Fall hatte sie eine Dusche mit warmem Wasser, um sich regelmäßig von Schmutz zu befreien. Ihre Kleidung war einfach, aber nicht zerschlissen. Ein Nummerntattoo zierte den Unterarm der Kleinen: Gr 4440 w – G3.

Es sah auf den ersten Blick echt aus, doch das sah ihr eigenes auch.

»Warum bist du nicht in der Schule?«, fragte Rain und befestigte Sting an ihrem Gürtel. »Du kriegst noch Ärger.«

»Es ist dort langweilig«, erwiderte die Kleine, und ein schelmisches Grinsen breitete sich auf ihrem Gesicht aus, bei dem sich auf den Wangen Grübchen bildeten. Sie kickte einen auf dem Boden liegenden Stein beiseite. »Die Lehrer denken, ich sei zu dumm für den Unterricht, dabei verstehe ich alles. Ich glaub, ich versteh sogar mehr als manche Einsen.«

»Wenn du nicht zur Schule willst, geh nach Hause.« Rain verstand nicht, wie jemand keine Lust auf Schule haben konnte. Das war immerhin die Chance auf ein besseres Leben. Wenn sie die Möglichkeit dazu hätte, würde sie sie ergreifen.

»Dort ist es noch langweiliger.« Das Mädchen verdrehte die Augen.

»Was machst du stattdessen?«

»Was Prinzessinnen eben so tun. Ich erlebe Abenteuer. Ziehe

durch die Stadt, bekämpfe Bösewichte, rette entführte Prinzen …« Während sie das sagte, zog sie eine imaginäre Waffe und begann sich tänzerisch mit einem unsichtbaren Gegner zu duellieren. Auf ihren dürren Beinen sprang sie über den Boden auf Rain zu.

»Du bist seltsam.« Rain wich den Angriffen des Luftschwertes aus. Was tat das Mädchen da? Vielleicht war sie nicht ganz richtig im Kopf. Allerdings wirkte sie nicht wie die Qualmköpfe, auf die Rain bereits getroffen war.

»Seltsam? Verteidige dich lieber, anstatt zu quatschen!« Die Kleine preschte vor und stieß zu. Rain stöhnte auf und sackte theatralisch zu Boden. Sich die unsichtbare Bauchwunde haltend, blieb sie liegen.

»Du hast mich besiegt. Verrate mir deinen Namen, bevor ich verblute.«

»Ich bin Prinzessin Rosaline.« Die Kleine versuchte ernst zu gucken, aber ihre Mundwinkel zuckten immer wieder in die Höhe. »Du musst nicht sterben. Ich werde dich heilen.«

»Bringst du mich zu einem MedBot?«

»Ach, wer braucht denn so etwas?« Die Kleine fiel nicht aus der Rolle, pflückte ein Blatt und strich es über Rains Wunde mit der Erklärung, es sei ein Zauberblatt, das alle Verletzungen heile, durch etwas, was sie Magie nannte. Magie. Rain konnte sich nichts darunter vorstellen, doch sie tat dem Mädchen den Gefallen und verbeugte sich.

»Danke, Prinzessin Rosaline.«

»Du darfst mich Rose nennen.«

»Zu freundlich. Ich bin Rain.«

»Ich mag den Regen, besonders abends, wenn er gegen mein Fenster prasselt. Dann stell ich mir vor, dass er mit mir redet und mir Geschichten erzählt. Ich fühle mich dann nicht so allein.«

Rose schien niemals still zu sein. Sie ließ sich im Schneidersitz auf dem Boden nieder und beäugte Rain mit ihren braunen Augen. Im Vergleich zum Rest ihres eingefallenen Gesichtes wirkten sie unnatürlich groß.

»Was ist das?« Sie deutete auf den Beutel mit Beeren, der um Rains Handgelenk geschnürt war.

»Brombeeren«, antwortete Rain zögernd, und die Kleine quietschte auf.

»Brom-beeren?« Ihre Stimme stieg um eine Oktave. »Kann ich eine haben? Ich habe seit Ewigkeiten keine mehr gegessen.«

»Ähm.« Rain lugte in den Beutel auf ihre magere Ausbeute von fünf kleinen Früchten.

»Bitte, bitte.« Das Mädchen war wieder auf den Beinen und sprang immer wieder in die Luft, wobei ihre kurzen blonden Locken auf und ab schaukelten. Unter ihrer Kleidung zeichnete sich jede Rippe ab. Sie sah nicht aus, als würde sie regelmäßig etwas zwischen die Zähne bekommen. »Darf ich? Darf ich?«

»Nimm und sei ruhig. Sonst findet uns noch jemand.« Rain zog Rose zurück auf den Boden und drückte ihr den Beutel in die Hand. Die Augen der Kleinen leuchteten, als sie eine Beere herausnahm. Sie besah das Geschenk wie einen kostbaren Schatz, bevor sie sich die Frucht in den Mund schob. Sie schloss die Augen, als sie die Brombeere gegen den Gaumen drückte, und schnurrte wie eine Katze.

»Danke. Das ist so lecker«, schwärmte sie und sah dabei so glücklich aus, dass es Rain innerlich zerriss. »Und sauer. Ich mag sauer. Das prickelt so im Mund.«

»Iss ruhig alle«, murmelte Rain.

»Danke, du bist so lieb. Weißt du was. Ich stelle mir vor, dass es Zauberfrüchte sind. Glaubst du an Zauberfrüchte?«

»Nein. Was soll das sein?«

»Die haben bestimmte Kräfte.«

»Kräfte?« Rain kannte Wurzeln, die die Wunden desinfizierten,

Blüten, die müde machten, und Pilze, die einen mit offenen Augen träumen ließen. Aber Brombeeren hatten, soweit Rain wusste, keine derartige Wirkung.

»Sie können Krankheiten heilen und Tote wieder lebendig machen«, ergänzte Rose.

Das wiederum klang so, als wäre die Kleine ein wenig verrückt, aber sie sah so hoffnungsvoll in den Beutel, dass Rain diesen Kommentar herunterschluckte und sich ein »Vielleicht« murmeln hörte, welches sie sofort bereute. Man sollte keine falschen Hoffnungen schüren. Wenn man sich an etwas Unsinniges klammerte, würde man am Ende doch nur enttäuscht werden.

»Wenn es wirkt, werde ich es dir verraten«, versprach Rose und schob sich eine weitere Beere in den Mund. Während sie kaute, deutete sie auf eine von Schlingpflanzen überwucherte Steinstatue, die sich zwischen zwei Bäumen versteckte. Es war ein Mädchen mit Flügeln, ganz wie die Engel aus Rains Büchern, nur dass dieser Skulptur schon beide Arme fehlten. »Ich rede manchmal mit den Flügelmenschen, weißt du? Es heißt, sie haben in den Wolken gelebt.«

»Ja, in einer Wolkenstadt«, ergänzte Rain.

»Sie haben von dort oben über die Menschen gewacht, wie es jetzt die Gesegneten machen.«

»Ja, so ähnlich.«

»Ich würde auch gerne fliegen können.« Sie streckte ihre Arme aus und schlug mit ihnen. Dabei hüpfte sie, als ob sie abheben würde.

»Ich bezweifle, dass das geht.«

»Natürlich geht es. Sie haben doch Flügel.« Rose landete wieder auf dem Boden und legte sich die nächste Beere in den Mund.

»Absolut unmöglich. Die menschlichen Körper sind zu schwer.«

»Es ist möglich. Mit Glauben.«

»Wo hast du denn den Schwachsinn her?«

»Das ist kein Schwachsinn.« Rose ballte die Finger zu kleinen Fäusten. »Ich habe darüber gelesen.«

»Gelesen?«

»Ja, auch wenn ich eine Drei bin, bin ich nicht dumm. Ich kann sehr wohl lesen.«

»Auch wenn ich glauben würde, ein Baum zu sein, wäre ich in den Augen der anderen noch immer ein ganz normales Mädchen.« Rain schüttelte den Kopf. »Glaube hin oder her. Menschen können nicht fliegen.«

Als sie Roses traurige Augen sah, fügte sie hinzu. »Wobei du Glück haben könntest. An dir ist nicht viel dran.«

Cassiopaio, der Fremden gegenüber misstrauisch war, gefiel es nicht, dass das dürre Mädchen seine Beeren aß. Er kroch aus seinem Versteck hervor und knurrte, womit er aber nicht den gewünschten Effekt erzielte.

»Wie putzig!«, rief Rose und streckte ihre Hand aus, um die Manguste zu streicheln. Mit einem »Au!« zog sie ihre Finger zurück. Cassiopaios Schwanz schnellte senkrecht in die Höhe, und er ließ ein Kläffen verlauten.

»Das ist Pi«, erklärte Rain. »Er mag niemanden außer mir.«

Rose versuchte, das Tier mit einer Beere zu bestechen. Auch wenn Cassiopaio das Geschenk annahm, bedeutete das für ihn noch lange nicht, sich streicheln zu lassen. Er war, was Treue anging, anders als die meisten Haustiere unbestechlich. Seine angelegten Ohren und funkelnden Knopfaugen schrien förmlich »Fass mich nicht an, Kind«.

Rose schob schmollend die Lippe vor, aber einen Augenblick später lachte sie bereits wieder, als sie einen neuen Plan hatte. Sie steckte eine Beere auf einen Ast und hielt diesen der Fuchsmanguste vor die Nase. Immer, wenn das Tierchen danach schnappte, zog sie es außer Reichweite. Das ließ Cassiopaio genau dreimal mit sich machen, dann preschte er vor und zwickte sie ins Bein.

Rose schrie auf und ließ den Stock fallen. Triumphierend zog die Manguste mit Stock und Beere davon.

»Das hast du nun davon«, kommentierte Rain, die das Ganze mit angesehen hatte. »Leg dich lieber nicht mit ihm an.«

»Er ist trotzdem süß«, murmelte das Mädchen und rieb sich das Schienbein. »Ich habe mir schon immer ein Tier gewünscht, aber Einhörner passen nicht in unsere Wohnung.«

Von Einhörnern hatte Rain noch nie etwas gehört. Überhaupt sprach das Kind von seltsamen Dingen.

»Seine Liebe muss man sich jedenfalls hart erarbeiten.«

»Das werde ich.« Die Kleine biss sich auf die Unterlippe. »Aber als Prinzessin bin ich zuversichtlich, dass es klappen wird.«

»Wenn du meinst.«

»Das tue ich.«

»Es sind viele Drohnen unterwegs«, murmelte Rain eher zu sich selbst und lugte durch die Bäume. Sie sah einen weiteren WatchBot am Parkrand entlangflitzen. Der dritte innerhalb der letzten fünf Minuten. Um diese Zeit war sie noch nie auf so viele Maschinen getroffen. Irgendetwas stimmte nicht.

»Alles nur wegen dem Gesegneten, der heute ankommt.«

Rain starrte das Mädchen an.

»Ein Gesegneter? Hier in Grey?« Sie versuchte die Worte zu verarbeiten, aber ihr Gehirn schien leergefegt zu sein. Noch nie hatte Rain einen von ihnen außerhalb der Bildschirme und Hologramme gesehen. Es schien fast schwer zu glauben, dass sie in der Realität existierten und mehr als bloß eine Projektion waren.

»Hast du es nicht gehört? Heute Morgen haben sie es angekündigt. Ein Gesegneter wurde hergeschickt. Keine Ahnung, warum.«

»Wirklich?« Rains Herz schlug ihr bis zum Hals. Keiner der vorhergehenden Earls und auch nicht Amygdala hatten je einen Fuß in den Industriezirkel gesetzt.

»Wirst du dir seine Ankunft ansehen?« Die Kleine grinste über beide Ohren und entblößte eine Zahnlücke zwischen den oberen Schneidezähnen.

»Wann?«, hauchte Rain aufgeregt. Sie wusste, ihre Mutter würde es nicht erlauben, aber ja, sie wollte es sehen. Unbedingt!

»Zur fünften Stunde beim großen Platz. Die Arbeiter dürfen die Fabriken sogar früher verlassen, um den Gesandten willkommen zu heißen. Meine Eltern wollen nicht hin, aber das ist mir egal.«

»Das wird nicht ungefährlich. Es werden viele Drohnen unterwegs sein«, bemerkte Rain.

»Ja, genau das haben meine Eltern auch gesagt. Aber wann kommt schon ein Gesegneter nach Grey?«

»Mmh.«

Die Kleine hatte recht.

»Also gehst du hin?« Rose grinste.

»Natürlich gehe ich.« Rain ließ sich von dem schelmischen Lächeln anstecken. Mit etwas Glück wäre sie vor ihrer Mutter wieder zu Hause, und Storm würde nicht einmal davon erfahren. »Dann ist es beschlossen«, verkündete die Kleine und tanzte von einem Bein aufs andere. »Wir gehen gemeinsam.«

»Tun wir das?«

»Natürlich. Wir sind doch jetzt Freunde, oder etwa nicht?«

Es war um Rain geschehen. Sie hatte das sonderbare Mädchen bereits in ihr Herz geschlossen, anders als Cassiopaio. Was war aus ihrem »Keine-Bekanntschaften-schließen«-Prinzip geworden? War sie wirklich so verzweifelt auf der Suche nach einem normalen Leben, dass sie alle Warnungen ihrer Mutter in den Wind schoss?

»Wir sind zumindest auf einem guten Weg dahin, Freunde zu werden«, erklärte sie zögernd. »Weißt du, Freunde muss man sich sehr gut aussuchen.«

»Das habe ich!«, verkündete Rose. »Aber du kannst dir gerne Zeit lassen.«

5.

LARKS KOPF GLÜHTE, als er auf das in die Tischplatte eingelassene TecDec starrte. Dort erschien die nächste Frage, während rechts in der oberen Ecke die Zeit ablief. 30. 29. 28. Wenn die Null erreicht war, würde die nächste Frage erscheinen, unabhängig davon, ob er sich für eine Antwort entschieden hatte oder nicht. 27. 26. 25. *Verdammte Mutantenscheiße!* Er konnte sich einfach nicht konzentrieren.

Mit dem Ärmel wischte er sich den Schweiß von der Stirn und versuchte die Frage noch einmal zu lesen, aber die Buchstaben tanzten vor seinen Augen, ohne ihm ihre Bedeutung zu verraten. Er konnte sich einfach nicht richtig konzentrieren.

»B«, hörte er Hail neben sich flüstern. Lark hob den Kopf und sah sie an. Sie starrte so konzentriert auf ihr TecDec, dass er glaubte, sie hätte mit sich selbst gesprochen.

Doch dann drehte sie sich um und sah ihn an. Nur für die Länge eines Wimpernschlages. Ihre Lippen formten ein lautloses »B«, und da war er sich sicher. Hail meinte ihn. Aber warum tat sie das? Sicher, sie kannten sich schon lange und waren Freunde, aber sie waren vor allem Konkurrenten. Konkurrenten, die um ein besseres Leben kämpften. Oder wollte sie ihn reinlegen? Aber warum würde sie dann riskieren, dabei erwischt zu werden? Das würde die Disqualifikation vom Test bedeuten.

10. 9. 8. Lark gab B ein, und es ging weiter. Dieses Mal erschien ein Bild. Innerhalb von 10 Schlägen musste er sich so viele Details wie möglich einprägen. Es wurde ein großer Platz mit einer Menschenmenge und zahlreichen umherfliegenden Drohnen gezeigt.

Nach kurzer Zeit erschien ein auf den ersten Blick identisches Bild, aber Lark wusste, es gab minimale Differenzen. Menschen, die fehlten. Andere Tätowierungen. Nur Kleinigkeiten. Im Finden dieser Kleinigkeiten war er gut, eine Fähigkeit, die den Sentinal gefallen dürfte. Schnell tippte er die Änderungen an und fand alle in der vorgegebenen Zeit.

Es folgte eine weitere Wissensaufgabe zum Thema Genetik. Lark kaute auf seiner Lippe, während er in den Tiefen seines Gehirns nach einer Antwort suchte. Dieser Test war schwieriger als gedacht. Er wünschte sich, eine dieser Pillen zu haben, die sie in der Nähe der alten Stahlfabrik verkauften. »Brainshot« nannten sie die Kügelchen, mit denen man für kurze Zeit konzentrierter, wacher und aufnahmefähiger wurde. Lark wusste, dass einige seiner Mitschüler für die Pillen sparten, um bessere Klausurergebnisse zu erzielen.

Nein, er würde es auch so schaffen!

Sein Blick huschte kurz durch den Raum, als würde sich irgendwo ein Hinweis verstecken. An jedem Tisch beugte sich ein Schüler über den Bildschirm. Alles Einsen. Die Zweien durften nur bis zum vierzehnten Lebensjahr die Schule besuchen. Da sie keine Möglichkeiten auf einen sozialen Aufstieg hatten, wurden ihnen einige Fächer gar nicht erst zuteil. Fertigkeiten im Schreiben und Rechnen waren für sie nur bedingt notwendig, da sie hauptsächlich für einfache, manuelle Aufgaben in den Fabriken infrage kamen.

Bis auf das monotone Pumpen der Filteranlagen war es still im Raum. Die Lehrerin stand auf einer kleinen Empore und ließ ihren Blick über die Klasse schweifen, unterstützt wurde sie bei ihrer Arbeit von zwei für die Schule modifizierten WatchBots, die lautlos durch die Reihen glitten. Aus ihren silbern glänzenden Bäuchen ragten Kameras, die wie Augen aussahen. Sie machten es beinahe unmöglich zu betrügen, und trotzdem gab es immer wieder Schüler, die verzweifelt genug waren, es zu versuchen.

Wenn man dabei erwischt wurde, wurde man zwar nicht gleich der Schule verwiesen, aber man bekam einen Eintrag in seine virtuelle Akte, und damit war jede Chance auf ein besseres Leben in einem anderen Zirkel vertan.

»E«, hörte Lark Hail murmeln. Er las sich die vorgeschlagene Antwort noch einmal durch. Ja, das war richtig, aber warum half Hail ihm?

In diesem Moment glitt eine der Drohne auf das Mädchen zu und fixierte sie mit ihren lidlosen Stielaugen. Hail verkrampfte sich sichtlich und starrte auf die Aufgaben vor ihrer Nase. Lark konnte sehen, wie ihr Gesicht rot anlief und ihre Hand zu zittern begann. Entspann dich, flehte er in Gedanken. Nervosität war verdächtig, doch je länger die Drohne vor ihr schwebte, desto aufgeregter wurde Hail. Sie war wie versteinert, nur ihre Hände zitterten vor Angst.

Lark musste etwas unternehmen. Er hustete, gefolgt von einem geräuschvollen Räuspern. Eines der Augen schwenkte zu ihm herüber, aber die Drohne verharrte weiterhin vor Hail. Er fummelte an seinem Ärmel, so als habe er dort etwas versteckt, doch die Drohne reagierte nicht.

Piep.

Die Zeit zur Beantwortung der nächsten Frage war abgelaufen, ohne dass Lark etwas eingegeben hatte. Damit wurde sie als Fehler gewertet, und die nächste Frage erschien.

Verdammt!

Er durfte sich jetzt nicht um Hail kümmern. Er musste an seine Familie denken. Er war ihr Ticket zu einem besseren Leben, ihre letzte Hoffnung, und er musste diesen Test bestehen. Nicht nur bestehen. Er musste einer der Besten sein.

Die nächste Aufgabe bestand aus einer Filmfrequenz aus der Sicht eines WatchBots, der eine Straße entlangflog. Immer wieder tauchten verschiedene Formationen auf. Er musste alle dreieckigen Formationen anklicken, die sie passierten. Außer die roten Dreiecke.

Hinter seiner Stirn rauschte das Blut, drückte von innen gegen seine Augen. Er blinzelte, während seine Pupillen den Bildern folgten. Im Augenwinkel sah er, wie Hail sich derselben Aufgabe stellte unter dem wachen Blick der Drohne.

Geschafft! Lark liebte Aufgaben, in denen es darum ging Konzentration und einen schnellen Geist zu beweisen.

Nur noch zwei Aufgaben. Ein Puzzle zusammensetzen. Nur noch eine. Eine Rechenaufgabe. Dann war es vorbei.

Eine schrille Klingel verkündete das Ende des Tests. Zeitgleich fror der Bildschirm der TecDecs ein, während alle gespannt auf die Ergebnisse warteten, die sogleich erscheinen würden.

»Hail. Lark. Folgt mir bitte.« Die Lehrerin, eine Eins, zeigte nicht den Hauch einer Emotion. Sie wartete nicht einmal eine Antwort ab, sondern drehte sich um und eilte voran.

Die Schüler warfen sich einen kurzen Blick zu und erhoben sich. Larks Herz schlug ihm bis zum Hals, als sie ihr ohne ein Wort zu sagen zur Tür folgten. Er hörte das Tuscheln seiner Kameraden, doch er wagte es nicht, jemandem in die Augen zu sehen.

Was würde nun geschehen? Larks Gedanken rotierten und gingen verschiedene Szenarien durch. Diszipliniert werden? Die körperliche Bestrafung in Schulen war schon vor Jahren abgeschafft worden, aber es gab andere Strafen, härtere. Man konnte von der Schule verwiesen werden oder einen Vermerk bekommen, der den Traum von einem Leben außerhalb von Grey zerplatzen lassen würde. Für immer.

Der Widerhall ihrer Schritte wurde von den Wänden zurückgeworfen und gab den Takt vor für das aufgeregte Schlagen ihrer Herzen. Lark versuchte, mit seiner Freundin Blickkontakt aufzunehmen, doch sie starrte nur auf die Spitzen ihrer Füße.

Er berührte sie flüchtig am Arm, doch sie reagierte nicht.

Vermutlich bereute sie es, ihm geholfen zu haben. Lark ahnte, was ihnen als Nächstes bevorstand, wenn man sie des Betruges bezichtigen würde: Ein Verhör und eine körperliche Untersuchung nach Beweisen. Oder war das gar nicht nötig? Vielleicht hatten die Drohnen ihren Betrug auch auf Video aufgezeichnet. Dann würde man kurzen Prozess mit ihnen machen.

»Schülerin Hail, hier rein«, wies die Lehrerin sie an und deutete auf eine Stahltür. Hails Hände krallten sich vor Anspannung in den Saum ihrer Uniform, und Lark bemerkte, wie ihre Lippen zitterten. Er wollte ihr etwas sagen, ihr irgendwie Mut machen, doch es fehlten ihm die Worte. Seine Zunge lag nutzlos im Mund und bewegte sich nicht.

Er sah, wie sie Luft holte, sich eine rebellische Haarlocke hinter das Ohr kämmte und in den angewiesenen Raum trat.

»Schüler Lark.« Die Lehrerin bedeutete ihm zu folgen. Sie war eine strenge, kühle Frau, die folgsam ihre Pflicht erfüllte. Sie hatte mehr mit einer Drohne gemeinsam als mit einem Menschen. »Hier herein.«

Ihrem Gesicht, welches genau einen Ausdruck kannte, war das Schicksal, welches Lark erwartete, nicht abzulesen. Er holte tief Luft, strich seine Uniform glatt und betrat den Raum.

Ein Sentinal erwartete ihn bereits, und wie immer, wenn Lark einen der Wächter sah, beschleunigte sich sein Herzschlag.

Würde man ihn verhaften?

Der Sentinal trug eine schwarze Uniform bestehend aus festem Stoff und leichten, aber effektiven Schutzplatten. Sein Gesicht war durch eine blickdichte Maske verborgen, sodass Lark keine Chance hatte, sein Gegenüber zu erkennen. Er drückte die Schultern durch und richtete seinen Blick ins Leere.

»Setz dich, Schüler Lark.«

Die Stimme klang verzerrt durch den Sprachfilter des Helmes.

Lark schluckte, während er dem Befehl Folge leistete.

Rain hatte selbst genähte Tücher ihrer Mutter dabei, um sie zu tauschen. Ihr Ziel war eine Bäckerei in der Nähe einer Stahlindustrieanlage. Um diese Zeit war dort nicht viel los, denn die Arbeiter kamen erst nach der Schicht zum Einkaufen. Sie schob sich an einer Plane vorbei, die den Eingang abschirmte, öffnete die Tür und stieß beinahe mit einem DustBot zusammen, der emsig durch den Raum flog.

»Hallo Rain.« Die Bäckerin sah kurz auf, berührte mit ihren Fingern die Stirn und hinterließ eine Mehlspur an der Stelle. »Was hast du zum Tauschen?«

Cup verschwendete keine Zeit mit Höflichkeiten und kam wie gewohnt direkt auf den Punkt. Rain war das nur recht. Smalltalk auszutauschen lag ihr nicht, denn sie befürchtete dabei immer, enttarnt zu werden.

Ihre Mutter und sie hatten meistens nicht genug Credits, kleine Platten, die in ganz Hope als Währung benutzt wurden. Also zog sie zwei Tücher aus der Tasche und legte sie auf den Tresen.

»Hübsch. Gute Handarbeit. Aber nutzlos. Ich glaube nicht, dass sich meine Kunden dafür interessieren werden.«

Trotzdem holte Cup einen Brotlaib vom Vortag unter dem Tresen hervor und packte ihn ein. Dann legte sie noch ein paar duftende Brötchen dazu.

»Dein unnützes Zeug hier, und du bringst meine Kühlzelle zum Laufen. Sind wir im Geschäft?«

Etwas reparieren zu lassen war teuer. Etwas neu zu kaufen noch teurer. Also bot Rain ihr Können an im Austausch für das, was sie brauchte. Sie war auf jeden Fall unschlagbar günstig, und sie liebte es, Dinge in Ordnung zu bringen.

»Deal.«

Ein flüchtiges Lächeln huschte über das rote Gesicht der Bäckerin, so schnell, dass Rain sich nicht sicher war, ob sie es sich eingebildet hatte.

»Gut. Dann komm mit.«

Rain folgte ihr in den hinteren Teil des Ladens und packte ihr Werkzeug aus, welches sie in einer verbeulten Gürteltasche bei sich trug.

Die Kühlzelle zu reparieren war nicht weiter schwierig. Zufrieden rieb Rain sich die Hände, als die Arbeit getan war. Sie zeigte der Bäckerin die ausgetauschten Schrauben und geflickten Kabel, die zufrieden mit dem Kopf nickte, als die Kühlzelle mit einem Summen zum Leben erwachte.

»Ich hätte gerne noch einen Kaffee«, sagte Rain in der Hoffnung, dass die Bäckerin gnädig gestimmt war.

»Und wie gedenkst du, zu bezahlen? Ich verschenke nichts.« Cup stöhnte und wischte sich die Schweißperlen von der Stirn.

Wortlos legte Rain eine Kette bestehend aus Leder und Stoffkordeln auf den Tisch.

»Hübsch und genauso nutzlos. Dein Armband gefällt mir.«

»Das steht nicht zum Verkauf«, sagte Rain, ohne zu zögern, und fuhr mit den Fingerspitzen über den Regenstein, den sie zum Geburtstag bekommen hatte. Die Menschen in Hope feierten ihre Geburtstage nicht. Sie feierten den Tag, an dem sie ihre Tätowierung erhielten und damit ihren Platz in der Gesellschaft. Da Rain nie eine bekommen würde, war für Storm und sie ihr Geburtstag ein kleiner Freudentag.

»Dann verschwinde, Mädchen.«

»Warte. Bei deiner Drohne funktioniert die Tarierung nicht richtig.« Rain ging zu der Maschine, die ein schrilles Pfeifen von sich gab, als sie auf den Kopf gedreht wurde. »Wenn das so weitergeht, kann sie nicht mehr so effizient arbeiten und verschleißt schneller. Ich könnte sie reparieren.«

Glücklicherweise gingen Dinge in Grey schnell kaputt, was Rain immer genügend Arbeit verschaffte.

»Na dann.« Ohne aufzusehen, nahm die Bäckerin die Kette

und stellte ihr einen Kaffee auf den Tresen. Sie legte sogar einen leicht verbrannten Tassenkuchen dazu, während Rain den piependen DustBot deaktivierte.

Auch wenn sie Rains Tauschobjekte meistens als nutzlos beschimpfte, nahm Cup sie stets an. Ihre Mutter hatte gehört, dass der Vater der Bäckerin eine Drei gewesen war und sie daher ein Herz für Menschen mit schlechten Genen hatte. Von diesem Herzen war meistens nicht viel zu spüren, aber immerhin gab sie ihnen Essen.

»Bring mir das nächste Mal wieder Taschen oder Mützen«, murmelte Cup, während Rain die Tarierung der Drohne ausglich.

Der Kaffee duftete herrlich, und Rain beeilte sich, ihn zu trinken. Sie nahm einen kräftigen Schluck, schob die bittere, heiße Flüssigkeit in ihrem Mund hin und her, um sie vor dem Schlucken richtig zu genießen. Dann nahm sie den nächsten Zug. Je länger sie wartete, desto mehr würde der Kaffee nach Grey schmecken. Und Smog schmeckte nicht wirklich gut.

Als sie zu Hause war, erfolgte als Erstes der routinemäßige Gang zur Dusche, um sich vom gröbsten Staub zu befreien. In Grey war es normal, sich mehrmals am Tag zu waschen, im Prinzip jedes Mal, wenn man nach Hause kam.

Rain sprang schnell unter die Dusche und drehte den Hahn auf. Als ein Schwall kaltes Wasser herausschoss, fluchte sie und presste sich an die Wand. Es sah ganz so aus, als hätte sie erneut Pech. Vorsichtig streckte sie einen Fuß unter den Strahl, um sich langsam an die Kälte zu gewöhnen. Ein Kribbeln zog sich bis zu ihren Haarspitzen hinauf. Sie kniff die Augen zusammen und hielt ihren Kopf unter die Dusche. Da das Fluchen die Kälte erträglicher machte, schimpfte sie laut, während sie sich die Haare rubbelte: »Kallisto!« und »Listo Kallisto!«

So schnell wie möglich erledigte sie die lästige Routine,

schaltete das Wasser ab und ließ sich trocken pusten. Ihr Trockner war nicht mehr besonders leistungsstark und stöhnte bei seiner Arbeit so laut, dass es in ihren Ohren schmerzte. Es dauerte eine gefühlte Ewigkeit, bis Rain nicht mehr vor Kälte zitterte.

In ihrem Zimmer erwartete Cassiopaio sie bereits zwischen den Kissen in der Hängematte. Der Kleine hatte es geschafft, durch irgendein Rohr oder eine Öffnung in die Wohnung zu schleichen, denn Storm war nirgends zu sehen. Dafür sah die Hängematte wie ein Schlachtfeld aus. Sie war nicht nur eingerußt, sondern mit Erde und den stinkenden Überresten von Pis Mittagessen beschmiert.

»Pi«, stöhnte Rain.

Sie legte ihre Einkäufe in einen silbern glänzenden Behälter, der Essen frisch hielt und vor den Staubpartikeln schützte. Vor allem aber schützte er vor hungrigen Fuchsmangusten, die sich nicht schämten, alles anzuknabbern, was offen herumlag.

Rain war erleichtert, dass ihre Mutter noch nicht da war. So musste sie ihr nicht erzählen, was sie später noch vorhatte.

6.

»ICH DACHTE WIRKLICH, sie hätten uns erwischt«, sagte Lark zum wiederholten Mal und schüttelte fassungslos den Kopf. Sie saßen auf einem Gerüst am Kanal, durch den dunkle, nach Motorenöl riechende Brühe floss. Auf dem Wasser schwammen Dunstwolken, die nur hin und wieder einen Blick auf den Strom darunter gewährten. »Ich dachte, er würde mich verhaften. In Gedanken habe ich mich schon in den Minen von Pitch gesehen.«

Hail war ungewöhnlich still.

»Alles in Ordnung?«, hakte Lark nach. Sie hatte ihm versichert, dass auch ihr Gespräch gut verlaufen war, aber ihr Gesicht sagte etwas anderes. Ob sie es bereute, sich seinetwegen in Gefahr begeben zu haben?

»Alles gut«, bestätigte sie und verzog ihre Lippen zu einem schwachen Lächeln. »Ich freu mich für dich. Das ist deine Chance, Lark!«

»Ohne dich hätte ich es nicht geschafft.« Eigentlich wollte er am liebsten nach Hause rennen und seiner Familie davon erzählen, aber im Moment konnte er es selbst noch nicht glauben. »Warum hast du mir geholfen, Hail? Wenn sie uns wirklich erwischt hätten… Du hast alles riskiert.«

Das Knattern eines Motors wurde lauter und brachte den grauen Schleier über dem Wasser zum Vibrieren.

»Du sahst so aus, als könntest du etwas Hilfe brauchen.« Hail versetzte ihm einen freundschaftlichen Hieb mit dem Ellbogen. »Also bedanke dich lieber bei deiner Retterin.«

Er tat wie verlangt und presste die Finger seiner rechten Hand an sein Herz.

»Oh Hail, du mutigste und cleverste aller Einsen! Ich stehe auf ewig in deiner Schuld.«

Dank ihrer Hilfe hatte er es geschafft. Seine Leistungen im Test waren so gut gewesen, dass er seinem Ziel einen großen Schritt näher gekommen war. Man hatte ihn als Anwärter für die Sentinalschule vorgeschlagen. Eigentlich sollte er sich freuen, aber im Moment kam es ihm noch wie ein Traum vor.

»Kein Thema. Hab ich gerne gemacht.« Hail legte ihren Handrücken auf seinen. Da Berührungen generell vermieden wurden, war diese Geste schon ungewöhnlich vertraut. Der Handrücken wurde als weniger keimbelastet erachtet als die Handinnenfläche und konnte daher für intime Berührungen benutzt werden. »Du kommst vielleicht aus diesem Dreckloch raus, Lark.«

»Ja.«

»Ich hab immer gesagt, du bist zwar in Asche geboren, doch du wirst nicht in Asche sterben.« Hail löste ihren Zopf und ließ die Locken im Wind wild durcheinandertanzen. Eigentlich waren sie blond, aber die Luft hatte sie grau gefärbt. Nur vereinzelt schimmerte noch eine goldene Strähne hindurch.

»Noch steht nichts fest.« Es gab eine letzte Hürde.

»Die medizinische Untersuchung.« Hail nickte.

Der Rumpf eines Bootes schnitt durch das Wasser. Es erinnerte mehr an eine Blechschale mit Motor. Zwei magere Jungs saßen in dem verrosteten Bauch und fischten in der Brühe nach Müll, den sie zu Geld machen konnten. Sie stocherten mit Stäben im Wasser. Wenn sie etwas fanden, zogen sie es mit bloßen Händen heraus. Nicht selten kam es dabei zu Verletzungen an den scharfen Kanten oder zu Bissverletzungen durch aufgescheuchte Kanalratten. Lark konnte die Hände der Jungen nicht sehen, aber es würde ihn nicht wundern, wenn sie mit Narben übersät waren oder der ein oder andere Finger fehlte. Nur die Ärmsten der Armen wurden zu Müllfischern. Vielleicht waren es Waisen oder Ghosts, doch durch die Nebelschwaden war es schwer zu sagen, ob sie ein Tattoo hatten oder nicht.

»Ich hab gehört, in Aventin ist die Luft so sauber, dass man bis zum Horizont sehen kann.«

»Und die Sonne ist so hell, dass man nicht hineinsehen kann, ohne zu erblinden.«

»Und es gibt Straßen aus Gold«, sagte Hail.

»Und süßen Kaffee, der aus Brunnen fließt«, ergänzte Lark. »Und Kuchen, so viel man essen kann.«

Er drehte sich zu Hail um und blickte in ihre großen Augen, die in diesem Moment vor Freude leuchteten. Sie brachen beide in Gelächter aus, als endlich die Anspannung abfiel.

»Weißt du, was mich traurig macht?« Hails Gesichtszüge verdüsterten sich wieder, und sie sah ihn mit ernstem Blick an.

»Was denn?«

»Wenn wir es schaffen sollten, wenn wir hier rauskommen, dann werden wir uns vielleicht nie wieder sehen.«

»Ach was. Ich werde mich für White Pearl einteilen lassen und für deine Sicherheit zuständig sein, wenn du erst einmal Forscherin bist«, scherzte Lark.

»Ja, das wäre schön.«

»Hey, denk daran. Wir werden nie wieder Hunger haben und uns täglich die Bäuche mit Kuchen vollschlagen.«

»Ein schöner Traum.« Hail lächelte, aber der Glanz war aus ihren Augen gewichen.

Sie sahen den Müllsammlerjungen dabei zu, wie sie ein altes Getriebe aus dem Wasser hievten.

»Was haben sie dir denn genau gesagt?«, fragte Lark noch einmal nach. »Wirst du auch in eine andere Klasse kommen? Zu den Wissenschaftsstrebern?«

Die Anwärter kamen in spezielle Begabtenklassen, in denen sie auf ihre zukünftige Aufgabe vorbereitet wurden. Die Anwärter der Naturwissenschaften, die hofften, es nach White Pearl zu schaffen, um dort an der Forschung in der Genetik und Medizin mitzuwirken. Sie hoben sich auf dem Schulhof durch ihre weißen Kittel von den anderen ab, sie verdeutlichten ihre gehobene Stellung. Es gab nicht viele, die aus Grey für eine derart anspruchsvolle Aufgabe in Frage kamen. Neben den Naturwissenschaftsklassen gab es noch Begabtenklassen für Technik und Drohnenkunde, die Anwärter hofften ebenfalls, nach White Pearl zu kommen, um dort an neuen Maschinen mitzuwirken. Als Letztes gab es die Sentinalanwärter, die zu allem bereit waren, um für die Ausbildung in Black Shell angenommen zu werden.

»Wenn ich den medizinischen Test bestehe, darf ich den weißen Kittel tragen. Mach dir keine Gedanken. Das schaffe ich schon.« Hail band die Haare wieder zusammen und stand auf.

»Ich weiß, dass du es schaffst. So ein blöder Test wird uns nicht von unserer Bestimmung abhalten.«

»Richtig.« Sie legte ihren Kopf schief. »Ich hätte gerne Zitronenkuchen. Denk daran, wenn du in Aventin bist.«

»Den sollst du haben.« Lark strich mit seinem Handrücken über ihren, als könne er damit ihre ernste Miene vertreiben.

»Jeden Tag«, ergänzte sie.

»Das kriegen wir hin.« Er drückte seine Finger an die Brust. »Wir werden nicht in Asche sterben. Wir werden irgendwann, wenn wir alt und dick sind, an einem Zitronenkuchen ersticken.«

Bei diesem Versprechen kehrte endlich das Funkeln in ihre Augen zurück, und sie lächelte ihn an.

Der große Platz war kaum wiederzuerkennen. Für die Ankunft des Gesegneten waren Girlanden aufgehängt worden, und Blumenarrangements schmückten die Hauswände, die der Gegend ein wenig Farbe verliehen. Es hatten sich viele Leute versammelt, die der Ankunft des Gesegneten beiwohnen wollten. Über ihren Köpfen schwirrten die Drohnen wie glänzende Vogelschwärme. Sie reflektierten das wenige Licht der schwach scheinenden Sonne, als seien sie extra für diesen Anlass poliert worden. So viele auf einem Fleck hatte Rain noch nie gesehen, und beinahe bereute sie es, hergekommen zu sein. Zumal neben den WatchBots auch gepanzerte, schwer bewaffnete WarBots zu sehen waren.

Die Angst rauschte durch ihren Körper und schärfte ihre Sinne. Sie konnte nicht aufhören, über ihre Schulter zu spähen, stets in der Sorge, entdeckt zu werden. Ihre Muskeln waren angespannt, und sie war bereit, die Flucht zu ergreifen, wenn es die Situation erfordern sollte. Rose hingegen schien ihre Angst nicht zu teilen.

»Das ist so aufregend!«, quiekte sie und rüttelte am Gitter. Die Mädchen saßen auf einem Baugerüst, welches zwei Häuser einer Seitengasse miteinander verband. Von dort aus hatten sie einen guten Blick auf das Geschehen. Soldaten in schwarzen Uniformen sperrten den Platz weitflächig ab. Sie trugen glänzende Schutzrüstungen und waren schwer bewaffnet, als ob sie in den Krieg ziehen würden. Alles an ihnen war schwarz, außer den Helmen. Die waren in leuchtendem Rot, wie es feierlichen Anlässen gebührte. Die Visiere verbargen die Gesichter ihrer Träger, sodass es unmöglich war, sie auseinanderzuhalten. Die Sentinal. Elitekrieger aus Black Shell. Mehr Kampfmaschine als Mensch. Zwar waren sie einst Menschen gewesen, doch das Training hatte sie zu Waffen gemacht. Ihre Körper bestanden aus geformter Muskelmasse, die sich unter der Einheitsrüstung abzeichnete. Ihre Bewegungen wirkten einstudiert, und ihre Köpfe drehten sich beinahe mechanisch in alle Richtungen, um die Umgebung abzusichern.

»Früher habe ich davon geträumt ein Sentinal zu werden«, berichtete Rose plötzlich.

»Was soll daran erstrebenswert sein?«

»Sie sind so stark.« Rose hatte einen sehnsüchtigen Ausdruck in den Augen und konnte ihren Blick nicht von den Soldaten losreißen.

»Bestimmt nicht so stark wie du«, scherzte Rain und kniff dem Mädchen in die Seite.

»Und sie müssen vor nichts Angst haben.« Rose meinte es offenbar ernst.

»Sie sind Kampfmaschinen.« Kampfmaschinen, die schlauer waren als Drohnen. Kampfmaschinen, die Ghosts wie sie jagten.

Storm hatte sich für Grey entschieden, weil es hier nicht viele Sentinal gab. Die meisten von ihnen sicherten Aventin und die höheren Zirkel wie Silver und Ruby. Und natürlich White Pearl. Vermutlich war kein Zirkel so gut bewacht wie Black Shell, die Festung der Elitesoldaten selbst.

»Es ist ein Segen, für diese Aufgabe ausgesucht zu werden. Meine Familie würde nie wieder Hunger leiden, und wir hätten immer genug Credits. Mein Bruder ist stark. Vielleicht bekommt er die Chance dazu. Dann haben wir immer genug Geld und dürfen näher am Aventin wohnen, wo man sogar den Himmel sehen kann. Ich habe gehört, die Wolken dort sind weiß. Weiß! Und sie sollen süß wie Eiscreme schmecken. Kannst du dir das vorstellen?«

Rain lief ein Schauer über den Rücken, als sie daran dachte, welches Schicksal ihr bevorstand, sollte sie den Sentinal in die Hände fallen: lebenslange Zwangsarbeit in den Minen von Pitch oder Soldatin an der Front eines vergessenen Krieges, der seit Jahren tobte und von dem man kaum etwas hörte. Ein grausamer Tod unter Tage oder ein Ende als Kanonenfutter. Beides war nicht sehr erstrebenswert.

»Na ja, du bist klug, Rose. Vielleicht wirst du irgendwann Lehrerin oder Wissenschaftlerin.«

Rose schüttelte den Kopf und hob den Blick. Auf ihren

braunen Augen lag ein glitzernder See, und eine Träne rollte ihr über die Wange und verschwand zwischen den bebenden Lippen. Sie entblößte ihr Tattoo am Handgelenk, um es Rain unter die Nase zu halten. »Mein Bruder sagt, ich hätte Pech gehabt. Ich bin bloß eine Drei und werde niemals hier wegkommen.«

»Ich weiß.« Rain fühlte sich schlecht. Sie hatte beinahe vergessen, warum ihre Mutter lieber dem System trotzte, als friedvoll in ihm zu leben. Ein System, in dem Menschen anhand ihrer Gene bewertet wurden. Ein System, in dem Mädchen wie Rose nie eine Chance bekommen würden, das Leben zu führen, das sie sich wünschten.

Rose schluchzte. »Ich wäre so gerne gesund, aber bisher habe ich keine Zauberbeere gefunden, die mir diesen Wunsch erfüllt hat.«

Rain schluckte. Sie konnte es nicht ausstehen, Kinder weinen zu sehen. Sie wusste einfach nicht, was sie tun sollte, und fühlte sich hilflos.

»Meine Mutter sagt, dass nicht die Gene einen Menschen perfekt machen, sondern sein Wesen.« Rain streckte etwas unbeholfen die Hand aus, um dem Kind den Kopf zu tätscheln.

»Das klingt nach einem typischen Spruch, den sich Mütter von Dreien ausdenken«, bemerkte Rose, aber sie lächelte wieder.

Die Traurigkeit war wie weggeblasen, als die Projektoren mit einem Summen zum Leben erwachten und eine absurd heitere Musik den Platz erfüllte. Roses Stimmung änderte sich, als hätte jemand per Fernbedienung den Sender gewechselt. Sie quiekte, riss die Arme in die Luft und schien alle Sorgen vergessen zu haben.

»Es geht los! Es geht los! Schau mal, Rain. Es geht los!«

Die Luft über den Projektoren bewegte sich, flackerte und flimmerte in einem bläulichen Licht. Dann wurde eine einäugige Taube über die jubelnde Menge projiziert. Der Vogel hatte das Auge direkt über dem Schnabel. Das Symbol von Hope schlug mit seinen Flügeln, bevor es vor den Bewohnern in Flammen aufging. Die Projektion glühender Asche regnete auf Grey hinab, als würde es rote Flocken schneien. Dann verformten sich die Funken, und aus ihnen wurden Schmetterlinge, die in allen Farben leuchteten und den Anwesenden erstaunte Rufe entlockten. Rain war sich sicher, dass die Mehrheit von ihnen noch nie in ihrem Leben einen Schmetterling gesehen hatte.

»Feen!«, rief Rose und lehnte sich über die Brüstung. »Es gibt sie wirklich. Feen!«

»Das sind Schmetterlinge«, erklärte Rain. »Sie schlüpfen aus fetten kleinen Raupen.«

»Raupen?«, quiekte Rose. »Ich will mehr von den Schnettermingen hören.«

»Später.«

Die Funken verglühten, und über der Bühne leuchteten die Symbole der zehn Zirkel auf.

Zuerst erschien die goldene Krone für den Regierungssitz Aventin. Darunter leuchteten eine weiße Perle und eine schwarze Muschel für Black Shell und White Pearl. Dann kamen der rote Rubin von Ruby, der Zirkel der unendlichen Möglichkeiten. Rain kannte nur Geschichten, aber es hieß, dass Ruby ein schillernder Ort war, an dem es nie dunkel wurde. Händler, Sammler und Künstler hatten sich dort niedergelassen. Angeblich gab es dort Straßen aus rotem Sand, und einige von ihnen führten sogar in den Himmel zu schwebenden Marktplätzen. Ruby belieferte die Zirkel, die es sich leisten konnten, mit Luxuswaren, teuren Stoffen und künstlerischer Innenausstattung. Kurzum Schnickschnack, den sich Grey nicht leisten konnte. Nur allzu gerne hätte Rain Ruby mit ihren eigenen Augen gesehen, aber die Stadt hatte ebenso wie White Pearl und Black Shell ein Sicherheitsnetzwerk, was es beinahe unmöglich machte, den Zirkel ohne Erlaubnis zu betreten.

Es folgte die silberne Spirale für die Satellitenstadt Silver. Der Zirkel stand für Informationsverabeitung und Unterhaltung. Von dort aus wurden unter anderem die TecDec-Austrahlungen in den einzelnen Zirkeln koordiniert.

Ein Baum und ein Fisch für die größten Zirkel des Landes, die landwirtschaftlich orientierten Gebiete Azure und Green. Der Zirkel Green breitete sich über eine immense Fläche Land aus. Dazu gehörten Green Forest, die Wälder, in der sich die Holzindustrie befand, und die Gewächshaus-Plantagen und weite Felder, die ganz Hope mit Nahrung versorgten. Aber auch Klee, ein kleines Gebiet, in dem Blumen und mutierte exotische Pflanzen angebaut wurden, waren ein Teil von Green.

Dann erschien der gelbe Blitz über der Bühne. Yellow, welches genau genommen kein zusammenhängender Zirkel war, sondern eine Ansammlung an ober- und unterirdischen Energiekraftwerken, die das Land mit Strom versorgten. In Yellow lebten nur wenige Menschen. Die Anlagen wurden hauptsächlich von Drohnen gesteuert.

Ein graues Dreieck symbolisierte Grey. Und dann waren da noch drei schwarze Punkte für Pitch, die Minenzirkel. Es galt eher als Gefängnis denn als Zirkel, hier lebten Verbrecher und Dreien unter lebensfeindlichen Bedingungen.

»Meine fleißigen Bewohner von Grey. Wir haben uns aus der Asche einer zerstörten Welt erhoben. Wir haben ein neues Land erschaffen, ein Land, in dem jeder seinen Platz hat. Wir leben in einem System des Friedens und der Ordnung. Gemeinsam sorgen wir, Gesegnete und Menschen, dafür, dass Sicherheit und Wohlstand in unserem Land selbstverständlich werden.«

»Wusstest du, dass früher alle Menschen Kinder kriegen durften?«, wisperte Rose.

Rain nickte. »Ja. So sagt man.« Es war eine ferne, untergegangene Welt, auf die sich das Hologramm bezog. Die Menschen hatten sich uneingeschränkt vermehren dürfen, was laut den Gesegneten nicht nur zu Überbevölkerung und Nahrungsknappheit, sondern auch zu einem Rückschritt in der Evolution geführt hatte. Die Menschen hatten das Land ausgesaugt auf der Suche nach Reichtümern und Nahrung, ohne an die Konsequenzen zu denken. Als die Ressourcen knapp geworden waren, hatten sie sich bekriegt und alles zerstört. Es hieß, Gier, Dummheit und Schwäche waren der Untergang der alten Menschheit.

»Das klingt so seltsam.« Rose ließ die dürren Beine vom Gerüst baumeln und stützte ihr Kinn auf die Stange. »Glaubst du auch, dass die Dreien Schuld waren am Untergang?«

»Nein. Ich glaube, es gab einfach andere Einteilungen.«

»Wonach?«

»Ich weiß es nicht genau.« Rain verstummte, denn die Symbole der Zirkel waren soeben in einem Feuerwerk verschwunden, und an ihrer statt war ein Gesegneter erschienen.

Er hatte silbernes Haar, und erste Anzeichen von Falten bildeten sich auf seinem Gesicht. Trotzdem war sofort ersichtlich, dass es sich um einen Gesegneten handelte. Jede Falte schien Absicht zu sein, als sei sie genau dort platziert worden, um einen perfekten, weisen und allwissenden Ausdruck zu kreieren. Auf seinem Kopf trug er ein goldenes Diadem, welches zu glühen schien, als sei das Metall selbst noch heiß. Es war das Herrschersymbol von Aventin. Dieser Mann war der König von Hope.

Neben ihm erschien eine Frau, die ein ähnliches Diadem trug. Ihr Haar fiel offen über ihre Schultern, ein Meer aus roten Locken, das im Schein des Diadems aussah, als stünde es in Flammen. Jede einzelne Strähne drehte sich in ebenmäßigen Spiralen um sich selbst.

»Eure gewählten Herrscher: König Maximus, der Starke, und Königin Palenope, die Weise.«

Unter den Gesegneten wurden alle drei Jahre ein Mann und

eine Frau ausgewählt, um als Königspaar zu herrschen. Sie hatten keinen Bund miteinander geschlossen und waren nur politisch gesehen ein Paar, auch wenn viele aus dem Volk auf königlichen Nachwuchs hofften. Ein gesegnetes Regentenkind war immer ein Highlight.

Maximus und Palenope waren bereits am Ende ihrer zweiten Amtszeit. Eigentlich bekam man zumindest in Grey nicht viel von ihnen mit, aber nach ihren Vorgängern, bei denen es fast wöchentlich öffentliche Hinrichtungen von Kriminellen und Ghosts gegeben hatte, schätzte man ihre Zurückhaltung beinahe.

Storm hatte ihrer Tochter die politischen Strukturen schon einige Male vergeblich zu erklären versucht, und hatte dabei auf Granit gebissen. In Rains Augen gab es nichts Langweiligeres als Stammbäume, Wahlsysteme und Gesetzbücher.

»Ich liebe Palenope«, hauchte Rose und begutachtete ihre eigenen Haare. Sie zog an einer dünnen Locke und verzog das Gesicht. »Sie ist so wunderschön.«

»Ja, das ist sie.«

»So wie du. Na ja, wenn man die ganze Asche mal abwaschen würde«, kicherte Rose.

Es hieß, Königin Palenope habe einmal einen Mann von der Roten Seuche geheilt, indem sie ihm die Hand aufgelegt hatte. Das war eines der vielen Wunder, die Gesegnete gewirkt hatten, und Ausschnitte auf den TecDecs erinnerten die Bewohner immer wieder daran.

Nach der Ansprache des Königspaares trat flankiert von zwei Sentinal ein Mann in grauer Uniform auf die Bühne. Er trug ein Diadem aus Stahl, auf dem das Symbol von Grey prangte. Der Mann hatte kurz geschorenes schwarzes Haar und einen dunklen gestutzten Bart.

Thrax. Der Caretaker von Grey.

Rain wusste nicht viel über ihn, aber er galt als engagiert.

Unter anderem hatte er sich für kostenlose Essensausgaben an Schulen und Fabriken eingesetzt, um Kinder und Arbeiter unterer Genklassen zu unterstützen. Alles, was er erreicht hatte, war eine wöchentliche Essensausgabe am sogenannten »Thraxtag«, an dem Suppe und Brot an die Bedürftigen verteilt wurden, allerdings nur an jene, die auch einer Arbeit nachgingen. Nichtarbeit sollte laut Aventin schließlich nicht belohnt werden.

Thrax begrüßte die Menge, die seinen Worten jedoch kaum Aufmerksamkeit schenkte, denn ein Gleiter war soeben durch die Wolkendecke gebrochen. Die Versammelten streckten ihre Köpfe und begannen aufgeregt miteinander zu tuscheln.

Der Gleiter flog nur knapp über den Häusern der Stadt hinweg und setzte fast lautlos auf dem Boden auf. Seine Außenhülle war verchromt und glänzte selbst im spärlichen Licht von Grey. Seine Form erinnerte an einen Fisch, wobei der Kopf das Cockpit darstellte.

»Er ist da«, wisperte Rose.

An der Seite glitt eine Tür zur Seite, und Sentinal marschierten die Rampe hinunter. Über ihren Köpfen schwebten WarBots, die sich in einer runden Formation um die Neuankömmlinge positionierten.

Dann erschien er.

Morpheus.

Die Menge hielt den Atem an, und selbst Rose hatte es die Sprache verschlagen, als der Sohn des Herrschers ins Freie trat. Flankiert von Sentinal und Drohnen stieg er die Tribüne hinauf. Thrax presste seine Finger immer wieder auf Herz und Stirn, um den ehrenwerten Gast zu begrüßen.

»Ob er unser nächster Earl wird?«, fragte Rain und reckte ihren Hals.

Rose war vor Aufregung aufgestanden und lehnte sich über das Gerüst. Rain tat es ihr gleich, doch der Gesegnete war zu weit entfernt, um ihn richtig zu erkennen. Endlich wurde er auf dem Bildschirm übertragen.

Er hatte honiggelbes volles Haar. Drei Strähnen waren eng an der Kopfhaut zurückgeflochten. Seine Haut war hell und wie erwartet makellos. Seine Augen hatten die Farbe der Seen von Azure. Klares Blau wie bei seinem Vater, nur weniger hart.

»Er ist so schön«, staunte Rose. »Fast wie ein Engel.«

Rain musste ihr zustimmen. Natürlich war er schön. Er war perfekt. Sein Körper war durchtrainiert und strahlte Stärke aus, aber seine leuchtenden Augen hatten beinahe etwas Verwegenes.

Morpheus' Blick glitt über die Menge. Rain fragte sich, ob er wirklich Gedanken lesen konnte. Ob er wohl tief in die Seelen der Anwesenden sah, um ihre Geheimnisse zu erfahren?

Er hob die Hand, eine Geste, die ebenfalls eine Welle des Jubels auslöste. Die Menschen pressten ihre Finger auf die Stirn, um den Gesegneten willkommen zu heißen. Ihre Reaktion zauberte ein einnehmendes Lächeln auf sein Gesicht. Er ließ sich nicht aus der Ruhe bringen und winkte, als würde er täglich nichts anderes tun.

»Männer und Frauen von Grey. Tapfere Arbeiter.«

Er wirkte so entspannt. Rain war es nicht. Obwohl sie nicht auf der Bühne stand, war sie nervöser als er. Ihr Blick tastete die Umgebung ab.

Sie wischte sich die feuchten Hände an der Hose ab, woraufhin sie noch dreckiger waren als vorher. Ein klebriges Gemisch aus Schmutz und Schweiß. Jedes Mal, wenn sie eine Drohne hörte, hielt sie den Atem an und erwartete das Schlimmste.

»Ich bin hier, um euch die Grüße aus Aventin persönlich zu übermitteln. Wir sind so stolz auf eure wertvolle Arbeit. Nur mit eurer Hilfe gelingt es uns, Drohnen und andere Maschinen zu bauen, die unser Land sicherer und fortschrittlicher machen.«

Die Menge jubelte zustimmend, und Morpheus wartete geduldig, bis er fortfahren konnte.

»Aber ich bin auch hier, um euch zu schützen und zu unterstützen, aber das geht nicht ohne euer Zutun. Für jeden Hinweis, der uns einen Ghost oder Rebellen fassen lässt, bedankt sich Aventin mit einer angemessenen finanziellen Belohnung. Aber nicht nur das Individuum soll profitieren, daher bekommt euer Zirkel für jeden gefassten Ghost oder Rebellen ebenfalls Credits, die in die Verbesserung eurer Luftqualität investiert werden sollen.«

Mit anderen Worten: Wir helfen euch, wenn ihr uns helft!

»Teilt uns eure Bedenken und Zweifel mit, damit wir ihnen nachgehen können«, verkündete nun König Maximus, der als Hologramm über seinem Sohn schwebte. »Lasst uns euch helfen, Sicherheit zu gewährleisten.«

»Eure Sicherheit und eure Gesundheit liegen uns am Herzen. Wir müssen die Ghosts aufhalten, bevor sie die Rote Seuche weiter verbreiten. Sie bedrohen die Sicherheit und Gesundheit von uns allen«, beendete Palenope die Ansprache mit einem gütigen Lächeln.

Rains Herz gefror, als sie die Nachricht hörte. Am liebsten hätte sie sich ganz klein gemacht und wäre davongerannt, doch sie konnte Rose nicht allein zurücklassen. *Kallisto!* Warum war sie hergekommen?

Ihre Gedanken wurden jäh unterbrochen, als die Veranstaltung durch das Emporschießen einer Stichflamme beendet wurde. Eine orangefarbene Säule, die sich gen Himmel aufbäumte, streckte und das Bild der Gesegneten zerriss. Gleichzeitig ein ohrenbetäubender Knall, der sich in ein Donnergrollen verwandelte. Das Feuer breitete sich aus. Rote Flammen schossen auf die Anwesenden zu und begruben sie unter sich. Eine Welle aus Hitze und Qualm fegte über Rain und Rose hinweg und warf sie zu Boden. Dann war es vorbei.

Was war das? Ein Showeffekt oder …?

Rains Hände klammerten sich am Geländer fest, und sie

richtete sich auf, um nachzusehen, was passiert war. Ihr Kopf dröhnte. Auf den Ohren lag ein unangenehmer Druck, als würde etwas gegen ihr Trommelfell pressen. Sie hustete und spuckte Asche aus, die in Mund und Nase eingedrungen waren.

»Rain.« Rose wimmerte, doch sah auf den ersten Blick unverletzt aus. Rain bedeutete ihr, unten zu bleiben, während sie sich einen Überblick verschaffte.

Unheilvolle Stille hatte sich über den Platz ausgebreitet. Vor Schock unfähig, sich zu bewegen, klebten alle Blicke auf der zerstörten Tribüne.

Was zum…?

Die Übertragung war unterbrochen, und die Hologramme des gesegneten Königspaars waren verschwunden.

Morpheus lag auf dem Boden vor dem Pult und bewegte sich nicht. Es gab Gerüchte, dass Gesegnete unverwundbar waren, aber das hatte Rain nie geglaubt. Nichts und niemand konnten unverwundbar sein. Nicht einmal die stärksten Kampfdrohnen waren ohne Schwachstelle. Es schien, als würde sie recht behalten, denn Morpheus sah nicht unverletzt aus. Es schien, als würde Blut durch seine goldenen Locken sickern.

Rain hatte das Gefühl, die Zeit würde stillstehen. Für einen kurzen Moment.

Dann erwachte die Uhr wieder zum Leben und mit ihr die Schreie der Verwundeten und Fliehenden. Sentinal eilten auf den Prinzen zu. WarBots formierten sich mit geladenen Waffen um das Geschehen und versperrten die Sicht. Einzig drei heranfliegende MedBots wurden auf die Bühne zum Prinzen vorgelassen.

Die Masse an Menschen trieb auseinander, als hätte man einen Stein ins Wasser geworfen. Sie stolperten, sprangen und hechteten in die Straßen, die vom Platz wegführten. Die Panik schien ansteckend zu sein, denn die Schreie wurden immer lauter.

Es war jedoch nicht vorbei. Die Luft begann zu flackern, und drei Köpfe erschienen. Ihre Gesichter waren nicht zu sehen, da sie bunt bemalte Gasmasken trugen, die mit Dornen und Stacheln besetzt waren.

Rebellen, schoss es Rain durch den Kopf, und ihr Herz begann zu flattern.

»Wir sind die Wilden. Die Freien. Die Echten. Die Gerechten«, lautete die Begrüßung. Sie war noch nie auf welche gestoßen, aber als Kind hatte sie gerne Storms Geschichten über das Leben im Untergrund gelauscht, und es hatte wie ein einziges Abenteuer geklungen. Jetzt wollte sie nichts mehr mit den Rebellen zu tun haben, denn Rebellen bedeuteten Ärger.

»Wir sind die Spines, die Dornen, die im Arsch der Erhabenen stecken. Wir lassen es Asche regnen. Wir …«

Das Bild wackelte, zuckte hin und her. Anstelle der Stimme ertönte ein Rauschen, das in den Ohren schmerzte. Rains Blick suchte nach der Ursache und entdeckte Sentinal, die auf die Projektoren schossen, um die Übertragung zu beenden.

Die Rebellen! Sie waren hier in Grey!

»Rain«, wimmerte Rose erneut und verdrehte die Augen.

7.

ZEIT ZU VERSCHWINDEN. In wenigen Augenblicken würde es hier von Drohnen und Wächtern nur so wimmeln. Rain hatte Rose über ihre Schulter gelegt und bog mit ihr in eine Gasse. Ihr Körper wirkte schwach und zerbrechlich wie der einer Blume. Sie atmete flach, aber sie atmete.

Das Summen einer Drohne erfüllte die Luft, und Rain blieb stehen. Sie presste sich an eine Wand und wartete, bis das Geräusch verebbt war.

»Alles gut?«, flüsterte sie, und Rose stöhnte zur Antwort. Nachdem sie ihre Augen verdreht hatte, hatte sie das Bewusstsein verloren und am ganzen Körper gezuckt. Rain hatte ihren Namen gerufen und sie festgehalten, viel mehr hatte sie nicht tun können, da Rose mit Armen und Beinen um sich geschlagen hatte. Als es vorbei gewesen war, war sie zusammengesackt, wie ein Ballon, aus dem man die Luft rausgelassen hatte.

»Eisengasse«, hatte sie irgendwann gehaucht. Rain kannte die Straße. Sie war nicht weit entfernt von der Schule. Wenn sie sich beeilte, wäre sie in einigen Minuten dort. Es gab eine Abkürzung, doch dann würden sie durch die von Smog verseuchten Gebiete müssen, und sie fürchtete, dass Rose bei einem zweiten Anfall ihre Maske verlieren könnte. Also beschloss sie, den Smog zu umgehen.

Ihre Füße flogen über den Asphalt. Sie lief, so schnell es das Gewicht auf ihrer Schulter zuließ, den schmalen Körper fest umschlungen. Eine Gruppe Menschen eilte an ihnen vorbei, aber sie waren zu vertieft in eine hitzige Diskussion über die Bombe, um den beiden Mädchen Beachtung zu schenken.

»Hier ist es.« Rose hob den Kopf und deutete auf einen Eingang. Rain sprang die Stufen empor und klopfte. Ihre Schulter schmerzte. Das Herz sprang in ihrer Brust, doch glücklicherweise war sie kaum außer Atem.

Sie würde die Kleine übergeben und so schnell wie möglich verschwinden, bevor jemand unangenehme Fragen stellen konnte. Rain zog sich die Kapuze tief ins Gesicht, so dass man von vorne nur die Mundpartie erkennen konnte, und klopfte erneut. Dieses Mal ein wenig energischer. Die Tür wurde geöffnet, erst nur einen Spalt breit. Dann wurde sie ganz aufgerissen.

»Rose!«, rief eine Stimme, die Rain bekannt vorkam. Sie hob den Blick und erkannte Lark, der sie entsetzt anstarrte. *Kallisto! Was macht der hier?* Instinktiv wich Rain zurück. *Hatte sich Rose geirrt? Waren sie im falschen Haus?*

»Was ist los?« Eine Frau tauchte auf und unterdrückte einen Schrei. »Rose!«

Bevor Rain reagieren konnte, wurde sie von Lark ins Haus gezerrt und die Tür hinter ihr verschlossen.

»Was ist passiert?«, raunte er und nahm seine Schwester entgegen. Er trug das Mädchen zu einem verschlissenen Sofa und legte es darauf.

»Meine Schuld. Ich wollte doch so gerne den Gesegneten sehen«, wisperte Rose.

»Du weißt, wir haben es ausdrücklich verboten«, schimpfte die Frau mit Tränen in den Augen. »Ausdrücklich!«

Viele Familien schämten sich für Dreien und versteckten sie. Allerdings schien das nicht auf Roses Mutter zuzutreffen. Sie wirkte ehrlich besorgt und schloss ihre Tochter sogar in die Arme.

»Es gab eine Explosion, Mami!«

»Oh mein Vögelchen.« Die Frau strich ihr beruhigend mit dem Handrücken über die Wange.

Rain fühlte sich unwohl, seltsam deplatziert, als sich die drei in den Armen lagen. Wie eine richtige normale Familie, schoss es ihr durch den Kopf. Sie hatte auch eine richtige Familie. Ihre Mutter. Warum spürte sie also diesen Stich im Herzen, wenn sie sich hier umsah. Die Wohnung war einfach eingerichtet, strahlte aber Gemütlichkeit aus. Und Sicherheit. Ja, dies war eindeutig ein Ort, an dem man sich geborgen fühlen konnte.

Rain drehte sich um und schlüpfte ins Freie. Gerade wollte sie loslaufen, als sich die Tür erneut öffnete und Lark herauskam.

»Warte. Komm bitte wieder rein. Wir wollen uns bei dir bedanken.«

»Nicht nötig.«

»Soll ich dich nach Hause bringen?« Ohne eine Antwort abzuwarten, warf sich Lark einen Mantel über und griff nach einer Maske.

»Das ist nicht nötig«, wiederholte Rain so langsam, als würde sie Lark für minderbemittelt halten, und drehte sich um.

»Keine Widerrede. Ich liefere dich sicher bei deiner Mutter ab. Das bin ich dir schuldig.«

Rain versuchte, ihn zu ignorieren, doch er folgte ihr. Der Himmel über ihnen war ungewohnt klar. Man konnte sogar das Licht des Mondes hinter der dichten Wolkenschicht erahnen, was in Grey selten vorkam. Vielleicht hatte Aventin ein paar Filterdrohnen mit ihrem Gesegneten nach Grey geschickt.

»Ein Anschlag?«, fragte Lark schließlich. »Spines?«

»Ich denke schon«, erwiderte Rain. »Es war schrecklich. Hat viele erwischt.«

»Und der Gesegnete?«

»Hat etwas abgekriegt.«

»Kallisto. Das wird Aventin nicht gefallen«, flüsterte Lark. »Es wird Sanktionen geben.«

Es herrschte wieder Schweigen zwischen den beiden, was Rain nur recht war. Stille war sie gewohnt.

»So, von hier aus kann ich allein weitergehen«, sagte sie schließlich und blieb stehen.

»Bist du sicher?« Lark sah sie unschlüssig an.

»Ja.« Vielleicht sollte sie sich ebenfalls bedanken. Sie räusperte sich und presste ein »Danke, dass du mich begleitet hast« zwischen den Zähnen hervor.

»Ich danke dir, Rain.« Der Blick seiner hellbraunen Augen durchdrang sie. »Du hast meine Schwester gerettet, obwohl du wusstest, dass sie nur eine Drei ist.«

»Wir Dreien müssen schließlich zusammenhalten. Das war keine große Sache«, wehrte sie ab und zog die Kapuze tiefer. Rain war es nicht gewohnt, angestarrt zu werden, und es behagte ihr nicht.

»Doch. Für mich war es das.«

»Ja. Gut«, sagte sie lahm, dann schwiegen sie wieder. Lark rückte näher an sie heran, aber Rain wich einen Schritt zurück.

»Ich würde dich gerne wiedersehen«, sagte Lark und kam noch etwas näher. Ihr Herz sank. Das war keine gute Idee, doch wie konnte sie ihm das erklären, ohne in Verdacht zu geraten?

»Ja. Gut. Vielleicht.« Sie drehte sich um, doch ehe sie loslaufen konnte, hielt Lark sie fest und drehte sie erneut um. Sie standen nun direkt voreinander. Nur wenige Zentimeter trennten sie.

»Du vertraust mir nicht?« Lark beugte sich vor, sodass sein Gesicht ganz nah an dem von Rain war.

»Ich bin lieber … vorsichtig«, entgegnete Rain kühl und hob ihre Hände, um den Abstand zwischen ihnen zu vergrößern. »Du weißt nie, wer dir gegenübersteht.«

»Ich glaube, ich weiß es. Du hast meine Schwester gerettet, und du hast gesagt, du bist kein Lauscher«, fuhr er fort, ohne sie loszulassen.

»Ich könnte gelogen haben.«

»Ich vertraue dir.«

»Dann bist du ziemlich dämlich. Ich vertraue dir jedenfalls nicht.«

Lark ließ sich durch die Beleidigung nicht abschrecken. Im Gegenteil. Er verkürzte den Abstand zwischen ihnen und versuchte mit dem Handrücken seiner freien Hand über ihren Arm zu streichen.

»Das kannst du aber. Soll ich es dir beweisen?« Er schien sie beinahe anzuflehen, ihm zu vertrauen. »Ich habe auch ein Geheimnis.«

»Dann gib acht, dass es geheim bleibt.« Rain riss sich los. Was war los mit ihm? Fast wirkte es so, als ob er ihr dieses Geheimnis aufdrängen wollte, obwohl er sie nicht einmal kannte. War er so verzweifelt auf der Suche nach einer Vertrauten?

»Warte … Ich …« Er wollte etwas sagen, doch Rain ließ es nicht so weit kommen.

»Sag es mir nicht. Ich will es nicht wissen. Der beste Weg, ein Geheimnis geheim zu halten, ist, es niemandem zu erzählen.«

Sie wirbelte herum und verschwand in der Dunkelheit der Gasse. Smog schlug ihr entgegen, und sie presste die Maske auf ihr Gesicht. An eine Hauswand gedrückt wagte sie einen schnellen Blick zurück. Gut. Lark war verschwunden. *»Vertraue niemandem«*, raunte die Stimme ihrer Mutter durch ihren Kopf. Sie starrte auf die Stelle, an der sie gestanden hatten, und ihr Herz schlug so laut, dass sie befürchtete, die ganze Straße könnte es hören.

Als Rain wie gewohnt die Feuerleiter empor durch das Fenster kletterte, wusste sie, dass etwas nicht stimmte. Die Wohnung war abgedunkelt und scheinbar verlassen. Ihre Füße wirbelten Staub auf, als sie auf dem Boden landete.

»Mom?«, flüsterte Rain und biss sich auf die Lippen. Ihr Instinkt riet ihr, zu verschwinden, und Storm hatte sie gelehrt, auf ihre Instinkte zu vertrauen. Ihre Finger schlossen sich um Sting. Während sie den Stab hochriss, drückte sie sich an die Wand und ging seitwärts weiter. Auf diese Weise schützte sie ihren Rücken und konnte den Raum im Auge behalten. Sie näherte sich ihrem Zimmer, stieß die Tür auf und warf einen raschen Blick hinein. Cassiopaio lag auf dem Rücken vor ihrer Hängematte und rührte sich nicht. Rains Puls beschleunigte sich, das Blut rauschte durch ihre Schläfen, während ihr Blick auf der Manguste ruhte. Sie wartete auf eine Bewegung, ein Zucken, einen Atemzug. In Gedanken zählte sie die verstreichenden Sekunden. Eins. Nichts. Zwei. Nichts. Drei. Nichts. Vier. Cassiopaio zuckte und gab ein Schnarchen von sich.

Rain entließ die angehaltene Luft, als sie von Erleichterung überflutet wurde. Er lebte! … Und er schlief. Das war ein sicheres Zeichen, dass niemand in der Wohnung war.

Gerade wollte sie Sting senken, als sich eine Gestalt aus der Dunkelheit schälte und sich auf sie stürzte. Rain hob ihre Arme, um reflexartig ihr Gesicht zu schützen. Gleichzeitig machte sie einen geübten Ausfallschritt zur Seite. Ihr Angreifer langte ins Leere, nur um sich einen Wimpernschlag später von der Wand abzustoßen. Rain konnte die Wucht seines Angriffs mit ihren Armen abwehren, stolperte aber und fiel zu Boden. Sie presste das Kinn im Fallen auf die Brust, um den Kopf zu schützen, und ignorierte den Schmerz in den Schulterblättern beim Aufprall. Erneut griff der Eindringling sie an.

Rain riss die Beine hoch und trat der Gestalt in den Bauch.

»Uff!« Der Angreifer sprang zurück und fiel ebenfalls zu Boden. Rain hielt Sting fest umschlossen, damit er ihr nicht entglitt. Sie riss ihren Oberkörper hoch, begab sich in Hockstellung und presste die Waffe dem Eindringling in die Seite. Funken sprühten von der Spitze, und es roch nach verbranntem Fleisch, als der Strom durch den Körper ihres Gegners jagte. Keuchend verharrte Rain und starrte auf die reglose Gestalt. Wer war das? Was sollte sie jetzt machen? … Und wo war ihre Mutter?

In diesem Moment kam Cassiopaio um die Ecke marschiert und gähnte. Er warf Rain einen empörten Blick zu, der zu fragen schien, was der Krach sollte. Und plötzlich verstand sie.

»Du?« Sie hechtete vor und riss die Kapuze ihres Gegners zurück. Weit aufgerissene Augen starrten sie an.

»Mom!«, rief Rain empört. »Was soll das?«

Natürlich! Ein Test! Storm hatte ihre Tochter bereits erkannt, als sie durch das Fenster geklettert war. Hätte sie Rain für jemand anderen gehalten, wäre sie jetzt tot, aber sie bestand darauf, die Aufmerksamkeit ihrer Tochter hin und wieder auf die Probe zu stellen.

»Eine Lektion, mein Herz«, stöhnte ihre Mutter zufrieden grinsend, während Speichel aus ihrem Mund tropfte. Es dauerte einige Zeit, bis sie sich wieder bewegen konnte, doch Rain dachte nicht daran, Mitleid zu haben. »Ich hätte dich verletzen können.«

Storm rappelte sich stöhnend auf und strich sich durch das kurze weiße Haar.

»Sei immer wachsam, mein Herz. Und trainiere deinen Bodenkontakt, damit du nicht so schnell das Gleichgewicht verlierst.«

Als sie ihre Tochter innig umarmte, war aller Ärger wie weggeblasen. Dank ihrer Mutter war sie auf die Welt vorbereitet. Sie verriet Fremden keine Geheimnisse, weil sie wusste, wie man überlebte, weil sie wusste, wie die Realität aussah. Sie konnte auf sich aufpassen und sich verteidigen. Ganz allein.

»Für mich bist du perfekt.« Storm löste sich von ihrer Tochter, strich ihr eine Haarsträhne aus der Stirn. »Mein kleines Wunder.«

Sie stand auf, um eine Lampe einzuschalten. Selbst im gedimmten Licht konnte Rain die dunklen Ringe unter den Augen ihrer Mutter sehen.

»Was hast du?«, flüsterte Rain.

»Du warst lange weg. Ich hab mir Sorgen gemacht.« Ihre Stimme versagte, und an Rain nagte das schlechte Gewissen. »Es hat einen Anschlag gegeben.«

»Ich weiß.« Sie zog ihre Tochter ins Badezimmer, um ihr wie gewohnt beim Waschen zu helfen. Während Storm ihr die Asche aus den Haaren kämmte, berichtete Rain, was passiert war.

»Du hattest dort nichts zu suchen. Das war Wahnsinn«, schimpfte Storm. Sie versuchte streng zu klingen, hörte sich aber in erster Linie erleichtert an.

»Ich wollte einen Gesegneten sehen. Es tut mir so leid, Mom. Ich wollte nicht, dass du dir Sorgen machst.«

Sie verschwieg, dass sie sich mit Rose getroffen hatte, und erzählte stattdessen, einem fremden Mädchen geholfen zu haben, das einen Krampfanfall bekommen hatte. Ihre Mutter anzulügen gefiel ihr nicht. Es fühlte sich falsch an, Geheimnisse vor der Person zu haben, die man liebte. Sie kaute auf der Innenseite ihrer Wange und hoffte, dass Storm ihre Nervosität nicht auffiel.

»Du hast ein zu gutes Herz. Ein zu gutes Herz«, seufzte ihre Mutter. »Doch manchmal wünschte ich, du wärst vorsichtiger.«

»Du meinst, so paranoid wie du?« Rain grinste.

»Paranoia ist für Ghosts eine Überlebensstrategie.«

8.

»SIE WERDEN IHRE KONTROLLEN VERSCHÄRFEN. Das heißt mehr Drohnen, mehr Sentinal.« Storm hatte es ihr bestimmt hunderte Male eingeschärft. Zusätzlich zu den Sicherheitsmaßnahmen wurde die Ausgangssperre, die vor vielen Jahren abgeschafft worden war, wieder eingeführt. Die Nachtarbeiter brauchten eine Sondererlaubnis und durften nur noch in Begleitung einer Drohne zur Arbeit.

Am nächsten Tag blieben Rain und Storm in ihrer Wohnung und warteten. Sie hofften, dass sich die Aufregung bald wieder legen würde. Sie hatten für den Notfall das Nötigste zusammengepackt, um auf eine Flucht vorbereitet zu sein. Auch Cassiopaio durfte das Haus nicht verlassen, was der Manguste gar nicht gefiel. In seinem Frust begann er damit, Rains Hängematte anzunagen, und verwüstete das Kochbuch von dem fröhlichen Herrn Weihnachten. Rain und Storm vertrieben sich die Zeit vor dem Tec-Dec, um auf dem neusten Informationsstand zu bleiben.

Dem Herrschersohn Morpheus ging es wieder gut genug, um vor die Kameras zu treten. Offenbar hatte er Glück gehabt, denn bis auf eine Schürfwunde war sein perfektes Gesicht nicht entstellt worden. Trotzdem nutzte Aventin den Vorfall, um den Hass auf die Rebellen weiter zu schüren. Sowohl auf dem offiziellen Hope-Sender, der im ganzen Land zu empfangen war, als auch auf dem lokalen Nachrichtensender für Grey wurde darüber berichtet. Rund um die Uhr versprach jemand, die Schuldigen zu fassen und zu bestrafen.

Rain hätte wetten können, dass ihre Mutter auf der Seite

der Spines war, dass sie sich vielleicht sogar freute, dass etwas unternommen worden war und für ihre hochheilige Freiheit gekämpft wurde. Aber Storm war nicht glücklich. Sie war wütend.

»So dumm«, murmelte sie ständig und fluchte, wie Rain sie schon lange nicht mehr hatte fluchen hören.

»Was weißt du über die Pläne der Rebellen?«, fragte sie und setzte sich neben ihre Mutter. Sie wollte mehr erfahren, vor allem wollte sie die Gründe kennen, aus denen Storm die Spines damals verlassen hatte. Es kam keine Antwort. Erst als Rain nicht mehr damit rechnete, ergriff ihre Mutter das Wort.

»Sie sind in den letzten Jahren ... radikal geworden.«

»Radikal?«

»Sie gehen es falsch an. Mit Gewalt statt Reden, Anschlägen statt Aufklärung und Krieg anstelle von Menschlichkeit«, wütete Storm, die Augen zu Schlitzen verengt. »Sie haben Unschuldige getötet! Wie können sie vorgeben, für die Rechte und Freiheit der Menschen zu kämpfen, wenn sie so etwas tun?«

Ja, Menschen waren gestorben, aber das war es, was Rebellen taten. Sie rebellierten ohne Rücksicht auf Verluste, oder nicht? Storm erzählte nicht gern von ihrer Vergangenheit, doch Rain ließ nicht locker.

»Bist du deshalb weggelaufen?« Was hatte sich mit ihrer Schwangerschaft geändert? Warum war Storm davongelaufen, hatte aufgehört, für ihre Freiheit zu kämpfen, und Freunde und Familie hinter sich gelassen?

»Das Leben war nichts für ein Kind«, sagte Storm wie immer, aber Rain wusste, dass mehr hinter der Geschichte stecken musste.

»Zu wem gehören wir eigentlich, Mom?« Nicht zu den Bewohnern von Grey und auch nicht zu den Rebellen. Sie waren allein und auf sich gestellt.

»Du gehörst zu mir, mein Herz. So wie ich zu dir.« Storm hatte sich von dem Bildschirm abgewandt und sah ihrer Tochter in die Augen. Sie hob die Hand und strich ihr über die Wange.

»Ja.« Rain ergriff die Hand ihrer Mutter und hielt sie fest.

Und was, wenn einem von uns etwas passiert? Zu wem gehören wir dann? Rain wagte nicht, diese Gedanken laut auszusprechen, doch sie ließen sich nicht verscheuchen. Sie hatten sich in ihrem Kopf festgesetzt, und Angst legte sich wie eine eisige Klaue um ihr flatterndes Herz. Sie wollte nicht allein sein.

Am dritten Tag waren sie gezwungen, ihr Versteck zu verlassen, da die Vorräte erschöpft waren.

»Bis in einem Moment«, flüsterte Storm und drückte ihrer Tochter einen Kuss auf die Wange, bevor sie loszog.

Es war noch früh, aber auch Rain hielt es nicht mehr aus. Sie rollte sich aus der Hängematte und blieb auf dem Boden liegen. Eine Weile beobachtete sie Cassiopaio, dann ordnete sie ihre Technikkiste und schraubte aus Langweile einen veralteten Dust-Bot auseinander. Er war defekt, als Rain ihn gefunden hatte, und bisher hatte sie nicht die nötigen Ersatzteile gefunden, um ihn zu reparieren. Allerdings würde diese Arbeiterdrohne ihr Leben erheblich vereinfachen, da ihre Aufgabe im Reinigen der Wohnung bestand. So gut wie jeder Haushalt besaß so eine Drohne, und Storm würde sich sicher darüber freuen. Normalerweise war das Schrauben beruhigend, aber heute half es nicht.

Rain fühlte sich wie ein Tier, eingesperrt in einem viel zu kleinen Käfig. Ihre Beine waren rastlos und verlangten nach Bewegung. Sie lief durch die Zimmer, warf sehnsüchtig einen Blick zur Straße hinab.

»Mir ist so langweilig«, erklärte sie dem leblosen Bildschirm. Sie stützte sich mit den Händen an der Wand ab, während sie ihren Körper anspannte. Immer wieder stieß sie sich ab, klatschte in die Hände und kippte vorwärts zurück zur Wand. Jedes Mal wenn sie sich wieder wegdrückte, murmelte sie »laaangweilig«.

Leider half es nicht, die Unruhe aus ihren Gedanken zu vertreiben.

Cassiopaio bellte. Seine Krallen kratzten über das Glas der Fensterscheibe, und er presste seine Nase daran platt. Einen wimmernden Laut ausstoßend rutschte er auf die Fensterbank hinab, drehte sich auf den Rücken und zappelte mit allen vieren in der Luft.

»Mir geht es genauso«, stimmte Rain ihm zu. Beide fühlten sich wie Pflanzen, denen man die Sonne entzogen hatte. Sie starrte aus dem Fenster. Es waren weder Drohnen noch Sentinal zu sehen, also beschloss sie, es entgegen dem Wunsch ihrer Mutter zu riskieren. Vielleicht würde sie sogar Ersatzteile für den DustBot finden.

Mit einem glücklichen Cassiopaio auf den Fersen erreichte sie den Park. Sie riss sich die Maske vom Kopf und eilte an den Bäumen vorbei, den Wind der Freiheit im Gesicht. Sie stieß sich vom Boden ab, bekam einen Ast zu fassen und schaukelte hin und her. Dann drückte sie ihre Füße an den Stamm und zog sich hoch. Sie setzte sich, aber verharrte keinen Wimpernschlag. Schon warf sie ihren Körper zurück und baumelte kopfüber vom Ast hinunter. Ihre Kniekehlen drückten sich in die Rinde.

Cassiopaio flitzte an ihr vorbei den Baum empor. Rain holte aus und pflückte ihn wie einen Apfel vom Baum. Sie hielt ihn lachend fest, während er empört bellte und nach ihr schnappte. Als sie ihn freiließ, sah sie, dass sie nicht allein waren.

Lark. Er lehnte an einem Baum und beobachtete sie.

»Was machst du hier?«, rief Rain. Im Schwung riss sie ihre Beine vor, machte einen halben Salto und landete auf dem Boden.

»Meine Schwester meinte, du magst diesen Ort.« Er kam lächelnd auf sie zu. »Rose hat das hier für dich gemacht.«

Er drehte seine Hand um, und Rain sah eine kleine Papierrose darin liegen. Wunderschön und zart, als würde sie mit dem nächsten Windstoß davonwehen.

»Das ist eine Blume. Rose hat sie in ihren Büchern gesehen.«

»Ich weiß.« Rain kannte Wildrosen aus den Wäldern und nahm das Geschenk an. »Ähm. Danke.«

»Schön hier«, wechselte Lark das Thema. »Rose nannte es verwunschen. Sie konnte nicht aufhören, davon zu reden. Allerdings glaube ich, dass es hier nicht wirklich Feen und sprechende Frösche gibt.«

»Feen?«

»Ja, keine Ahnung, was das sein soll. Sie redet oft von ihnen und ihrem Waldreich und von Menschen mit Flügeln.«

»Du meinst Engel!« Sie deutete auf die armlose Steinstatue mit Flügeln, die zwischen den Schlingpflanzen hervorlugte.

»Keine Ahnung. Jedenfalls können die nicht fliegen. Flügel hin oder her. Ich habe versucht, es Rose zu erklären, aber sie hat viel ... viel ...«

»Fantasie?«, fragte Rain, als er nicht auf das Wort zu kommen schien.

»Genau.« Er lächelte schräg.

»Verrückt, was in Büchern steht.« Rain schüttelte den Kopf. »Warum nur?«

»Warum nur was?«, echote Lark.

»Haben sich Menschen so einen Unsinn ausgedacht? Seltsame Chimären wie Engel und Feen?« Sie verstand, warum jemand Rezepte sammelte oder etwas über Bäume schrieb. Das machte Sinn. Aber Menschen mit Flügeln?

»Vielleicht hatten sie einfach zu viel Zeit.« Lark grinste.

»Oder Angst. Nicht vor dem Hunger, aber vor der Welt. Vielleicht haben sie sich deswegen eine andere ausgedacht.«

Sie schwiegen und versuchten sich eine Welt vorzustellen, in der es das Unmögliche gab.

»Ich verstehe trotzdem, warum meine Schwester diesen Ort liebt. Es ist sehr schön hier.«

»Ja, man ist … hier für sich. Für gewöhnlich.« Sie ließ sich auf den Überresten einer Parkbank nieder, während Lark sich vor ihr auf den Boden setzte und sie ansah. Vielmehr starrte er. Rains Blick wanderte über den Park auf der Suche nach Hinweisen. War der Junge wirklich allein? War das eine Falle, oder war ihnen vielleicht jemand gefolgt? Sie fühlte sich beinahe so paranoid wie ihre Mutter, aber besser paranoid als gefangen. Als sie nichts entdecken konnte, sah sie wieder zu Lark. Sein Blick ruhte immer noch auf ihr. Es war seltsam. Wollte er sie verunsichern, oder war er … verrückt? Möglicherweise hatten ihn die Fabrikdämpfe zum »Qualmkopf« gemacht.

»Was ist?« Sie hob die Augenbrauen, ließ sich aber nicht beirren und starrte zurück.

»Nichts.«

»Dann hör auf, wie ein Irrer zu glotzen.« Sie fegte eine Strähne ihres Haares zur Seite, ohne jedoch den Blick zu senken. Er machte den Mund auf, als wollte er etwas sagen, doch die Worte schienen ihm im Hals stecken zu bleiben. Wie er sie mit offenem Mund anstarrte, hatte er Ähnlichkeit mit den Fischen von Azure.

Da die Drohung offenbar nicht geholfen hatte, griff Rain nach Sting und hielt ihn dem Jungen unter die Nase. Das saß. Jetzt galt seine ganze Aufmerksamkeit dem Stab, an dessen Spitze kleine Funken sprühten. Sie grinste zufrieden.

»Du bist so… Du wirkst einfach nicht wie eine Drei«, murmelte er und schüttelte den Kopf.

»Ach nein?« Rain rang sich ein Husten ab, das, wie sie befürchtete, nicht reichen würde, um ihn von einer Lungenschwäche zu überzeugen.

Sie zog Sting zurück, hielt ihn aber weiter in der Hand. Wenn

Lark den geringsten Zweifel an ihrer Geschichte äußerte, musste sie ihn außer Gefecht setzen und fliehen. »Danke für das Kompliment, aber ich bin es. Und ich habe mich damit abgefunden.«

Lark legte den Kopf in den Nacken und sah zum Himmel auf. Eine Weile grübelte er vor sich hin und kaute auf seinen Lippen, aber immerhin sah er nicht mehr aus wie ein verrückter Fisch.

»Für Rose ist es schwer«, sagte er schließlich. »Ich höre sie abends oft weinen. Sie redet mit einer Fee aus ihren Büchern und wünscht sich keine Drei zu sein.«

Jetzt suchte Rain nach den richtigen Worten, fand aber keine und schwieg. Ihre Mutter pflegte zu sagen: *Wenn man nichts Wichtiges zu sagen hat, sollte man die Worte sparen.*

»Willst du Kinder?«, fragte Lark plötzlich. Er hatte ein Bein angewinkelt und schlang seine Arme darum. Das Hemd seiner Uniform spannte an den Schultern, und die Muskeln zeichneten sich unter dem dünnen Stoff ab.

»Nein.« Warum fragte er das? War das eine Fangfrage? »Ich bin eine Drei, Lark. Uns wird empfohlen, keine Kinder zu bekommen, damit wir unsere Schwächen nicht vererben.«

Es war nicht die Wahrheit. In Wahrheit stellte sich diese Frage für Rain nicht. In Wahrheit war es Rain nicht möglich, selbst wenn sie es sich wünschen würde. Sie hatte ihre Periode nie bekommen und war somit unfruchtbar, wie Storm ihr erklärt hatte. Ihre Mutter hatte damals nicht geahnt, wie erleichtert Rain über diese Nachricht sein würde. Was hätte sie Kindern schon bieten können? Ein Leben auf der Flucht? Nein, das wollte sie ihnen nicht antun. So war es besser.

»Es wird empfohlen, ist aber nicht verboten. Du könntest trotzdem Kinder bekommen.«

»Ich werde es lieber nicht riskieren.« Rain strich über ihre Tätowierung am Handgelenk. Sie sah so täuschend echt aus. Beinahe gelang ihr zu vergessen, dass sie es nicht war. Sie schielte zu

Lark hinüber, den das Thema offenbar beschäftigte. Er starrte mit gerunzelter Stirn vor sich auf den Boden und malte gedankenverloren Kreise in die Erde.

»Ich finde das ungerecht«, brach es schließlich aus ihm heraus. »Meine Schwester und du, ihr seid nicht weniger wert als andere.«

»So ist es nun einmal.« Rain senkte den Kopf, weil sie seinen Blick nicht ertragen konnte. Er ahnte ja nicht, wie sehr sie sich wünschte, eine Drei zu sein. Alles war besser, als bloß ein Geist zu sein.

»Niemand sollte auf euch hinabsehen. Der Gedanke macht mich einfach … wütend.« Er wischte die Kreise weg und sah auf. Sein Blick war voller Entschlossenheit, die Welt zu verändern.

In ihr hatte einmal derselbe Wunsch gebrannt, doch nun wusste sie es besser. Man konnte die Welt nicht verändern, schon gar nicht als Ghost. Was ihr blieb, war das Beste aus ihrem Leben zu machen.

»Mach dir keine Gedanken«, beruhigte sie Lark. »Mir geht es gut und Rose bestimmt auch, denn sie hat das Glück, eine Familie zu haben, die sie liebt. Das ist doch die Hauptsache, oder?«

Sie stand auf und ging zu einem Strauch hinüber. Hier hatte sie die Beeren für Rose gepflückt. Sie zupfte eine Handvoll Früchte ab und gab sie Lark, der bei diesem Anblick über beide Ohren grinste, die Wut beinahe vergessen.

»Ich liebe Beeren.«

»Wie deine Schwester.«

Rain sah ihm dabei zu, wie er sie sich gierig in den Mund stopfte. Die Anspannung wich für einen Moment aus seinem Gesicht, und seine Augen leuchteten.

»Willst du auch?«

Rain lehnte ab.

»Ich hatte noch eine Schwester«, sagte Lark schließlich, und da waren sie wieder. Die Sorgenfalten auf seinem Gesicht, die Wut in seinem Blick. Der kleine Junge, der sich freudig über Beeren hermachte, war viel zu schnell wieder verschwunden. »Sie wurde nie geboren. Als sie noch in meiner Mutter war, haben Ärzte festgestellt, dass sie nur eine G Vier war. Sie hatte eine Chromosomenaberration.«

»Was ist dann passiert?«

»Meine Mutter musste sie entfernen lassen. Sie wäre für die Gesellschaft eine Belastung gewesen.«

»Das tut mir leid.« Rain wusste nicht, was sie sagen sollte.

»Jetzt ist Rose krank, und die Medikamente, die ihr helfen können, können wir uns nicht leisten. Ich muss mir etwas einfallen lassen.« Als er ihren besorgten Blick sah, fügte er hastig hinzu. »Keine Angst. Ich werde nichts Dummes machen.«

Sie saßen noch eine Weile schweigend nebeneinander und beobachteten Cassiopaio, der sich mit zwei abgemagerten Hasenhörnchen-Chimären, Eichhörnchen mit Hasenohren, anlegte.

»Tut mir leid. Ich muss gehen.« Rain erhob sich, und Lark tat es ihr gleich. »Meine Mutter macht sich sonst Sorgen.«

»Danke für die Beeren«, sagte Lark. »Es war wirklich … schön mit dir.«

»Ja. Ich fand es auch ganz … nett.«

Schweigend ließen sie den Park hinter sich und kehrten in die Stadt zurück. Zum Abschied lächelte Lark sie verlegen an. Ohne eine weitere Erklärung trat er plötzlich vor, Rain wich instinktiv zurück, die Hand an Sting gelegt.

»Was tust du da?« Er antwortete nicht. Sie presste sich an die Hauswand und fühlte sich wie ein in die Enge getriebenes Tier. Lark beugte sich vor und hauchte Rain einen flüchtigen Kuss auf die Lippen. Eine Sekunde später ging er von Sting getroffen zu Boden.

»Was sollte das?«, fauchte Rain, als er sich stöhnend vor ihr auf dem Boden wand.

»Tut mir leid. Ich dachte… Ich weiß auch nicht, was ich dachte. Ich will nur, dass du weißt… für mich bist du eine Eins.«

Rains Gesicht nahm eine tiefrote Farbe an.

»Oh!« Sie räusperte sich und half Lark auf die Beine. »Ähm … Danke.«

9.

LARK SASS AUF EINEM STUHL und starrte die gegenüberliegende Wand an. Grau. Die Wände, Decken, selbst die Stühle. Alles war grau. Das Summen eines DustBots, der unerlässlich die Wände entlangfuhr, war das einzige Geräusch, dass die Stille durchbrach.

Abgesehen von ihm befanden sich noch zwei weitere Personen und ein Säugling im Wartezimmer. Sie schienen zu Salzsäulen erstarrt zu sein. Selbst das Kind gab kein Geräusch von sich, als ahnte es bereits, dass die Untersuchung über seine Zukunft entscheiden würde.

Es war schon einige Zeit her, dass Lark das letzte Mal beim Zirkelarzt zur medizinischen Untersuchung gewesen war. Er mochte den Ort nicht besonders. Er war kalt und erdrückend.

Seine Gedanken wanderten, und Rains Bild tauchte vor seinem inneren Auge auf. Ohne, dass er es kontrollieren konnte, schlug sein Herz schneller, und sein Mund wurde trocken. Wie immer wenn er sie sah oder an sie dachte. In ihrer Nähe war er nicht er selbst. Er wurde zu einem unbeholfenen Trottel. Bei der Erinnerung an die letzte Begegnung würde er am liebsten vor Scham im Boden versinken.

Er strich sich über die Seite. Dort erinnerte ihn eine leichte Verbrennung an Rains Elektrowaffe.

Was hatte er sich dabei gedacht? Gar nichts! Das war das Problem. In Rains Nähe dachte er nicht. Während sie genau zu wissen schien, was sie wollte, fühlte er sich, als würde er ohne Licht durch den Untergrund stolpern. Hilflos.

Er kannte dieses unsichere Auftreten von sich nicht. Er war es gewohnt, von seinen Klassenkameraden für seine Leistungen respektiert und durchaus auch bewundert zu werden, doch Rain schien von ihm vollkommen unbeeindruckt.

Er dachte an ihre grünen durchdringenden Augen. Ihr Blick hatte etwas Wildes. Ein unbändiges Feuer, das ihn faszinierte. Sie hatte eine unglaubliche Kraft, und ihre präzisen Bewegungen glichen denen einer Katze. Wenn er bei ihr war, hatte er das Gefühl, sie schon ewig zu kennen, ihr alles sagen zu können.

Aber sie hatte recht. Sie kannten sich kaum. Und doch hatte er versucht, sie zu küssen. Er verzog das Gesicht bei dem Gedanken an den missglückten Versuch.

Ein Kuss war noch verrufener als Berührungen auszutauschen. All die Keime, die mit dem Speichel ausgetauscht wurden, waren geradezu beängstigend. Daher war diese veraltete Geste so gut wie ausgestorben und wurde wenn überhaupt nur angedeutet, ohne dass es zur eigentlichen Berührung der Lippen kam. Lark konnte sich nicht erinnern, dass seine Eltern diese intime Zärtlichkeit je ausgetauscht hätten. Wie war er also auf so eine dämliche Idee gekommen?

Rain. Seine Lippen formten den Namen. Rain.

Die Tür ging auf, und eine Frau trat hindurch.

»Schüler Lark«, las sie vor ohne aufzusehen.

Er holte tief Luft und erhob sich. Im Untersuchungsraum erwarteten ihn schon zwei weiß glänzende MedBots.

»Ausziehen und setzen«, lautete der Befehl der Frau.

Er entledigte sich wie befohlen seiner Kleidung und ließ sich auf eine Trage sinken. Augenblicklich nahmen die Drohnen ihre Arbeit auf. Sie entnahmen eine Blutprobe, scannten seine Augen und seinen Rachenraum. Lark war sich nicht sicher, welche Untersuchungen genau durchgeführt wurden.

»Hinlegen.«

Er wartete, ließ zu, dass die Drohnen über seinen Körper schwebten und ihn von oben bis unten scannten. Dabei stießen sie von Zeit zu Zeit piepende Geräusche aus. Ob das bedeutete, dass sie etwas gefunden hatten?

Lark versuchte, ruhig zu atmen, aber man konnte nie wissen. Seine Nachbarn hatten von Geschwüren erzählt, die sich unbemerkt im Körper ausbreiteten.

Er versuchte, sich auf die kühle Metalltrage unter sich zu konzentrieren und schloss die Augen.

»Anziehen. Bitte folgen.«

Erleichtert stand er auf, zog sich an und betrat den angrenzenden Raum.

Hinter einem Schreibtisch saß ein Mann und starrte auf den Bildschirm vor sich.

»Wir werden deine medizinische Akte mit den heutigen Untersuchungen ergänzen und an die Sentinal weiterleiten«, berichtete der Arzt ohne Begrüßung. Sein Name war Churchill, eine Eins Plus. Er hatte in White Pearl gelebt und gearbeitet, bis er aus irgendwelchen Gründen nach Grey versetzt wurde. Nicht freiwillig, wie Lark vermutete. Er konnte den Zirkel nicht ausstehen, ebenso wenig wie kranke Menschen.

Lark hatte ihm nicht verziehen, dass er Rose Hausverbot für das gesamte MedCenter gegeben hatte. Das MedCenter umfasste ein Gebäude mit drei Etagen, welches überwiegend von MedBots betrieben wurde. Neben Krankenstationen beinhaltete es zudem die einzige Apotheke von Grey.

»Warum soll ich meine wertvolle Zeit für jemanden opfern, der eh nicht alt wird«, hatte Churchill gesagt, als Rose wieder einmal eine Lungenentzündung bekommen hatte. »Und warum sollen wir wertvolle Medikamente an jemanden rausgeben, der es nicht wert ist.«

Es war Churchill gewesen, auf den Lark all seine Hoffnung

gesetzt hatte, und er war es gewesen, der ihm alle Hoffnung mit einem Schlag geraubt hatte. Doch Lark weigerte sich, seine Schwester sterben zu lassen.

»Was haben die Untersuchungen ergeben?« Lark musste all seine Willenskraft zusammennehmen, um ruhig zu bleiben. Allein Churchills Anblick trieb ihm die Magensäure in den Mund.

Bleib ruhig, befahl er sich. *Rose braucht dich.*

Hinter ihm im Schrank standen all die Medikamente, die Roses Leben retten könnten. Diese winzigen Pillen gegen ein Leben. Wie konnte Rose ihrer nicht würdig sein?

»Besser als erwartet. Fast schon ein Wunder, dass aus dir eine Eins geworden ist bei der instabilen Genlinie deiner Familie.« Churchill sah ihn nicht einmal an. »Du wirst die genauen Ergebnisse erfahren, sobald alles ausgewertet ist.«

Damit war das Gespräch beendet und Lark entlassen. Er konnte es kaum erwarten, diesen Ort hinter sich zu lassen.

Am nächsten Tag war Rain auf dem Weg zu Cup, um eine Tasche und eine Mütze gegen Brot zu tauschen. Storm und sie wagten zu hoffen, dass sich die Lage beruhigt hatte. Es gab auch nicht viele Optionen, denn wo sollten sie hin?

Rain brauchte länger für den Weg als gewohnt, da mehr WatchBots unterwegs waren. Als sie die Bäckerei endlich erreichte, hatte Cup noch einen Kunden. Rain wartete, bis es in dem Laden leer war.

»Hallo Mädchen«, begrüßte die Bäckerin sie, während sie einen gehetzten Blick über die Schulter warf. Sie hatte sie »Mädchen« genannt, obwohl sie ihren Namen kannte. Ein seltsames Gefühl breitete sich in Rains Magen aus. Ihre Eingeweide zogen sie zur Tür, und sie musste gegen den Instinkt ankämpfen, einfach davonzurennen. Diese verfluchte Paranoia!, schimpfte sie mit sich selbst. Deine Paranoia hat dich bis jetzt am Leben erhalten, schnarrte eine Stimme in ihrem Kopf. Blödsinn! Cup hat ein Herz für Dreien. Sie wird dich nicht verraten.

»Hallo«, antwortete sie zaghaft und legte ihre Ware auf den Tisch.

»Oh, sehr schön. Sehr schön!« Cup schwitzte mehr als gewöhnlich. Ihre Finger griffen nach der genähten Tasche und hinterließen feuchte Mehlabdrücke darauf. Sie findet nie etwas schön, raunte die misstrauische Stimme.

»Was kriege ich dafür?« Rain brachte nur ein Krächzen zustande. Ihr Herz schlug ihr bis zum Hals, während sich die Muskeln in ihren Beinen verkrampften. Jede Faser ihres Körpers riet ihr zur Flucht, schrie sie an zu rennen, doch sie blieb.

»Ich werde dir drei frische Brote dafür geben, eine kleine Packung Kaf-Milch und ein paar Eier. Was meinst du?«

Das war ein sehr großzügiges Angebot, und Rain nickte. Ihr Mund war zu trocken, um zu sprechen.

»Soll ich etwas reparieren?«, fragte sie.

»Nicht nötig. Ich hole alles. Warte hier.« Cup wischte sich die Hände an der Schürze ab und drehte sich um. Plötzlich hielt sie inne, als habe sie etwas vergessen und goss frischen Kaffee in eine Tasse. »Hier für dich. Solang du wartest.«

»Für mich?«, krächzte Rain erstaunt, und Cup lächelte schief. Ihr Mund drängte dabei die rosigen feuchten Wangen zur Seite. Sie nahm die Tasse mit einem Geschirrtuch in die Hand und reichte sie Rain.

»Du solltest kosten, aber pass auf. Es ist heiß.« Es war bloß eine Ahnung gewesen, ein ungutes Gefühl, doch im nächsten Atemzug war es Gewissheit.

Eine Falle!

Cup würde ihr niemals etwas schenken, es sei denn, Sentinal hatten ihr eine Menge Geld für Hinweise auf den Verbleib von Ghosts versprochen. Eine verfluchte Falle! Diese miese Verräterin!

Der Gestank von Angst lag in der Luft. Die Bäckerin hustete nervös, doch Rain griff nach der Tasse, zwang sich zu einem Lächeln und gab vor, einen kräftigen Schluck zu nehmen. Cup konnte es nicht erwarten, im Nebenraum zu verschwinden, wo sie zweifellos die Drohnen rufen würde.

Rain zögerte keinen Moment länger. Sie stürzte vor, griff einen Laib Brot und die Packung Kaf-Milch, stopfte beides in ihren Rucksack, wirbelte herum und stürmte aus dem Laden.

Sie scannte den Himmel. Nichts.

»Halt!«, rief Cup, die hinter ihr aus dem Laden stürmte.

Rain dachte nicht daran. Während ihre Füße geräuschlos über den Asphalt glitten, lauschte sie angestrengt, doch das Summen der Drohnen war noch nicht zu hören. Sie rannte um eine Ecke, die Straße entlang, bog erneut ab, passierte die Schlachterei. Der Geruch von geräuchertem Fleisch stieg ihr in die Nase und, obwohl ihr die Furcht im Nacken saß, knurrte ihr Bauch bei dem Gedanken an ein Stück Filet.

Sie bog erneut ab und hechtete eine Unterführung hinab. Sie sprang und überbrückte mehrere Stufen auf einmal. Ihre Schritte wurden von den Wänden zurückgeworfen und füllten den Tunnel aus, wie ein dröhnendes Trommeln.

Rain verlangsamte ihren Schritt. Sie würde nur auffallen, wenn sie rannte. Als sie die Unterführung verließ, erfüllte das Summen von Drohnen die Luft. Noch waren sie weit entfernt, doch sie näherten sich schnell, und ihre Lichter waren bereits hinter den Smogschichten zu sehen.

Rain fluchte innerlich und beschleunigte ihr Tempo erneut. Wenn sie Glück hatte, würde sie den Park erreichen. Dort könnte sie sich zwischen den Büschen verstecken und abwarten, bis die Drohnen ihre Suche einstellten. Sie zog die Sauerstoffmaske aus ihrem Rucksack und quetschte sich zwischen zwei Häuserreihen hindurch.

In der Gasse stank es nach organischen Überresten. Vor ihr saß eine mutierte Ratte und verzehrte etwas, das aussah wie eine andere Ratte. Die sogenannten Werratten waren zwar groß, aber nicht gefährlich. Zumindest, wenn sie keinen Hunger hatten und man sie in Ruhe ließ. Allerdings kannte Rain Horrorgeschichten, in denen ganze Armeen von ihnen Lazarette überrannt und die Opfer der Roten Seuche gefressen hatten. Auch wenn Ratten selbst nicht daran erkrankten, kamen sie als Träger der Erkrankung infrage, was Rain logischer erschien, als Ghosts dafür verantwortlich zu machen.

Rains Magen rumorte und zog sich zusammen. Schlagartig schwappte eine Welle saurer Flüssigkeit hoch. Gerade noch rechtzeitig hatte sie ihre Maske angehoben, bevor sie vor sich auf den Boden spie. Sie konnte sich jetzt keine Schwäche erlauben, denn Angst verschleierte die Gedanken und führte zu Fehlern. Ihr vorrangiges Ziel war es, so viel Abstand wie möglich zwischen sich und die Drohnen zu bringen.

Am anderen Ende lugte sie aus der Gasse. Glücklicherweise zog gerade eine Wolke von dichtem schwarzen Smog durch die Straße, und Rain nutzte die Gelegenheit, in dem Meer unterzutauchen. Trotz der Maske, die die Luft filterte, fiel ihr das Atmen schwer. Ihre Brust brannte, als würde Säure durch ihre Lunge fließen, und ihr Kopf schwirrte. Sie lehnte sich an eine Wand, um zu verschnaufen. Ihr Herz flatterte wie verrückt, und ihr war schwindelig.

Was war los?

Sie konnte stundenlang rennen, ohne müde zu werden.

Der Kaffee, schoss es ihr durch den Kopf. Der verfluchte Kaffee. Natürlich hatte sie nicht davon getrunken, aber das hatte Cup auch nicht erwartet. Rain hob ihre Hand. Sie musste sie sich nah vor das Gesicht halten, um sie trotz des Smogs zu sehen. Kleine rote Bläschen hatten sich an der Stelle gebildet, wo sie die Tasse berührt hatte. Das Gift war nicht im Getränk gewesen, es hatte außen an der Tasse gehaftet. Erst jetzt fiel ihr auf, dass Cup den Becher nur mit einem Lappen berührt hatte. *Listo Kallisto!* Wie hatte sie nur so dumm sein können? Fluchend stolperte sie weiter, tastete sich durch den Nebel, darauf bedacht, nicht zu stolpern. Ihr Kopf wurde schwer, und ihr Blut pochte in den Schläfen. Der Druck auf ihren Kopf schob ihr die Augen aus den Höhlen und presste die Schädelknochen auseinander. Punkte aus Licht und Dunkelheit tanzten vor ihr. Rain versuchte sich auf den Weg zu konzentrieren, krallte sich an den kahlen Wänden fest, als wären sie ihr letzter Halt. Ihre Hand und der Arm schienen in Flammen zu stehen. Eine Gänsehaut überzog ihren Körper, während sie gleichzeitig schwitzte. Sie bog in eine Seitenstraße ab. Gleich müsste sie da sein. In ihrem Kopf rauschte es so laut, dass sie die Drohnen nicht einmal hören würde, wenn sie direkt über ihr schwirrten.

Sie schleppte sich an den Bäumen vorbei, riss sich die Maske vom Gesicht. Ein Schleier hatte sich über ihre Augen gelegt. Lange würde es nicht mehr dauern, und Ohnmacht würde sie einholen.

Rain schleppte sich zu einem Strauch und rollte sich mit letzter Kraft darunter. McDonalds rote Lippen grinsten noch mehr als sonst, als er zu ihr herabsah. Auf seiner Schulter saß ein Hasenhörnchen, das verrückte Lieder sang.

10.

»WANN KANN ICH RAIN WIEDERSEHEN?« Für Rose gab es kaum ein anderes Thema.

Lark stellte sich die gleiche Frage. Auch er wollte Rain unbedingt wiedersehen, deshalb war er gestern stundenlang durch den Park geschlichen, doch ohne Erfolg. Rain war nirgends zu sehen gewesen. Lark fragte sich immer wieder, wo Rain wohnen mochte und wie ihr Alltag aussah. Wo arbeitete sie? Wer war ihre Mutter?

»Hail! Hallo! Hail! Hallo! Hier sind wir!« Rose winkte aufgeregt, als sie Hail in einiger Entfernung erblickte. Hail wohnte in der Nähe des MedCenters, ein begehrtes Viertel, da hier der Grad der Luftverschmutzung am geringsten war.

Sie stand mit einem gleichaltrigen, hochgewachsenen Jungen vor der Wohnung, den Lark sofort als einen der wenigen Auserwählten erkannte, die in der Schule besonders gefördert wurden. Hails Eltern waren ebenfalls anwesend und blickten fast demütig zu dem Jungen empor.

Kein Wunder. Ihr Besuch befand sich in der aktuellen Begabtenklasse für Wissenschaftler und hoffte, wie alle Schüler dort, die Gesegneten von sich zu überzeugen und irgendwann dieses Drecksloch zu verlassen. Seine Chancen standen als einer der wenigen, die mit Eins Plus eingestuft waren, gut. Diesen seltenen Wert konnte man nur erreichen, wenn die Familie über mehrere Generationen hinweg tadellose Gene aufwies und man herausragende Fertigkeiten in allen Bereichen besaß.

Er hatte breite Schultern, die Stärke ausstrahlten. Sein Gesicht war ebenmäßig, und seine Augen hatten einen stets wachen Blick.

Er trug seine Haare verhältnismäßig lang, das wusste Lark. Sehen tat er es im Moment nicht, denn der Junge versteckte es vor der Asche unter einer Kapuze aus festem Stoff.

»Reizend, dass du vorbeigeschaut hast«, sagte Hail artig. Sie hatte ein honigsüßes Lächeln aufgesetzt, welches nicht echt aussah, zumindest nicht, wenn man sie kannte. Es wirkte festgefroren. Wenn sie sich aufrichtig freute, erschienen Grübchen unter den Augen.

»Ganz reizend«, echoten Hails Eltern.

»Wer ist der Kerl?«, fragte Rose misstrauisch.

»Vermutlich ein Bekannter«, antwortete Lark abwesend.

»Ich mag ihn nicht. Der sieht aus, als hätte er in Schmieröl gebadet.« Rose verzog das Gesicht.

Lark hob seine Finger an die Stirn, als sie die Gruppe erreichten.

»Hallo«, grüßte er, auch wenn er die Augen nicht von dem Besucher reißen konnte.

»Hallo, ihr zwei.« Als sie Rose und Lark erblickte, huschte ein Lächeln über Hails Gesicht. Ein echtes Lächeln. Das mit den Grübchen. »Darf ich vorstellen. Gap, das sind Freunde von mir.«

»Bekannte«, verbesserte Hails Mutter. Ihr war ihre Anwesenheit sichtlich unangenehm, denn sie runzelte die Stirn und warf Rose einen missbilligenden Blick zu.

Lark gegenüber hatte sie sich stets höflich, aber distanziert verhalten, und er konnte es verstehen. Er war sich sicher, dass sie nichts gegen ihn hatte, doch wie alle Mütter wollte sie nur das Beste für ihre Tochter, und eine Bindung an seine Familie wäre nicht die beste Option. Es wäre eine Abstufung.

»Welche Nummer hat das Mädchen? Ist sie etwa eine Drei?«, fragte Gap und sah Rose mit einer Mischung aus Ekel und Verachtung an.

»Und wenn es so wäre?«, knurrte Lark, dessen Emotionen,

wenn es um seine Schwester ging, schnell hochkochten. Gap ignorierte ihn, als wäre er nicht einmal einer Reaktion wert.

»Als Eins solltest du dich nicht mit solchen umgeben, Hail. Wenn wir eine Bindung eingehen sollten, will ich nicht, dass man dich mit Zweien oder Dreien sieht. Das wirft kein gutes Licht auf mich.«

»Wenn wir eine Bindung eingehen *sollten*«, erinnerte Hail ihn und legte dabei besondere Betonung auf das »sollten«.

»Richtig. Zuerst müssen wir uns sicher sein, dass du alle Voraussetzungen für die Begabtenklasse der Wissenschaften erfüllst. Wenn du nichts dagegen hast, wird meine Familie deine medizinischen Unterlagen aus dem MedCenter anfordern.«

»Natürlich geht das in Ordnung«, antworteten Hails Eltern.

Hail sah nicht einverstanden aus. Sie holte Luft, als ob sie widersprechen wollte, entschied sich dann aber in letzter Sekunde für ein aufgesetztes Lächeln.

»Danke für deinen Besuch. Es war uns wirklich eine besondere Freude. Mach's gut, Gap«, säuselte sie.

Sie will ihn schnell loswerden, dachte Lark und lachte innerlich.

Gap nickte zum Abschied, bevor er in seinen Gleiter stieg. Ob das wohl sein eigener war? Es war ein Zweisitzer, der wenige Meter über dem Boden schweben konnte. Nicht viele in Grey hatten die nötigen Credits, um sich so einen Luxus leisten zu können.

Hail holte ihre Maske und ihren Mantel aus dem Haus, verabschiedete sich von ihren Eltern und eilte zu Lark und Rose.

»Denkt an die Ausgangssperre. Ihr müsst pünktlich zu Hause sein«, erinnerte sie ihre Mutter. »Wir wollen keinen Ärger.«

»Keine Sorge. Wir auch nicht«, versprach Lark und drückte wie zum Versprechen seine Finger gegen die Stirn.

»Ja, wo kämen wir denn da hin?«, grinste Rose.

Sie bogen in eine Nebenstraße, setzten sich dort auf eine

Mauer und ließen die Füße baumeln. Von hier aus hatte man einen guten Blick auf eine Bäckerei. Sie saßen gerne hier und beobachteten das Treiben im Inneren.

»Was war das für ein Kanaltaucher?«, fragte Rose an Hail gewandt.

»Willst du wirklich eine Bindung mit diesem Kerl eingehen?«, fragte Lark.

»Er kommt aus einer guten Gen-Linie und hat eine vielversprechende Zukunft vor sich.« Hail seufzte und löste das Zopfband, das ihre Haare im strengen Zopf hielt. Nun fielen sie in Locken auf ihre Schultern und fingen wie ein Netz die Rußpartikel der Umgebung ein. »Meine Familie würde es sehr begrüßen.«

»Bei ihm fehlt das Sympathie-Gen.«

»Und das Humor-Gen«, ergänzte Rose kichernd.

»Du könntest jemand Besseren finden.« Allein die Vorstellung, dass Hail mit so einem Kerl den Rest ihres Lebens verbringen sollte, war für ihn unerträglich. Sie war für ihn wie eine Schwester und fast genauso wichtig wie Rose.

»Ach ja? Ich bezweifele, dass es jemanden mit besseren Genen gibt. Die letzten fünf Generationen seiner Familie bestehen ausschließlich aus Einsen. Ausschließlich.«

»Vielleicht haben sie die Dreien umgebracht«, scherzte Rose.

»Ach was.«

»Ich hab davon gehört«, beteuerte Rose. Sie sah traurig aus. »Dass Dreien getötet werden, damit die Familie nicht abgestuft wird. Es ist doof, eine Drei zu sein. Weil man eine Belastung ist.«

»Du bist doch keine Belastung«, widersprach Lark. »Du bist meine Schwester.«

»Aber ich wäre eine bessere Schwester, wenn ich eine Eins wäre. Dann könntest du mit Hail eine Bindung eingehen, und sie müsste nicht den schmierigen Kanaltaucher nehmen. Und niemand müsste sich schämen.«

»Sag so etwas nicht.« Hails Wangen glühten. Sie wandte sich Hilfe suchend an Lark, doch er wusste nicht, was er sagen sollte. Stattdessen schloss er seine Schwester ganz fest in die Arme.

Die vorbeilaufenden Menschen nahmen die intime Geste missbilligend zur Kenntnis.

Lark war es egal. Sicherheitsmaßnahmen hin oder her. Er wollte seine Schwester in den Arm nehmen, und das würde er sich nicht nehmen lassen.

Lark lag auf seinem Bett, als er das Klopfen hörte. Eins. Zwei. Drei. Pause. Vier. Er versteifte sich automatisch und hielt den Atem an. Er hoffte, dass es bloß ein Zufall war.

Dann klopfte es erneut. Eins. Zwei. Drei. Pause. Vier. Es war nie ein Zufall. Er stand auf und ging zum Fenster. Er schob die verschmutzte Glasplatte zur Seite, die gerade einmal groß genug war, dass sein Kopf durchpasste. Davor saß eine Mutantenratte. Sie kauerte auf ihren Hinterbeinen und sah erwartungsvoll zu Lark empor. Eine ihrer Vorderpfoten war blau gefärbt. Keine normale Ratte also. Ein Bote. An ihrem Schwanz war ein Röhrchen festgebunden.

Lark starrte sie eine Weile an. Sie quiekte ungeduldig und drehte ihm ihr Hinterteil zu, damit er sie von dem Röhrchen befreien würde. Er tat es. Kaum hatte er es gelöst, sprang sie vom Fensterbrett und flitzte die Straße entlang.

Er schloss das Fenster. Asche und Schmutz war auf den Boden gerieselt, und als hätte der DustBot es gespürt, kam er bereits piepend in das Zimmer geschwebt, um seine Arbeit aufzunehmen.

Lark nahm ihn kaum wahr. Sein Puls hämmerte hinter den Schläfen, als er das Röhrchen auseinanderschraubte. Ein kleiner Zettel fiel heraus. Er war unbeschrieben. Lark holte tief Luft, dann leckte er über die glatte Oberfläche und wartete. Die Buchstaben ließen sich Zeit, bis sie schließlich erschienen.

Kennst du den Geist,
der sich nachts umhertreibt?
Er singt mit dem Regen,
wild und verwegen.
Er trommelt den Takt,
den Takt, den die Freiheit
nur für ihn bereit hat.

Es waren Zeilen aus einem Kindergedicht, doch sie ließen Lark das Blut in den Adern gefrieren.

Wir wollen auch mit dem Regen singen.

Mit dem Regen singen. Was wollten sie ihm damit sagen? Wussten sie etwa von seiner Bekanntschaft mit Rain?

Larks Herz schlug schneller und ihm wurde übel. Er sprang auf und eilte zum Waschbecken, wo er sich kaltes Wasser in Gesicht und Nacken spritzte. Sie mussten ihn beobachtet haben. Das war die einzige, erschreckende Erklärung dafür, dass sie von Rain erfahren hatten.

Als sich die Übelkeit gelegt hatte, griff er erneut nach dem Zettel. Unter dem Gedicht war ein weiterer Satz erschienen, der seine schlimmsten Befürchtungen bewahrheitete.

Du weißt, was du zu tun hast.

Er wusste, von wem die Nachricht stammte, und ein Schauer lief über seinen Rücken. Fast hatte er gehofft, er würde sich nicht mehr bei ihm melden. Fast hatte er gehofft, man hätte ihn vergessen.

Lark las die Zeilen immer und immer wieder. Dann zerknüllte er den Zettel in seiner Faust.

Sie verlangten, dass er sie verriet, dass er Rain verriet. Doch warum? Was wollten sie von ihr? Er eilte zum Fenster und öffnete es.

»Das kann ich nicht. Ich weiß nicht, wo sie ist«, rief er hinaus. Dann lehnte er seinen pochenden Kopf gegen das kühle Glas und wartete. Nein. Er konnte nicht tun, was sie verlangten, doch er wusste, er hatte keine Wahl, denn sie hatten ihn ganz und gar in der Hand. Verzweifelt schlug er mit der Faust gegen die Wand.

Ein Klopfen holte ihn aus seinen Gedanken. Die Ratte saß erneut vor dem Fenster und sah ihn mit gelben Augen an. Noch bevor er sie reinholte, wusste er, welche Nachricht sie ihm brachte. Er wusste, dass keine Ausrede der Welt ihn retten würde. Oder vielmehr Rain retten würde. Vor ihm. Sie hatte recht gehabt, ihm nicht zu vertrauen, denn er war nie ihr Freund gewesen.

Er faltete den Zettel auseinander. »Dann finde sie.«

»Rain?«

Endlich. Endlich hörte sie ihren Namen, und der vertraute Klang vermochte es, sie aus dem vergifteten Schlaf zu reißen. Sie stöhnte und nahm all ihre Kraft zusammen, um ihren Körper unter dem Strauch hervorzurollen. Wenn sie nicht schnell Hilfe bekam, würde sie sterben. Das Gift schien sich wie Säure durch ihre Adern zu fressen und drang in ihre Zellen. Rain kämpfte gegen die aufsteigende Bewusstlosigkeit an, als jemand sie packte und auf den Rücken drehte.

»Rain! Was ist passiert?« Sie erkannte seine Stimme. »Ich rufe sofort einen MedBot.«

»Nein«, stöhnte sie.

»Was? Warum nicht? Du brauchst dringend medizinische Hilfe.«

Sie hatte keine Kraft, es ihm zu erklären. Das musste sie auch gar nicht. Lark griff nach ihrem Arm, auf den ihr Zahlencode gemalt war, und sie hörte, wie er nach Luft schnappte. Sie spürte, wie seine Finger über ihre Haut streiften, doch sie hatte nicht die Kraft, ihren Arm wegzuziehen.

»Bist du … Du bist ein Ghost.« Er hatte seine Augen entsetzt aufgerissen und starrte sie an, als wäre sie ein Monster. »Jetzt macht alles Sinn. *Kennst du den Geist, der sich nachts umhertreibt. Er singt mit dem Regen.* Sie wussten es … Du bist ein Ghost.«

Langsam wich er zurück, als habe er einen wahrhaftigen Geist vor sich.

»Lark … bitte … Ich …« Rain rang nach Worten, doch sie wusste nicht, was sie sagen sollte. Der Ausdruck in Larks Gesicht verletzte sie mehr, als sie erwartet hätte. »Ich bin nicht gefährlich. Ich …«

»Ich will nichts mit dir zu tun haben.« Er brüllte sie an, doch sein Gesicht verschwamm bereits vor ihren Augen. »Und halte dich von meiner Schwester fern.«

»Lark«, murmelte sie.

»Du bringst uns nur in Gefahr.«

Ihr Herz fühlte sich an, als würde es in zwei Hälften reißen. Rain wollte ihm hinterherrufen, ihm alles erklären, doch ihre Zunge lag taub und unbrauchbar in ihrem Mund. Sie wollte sich über die brennenden Lippen lecken, doch es gelang ihr nicht. Ihr Körper war schwer und gehorchte ihr nicht. Nun lag ihr Leben in seiner Hand.

Sie stöhnte und riss die verklebten Augen auf. Das Zimmer kam ihr bekannt vor, denn es war ihr eigenes. Erleichterung durchströmte sie. Sie war zu Hause. Lark beugte sich über sie und musterte sie mit seinen honigfarbenen Augen. Lark? Fast glaubte sie, noch immer zu träumen. Er tupfte ihr mit einem nassen Tuch die Stirn und die spröden Lippen ab.

Rain wollte wissen, was passiert war, doch brachte nur ein

Krächzen über die Lippen. Lark befeuchtete das Tuch erneut und wrang es über ihrem Mund aus. Wasser tropfte hinein, und sie schluckte dankbar.

»Du wurdest vergiftet, aber du bist verdammt stark, du tollwütige Füchsin.«

Seine Stimme war tief und sanft, wie Musik, die ihren Herzschlag und die aufgewühlten Gedanken beruhigte.

»Es tut mir leid«, flüsterte er so leise, dass Rain sich nicht sicher war, ihn verstanden zu haben. »Aber wir können uns nicht wiedersehen.« Wovon sprach er da? »Du weißt ja, dass Rose krank ist. Nun, sie ist meine Schwester. Ich … habe keine Wahl.«

Er verstummte und stand auf. Rain wollte ihn festhalten, fragen, was verdammt noch mal los war. Sie keuchte, doch bevor sie ihn zu fassen bekam, übermannte sie die Müdigkeit, und sie fiel in einen tiefen, unruhigen Schlaf.

Es dauerte ein paar Tage, bis sie wieder voll bei Kräften war. Sie schlief beinahe die gesamte Zeit, und wenn sie wach war, ließ sie sich von ihrer Mutter füttern. Cassiopaio lag auf ihrem Bauch, als ob er ahnte, dass es seiner Gefährtin nicht gut ging, oder er zwickte ihr in die Zehen aus Furcht, sie würde nicht mehr aufwachen.

»Hey Pi«, flüsterte sie und streckte die Hand nach ihm aus, um ihn zu kraulen. Beinahe erwartete sie, dass er nach ihren Fingern schnappte, doch er ließ es zu. Ja, er schien es sogar vermisst zu haben.

Rains Mund fühlte sich an, als ob sie Sand gegessen hätte. Sie drehte den Kopf und tastete nach etwas zu trinken. Cassiopaio sprang auf den Boden und schleifte eine tote, übel riechende Mutantenratte an ihr Lager, die er stolz präsentierte. Als Rain sein Geschenk nicht annahm, sprang er auf ihren Bauch und legte den Kadaver dort ab, als wollte er sagen: »Hallo? Ein wenig mehr Dankbarkeit!«

»Piii, willst du mich umbringen?« Sie wischte die Ratte zurück auf den Boden. Cassiopaio zeigte seine spitzen Zähne und knurrte, doch seine Enttäuschung war von kurzer Dauer. Schon machte er sich selbst über die Beute her.

Das war doch von Anfang an so geplant, dachte Rain. Beinahe kam es ihr so vor, als hätte sie das mit Lark nur geträumt, doch ihre Mutter klärte sie auf: »Der Junge hat dich im Park gefunden. Dann ist er durch unsere Straße gerannt wie ein Qualmkopf. Immer wieder hat er deinen Namen gerufen, so laut, dass ich keine andere Wahl hatte. Ich musste ihn überwältigen, bevor Watch-Bots gekommen wären. Ich wollte ihm schon die Zunge aus dem Mund reißen.«

Das konnte Rain sich nur allzu gut vorstellen.

»Er hat mich in einen Park geführt, wo du im Fieberwahn wirres Zeug geredet hast. Etwas von singenden Himbeeren und fliegenden Rüben. Nun ja. Er hat geholfen, dich ins Haus zu bringen. Dann ist er verschwunden und nicht wieder aufgetaucht. Was ist mit dir passiert?«

»Cup«, murmelte Rain.

»Cup?«

»Es hat sich herausgestellt, dass ihr Herz für Dreien doch nicht so groß ist.« Sie erzählte ihrer Mutter, was sich in der Bäckerei abgespielt hatte.

»Pack deine Sachen, mein Herz. Wir sollten verschwinden.«

»Nein, Mom! Warum denn?« Sie wusste nur zu gut, warum, aber sie wollte nicht gehen.

»Dein Freund kennt unser Geheimnis und weiß, wo wir wohnen.« Das Wort »Freund« spuckte sie förmlich aus, damit ihre Tochter ihre Missbilligung ja nicht überhören konnte.

»Aber Lark hat uns nicht verraten.«

»Noch nicht, aber wir sind nicht mehr sicher.«

»Wenn er uns verraten wollte, hätte er es bereits getan, oder nicht?«, gab Rain zurück. Bei dem Versuch aufzustehen fiel sie beinahe aus der Hängematte. Ihr Magen fühlte sich an, als würde er sich um sich selbst drehen, und saure Flüssigkeit stieg in ihren Mund. Sie griff nach einer Flasche Wasser, die ihr Storm reichte, und leerte sie. Es schmeckte nach Eisen und Chlor, doch die Kälte tat gut.

»Wir gehen trotzdem.«

»Mom, ich will nicht weglaufen. Immer laufen wir weg. Ich habe mich gerade an das Leben hier gewöhnt.« Und endlich so etwas wie Freunde gefunden. Das sagte sie jedoch nicht laut, weil sie wusste, was ihre Mutter von Freundschaften hielt.

»Ich habe ein ungutes Gefühl.« Storm ließ sich nicht beirren und tigerte im Zimmer auf und ab.

»Hast du das nicht immer?« Rain verschränkte die Arme vor der Brust und schob trotzig das Kinn vor.

»Eine von uns beiden muss ja realistisch bleiben.« Ihre Mutter ließ nicht mit sich reden. Wie immer glaubte sie zu wissen, was das Beste für sie war, und das machte Rain wütend.

»Und wo sollen wir hin? Uns wieder im Wald verstecken? Das ist doch kein Leben.«

»Du hast keine Wahl, fürchte ich.«

»Doch. Wir könnten zur Abwechslung mal jemandem vertrauen …«

Storm beschloss, ihrer Tochter zu vertrauen, und so verbrachten sie die Nacht in ihrem Zuhause. Sie lagen zusammengekuschelt auf Storms Matratze und schliefen, bis sie durch das Zersplittern von Glas geweckt wurden.

»Mom?!« Rain schrak hoch.

»Kallisto!«

Die Frauen sprangen auf und wussten, dass sie entdeckt worden waren. Storm packte ihre Tochter am Arm und zerrte sie in die Küche. Sie betätigte den Türschalter und zertrümmerte ihn dann mit dem Ellbogen, um den Öffnungsmechanismus außer Kraft zu setzen. Das würde ihnen Zeit verschaffen.

»Unter die Spüle«, flüsterte sie. »Schnell.«

Rain tat wie geheißen und riss den Schrank auf. In solchen Momenten funktionierten sie wie eine Einheit. Ihre Mutter war stets auf alles vorbereitet, und Rain folgte blind ihren Anweisungen. Unter der Spüle stand der Mülleimer, den Storm beiseiteräumte. Im Boden befand sich eine schmale Öffnung, durch die der Abfall erst in einen Schacht und schließlich in riesige Müllcontainer geführt wurde. Sie war gerade breit genug, dass ein schmaler Mensch hindurchschlüpfen konnte.

»Los.«

Rain ließ sich auf den Boden fallen und kroch mit den Beinen voran zur Öffnung. Sie schob ihre Füße in den Schacht, der in die Tiefe führte. Stimmen näherten sich, und jemand versuchte, die Tür zur Küche zu öffnen.

»Schnell, mein Herz!« Storm zog einen bereits gepackten Rucksack aus einem Küchenschrank hervor und drückte ihn Rain in die Hand, dann griff sie nach der Fuchsmanguste, die erschrocken kläffte. Offenbar hatte Cassiopaio den Ernst der Lage noch nicht verstanden. »Bis in einem Moment.«

Storm öffnete eine Schublade und griff hinein. Sie zauberte eine Rauchbombe und ein Messer heraus. Rain schloss die Augen und ließ sich fallen. Sie rutschte die Röhre hinunter und landete zwischen einigen vergessenen Müllsäcken in einem Container. Sie schob sich nach vorn, kletterte hinaus und sprang auf die Gasse.

»Au!«

Fluchend ließ sie die kläffende Fuchsmanguste los. Die Schleimhäute in Mund und Nase brannten wie Feuer, als sie die Luft ungefiltert einatmete. Sie hustete und riss den Rucksack auf, um die Maske herauszuholen. Keuchend stülpte sie sich das Filtersystem über das Gesicht.

Cassiopaio schüttelte den Kopf. Auch wenn er die verseuchte Luft besser verkraftete, würde er nicht ewig hierbleiben können. Er senkte den Kopf unter den Rand der Dunstwolke und hechelte.

Rains Hand schloss sich um Sting, während sie auf ihre Mutter wartete, doch die kam nicht. Nervös kletterte sie zurück in den Container, um durch das Abfallrohr zu spähen.

»Mom?«

Keine Antwort. Ein gedämpftes Krachen war zu hören, gefolgt von Poltern und Stimmen. Hatten die Sentinal die Tür eingetreten? Panik schnürte Rain die Kehle zu. Sie presste ihr Gesicht gegen das Rohr, um etwas zu erkennen. Es folgte ein Rumpeln, dann Schreie. Sie sah dunklen Rauch. Ihre Mutter hatte die Rauchbombe gezündet, um ihnen Zeit zu verschaffen.

»Mom?«

Gleich würde sie kommen … gleich … doch sie kam nicht. Rains Herz zog sich zusammen. Sie hörte das Summen von Drohnen, die durch die Straße schwebten. Es waren viele, und sie waren nicht weit entfernt. Das Mädchen ließ sich auf den Boden fallen und rollte sich unter den Container mit Müllsäcken. Cassiopaio folgte ihr. Er hielt das Ganze für ein Spiel und sprang auf ihren Kopf. Seine Krallen kratzten über ihre Kopfhaut, und er zog an ihren Haaren, bevor sie ihn gröber als gewollt zur Seite schob.

»Psst!« Schmollend zog sich die Manguste zurück und kaute auf einem Stück Plastik herum.

Rain zitterte am ganzen Körper. Das heftige Schlagen ihres Herzens füllte sie ganz und gar aus. Sie erwartete jeden Moment, dass das Gesicht ihrer Mutter vor ihr auftauchen würde und ihr sagte, was zu tun sei. Doch sie kam nicht. Stattdessen, nach einer gefühlten Ewigkeit, hörte sie Stimmen und Schritte. Sie presste die linke Seite ihres Kopfes auf den Boden und lugte unter dem

Container hervor. Sentinal liefen vorüber und eilten zu einem Gleiter. Ihre schweren schwarzen Stiefel brachten den Boden kaum merklich zum Vibrieren. Dort zwischen zwei Soldaten sah Rain ihre Mutter. Sie wurde von ihnen hinterhergeschleift, das Kinn ruhte auf ihrer Brust, und sie bewegte sich nicht.

Rain hielt den Atem an, unfähig sich zu bewegen. Ihr wurde plötzlich schwindelig. Säure sammelte sich in ihrem Mund, und sie riss sich im letzten Moment die Maske vom Kopf. Ein Schwall Erbrochenes landete auf der Straße. Rain schluchzte, als sie unter dem Container hervorkroch und ihr mit einem Schlag bewusst wurde, dass sich von jetzt an alles ändern würde.

11.

RAIN SCHLANG IHRE ARME UM DIE BEINE und presste ihre Stirn an die Knie. In dieser Position verharrte sie, während sie mit den Tränen kämpfte. Sie durfte sich jetzt nicht ihrer Trauer hingeben, sondern musste einen kühlen Kopf bewahren. Die Finger ihrer Hand schlangen sich um das Lederarmband mit dem Tropfen, welches sie von ihrer Mutter geschenkt bekommen hatte. Sie hielt sich daran fest und holte tief Luft.

Cassiopaio bellte und stellte sich auf die Hinterbeine. Mit seinen Vorderpfoten hielt er sich am Rand ihrer Stiefel fest, während er sie mit der Schnauze anstieß. Sie rührte sich nicht. Er bellte erneut und rieb seine Nase an ihrem Knie.

»Mmh.« Sie gab einen brummenden Laut von sich, woraufhin er ihr in die Wade biss.

»Au!« Sie schob ihn beiseite, doch die Manguste dachte nicht daran, aufzugeben. Er schoss auf sie zu und kletterte an ihrem Mantel hoch. Auf ihrem Kopf ließ er sich nieder und schob seine Krallen über ihr Haar.

»Pi!«

Sie pflückte das Tier von ihrem Kopf. Er wandte sich in ihren Händen, da er es hasste, gehalten zu werden, und schnappte nach ihren Fingern. Rain ließ ihn los, und er fauchte empört, während er sein Fell schüttelte, als hätte sie ihn beschmutzt.

»Ja. Ja. Du hast ja recht.«

Wenig später schob Rain sich zwischen zwei Häuserreihen hindurch und zwängte sich an den Wänden vorbei. Sie konnte sich jetzt nicht erlauben, sich Schuldgefühlen und Trauer hinzugeben. Sie brauchte ein Versteck. Sofort dachte sie an Larks warme Augen und sein schräges Lächeln. Ob er ihr helfen würde? Sie konnte sich nicht vorstellen, dass er sie verraten hatte. Warum sollte er sie zuerst retten, um sie dann zu verraten? Das machte doch keinen Sinn. Also beschloss sie, ihr Glück zu versuchen. Lark hatte recht. Es war an der Zeit, dass sie Hilfe annahm.

Sie passierte die Schule. »Eisengasse« stand auf einem Schild, an dem bereits der Rost nagte. Es war dunkel, als Rain die Haustür erreichte, hinter der Lark mit seiner Familie lebte. Sie ließ sich auf der Straßenseite gegenüber in einer Gasse nieder und wartete im Schleier der Dunkelheit.

Cassiopaio war das Beobachten von Türen zu langweilig. Er verschwand hinter den Mülltonnen, um auf Jagd zu gehen. Die Zeit verging, und Rain rührte sich nicht. *Sollte sie einfach klopfen? Was, wenn er die Sentinal rufen würde? Was, wenn sie sich in ihm irrte?* Sie war nicht so gut darin, Leute einzuschätzen. Ihre Mutter kannte sie so gut, dass sie manchmal glaubte, ihre Gedanken lesen zu können, aber andere Menschen? Das war kompliziert.

Kallisto! Sie sollte es tun! Sie brauchte Hilfe, und die Vorstellung, allein zu sein, bereitete ihr Angst. Aber was, wenn er doch derjenige war, der sie verraten hatte?

Rain stand auf, streckte ihren Rücken durch und holte tief Luft. Ihre Beine kribbelten unangenehm, als würden zahllose Ameisen, mutierte Feuerameisen, unter ihrer Haut umherwuseln und sie beißen. Rain fluchte und rieb sich die Waden.

Gerade wollte sie ihre Deckung verlassen, da hörte sie Schritte. Sie presste sich an die Hauswand. Im schwachen Licht der Straßenbeleuchtung erkannte sie schwarze Uniformen. Die Gesichter waren durch Helme verborgen, die nicht nur vor verseuchter Luft Schutz boten. Sentinal.

Rain schob sich tiefer in die Gasse hinein und wagte nicht zu atmen. Hinter einer Feuerleiter blieb sie stehen, presste die Augenlider zusammen und lauschte angestrengt. Kein Summen. Kein Schwirren. Gut. Das bedeutete, dass keine Drohnen in der Nähe waren. Vorerst. Ob sie nach ihr suchten? Ob sie wussten, dass sie hier war? Ihre Finger schlossen sich um Sting, um sich auf das Schlimmste vorzubereiten. Kampflos würde sie nicht aufgeben.

Denk nach! Zwei Sentinal!

Etwas wenig, wenn sie wirklich einen Ghost in der Umgebung vermuteten. Wahrscheinlich war es einfach eine Routinekontrolle. Sie öffnete die Augen und wagte einen weiteren Blick.

Die Wächter waren vor Larks Haustür stehen geblieben und klopften. Das Blut rauschte durch Rains Kopf, als sie versuchte zu erraten, was das zu bedeuten hatte. Die Tür öffnete sich, und Lark trat heraus. Er hatte seine Schultern nach hinten gestreckt und die Lippen aufeinandergepresst. Mit steif wirkenden Bewegungen führte er seine Finger an die Stirn, den Blick auf einen unsichtbaren Punkt über den Soldaten gerichtet. Es wirkte wie eine Mischung aus Begrüßung und Salutieren. Was tat er da?

»Das war eine gute Entscheidung, Junge«, sagte der Wächter und legte Lark eine Hand auf die Schulter.

»Es ist mir eine Ehre«, krähte Lark und schaffte es, seinen gestreckten Körper noch weiter durchzustrecken. Er sah so aus, als würde er in jedem Moment hintenüberkippen.

Der Sentinal übergab ihm einen Beutel. »Credits für deine Mühe, Junge.«

Credits? Also doch!

Rains Mund war wie ausgedörrt. Ihr Herz schlug so laut, dass sie fürchtete, es könnte ihr Versteck verraten. Er war der verdammte Lauscher. Er hatte sie verraten und verkauft.

War das sein Plan, um mehr Geld für seine Schwester aufzutreiben?

Hass stieg in Rain auf. Sie klammerte sich so fest an Sting, dass es schmerzte. Am liebsten hätte sie sich auf ihn gestürzt und ihm die Spitze in den Bauch gebohrt. Die Tür ging erneut auf, und Rose streckte ihren Kopf hinaus. Ihre Augen weiteten sich, als sie die Sentinal sah.

»Alles gut?«, fragte sie.

»Ja, alles gut«, sagte Lark mit warmer Stimme und raunte ihr etwas zu, das Rain nicht hörte. Rose gab daraufhin ein aufgeregtes Quieken von sich, dann klatschte sie in die Hände. »Geh zurück ins Haus, Rose.«

Er liebte seine Schwester und tat alles, um sie zu retten. Er hat die Gelegenheit genutzt, die sich ihm bot. Verfluchter Lauscher! Hätte sie dasselbe für ihre Familie getan? Vielleicht.

Auch wenn sie ihn verstehen konnte, tobten die gegensätzlichsten Gefühle in ihr. Verständnis und Wut. Ohnmacht und Hass.

»Am Abend des Tages kämpft jeder für sich«, hatte ihre Mutter immer gesagt. Darum konnte man anderen nicht vertrauen.

»Süßes Kind«, kommentierte einer der Wächter. »Für eine Drei.«

Mit diesen Worten verabschiedeten sie sich und verschwanden. Das Echo ihrer Schritte hallte noch lange in Rains Kopf.

Rain kauerte unter der Feuerleiter und sah erst auf, als Cassiopaio sie anstupste. Das Unwetter hinter ihrer Stirn ließ sie nicht zur Ruhe kommen. Was sollte sie tun? Aus Grey fliehen und sich irgendwo im Wald verstecken? Bisher hatte Storm ihr Leben geplant, sie hatte sich auf ihre Mutter verlassen, und jetzt fühlte Rain sich entsetzlich hilflos. Wohin sollte sie gehen? Storm hatte sie gelehrt, sich zu verstecken, wegzulaufen, unsichtbar zu bleiben, aber all das wollte sie jetzt nicht tun.

Sie konnte ihre Mutter nicht zurücklassen!

Die Fuchsmanguste machte es sich auf ihrem Schoß bequem und schlief ein. Rain befand sich in einem Dämmerzustand zwischen der Angst, entdeckt zu werden, und Albträumen, die sie heimsuchten, sobald sie die Augen schloss. Immer wieder hörte sie Drohnen vorbeisurren, die das Einhalten der Sperrstunde garantieren sollten, doch keine durchsuchte ihre Gasse.

Einmal weckte sie eine Werratte, die in ihr Bein biss, um zu sehen, ob sie noch lebte. Mit einem wütenden Tritt beförderte sie das Tier zurück in die Dunkelheit. Dort tippelten unzählige Rattenfüße über den Boden, zogen ihre Runden um die vermeintliche Beute. Sie presste ihren Rucksack an sich, aber jedes Mal wenn sie die Augen schloss, kam eines der Biester näher, um an ihr zu knabbern. Noch nie hatte sie die Werratten so sehr gehasst wie in diesem Moment.

»Ich bin nicht tot«, knurrte sie und trat um sich.

Kurz vor Sonnenaufgang schulterte Rain ihren Rucksack und verließ ihr Versteck, ohne noch einen Blick auf Larks Tür zu werfen.

In der Fluchttasche hatte sie genug Geld für Kaffee und Brötchen gefunden. Es könnte nicht schaden, eine Bäckerei aufzusuchen. Um diese Zeit trafen sich dort die Arbeiter vor ihrer Schicht. Es wurde viel geredet, und wenn sie Glück hatte, lief ein TecDec, und sie würde etwas über Storm erfahren. Allerdings suchte sie sich eine, die so weit weg von Cups Laden war wie möglich. Allein bei dem Gedanken an die Bäckerin zog sich bei Rain der Magen zusammen. Am liebsten würde sie der Verräterin Sting vorstellen für das, was sie ihr angetan hatte.

Es war voll in dem kleinen Laden, und die Luft war so drückend und zäh, dass man sie hätte schneiden können. Die Gerüche vermischten sich zu einer undefinierbaren Masse, auch wenn der Gestank von Schweiß dominierte. Ein Mann stand hinter der Theke, verkaufte Gebäck und schenkte Kaffee aus. Die Arbeiter umrundeten die Tische oder standen in kleinen Gruppen beisammen. Niemand bemerkte Rain, die sich, die Kapuze tief ins Gesicht gezogen, zwischen den Menschen hindurchschob.

Sie bestellte ein Brötchen und etwas zu trinken, dann verzog sie sich in eine Ecke in der Nähe der Tür. Hier würde sie schnell verschwinden können, wenn es die Situation erforderte.

Über der Theke flimmerten Bilder über ein TecDec, und Rain erkannte sofort den Herrschersohn. Sie musste sich konzentrieren, um trotz des Lärmpegels im Laden etwas zu verstehen.

»Es konnte einer der Rebellen gefasst werden, die für das Attentat verantwortlich sind«, verkündete Morpheus mit ernster Miene. Von der ehemaligen Schürfwunde auf der Stirn war nichts mehr zu sehen, als habe es die Bombe nie gegeben.

Und dann wurde *sie* eingeblendet.

Storm.

Sie hatte die dunklen Augen weit aufgerissen und sah genauso wahnsinnig aus, wie man sich einen gewalttätigen Rebellen vorstellte. Rains Herz hämmerte, als ob es aus dem Brustkorb springen wollte. Ihre Finger klammerten sich um den heißen Pappbecher, während sie lauschte.

»Anhand ihres Codes konnten wir sie als langjähriges, radikales Mitglied der Spines identifizieren. Aufgrund vieler Verbrechen in der Vergangenheit wie Spionage, Sabotage, Entführung und Mord wird die Rebellin zum Tode verurteilt.«

Vor einigen Jahren war Rain im Wald in mutierten Giftefeu getreten, der sie für Stunden gelähmt hatte. Sie hatte gespürt, wie die Muskulatur um ihre Lungen an Kraft verlor, bis sie am Ende nur noch gehechelt hatte. So ähnlich erging es ihr jetzt. Jede Kraft war aus ihrem Körper gewichen, und sie war unfähig, sich zu bewegen. Das Brennen in den Lungen erinnerte sie daran, Luft zu holen, doch sie war kaum dazu imstande.

Zum Tode verurteilt, echote die Stimme wieder und wieder in ihrem Kopf. Sie hörte Morpheus nicht weiter zu, stand auf, wobei ihr der Pappbecher aus der Hand fiel. Sie spürte nicht einmal, wie die heiße Flüssigkeit gegen ihre Beine spritzte.

»Hey!«, rief einer der Arbeiter empört, doch sie nahm ihn nicht wahr. Wie in Trance drehte sie sich um und verließ das Café.

Rain kauerte sich hinter einem Brombeerbusch zusammen, schlang den Umhang eng um sich und versuchte, Schlaf zu finden, doch der wollte nicht kommen. Auch wenn ihr Körper müde war, war ihr Geist zu aufgewühlt, um sich in den erlösenden Dämmerzustand fallen zu lassen. Die Augenlider waren kraftlos, sie konnte sie kaum noch offenhalten, aber hinter ihrer Stirn tobten die Gedanken und Ängste. Jedes Geräusch ließ sie zusammenzucken. Dann wanderte ihr Blick umher, und sie spitzte die Ohren.

Schlaf, sonst bist du morgen nicht bei Kräften, und wer kraftlos ist, macht Fehler, raunte die Stimme in ihrem Kopf, und sie zwang sich, die Lider zu schließen.

Sie spürte Cassiopaios warmen Körper in ihrem Nacken. Er hob und senkte sich in einem regelmäßigen Rhythmus. Wieder ein Knacken, doch sie versuchte, es zu ignorieren. Allmählich merkte sie, wie ihre Gedanken langsamer wurden, sich drehten und absurde Formen annahmen. Sie gab es auf und öffnete die Augen. Durch den Brombeerstrauch sah sie in den Himmel hinauf. Wolkenschleier bedeckten den Mond wie ein Vorhang. Die ersten Sonnenstrahlen kamen bereits von Osten und kämpften sich durch das ewige Grau hindurch. Erneut ein Knacken. Rain lauschte. Waren das Schritte? Mit einem Schlag war sie hellwach. Jeder Muskel ihres Körpers war angespannt, ihre Finger schlossen sich um Sting. Sie hielt die Luft an, wandte langsam den Kopf und lauschte.

»Rain?« Sie erkannte die Stimme, und ihr geflüsterter Name traf sie wie ein Messerstich tief ins Herz. Sie wagte es, den Kopf ein wenig anzuheben. Lark. Was wollte er hier?

Am liebsten wäre sie aufgesprungen, um ihm Sting zwischen die Augen zu stoßen, doch sie rührte sich nicht.

»Rain?«

Wie dumm war sie gewesen, sich hier im Park zu verstecken? Was sollte sie tun, wenn er eine Einheit Sentinal hergeführt hatte? Das Summen von Drohnen war nicht zu hören, auch nicht das Brummen von Gleitern. Seine Schritte und das Rascheln im Unterholz, durch das er seinen Körper zwängte, waren neben dem niemals verstummenden Atem der Fabriken das einzige Geräusch.

»Rain. Ich hab das von deiner Mutter gehört«, flüsterte er in die Nacht. »Ich will dir helfen.«

Von wegen!

»Rain. Bist du hier? Bitte!«

Sie rührte sich nicht, nicht einmal als ihr heiße Tränen aus den Augen quollen und ihre Wange hinabliefen.

»Rain. Vertrau mir!«

Sie wollte seinen Worten glauben. So sehr. Sie wollte nicht allein sein, doch sie wusste es besser. Und plötzlich hasste Rain sich für ihre Naivität. Sie hatte sich nach etwas gesehnt, was sie niemals haben würde: Freunde.

Es gab nur sie und Storm. Zusammen waren sie eine Einheit, eine Einheit, füreinander bestimmt. Ein tobendes, unabhängiges Unwetter. Sie brauchte keine Freunde, keinen Lark. Nur Storm.

Irgendwann gab Lark auf und verschwand. Rain wartete noch eine ganze Weile, bis sie sich unter dem Strauch hervorrollte. *Konzentriere dich und plane deine nächsten Schritte*, hörte sie Storms Stimme in ihrem Kopf.

Sie fischte ihren Rucksack unter den Blättern hervor und öffnete ihn. Decken. Ein Leuchtstab. Ein Schlauch mit Wasser und Brot. Einige Credits steckten in der Vordertasche. Es waren zwei rostbraune Platten, die den geringsten Wert hatten, und eine dunkelgrüne. Zusammengezählt war es gerade genug, um neuen Proviant zu kaufen.

Ein Rascheln erregte ihre Aufmerksamkeit. Ihre Finger glitten erneut in den Rucksack, streiften den rauen Stoff und fanden eine glatte Oberfläche. Rain klemmte das Papier zwischen Zeige- und Mittelfinger und zog es heraus. Ein Stück Schreibfolie? Sie wendete es hin und her. Es schien unbeschrieben zu sein, doch Rain kannte ihre Mutter. Sie hielt es vor ihr Gesicht und leckte darüber. Das Stück Schreibfolie reagierte auf ihre DNA und erwachte zum Leben. Auch wenn sie es schon oft gesehen hatte, beobachtete Rain fasziniert, wie auf der glänzenden Oberfläche Buchstaben erschienen.

Fabrikhalle 154
Unter Tage

Eine Adresse! Rain wartete, doch das war alles. Sonst nichts. Keine Erklärung, kein Name. Sie legte den Kopf in den Nacken, schloss die Augen und überlegte. Sie musste diese Adresse aufsuchen, doch was würde sie dort erwarten? Ein sicheres Versteck oder womöglich alte Freunde ihrer Mutter, die ihr weiterhelfen konnten? Vielleicht auch beides. Sie musste Storm vertrauen und den Hinweisen nachgehen, die sie in den Händen hielt.

12.

RAIN SCHULTERTE IHREN RUCKSACK, setzte die Maske auf und machte sich auf den Weg. Wie gewohnt mied sie die Hauptstraßen und entschied sich für einen Umweg durch verseuchtes Gebiet. Im Schutze des Smogs war sie sicher, konnte dort aber nicht lange bleiben, da Cassiopaio entschlossen schien, ihr nicht von der Seite zu weichen. Sie wollte die Gesundheit der Manguste nicht gefährden. Außerdem bemerkte sie, wie der Dunst bereits auf ihrer ungeschützten Haut brannte. Selbst durch den Filter der Maske meinte sie, Schwefel auf der Zunge zu schmecken. Dieser Bereich gehörte zu den Geistervierteln des Zirkels, der selbst von Ratten gemieden wurde.

Sie eilte weiter, schob sich durch eine Gasse und kletterte über im Weg stehende Abfallbehälter. Dann sprintete sie los durch den Smog, bis sie eine größere Straße erreichte. Hier herrschte reger Verkehr. Herrenlose Gleiter fuhren über den Asphalt und zogen Wagen mit Metallteilen und anderen Gütern hinter sich her. Rain sprang auf eines der Fahrzeuge und ließ sich ein Stück weit mitnehmen. Der verlassene Stadtteil blieb hinter ihnen zurück, und sie erreichten einen Fabrikbezirk, in dem ebenfalls nicht viel los war. Aus einigen Schornsteinen quoll noch Rauch, während andere ruhten. Vereinzelt huschten Arbeiter über die Straße oder bedienten die Maschinen, die für den Transport der Ware zuständig waren.

»Unter Tage« stand auf einem verrosteten Schild. Hier war die Adresse, die ihre Mutter genannt hatte.

Fabrikhalle 157. 156. 155. 154.

Rain stand vor einem Gittertor, das vor ihr aus dem Boden ragte. Sie zog die Kapuze tief ins Gesicht und sah sich um, bevor sie den Rucksack abnahm und sich zwischen den Stäben hindurchquetschte. Das Gebäude wirkte auf den ersten Blick verlassen und heruntergekommen.

Sie hatte keinen hörbaren Alarm ausgelöst, als sie das Grundstück betreten hatte, trotzdem stellte sich das Gefühl ein, beobachtet zu werden.

»Pi! Bleib in der Nähe«, zischte sie und ging weiter. Es dauerte nicht lang, bis sich ihre Vorahnung bestätigte. »Hey, Mädchen, was willst du hier?« Ein kräftiger Mann trat aus dem Schatten der Mauer auf sie zu. Sein Gesicht war durch eine weite Kapuze verhüllt, und er trug einen breiten Mantel, der den Blick auf mögliche Waffen verbarg.

»Ich … suche jemanden.« Rain zuckte mit den Schultern, während ihre Finger bereits unter ihrem Umhang auf Sting ruhten. Cassiopaio gab ein drohendes Knurren von sich und baute sich an ihrer Seite auf.

»So?« Der Mann fuhr mit seinen Füßen über den Boden und hinterließ einen Kreis im Dreck. »Viele suchen, aber nicht viele finden.«

»Ich suche meine Mutter.«

»Wir haben hier keine verlorenen Mütter.«

»Nein, das habt ihr nicht. Die Sentinal haben sie.«

Der Mann trat zurück und stieß einen grellen Pfiff aus.

Rains Blick flog über das Gelände. Sie hörte Schritte, und eine weitere, hagere Gestalt mit blauer Maske erschien. Nur einer? Oder hielten sich hier noch mehr versteckt?

»Wie hast du hergefunden?«, schnaubte der Erste und riss seine Kapuze nach hinten. Anstelle eines Gesichtes offenbarte er eine blutrote Maske mit zwei Stacheln über der Stirn, die an Hörner erinnerten.

Ein Spine.

Ein Rebell.

Rain sog scharf die Luft ein und wollte zurückweichen, doch der Hagere hatte bereits hinter ihr Stellung bezogen. Ihre Mutter hatte ihr die Adresse der Spines gegeben?

»Was bist du, Kleine? Ein Lauscher?«

»Nein.« Rains Griff um Sting wurde fester, bereit, sich zu verteidigen.

»Nun. Von uns bist du auch keine.«

Rain konnte nur raten, dass es ein geheimes Zeichen oder Passwort geben musste, und sie hatte den Test nicht bestanden. Sie dachte an den Zettel ihrer Mutter, doch mehr Hinweise hatte es nicht gegeben.

»Nein, aber meine Mutter war eine von euch. Storm«, presste sie zwischen den Lippen hervor. Das Schweigen verriet ihr, dass ihnen der Name ihrer Mutter ein Begriff war. Also zog sie mit der linken Hand das Stück Schreibfolie aus ihrer Tasche und übergab es der roten Hörnermaske, während ihre rechte weiterhin Sting umschloss.

»Was willst du?« Er starrte auf die Adresse.

»Eure Hilfe.« War das nicht klar? Die Rebellen mussten von der bevorstehenden Hinrichtung wissen. »Meine Mutter wurde gefangen genommen und soll hingerichtet werden. Für eure Tat.«

»Unseren Verdienst«, korrigierte der hagere Rebell und rückte ihr auf die Pelle. Sie konnte seinen Atem spüren, was ihr nicht behagte.

»Wie auch immer. Ich will sie befreien.«

»Ha!«, schnaubte der Mann mit der roten Hörnermaske. »Das wird dir nicht gelingen.«

»Mit eurer Hilfe vielleicht schon. Sie war schließlich mal eine von euch.«

»Die Betonung liegt auf war. Sie hat uns verlassen.« Der Mann mit der roten Maske winkte ab. »Storm ist selbst schuld, dass Aventin sie unbedingt tot sehen will.«

»Was? Wieso?«

»Sie hat Dinge getan, Kleine. Dinge, die man ihr nicht verzeihen wird. Dinge, von denen sie dir sicher nicht erzählt hat. Aber das solltest du nicht von mir hören.«

Rain schnaubte. Nichts aus der Vergangenheit würde das Bild ihrer Mutter erschüttern. Da war sie sich sicher. Auch wenn Storm nicht über ihre Zeit bei den Rebellen reden wollte, kannte sie ihre Mutter, und für das Schweigen musste es einen Grund geben. Vielleicht einen schmerzhaften, den Storm vergessen wollte, aber sicher keinen, der einen Keil zwischen sie treiben würde.

»Das interessiert mich nicht«, stellte Rain fest. »Ich werde sie retten.«

»Dickköpfig«, lachte der Rebell und reichte ihr die Schreibfolie zurück.

»Entschlossen«, widersprach Rain. »Ihr wollt also nicht helfen?«

»Storm ist keine von uns. Nicht mehr.« Der Mann mit der roten Hörnermaske zuckte mit den Schultern.

»Wir schulden ihr nichts«, echote der Lange, der Rain nicht mehr unsympathischer werden konnte.

»Aber alle denken, dass sie den Anschlag verübt hat.« So schnell würde sie nicht aufgeben.

»Na und?«

»Wie stehen die Spines denn da, wenn sie ihre eigenen Leute im Stich lassen«, stichelte Rain weiter. Das hatte gesessen. Sie konnte förmlich sehen, wie die Gehirnwindungen ihres Gegenübers zu rotieren begannen. »Sie würden euch für Feiglinge halten.«

»Vorsicht, Kleine«, drohte der Hagere hinter ihr. Leise, aber mit einem gefährlichen Unterton.

»Tut mir leid! Wir können nichts tun«, flüsterte der mit der roten Maske schließlich. »Und jetzt verschwinde, bevor ich es mir anders überlege.«

»Du willst sie doch nicht gehen lassen?«, hakte der Lange nach, als wäre Rain gar nicht anwesend, und packte sie von hinten am Arm.

»Was sollen wir denn sonst tun?«

»Sie ist eine … Gefahr.« Der Lange mit der blauen Maske fluchte und verstärkte seinen Griff. »Sie könnte uns verraten.«

»Lass mich los«, drohte Rain knurrend.

»Sonst was?«

Rain dachte nicht lange nach und trat nach hinten gegen sein Schienbein. Er stöhnte vor Schmerz auf und lockerte seinen Griff, sodass Rain sich befreien konnte.

»Du Miststück.«

»Lass sie«, fuhr der Mann mit der roten Maske dazwischen. »Ich gebe dir nur noch eine Chance zu verschwinden. Für Storm.«

Mit den Worten drehte er sich um, für ihn war die Unterhaltung beendet.

»Warte!« Rain hatte die Karte nicht ausspielen wollen, aber die Rebellen ließen ihr keine Chance. »Was ist mit meinem Vater?«

»Deinem Vater?«

»Bolt. Sein Name ist Bolt.« Er hatte die letzten sechzehn Jahre nichts mit ihr zu tun haben wollen, aber es war ihre einzige Möglichkeit. Ihre einzige Chance, auch wenn sie noch so gering war. Wenn er je etwas für Storm empfunden hatte, würde er vielleicht etwas unternehmen.

»Ich weiß, wen du meinst.«

»Wo ist er? Kann ich … kann ich ihn sehen?«

»Ich denke nicht, Kleine.« Als er die Verzweiflung in ihrem Blick sah, fuhr er fort. »Deine Mutter hat es dir nicht gesagt, oder?«

»Was?«, krächzte Rain.

»Er will nichts mit dir zu tun haben.«

»Das habe ich gemerkt, aber ich bin seine Tochter. Also bitte, sagt ihm, dass ich hier bin«, flehte Rain.

»Nein, eben nicht«, sagte der Mann mit der roten Hörnermaske und hielt inne.

»Was? Ich versteh nicht.«

»Du bist nicht seine Tochter, und er will dich nicht sehen, klar?«

Rain wusste nicht, was sie sagen sollte.

»Bring sie raus«, befahl der Spine, und der Hagere packte sie am Nacken, um sie zum Gitter zu schieben. Cassiopaio, der bisher nur gedroht hatte, ging zum Angriff über und verbiss sich in dem Stoff seiner Hose. Der Hagere schrie auf und versetzte der Manguste einen Tritt, der Cassiopaio durch die Luft katapultierte. Dann wandte er sich Rain zu.

»Sie hat dich wohl angelogen, Mädchen. Vielleicht überlegst du dir noch mal, ob du sie wirklich retten willst.« Der Hagere lachte hämisch. Aber nicht lange. Ehe er reagieren konnte, hatte er Rains Stiefelspitze zwischen den Beinen. Er keuchte und sank fluchend zu Boden, die Hände auf seinen Intimbereich gepresst. »Finger weg von Pi!«

Bevor sie ein weiteres Mal zutreten konnte, war der Mann mit der roten Maske bei ihr, packte sie und drückte ihren Kopf an das Tor. Er schüttelte sie, die Augen hinter der Maske vor Wut verengt, doch sie ließ sich nicht einschüchtern und drückte ihm Sting an den Hals.

»Nimm die Hände weg, oder du wirst gebrutzelt, Spine.«

Eine Tür öffnete sich, und neben zwei weiteren bewaffneten Rebellen erschien eine Chimäre, ein Hundebär, mit dem sie sich nicht anlegen wollte. Er hatte die Schlappohren und den Schwanz eines Hundes, aber Körperbau, Größe und Kopf erinnerten an einen Bären. Einen hungrigen Bären. Besonders mit Gebiss und Pranken wollte Rain lieber keine Bekanntschaft machen. Diese Chimären galten als äußerst loyal und hatten einen guten Beschützerinstinkt. Der Hundebär würde sie also ohne zu zögern in Stücke reißen.

»Pi!«, rief sie, und die Fuchsmanguste humpelte auf sie zu. »Komm!«

»Der Grund, warum du noch lebst, ist, dass ich Loyalität schätze. Aber jetzt verschwindest du besser, Kleine, oder du endest als Bärenfutter.«

Sie riss sich los und spuckte dem Rebell mit der Hörnermaske vor die Füße. Er sollte ruhig wissen, was sie von ihm hielt. Dann schnappte sie sich Cassiopaio, drückte ihn an sich und rannte los.

Das war nicht besonders gut gelaufen.

»Bastard!«, heulte der Hagere, und sein Wimmern war Musik in ihren Ohren.

»Dummer Mutantenparasit!«, brüllte sie zurück.

Rain saß auf dem Deckel eines Müllcontainers und warf Steine gegen die gegenüberliegende Hauswand. Einen. Zwei. Drei. Mehr hatte sie nicht. Also bombardierte sie die graue Mauer mit wütenden Blicken.

Pi untersuchte die Steine, in der Hoffnung, etwas Essbares gefunden zu haben, und bellte schließlich enttäuscht. Er kletterte zu Rain auf den Container und schlüpfte durch einen Schlitz in das Innere, um den Inhalt genauer unter die Lupe zu nehmen. Wenig später ertönte ein Fauchen, als er auf etwas traf, das ihm seine Spielwiese streitig machte. Vermutlich eine Wer- oder Mutantenratte.

Erst war Rain wütend auf ihre Mutter, aber das dauerte nicht lange an. Sie kannte Storm, besser als jeden anderen Menschen, und es konnte verdammt viele Gründe geben, warum ihre Mutter sie belogen hatte. Vielleicht wollte sie Rain vor der Wahrheit schützen. Ihre Mutter hatte als Spion für die Rebellen gearbeitet. Hatte sie eine Scheinbeziehung geführt, aus der letztendlich Rain hervorgegangen war?

Es machte keinen Unterschied, wer ihr Vater war. Fakt war, er hatte sich nie blicken lassen. Und ihre Mutter war immer da gewesen.

Sie hatte immer getan, was nötig gewesen war, um die Familie zu schützen. Das wusste Rain, und sie würde dasselbe tun, denn ohne Storm wäre sie ganz allein.

13.

Kennst du den Geist,
der sich nachts umhertreibt?
Er singt mit dem Regen,
wild und verwegen.
Er trommelt den Takt,
den Takt, den die Freiheit
nur für ihn bereit hat.

DER REIM WOLLTE IHM nicht aus dem Kopf gehen, als er durch die südlichen Randbezirke von Grey lief. Die Gegend war größtenteils verlassen, denn durch ihre Mitte floss der Säurefluss.

Früher, als sie noch Kinder gewesen waren, hatte es diese dumme Mutprobe gegeben, über die Überreste einer Brücke zu balancieren. Wohlwissend, dass es tödlich sein würde, in die Giftbrühe darunter zu stürzen.

Grünbraune Dämpfe stiegen aus dem Fluss empor. Einige Bewohner erzählten, monströse Wasserschlangen würden dort hausen. Lark glaubte das nicht. In diesem Gift konnte nichts überleben.

Er trommelt den Takt,
den Takt, den die Freiheit
nur für ihn bereit hat.

Hier fühlten sie sich frei. Hier im südlichen Teil von Grey, wo sich die Drohnen nicht hinwagten. Hier hatten die Gesegneten keinen Einfluss. Ebenso wenig die Menschen. Hier herrschte der giftige Tod und sonst nichts.

Er kletterte über einen Berg aus Geröll, lief durch eine Gasse und kletterte eine verbogene Feuerleiter hoch. Er erreichte einen alten Bahnhof, auf dem Mutanten-Morcheln die Gleise eingenommen hatten. Der Pilz war vermutlich eine essbare Mutation, er war größer als seine Vorfahren. Er hatte keinen Geschmack und erinnerte von der Konsistenz her an eine zähe Schuhsohle, doch er füllte den Magen, wenn es sein musste.

Lark stieg über ein weiteres Geröllfeld und erreichte den »bunten Kreis«. Ein Denkmal an die Freiheit, die sie als Kinder hier gefunden hatten und immer noch fanden.

Es war ein steinerner Platz, der von Wänden eingemauert war. Bunten Wänden. Wofür er früher mal benutzt worden war, wusste Lark nicht.

Er griff in seinen Rucksack und holte eine Spraydose heraus. An vielen Stellen hatten sich bereits Künstler verewigt, Bilder und Namen auf den grauen Stein gemalt und den Wänden ihre Geschichte erzählt. Kunst war in Grey nicht gern gesehen. Sie galt als sinnloser Zeitvertreib.

Lark holte tief Luft, versuchte die Stille des Ortes in sich aufzunehmen und begann.

Er dachte nicht nach. Er malte einfach. Formen und Striche. Er ließ sie direkt aus seinen Gedanken auf die Wand fließen. Sie nahmen Form an. Eine Rose.

Er setzte sich auf den Boden und sah sich das Bild an. Für seine Schwester würde er alles tun. Für sie hatte er alles getan. Er zog seine Beine an und schlug die Stirn gegen seine Knie. Wieder und wieder. Er hatte keine andere Wahl gehabt, versuchte er sich einzureden, doch das beruhigte sein schlechtes Gewissen nicht.

»Ich habe mir gedacht, dass ich dich hier finde.«

Natürlich hatte sie das. Hail kannte ihn gut.

»Ein schönes Bild.«

»Danke.«

»Warum bist du nicht auf dem Platz?«

»Ich hasse Hinrichtungen.« Das war nicht die ganze Wahrheit, aber er schämte sich zu sehr, um Hail mehr zu erzählen. Es war seine Schuld. Seine Schuld. Ihm wurde bei dem Gedanken schlecht. Das Blut klebte an seinen Händen. Er hatte sich erpressen lassen, war feige gewesen, und nun würde Storm seinetwegen sterben. Ein Leben. Ein menschliches Leben. Das war der Preis gewesen.

»Dann geh ich auch nicht. Gap wird es verkraften.«

»Gap?«

»Wir waren verabredet, gemeinsam hinzugehen. Romantisch, oder?« Sie lachte verbittert. »Unsere erste richtige Verabredung, und er lädt mich zu einer Hinrichtung ein.«

»Bist du sicher, dass du ihn versetzen möchtest?« Lark war das nur recht, aber er wollte nicht, dass Hail es später bereute.

»Das mit Gap und mir wird eh nichts«, sagte sie und krempelte sich den linken Ärmel hoch, um eine TecWatch freizulegen. Sie entschuldigte sich in ein paar knappen Sätzen bei Gap und übermittelte die Nachricht. Die Kommunikationsfunktion bei einer TecWatch war ein Luxus, den sich Lark nicht leisten konnte. Seine Watch konnte nicht mehr als Uhrzeit und Grad der Luftverschmutzung anzeigen.

»Wie bedauerlich. Er war so ein sympathischer Kerl«, scherzte er.

»Ich hoffe, ich werde jemals über ihn hinwegkommen.«

Sie schwiegen und starrten auf Larks Bild.

»Warum wird das mit Gap nichts?«, fragte Lark schließlich.

»Ach, du hast recht. Er ist nicht der Richtige.«

Wieder schwiegen sie.

»Manchmal nervt das alles, weißt du? All dieses Gen-Kallisto«, fuhr Hail fort.

Dann stand sie auf und griff nach Larks Spraydose. Sie stellte sich mit ausgestrecktem Arm vor die Wand und erzählte dem bunten Kreis ihre Geschichte. Ohne Worte, dafür mit Farben und Linien, während Lark ihr dabei zusah, wie die graue Wand ein klein wenig bunter wurde.

Der Platz, auf dem die Hinrichtung stattfinden sollte, war gut bewacht. Drohnen patrouillierten in den umliegenden Gassen und scannten die Zahlencodes von jedem, der der Hinrichtung beiwohnen wollte. Sentinal überwachten die Prozedur vom Boden und von den Dächern aus. Rain verließ der Mut. Wie sollte sie es schaffen, nah genug an ihre Mutter zu gelangen und sie dann auch noch befreien? Seit Stunden beobachtete sie den Platz aus sicherer Entfernung, ohne auch nur eine Idee zu haben, wie sie das Unmögliche erreichen sollte. Auf den Platz würde sie es schaffen, aber was dann? Sie brauchte eine Waffe, aber woher sollte sie eine bekommen? Und wie sollten sie unbemerkt entkommen? Tunnel und Abwasserkanäle hatte sie bereits gecheckt und war dabei beinahe von WatchBots erwischt worden, die auch unterirdisch patrouillierten. Die Sentinal hatten scheinbar an alles gedacht.

»Kallisto! Was machen wir denn jetzt?«, stöhnte Rain und drückte sich an die raue Hauswand.

Cassiopaio schien ihre Anspannung zu spüren, denn er hatte sich auf den Boden gepresst und die Ohren angelegt, als versuche er, sich möglichst klein zu machen.

»Selbst, wenn ich auf den Platz komme, brauchen wir eine Ablenkung.«

Rain stützte ihr Kinn auf die Brust und schloss die Augen. Was würde ihre Mutter tun? Auf jeden Fall nichts Verrücktes. Nichts

Unüberlegtes. Aber jemanden vor den Augen des Aventins zu befreien war genau das. Verrückt.

Zwei junge Frauen passierten Rain, und sie zog vorsichtshalber die Kapuze tiefer ins Gesicht. Beide trugen ihre Atemmasken in der Hand, aber dem Staubabdruck in ihrem Gesicht nach zu urteilen, kamen sie gerade aus einem der Smog verseuchten Gebiete.

»Ich wäre auch so gerne perfekt«, sagte eine. »Morpheus sieht so gut aus. Dieses markante Gesicht, die Haare, gold wie Aventins Straßen. Und diese Augen.«

»Ich werde alles versuchen, es irgendwann nach Aventin zu schaffen. Ich werde fleißig sein.«

»Du bist ja auch eine Eins aus einer Einser-Linie.«

»Ja«, bestätigte die Zweite mit hörbarem Stolz in der Stimme. »Mutter sagt, ich kann es wie mein Bruder schaffen. Sie hat mir ein Kleid genäht und sogar etwas Lippenstift gekauft. Vielleicht falle ich Morpheus auf dem Event auf, und er setzt sich für mich ein.«

Mit Event meinte sie wohl die Hinrichtung. Rains Hände ballten sich zu Fäusten, und sie musste sich an die Hauswand pressen, um nicht loszustürmen. Während Storm um ihr Leben bangte, hatten diese Mädchen nur eines im Sinn: die Aufmerksamkeit eines Gesegneten auf sich zu ziehen.

Tuschelnd zogen die beiden Mädchen weiter. Rain setzte sich ebenfalls in Bewegung, da sie nicht zu lange an einem Ort verweilen durfte. Damit würde sie nur die Aufmerksamkeit von Sentinal auf sich ziehen. Sie zog sich in eine Gasse zurück, die überdacht und somit von oben nicht einsehbar war, und blieb dort, um sich hinzusetzen und zu ruhen. Sie zog ihren Rucksack von der Schulter und lehnte den Kopf an die Wand, als plötzlich eine rote Papierrose aus ihrer Tasche zu Boden segelte.

Und plötzlich wie aus dem Nichts kam ihr die Idee. Ein vollkommen irrsinniger Gedanke, aber es war ihre einzige Möglichkeit.

Nachdem sie sich vergewissert hatte, dass sonst niemand im Haus war, klopfte sie. Ihre Muskeln waren gespannt, jederzeit bereit zu rennen, falls etwas schiefging.

Die Tür öffnete sich langsam, erst nur einen Spalt, dann wurde sie aufgerissen.

»Rain!«, rief Rose aus und schlang die Arme wie ein Schraubstock um sie.

»Hallo, kleine Prinzessin. Ich brauche deine Hilfe.« Rain schob sich an ihr vorbei in die Wohnung und hockte sich hin. Die Fuchsmanguste trippelte hinter ihr her. Cassiopaios Ohren waren angelegt, sein Schwanz gesenkt, als wollte er ihr sagen: »Du bist doch verrückt.«

»Was ist denn los, Rain?«

»Ich brauche die Farbe, mit der du die Papierblume bemalt hast«, flüsterte Rain und versuchte ein Lächeln. Sie war angespannt, verfluchte sich in jeder Minute für ihre eigene Dummheit, wieder hier aufzutauchen, aber sie war verzweifelt.

»Wofür denn?«

Sie hörte das Surren einer Drohne draußen vor der Tür und hielt den Atem an. Ein Knurren drang aus Cassiopaios Kehle, während er wie ein Blitz zum Fenster emporschnellte und seine Schnauze an die graue Scheibe presste.

Die Maschine surrte und surrte und surrte. Das Geräusch schwoll an und verebbte wieder, als sich die Maschine entfernte. Sie war vorbeigeflogen. Gerade wollte Rain erleichtert aufatmen, als ihr ein greller Piepton zu ihren Füßen einen Schrei entlockte. Ein DustBot stieß gegen sie und schimpfte über das störende Hindernis.

»Das ist Dusti«, erklärte Rose grinsend. »Sie ist etwas … blind.«

Rain trat zur Seite, und die Drohne saugte zufrieden brummend weiter den Boden. Cassiopaio blieb auf der Fensterbank sitzen und betrachtete die Maschine misstrauisch.

»Also? Was wolltest du sagen?«

»Ich muss jemandem helfen, der unschuldig ist.«

»Der Rebellin?«, quickte Rose, und ihre Augen weiteten sich. Natürlich. Rose durchschaute ihre Absichten, immerhin sprach ganz Grey über nichts anderes mehr als über ihre Mutter, die das Leben von so vielen auf dem Gewissen haben sollte.

»Sie ist keine von den Spines und hat nichts mit dem Anschlag zu tun. Bitte. Kannst du mir die Farbe geben?«

Rose dachte kurz nach, dann huschte sie in ein Nebenzimmer. Hoffentlich, weil sie helfen wollte und nicht um die Sentinal zu benachrichtigen. Nein. Lark hatte sie zwar verraten, aber sie vertraute Rose, und … sie brauchte die Farbe. Das Mädchen kam mit einer Tube wieder und überreichte sie Rain. Sie ließ den Kopf hängen und sah so unerträglich traurig aus, dass Rain sie in den Arm nahm.

»Ich will nicht, dass dir etwas passiert. Du bist doch meine einzige Freundin«, flüsterte die Kleine.

»Hab keine Angst. Ich weiß, was ich tue.«

Rain hatte keine Ahnung, was sie tat.

»Versprich es.«

»Ich werde mein Bestes geben.« Das war schon näher an der Wahrheit.

»Du könntest es mit Feen probieren. Wenn du eine findest, erfüllt sie dir vielleicht einen Wunsch, und du musst nichts Gefährliches machen«, schlug Rose bekümmert vor.

»Danke. Ich versuche es mit der Farbe.«

»Soll ich mitkommen?«

»Nein, das ist zu gefährlich.«

»Gefahr ist mein zweiter Vorname.« Rose reckte ihr spitzes Kinn. Rain war für einen Moment sprachlos, so sehr rührte sie das Angebot.

»Du … du hast mir schon genug geholfen. Danke.«

»Das machen Freunde so.«

»Danke. Du bist die beste Freundin, die ich je hatte«, flüsterte Rain.

»Das heißt, du hast es dir überlegt. Das mit unserer Freundschaft?« Rose strahlte über beide Ohren.

»Das habe ich.« Mit diesen Worten strich sie der Kleinen über den Kopf und öffnete die Tür. Sie lugte hinaus. Dann, als die Luft rein war, zog sie die Kapuze tief ins Gesicht und rief nach der Fuchsmanguste, die sich gerade auf die Staubdrohne stürzte wie ein Falke auf eine Maus. Enttäuscht ließ Cassiopaio von seinem neuen Spielzeug ab und flitzte an ihr vorbei auf die Straße.

»Viel Glück, Freundin Rain«, schluchzte Rose.

Rain eilte durch die Nebenstraßen zum Platz. Sie hatte die Umgebung lange genug beobachtet, um eine Schwachstelle zu finden, eine winzige Gasse, in der es kaum Sentinal gab, dafür aber umso mehr Drohnen. Die dummen Maschinen waren ihr allerdings lieber als die Elitesoldaten. Wenn sie schnell war und jede Menge Glück hatte, würde sie es schaffen, sich an den fliegenden Metalltellern vorbeizuschleichen. In ihrem Rucksack spürte sie die Fuchsmanguste, die sich bewegte und den Kopf hinaussteckte.

»Bleib drinnen, Pi!«

Ein enttäuschtes Fiepen war die Antwort, aber die Manguste war sensibel genug, um zu spüren, dass das nicht zur Diskussion stand. Rain ging ihren Plan im Kopf noch einmal durch. Rennen. In die Nebengasse hechten und 12 Sekunden warten, bis die Drohnen vorbei waren. Wieder rennen. Unter den Müllcontainer kriechen. 8 Sekunden warten. Rennen. Auf die Feuerleiter springen und sich aufs Gerüst legen. 14 Sekunden warten. Springen. Rennen. Wieder eine Gasse. 4 Sekunden. Sie kam nicht mehr dazu, ihr Glück zu versuchen, denn eine schwere Hand legte sich auf ihre Schulter. Rain versteifte sich und drehte sich langsam um.

»Gruß, junge Dame!«

Ihre Augen weiteten sich. Hinter ihr stand ein Sentinal. Seine monotone Stimme verriet nichts, aber er hatte die Waffe nicht gezogen und schien keine Gefahr zu erwarten. Rain presste artig die Finger gegen die Stirn und erwiderte den Gruß.

»Wir müssen deinen Zahlencode sehen«, erklärte der Soldat. Gut, dass er durch ihre Gasmaske nicht sehen konnte, wie bleich sie soeben geworden war.

»Ja … natürlich«, stotterte sie und schob den Ärmel zurück.

»Eine Drei?«, fragte der Soldat. »Wegen der Lunge«, erklärte Rain und keuchte, um das zu bestätigen.

»Tut mir leid, es ist schon sehr voll, und ich fürchte, Einsen und Zweien haben Vorrang.«

Rain hoffte, dass er es beim Wegschicken belassen würde, doch er befahl bereits einen WatchBot herbei, um ihren Code zu scannen.

»Nein! Das ist gemein«, quiekte eine helle Stimme, die Rain bekannt vorkam.

Kallisto!

Sie biss sich auf die Lippen und drehte sich um. Aus dem Schatten löste sich Rose und marschierte mit verschränkten Armen auf sie zu.

»Rose!«

»Ich will zur Hinrichtung.« Die Kleine zog sich ihre Maske vom Kopf und schluchzte herzzerreißend. »Alle gehen dahin. Ich will auch.«

»Du bist … noch etwas jung«, bemerkte der Soldat. »So eine Hinrichtung kann schon recht … blutig sein.«

»Ich mag blutig.« Rose hörte schlagartig auf zu weinen und strahlte ihn an.

»Das müssen deine Eltern entscheiden«, sagte der Soldat.

»Das heißt, ich dürfte, wenn sie es erlauben?« Rose quiekte vor Begeisterung und sprang klatschend auf und ab.

»Na ja …«

»Bitte. Bitte. Bitte.« Rose himmelte den Sentinal an.

»Na gut.« Er griff nach ihrem Arm, um den Code zu scannen und hielt inne, als er die Drei sah. »Oh! Tut mir leid, Kleine. Aber ich sagte ja schon, es ist recht voll und …«

Er kam nicht weiter, denn Rose stieß einen grellen Schrei der Verzweiflung aus, gefolgt von einem Strom an Tränen, der auf Knopfdruck über ihre Wangen floss. Rain war beeindruckt. In der Kategorie »schauspielerische Qualitäten« wäre Rose sicher eine Eins.

»Heißt das, ich darf kein Blut sehen? Erst machst du mir Hoffnung und jetzt … BUMM … zerplatzt.« Sie schniefte und schnupfte.

»Eine Hinrichtung ist eh nichts für Kinder«, versuchte es der Soldat, doch Rose beruhigte sich nicht.

»Ich will Blut sehen!« Als die Drohne ihren Code scannen wollte, warf sie sich auf den Boden. Schreiend und um sich tretend warf sie ihren Körper hin und her. Passanten blieben stehen und fragten den Sentinal, was los sei.

»Bloß eine Drei«, erklärte er, »Sie hat sicher was mit dem Kopf.«

»Lass mich in Ruhe«, brüllte Rose und warf ihren Kopf herum, um Rain anzusehen. »Hau endlich ab!«, fauchte sie kaum hörbar in ihre Richtung.

Dann verdrehte sie theatralisch die Augen und gab vor, einen Anfall zu haben.

»Ach, du Schande. Ist ein MedBot verfügbar? Ja … nur eine Drei … aber ein Kind.«

Das zuckende Mädchen ließ den Sentinal Rain für den Moment ganz vergessen. »Warum muss mir das passieren?«, murmelte er hilflos und tätschelte Rose unbeholfen.

Rain nutzte die Gelegenheit und rannte los. Sie sprintete an den Drohnen vorbei auf den Platz und verschwand im Gedränge der Menschen. Im Stillen dankte sie Rose für ihren Einsatz. Hoffentlich würde sie die Möglichkeit bekommen, diese Schuld zu begleichen.

In eine Menschenmasse einzutauchen, kostete Rain ebenso viel Überwindung wie ein Sprung ins Eiswasser. Die bedrückende Enge machte sie nervös. Sie konnte es nicht ausstehen, ihre Deckung aufzugeben und Fremden den Rücken zuzukehren. Dadurch fühlte sie sich schutzlos. Also blieb sie in Bewegung und versuchte, so viel wie möglich im Blick zu behalten. Trotzdem konnte sie nicht verhindern, ständig angerempelt zu werden.

Mit feuchten Fingern fischte sie die rote Farbtube aus der Hosentasche, öffnete den Deckel und verteilte etwas von der zähen Flüssigkeit auf der Spitze ihres Zeigefingers. Dann drängte sie sich weiter. Immer wieder berührte sie die Schaulustigen an den Armen oder am Nacken und hinterließ rote Punkte und Flecken auf der Haut.

Dann nahm das Spektakel seinen Lauf.

Eine Projektion von Earl Amygdala wurde über die Tribüne geworfen. Sie hatte eine ernste Miene aufgesetzt und sprach von einer »schweren Enttäuschung über diesen Verrat« und dass die »guten Bürger von Grey« nun mehr denn je zusammenhalten müssen, um eine eiserne Mauer gegen die Spines zu bilden.

Eine dramatische Musik erscholl und lenkte die Aufmerksamkeit der Anwesenden auf die Tribüne, die plötzlich voller Sentinal war. In ihrer Mitte die Gefangene.

Storm.

Sie trug ein Kleid, welches bis zu ihren Knien reichte und vermutlich irgendwann einmal weiß gewesen war. Jetzt war es grau, ebenso wie Storms Haut. Nur ihre Haare schienen sich der Asche zu widersetzen.

Die Wächter überragten sie bei Weitem, doch das glich Storm mit ihrer Ausstrahlung wieder aus.

Rain reckte den Hals, um besser sehen zu können. Als das nicht half, sprang sie in die Luft, woraufhin Cassiopaio sich im Rucksack beschwerte. In dem allgemeinen Tumult hörte glücklicherweise niemand das Bellen.

Storm sah auf einen unsichtbaren Punkt in der Ferne, hatte ihre Schultern durchgestreckt und bewegte sich beinahe anmutig vorwärts. Es sah aus, als würde sie zu ihrer Krönung und nicht ihrer Hinrichtung schreiten.

Rain wünschte sich, ihre Mutter würde sie sehen. Dann wäre sie nicht so allein und verloren da oben. Den Blick fest auf die Tribüne gerichtet, drängte sie sich vor.

»Heute ist ein Tag der Gerechtigkeit und der Genugtuung«, begann Morpheus seine Rede. Er war nicht persönlich anwesend, sondern leitete die Hinrichtung von einem sicheren Ort aus, um weiteren Anschlägen zu entgehen. Sein überdimensionales Bild wurde vor der Bühne unter Earl Amygdala in die Luft projiziert. »Wir haben eine Rebellin gefangen, die nicht nur wertvolle Menschenleben auf dem Gewissen hat, sondern auch das eines gesegneten Kindes.«

Ein ungläubiges Raunen lief durch die Menge.

»Ganz richtig. Sie hat auch einen von uns umgebracht, einen von uns aus dem Leben gerissen.«

»Ach, deswegen die Todesstrafe«, hörte Rain einen Arbeiter flüstern, doch eine Kopfnuss brachte ihn kurzzeitig zum Verstummen.

»Rede nicht so einen Blödsinn.«

»Ist doch wahr. Als ob Aventin sich um unsere Opfer scheren würde. Sie sind nur so sauer, weil sie angegriffen worden sind.«

»Halt endlich die Klappe.«

»Nur weil ich damit nicht einverstanden bin, heißt das ja nicht gleich, dass ich ein Rebell bin.«

»Könnte ein Lauscher aber so verstehen.«

Die Männer sahen sich gehetzt um. »Ist was, Mädchen?«, pöbelte einer von ihnen.

»Äh, nein.« Rain eilte weiter und berührte so viele Menschen wie möglich und verteilte die Farbe auf deren Haut. Ob der Plan funktionieren würde? Mit dem Ruß, der sich beinahe sofort auf die Stellen legte, würde es vielleicht gehen. Vielleicht. Mit viel Glück. Nein, die Wahrscheinlichkeit erschien ihr plötzlich ebenso gering, wie einen Menschen mit Flügeln zu treffen.

Rain wollte nicht darüber nachdenken. Während Morpheus weiter seine Rede über die ruchlosen Spines schwang, drängte sie sich weiter vor.

»Wir verabscheuen Gewalt. Wir verabscheuen Hinrichtungen, aber gelegentlich…« Eine dramatische Pause folgte. Rain war nur noch wenige Meter von der Tribüne entfernt. Sie schmierte sich rote Farbe ins Gesicht und holte tief Luft. Dann schloss sie für einen kurzen Moment die Augen. »Gelegentlich muss ein Exempel statuiert werden, damit es Gerechtigkeit geben kann.«

Ja, das musste es.

Aber nicht heute, dachte Rain.

Sie rief »Rote Seuche!«, erst leise, dann lauter. Sie warf sich zur Seite, begann um sich zu schlagen und zu treten. Die Menschen in ihrer Umgebung wichen vor ihr zurück, als wäre sie verrückt. Rain fluchte und brabbelte weiter »Rote Seuche« vor sich hin. Sie lief auf die Menschen zu und griff ihnen ins Gesicht. Sie wurde weggestoßen, jemand rief: »Kann uns mal ein Sentinal von dieser Irren befreien?«

Sonst geschah nichts.

Bis plötzlich eine weitere Stimme aus der Menge schrie »Infizierte!«, und noch einer brüllte »Rote Seuche!« und »Wir werden alle sterben!«.

Zu allem Überfluss begann eine der Drohnen einen schrillen Pfeifton auszustoßen, was die aufkeimende Panik noch mehr schürte. Stimmen schwollen an, dann Schreie, und schließlich begann sich die Masse zu bewegen. Wie Wellen in einem stürmischen See schwappte sie in alle Richtungen davon, um in die Seitengassen abzufließen. Die Leute rannten, stolperten übereinander und flohen.

Rain dachte nicht ans Weglaufen. Sie sprang vor und preschte in Richtung Tribüne. Sie wurde immer wieder von Menschen zur Seite gestoßen und angerempelt. Für einen Moment meinte sie das Gesicht ihrer Mutter zu sehen, doch im nächsten landete sie auf den Knien. Ein Fuß traf ihren Oberschenkel, ein anderer bohrte sich in ihren Bauch. Schnell rappelte sie sich auf, um nicht totgetreten zu werden, und rannte weiter nach vorn. Sie spannte die Muskeln, um sich gegen weitere Zusammenstöße zu wappnen. Cassiopaio bellte und versuchte sich aus dem Rucksack zu winden. Hoffentlich war er nicht verletzt!

Die Sentinal hatten alle Hände voll zu tun, die Massen von der Tribüne fernzuhalten. Immer mehr Drohnen stimmten in den schrillen Pfeifton mit ein und machten auf nicht lesbare Codes und fehlende Ordnung aufmerksam.

»Achtung!«, schallte eine monotone Stimme. »Menschen außer Kontrolle.«

Rain nutzte die Unruhe, stieß einen Wächter zur Seite und sprang hoch. Sie hechtete auf die Projektion von Morpheus zu und stoppte nicht, als sie genau davor war. Er riss den Mund auf, gerade als sie durch ihn hindurchlief und sein Bild mit einem Surren zum Erlöschen brachte.

»Mom!« Sie stürmte auf ihre Mutter zu, doch wurde im nächsten Moment gepackt und zu Boden gerissen. Kallisto! Sie versuchte sich umzudrehen, doch der Griff, mit dem ihr der rechte Arm nach hinten gedreht wurde, verstärkte sich.

»Rain!«, hörte sie ihre Mutter rufen.

»Wen haben wir denn da?«

»Lass mich los«, keuchte das Mädchen. Ohne Erfolg. Der Griff, der sie hielt, war fest wie Stahl.

»Gut gemacht, Nife!«, rief ein Soldat. »Halte sie fest.«

In diesem Moment stürzte sich ein Schatten auf den Angreifer und verbiss sich in dessen Anzug. Cassiopaio hatte keine Chance und wurde zur Seite gestoßen, doch er verschaffte Rain genug Zeit, sich unter ihrem Angreifer wegzudrehen. Sie holte aus und bohrte Sting zwischen Helm und Brustpanzer, ehe sie den Knopf betätigte und der Sentinal neben ihr zusammenbrach.

»Erwischt«, brummte Rain zufrieden.

»Rain. Lauf weg!«, rief ihre Mutter, doch das Mädchen eilte auf sie zu.

»Mom!«

Sie sollte Storm nicht mehr erreichen.

Ein Tritt traf sie in der Magengrube und schleuderte sie zurück. Der Angriff nahm ihr für einen Moment die Luft zum Atmen. Sie krümmte sich und ließ Sting zu Boden fallen. Fluchend wankte sie vorwärts, um ihn wieder aufzuheben, doch ihre Beine gaben nach und sie sackte in die Knie. Saure Flüssigkeit breitete sich in ihrem Mund aus, schwappte über die Lippen, und sie erbrach sich. Da sie kaum gegessen hatte, war es nicht mehr als Gallenflüssigkeit, die den Boden bedeckte. Etwas bohrte sich zwischen den Schulterblättern in ihren Rücken. Rain musste nicht nachsehen, um zu wissen, dass es der Lauf einer Waffe war. Sie fluchte und hielt sich den Bauch. Der Stab lag außer Reichweite, und jede Hoffnung ihn zu erreichen wurde ihr genommen, als ein weiterer Sentinal mit seiner Waffe auf sie zielte.

14.

»KÖNNEN WIR JETZT FORTFAHREN?« Morpheus' Gesicht manifestierte sich hinter ihnen in der Luft und schaute über den deutlich geleerten Platz. Die Menschen, die nicht geflohen waren, starrten unsicher von Rain zu dem Gesegneten. »Ich habe noch andere Termine.«

Eine einäugige Taube schälte sich neben ihm aus einem Aschehaufen. Der glühende Körper erhob sich und landete auf seiner Schulter. Streng sah der Vogel zu Rain hinunter und stieß einen lautlosen Schrei aus. In diesem Moment erinnerte er sie mehr an einen Geier, der es nicht erwarten konnte, sich über das Aas herzumachen.

»Nein, bitte«, flehte Rain, versuchte aufzuspringen, doch wurde von dem Wächter nach unten gedrückt. »Sie hatte mit dem Anschlag nichts zu tun!«

»Für sie gibt es keine Gnade«, erklärte Morpheus gelangweilt. Er wirkte abgelenkt, als sei er in Gedanken schon bei der Frage, was er wohl zu Abend essen würde. »Und für dich wird es ebenfalls keine geben.«

An die Sentinal gewandt, befahl er: »Scannt sie. Wer weiß, ob wir nicht noch ein paar interessante Informationen zu dieser kleinen Kratzbürste finden.«

Eine Drohne surrte herbei und kontrollierte ihren Zahlencode.

»Nicht registriert«, informierte ein Wächter unnötigerweise, denn jeder hörte das alarmierte Piepen, welches die Flugscheibe von sich gab. Und um noch einen draufzusetzen, ergänzte er: »Sie ist ein Ghost, Herr.«

»Na, großartig. Was für ein Glück habe ich doch.« Glücklich klang er nicht. Er holte tief Luft und ließ eine dramatische Pause entstehen, bevor er verkündete. »Fahrt mit der Hinrichtung fort!«

»Nein!« Rain schrie, schlug um sich, doch die Sentinal verdrehten ihr die Hände auf den Rücken. »Mom!«

»Mom?«, echote Morpheus und winkte einen Assistenten herbei, den man nicht sehen konnte. Er flüsterte ihm etwas ins Ohr, wahrscheinlich die Bestellung für das Abendessen. Dann räusperte er sich. »Du hast eine Tochter, Spine?«

Storm schluckte, sagte aber nichts. Ihre Augen schienen vor Verzweiflung überzulaufen, als sie Rain ansah.

»Dann wirst du jetzt am eigenen Leib erfahren, wie es ist, ein Kind zu verlieren.« Morpheus' Stimme hatte sich gefährlich gesenkt. »Das nenne ich mal Gerechtigkeit. Oder, Menschen von Grey?«

Er klatschte in die Hände, begeistert von diesem Geistesblitz. Auf dem Platz war es still. Die Versammelten schienen den Atem anzuhalten. Niemand wagte es, sich zu bewegen. Auch Rain schwieg. Sie schob das Kinn vor und erwiderte den Blick ihrer Mutter. Wenn man sie töten wollte, dann würde sie würdevoll sterben. Sie würde ihnen nicht die Genugtuung geben zu betteln.

»Was meint ihr, Grey?« Morpheus war nun sichtlich verunsichert und winkte erneut seinen Assistenten heran.

Grey meinte nichts.

Sie schwiegen. Einige sahen Rain an, andere starrten bedrückt zu Boden. Das musste man ihnen lassen. Immerhin schienen sie den Anstand zu haben, diese barbarische Bestrafung nicht gutzuheißen. So viel Anteilnahme hätte Rain den meisten gar nicht zugetraut.

»Mmh.« Der Herrschersohn überlegte. Aus den Augenwinkeln sah Rain, wie ihr Gesicht in die Luft projiziert wurde. Auf ihm spiegelten sich Furcht und Entschlossenheit gleichermaßen wieder. Ihre Lippen bebten, aber ihre Augen waren trocken. Immerhin. »Ach, erschießt sie! Dann ist es vorbei.«

Rain widerstand der Versuchung, die Augen zu schließen, als der Lauf der Waffe von den Schulterblättern zum Kopf hochwanderte. Sie sah weiterhin ihre Mutter an, der die Tränen über die Wangen liefen.

»Wartet! Sie… «, rief Storm, doch der Sentinal hinter ihr hielt ihr die Hand vor den Mund und erstickte ihre Worte. Dann war es wieder still, bis auf Storm, die verzweifelt versuchte, sich Gehör zu verschaffen.

Rains Kopf wurde vom Lauf der Waffe nach vorne gedrückt. Nun hielt sie es nicht mehr aus und schloss die Augen. Würde sie gleich sterben? Im Augenblick des Todes wünschte Rain, die Märchen wären alle wahr. Die Engel. Die Feen, die Wünsche erfüllten. Die Einhörner, was auch immer das sein sollte. Tränen füllten ihre Augen. Ihre Hände schlossen sich zu Fäusten, als plötzlich eine Stimme den Weg in ihre Dunkelheit fand.

»Ein Leben für ein Leben, Herr Prinz?«

Sie öffnete die Augen und war für einen Moment geblendet von dem Licht. Sie blinzelte und erkannte die Projektion eines Rebellen. Des Rebellen.

Sie schnappte nach Luft. Es war der Spine mit der roten Stachelmaske. Der Spine, dem sie auf dem Fabrikgelände Unter Tage begegnet war. Rain spürte, wie ein Funken Hoffnung in ihr wuchs. Würden die Spines ihnen doch noch zu Hilfe kommen? Obwohl sie einem von ihnen in die Weichteile getreten hatte?

»Wir sind die Wilden. Die Freien. Die Echten. Die Gerechten.«

Morpheus schlug die Hände vor dem Gesicht zusammen und murmelte ein »Auch das noch«, als der Rebell weitersprach: »Und wir schlagen euch einen Handel vor.«

»Wir verhandeln nicht mit Rebellen.« Und zu seinem Assistenten gewandt: »Kann nicht einmal etwas glattgehen? Das sollte bloß eine Hinrichtung werden. Wie schwer kann das sein?«

»Ach nein?«, fragte der Rebell amüsiert. »Und ich dachte, das tut ihr tagtäglich. Wie auch immer. Storms Freilassung für eine Information.«

»Auf die Information bin ich gespannt«, erwiderte Morpheus.

»Wie wäre es damit: Euer gesegnetes Kind lebt noch und befindet sich in unseren Händen. Wir geben es euch, wenn…«

»Es lebt?«, unterbrach der Herrschersohn.

»Ja, gerade noch.«

»Gerade noch? Ihr werdet es freilassen, ihr Barbaren.«

»Wen nennt ihr hier Barbaren? Erfüllt euren Teil der Abmachung zuerst, wenn ihr den Deal wollt. Wir haben seit dem letzten Mal dazugelernt.«

»Wir werden uns beraten.« Morpheus' Bild erlosch, und auch wenn er es nicht mehr hören konnte, rief der Rebell ihm ein »Nicht zu lang!« hinterher.

Auf dem Platz schwollen die Stimmen an. Rain wagte einen Blick zu den Bewohnern von Grey, die ihre Köpfe zusammensteckten und diskutierten. Sie konnte nicht hören, was sie sagten und wie sie die Situation fanden. Sicher hegten sie nicht allzu große Sympathien für die Rebellen, die vor wenigen Tagen ihre Angehörigen getötet hatten.

»Wir können die Mörderin doch nicht gehen lassen!«, rief jemand. »Sie hat meinen Mann auf dem Gewissen.«

»Interessiert sich überhaupt jemand für das, was wir wollen?«

»Was ist jetzt mit der roten Seuche?«

»Das ist bloß Farbe, du Qualmkopf.«

Die Menschen wollten Gerechtigkeit, und die Stimmung kippte. Die Blicke, die Storm begegneten, waren nicht mitleidvoll.

Einige sahen sie so hasserfüllt an, als würden sie am liebsten selbst abdrücken.

»Sie hat damit nichts zu tun!«, rief Rain. Vergeblich. Niemand hörte ihr zu oder würde ihr jetzt noch glauben.

Plötzlich sah Rain ein allzu bekanntes Gesicht. Lark. Er stand vorn bei den Sentinal und starrte sie an, als habe er einen Geist gesehen. Sie kam nicht umhin, die neue Uniform zu bemerken, die er trug. Schwarz. Die Farben der Wächter.

Rain packte so viel Kälte und Hass wie möglich in ihren Blick. Ihre Lippen formten lautlos das Wort »Verräter«, bevor sie sich abwandte. Sie wartete nicht seine Reaktion ab, denn es gab Wichtigeres. Storm. Sie suchte den Blick ihrer Mutter, um dort Halt zu finden, doch Storm sah zu Boden. Zitterte sie? Nein, nicht Storm. Sie wütete, kämpfte. Sie war unbeugsam wie ein Sturm. Niemals würde sie zittern. Was war hier los?

»Mom?«, rief Rain, doch ihre Mutter reagierte nicht. »Mom, was …?«

In diesem Moment erwachte der Projektor erneut zum Leben, und der Herrschersohn kehrte zurück.

»Es sei«, sagte Morpheus, und das Volk schrie auf. Die Sentinal rissen alarmiert die Waffen hoch und erzwangen damit Ruhe. Es war eine unzufriedene, gespannte Stille, aber niemand wagte es, laut zu protestieren. »Ihr kriegt euren Handel, Rebellen.«

Storm riss ihren Kopf hoch und starrte den Herrschersohn an, als könnte sie nicht glauben, was sie da hörte. Auch Rain konnte es nicht fassen. Die Gesegneten würden sich auf einen Handel mit den Spines einlassen? Niemals! Das war undenkbar … Doch in der Tat fielen wenig später die Fesseln, die Storm hielten, zu Boden, und die Sentinal traten beiseite. »Aber wir behalten die Kleine als Versicherung.«

Die Kleine bin dann wohl ich, dachte Rain und reckte den Kopf. Sie wollte keine Angst zeigen und ihrer Mutter signalisieren, dass alles gut werden würde. Diese eilte auf sie zu und ging vor ihr in die Knie. Niemand hielt sie davon ab, als sie ihre Tochter fest in die Arme schloss.

»Wunderbar«, flötete der Mann mit der roten Eisenmaske. »Sobald Storm bei uns ist, kriegt ihr eurer gesegnetes Kind wieder.«

»Dir wird nichts geschehen, mein Herz«, flüsterte Storm.

»Mach dir keine Sorgen«, krächzte Rain und spürte, wie der Kloß in ihrem Hals wuchs. »Unwetter haben keine Angst!«

»Ganz genau. Vergiss nicht, dass ich dich liebe. Seit immer und ewig.« Storm wurde von einem Wächter hochgezogen. »Bis in einem Moment, mein Herz.«

»Bis in einem Moment«, echote Rain. Lass mich nicht allein, wollte sie schreien. Was werden sie mit mir machen? Wann sehen wir uns wieder? Sehen wir uns wieder?

Aber sie schwieg und ließ zu, dass man sie hochzerrte. In der Mitte zweier Wächter wurde sie zu einem Gleiter gebracht.

Rain ließ ihre Mutter nicht aus den Augen, versuchte sich jedes Detail einzuprägen, um in den nächsten Tagen von den Erinnerungen zu leben. Das helle kurze Haar, welches immer wie vom Wind zerzaust wirkte. Die dunklen großen Augen, die stets unruhig umherglitten, als würden sie etwas suchen. Der schmale Mund, der so oft ihre Wangen berührt hatte.

Plötzlich wurde es schwarz. Rain spürte den rauen Stoff der Kapuze, die ihr über das Gesicht gezogen wurde und an den Lippen kratzte.

»Wartet!«, hörte sie jemanden rufen. War das Lark? Für einen kurzen Moment hatte sie geglaubt, seine Stimme erkannt zu haben.

»Wartet!«

Sie wurde in den Gleiter gestoßen. Zumindest vermutete sie es, denn die Temperatur sank um einige Grad und von irgendwoher hörte sie Luft ins Innere der Kabine strömen. Dann folgte das Aufsurren der Motoren und bestätigte den Verdacht.

»Wo bringt ihr mich hin?«, fragte sie, und als Antwort lichtete sich die Dunkelheit vor ihren Augen. Eine Hand schob sich unter die Kapuze und presste ihr ein Stück Stoff über Mund und Nase. Ein beißender Geschmack breitete sich auf ihrer Zunge aus. Rain hielt die Luft an. Man wollte sie betäuben! Und dann? Das Herz hämmerte gegen ihren Brustkorb. Ihre Lungen begannen zu brennen, aber sie weigerte sich zu atmen. Der Griff wurde fester, als der Wächter versuchte, ihr das Tuch auf die Nase zu pressen. Das Mädchen strampelte, trat um sich und versuchte, ihre Arme zu befreien. Vergeblich. Sie wurde an die Wand gedrückt. Viel länger würde sie nicht durchhalten. Sie schloss die Augen, bemüht, das Schreien ihrer Lungen nach Sauerstoff zu ignorieren. Etwas stach in ihren Arm, und sie schnappte nach Luft.

»Kallisto«, murmelte sie, bevor ihr Geist in die Dunkelheit glitt.

15.

»SIE IST ZIEMLICH DRECKIG.« Eine Stimme weckte Rain. »Wir sollten sie untersuchen. An das Ungeziefer in den Haaren will ich gar nicht denken.«

Es folgte ein Piepton von rechts.

»Sie ist wach.« Etwas, möglicherweise eine Stiefelspitze, bohrte sich in ihren Oberarm, doch sie reagierte nicht. Sie versuchte, weiter ruhig und regelmäßig zu atmen, in der Hoffnung, dass man von ihr ablassen würde.

»Mädchen, die Maschine misst deine Gehirnströme. Hör auf, dich schlafend zu stellen.«

Kallisto.

Erwischt.

Rain öffnete die Augen und blinzelte angesichts der Helligkeit, die von allen Seiten zu kommen schien. Erst jetzt bemerkte sie die Elektroden, die ihr auf den Schläfen und überall am Kopf verteilt klebten. Sie wollte ihren Arm heben, doch bekam ihn nicht hoch. Sie versuchte es erneut, doch ihr Körper schien fixiert zu sein. Erschrocken riss Rain den Kopf herum. Sie war auf einer Art Metallplatte festgebunden, die nun langsam in die Höhe glitt.

Was war das hier? Ein Gefängnis oder eine Art Labor?

Ihre Mutter hatte ihr eingebläut, wie wichtig es war, so viele Informationen wie möglich über seine Umgebung zu sammeln. Also ließ Rain ihren Blick kreisen, scannte alles ein, was sie zu sehen bekam.

»Wenn wir Pech haben, wollten die Rebellen sie loswerden, weil sie verrückt oder krank ist«, murmelte eine Frau in einem weißen Kittel, der förmlich zu leuchten schien. Kein Fleck, keine Falte und kein Staubkorn waren darauf zu erkennen. Rain hatte noch nie in ihrem Leben ein Kleidungsstück gesehen, das so sauber war. »Vielleicht hat sie die Seuche oder ist verrückt. Ich habe gehört, dass einige durch den Smog den Verstand verlieren. Wir sollten das checken.«

Sie pflückte ein schwebendes TecDec aus der Luft und verschwand dahinter, während sie den Bildschirm studierte. Ab und zu fuhr sie mit ihrem Finger über die Oberfläche, doch Rain konnte nicht erkennen, was ihr das Gerät verriet.

»Lass uns hoffen, dass du dich irrst«, sagte ein Mann. Er stand auf der anderen Seite des Raumes und beschäftigte sich mit etwas, das so aussah wie Rains Umhang. Mit einer Pinzette zupfte er an dem Stoff herum, penibel darauf bedacht, nichts zu berühren.

Tür. Wo war die Tür?

Listo Kallisto. Alles, was Rain sah, waren weiße sterile Wände, die irgendjemand oder irgendetwas gewissenhaft sauber hielt. Keine Fenster. Keine Türen. Kein Ausgang. Träumte sie?

»Au.« Sie unterdrückte nur mit Mühe ein Stöhnen, als sich etwas in ihren Unterarm bohrte. Eine Drohne schwebte über ihrer Haut und versenkte einen Stachel in ihrem Arm. Blut floss durch einen Schlauch nach oben und fütterte die Maschine. Rain hatte sich einmal von einer Mücke stechen lassen und zugesehen, wie das Insekt sich mit ihrem Blut vollgesogen hatte. Daran erinnerte es sie. Nur hatte die Mücke ihre Körperflüssigkeiten sicher nicht für Experimente missbraucht.

»Entfernt noch Hautschuppen und eine Haarprobe«, befahl die Frau. Die seltsame Mückendrohne surrte davon und speiste ihren Inhalt in eine weitere Maschine. »Dann könnt ihr mit dem Desinfizieren der Geisel beginnen.«

»Desinfizieren?«, echote Rain, doch offenbar schien es niemand für nötig zu halten, ihr zu antworten.

Eine Drohne hatte ihren Arm ausgefahren, um Rain ein Haar herauszureißen. Dann stach sie in ihren Handrücken und stanzte einc kleine Hautstelle aus, mit der sie davonflog.

Wie das Desinfizieren aussah, erfuhr Rain früher als ihr lieb war. Der Boden unter ihr öffnete sich und verschluckte sie samt der Platte, auf der sie lag. Die Gurte ihrer Liege lösten sich, noch während sich der Tisch zur Seite neigte. Sie versuchte sich festzuhalten, doch ein Stromschlag jagte durch das Metall und zwang sie loszulassen. Sie fiel in eine Zelle, die ebenfalls weiß war. Ehe sie fragen konnte, was passieren würde, fuhr der Tisch aus dem Raum, und die Decke schloss sich über ihr.

»Hey!«, rief Rain.

Die Zelle war nicht viel größer als eine geräumige Duschkabine und hatte auch keine Fenster oder sichtbare Türen.

Also gut. Ruhig bleiben, das war Storms oberstes Gesetz! Also untersuchte Rain die Wände, die aus einem glatten, glänzenden Material bestanden. Sie entdeckte feine Löcher darin. Hunderte. Sie befanden sich in regelmäßigen Abständen an allen Seiten und sogar an der Decke und dem Fußboden.

Rain bohrte ihren Fingernagel in eine der gruppenförmig angelegten Vertiefungen. In diesem Moment spritzte ein Strahl Wasser heraus. Sie sprang zurück und prallte gegen die gegenüberliegende Wand. Innerhalb eines Wimpernschlags kam das Wasser von allen Seiten und durchnässte ihre Kleidung.

»Ausziehen«, tönte eine blecherne Stimme von der Decke. Rain hielt sich schützend die Hände vor die Augen. Die Strahlen waren so stark, dass sie auf der Haut und den Lidern schmerzten und brannten.

»Ausziehen«, wiederholte sich der Befehl, und als sie nicht reagierte, wurde das Wasser schlagartig eiskalt.

»Au!« Rain war in kürzester Zeit bis auf die Knochen durchgefroren. Fast schien es ihr, als würden sich Eiszapfen in ihre Haut bohren, bis tief in die Muskeln. Sie sank auf die Knie, schlang ihre Arme um sich, um sich zu wärmen, doch es half nichts. Die Kälte fraß sich durch ihren Körper und lähmte ihn.

»Ausziehen.« Die Stimme war vollkommen monoton. Mit klammen Händen versuchte Rain das Hemd aus der Hose zu ziehen, doch ihre Finger waren taub und kraftlos. Sie konnte ihre Augen nicht öffnen, so sehr drückten die Wasserstrahlen gegen ihre Lider. Mit großer Mühe zog sie sich das Hemd über den Kopf und warf es zu Boden. Dann versuchte sie, die Schnürsenkel ihrer Schuhe zu lösen. Angesichts der eisigen Kälte in den Gliedern beinahe unmöglich.

»Ich … kann…« Rain spuckte Wasser aus. »Meine… Finger… sind…«

Ihr Zahnfleisch schmerzte, als ob sie in einen Schneeball gebissen hätte.

»Kalt!«, keuchte sie verzweifelt, doch das Wasser wurde nicht wärmer. Wie lange würde sie in dieser Kälte noch aushalten, bevor sie die Kraft ganz verließ? Sie riss an den Schuhen, zerrte daran. Der Erste gab nach, und sie warf ihn in die Ecke. Dann folgte der nächste. Der Knopf an ihrer Hose ließ sich nicht öffnen. Es war in diesem Fall Glück, dass ihr die meisten Kleidungsstücke, die sie besaß, zu groß waren. So gelang es ihr, den Bund einfach über die Hüften zu streifen. Der Stoff klebte an ihrer Haut wie ein eisiger Vorhang, doch sie schälte ihn hinunter. Dann erloschen die Strahlen, und Rain blieb wie angewurzelt stehen. Sie zitterte am ganzen Körper. Der Boden war mit einer grauen Schicht aus Asche und Smogteilchen überzogen. Sie wunderte sich beinahe, dass nicht alles gefror.

»Unwetter haben keine Angst«, flüsterte sie wie ein Gebet und schloss die Augen. »Unwetter haben keine Angst.«

»Achtung!«, verkündete die Stimme, und Klappen öffneten sich nahe dem Boden. Mit einem Luftzug wurden Kleidung und

Stiefel hineingesogen. Dann sprudelte ein Strom Wasser über die Fliesen, der den Boden reinigte und an ihren zitternden Beinen zerrte. Als der Boden sauber war, schlossen sich die Klappen, und die Dusche aktivierte sich erneut. Dieses Mal war das Wasser wärmer, höchstens lauwarm, aber durch den Temperaturunterschied brannte es auf ihrer Haut wie die Bisse von Feuerameisen. Rain wimmerte und ging in die Knie.

»Aufstehen.«

Sie gehorchte.

»Weiter ausziehen.«

Sie entledigte sich ihrer Unterwäsche, die mit dem Wasser davongespült wurde.

»Die Sensoren spüren weiteres Fremdmaterial.« Die Stimme klang abgehackt.

Rain erinnerte sich an ihr Armband, und ihre Finger schlossen sich um den Stein. Nein, das würde sie nicht hergeben. Schlagartig sank die Temperatur des Wassers, und es wurde eisig kalt.

»Ausziehen.«

»Ja!«, rief Rain, zog das Andenken über ihr Handgelenk und stopfte es sich in den Mund. Ein stechender Geschmack breitete sich aus, als die Flüssigkeit von dem Schmuck ihre Zunge benetzte. Beißend und bitter. Sie spukte den Speichel aus und schob das Armband in die rechte Wangentasche. Die Dusche wärmte sich wieder auf.

Es hatte funktioniert.

»Aufstehen und im Kreis drehen.«

Rain drehte sich eine Ewigkeit im Kreis, bis ihr schwindelig wurde, und sie die Richtung wechseln musste. Dem Wasser wurde nun Seife beigemischt, die die Augen reizte. Der Geruch von Blumen kitzelte in ihrer Nase und auf der geröteten Haut. Das war also das Desinfizieren. Man spülte sämtliche Schmutzpartikel und Erreger einfach fort. Mit Seife und Alkohol.

»Haarentfernung!«

Haarentfernung? Wollten sie ihr den Kopf scheren?

Ein Licht scannte ihre Glieder und ihren Intimbereich, und nichts passierte. Rain wusste, dass andere Mädchen in ihrem Alter an diesen Stellen schon längst behaart waren, doch sie war es nicht. Ihr Haupthaar ließen sie ihr, doch nicht ohne einen weiteren Schwall an Wasser und Seife über ihren Kopf zu gießen.

Als ihre Haut schon schrumpelig und aufgeweicht war, versiegte das Wasser, und ein Luftstrom fegte ihr von allen Seiten um die Ohren, bis sie trocken war. Dann fuhr ein Tisch aus der Wand. Darauf lagen Unterwäsche, ein weißes Hemd und eine ebenfalls weiße Hose. »Anziehen.«

Über dem Tisch war ein Spiegel, aus dem Rain eine fremde Frau entgegenstarrte.

Ihre Haut war von der Behandlung leicht irritiert, aber strahlte wie nie zuvor. Sie tastete sich über die Wangen. Kein Smog, kein Dreck lag darauf.

Unter dunklen, markanten Augenbrauen leuchteten ihre grünen Augen, die durch die Seife noch ein wenig gerötet waren.

Ihr Haar war von dunklem, kräftigen Rot. Es erinnerte an die Kastanien, die Storm und sie vor viel zu langer Zeit im Wald gesammelt hatten. Es fiel über ihre breiten, muskulösen Schultern.

Rain erkannte sich kaum wieder. So sauber war sie noch nie gewesen, aber in diesem Moment sehnte sie sich nach der Asche auf ihrer Haut, als wäre es ein fehlendes Kleidungstück. Ohne sie wirkte sie fremd und irgendwie … nackt.

Rain spuckte das Armband mit dem Stein aus. Es war das letzte Andenken, was sie bei sich trug. Das einzige, das wirklich ihr gehörte. Sie würde es nicht hergeben.

Kurz ging sie die Möglichkeiten durch, die sie hatte. Die Hose saß zu locker, um es im Bund zu verstecken. Die Ärmel des

Hemdes waren kurzärmlig. Blieb noch ein Ort. Sie strich ihre Haare nach hinten, versteckte das Armband darin und drehte das Ende des Pferdeschwanzes in sich zusammen, bis sie den Zopf in sich verknoten konnte. Sonderlich stabil war diese Frisur nicht, aber es würde hoffentlich lange genug halten.

Die Decke glitt auf, und der Tisch fuhr herunter. Rain tat, was man von ihr erwartete, und setzte sich darauf, um zurück in das gruselige Forschungszimmer zu fahren.

»Besser«, kommentierte die Frau und lugte hinter ihrem TecDec hervor.

Sie hatte zu glatte Haut und rot angemalte Wangen. Es sah aus, als hätte sie eine Ohrfeige auf jede Seite bekommen. Auf den Lidern war ein schweres goldenes Pulver aufgetragen. Selbst die Augenbrauen schienen künstlich zu sein, ebenso wie die Wimpern, die unnatürlich voll und lang aussahen. Das Haar war zu einem strengen Dutt nach hinten gekämmt. Ob sie ein Mensch oder eine Gesegnete war, konnte Rain unmöglich sagen. In erster Linie sah sie aus wie eine lebendig gewordene Puppe.

»Bringt das wilde Tier weg, bevor es beißt.« Sie drückte auf einen Knopf, und eine Wand fuhr zur Seite. Wachen, deren weiße Anzüge mit der Umgebung zu verschmelzen schienen, traten herein und führten ihren Befehl aus.

»Wo bringt ihr mich hin?« Rain drehte den Kopf zu der Frau, von der sie nicht einmal wusste, wer sie war. »Was passiert jetzt?«

Keine Antwort, nicht einmal ein Zucken in dem unnatürlich bewegungslosen Gesicht.

»Hey!« Rain spannte instinktiv ihre Muskeln an, bereit, sich zu verteidigen. Eine gegen drei Sentinal und zwei verrückte Wissenschaftler. Ihre Chancen könnten besser sein. Sie hob ihre Hände und ließ sich widerstandslos fortbringen. Die Kraft würde sie für eine günstigere Gelegenheit brauchen.

Die Sentinal stießen sie einen Flur entlang, und Rain versuchte wieder, jede Information in sich aufzusaugen. Weiße Wände. Überall. Alles weiß. Eine Tür, die Rain nicht einmal gesehen hatte, glitt zur Seite und enthüllte einen Raum dahinter, der ebenso steril und ungemütlich aussah. Sie seufzte und wusste schon bevor sie sich weiter umsah, dass es keine Chance gab, aus einem Zimmer wie diesem auszubrechen.

16.

RAIN SETZTE SICH AUF die Pritsche, eine harte Unterlage, die weder Kissen noch Decke bot, und stützte ihr Kinn auf die Hände. Entweder würde sie nicht zu lange bleiben, oder man wollte nicht, dass sie es gemütlich hatte.

Sie schloss die Augen und versuchte, sich zu konzentrieren und ihre Lage zusammenzufassen. Okay. Sie war eine Geisel, und man plante nicht, sie sofort zu töten. Sonst wäre sie kaum so gründlich »desinfiziert« worden. Aber was würde geschehen, wenn die Gesegneten hatten, was sie wollten. Würde man sie freilassen? Realistisch betrachtet: wohl kaum.

Sie riss die Augen wieder auf und rutschte schwungvoll von der Pritsche. Ihre Brust hob und senkte sich hektisch, als ihre Zukunft vor ihren Augen Gestalt annahm. Lebenslange Haft, Zwangsarbeit in den Minen, Hinrichtung oder ein Leben als Laborratte? Eines dieser Szenarien würde es werden. Sie hatte das Gefühl, nicht genug Luft zu bekommen. Diese engen Räume! Es machte sie nervös, eingesperrt zu sein. Kamen die Wände auf sie zu? Das Zimmer wurde immer enger, zog sich zusammen wie eine Faust und drohte, sie zu zerquetschen.

Sie rannte los, lief im Kreis, sprang auf die Pritsche, wieder hinunter, an der Tür vorbei, die perfekt mit der Wand verschmolz. Wieder auf die Pritsche und hinab. Sie wusste nicht, wie lange sie rannte, doch die Angst saß ihr im Nacken und trieb sie voran. Endlich, nach einer Ewigkeit fiel sie erschöpft zu Boden. In ihrem Zopf, der sich durch den Sport fast aufgelöst hatte, spürte sie den Regentropfen des Armbandes, der sich in ihre Kopfhaut drückte.

Alles drehte sich um sie herum und verschwamm zu einem weißen Strom, durchzogen vom gleißenden Licht der Neonröhren.

Der Regen gibt Hoffnung, mein Herz.

Rain wischte sich den dünnen Schweißfilm von der Stirn. Vielleicht gab es Hoffnung. Vielleicht gab es einen Plan, sie zu retten. Sie durfte nicht verzweifeln. Sie musste glauben. Unwetter haben keine Angst. Unwetter haben keine Angst. Unwetter haben keine …

Zwei Mal bekam sie Wasser. Einmal Brei. Es war alles, was sie zählen konnte. Das Einzige, was als Orientierung diente. In ihrer Zelle war es immer hell, so hell, dass das Licht grell durch die geschlossenen Lider schien und an Schlaf nicht zu denken war. So hell, dass sie die Lampen anschrie, endlich auszugehen. So hell, dass sie weinte und mit dem Gedanken spielte, sich die Augen einfach rauszureißen. Sie wusste nicht, wie lange sie eingesperrt war.

Irgendwann ging die Tür auf, und vier Sentinal erwarteten sie dahinter. Vier. Sie war so müde vom Schlafmangel und kraftlos vor Hunger, dass einer gereicht hätte.

»Wo bringt ihr mich hin?«, fragte sie, ohne eine Antwort zu erwarten. Sie schloss ihre Hände zu Fäusten, um nicht zu zittern, und reckte das Kinn nach vorn. Sie konzentrierte sich auf den Weg und die Umgebung, auf der Suche nach Hinweisen, Informationen. Es war besser, nach einem Ausweg zu suchen, als sich mit einem hoffnungslosen Schicksal abzufinden.

Was sie brauchte, war ein kleiner Funken Hoffnung. Nur ein kleiner. Eine Wand öffnete sich, und sie betraten einen Fahrstuhl. Rain war schon einmal mit einem gefahren, aber ihr war nicht wohl dabei gewesen. Es war beengend, und man wusste nie, was einen erwartete, wenn sich die Türen öffneten.

In diesem Fall war es warmes Sonnenlicht. Und eine riesige Menschenmasse. Eine aufgebrachte riesige Menschenmasse.

Rain wollte zurücktreten, aber aus einem Fahrstuhl gab es nur einen Weg hinaus. Keine Alternative, keinen Fluchtweg. Ein weiterer Grund, warum sie Fahrstühle hasste.

Sie wurde mehr gestoßen, als das sie vortrat. Rufe wurden laut, und sie erkannte, dass sie auf einer Bühne stand. Eine Bühne.

Sie schluckte und sah sich um. Nur wo genau war sie? Definitiv nicht in Grey. Dafür konnte sie die Sonne viel zu klar am Himmel sehen. Am blauen Himmel. Es war eine so kräftige Farbe, dass Rain den Blick für einen Moment nicht abwenden konnte. In welchem Zirkel war sie?

Die Häuser hier waren heller, sauberer, und es gab jede Menge Glas. Die Fenster ersetzten teilweise ganze Wände, aber waren so milchig trüb, dass man nicht hineinsehen konnte. Glänzende Drohnen, die um einiges moderner aussahen als die Modelle in Grey, schwebten über ihren Köpfen. Und es gab Pflanzen. Bunte Pflanzen vor und auf den Häusern. Ja, selbst auf der Bühne neben Rain stand ein Busch, der üppige goldene Blüten trug.

Bühne. *Listo Kallisto!*

»Die Rebellen wollten sich melden. Bete, dass sie es auch tun«, zischte Morpheus ihr zu, während er an ihr vorbeistolzierte. Er trug violette Kleidung aus teuer aussehendem, festen Stoff, in den kleine Lichter eingenäht waren. Sein Hemd war weit aufgeknüpft, damit auch jeder seinen muskulösen, perfekt geformten Oberkörper sehen konnte.

Etwas unpassend für den Anlass, bemerkte der Sarkasmus in Rain.

Auf seiner Schulter saß ein kupferfarbenes Tier. Es war eine Art, die Rain noch nie zuvor gesehen hatte. Eine Mischung aus Katze und Lemur mit langem seidigen Fell und überdimensional großen Ohren. Es trug ein Halsband aus violetten Steinen, die zu Morpheus' Anzug passten.

»Ich kann sonst für nichts garantieren, Kleine.«

Er trat vor die Anwesenden. Seine Gesichtszüge waren angespannt, und es hatten sich Sorgenfalten auf seiner Stirn gebildet. Rain wusste nicht einmal, dass Gesegnete überhaupt Falten hatten, geschweige denn Sorgen.

»Meine geliebten Menschen von Aventin!«

Aventin.

Sie war in der Hauptstadt. Nie hätte sie geglaubt, jemals den goldenen Stadtzirkel zu Gesicht zu bekommen, selbst wenn sie es sich gewünscht hätte. Allerdings wäre sie lieber als Besucherin hergefahren und nicht als Gefangene.

Rain wurde vor einer Kameradrohne platziert und auf die Knie gedrückt. Sie versuchte, nicht in das schwarze Auge zu blicken, dem nichts entging. Kein Zucken und kein Beben. Morpheus erzählte, wie das Land Hope sich aus der Asche der Welt erhoben hatte, wie wunderbar und friedlich ihre Welt sein konnte, wenn nicht die Rebellen versuchen würden, das Land zu spalten und Unruhe zu stiften. Er berichtete wie üblich von den aktuellen Erfolgen im Kampf gegen die Rote Seuche, deren Ausrottung sich alle herbeisehnten, und in einem Video wurden Wissenschaftler von White Pearl gezeigt, die eine hoffnungsvolle Pflanze präsentierten.

Rain bekam davon nicht viel mit. Sie starrte auf die Ansammlung vor der Bühne, auf diese Armee aus aufgehübschten Porzellanpuppen. Sie hingen ihrem Prinzen an den Lippen, lächelten selig, als wäre ihr Gehirn leergefegt, um nur Platz für seine Worte zu haben. Über den Köpfen der Zuschauer wurden Worte in die Luft projiziert, die wie aufgeregte Vögel durcheinanderschwirrten.

»Keine Macht dem Terror.«

»Mehr Drohnen, mehr Sicherheit!«

»Keine Dreien in Aventin!«, leuchtete über einer jungen Frau. Wobei die Drei immer wieder explodierte und die Wörter verschluckte.

Daneben leuchteten die Worte »Wir wollen Sicherheit!« über dem Kopf eines Mannes auf, welches sich mit »Wir wollen keine Angst« abwechselte.

»Raus mit den Ghosts! Raus mit den Terroristen!«

Wut stieg in Rain auf. Diese Menschen hatten nicht nur Angst vor ihr. Sie hatten Angst vor allem, das ihre Sicherheit bedrohen könnte. Sie wollten der tiefen, sonoren Stimme ihres Prinzen lauschen und daran glauben, was er versprach: Sicherheit und Frieden. Während Rain, der Ghost, all das verkörperte, was sie fürchteten.

Morpheus schritt über die Bühne, schwebte beinahe, und während er von Hope schwärmte, entspannten sich seine Züge.

»Ich weiß, ihr habt Angst. Ghosts streifen durch unsere Straßen, infizieren unsere Kinder. Seht sie euch an. Sie sieht harmlos aus, aber sie gefährden alles, wofür wir so hart gekämpft haben ...« Rain verstand, was ihre Mutter meinte. Sie wurde vorgeführt wie ein Tier. Ihr Gesicht erschien wie ein Echo auf zahlreichen Projektoren. Sie erschrak vor ihrem eigenen Abbild, denn sie sah wütend aus. Die Augenbrauen zusammengezogen. Der Hass schien ihr förmlich aus den Augen zu quellen. Sie versuchte einen neutralen Ausdruck, doch die Projektoren wiederholten nur den Moment, in dem sie auf die Menge hinabstarrte und ihr der Wunsch, eine Bombe unter die Leute zu werfen, auf der Stirn geschrieben stand. »Ihr müsst euch nicht fürchten. Wir werden nicht zulassen, dass der Terror oder die Rote Seuche nach Aventin kommen.«

Rain hatte das Bedürfnis, sich zu übergeben.

»Lasst uns den Rebellen zeigen, dass wir Anstand haben und uns an unsere Absprachen halten. Falls ihr zuhört, Rebellen, ihr habt es in der Hand. Gebt eure Geisel, unsere geliebte Gesegnete frei, und dieses Mädchen soll leben.«

Leben, ja.

Aber wie sie leben sollte, das sagten sie nicht.

Leben in den Minen. Leben an der Front. In beiden Fällen ein nicht allzu langes und definitiv kein glückliches Leben.

Rain begann zu frieren. Sie hatte das Gefühl, ihr Blut würde sich aus Armen und Beinen zurückziehen.

Meldet euch. Bitte meldet euch.

Das Rauschen in ihren Ohren nahm zu und schwemmte die Gedanken hinfort. Es herrschte Leere in ihrem Kopf, und sie schrie ein stummes »Kallisto« mitten in diesen leeren Raum hinein. In diesem Moment war es das Einzige, das sie tun konnte, und irgendwie gab es ihr die Kraft, nicht zu weinen.

Die Rebellen meldeten sich. Nach qualvollen Minuten des Wartens meldeten sie sich. Allerdings nicht so, wie Rain gehofft hatte. Sie war so mit Fluchen beschäftigt, dass sie es zuerst nicht sah. Die schwebenden TecDecs waren zum Leben erwacht und verkündeten: »Ihr könnt uns mal, ihr Goldscheißer.«

Eine Beleidigung. Das war alles.

»Na toll.« Morpheus' Stimme klang gelangweilt, und er streichelte das Tier auf seiner Schulter, welches demonstrativ gähnte. »Ihr versaut mir gerade den ganzen Abend, wisst ihr das? Wie soll ich nach einer Hinrichtung noch feiern gehen? Das wäre doch geschmacklos.«

Die Menschen antworteten mit einheitlichem Auflachen, während Rain die Einzige war, die der Situation nichts Lustiges abgewinnen konnte.

»Ihr könnt uns mal, ihr Goldscheißer.«

Nichts weiter? Ein schwacher Versuch, die Hinrichtung abzuwenden.

Morpheus fuhr sich mit der Hand über die goldblonden Haare. Er trat auf Rain zu, die es erst bemerkte, als sie seine Stiefelspitzen vor sich sah. »Tut mir leid. Ich dachte, dazu kommt es nicht«, raunte er und drehte sich herum. »Mal ehrlich. Hinrichtungen sind so out. Und dann auch noch eine Geisel.«

Er trat vor die Versammelten und rief: »Was sollen wir jetzt tun, Volk von Hope?«

Seine Berater eilten heran und redeten auf ihn ein.

»So viel zu meinem Imagewechsel«, hörte Rain Morpheus flüstern. »Ich hab keine Lust, als Geiselmörder abgestempelt zu werden. Das ist ein totaler Abturner.«

Offenbar sahen das seine Berater auch so, denn wenig später verkündete er: »Es wird eine Abstimmung geben. Ein Volksurteil in 12 Stunden! Wir entscheiden zusammen. Wir übernehmen zusammen Verantwortung. So wie es in Aventin Brauch ist.«

Die Menge tobte.

17.

DIE STUNDEN IN DER ZELLE rasten an Rain vorbei. Sie wusste nicht, was sie tun sollte. Sie hatte das Gefühl, vor Angst wahnsinnig zu werden. Immerhin ging es um ihr Leben, und sie hatte keine Idee, wie sie sich aus dieser Lage befreien sollte.

Storm hätte es gewusst.

Wie ihre Chancen bei einem Volksentscheid standen, konnte sie sich nur allzu gut vorstellen. Sie hatte es vor vielen Jahren einmal miterlebt, als es um die Kontrolle der Städte durch Drohnen ging. Es wurden Videos gezeigt, die die Vorteile der Drohnen priesen: Überwachung für Sicherheit. Rebellen würden es schwerer haben, Anschläge zu verüben, und Ghosts würden keine Chance mehr haben, sich in den Städten zu verstecken und unschuldige Bürger mit der Roten Seuche anzustecken. Sie hatten mit den Ängsten der Bewohner gespielt und sie so auf ihre Seite gebracht.

Dann waren die Bürger zu den Wahlschaltern gepilgert und hatten abgestimmt. Einen Code zu besitzen war natürlich Voraussetzung. Er wurde eingelesen, danach konnte die Stimme abgegeben werden. Dass die Wahl also wirklich anonym ablief, hatte Storm bezweifelt. Das Ergebnis war nicht überraschend. Die Bewohner entschieden sich für die Sicherheit, und tatsächlich wurde die Anzahl der Ghosts nach der Einführung der Drohnen erheblich dezimiert.

»Hallo, Mädchen.« Sie erschrak. Das Erste, was sie sah, waren spitze schwarze Schuhe. Ihr Blick wanderte die matt glänzende Stoffhose empor bis zu einem gewickelten Oberteil in derselben

Farbe, das durch einen breiten Gürtel fixiert wurde. An dem Gürtel waren drei schwarze Schmuckstücke befestigt, sie erinnerten an Kohlebrocken. Sie wippten leicht hin und her und erzeugten dabei einen Klang, wie wenn Regen auf Stein trifft.

Eine lange Weste, die an eine Uniform erinnerte, reichte ihm bis über die Knie. Auffällig waren seine Hände, die mit schwarzen Formationen überzogen waren. Nein, nur auf den ersten Blick schwarz. Als er sie bewegte, konnte Rain sehen, dass sie ihre Farbe leicht änderten. Die Tätowierungen zogen sich bis zu seinem Hals empor. Zu Rains Überraschung lächelte der Mann sie freundlich an. Er hatte eine markante hohe Stirn, hinter der dunkles welliges Haar begann. Seine Augen strahlten so verschmitzt wie die einer Fuchsmanguste.

»Ich bin Bishop.« Er berührte zum Gruß sein Herz, dann seine Stirn.

Rain war über die offen ausgedrückte Sympathie verwundert. Sollte das heißen, dass er sie nicht hasste? Oder wollte er sich nur ihr Vertrauen erschleichen?

»Und ich vertrete deine Interessen.« Er hatte eine angenehme tiefe Stimme, und sein Lächeln wirkte echt. Nicht schmierig, eher offen und interessiert.

»Ich bin Rain.« Sie berührte zögernd die Stirn. Nur die Stirn. Das mit dem Herzen kam ihr übertrieben vor, zumal sie bisher nicht mehr als seinen Namen kannte. »Und welche meiner Interessen willst du vertreten?«

»Dein Überleben hat im Moment oberste Priorität für mich. Und ich nehme an, auch für dich.« Er machte eine Pause, um seinen Worten Nachdruck zu verleihen. »Ich bin ab heute dein Cabman.«

»Cabman?«

»Eine Art Manager, der für seinen Klienten … Sachen regelt.«

»Wie ein Anwalt?« Rain traute keinen Anwälten.

»Um einiges mehr als ein Anwalt. Ich werde den Leuten deine Sicht der Dinge präsentieren und hoffentlich deinen Tod verhindern.«

»Tut mir leid. Ich fürchte, ich habe nichts zu sagen, das etwas ändern könnte.«

»Oh, ich glaube schon.« Bishops Augen strahlten mit, wenn er lachte. Er schien sich seiner Sache sehr sicher zu sein.

War er ein Gesegneter? Er hatte einen zweisilbigen Namen. Also könnte er einer sein. Außerdem sah er gut aus. Groß und trainiert. Allerdings entdeckte Rain tiefe Falten auf seiner Stirn, Sorgenfalten, die sich unwiderruflich in die Stirn eingebrannt hatten.

»Weißt du, die Menschen stehen auf herzzerreißende Geschichten mit viel Gefühlsduselei. Wenn wir schaffen, ihre Herzen zu berühren, können wir dein Leben retten.«

»Herzzerreißende Geschichten?« Rain war sich nicht sicher, ob sie diese Bezeichnung mochte. »Ich weiß nicht …«

»Was hast du zu verlieren?« Bishop krempelte die Ärmel seines Hemdes hoch und entblößte seinen Zahlencode, der in dem Meer an Tätowierungen kaum zu erkennen war.

Rain hielt den Atem an. Kein Gesegneter, aber eine Eins Plus! Überdurchschnittlich in allen Kategorien.

Sie betrachtete ihn genauer, versuchte sich die Einzelheiten einzuprägen. Er war gut gekleidet, aber nicht zu auffällig. Er hatte Ausstrahlung, ohne zu erdrücken, und eine natürliche Art, die ihr sympathisch war. Er wirkte wie jemand, der die Fäden zog und nicht selbst auf der Bühne stand.

Ein Cabman.

Sie hatte den Begriff nie zuvor gehört.

»Mädchen, schlimmer kann es nicht werden. Im Moment stimmen über 95% für deinen Tod«, versuchte er es erneut.

»Oh.« Das war nicht sehr motivierend. Wie konnten sie so

viele Leute hassen, ohne sie zu kennen? »Was soll es dann bringen, ihnen meine Sicht zu erklären? Das wird sie kaum umstimmen.«

»Meinungen sind wechselhaft.« Bishop schien sich seiner Sache sicher.

»Sie … hassen mich.« *So sehr, dass sie mich hinrichten wollen.* Sie hasste nicht einmal Cup so sehr, dass sie sich ihren Tod wünschte. Oder Lark. Wobei, wenn sie es sich genau überlegte: Einen Ausflug in die Minen würde sie den beiden Lauschern durchaus gönnen.

»Nein, sie hassen dich nicht. Sie fürchten dich, weil sie sich durch dich bedroht fühlen.«

»Ich bin bloß ein Mädchen.«

»Du bist ein Ghost. Eine Außenstehende. Jemand, der in keine Kategorie passt.«

»Und du fürchtest mich nicht?«

»Nur weil du keine Nummer hast?« Der Mann lachte auf. »Nein, Mädchen. Ich fürchte dich nicht, und wenn die Menschen dich kennen lernen, werden sie dich auch nicht mehr fürchten. Und ohne Angst, was bleibt dann noch?«

»Mitleid?«

»Ja, so etwas in der Richtung.« Bishop zwinkerte.

»Was springt dabei für dich raus?« Aus purer Herzensgüte half er ihr kaum, aber es gab eine Wärme in seinen Augen, die sie mochte.

»Ich bin ein ehrgeiziger Mann.«

Das war überraschend ehrlich.

»Und wie hilft es dir, einen Ghost zu verteidigen?«

»Mag sein, dass ich zu hoch pokere, aber ich habe da so ein Gefühl, was dich betrifft.« Er grinste. »Ich denke, wir können uns gegenseitig helfen, Rain.«

»Gut, ich bin dabei.« Für den Moment würde sie ihm vertrauen. Allein aus Mangel an Alternativen. »Wie du schon sagtest. Für mich kann es ja nicht schlimmer werden.«

Trotzdem würde sie ihren Cabman genau im Auge behalten.

»Dann lass uns an die Arbeit gehen und Herzen zum Schmelzen bringen!« Er klatschte in die Hände.

»Ich habe ein Leben auf der Flucht geführt«, erklärte Rain der Kamera. Bishop hatte eine Stylistin angewiesen, sie für ihren Auftritt zurechtzumachen. Zwei dünne geflochtene Haarsträhnen umrahmten ihr Gesicht und hielten die rote Mähne zurück. Es sollte ihr etwas Mädchenhaftes verleihen und trotzdem ihre Schönheit betonen, denn die ließ sich immer gut verkaufen.

Rain kam sich lächerlich vor, aber sie hatte nicht protestiert. Sie war bereit für ihr Leben zu kämpfen. Allerdings hätte sie lieber Sting in der Hand als diese lächerliche Frisur auf dem Kopf. Bishop schien jedoch zu wissen, was er tat.

»Es gab nur mich und meine Mutter. Sie ist alles für mich. Wir waren immer allein. Es ist das einzige Leben, das ich kenne. «

Ihr Gesicht glühte, und ein Schweißfilm lag auf ihrer Stirn. Sie klammerte ihre Finger um den Stuhlrand, auf dem sie saß, und schloss kurz die Augen, um sich zu konzentrieren. Die Kamera machte sie nervös, ebenso wie die Tatsache, von so vielen Menschen beobachtet zu werden. In diesem Moment wünschte sie sich wieder, unsichtbar zu sein, das unbekannte Mädchen, das flüchtig an einem vorbeilief und nach dem niemand fragte.

Es war bloß eine weitere Maskerade, erinnerte sie sich. Sie hatte so oft gelogen und vorgegeben, jemand anderes zu sein, dass sie es gewohnt war, in Rollen zu schlüpfen.

Wenn Bishop das schüchterne, verzweifelte Mädchen wollte, sollte er es bekommen.

Sie sah hoch. Ihr Cabman hielt hinter der Kamera sein TecDec hoch, auf dem das Stichwort »Rebellen?« stand.

»Wir waren Ghosts, aber gehörten nicht zu den Spines. Also zu den Rebellen. Meine Mutter hat diesen Verbrechern schon lange den Rücken gekehrt und hat nichts mit dem Anschlag auf Prinz Morpheus und die Menschen von Grey zu tun. Ich war da, als es passierte, und musste es mit ansehen. Es war schrecklich. Grausam. Wie können Menschen bloß so etwas tun?«

Die Aufnahme wurde kurz unterbrochen. Eine Stylistin huschte an ihre Seite und tröpfelte ihr Wasser unter die Augen, damit es aussah, als hätte sie geweint. In Wahrheit waren ihre Tränendrüsen ausgetrocknet, seit sie nun schon tagelang das gleißende Licht in der Zelle ertragen musste. Aber sie spielte mit und verzog ihr Gesicht, als würde sie mit den Tränen kämpfen.

Bishop hielt den Daumen hoch, um ihr zu signalisieren, dass er zufrieden war.

»Nie wollten wir jemandem schaden, einfach nur leben. Als meine Mutter gefangen genommen wurde, hatte ich niemanden mehr. Für mich stand außer Frage, dass ich sie retten muss. Sie ist doch meine Mutter.« Ihre Lippen zitterten, die Stimme brach, und sie schlug die Hände vor das Gesicht.

Es wurden Bilder eingespielt, in denen Rain auf die Bühne rannte, um die Hinrichtung ihrer Mutter zu verhindern. Sie lagen sich in den Armen, viel länger als in Wirklichkeit. Das Bild zoomte auf ihre schmerzverzerrten Gesichter, als sie auseinandergerissen wurden. Die Szene war mit einer traurigen Musik unterlegt, die dem ganzen Geschehen eine übertriebene Dramatik verlieh.

»Soll ich dafür sterben? Sterben, weil ich meine Mutter liebe?«, beendete Rain ihre Ansprache und warf einen letzten tieftraurigen Blick in die Kamera.

»Du warst fantastisch«, jubelte Bishop und vergrub sich hinter seinem handlichen TecDec. »So verzweifelt, innerlich zerrissen und einsam.«

»Ja, das fasst meinen aktuellen Gefühlszustand gut zusammen«, bestätigte Rain und wischte sich mit dem Handrücken die falschen Tränen weg.

Ob Bishop wusste, dass sie nicht alles gespielt hatte? Ihre Gefühle waren echt, aber jetzt schloss sie ihre Empfindungen wieder ein, an einem sicheren Ort, der nur ihr gehörte.

»Wie soll man dann noch vor dir Angst haben? Ein wimmerndes, einsames Mädchen.« Er führte sie zu einem Sofa und zwinkerte ihr zu. »Nur Geduld. Wir kriegen das hin!«

Dann verschwand er, den Bildschirm seines TecDecs keine Sekunde aus den Augen lassend. Rain saß zwischen zwei Sentinal und wartete. Die Ungewissheit war das Schlimmste. Sie nagte an ihr, bohrte sich tief in den Verstand und beschwor die bittersten Szenarien herauf.

Ihre Wachen sprachen kein Wort. Rain überlegte, ob sie wohl eingeschlafen waren, da sie sich nicht einmal bewegten. Sie drehte den Kopf und betrachtete die dunklen Visiere genauer. Dann rückte sie an den Sofarand vor, um nach dem Essen zu greifen, dass man ihr hingestellt hatte. Ihre Wachen rührten sich nicht. Rain hatte keinen Appetit, aber um bei Kräften zu bleiben, zwang sie sich, einige Bissen zu nehmen. Da ihre Wachen nichts sagten, versuchte sie ihr Glück und stand auf. In derselben Sekunde standen auch die Sentinal. Ihre Hände umschlossen Rains Oberarme, drohend, als ob sie sie daran erinnern wollten, dass ein Fluchtversuch sinnlos war.

»Ich muss mal«, erklärte Rain achselzuckend. Sie ahnte bereits, dass sich auch auf der Toilette keine Möglichkeit ergeben würde, zu entkommen.

Nach Stunden des Wartens kam Bishop zurück und setzte sich schweigend zu ihr. Die Sentinal dachten nicht daran, ihnen auch nur ein bisschen Privatsphäre zu gönnen, und wichen nicht von ihrer Seite.

»Und?« Rain konnte es nicht erwarten. Das Herz hämmerte ihr gegen den Brustkorb, und sie bekam kaum Luft. Sie spürte

Storms Armband in ihrer geschlossenen Faust. Sie hatte es in Sicherheit gebracht, als die Stylisten sich über ihre Haare hergemacht hatten, und klammerte sich seitdem daran.

Bishop machte ein verdrießliches Gesicht. Es gab offenbar keine guten Neuigkeiten.

»Nun. Sie glauben immer noch, dass ihr mit den Rebellen unter einer Decke steckt. Kein Wunder bei der Gegenkampagne. Dein herzzerreißender Auftritt hat immerhin dafür gesorgt, dass nur noch 91% deinen Tod wollen. Wenn wir nur mehr Zeit hätten.«

»91%?« Rain holte tief Luft. Ihr wurde schwindelig.

»Es gibt noch andere Umfragen.« Bishop zeigte ihr sein TecDec, auf dem eine Animation zu sehen war, in der sie von einem gewaltigen Hai zerrissen wurde.

»54% wären dafür, dich an Mutantenhaie zu verfüttern, und 36% wollen dich in den Kohleminen von Pitch schuften sehen.«

»Dann ist es entschieden?«, krächzte Rain.

»Nicht ganz. Ein paar Stunden haben wir noch. Ich habe noch ein Ass im Ärmel.«

Aus seiner Brusttasche ertönte eine dumpfe Melodie, und er zog ein weiteres tragbares TecDec hervor. Mit gerunzelter Stirn betrachtete er den Bildschirm.

»Neuigkeiten. Ich muss mich darum kümmern, Mädchen.«

»Warte. Ein Ass? Wie stehen denn die Chancen?«

»Keine Sorge.« Er zwinkerte. »Ich weiß, was ich tue, und ich bin ein äußerst schlechter Verlierer.«

Keine Sorge?

Das war keine Sorge, die in ihr aufstieg, sondern Panik. Immerhin ging es hier um ihr Leben, und sie konnte nichts tun, um es zu retten. Nur sitzen. Und warten. Und Angst haben. Und sich ausmalen, wie es sich wohl anfühlt, von einem Mutantenhai verspeist zu werden.

Bishop verschwand, ohne einen weiteren Blick zurückzuwerfen. Die Zeit verging, und Rain wartete, aber er kam nicht wieder. Sie war allein. Allein mit ihren Gedanken. Allein mit ihren Ängsten. Allein mit dem letzten Funken Hoffnung, dass sich das Volk umentscheiden würde oder dass die Spines einen Plan hatten.

Als die Zeit abgelaufen war, trat die Stylistin wieder zu ihr, um ihre Augenringe abzudecken.

»Auf der Bühne muss man schließlich perfekt aussehen«, flötete sie, während sie eine Ladung Pulver von ihrem Pinsel auf Rains Wangen beförderte.

»Das ist eine Hinrichtung. Meine Hinrichtung«, knurrte Rain.

»Es ist ein Event«, korrigierte die Stylistin und klimperte mit ihren Wimpern, die an bunte Schmetterlingsflügel erinnerten.

Rain sagte nichts dazu, legte stattdessen Storms Armband um ihr Handgelenk und schob es unter den Ärmel. Es sollte ihr Kraft geben. Die Stylistin musste es mitbekommen haben, hatte aber zumindest genug Anstand, nicht zu protestieren.

Dann folgte Rain den Sentinal zurück auf die Bühne. Mittlerweile war es dunkel, und ein Meer aus Lichtern beleuchtete die Bühne und den Platz von allen Seiten. Ein Scheinwerfer wurde von oben auf Rain gerichtet.

Morpheus saß am Rand der Bühne auf einem thronähnlichen Sessel, doch ergriff nicht das Wort. Er war zu sehr damit beschäftigt, in sein Mini-TecDec zu starren, welches ihn offenbar mehr interessierte als dieses »Event«.

Als ein Berater ihm etwas ins Ohr flüsterte, stand er auf und verzog das Gesicht: »Volk von Hope. Ihr habt über das Schicksal der Rebellin Rain abgestimmt, und das Urteil lautet…«

Stille. Die Pause zog sich in die Länge, und Rain hatte das Gefühl, ohnmächtig zu werden. Sie ließ ihren Blick über die Menge schweifen, suchte nach einem Hinweis, einer möglichen Aussicht auf Rettung.

»Tod.«

Rain erstarrte, während sich Morpheus wieder hinsetzte. Sie wagte es nicht, sich zu rühren, starrte auf einen Punkt in weiter Ferne, wohl wissend, dass sämtliche Kameras auf sie gerichtet waren. Sie wollte nicht weinen. Sie würde ihnen keine Träne schenken. Nicht eine.

Tod.

Sie sehnte sich nach dem Wald, in dem sie und ihre Mutter so lange gelebt hatten. Dort war alles so herrlich einfach gewesen.

Tod.

Plötzlich hasste Rain alle, die gegen sie gestimmt hatten. Sie presste die Lippen aufeinander, als die Sentinal sie ergriffen und hochzerrten.

Sollte sie ihr Schicksal würdevoll annehmen? Andererseits, wen interessierte noch Würde?

Sie war eine Kämpferin, und sie würde ihr Leben nicht kampflos hergeben. Niemals. Sie war ein Unwetter, und sie würde toben.

Sie spannte ihre Muskeln an, riss ihre Arme hoch und drehte sich um die eigene Achse. Die überraschten Wachen ließen sie los, und Rain rammte einem von ihnen ihren Ellbogen gegen den Kehlkopf. Der andere holte aus und erwischte sie an der Schulter. Rain stolperte, drehte sich im Fallen um. Sie landete auf dem Rücken, machte sich klein und trat nach der Wache. Sie traf den Wächter in den Kniekehlen und rollte sich zur Seite. Zwei Sentinal am Boden.

Von allen Seiten stürmten neue herbei, griffen nach ihren Waffen, die bestimmt nicht auf Betäubung eingestellt waren, und umkreisten sie.

»Aufhören.«

Das war Bishops Stimme. Rain riss ihren Kopf herum und spähte über ihre erhobenen Fäuste.

Er und eine Frau drückten sich an den Wachen vorbei und

eilten auf die Bühne. Es war die emotionslose Wissenschaftlerin in ihrem makellos weißen Kittel, die von der Mückendrohne begleitet wurde.

»Wartet. Nicht schießen. Ihr dürft sie nicht hinrichten.«

»Was soll das schon wieder?« Morpheus, der sich bisher nicht aus seinem Sessel erhoben hatte, stöhnte auf. Für ihn dauerte diese Veranstaltung schon viel zu lang, und er wurde sichtlich ungeduldig. »Können wir es nicht einfach hinter uns bringen?«

Rain spürte, wie Hoffnung in ihr auffstieg. Die Hoffnung, doch noch irgendwie lebend aus der ganzen Sache herauszukommen.

»Die Rebellen haben uns eine Falle gestellt. Sie wollen, dass wir dieses Mädchen töten«, keuchte Bishop. Was redete er da? Warum sollten die Spines ihren Tod wollen?

Bishop positionierte sich vor einer Kameradrohne und hielt, wie zum Beweis, ein kleines TecDec in die Höhe.

»Er hat recht. Die Testergebnisse sind eindeutig«, bestätigte die Wissenschaftlerin. Sie positionierte sich neben Bishop vor der Kamera, drückte die Schultern durch und klimperte mit ihren langen Wimpern. »Ich hätte es auch nicht für möglich gehalten, aber die Gene lügen nicht. Irrtum ausgeschlossen.«

Ein Raunen ging durch die Menge.

»Zeigt her.« Morpheus nahm das TecDec entgegen und starrte auf den Bildschirm. Eine Ewigkeit sagte er nichts, dann hob er langsam den Blick. Er sah Rain an, die weiterhin in Kampfposition verharrte. Dann ließ er seinen Blick über die anwesenden Bewohner schweifen.

»Ähm.« Ihm fehlten die Worte, doch dieses Mal eilte ihm kein Assistent zu Hilfe. Er räusperte sich.

»Es wird keine Hinrichtung geben«, verkündete er langsam. Bevor Proteste laut werden konnten, hob er die Hand und fuhr fort. »Wie es scheint, haben wir unsere entführte Prinzessin zurück.«

Rain schluckte. Erleichterung durchflutete sie, und ihre angespannten Arme begannen zu zittern. Keine Hinrichtung. Sie würde nicht sterben. Zumindest nicht gleich. Ihre Augen füllten sich mit Tränen, und sie schnappte nach Luft, denn vor Aufregung hatte sie vergessen zu atmen. Die Luft füllte ihre Lungen und drängte die Panik zurück, die angesichts des Todes ihren Körper eingenommen hatte.

Sie war so erleichtert, dass sie nicht bemerkte, dass Morpheus an ihre Seite trat. Erst als er ihre Hand nahm und diese hochriss, wurde sie sich seiner Anwesenheit bewusst.

»Es scheint so, als hätten wir heute alle noch die Chance auf eine Party.« Er strahlte über das ganze Gesicht.

»Was?«, entfuhr es Rain. Ihr Blick wanderte von ihrem hochgerissenen Arm zu dem glücklichen Gesicht des Gesegneten, während sie versuchte zu verstehen, was er meinte.

»Ich präsentiere euch. Unsere verschollene Prinzessin! Meine Schwester. Rajana.«

18.

VON SEINEN HANDKNÖCHELN TROPFTE das Blut. Lark starrte ins Leere. Endlose, alles verschlingende Leere, in der er zu ertrinken drohte. Nur der Schmerz konnte ihn im Hier und Jetzt halten, doch selbst der war dumpf und betäubt.

Er hätte längst zu Hause sein müssen. Die Sperrstunde war schon vor Stunden angebrochen, doch er traute sich nicht zurück. Aus Angst, in Roses Gesicht sehen zu müssen. Aus Angst, sich selbst ins Gesicht sehen zu müssen. Wütend versetzte er dem Baumstamm einen weiteren Hieb, doch bis auf ein paar kleine Risse in der Rinde hinterließ sein Wutanfall keine Spuren.

»Kallisto.«

Er ließ den Kopf hängen und holte tief Luft, um seine aufgewühlten Gedanken zu beruhigen. Es dauerte noch eine ganze Weile, bis er sich imstande fühlte, nach Hause zu gehen. Zuerst musste er aber nach der Pappschachtel suchen, die er in einem Moment der Verzweiflung einfach ins Gestrüpp geworfen hatte. Als er sie nicht gleich fand, stieg Panik in ihm auf. Er fiel auf die Knie und schob die Äste zur Seite, doch die Schachtel war nicht zu sehen. Sie musste hier sein! Wenn er sie verloren hatte… Nicht auszudenken, was dann passierte. Ihm wurde schwindelig vor Angst. Es war der Inhalt dieser Schachtel, die kleinen runden Tabletten, die seiner Schwester täglich das Leben ermöglichten. Nur wegen dieser unscheinbar aussehenden Dinger war er in die missliche Lage geraten, in der er jetzt steckte.

»Scheiße.« Normalerweise fluchte er nicht, aber heute Nacht war eine Ausnahme. »Kallisto.«

Er hatte es Rain sagen wollen. Er hatte ihr alles erzählen wollen. Von dem Geheimnis, das ihn aufzufressen drohte: diesem verdammten Deal! Und von der Sache mit den gestohlenen Medikamenten.

»Der beste Weg, ein Geheimnis zu hüten, ist, es niemandem zu erzählen.« Das hatte sie gesagt, und sie hatte recht behalten. Wenn jemand davon erfuhr, was er getan hatte, würde ihn das seinen Kopf kosten. Und seine Familie würde bis zum Ende ihrer dann absehbaren Tage in den Minen von Pitch Kohle schaufeln. Nein. Das konnte er nicht zulassen. Er war erleichtert, es Rain nicht verraten zu haben, doch wenn er es ihr gesagt hätte, wären die Dinge vielleicht anders verlaufen.

Dann würde sie jetzt noch leben!

Er sah auf die abgetragene TecWatch an seinem Handgelenk, und sein Magen zog sich zusammen. Die Hinrichtung war bereits vor Stunden gewesen, und er … er hatte nicht einmal den Mut gehabt, sie sich anzusehen.

Seine Speiseröhre krampfte, und ein Schwall Mageninhalt schwappte in seinen Mund. Die Säure trieb ihm die Tränen in die Augen, und er spuckte sie aus. Lark holte erneut tief Luft und ließ zu, dass der vertraute Geruch nach Smog und Erde ihn beruhigte.

»Genug«, sagte er laut. »Ich muss die Tabletten finden.«

Er schob die Gedanken an Rain zur Seite, legte sich auf den Bauch und kroch langsam durchs Gebüsch. Eine Mutantenratte huschte über seine Hand, und er zuckte zurück. Ein weiterer Fluch verließ seine Lippen, bevor etwas Weißes seine Aufmerksamkeit auf sich zog.

Die Schachtel! Erleichtert fischte er sie unter dem Strauch hervor und überprüfte den Inhalt. Die Tabletten waren da, wo sie hingehörten. Er verstaute sie in seiner Tasche und verließ den Park.

Müde und erschöpft schleppte er sich nach Hause. Seine

Bewegungen waren gehemmt, mühselig, und seine wilden Gedanken machten ihn unaufmerksam. Er bekam kaum mit, was jenseits seiner unmittelbaren Umgebung geschah. Er stolperte über Müll, der den Boden einer Gasse bedeckte, und fluchte über das laute Scheppern, das er verursachte.

Die Straßen waren bis auf einige automatisch gesteuerte Transportfahrzeuge leer. Die Einzigen, die nach der Sperrstunde noch rausgehen durften, waren Sentinal, und von denen war zum Glück nichts zu sehen.

Lark beeilte sich, wieder in den Schatten einer kleinen Nebengasse einzutauchen. Sie war nicht beleuchtet und bot daher besseren Schutz. Fast hatte er sie erreicht, da blendete ihn ein grelles Licht von oben. Ein summendes Geräusch verriet ihm, dass er einer Drohne in die Arme gelaufen war.

Verdammt! Er hatte sie nicht einmal kommen gehört!

Ein schriller Piepton forderte ihn auf, seinen Code zu zeigen. Für einen kurzen Moment überlegte er einfach wegzulaufen, doch die Drohnen waren mit Schockern bewaffnet, und selbst wenn er entkommen sollte, waren andere sicher nicht weit entfernt. Also entblößte er artig seinen Unterarm und streckte ihn der Drohne entgegen.

Gr 4438 m – G1

Die Drohne piepte und brummte, während sie die Informationen weitergab. Auch das noch. Das würde eine Geldstrafe geben, und wenn er die nicht bezahlen konnte, würde man ihn für einige Tage einsperren. Tage, an denen er nicht arbeiten konnte. Lark hasste sich für seine eigene Unachtsamkeit. Zähneknirschend blieb er stehen und wartete, bis sich ein Fahrzeug näherte.

»Was tust du hier, Anwärter Lark?«

Anwärter.

Ja, das war er jetzt. Das, was er sich immer gewünscht hatte, doch das Blut an seinen Händen, das würde er nicht mehr loswerden.

Du hattest keine Wahl, flüsterte sein Gewissen. Sie hatten dich in der Hand.

»Anwärter?« Ein Sentinal stieg aus dem Gleiter und kam zu ihm rüber. Er war nicht allein. Das waren sie nie, aber der zweite würde die Situation durch die verdunkelten Scheiben des Fahrzeugs beobachten. Im Notfall konnte er die WarBots aus dem hinteren Teil des Gleiters freilassen.

»Alles in Ordnung?«, wiederholte der Soldat.

»Ja, Sir.« Er nickte langsam.

»Bist du verletzt?« Der Sentinal musste seine blutenden Knöchel gesehen haben.

»Ein Missgeschick«, log Lark. »Es ist alles in Ordnung. Ich habe die Zeit vergessen. Verzeihung, Sir.«

Der Sentinal hatte der Drohne wohl den Befehl gegeben weiterzufliegen, denn die Maschine surrte davon. Die Soldaten konnten über Mikrofone in ihren Helmen kommunizieren, ohne dass es Umstehende mitbekamen.

»Hast du Alkohol getrunken, Anwärter?« Der Soldat klappte das Visier hoch und musterte ihn eher väterlich besorgt als vorwurfsvoll.

»Nein, Sir«, beeilte sich Lark zu sagen. Er hätte gerne welchen gehabt, um seine Sorgen wegzuspülen, aber woher sollte er das Geld dafür nehmen?

»Nun. Das war ein aufregender Abend für alle von uns. Ich denke, da kann ich mal ein Auge zudrücken.«

Lark wusste, dass der Soldat die Hinrichtung meinte, die das ganze Land mitverfolgt hatte. Selbst in den Fabriken und an öffentlichen Plätzen wurde das Ereignis über den Lifestream übertragen, damit es jeder sehen konnte: Aventin rächte die Toten des Anschlages. Allein bei dem Gedanken kam Lark erneut die Magensäure hoch. Die meisten aus Grey befürworteten Rains Tod und glaubten ohne zu zögern, dass sie die Schuld am Anschlag mittrug. Aventin hatte sich ja auch größte Mühe gegeben, Rain als rücksichtsloses und gefährliches Monster zu präsentieren. Er hätte am liebsten das TecDec aus dem Fenster geworfen, als sie diese Lügen verbreitet hatten. Auch jetzt spürte er die Wut in sich aufsteigen.

Er riss sich zusammen.

»Ja, Sir. Danke, Sir.«

»Dann beeil dich, nach Hause zu kommen. Du willst doch keine Schwierigkeiten, oder?«

»Nein, Sir! Sicher nicht.« Es war ihm egal, ob man ihn einsperrte. Er hätte es verdient, doch sein Verstand sah das glücklicherweise ein wenig anders. Er musste an Rose und seine Familie denken und daran, dass sie auf ihn angewiesen waren. Ihre Augen hatten geleuchtet, als sie erfahren hatten, dass er die Chance bekam, ein Sentinal zu werden. Das bedeutete mehr Geld und eine einzigartige Möglichkeit, Grey irgendwann zu verlassen; die Chance, die Rose das Leben retten könnte.

Als er die Tür öffnete, war es bereits dunkel im Haus, doch der vertraute Geruch von abgebrannten Kohlen und Abendessen hieß ihn willkommen. Sie benutzten die Kohleheizung nur sehr selten und sparten das meiste für den Winter. Wie immer, wenn er heimkam, stahl er sich zuerst in Roses Zimmer. Ihr eigenes Zimmer, worauf sie sehr stolz war, denn in den meisten Familien teilten sich Geschwister einen Raum und oft sogar ein Bett. Roses Reich war die ehemalige Abstellkammer für Arbeitsdrohnen und so klein, dass nicht viel mehr als eine Matratze hineinpasste. Außerdem enthielt es noch ein Regal mit Büchern und Fundstücken, die sie hortete, und ein Brett, auf dem ihre Kleidung lag. Es gab kein Fenster und keine Lüftung, da Maschinen nicht atmeten, deshalb ließ sie die Tür meistens offen.

Lark betrat ihr Zimmer, stieß mit dem Fuß gegen die Matratze und kniete sich hin, um ihr einen Kuss auf die Stirn zu drücken.

»Lark?« Sie blinzelte schläfrig.

»Ich bin es, Rose«, flüsterte er und strich ihr eine Locke aus der Stirn.

»Sie lebt«, murmelte das Mädchen. Sie lag auf der Seite, das Kissen fest im Arm, als befürchtete sie, dass es ihr jemand wegnehmen könnte.

»Wer lebt?« Larks Kopf war erst wie leergefegt, dann schwollen darin die Stimmen zu einem Sturm an. Er rüttelte seine Schwester leicht an der Schulter. »Rose? Wer lebt?«

»Rain. Sie lebt.«

TEIL 2
DIE GESEGNETE

19.

RAIN SASS AUF EINEM STUHL und starrte in den Spiegel. In ihren Ohren rauschte es, und ihre Gedanken fuhren Karussell. Seit fast einer Stunde saß sie hier im Kunstsalon. *Schönheit ist eine Kunst!* stand an der Wand und machte auf den eigentlichen Zweck aufmerksam. Das Äußere stand im Mittelpunkt, weswegen zahlreiche Stylisten um Rain herumwuselten, um »Kunst wirken zu lassen«.

»Vom Ghost zur Gesegneten. Was ein Aufstieg.« Bishop grinste über beide Ohren.

»Danke«, sagte Rain abwesend. Danke? Wofür? Nun, immerhin hatte er ihr das Leben gerettet. Ja, sie lebte, aber warum? Wie war sie zur verschollenen Prinzessin geworden? War das ein Trick? Sie wollte Bishop fragen, doch nicht vor den Zofen und Stylisten, falls er wirklich seine Hände im Spiel hatte. Ob er die Wissenschaftlerin bestochen hatte? Als man Rain weggebracht hatte, hatte sie immer noch dagestanden, mit ihren Wimpern geklimpert und in die Kameras gewinkt.

»Das arme Ding«, tuschelte jemand und zupfte an ihren Haaren.

»Also ich wollte nicht, dass sie hingerichtet wird«, meinte jemand laut genug, damit es alle hörten. »Hab ich euch doch gesagt, oder nicht?!«

»Stimmt. Du wolltest, dass sie bis in alle Ewigkeit in einer einsamen dunklen Zelle schmort und sich die Werratten über sie hermachen.«

»Oder in den Minen verrottet mit dem anderen wertlosen Abfall. Das waren deine Worte«, ergänzte jemand.

»Das war ein Scherz«, wurde unter hysterischem Lachen versichert. »Ein Scherz.«

»Das konnte man ja nicht ahnen. Also, dass sie kein Ghost ist…«

Die Blicke, die man Rain zuwarf, behagten ihr nicht. Plötzlich schienen alle unendlich viel Mitleid zu haben. Ja, sie ertränkten sie quasi in ihrem schlechten Gewissen und behandelten sie, als wäre sie eine zerbrechliche Blume, der man im Moment nicht zu viel zumuten sollte.

Qualmköpfe, dachte Rain und setzte eine finstere Miene auf. Das, was sie ihr angetan hatten, würde sie so schnell nicht vergessen. Ihre Augen schmerzten noch immer von der Zeit in der Zelle, aber das war nichts im Vergleich zu der Angst, die sie in den letzten Stunden empfunden hatte, als ihr Leben von diesen Leuten abgehangen hatte.

»So ein Leben muss Spuren hinterlassen«, wisperte eine Frau. »Das arme, arme Ding.«

Das arme Ding kann dich hören.

Rains Finger glitten über den Wasserstein ihres Armbandes. Sie hatte es wieder in der Faust versteckt, aus Angst, jemand könnte es ihr wegnehmen. Nun lag es dort, als letzte Erinnerung an ihr vorheriges Leben. Alles andere war verbrannt und fortgewaschen. Nicht einmal ein Korn Asche fand sich noch in ihrem Haar.

»Wer weiß, was man mit ihr gemacht hat.«

»Es muss ein Albtraum gewesen sein.« In diesem Moment wurde ihr Kopf nach hinten gedrückt, und jemand begann, ihr mit einer Pinzette die Augenbrauen zu zupfen. Das war der wirkliche Albtraum.

»Aufhören«, knurrte sie. Tränen schossen Rain in die ohnehin gereizten Augen, aber sie fletschte drohend die Zähne wie Cassiopaio.

»Huch, schon gut.« Die Frau mit der Pinzette ließ von ihr ab.

»Vielleicht ist sie traumatisiert«, raunte sie einer anderen Frau zu.

Wenn ich traumatisiert bin, dann nur weil ich einem Mutantenhai zum Fraß vorgeworfen werden sollte!

Rain versuchte, die Frauen zu ignorieren, und starrte wieder in den Spiegel. Sie trug ein weißes trägerloses Kleid, dessen Rock so aussah, als hätte man ihn aus Eierschalen gefertigt. Zerbrochene kleine Eierschalen.

Es sollte ihre Wiedergeburt symbolisieren, hatte ihr eine Zofe erklärt. Ihre Haare waren zu Locken aufgedreht. Nur die Partien vor den Ohren waren wieder zu zwei Zöpfen geflochten, in die dieses Mal goldene Fäden gewoben waren. In der Mitte und am Ende wurden sie von weißen Perlen fixiert. Ihre freien Schultern waren mit Goldstaub bedeckt.

Perfekt.

Sie sah aus wie ein perfektes goldenes Huhn, das gerade aus dem Ei geschlüpft war. Beinahe wünschte sie sich wieder die graue Schicht auf Haut und Haaren, an die sie sich so gewöhnt hatte.

»Diese Rebellin war verrückt. Ich wusste es immer. Sicher hat sie das arme Kind geschlagen, um es gefügig zu machen.«

Genug war genug. Rain holte tief Luft und drehte sich um: »Diese Rebellin ist meine Mutter, und sie ist eine gute Mutter.«

Die Zofen hielten erschrocken die Luft an, doch in diesem Moment ging die Tür auf, und eine Frau stöckelte herein. Sie trug dieselbe Art von Uniform wie Bishop, nur figurbetonter. Und Rains Einschätzung nach konnten diese Proportionen nicht stimmen. Sie hatte eine schmale Taille, aber Brüste und Po waren überdimensional groß im Vergleich zum zierlichen Körper.

Sie lief auf absurd hohen Plateaustiefeln, deren Sohlen bei jedem Schritt aufleuchteten.

»Oh, Schätzchen. Diese Rebellin ist eine Verbrecherin und

Terroristin. Sie hat dich manipuliert und benutzt. Deine richtigen Eltern…«

»Ich bin nicht dein Schätzchen.« Rain widerstand dem Drang, eine Bürste nach ihr zu werfen.

Die Frau war ein Mensch, eine Eins Plus, wie ihr Tattoo verriet. Überdurchschnittlich gute Gene. Doch war diese Frau in Rains Augen sicher nicht mehr wert als Rose. Ihr rechter Arm war mit kunstvollen Schnörkeln überzogen, fast so, als versuche sie, damit von ihrem Code abzulenken.

»Nun. Deine Manieren lassen zu wünschen übrig, aber das war zu erwarten.«

Vielleicht sollte sie doch die Bürste werfen!

Die Frau stöckelte herbei. »Lass mich dich ansehen.«

Sie untersuchte Rain mit kritischem Blick. »Du hast den Körper eines Soldaten, Schätzchen. Breite Schultern. Muskulöse Arme und viel zu große Hände.«

»Ich dachte, ich bin perfekt«, murmelte Rain. Perfekt. Das klang lächerlich, und in der Tat starrten sie alle an, als hätte sie etwas Falsches gesagt.

»Du bist eine Gesegnete, auch wenn ich das selbst nicht recht glauben kann«, erklärte die Frau und zupfte an ihren Haaren. »Trotzdem sollte man nicht aufhören, nach Perfektion zu streben, denn perfekter geht immer.«

Sie versteckte Rains Bizeps unter einem goldenen Tuch, das so zart war, dass man es auf der Haut kaum spürte. Rain hatte so einen Stoff noch nie zuvor gesehen. Er war leicht und sanft, wie aus Wolken gesponnen, und trotzdem blieb er beständig liegen, ohne zu verrutschen.

»So, jetzt bist du bereit, deine richtige Familie kennenzulernen.« Die Frau seufzte dramatisch. »Halte deine Gefühle nicht zurück. Es ist in Ordnung, wenn du vor Rührung ein paar Tränen vergießen musst. Das kommt gut an. Und wenn du Hilfe brauchst, dann frag einfach nach Daphne.« Unnötigerweise fügte sie hinzu: »Daphne. Das bin ich.«

Sie pflückte ein Glasfläschchen von der Kommode und sprühte den Inhalt auf Rains Haare, bis sie in einer Wolke aus Blumen und Lavendel beinahe erstickte. Sie nieste und verzog angewidert das Gesicht. Den Geruch von Lavendel mochte sie kein bisschen.

»Das muss sein, Schätzchen. Du riechst nach Gosse.«

Das Schätzchen gibt dir gleich Gosse, knurrte Rain innerlich.

Am liebsten wäre sie aufgesprungen, hätte das Eierschalenkleid zerrissen und wäre geflohen. Nur würde sie nicht weiter als zur Tür kommen, denn dort waren Sentinal postiert. Nicht sichtbar, aber Rain hatte sie beim Reinkommen auf der anderen Seite gesehen.

»Perfekt genug fürs Erste«, mischte sich Bishop ein und lugte über sein TecDec. »Wir müssen los.«

»Wohl wahr«, bestätigte Daphne und checkte ihre TecWatch, die um einiges moderner aussah als alles, was Rain bisher in Grey gesehen hatte. »Tiberius fragt bereits, wo wir bleiben. Nun denn. Auf geht's.«

Rain folgte anstandslos ihrem Cabman. Sie schob das Armband ihrer Mutter zwischen den Stoff ihres Kleides, wo es vorerst sicher war.

»Hüte dich vor Daphne.« Bishops Augen beäugten Rain belustigt. »Ihr entgeht nichts.«

»Das glaube ich«, bemerkte Rain. »Wer ist sie?«

»Sie ist der Cabman deines Vaters.«

»Spricht nicht unbedingt für seinen Geschmack«, murmelte Rain, was Bishop ein Lachen entlockte. »Wohin gehen wir?«

»Zu deinen Eltern. Sie sind gerade eingetroffen.«

Rains Ohren rauschten wieder. Sie hatte das Gefühl zusammenzuklappen, als das Zimmer sich zu drehen begann. Sie durfte nicht langsamer werden, sonst würde sie dem Boden bald näher sein, als ihr lieb war.

»Eltern?« Sie so zu nennen kostete Überwindung. Wer auch immer sie sein mochten, niemand würde Storm ersetzen können. Niemand. »Wer sind meine … sie?«

»Dein Vater ist der Earl von Black Shell und ein ausgezeichneter Stratege. Er hat große politische Ambitionen. Deine Mutter ist die zweite Frau des Königs und hat Einfluss auf die Politik des Landes. Du hättest es also schlechter treffen können.«

»Sie sind nicht mehr zusammen?«

»Doch schon. Deine Mutter hat mit zwei Männern eine Bindung.«

»Oh!« Rain wusste, dass Polygamie in Aventin möglich war. In den äußeren Zirkeln kam es auch hin und wieder vor, aber war dort eher unüblich. Man hatte schließlich genug damit zu tun, eine Familie durchzufüttern.

»Tiberius ist unglaublich«, schwärmte Daphne. »Eine Inspiration für die Welt.«

»Sie ist in ihn verliebt«, flüsterte Bishop, laut genug, dass sie es hörte und erbost protestierte.

Rain konzentrierte sich auf ihre Atmung und quetschte ihre Daumen in der Faust ein, bis es wehtat, um sich an dem Schmerz festzuhalten. Sie fühlte sich wie ein Blatt, das davongerissen wurde, ohne die Möglichkeit, etwas dagegen zu tun.

Sie saß auf einem Sofa, ihr gegenüber die Gesegneten Aurelia und Tiberius, die sich ihre Eltern nannten. Zwei Gesegnete. Ihre Eltern. Das hörte sich an wie ein verrückter Traum.

Es herrschte eine seltsame Stille, die nur vom Klirren der Löffel und Klappern der Teetassen unterbrochen wurde. Aurelia klammerte sich mit ihren schlanken Fingern an das weiße Porzellan und starrte darauf, als hätte es nie etwas Interessanteres gegeben.

»Also.« Rain räusperte sich. »Ich bin eure … Tochter?«

Das dunkelrote Haar hatte sie von ihrem Vater, ebenso den Körperbau und die Größe. Er trug schwarze Kleidung, und eine schwarze Muschel zierte seinen Kragen, die ihn als Earl von Black Shell kennzeichnete. Bestimmt ein angeseheneres Amt als Earl von Grey. Seine Haare waren in einem geflochtenen Zopf nach hinten gebunden und mit schwarzen Bändern umwickelt, sodass es an eine Peitsche erinnerte. Langes Haar war unter Aventinern nichts Ungewöhnliches und galt als Schönheitssymbol, während die Bewohner von Grey es vor allem als lästig empfanden.

Ihre Mutter hatte dunkelbraunes Haar, das ihr bis zu den Hüften reichte, ein zierliches, an eine Puppe erinnerndes Gesicht, und ihr Blick war nach innen gekehrt. Bis auf die grünen Augen gab es zunächst nicht viele Gemeinsamkeiten zu entdecken.

»Ja. Unsere Rajana.« Tiberius nickte. »Wir haben es nicht mehr zu hoffen gewagt.«

Es herrschte wieder ein betretenes Schweigen, an dem Rain sich emsig beteiligte. Die Stille schien selbst die Luft gefrieren zu lassen. Wie auch immer Rain sich ein erstes Treffen zwischen einer totgeglaubten Tochter und ihren Eltern vorgestellt hatte, so ganz sicher nicht.

Bishop lugte hinter seinem TecDec hervor und räusperte sich.

»Wir dachten, du wärst tot.«

»Bin ich nicht.« Rain schluckte und ergänzte »Offensichtlich.«

Bishop räusperte sich erneut. Dann entschuldigte er sich verlegen und verschwand. *So ein Feigling!*

»Und ähm… Geschwister?«, fragte Rain weiter.

»Morpheus, der Prinz ist dein Halbbruder.«

»Okay.« *Okaaay.* Ihre Mutter war ja noch die zweite Frau des Königs.

Sie verband mit Morpheus nicht unbedingt viel Positives, immerhin war sein Gesicht in den letzten leidvollen Tagen ihr ständiger Begleiter gewesen, aber in ihrem Kopf formte sich nur ein »Okaaay«.

»Wir haben nur einen… lockeren Bund«, erklärte Tiberius. »Deine Mutter hat als zweite Frau des Königs viele Verpflichtungen.«

»Verstehe.« *Nicht wirklich!* Nun griff Rain nach der Tasse, die sie bisher ignoriert hatte, und nippte an dem Getränk. Es war kalt und erinnerte vom Geschmack her an den teuren Tee, den Storm einmal von einem Händler gestohlen hatte. Süß und blumig. Sie runzelte die Stirn und nahm erneut einen Schluck.

»Trink«, ermutigte Tiberius, ohne sie dabei aus den Augen zu lassen. »Dann fühlst du dich besser.«

»Was ist das?« Rain hatte das Gefühl, flüssigen Zucker zu trinken, aber es tat überraschend gut und hinterließ eine wohlige Wärme im Bauch.

»Siruptee. Hilft gegen … Anspannung.«

Eine weitere Pause. Die Stille zog sich in die Länge. Während Rain unzählige Fragen durch den Kopf schwirrten, schienen ihre Eltern keine zu haben. Oder trauten sie sich einfach nicht, sie zu stellen?

Sie warf einen näheren Blick auf die Gesegneten ihr gegenüber. Sie war ihnen noch nie so nahe gekommen. Ihre Gesichter und ihr gesamter Körperbau waren symmetrisch, ihre Haut makellos. Jedes Haar saß dort, wo es hingehörte. Sie sahen fast unnatürlich aus. Sehe ich auch so aus? So *schön*? Gedankenlesen konnte sie jedenfalls nicht, sonst wüsste sie wenigstens, was ihre Eltern in diesem Moment dachten.

»Wann wurde ich entführt?« Rain hielt es nicht mehr aus. Sie konnten sich ja nicht nur anstarren, und dieses Thema musste früher oder später angesprochen werden. Also lieber früher.

Aurelia zog scharf die Luft ein, sagte jedoch nichts. Überhaupt verhielt sie sich seltsam.

»Nun gut.« Tiberius räusperte sich. »Diese … Person hat sich in unser Haus eingeschlichen. Wir hielten sie für eine nette, anständige Frau und gaben ihr Arbeit. Sie sollte uns im Haushalt helfen und sich um dich kümmern. Wir haben ihr vertraut, ihr eine Chance gegeben, aber sie … Nie hätten wir gedacht, dass sie eine Terroristin ist. Ihre Gene … Ihre Gene waren ausgezeichnet.«

Tiberius' Wangen hatten sich gerötet. Das Thema schien ihn wütend zu machen, während Aurelia immer noch in ihre Tasse starrte und keinen Ton von sich gab. Sie hatte nur kurz nach Luft geschnappt, als habe sie etwas sagen wollen und es sich dann doch anders überlegt.

Rain war überrascht, wie unbeholfen ihre Eltern wirkten. Irgendwie hatte sie sich die Gesegneten anders vorgestellt. Erhabener. Unnahbarer. Mächtige, weit entfernte Wesen, von denen man hoffte, dass sie von ihren Wolken hinabstiegen, um die Menschheit ein weiteres Mal zu retten.

»Sie hat mich also entführt? Warum?«

»Wir dachten als Druckmittel für die Rebellen, aber als wir nichts mehr hörten, dachten wir, sie hätte dich … Nun, wir sind vom Schlimmsten ausgegangen. Das war natürlich ein Skandal. Eine Gesegnete, aus der Sicherheit Aventins entführt. Wir konnten das nicht an die große Glocke hängen, das wäre höchst unangenehm gewesen.«

Es war ihnen unangenehm, dass ihre Tochter entführt worden war?

Ich muss ja ein richtiges Wunschkind gewesen sein.

»Ihr habt also nichts unternommen?«, fragte sie nach.

»Natürlich. Seitdem werden die Menschen, die in Aventin leben, stärker kontrolliert. Gerade diejenigen, denen wir unser kostbares Erbe anvertrauen.«

Eine Gesegnete. Entführt von einer Rebellin, aufgezogen von

einer Wahnsinnigen. Es klang wie eine fremde Geschichte und sicherlich nicht wie ihre eigene.

Rain nahm einen weiteren Schluck von dem Siruptee, der ein wohliges Gefühl im Bauch und Kopf hinterließ. Wie Wolken. Nicht die Wolken über Grey, eher die weißen Wattewolken über Aventin und dem Wald. So fühlte es sich in ihrem Kopf an. Einfach und leicht und … *puffeligflauschig*. Sie wollte lächeln und fröhlich sein. Ja, sie war fröhlich.

Das war verrückt!

Erschrocken schob sie die Tasse beiseite. Was auch immer in diesem Getränk war, es verwandelte ihr Gehirn in eine unnütze Masse und machte sie zu einer lächelnden Puppe.

»Es ist Zeit.« Ein Mann mit dunkler Haut trat ein. Er trug die gleiche Uniform wie Bishop und Daphne. War er auch ein Cabman? Tatsächlich eilte er an Aurelias Seite und nahm ihr den Tee aus der Hand. Er war riesig. Ein Berg von einem Mann, und Rain war verwundert, dass er die kleine Tasse nicht aus Versehen in seinen Händen zerbrach. Auf seiner Nase trug er eine seltsame Brille, etwas das in Aventin gerne als verglastes Accessoire genutzt wurde, allerdings schien diese eine Art modifiziertes TecDec zu sein, wie Rain an dem Glas erkannte.

»Wofür ist es Zeit?«, hakte sie nach. Sie versuchte sich zu konzentrieren, aber ihr Körper war so entspannt. Es gab keine verspannten Muskeln mehr, nur noch kuschelige Watte unter der Haut. Das Sofa war herrlich weich und gemütlich. Und diese Wände. So … weiß. *Fantastisch!*

»Wir müssen uns dem Volk zeigen.« Tiberius stand auf und ließ zu, dass Daphne seine Kleidung zurechtrückte und ihm das Gesicht puderte.

»Dem Volk zeigen?« Rain zwang ihren träumenden Körper aufzustehen.

»Wir verstehen deine Lage.«

»Das glaube ich kaum«, entgegnete Rain lahm. »Das Volk wollte mich einem Mutantenhai zum Fraß vorwerfen, aber das haben sie bestimmt nicht böse gemeint, oder?«

Und jetzt sollte sie mit ihren neuen Eltern hinaustreten und so tun, als wäre das alles nicht passiert? *Aber was war denn schon passiert?* Sie war glücklich. Eine Blume, die ihre Blätter nach der Sonne ausstreckte. Sie seufzte versonnen, ohne etwas dagegen tun zu können.

»Das ist längst vergessen. Du bist jetzt eine Gesegnete«, erklärte Tiberius. »Aventin vergöttert dich. Ich habe die Umfragen gesehen. Sie können es nicht erwarten, dich zu sehen.«

Ich mag sie aber nicht, dachte Rain. So schnell würde sie diese Blicke nicht vergessen. So schnell würde sie nicht verzeihen.

»Warum denn nicht?«, rief der Siruptee. *»Alles ist gut. Jetzt lächle und freu dich, dass du lebst.«*

Sie wurden zu einem Fahrstuhl gebracht, der sie nach unten fuhr. Ganz nach unten. Hier erwartete sie eine Plattform, von der aus mehrere Tunnel abzweigten. Bishop erwartete sie bereits. Während Aurelias Cabman wie ein großer Schatten über sie wachte, war Daphne fast ununterbrochen damit beschäftigt, Tiberius Robe zu glätten. Bishop war wie immer in sein TecDec vertieft.

Auch wenn sie sich unter der Erde befanden, war es hell, denn jede Ecke wurde von Neonröhren ausgeleuchtet, die sich über die Decken zogen.

Ein dezentes Sausen und kaum hörbares Zischen ertönte und kündigte die Ankunft eines Zugs an. Sausen und Zischen. Rain dachte an die unterirdischen Züge in Grey, die mit viel Geknatter und Geschnaufe bereits Minuten vor ihrer Ankunft auf sich aufmerksam machten. Sie verbanden die Fabriken untereinander und transportierten Kohle und andere Güter. Rain hatte dort einmal Frischwasserkanister gestohlen, doch seitdem verstärkt Drohnen die Tunnel bewachten, hatte sie die Tunnel gemieden.

Hier glitten die Wagen nahezu geräuschlos über die Schienen, und ebenso lautlos öffneten sich die Türen, um das einladende Innere zu präsentieren: gemütliche Sitzpolster und Tische. Bishop hatte sich bereits in eine Ecke gesetzt und bedeutete Rain, sich neben ihn zu setzen.

»Und? Wie findest du sie?«, fragte er zwinkernd.

In diesem Moment setzte sich der Zug in Bewegung, und die Geschwindigkeit, mit der sie die Lichter der Plattform hinter sich ließen, raubte Rain den Atem. Wie ein Projektil schossen sie in die düsteren Tunnel, aber im Inneren war davon kaum etwas zu spüren.

»Keine Ahnung.« Sie zuckte mit den Schultern, da sie wirklich nicht wusste, was sie von ihren neuen Eltern und der ganzen Geschichte halten sollte. »Sie sind anders, als ich dachte. Aber der Tee… Der Tee ist echt der Wahnsinn.«

»Was für ein Tee?«

»So ein süßer.«

»Siruptee.« Bishop runzelte die Stirn. »O je.«

»Was heißt hier ›o je‹?«

»Egal. Vergiss es einfach. Immerhin will dich keiner mehr hingerichtet sehen.« Bishop lachte auf, und seine Augen funkelten mit. »Du bist an die Spitze der interessantesten Personen Aventins aufgestiegen.«

Na toll!

»Die Medien lieben außergewöhnliche Geschichten, und unsere ist mehr als das.«

»Unsere?«

»Na, ich als dein Cabman habe es auch nicht schlecht getroffen. Du bist quasi mein Glücksbringer, mein Ticket in eine Welt neuer Möglichkeiten. Weißt du, welche Türen sich uns damit öffnen? Einfluss. Macht. Wen die Medien lieben, den liebt das ganze Land.«

»Du bist ziemlich ehrgeizig«, stellte Rain fest.

»Ist das denn verkehrt?« Bishop schenkte ihr ein einnehmendes Lächeln. »Wenn du lieber einen Cabman wie sie möchtest…«

Er deutete auf Daphne, die gerade Tiberius' Schultern abstaubte.

»Nein. Danke.« Rain verzog das Gesicht. »Ihr Po kann unmöglich echt sein. Oder gibt es dafür auch Gene. Po-Gene?«

Ihr Körper fühlte sich leicht an, als wären ihm Flügel gewachsen, und alle negativen Gedanken waren wie weggeweht.

»Ich glaube, wir passen gut zueinander«, stimmte Bishop zu. »So muss es sein, weißt du? Ein Cabman muss zu seinem Gesegneten passen. Dein Vater braucht einen bedingungslos treuen, umsorgenden, ihn anhimmelnden Cabman. Da ist Daphne die perfekte Wahl. Deine Mutter favorisiert jemanden, der sie beschützen kann und auf den bedingungslos Verlass ist. Ein stummer Muskelberg, der ihr beiseitesteht.«

»Ich mag Berge«, flötete Rain und biss sich auf die Lippen. Sie war nicht sie selbst. »Und … ähm … was ist mit dir? Was verbindet uns?«

»Wir sind Einzelgänger.« Da war es wieder. Dieses geheimnisvolle und doch einnehmende Grinsen, das er so gut beherrschte.

Während Bishop ihr mehr über Aventin erzählte, fischte sie nach ihrem Armband. Sie band sich die abgetragenen Lederriemen um das Handgelenk und strich über den Wasserstein. Regen. So einen Neuanfang hätte sich Storm bestimmt nicht für ihre Tochter gewünscht, oder doch? Hatte Storm sie wirklich entführt? Und wenn ja, warum? Rain hatte das Gefühl zu fallen. Der Boden unter ihren Füßen war verschwunden und mit ihm alles, was sie für unumstößlich gehalten hatte. Für selbstverständlich. Sie war kein Ghost, nicht mal ein Mensch. Sie strich über die Stelle, auf die sie sonst ihren Zahlencode geschrieben hatte. Wie oft hatte sie sich gewünscht, dass er echt war. Und jetzt?

»Jetzt bist du eine Taube«, summte der Tee und holte sie aus ihrem seelischen Loch empor.

Sie fuhr sich über den teuren seidigen Stoff des Kleides und die Eierschalen im Rock.

»Streck die Flügel aus und flieg«, sang der Tee.

Sie hasste Kleider. Schon immer. Storm hatte ihr einmal eines mitgebracht, doch der Rock behinderte sie bei eigentlich allem: laufen, klettern, jagen. Rain hatte nicht verstanden, warum jemand ein derart unnützes Kleidungsstück tragen sollte. In Grey hatte sie kaum Kleider gesehen. Kein Wunder. Jeder, der hart arbeiten musste, würde eine Hose vorziehen.

»Das ziehe ich nicht an«, hatte Rain verkündet, und ihre Mutter hatte nicht widersprochen, nur gelacht.

»Ich mache daraus ein Hemd, in Ordnung?« Um das Versprechen zu besiegeln, hatte sie Rain einen Kuss auf die Stirn gedrückt.

»Darf ich dir etwas bringen, Herrin?« Eine Stimme riss Rain aus ihren Gedanken. Eine junge Frau beugte sich über sie und schenkte ihr ein scheues Lächeln. Sie trug schlichte gelbe Kleidung, die viel zu groß an ihr aussah, und abrasierte kurze Haare.

»Nein«, sagte Rain und beäugte die Tätowierung an ihrem Arm. Eine Zwei. Die Frau verbeugte sich und ging weiter.

»Eine Dienerin. Erkennst du an der Farbe«, erklärte Bishop. »Menschen, die hier geboren werden, aber deren Gene unter einer Eins liegen, müssen Aventin verlassen, oder sie schließen sich der Dienerschaft an. Für sie ist Gelb vorgesehen. Safrangelb. Das war seinerzeit ein absoluter Modeflop.«

»Was ist mit dir? Wurdest du hier geboren?«

»Nein. Ich bin ein Zirkler.«

»Aus Ruby oder Silver?« Beides waren gehobene Zirkel und dafür bekannt, dass ihre Bewohner stabile Gen-Linien nachweisen konnten.

»Falsch geraten. Ich komme aus Pitch Eins.«

Pitch Eins.

Das war überraschend, erklärte aber, warum er die drei Kohlesteine am Gürtel trug. Es war mehr als bloß Schmuck. Sie symbolisierten seine Zugehörigkeit.

Es gab drei Minenzirkel mit dem Namen Pitch. Straftäter und Dreien arbeiteten dort neben denjenigen, die das Unglück hatten, dort geboren worden zu sein. Es gab weder genügend Unterkünfte noch genug Nahrung. Die Verurteilten waren an ihre Arbeitsplätze angekettet und wurden nicht einmal zum Schlafen losgemacht. Täglich kam es zu Unruhen, Übergriffen und Morden, die das Leben dort hart und gefährlich machten.

»So ein deprimierendes Thema«, meldete sich der Tee, aber Rain ignorierte ihn.

»In Grey sind für Menschen nur einsilbige Namen vorgesehen. Aber Daphne und du … warum dürft ihr mehrsilbige Namen tragen?«

»Mein eigentlicher Name war Bal, aber mit dem Aufstieg kommen gewisse Privilegien, und als Cabman ist man den Gesegneten so nahe, wie es nur möglich ist. Man hat mehr Freiheiten und darf seine höhere Position auch durch einen neuen Namen zum Ausdruck bringen. Diese Kutte hier erlaubt vielleicht nicht viel modischen Freiraum, wie Daphne bemängelt, aber sie steht für das, was wir erreicht haben. Hier in Aventin ist alles möglich. Man kann von einem Zirkler aus Pitch bis an die Seite der Gesegneten aufsteigen.«

»Für diejenigen, die die richtigen Gene haben«, fügte Rain hinzu.

Das Gebäude, in das der Zug sie gebracht hatte, sah weniger steril aus. Die Wände waren aus sandfarbenem Marmor, die Türen und Aufzüge aus Glas. Sie wurden in eine Halle gefahren, die von

Säulen getragen wurde. Rain zuckte zusammen, als ein WatchBot über ihre Köpfe hinwegdüste.

Sie unterdrückte den Fluchtreflex, der sich angesichts der summenden Scheibe einstellte, und folgte ihren Eltern, vergeblich darum bemüht, ihre Beine unter Kontrolle zu halten. Sie verspürte plötzlich den Wunsch, zu hopsen …

»Da kommen sie.«

Mit einer Kopfbewegung deutete Bishop auf die Kameras, die hinter einer Säule auftauchten und auf sie zu schwebten. Es waren runde Drohnen, keine WatchBots, sie erinnerten eher an ein rotierendes Auge. Sie wurden von einem Mann begleitet. Er lächelte, sah aber nicht von dem integrierten TecDec seines schwebenden Rollers auf. Als seine Finger über den Bildschirm glitten, teilten sich die Drohnen auf, um die Gruppe von allen Seiten ins Visier zu nehmen. Eine der Maschinen surrte direkt auf Rain zu und wich ihr nicht mehr von der Seite.

»Reporter. Sein Name ist Speed«, wisperte Bishop. »Er hat sich seit deiner Festnahme auf deine Geschichte gestürzt.«

»Ist das gut oder schlecht?«

»Er wollte deine Hinrichtung und hat sich viel Mühe gegeben, schaurige Geschichten über deine Vergangenheit ans Tageslicht zu bringen. Und er hat es sogar geschafft, sich die begehrte Position als Hauptreporter für deine Hinrichtung zu erkämpfen. Aber keine Angst, er ist nicht nachtragend. Also lächeln.«

»Schön, dass *er* nicht nachtragend ist. Ich bin es aber.«

Rain dachte nicht daran zu lächeln, als wäre nichts gewesen, und begutachtete Speed genauer. Die weißblonden Haare standen ihm vom Kopf ab und erinnerten an eine festgefrorene Explosion. Auf der linken Schläfe klebte ein metallenes Gerät, dessen strahlenförmige Ausläufer unter seiner Haut verschwanden.

»Er lebt mehr in seiner Welt als in unserer«, erklärte Bishop.

»Ich glaube, die Nachrichten in seinem Kopf haben ihn jeder Emotionen beraubt.«

Speeds Beine waren auf dem Roller fixiert, vermutlich, damit er nicht aus Versehen herunterrutschte. Seine Augen fixierten die Bildschirme vor sich, und seine Finger lösten sich nur von dem TecDec, um das Gerät an den Ohren, über das er akustische Signale empfing, zu richten.

»Schenk ihm wenigstens ein kleines Lächeln«, bat Bishop, doch Rain dachte nicht daran.

»Du bist so eine Miesmuschel. Also mehr Mies als Muschel …«, verkündete ihr der Tee, aber sie behielt ihren starren Gesichtsausdruck bei, während sie auf das Ende der Halle zuschritten und auf einen Balkon ins Freie traten.

Als sie ins Licht trat und eine Welle Applaus ihr entgegenrollte, surrte der CamBot näher heran und hielt direkt auf ihr Gesicht. Die Menschenmasse, die sich versammelt hatte, ließ ihr Herz einen Satz machen, und Rain musste all ihre Willenskraft aufbringen, um keine Verunsicherung zu zeigen.

Der Platz unter ihnen war noch voller als bei der Hinrichtung, als ob sämtliche Bewohner aus ihren Häusern geströmt wären, um diesem Spektakel beizuwohnen.

Ihre Knie wankten, und sie stieß mit ihrem Cabman zusammen, als sie einen Schritt zurückwich. All diese Menschen hatten sie tot sehen wollen. Und jetzt kamen sie, um sie zu feiern?

»Meine Tochter.« Tiberius war stehen geblieben und griff nach Rains Hand. Sanft, aber bestimmt zog er sie neben sich und geleitete sie nach vorn. Als die verlorene Prinzessin auf den Balkon trat, wurde die Menge noch lauter. Ein Jubelsturm und lautes Klatschen brandeten zu ihnen empor und brachten den Boden unter Rains Füßen zum Vibrieren.

Alle Kameradrohnen waren auf sie gerichtet, schwirrten um sie herum und über ihren Kopf hinweg. Sie kamen so nahe, dass Rain den Luftzug auf der Haut spürte. Die vielen Fluggeräte machten sie nervös, und hätte ihr der seltsame Siruptee nicht gut zugesprochen, wäre sie weggerannt.

»Winke ihnen zu«, flüsterte Tiberius.

Auf keinen Fall!

Sie umklammerte mit verschwitzten Händen das Geländer und starrte auf die Anwesenden hinunter. In ihren Ohren rauschte es.

Aurelia trat an ihre andere Seite und winkte mit erhobenem Haupt. Ihre strahlend grünen Augen wurden von der Kamera eingefangen und das Gesicht in die Luft projiziert. Der goldene Lidstrich brachte ihren Blick zum Glänzen. Ihre Haare waren ein Meer aus dunklen Locken. So wie sie nun dastand, sah sie wirklich erhaben aus.

Erneut löste sich eine Welle der Zurufe, dann war es plötzlich still. Alles starrte gespannt nach oben. Alle starrten gespannt auf *sie*.

»Sag etwas«, drängte Tiberius und strich sich über den perfekt gestutzten dunkelroten Bart.

Die aufdringliche Kameradrohne war nur noch einen Meter von ihrem Gesicht entfernt, bereit, jedes ihrer Worte aufzunehmen.

»Ich weiß nicht, was ich sagen soll«, begann sie und starrte in das dunkle Auge, während ihr Kopf wie leergefegt war. »Ich bin nicht so der Typ, der Reden schwingt.«, flüsterte sie Tiberius zu.

»Du bist wieder zu Hause bei deinen Eltern und freust dich sicherlich sehr«, half er ihr aus.

»Ja. Ähm… Hallo. Mein Name ist Rain.«

»Rajana«, korrigierte ihr Vater. »Prinzessin Rajana.«

»Ja. Ich … ich habe heute meine Eltern wiedergefunden. Das. Ist. Sehr. Schön«, krächzte der zufriedene Siruptee in ihr. Sie drängte die Wolkenberge hinter ihrer Stirn zur Seite und reckte das Kinn, als sie bemerkte, dass ihr Gesicht in der Luft über den Köpfen der Zuschauer flimmerte. Sie war fast nicht wiederzuerkennen mit der flammenroten Mähne, in der die eingeflochtenen Goldfäden glitzerten.

Auch ihre Augen schienen mehr zu leuchten als sonst. Wie grüne Smaragde, hervorgehoben durch goldenes Puder auf den Schläfen. Sie sah aus wie die Gesegneten, deren Schönheit sie immer so bewundert hatte.

Die Menschen klatschten trotz ihres Gestammels. Sie entdeckte leuchtende Aufschriften mit »Willkommen zu Hause, Prinzessin!« und »Wir lieben dich!«.

Projektionen mit weiteren Liebesbekundungen schwirrten durch die Luft, wuchsen und explodierten, um in einem Regen aus Goldstaub auf die Köpfe der Versammelten zu regnen.

»Was ich jetzt brauche, ist Zeit… Zeit, um das alles zu verstehen und zu verarbeiten«, verkündete Rain und starrte in die Kamera. Sie hoffte, dass Storm irgendwo vor dem TecDec saß und ihren Auftritt verfolgte. Für sie musste sie sich zusammenreißen und stark sein.

»Und das können wir gut verstehen, Tochter. Volk von Hope, heute ist ein glücklicher Tag«, verkündete Tiberius und streckte die Arme gen Himmel. »Wir haben unsere Tochter aus den Klauen der Rebellen befreit. Sie ist wieder zu Hause. Nach all den Jahren endlich wieder bei ihrer Familie. Hier in unserem wunderbaren Aventin. Für die nächsten Tage erwarten euch exklusive Bilder und Interviews mit weiteren Informationen und spannenden Geschichten.«

Das Publikum klatschte und jubelte, während er sich zu Rain umdrehte und mit seinen Fingern sein Herz berührte. Dann tippte er auf die Stirn. Aurelia tat dasselbe, und das Publikum war nicht mehr zu halten.

Rain sah wieder in die Kamera und lächelte. Dieses Mal war

es allerdings nicht der Siruptee, sondern ihr eigenes Lächeln. Sie wollte Storm zu verstehen geben, dass es ihr gut ging, trotz des Albtraumes, in dem sie sich befand. Dann berührte auch sie ihr Herz und dann ihre Stirn, sah fest in die Kamera und dachte an ihre Mutter, während ihre Lippen ein lautloses »Bis in einem Moment« formten. Unter ihr brach eine neue Welle des Applauses aus.

20.

LARK WAR SPÄT DRAN, weil er und Rose die Liveübertragung aus Aventin gesehen hatten. Er sprintete die letzten Meter zur Schule. Trotzdem war er nicht außer Atem, als er den Zaun erreichte.

Er entblößte sein Tattoo und hielt es in den Scanner. Ein Piepton forderte ihn auf weiterzugehen. Er eilte über den verlassenen Pausenhof zum Eingang. Die Tür glitt zur Seite, und er rannte nach rechts den Gang hinunter zum Klassenzimmer. Für gewöhnlich warteten dort die Schüler, bis die Lehrerin kam, ruhig und diszipliniert über ihre TedDecs gebeugt. Doch heute war es anders. Heute ertönten aus dem Raum aufgeregte Stimmen, die zweifellos über die Liveübertragung am Morgen diskutierten.

»Kann denn ein Ghost eine Gesegnete sein?«

»Und sie kommt aus Grey. Aus unserem Zirkel. Eine Gesegnete.«

»Aber sie sah so überrascht aus. Wenn man eine Gesegnete ist, weiß man das doch oder nicht?«

»Ja, das ist seltsam. Ich dachte, sie können Gedanken lesen.«

Lark hätte Rain fast nicht wiedererkannt. So ohne Ruß und Schmutz im Gesicht hatte sie wirklich wie eine Gesegnete ausgesehen. Rose hingegen war völlig aus dem Häuschen gewesen, jemanden aus Aventin persönlich zu kennen und noch dazu eine verlorene Prinzessin.

»Ich habe Beeren bekommen. Von einer Gesegneten«, hatte sie gejubelt und über beide Ohren gestrahlt.

»Du wurdest sogar von einer nach Hause getragen«, hatte Lark sie erinnert. Daraufhin hatte seine Schwester nicht mehr aufgehört zu quieken und war durch den Raum gesprungen.

Ihre Eltern hatten ihre Euphorie hingegen nicht geteilt. Die Tatsache, dass beide Kinder mit einem Ghost Kontakt hatten, beunruhigte sie ebenso wie die Angst vor Konsequenzen.

»Schüler Lark?«, ertönte eine monotone Stimme hinter ihm.

»Frau Lehrerin?« Lark bemerkte, dass er immer noch im Türrahmen stand. Er sprang zurück und presste die Finger an die Stirn.

»Du wirst ab heute in einer anderen Klasse unterrichtet. Zimmer U133«, sagte die Lehrerin, während sie an ihm vorbei in die Klasse ging.

»Eine andere Klasse?«

»Mit den anderen … Anwärtern.« Sie warf einen kurzen Blick zurück. »Deine medizinischen Testergebnisse waren sehr zufriedenstellend.«

»Danke, Frau Lehrerin.« Lark warf einen letzten, flüchtigen Blick in das Klassenzimmer. Dort neben seinem einstigen Platz saß Hail. Aber was war mit ihr? Warum war sie noch nicht in der Klasse der Wissenschaftler?

Sie sah zu ihm auf, und ihre Lippen formten ein wortloses »Viel Glück«.

Dann ging die Tür zu, und er stand allein im Flur. Zimmer U133. Das war im Untergeschoss. Eine Wendeltreppe führte hinunter und mündete in einem mit Neonröhren ausgeleuchteten Gang. Für alle Nicht-Anwärter war der Zutritt streng verboten.

»Dort unten ist ein Labyrinth. Da sind schon einige verloren gegangen und nie zurückgekehrt«, hatte ihm Hail einmal erklärt. Die hatte es von Nuts, und der wusste es von jemand anderem, der es von jemand anderem gehört hatte.

Lark straffte seine Schultern und ging die Treppen hinunter, ungewiss, was ihn dort erwarten würde. Ein WatchBot beobachtete ihn dabei und folgte stumm jedem Schritt.

Larks Herz schlug ihm bis zum Hals, als er die letzte Stufe erreichte. Wenige Meter entfernt stand eine Tür einen Spalt weit offen. Er schob sie mit der Hand weiter auf.

Dahinter lag eine ausgeleuchtete Halle, eine Sporthalle mit einem Parcours aus Stufen, Leitern und Seilen. Auf einem dünnen Balken sitzend warteten bereits vier Schüler. Drei Jungen und ein Mädchen.

Anwärter.

»Noch einer«, stöhnte einer der Jungen. Er hatte dunkle lockige Haare, die ihm wirr vom Kopf abstanden. Seine Haut war so dunkel, dass man die Asche darauf kaum bemerkte. Lark meinte sich zu erinnern, dass er Nim hieß. Er kannte ihn vom Sehen, konnte sich aber nicht erinnern, je ein Wort mit ihm gesprochen zu haben. Er war jünger als die anderen, ging aber auf seine Schule.

»Sieht nicht besonders stark aus, wenn ihr mich fragt«, verkündete ein Junge, der einen Kopf kleiner, aber beinahe doppelt so breit war wie Lark. Grump. Er ging in Larks Klasse, aber sie hatten nie viel miteinander zu tun gehabt. Grump war ein lauter Kerl, der sich gerne durch seine laute Stimme und seine Muskeln Gehör verschaffte.

Lark drückte seinen Finger gegen die Stirn, erhielt aber keinen Gruß zurück. Er wurde abschätzig von oben bis unten gemustert. Natürlich. Niemand war hier, um Freunde zu finden. Sie waren Konkurrenten.

»Und was ist deine besondere Fähigkeit?«, fragte Grump schnaubend. »Weglaufen?«

Lark seufzte. Das konnte ja heiter werden!

Die Tür öffnete sich erneut, und ein Mann trat herein, gefolgt von drei Kameradrohnen. Anders als die üblichen WatchBots bestanden diese hier vor allem aus einem runden Kameraauge.

Der Mann trug schwarze Kleidung, die der Uniform der

Sentinal glich. Sein Bart war sorgfältig gestutzt, der Schädel glattrasiert, aber mit Tätowierungen verziert. Dunkelgrüne und schwarze Linien, die beinahe wie eine Karte aussahen.

»Willkommen, neue Anwärter.« Lark hatte erwartet, dass seine Stimme hart und herrisch klang, aber sie war überraschend freundlich, wenn auch bestimmt. »Mein Name ist Thron. Ich werde von nun an euren Unterricht übernehmen. Stellt euch euren neuen Klassenkameraden bitte kurz vor.«

Der stämmige Schüler trat vor und verkündete grimmig: »Mein Name ist Grump.«

»Nim.« Er hatte sich also richtig erinnert.

»Lark.«

»Fox.« Der Junge hatte ein spitzes Gesicht und eine schlanke Statur. Lark konnte sich nicht vorstellen, wie er je in eine Sentinalrüstung passen sollte. Seinem Code nach zu urteilen war er allerdings eine Eins wie alle anderen auch. Klar. Sonst wären sie auch nicht hier.

»Fly«, sagte das Mädchen. Ihre Stimme war leise, aber nicht unsicher. Sie und Fox standen auffallend eng nebeneinander. Vermutlich kannten sie sich bereits. Sie gingen – soweit Lark wusste – in die Klasse von Nim.

»Sehr schön.« Thron musterte sie zufrieden. »Herzlichen Glückwunsch. Ihr seid nun Anwärter, ein Stand, der euch nicht nur neue Uniformen beschert, sondern auch neue Möglichkeiten. Ihr untersteht von heute an direkt dem Befehl der Sentinal. Wir sind eine große Familie, die aufeinander achtet, und ab heute achten wir auch auf euch. Dafür verlangen wir Loyalität und dass ihr eurer Bestes gebt im gemeinsamen Kampf für Sicherheit und Ordnung.«

Er hielt kurz inne, und die Anwärter nickten.

»Nun die schlechte Nachricht. Wie ihr sicher wisst, bekommen nur die besten und vielversprechendsten Anwärter eine

Chance, in Black Shell zum Sentinal ausgebildet zu werden. Diejenigen, die nicht zu den Auserwählten gehören, verlieren ihren Anwärter-Status und kehren zu ihrem alten Leben zurück.«

Das darf nicht passieren, dachte Lark.

»Ich werde euch die nächsten Monate unterrichten, trainieren und immer wieder testen. Die Drohnen werden eure Leistung aufnehmen und analysieren. Ihr müsst lernen zusammenzuarbeiten, denn ab heute seid ihr eine Familie. Aber ihr dürft nicht vergessen, dass ihr auch Konkurrenten seid.«

Fox und Fly tauschten einen kurzen Blick aus.

»Wie viele von uns kommen nach Black Shell?« Es war Nim, der sich traute, die alles entscheidende Frage zu stellen, die die Anwärter beschäftigte.

»Zwei, einer, vielleicht auch keiner. Ich weiß, wie viel euch diese Möglichkeit bedeutet, und ihr habt bereits hart gearbeitet, um bis hierher zu kommen. Lasst jetzt nicht nach.« Thron gab einer der Drohnen ein Zeichen, und sie verteilte an jeden der Anwärter ein TecDec und eine Brille.

Oh nein, dachte Lark. Ein Test.

»Setzt die Brillen auf.«

Er gehorchte und nahm sich eine Brille, die mehr an eine Schutzbrille erinnerte, denn ihre Ränder reichten bis zur Haut und schlossen die knöcherne Augenhöhle ab. Allerdings glühte auf dem rechten Glas eine Zahl auf. 90. Als wäre es ein Bildschirm.

»Schreibt die Namen eurer neuen Klassenkameraden auf, zusammen mit allen Einzelheiten, die ihr euch gemerkt habt. Aussehen. Geschätztes Alter. Figur. Besonderheiten. Eure Einschätzungen bezüglich ihrer Stärken und Schwächen. Ihr habt 90 Sekunden, ab jetzt.«

89.

Lark wollte unwillkürlich einen Blick zu den Anwärtern werfen, doch das Glas der Brille hatte sich verdunkelt. Im rechten oberen Sichtfeld sah er die Zahl, die ablief. Ansonsten war es um ihn herum schwarz. Nicht ganz schwarz. Er begriff. Es war der Bildschirm des TecDecs, den er vor sich sah. Also begann er, zu schreiben.

Nim. 14 Jahre alt.

Die Buchstaben tanzten vor seinen Augen. Er beschrieb den Jungen, so gut er konnte.

Grump. 16 Jahre. Seine Hautfarbe lag irgendwo zwischen der von Lark und der von Nim, schwer zu sagen, da der Junge immer besonders viel Ascheablagerungen auf seiner Haut trug. Seine Augen hatten die Farbe von Stahl.

Nach der Beschreibung ergänzte er: »Stärke: Kraft, Schwäche: Langstreckenläufe, Impulsivität.«

62. 61.

Fox und Fly. Sie waren möglicherweise 15, hatten blasse Haut und große blaugraue Augen, die aussahen wie Pfützen in Grey nach dem Regen. Fly machte auf ihn einen zurückhaltenden Eindruck, wie jemand, der für gewöhnlich unter dem Radar bleiben wollte. Sie hatte ebenso wie Fox kurzrasierte Haare – Farbe: dunkelblond.

34. 33. 32.

Hätte er doch bloß genauer hingesehen. Er hatte Schwierigkeiten, sich an die genaue Größe der Einzelnen zu erinnern. Vor allem Fly und Fox bereiteten ihm Probleme.

Er selbst war der Größte gewesen. Fly und Nim schätzte er ungefähr gleich groß ein. Und Fox ein wenig größer? Grump hatte das breiteste Kreuz. Fly wirkte wie eine gute Kletterin, wenn er sich richtig erinnerte. Sie hatte starke Arme und muskulöse Beine. Und Fox? Er hatte ihn nicht richtig angesehen.

Kallisto.

9. 8. 7.

»Ende. Als Nächstes beschreibt ihr den Raum, in dem wir uns

gerade befinden«, wies Thron sie an. »Wie viele Türen und Fenster hat er? Wie hoch ist die Decke? Gibt es Verstecke oder Nischen, die eine mögliche Gefahr darstellen und die es zu sichern gilt?«

Erneut erschien eine 90 in der rechten Ecke. 89. 88. 87.

Lark konnte sich nur an die Tür erinnern, durch die er gekommen war. Fenster? Er erinnerte sich an graues Tageslicht, so schwach, dass es im Licht der Neonröhren erstickt war. Es hatte Fensterschlitze gegeben, direkt unter der Decke, aber wie viele?

An einer Wand hatte es Vertiefungen gegeben, die sich zum Klettern eignen würden. Und Ringe an der Decke. Ein Parcours war in der Mitte aufgebaut, doch er hatte ihm kaum Beachtung geschenkt.

Als die Zeit abgelaufen war, nahmen sich die Rekruten die Brille von den Augen. Im Gegensatz zu vorher begutachteten sie einander nun genauer. Lark fiel auf, dass Fox und Fly doch ähnlich groß waren und sich auch in ihrer Statur ähnelten.

»Es ist immer wichtig, sich seine Umgebung genau anzusehen«, erklärte Thron. Er zückte sein eigenes TecDec und tippte auf der Oberfläche herum. »Fly und Fox. Ihr habt euch die meisten Details gemerkt. Ihr habt euch beide zwei Punkte verdient und führt damit.«

Lark biss sich enttäuscht auf die Unterlippe, während die beiden ein kurzes, triumphierendes Grinsen austauschten.

»Damit ihr eure Punkte immer im Auge behaltet, gibt es für euch dieses Armband. Es zeigt euch euren aktuellen Punktestand.«

Ein schwarzer Reifen wurde an jeden Rekruten verteilt. Auf Larks stand eine kleine weiße »0«. Ein wenig neidisch nahm er die rote »2« wahr, die die Armbänder von Fly und Fox zeigten.

Sie waren Konkurrenten, das wurde Lark nun mehr als deutlich bewusst. Und er durfte nicht verlieren.

»Absolviert jetzt den Parcours. Derjenige, der ihn am schnellsten meistert, bekommt 3 Punkte.«

Rain folgte Bishop in eines der gigantischen Hochhäuser. Von unten sah es beinahe so aus, als würden sie den Himmel berühren.

»Du warst hervorragend.« Bishop brachte sie mit einem gläsernen Fahrstuhl in den 74. Stock, wo sich ein Wohnbereich erstreckte. »Du wirktest so … menschlich. Umwerfend. Ein wenig geheimnisvoll. Und absolut authentisch. Daraus kann man etwas machen.«

Authentisch. Dass ich nicht lache. In erster Linie war ich mit Drogentee zugedröhnt. Mittlerweile hatte die Wirkung glücklicherweise stark nachgelassen.

In der Mitte stand ein Glastisch, umgeben von einer hellen Sesselgruppe. Die Wände waren teilweise aus Glas, sodass man von dort aus auf die Stadt hinunterblicken konnte. Aventin.

Die Sonne war bereits untergegangen, aber die Stadt leuchtete dennoch. Rain kamen die goldenen Türme und Kuppeln beinahe surreal vor, wie eine weitere Projektion.

»Hier hast du etwas Ruhe«, erklärte Bishop und deutete auf eine Tür, hinter der Rains Schlafzimmer lag. »Als dein Cabman wohne ich im selben Stockwerk. Du musst mich nur rufen lassen, und ich komme.«

Der Raum war größer als ihre gesamte Wohnung in Grey. Auf den ersten Blick entdeckte sie ein Bett, in dem eine vierköpfige Familie Platz gehabt hätte.

»Im Schrank findest du neue Kleidung. Du kannst auch eine Dienerin kommen lassen, die dir beim Anziehen hilft.«

»Okay. Danke.«

»Gute Nacht, Prinzessin Rajana.«

»Gute Nacht.«

Rain trat in ihr Zimmer, und die Tür glitt hinter ihr zu. Ruhe. Endlich. Sie ging zu dem Bett und warf sich darauf.

Automatisch wurde das Licht, welches von runden Halbkugeln abgegeben wurde, gedimmt, und über ihr erstrahlten winzige

Punkte an der Decke. Sie flackerten, wenn auch nur ein wenig. Rain erkannte die Anordnung der Punkte, eine Formation. Es war der Sternenhimmel. Sie verlor sich in den Weiten der Projektion und ließ für einen Moment den Frieden zu, den die letzten Spuren des Siruptees in ihrem Körper hinterlassen hatten.

Aurelia und Tiberius waren nach ihrem Auftritt verschwunden, ohne weitere Fragen zu beantworten oder zu stellen. Es waren Fremde, mit denen sie im Moment nur die Gene gemeinsam hatte. Mit Storm teilte sie Gefühle und Erinnerungen. Ihr Herz zog sich zusammen, und sie hob ihren Arm, um den Stein ihres Armbandes zu betrachten.

»Für mich bist du perfekt.« Plötzlich hatte der Satz eine ganz andere Bedeutung bekommen.

»Warum?«, flüsterte Rain, und Tränen stiegen ihr in die Augen. »Warum hast du nie etwas gesagt?«

Sie rollte sich zusammen und ließ die Tränen zu. Warum? Sie vermisste Storm so sehr, dass es schmerzte, und fühlte sich gleichzeitig verraten. Wie hatte ihre Mutter ihr das vorenthalten können? Sie hatten doch nie Geheimnisse voreinander gehabt. Das hatte sie zumindest geglaubt. Bis jetzt.

Rain sprang auf, und der Sternenhimmel über ihr erlosch. Sie begann im fremden Zimmer auf und ab zu laufen, wurde schneller, bis sie schließlich rannte. Sie sprang von einem Sessel auf den nächsten, zurück auf den Boden, weiter über das Bett zu der Glaswand, die Aventin zeigte, und die gleiche Runde noch einmal. Wenn ihre Füße über den Boden flogen, fühlte sie sich einen Moment lang frei. Als ob ihre Sorgen einfach davonflögen und hinter ihr zurückblieben. Nach einigen Runden blieb sie vor der Scheibe stehen und presste ihre Stirn gegen die kühle Oberfläche. Sie trommelte mit den Fingern dagegen und wartete darauf, dass sich ihre Atmung normalisierte.

»Beruhig dich, Rain«, wisperte sie. »Du musst dich beruhigen.«

Sie ging zu der Tür, hinter der sie das Badezimmer vermutete. Sie schwang automatisch auf und ließ Rain erstaunt nach Luft schnappen. Der Raum war riesig. Fast so groß wie das Schlafzimmer.

Die Dusche war ein eigener Raum mit blauen und silbernen Fliesen. Als sie den Kopf hineinschob, schaltete sich automatisch der Wasserstrahl ein.

»Ah!« Bevor sie nass wurde, sprang sie zurück und stolperte über einen Teppich.

Sie ruderte mit den Armen auf der Suche nach Halt, fand aber keinen und landete in einem Becken aus milchigem Glas.

Ehe sie sich fragen konnte, wofür das gut war, floss Wasser über den Rand auf Rains Oberkörper und Kopf. Es dampfte, war aber nicht zu heiß, und es roch nach Rosen. Sie wollte aufspringen, rutschte jedoch auf der glatten Oberfläche aus und tauchte in dem wachsenden Schaumberg unter.

»Kallisto!«

Was war das? Eine Dusche, in der man liegen konnte? Sie umschlang den Rand der Wanne und lugte vorsichtig hinaus. Das Kleid klebte ihr an der Haut. Also zog sie es aus und ließ es in der Wanne zurück. Sie balancierte über die nassen Kacheln, griff nach einem Handtuch und wrang sich die Haare über dem Waschbecken aus. Misstrauisch sah sie auf die seltsame Liegedusche zurück, in der ihr Kleid schwamm. Sie kam nicht dazu, sich weiter zu wundern, denn die nächste Überraschung folgte.

In den Spiegel war ein TecDec integriert, das plötzlich zum Leben erwachte, als sie hineinsah.

»Was kann ich für dich tun?«, fragte eine freundliche männliche Stimme.

Rain untersuchte die Oberfläche nach integrierten Kameras oder Mikrofonen. Wenn sie beobachtet wurde, wollte sie das wissen.

»Du bist nass. Ich würde dir den Föhn empfehlen«, fuhr der Spiegel fort. War das ein integriertes Programm?

Auf dem Boden leuchtete ein Kreis auf, in den sich Rain stellte. Ein warmer Luftstrom blies auf sie hinab, bis sie trocken war.

»Du siehst angespannt aus. Soll ich dir einen Siruptee auf das Zimmer bringen lassen?«

»Nicht nötig. Wer bist du?«

»Ich bin Glee. Dein persönlicher Service-Assistent. Für einen guten Start in den Tag und eine geruhsame Nacht. Was kann ich für dich tun?«

»Nichts.«

Rain eilte, das Handtuch um den Körper geschlungen, zurück ins Zimmer, um nach dem Schrank zu suchen. Im gedimmten Licht erkannte sie kaum etwas, und da sie nicht wusste, wie man es regulieren konnte, tastete sie die Wände nach Fugen und Schlitzen oder irgendeinem Hinweis ab, fand aber keinen Schrank.

Sie zog das Handtuch fester um ihren Körper und legte sich wieder auf das Bett. Die Matratze war weder zu hart noch zu weich, und sie passte sich automatisch ihrem Körper an. Es fehlten ihre bunt zusammengewürfelten Kissen und Decken, und auch wenn Rain nicht fror, fühlte sie sich seltsam schutzlos. Sie vermisste ihre Hängematte. Zwischen all den Kissen und Decken hatte sie sich stets sicher gefühlt. Wie in einem Kokon. Hier lag sie wie auf dem Präsentierteller unter dem künstlichen Sternenhimmel.

Ich werde bestimmt kein Auge zubekommen, dachte sie und drehte sich auf die Seite. Noch während sie das dachte, war sie bereits eingeschlafen. Ihre Träume brachten sie zurück auf die Bühne der Hinrichtung.

»Tötet den Ghost!«, brüllte die Menge. Rain entdeckte Storm in der Masse und sprang von der Tribüne.

»Mom!« Sie wollte ihr hinterherlaufen, doch konnte sich nicht

durch die Menschenmenge drängen. Man riss sie zurück auf die Bühne, wo sich Morpheus in einem gigantischen Sektglas wälzte und »Siruptee für alle!« rief.

Rain war beinahe erleichtert, als es an der Tür klopfte und eine Dienerin den Kopf hineinsteckte. Sie wusste nicht, wie spät es war, aber draußen war es bereits hell.

Sie hatte schon geduscht. Das war nicht weiter schwierig gewesen. Offenbar stellte man sich hinein, und die Dusche ließ automatisch Wasser und Seife auf einen niederregnen. Warmes, sauberes Wasser!

Sie hatte sich mehr Zeit als sonst gelassen, um diesen Luxus auszukosten. Für einen wunderbaren Augenblick hatte sie gespürt, wie ihre Sorgen einfach im Abfluss und in den Weiten des Sanitärsystems verschwanden. Bis die Stimme, die am Abend zuvor schon aus dem Spiegel mit ihr geredet hatte, gefragt hatte: »Ist der Geruch angenehm, oder wünschst du eine andere Seife?«

Rain war vor Schreck aus der Dusche gesprungen. Die nächste Hürde hatte das Zähneputzen dargestellt. Rain hatte vergeblich nach einer Zahnpasta gesucht.

»Was kann ich für dich tun?«, fragte der Spiegel namens Glee erneut.

»Ich möchte mir die Zähne putzen«, versuchte Rain es.

»Ausgezeichnet. Welche Zahnpasta würdest du bevorzugen?«, erkundigte sich der Spiegel.

»Ähm? Welche gibt es denn?«

»Eukalyptus frisch. Eukalyptus extra frisch. Eukalyptus doppelt frisch. Eukalyptus extra stark. Eukalyptus weiß plus. Eukalyptus doppelt weiß plus. Eukalyptus extra sensitive. Minze frisch. Minze extra frisch. Minze doppelt frisch. Minze extra stark…«

»Ich nehme das Erste«, hatte Rain ihn unterbrochen. Wie konnte es so viele Arten von Zahnpasta geben?

»Ausgezeichnet.« Eine präparierte Zahnbürste war aus der Wand gefahren. Als Rain sie in die Hand genommen hatte und an die Zähne setzte, begann sie zu vibrieren. Wie sie später bemerkte, waren kleine Sensoren in den Bürstenkopf integriert, damit sie sich den Zähnen perfekt anpassen konnte.

Nun stand Rain wieder in dem fremden Zimmer, fand aber weiterhin keinen Schrank.

»Kann ich helfen, Herrin?« Die Dienerin war ungefähr in Rains Alter, eine Zwei, wie ihre Tätowierung verriet. Sie hatte kurzgeschorenes Haar und trug wie die anderen ein safrangelbes, einfaches Kleid.

»Ich suche den Schrank.«

Die Dienerin räusperte sich, bevor sie sagte: »Glee, öffne bitte den Schrank.«

»Sehr gerne«, kam die Antwort, und die Wand zu Rains Rechten öffnete sich. Dahinter verbarg sich allerdings kein Schrank, sondern ein ganzer Raum mit Regalen und Ständern voller Kleidungsstücke. In Aventin schien es keinen Platzmangel zu geben.

»Wer ist Glee?«, fragte Rain. »Und warum kann der Spiegel sprechen?«

Die Dienerin lachte auf, aber als sie Rains verwirrten Gesichtsausdruck bemerkte, erklärte sie hastig: »Das ist ein Programm, welches dafür da ist, deine Bedürfnisse zu erkennen und darauf einzugehen. Früher gab es eine Drohne, GleeBot, über die man sämtliche Maschinen im Haushalt kontrollieren konnte.«

»Mich beobachtet also niemand?«, hakte Rain nach.

»Nein.« Die Dienerin schüttelte den Kopf. »Nur ein Programm. Es arbeitet über optische und akustische Systeme.«

»Und wer bist du?«, fragte Rain.

»Ich bin J.«

»J? Das ist ein … kurzer Name.«

»Für mich reicht er. Er zeigt meine tiefe Demut und Dankbarkeit dafür, dass ich hier in Aventin leben darf, obwohl ich nur eine Zwei bin.« Sie lächelte. »Und ich habe die große Ehre, für dich zuständig zu sein, Prinzessin. Du glaubst gar nicht, wie viele Zweien auf mich neidisch sind. Oh, Verzeihung, ich rede zu viel.«

»Schon gut.«

»Komm! Ich zeige dir, wie du dich anziehen kannst.«

Die Dienerin führte Rain in den »Schrank« und zeigte ihr einen weiteren Spiegel, oder zumindest hatte Rain die Glaswand im ersten Moment dafür gehalten. Es zeigte eine entkleidete Rain von vorn und von hinten.

»Hier kannst du deine Outfits zusammenstellen«, erklärte J. Sie deutete auf den Menüpunkt »Unterwäsche« und wählte einen BH aus glänzendem Material aus, den Spiegel-Rain plötzlich trug.

»Der Spiegel ist so etwas wie ein TecDec«, verstand Rain und untersuchte das Glas genauer.

»Richtig. Es ist ganz einfach. Wenn du fertig bist, kannst du die Auswahl bestätigen und die ausgesuchten Kleidungsstücke werden dir rausgesucht«, erklärte die Dienerin weiter und ließ Rain nicht aus den Augen. Ihr brannten offenbar einige Fragen auf den Lippen, aber sie wagte nicht, sie zu stellen.

Rain trat zögernd vor und tippte auf »Oberteile«. Es wurden ihr Blusen in rot, blau und grün vorgeschlagen, doch es behagte ihr nicht, die Aufmerksamkeit mit derart grellen Farben auf sich zu ziehen. Schließlich entschied sie sich für ein schlichtes Hemd und eine Hose, beides gewohnheitsgemäß in dunklem Grau. Dazu wählte sie schwarze, robust aussehende Schuhe. Ihr Outfit erinnerte sie an die Schuluniform in Grey.

»Gute Wahl«, bestätigte Glee. »Wie wäre es mit etwas Farbe?«

»Nein.«

»Ich würde Schmuck vorschlagen.«

»Nicht nötig.«

»Ausgezeichnet. Ich wünsche dir einen schönen Tag.« Es

dauerte ein paar Minuten, bevor sich eine Luke in der Wand öffnete und die ausgewählten Kleidungsstücke offenbarte.

Während Rain sich anzog, eilte J ins Badezimmer. Dort stieß sie einen erschrockenen Schrei aus und kam mit dem durchnässten Kleid über dem Arm zurück ins Zimmer.

»Was ist passiert, Herrin?«

»Unfreiwilliges Bad in der Liegedusche.« Rain zuckte die Schultern.

»Du meinst … die Badewanne.« Sie konnte ein Kichern nicht unterdrücken.

»Ja.« Was auch immer.

»Oh! Kein Problem, Herrin. Ich werde es mitnehmen.« Sie blieb unschlüssig stehen und deutete auf Rains Haare. »Soll ich dir zeigen, wie man sich die Haare föhnen kann?«

Die Dienerin deutete auf eine kuppelförmige Vorrichtung, die über dem Waschbecken an der Decke hing.

Als sie sich hinunterstellte, fuhr diese hinab und unterteilte das Haar in Strähnen, die sie trockenpustete.

»Du kannst einstellen, ob du die Haare glatt, wellig oder lockig tragen möchtest, und hier wählst du Pflegeprodukte aus«, erklärte J und zeigte auf ein in die Wand eingebautes TecDec. »Oder du sagst Glee, was du möchtest. Ich würde an deiner Stelle Locken wählen. Das würde dir sicher gut stehen. Na ja, wenn ich so drüber nachdenke, steht dir alles gut.«

Rain entschied sich für glatt.

»Welches Pflegeprodukt?«, fragte J.

»Egal.«

Das hätte sie nicht sagen dürfen, denn J wählte die Vanille-Honig-Gold-Extreme-Pflege, die dem Haar Glanz und Fülle versprach.

»Wenn du fertig bist, kannst du zum Frühstück kommen«, flötete J strahlend und verließ das Bad mit einer Verbeugung.

Die Tür war noch nicht ganz geschlossen, da hörte Rain, wie eine kichernde Stimme fragte: »Und? Wie ist sie?«

Die Antwort ging in einem nach Vanille duftenden Luftstrom unter. Was sie nicht erwartet hatte, war der Goldregen, den die Maschine anschließend über ihrer Frisur verteilte.

Ach. Du. Schande.

Sie versuchte, den Goldstaub mit einem Handtuch loszuwerden, doch er war hartnäckig und offenbar fest entschlossen, in ihrem Haar zu glänzen.

Rain gab es auf. Sie ging zu der Tür, die in den Wohnbereich führen sollte, doch die öffnete sich nicht. Rain wedelte mit den Händen, trat zurück und noch einmal vor. Sie klopfte und trat sogar dagegen. Nichts passierte.

Großartig! In Grey hatte sie Kühlzellen und Energiespeicher repariert, und hier bekam sie nicht einmal eine Tür auf.

Sie suchte die Wände ab und fuhr mit den Fingern den Türrahmen entlang. Nichts.

»Geh auf«, murmelte sie verzweifelt. »Glee? Mach die Tür auf.«

»Gerne. Ich wünsche dir einen schönen Tag«, sagte das Programm, und die Flügel glitten auseinander.

21.

»NA, DA IST JA unsere Gesegnete«, begrüßte sie Bishop und sah von seinem TecDec auf. Er saß am gedeckten Frühstückstisch.

In der Sofaecke hockten zwei Frauen, die die Köpfe zusammengesteckt hatten und verstummten, als Rain erschien. Eine von ihnen war Daphne. Sie trug wie Bishop ihre Uniform, die an Oberweite und Becken spannte. Ihre Arme waren dieses Mal mit goldenen Tätowierungen verziert, passend zu den goldenen Wimpern, die sie trug. Ihre Haare waren zu einem Zopf geflochten, der verdächtig an Tiberius' Frisur erinnerte. Eine Peitsche aus Haaren und schimmernden Goldfäden.

Die andere Frau kannte Rain noch nicht. Während Daphne missbilligend die Stirn runzelte, schien die Neue sie mit ihren Blicken förmlich auszuziehen.

Rain warf ein »Hallo« in die Runde, unschlüssig, ob sie sich vorstellen musste. Aber offenbar war sie die Einzige, die nicht alle im Raum kannte. Also setzte sie sich zu Bishop an den Frühstückstisch und griff nach dem Gebäck.

»Ich hoffe, du hast gut geschlafen«, erkundigte sich Bishop.

»Ja.«

»Wie gefällt dir dein Zimmer? Alles gefunden?« Er grinste bei der Frage verdächtig amüsiert, und Rain hatte den Verdacht, dass ihr Cabman die Antwort bereits kannte.

»Ja. Ein Hoch auf Glee«, bemerkte Rain kühl.

»Wie schön. Ich habe eine Nachricht für dich.« Bishop drehte sein TecDec, sodass Rain ihn sehen konnte.

Tiberius erschien auf dem Bildschirm und berührte zunächst sein Herz, dann die Stirn.

»Gruß an dich, Rajana. Ich bin mit deinem gestrigen Auftritt zufrieden, aber wir müssen an deinem Auftreten arbeiten, damit du selbstbewusster wirkst. Du musst lernen, dich wie eine Gesegnete zu verhalten, und darfst dir nicht den kleinsten Fehler erlauben. Das ist sehr wichtig. Daher haben wir dir jemanden vorbeigeschickt, der dir helfen wird, dich in die Gesellschaft einzufinden. Lerne schnell!« Mit diesen Worten verschwand er.

»Das wäre dann wohl ich«, meldete sich die Unbekannte und erhob sich elegant. »Ich werde dir alles beibringen, was du wissen musst. Als deine persönliche Aventinexpertin.«

»Vor allem bist du die einzige Gesegnete, die Zeit und keinen anderen Job hat«, murrte Daphne. Rain war erstaunt, dass Daphne es wagte, so mit einer Gesegneten zu sprechen, aber wenn es um Rain ging, nahm Daphne ja auch kein Blatt vor den Mund.

»Ich habe durchaus viel zu tun.«

»Schätzchen, du hast nichts zu tun. Zumindest nichts Wichtiges.«

Das »Schätzchen« war eine Gesegnete, und man wollte sie einfach nur anstarren. Dunkle, makellose Haut. Große blaue Augen. Stupsnase. Liebliche Gesichtszüge und goldblondes Haar mit dunkelroten Spitzen, das bis zur Hüfte reichte. Neben der Frisur fiel die hohe Stimme auf, die die Ohren zum Klingeln brachte.

»Ich heiße Andromeda.« Der perfekte Name für ein perfektes Wesen.

»Noch mal hallo«, sagte Rain und zwang sich, den Blick von ihr zu wenden. Sie biss von dem Gebäck ab. Eine süße, warme Flüssigkeit breitete sich in ihrem Mund aus. Es war köstlich.

»Schokoladenrollen«, erklärte Daphne streng. »Nun. Ich bin nicht dein Cabman, aber wenn ich es wäre, würde ich dir davon abraten.«

»Warum?« Rain betrachtete die zweite Hälfte skeptisch. Nicht, dass es eine ähnliche Wirkung wie der Siruptee hatte.

»Auch Gesegnete können zunehmen.«

»Ja und?« Rain sah an sich hinunter. Sie war trotz ihrer Muskeln relativ dünn, was dem Umstand geschuldet war, dass sie in Grey auch mal ein paar Tage ohne Essen hatte auskommen müssen.

»Und was hast du bitte an?« Daphne seufzte. »Wenn ich dein Capman wäre, würde ich es als meine Pflicht sehen, dich mit der aktuellen Mode vertraut zu machen. So kannst du nicht herumlaufen.«

»Aber wie du schon erkannt hast, bist du nicht ihr Cabman«, mischte sich Bishop ein. »Und ich mag das Outfit.«

»Das mag sein, aber ich muss darauf hinweisen, dass ich von Tiberius hergeschickt wurde, um nach dem Rechten zu sehen. Ihm ist es sehr wichtig, dass es keinerlei Komplikationen gibt, und ich werde ihm alles berichten. Wirklich alles.« Daphne und Bishop tauschten einen kalten Blick aus.

»Kriegt euch wieder ein.« Andromeda verdrehte die Augen. Sie ging auf Rain zu und nahm neben ihr Platz. »Ich finde ja, du siehst … lustig aus.«

Dann kniff sie ihr so unerwartet in die Seite, dass Rain ihr beinahe die Gabel in den Oberschenkel gerammt hätte.

»Gute Güte. Da ist aber jemand schreckhaft.« Sie kicherte auf, wobei sie die Hand vor den Mund schlug, als wollte sie sich verstecken. Überhaupt gestikulierte sie sehr viel. Es sah albern aus, wie bei einer schlechten Schauspielerin.

»Gewohnheit«, erklärte Rain ein wenig zu harsch.

»Was erwartest du? Sie ist unter Barbaren groß geworden.« Daphne stand auf und stöckelte um den Tisch herum.

Sie trug wieder die unbequem aussehenden Plateaustiefel, die sie einen Kopf größer machten, auch wenn Rain nicht verstand warum. Vielleicht hatte sie eine Wette verloren… Oder es war ein sehr absurder Modetrend. Rain tippte auf Letzteres, da Daphne nicht die Person zu sein schien, die gerne wettete.

»Die äußeren Zirkel sind bekannt für ihre Kriminalität und den rauen Umgang. Das wird eine Menge Arbeit für dich, Andromeda, Schätzchen.«

Rain holte tief Luft und stopfte sich ein weiteres Gebäckstück in den Mund. Als sie Daphnes gerunzelte Stirn bemerkte, entgegnete sie: »Was? Die Barbarin ist hungrig.«

Und obwohl sich der ungewohnt hohe Zuckerspiegel bereits im Blutkreislauf bemerkbar machte, aß sie noch ein Stück. Ihr Magen krampfte sich zusammen und beschwerte sich über die unerwartete Arbeit, aber es hatte sich gelohnt. Das war das Beste, das sie je in ihrem Leben gegessen hatte!

»Ich lass euch jetzt allein. Ich muss mir deine medizinischen Untersuchungsergebnisse noch ansehen.« Daphne rümpfte die Nase und trippelte in Richtung Aufzug. »Bete, dass du keine Parasiten hast.«

»Warte. Ich begleite dich«, sagte Bishop.

Rain war froh, als sie gegangen war. In ihrer Gegenwart konnte sie nur daran denken, Gegenstände nach dem Cabman zu werfen, um ihr das selbstgefällige Lachen aus dem Gesicht zu vertreiben.

»Der arme Bishop«, sagte Andromeda. »Ich glaube, Daphne treibt ihn jetzt schon in den Wahnsinn.«

»Was genau machen Cabmen eigentlich?«

»Ein Cabman dient ganz und gar seinem Gesegneten. Er ist dein Vertrauer, Berater und Beschützer in einem. Außerdem sind sie Experten für die öffentliche Meinung und verschiedene Medien. Sie wissen, wie sie funktionieren und wie man sie einsetzen muss. Um ein gewisses Image aufzubauen, ist es nötig, in den Medien präsent zu sein.«

»Aha.« Rain langte nach einem Ei und einem weiteren Brötchen. Sie wollte am liebsten alles probieren, was auf dem Tisch lag, dann sah sie eine Schale, in der Brombeeren lagen, beinahe dreimal so groß wie die aus dem Park, und sie dachte an Rose. Ihren dürren Körper, ihre hungrigen, aber leuchtenden Augen, und plötzlich war ihr der Appetit vergangen.

»Was ist mit Daphne?«, wechselte Rain das Thema.

»Sie ist keine Sympathieträgerin, aber einer der erfahrensten Cabmen, die es gibt. Und treu bis zum Tode. Zumindest deinem Vater gegenüber.« Andromeda kicherte, allerdings nicht ohne ihr Gesicht hinter den Händen zu verstecken. Es sah beinahe so aus, als müsste man sich fürs Lachen schämen. »Ich weiß, sie ist gewöhnungsbedürftig, aber sie liebt die Gesegneten, weißt du. Sie tut alles, um ihnen nahe zu sein.«

Sie senkte ihre Stimme. »Du wirst nicht glauben, wie viele Credits sie in Optimierungsoperationen gesteckt hat. Nase, Wangen, Lippen, Ohren. Sie hat alles korrigieren lassen. Und natürlich sämtliche Körperbehaarung entfernen lassen. Ich glaube, manchmal vergisst sie, dass sie nur ein Mensch ist.«

»Oh.« Rain sah auf. Sich nach einem Leben zu verzehren, was unerreichbar schien, konnte sie in gewisser Weise nachvollziehen. Auch wenn sie sich jetzt für diesen Wunsch verfluchte.

»Nun, Menschen wie sie gibt es viele«, kicherte Andromeda. Sie kicherte viel. »Sie geben sich neue, mehrsilbige Namen und überschminken sogar verbotenerweise ihren Zahlencode, damit sie sich unter uns mischen können.«

Rain konnte nicht anders, als ein wenig Mitleid für Daphne zu empfinden. Auch wenn diese Frau es nicht wirklich verdiente.

»Die Menschen lieben uns, weil wir perfekt sind. Wir sind das, was sie sein wollen. Wunderschön, intelligent und gesund.« Andromeda strahlte über das ganze Gesicht, doch Rain konnte sich beim besten Willen nicht vorstellen, wie sie ein Teil dieses Bildes sein sollte. Ihr kam das alles noch immer wie ein seltsamer Traum vor.

»Wann kann ich wieder mit … meinen Eltern sprechen?«

»Sie haben viel zu tun. Tiberius ist im Moment für die Verwaltung von Black Shell zuständig. Allein das ist eine große Aufgabe. Er arbeitet an einem neuen Sicherheitskonzept, mit dem er unser Land noch besser schützen will. Außerdem ist es ein offenes Geheimnis, dass er bei den nächsten Herrscherwahlen als Kandidat antreten will.«

»Was ist mit Aurelia?«

»Oh, ich vermute, sie würde lieber ihren Sohn Morpheus als nächsten Herrscher sehen.«

»Ist das nicht… ein Interessenskonflikt.«

»Auf jeden Fall.« Andromeda lehnte sich vor. »Deine Mutter präsentiert sich zurückhaltend, aber sie hat ihre Methoden. Nimm dich in Acht. Sie ist gerissener, als man denkt.«

»Ich würde meine Eltern gerne näher kennenlernen.«

»Gerne. Ich besorge dir Aufnahmen.« Andromeda schien es ernst zu meinen.

»Ich meine persönlich. Mit ihnen reden.« War das nicht ganz normal? Ihr ganzes Leben war umgekrempelt worden, und nun verlangte sie Antworten.

»Oh. Eurer nächster Auftritt ist bereits in zwei Tagen. Da ergibt sich sicher eine Gelegenheit.«

Nicht das, was sie sich erhofft hatte, aber gut. Allerdings brannte ihr eine weitere Frage auf der Zunge.

»Was ist mit meiner Mut … also der Rebellin?«, fragte sie, und ihre Finger klammerten sich in den Stoff ihrer Kleidung. »Weiß man, wo sie ist?«

»Nein, Süße, aber sie wird gesucht.«

»Gesucht?« Das Herz schlug ihr bis zum Hals.

»Natürlich. Sie muss dafür bezahlen, was sie dir und deinen Eltern angetan hat.«

»Aber sie hat mir doch nichts angetan. Mir ging es gut«, beteuerte Rain.

»Sie hat die Gesegneten vor den Augen von Hope lächerlich gemacht.« Andromeda sah sie mitleidig an.

»Ich will nicht, dass ihr etwas zustößt«, flüsterte Rain.

»Gute Güte, sag das nicht zu laut.« Andromeda sprang erschrocken auf. »Sie ist eine Rebellin.«

»Sie ist meine Mutter!«

»Nein, das hat sie dir nur vorgespielt.«

»Sie hatte sicherlich ihre Gründe«, widersprach Rain, auch wenn ihr der Gedanke ein Messer ins Herz rammte.

»Themawechsel«, flötete Andromeda und kicherte hinter ihrer Hand. Rain entging nicht der flüchtige Blick in Richtung Fahrstuhl.

Rain sah sich ebenfalls zum Fahrstuhl um. Dort in der Dunkelheit der Nische bewegte sich etwas. Sie waren nicht allein. Es gab Wachen. Natürlich gab es die! Sentinal. Instinktiv verspürte sie den Drang, wegzulaufen.

»Rajana? Alles gut?« Andromeda musterte sie erschrocken.

Es kostete Rain viel Überwindung, ihren Blick von der Gestalt im Schatten loszureißen.

Du bist sicher, flüsterte ihre Vernunft. *Du bist kein Ghost mehr. Sie werden dir nichts tun.*

Doch ihre innere Stimme schrie: *Sie sind deine Feinde! Vertrau ihnen nicht. Keinem von ihnen.*

Rain versuchte ein Lächeln und versteckte die zu Fäusten geballten Hände in der Hosentasche. »Alles gut. Ich bin nur müde. Lass uns später weitermachen.«

Sie erinnerte sich an die neue Rolle, die sie spielen sollte und die sie spielen musste, wenn sie sich je frei bewegen wollte. Sie formte den Gedanken in ihrem Kopf und wiederholte ihn: *Ich bin Rajana. Ich bin eine Gesegnete.*

»Ja. In Ordnung.« Andromeda nickte, aber die Sorge wich nicht aus ihrem Blick.

Rain ging auf ihr Zimmer und atmete tief durch, als die Tür hinter ihr zuglitt. Stille. Sie eilte zu dem Fenster und presste ihre Stirn gegen das Glas.

Für einen Moment stellte sie sich vor, wie es wohl wäre, fliegen zu können. Fliegen wie die Menschen mit den Flügeln, die Rose so geliebt hatte. Plötzlich verstand sie, warum sich jemand etwas Derartiges ausgedacht hatte. Es war der Wunsch, frei zu sein. Frei wie ein Vogel. Ohne Grenzen. Alles hinter sich zu lassen. Von dort oben musste alles so bedeutungslos und klein wirken. Alle Sorgen, alle Probleme, alles kleiner als Ameisen. Man brauchte keine Angst zu haben vor Drohnen, Sentinal und auch nicht vor Käfigen aus Glas.

Sie streckte ihre Arme aus, sah hinunter auf die Stadt und stellte sich vor, wie der Wind ihr ins Gesicht peitschte, während sie über den Himmel preschte.

Rain sah sich um. Im Nordwesten konnte sie die Smogsäulen von Grey sehen. Und viel weiter, am Horizont, die Blitze der niemals enden wollenden Schlachten eines vergessenen Krieges. Wie es wohl hinter den Grenzen von Hope war? In der Verdammnis? Gab es dort auch Nummern, die die Menschen einteilten, und Gesegnete? Es hieß, dort herrsche das Chaos. Eine zerstörte Welt, die von Maschinen und wilden Mutationen bevölkert wurde. Die Gesegneten hatten eine Mauer um Hope erbaut, um die Verdammten auszuschließen.

Oder um uns einzuschließen, dachte Rain.

Woher kamen die Gesegneten? Was waren sie? *Nicht sie. Ich! Ich bin eine von ihnen!*

Rain lachte. Perfekt. Das klang verrückt. Zumal sie nicht so perfekt war, wie andere denken mochten. Immerhin würde sie nie Kinder zur Welt bringen können. Und wie perfekt war schon jemand, der seine Gene nicht weitergeben konnte? Das sollte sie vorerst für sich behalten, denn so schnell, wie sie zur Gesegneten geworden war, so schnell könnte man sie auch wieder verschwinden lassen.

Rain seufzte und stieß sich mit den Händen vom Glas ab. Was Storm jetzt wohl tat? Oder Cassiopaio? Sie vermisste beide, sehnte sich nach ihrer Nähe und der Wärme. Also schlang sie die Arme um ihren Körper, als ob sie damit die Erinnerungen festhalten konnte.

Hier war alles so steril und distanziert. Keine Berührungen, keine Nähe, und das, obwohl die Gesegneten immun gegen die meisten Erreger waren.

Deswegen bin ich nie krank geworden in all den Jahren. »Gutes Immunsystem«, hatte ihre Mutter immer gesagt, doch es war nicht nur gut. Es war perfekt.

Und deswegen war kein Haar an ihren Gliedern gewachsen wie bei anderen Jugendlichen. Aber wieso konnte sie keine Kinder bekommen? Wieso war sie unfruchtbar?

Rain nahm ihr Armband in die Hand und sah den Stein an. Für einen Moment verlor sie sich in dem Wasser darin, welches ihr immer Hoffnung gegeben hatte. Dann schlang sie ihre Arme erneut um den Körper und erinnerte sich, wie gut Storms Umarmungen ihr getan hatten. Einfach gehalten zu werden. Den Duft einzuatmen. Die Wärme und den Herzschlag zu spüren. Das Gefühl zu haben, nicht allein auf dieser Welt zu sein …

Und Lark? Was der jetzt wohl tat? Ein trockenes Lachen entschlüpfte ihrer Kehle, als sie sich vorstellte, wie er sich gerade vor Angst in die Hosen machte. Immerhin hatte er eine Gesegnete verraten. Er würde bestimmt nächtelang kein Auge zubekommen.

22.

LARK ERZÄHLTE HAIL AUF DEM WEG nach Hause von den Prüfungen und den anderen Anwärtern. Er zeigte ihr sichtlich stolz sein Punktearmband, das eine »3« anzeigte.

»Herzlichen Glückwunsch«, sagte Hail. Ansonsten blieb sie ungewohnt still.

»Ist alles in Ordnung bei dir?«

»Klar.« Sie zauberte ein scheinbar unbeschwertes Lächeln auf ihr Gesicht, doch es war das aufgesetzte Lächeln. Das Lächeln ohne Grübchen. In ihren Zügen lag eine Traurigkeit, die Lark erschreckte. Schnell versteckte sie es, indem sie die Gasmaske übers Gesicht zog, doch so leicht wollte Lark sich nicht abwimmeln lassen. Er schob sie in eine Seitenstraße, wo sie ungestört waren.

»Hail? Was ist los?« Er nahm ihr die Maske wieder vom Gesicht.

»Was soll sein? Lark, gib mir die Maske wieder, du Qualmkopf! Ich muss nach Hause.« Sie begann, spielerisch mit ihm um die Maske zu rangeln.

»Nicht, bevor du mir gesagt hast, was mit dir ist.« Er drückte sie mit dem rechten Arm gegen die Wand, während er mit dem linken die Maske außer Reichweite hielt.

»Ich muss heim. Meine Eltern haben ein Treffen arrangiert. Mit irgendeinem neuen Einserkandidaten. Wenn ich nicht pünktlich bin, reißen sie mir den Kopf ab.«

»Je eher du redest, desto schneller kannst du zu deinem Herzblatt eilen.« Er grinste sie an, doch ihre Miene verfinsterte sich.

»Du bist so ein Idiot. Es ist nichts.« Während sie das sagte, stiegen Tränen in ihre Augen. Er hatte offenbar einen wunden Punkt getroffen.

»Hail.« Alarmiert ließ er von ihr ab und zog sie stattdessen an sich heran. »Was ist los?«

Sie holte tief Luft, schien aber Schwierigkeiten zu haben, die richtigen Worte zu finden.

»Hail, du kannst mir alles sagen.«

»Ich weiß.«

Sie schloss die Augen, befreite sich aus Larks Umarmung und sank zu Boden. Er ließ sich neben ihr nieder. Dann endlich begann sie.

»Nach dem Test. Als wir für die Begabtenklassen vorgeschlagen wurden…«

Sie hielt inne und holte erneut Luft, doch Lark drängte sie nicht. Er nahm ihre Hand in seine und wartete, bis sie weiter erzählte: »Ich habe exzellente Leistungen, gut genug, um in die Förderklasse der Wissenschaften zu kommen, aber… Ich werde keine Forscherin. Ich kann keine werden.«

Erneute Stille.

»Deine medizinische Untersuchung?« Lark schluckte.

»Ich wusste es bereits vorher.«

»Was wusstest du vorher?«

»Dass ich durchfalle.«

»Hail? Was…?«

Sie hob das Kinn und sah ihm in die Augen. Mit einem Mal traf ihn die Erkenntnis wie ein Schlag.

»Deine Augen«, krächzte er, und Hail nickte. Ihre Augen. Die winzigen hellen Spuren in der Iris. Sie waren nicht natürlich oder angeboren. Es waren Ablagerungen, toxische Ablagerungen.

»Der Smog hat sie angegriffen, und ich sehe von Tag zu Tag schlechter.« Hail blinzelte, und Lark schluckte. Sie so verzweifelt zu sehen, zerriss ihm das Herz. Und sie hatte nichts gesagt, hatte die Last ganz allein getragen. »Irgendwann werde ich vielleicht blind sein. So sieht es aus. Ich wollte das Smogproblem in Grey lösen und nun… Er macht einfach alles kaputt. Er vergiftet uns. Und es interessiert sie nicht.«

Lark war sich nicht sicher, ob sie mit »sie« die Gesegneten meinte, aber fragte auch nicht nach. Hail war wütend, und das war mehr als verständlich.

»Es tut…«

»Wage es jetzt ja nicht, dich zu entschuldigen«, fiel ihm Hail ins Wort und versetzte ihm einen Hieb mit dem Ellbogen.

»Hail, warum hast du mir nicht davon erzählt?«

»Warum wohl, Idiot? Du weißt, was das bedeutet.«

»Du musst dich nicht schämen. Nicht vor mir.« Es war alles seine Schuld. Er hätte es merken müssen, aber er war so mit sich selbst beschäftigt gewesen, dass er die Hinweise ignoriert hatte.

»Meine Eltern haben es nicht gesagt, aber sie schämen sich für mich. Ich habe gehört, wie Mutter weinte, als sie die Ergebnisse der Untersuchung gesehen haben. Vater hat seitdem kaum ein Wort mit mir gewechselt. Ich bin jetzt eine Belastung für sie.«

»Du bist doch keine …«

»Ich ziehe meine Familie damit runter. Nicht nur mein Wert, sondern auch der meiner Familie wird dadurch sinken.«

Ihre Lippen bebten.

»Meine Eltern versuchen, eine Bindung für mich zu finden, bevor meine Beschädigung sichtbar wird. Sie meinen es gut, aber ich fühle mich nicht wohl damit. Lark, ich bin wertlos.«

Es wäre nur eine funktionelle Herabstufung, da ihre Gene weiterhin einer G Eins entsprachen. Das Tattoo würde in dem Fall um ein »F« mit der neuen Einstufung ergänzt werden.

Dadurch würde es deutlich schwieriger sein, einen Job zu finden oder eine Bindung, die dem Stand ihrer Familie gerecht würde. Vor allem, wenn sie wirklich blind werden würde.

»Du bist nicht wertlos.« Lark wusste nicht, was er tun sollte. Er war von der Nachricht so getroffen, dass ihm die Worte fehlten, seine Freundin aufzubauen. Wieso sie? Das hatte sie nicht verdient. »Wir kriegen das schon hin. Wir …«

»Wie sollen wir das wieder hinkriegen?«

»Hail, ich werde immer für dich da sein.«

»Ich weiß.« Sie sah ihm in die Augen, und er zwang sich, nicht auf die weißen Schlieren zu achten. Sie waren sich plötzlich sehr nahe, aber Lark wagte nicht sie loszulassen. Es war Hail, die ihn schließlich wegschob.

»Keime«, nuschelte sie entschuldigend.

Eine Weile saßen sie nebeneinander und schwiegen.

»Ich habe es geahnt und gehofft, sie würden es nicht merken.« Sie spielte die Starke, aber Lark kannte sie gut genug. »Aber den MedBots entgeht nichts. Ich hätte diesem Churchill am liebsten sein TecDec ins Gesicht geknallt. Aber dann hätte er mir noch eine Geisteskrankheit angehängt.«

»Er ist ein Idiot«, bestätigte Lark.

»Das ist er.« Sie seufzte. »Er meinte, er kenne jemanden, der sich umgebracht hat, um seine Familie nicht mit der Blindheit zu belasten.«

»Was für ein Schwein.« Lark kochte vor Wut. »Wage es bloß nicht, mich allein zu lassen.«

»Mich wirst du nicht so schnell los.« Sie lächelte.

»Ich werde mich um dich kümmern«, versprach er hilflos, auch wenn er keine Ahnung hatte, wie er das anstellen sollte.

»Ich weiß.«

»Wann wirst du … wirst du … herabgestuft?«

»Noch habe ich keine Nachricht erhalten.«

»Ich hasse diesen Zirkel.«

»Ich auch.«

Sie zogen sich die Masken auf und durchquerten einige

verseuchte Straßen. Die Bude des Bäckers Kut lag auf der linken Seite. Er hatte das Pech, dass sein Geschäft in einem Viertel zwischen zwei Fabriken lag und sich der Smog langsam, aber sicher in seinen Laden fraß. Die Straße seiner Bäckerei war jedoch noch ohne Gasmaske betretbar.

Heute war trotzdem viel Betrieb in dem kleinen Geschäft. Arbeiter standen auf der Straße und reckten ihre Hälse, um einen Blick auf das TecDec zu erhaschen, das im Inneren an der Wand hing. Auf dem Bildschirm war Rain zu sehen, die zum wiederholten Male auf dem Balkon stand, in ihrem weißen Kleid, und das Volk grüßte. Sie drückte ihre Finger erst auf das Herz, dann auf die Stirn.

»Rain«, murmelte Lark kaum hörbar, doch Hail drehte sich zu ihm um.

»Du kennst sie?«

»Flüchtig«, log er. Er dachte gerne an Rain und ihre kurze, gemeinsame Zeit, aber es erinnerte ihn auch an seinen Verrat.

»Woher?«

Lark senkte den Blick.

»Ich dachte, sie wäre ein Ghost, und hab sie gemeldet.« Warum er sie wirklich gemeldet hatte, verschwieg er. Manche Geheimnisse mussten geheim bleiben. Da stimmte er Rain zu. Insbesondere wenn das Wissen gefährlich war.

»Warum hast du mir das nicht erzählt?« Hail sah gekränkt aus. Nur für einen kurzen Moment, dann hatte sie sich wieder unter Kontrolle.

»Ich bin nicht stolz drauf. Du weißt, was ich von Lauschern halte.«

»Hast du es gemacht, um Anwärter zu werden?«, fragte Hail vorsichtig nach. Als sie seinen erschrockenen Blick bemerkte, fügte sie hinzu. »Ich kann es verstehen. Wirklich, Lark. Wir tun es ja nicht nur für uns. Wir tun es für unsere Familien und für die, die wir lieben.«

Ja. Das war Hail. Sie verstand ihn und hatte ihm immer den Rücken gestärkt, ohne eine Gegenleistung zu fordern, und das, obwohl er nicht zu ihrer Familie gehörte.

Die Arbeiter jubelten Rain zu. Die Schicht war noch nicht vorbei, und für gewöhnlich hatten die Arbeiter nur eine kurze Pause, die gerade dazu reichte, sich beim Bäcker einen Kaffee zu holen. Heute hetzte sich niemand. Heute wollten alle das Mädchen sehen, das aus der Asche emporgestiegen war.

»Sie hat alles verändert«, flüsterte Hail, als sie weitergingen.

»Was soll sich geändert haben?«

»Ab heute ist alles möglich. Ab heute kann aus einem Ghost eine Gesegnete werden.« In Hails Augen glänzte Hoffnung.

»Sie wird kaum etwas ändern, selbst wenn sie wollte«, widersprach Lark.

»Du verstehst es nicht. Sie hat bereits alles verändert. Die Gesegneten sind nicht perfekt. Sie sind nicht allwissend, und sie sind nicht immer im Recht. Sie sind nicht unverwundbar und machen Fehler. Was unterscheidet sie also groß von uns Menschen?«

Die Worte erschreckten Lark. Das klang nicht nach der Hail, die er kannte. Nach der Hail, die die Gesegneten liebte und an ihrer Seite forschen wollte. Das klang nach den Hetzreden der Spines.

»Sei vorsichtig. So etwas dürfen wir nicht sagen«, flüsterte er.

»Aber es stimmt doch.« Hail zuckte die Schultern, bevor sie ihren Zopf löste. Wie immer, wenn ihre Haare sich lösten, huschte ein verträumter Ausdruck über Hails Gesicht. »Wir sind in Asche geboren, aber wir werden nicht in ihr sterben, richtig?«

»Richtig.« Sein Handrücken streifte den ihren, und für einen Moment wagten sie zu träumen. Von Zitronenkuchen. Und einer anderen Welt.

Die Tage bis zur nächsten Show verbrachte Rain in ihrem neuen sogenannten Zuhause. Sie war erschöpft, fand aber selten die Ruhe zu schlafen. Andromeda und Bishop leisteten ihr Gesellschaft und zeigten ihr, wie die Annehmlichkeiten ihres Apartments zu bedienen waren.

So oft wie möglich durchsuchte sie das TecDec-Programm nach Neuigkeiten über Storm, musste aber feststellen, dass Aventin kaum über andere Zirkel berichtete. Dafür gab es jede Menge skurrile Shows. Rain hatte das Gefühl, in einer neuen, bunten und schillernden Welt zu leben.

Ihre Eltern hatten Hope ein Interview versprochen, über das seitdem spekuliert wurde, und als sie so weit war, wurde sie abgeholt und zum Kunstsalon gebracht. Ihr entging nicht, dass Daphne vier Sentinal und jede Menge Drohnen mitgebracht hatte, angeblich um sie zu beschützen, doch Rain glaubte ihr kein Wort. Sie war keine gesegnete Prinzessin. Sie war eine Gefangene. Und Daphne war die Aufseherin. Sie kam oft vorbei, um sich über Rains Fortschritte zu informieren. So auch an diesem Tag. Während sie die Stylisten instruierte, übte Rain mit Andromeda ihren Bühnenauftritt.

»Erste Regel: Lächeln. Das Publikum liebt Fröhlichkeit. Es sei denn, es geht um einen traurigen Anlass. Dann solltest du betroffen gucken.«

Sie blieb vor Rain stehen und hielt inne. »Zeig mir, wie du lachst.«

Rain lachte.

»Ah, ah, ah. Nicht so laut. Du klingst wie ein Minenarbeiter. Du musst strahlen.«

Rain zog die Mundwinkel auseinander und zeigte ihre Zähne.

»Bist du beim Zahnarzt oder auf der Bühne?«

Rain versuchte es noch einmal.

»Deine Augen müssen mitlachen.«

Rain riss die Augenbrauen hoch, und Andromeda kicherte in ihre Handflächen hinein, während Daphne der Situation nichts Komisches abgewinnen konnte.

»Es geht hier nicht nur um dich, Schätzchen«, bemerkte sie harsch und zupfte an einem violetten Kleid, welches eine Dienerin herbeigetragen hatte. »Du repräsentierst von nun an deine Familie. Also streng dich an. Du bist ihnen Perfektion schuldig!«

Noch bin ich ihnen gar nichts schuldig, dachte Rain. Außer vielleicht die Tatsache, dass ich existiere.

»Denk an etwas Schönes«, riet Andromeda. Etwas Schönes? Eine Erinnerung kam zum Vorschein. Eine Erinnerung an viel Regen und eine kalte Nacht. »Für mich bist du perfekt«, hatte Storm geflüstert und ihr das Armband überreicht. Es war so verflucht kalt gewesen, und die Nässe hatte sie bis auf die Knochen durchgeweicht. Trotzdem zauberte der Gedanke an diesen Geburtstag Rain ein echtes Lächeln auf die Lippen.

»Wunderbar! Das ist es!« Andromeda quiekte vor Begeisterung. »Genau so!«

Daphne zog sich Handschuhe über, bevor sie sich an Rains Haar zu schaffen machte. Beim Kämmen zupfte und zog sie so an den Strähnen, dass es Rain Tränen in die Augen trieb. Dabei sah sie so angeekelt aus, als hielte sie einen vergammelten Fisch in den Händen.

»Kann sich jemand mal um diese Haare kümmern?«, fragte sie laut, und eine Frau eilte herbei. »Flechtet die vorderen Strähnen wie beim letzten Mal. Das hat Wiedererkennungswert.«

»Ja, Herrin.« Eine Dienerin übernahm die Aufgabe und verzierte die geflochtenen Partien mit silbernen Perlen.

Während sie gestylt wurde, schielte Rain zu den Wachen, die man so leicht vergessen konnte, da sie sich stumm und still wie eine Zimmerdekoration verhielten, aber sie waren da. Und sie beobachteten sie, da war sich Rain sicher.

»Bin ich fertig?«, fragte Rain endlich und besah sich im Spiegel des Kunstsalons. Daphne hatte sich zu Rains Freude für kein Kleid entschieden, sondern eine schlichte Stoffhose und ein seidig glänzendes Oberteil, das mit Perlen bestickt war. Vorne war es hoch geschlossen, aber der Rücken war komplett frei. Nur kleine Bänder mit Perlen hielten den Stoff hinten zusammen.

»Solange du nicht deinen Mund aufmachst und dich nicht bewegst, sieht man dir die Slums nicht an.«

Rain war sich nicht sicher, was genau sie sich unter Slums vorstellen sollte.

»Oh! Was ist das?« Daphne zog den Ärmel ihrer Bluse hoch und gab ein erschrockenes Quieken von sich, dass an den Laut einer Mutantenratte erinnerte, wenn sie vor Cassiopaio floh.

»Ein Armband«, erklärte Rain und befreite ihren Arm. Sie würde es auf keinen Fall hergeben. »Keine Angst. Es wurde desinfiziert.«

»Es ist … absolut … scheußlich.« Daphne verzog ihr Gesicht, als hätte sie einen verwesenden Kadaver gesehen. »Von welchem Designer stammt es? So etwas habe ich noch nie gesehen.«

»Es war ein Geschenk. Selbstgemacht.«

»Selbstgemacht? Mit so etwas …« Sie deutete auf das Armband und rang um Fassung. »… kann man sich nicht sehen lassen. Es sieht … arm … aus.«

»Für mich ist es unbezahlbar.«

»Es ist doch nicht etwa aus den Slums?«

»Nein, ich habe es nicht aus den Slums«, antwortete Rain wahrheitsgemäß.

»Ich verstehe dich nicht.« Daphne schien aufgebracht zu sein, denn rote Flecken hatten sich auf Wangen und Hals gebildet. »Du hast hier eine Chance, für die andere über Leichen gehen würden, junge Dame. Von der viele ein Leben lang träumen, und du … du würdigst es nicht und ruinierst alles. Wenn ich deine Gene hätte …«

Sie drehte sich um und machte Anstalten, auf ihren Plateaustiefeln davonzutrippeln, überlegte es sich anders und wandte sich wieder Rain zu. Sie hob ihren Zeigefinger und schnappte nach Luft, was an einen gestrandeten Fisch erinnerte.

»Dankbarkeit, Schätzchen. Das würde dir gut stehen. Dankbar-keit«, quietschte sie mit hoher Stimme. »Ich will diese Scheußlichkeit nicht mehr sehen. Es ruiniert dein ganzes Outfit und entehrt deinen Vater. Ich werde ihm das melden. Nur damit du es weißt.«

Sie stürmte hinaus und stieß dabei beinahe mit Bishop zusammen, der hereinkam, um sie aus dem Kunstsalon abzuholen.

»Was hast du wieder angestellt?«, fragte er.

»Ich bin nicht sicher«, entgegnete Rain. »Nicht genug Dankbar-keit befürchte ich.«

»Ich glaube, ich diene der eigensinnigsten Gesegneten in ganz Aventin«, seufzte Bishop und führte die beiden Frauen zum Fahrstuhl.

Rain hielt die Luft an, als die Türen zuglitten. Die beklemmende Enge ließ das Licht viel greller wirken. Sie schloss die Augen und atmete tief durch.

Wie konnten perfekte Wesen klaustrophobisch sein? Sie schielte zu Andromeda hinüber, der die Enge nichts auszumachen schien. Die junge Frau konnte nicht damit aufhören, letzte Tipps zu geben.

»Lass deinen Vater das Gespräch lenken und halte dich im Hintergrund.« Ja, so weit hatte Rain ihre Aufgabe als Spielstein schon verstanden.

Der Fahrstuhl blieb stehen, und Rain drängte sich hinaus. Erleichterung durchströmte sie, als sie die Enge hinter sich ließ. Sie standen auf dem Dach des riesigen Hochhauses. Für einen Moment blieb Rain stehen und genoss den Wind, der ihr ins Gesicht fegte. Er war frei. Wild. Nicht zu bändigen. Wie sie ihn beneidete.

Dieses Mal fuhren sie nicht unterirdisch, sondern nahmen den Gleiter. Es war das erste Mal, dass Rain flog, oder zumindest das erste Mal, dass sie etwas davon mitbekam. Sie drückte ihre Nase an die Scheibe, als der Gleiter nahezu lautlos in den Himmel aufstieg. Unter ihnen leuchteten die Lichter der Stadt, die niemals zu schlafen schien.

Rain spürte die Augen der Sentinal auf sich, die jeder ihrer Bewegungen folgten. War sie paranoid?

»*Nicht paranoid. Vorsichtig*«, hatte Storm immer gesagt.

Andromeda plapperte einfach munter weiter, aber Rain verstand nur die Hälfte von dem, was sie sagte. Trotzdem versuchte sie interessiert auszusehen, um keinen Verdacht zu erregen.

»91% lieben deine Frisur, und 100% wollen mehr über dich erfahren. Alle Augen werden auf die Show gerichtet sein«, berichtete sie.

Der Gleiter erreichte ein seltsames Gebäude, welches zwischen den übrigen Häusern fehl am Platz wirkte. Es war eine runde beleuchtete Kuppel, in die bunte Fenster eingelassen waren. Zahlreiche verzierte Türme umgaben sie. Türme, in die Glocken eingebaut waren. Hunderte. Und sie läuteten. Ihr Klang war selbst im landenden Gleiter ohrenbetäubend.

»Der Dom. Wir sind da«, verkündete Andromeda. »Im Hause Gottes.«

Von der Landeplattform kamen sie in einen dunklen Gang, der von schwebenden Kerzen ausgeleuchtet wurde. In den Wänden waren ebenfalls bunte Fenster eingelassen, die wie große Augen aussahen. Eine schwarze Pupille, umgeben von einer blauen Iris. Hunderte von ihnen. Sie starrten von allen Seiten auf Rain hinab.

»Der Stil wurde der alten Welt nachempfunden, der Welt, bevor sie sich selbst zerstörte«, erklärte ihr Bishop, der nicht von ihrer Seite wich. »So sahen damals die Häuser der Showmaster persönlich aus. Die Arenen der Unterhaltung. Es ging um die ganz großen Gefühle. Liebe. Hass. Rache. Hauptsache Dramatik. Damit versuchten sie sich gegenseitig zu übertrumpfen, um das Amt von Gott zu zelebrieren, des größten Showmasters aller Zeiten.«

Sie erreichten ein Zimmer, in dessen Mitte ein Tisch angestrahlt wurde.

In der Dunkelheit erkannte Rain Umrisse von Menschen und Kameras. Eine Drohne schoss heran und blieb vor Rain in der Luft stehen. Ihr Auge richtete sich auf die Frauen. Andromeda zauberte sich ein strahlendes Lächeln auf die Lippen und winkte in die Kamera. Dann schritt sie in die Mitte des Raumes, wobei sie Rain vor sich herschob. Sie platzierte das Mädchen auf einem Sofa zwischen ihre Eltern und flüsterte ihr ein »Lächeln!« ins Ohr. »Gott erwartet dich.«

23.

TIBERIUS BERÜHRTE ERST SEIN HERZ, dann die Stirn, als sie sich setzte. Aurelia vergaß die Begrüßung und starrte ihre Tochter an, als hielte sie das Mädchen weiterhin für eine Erscheinung.

Rain konnte die Reaktion ihrer genetischen Mutter nicht verstehen. *Vielleicht kann sie mich nicht leiden, weil ich Morpheus' Karriere im Weg stehe und die von Tiberius begünstige.*

Aurelia und Tiberius waren ein ungleiches Paar und schienen sich nicht viel zu sagen zu haben. Was auch immer sie bewogen hatte, einen Bund einzugehen, Liebe oder Zuneigung schien es nicht gewesen zu sein.

»Trink etwas. Das beruhigt«, erklärte Tiberius und deutete auf den Tisch. Dort hatte ein Diener mit safrangelber Kutte gerade zwei Tassen aus milchigem Glas abgestellt. Rain bemerkte, dass sowohl sie als auch Aurelia Siruptee vor sich hatten, während Tiberius Wasser trank.

»Warum trinkst du keinen Tee?«, hakte Rain misstrauisch nach.

»Weil ich ihn nicht brauche.« Er zwinkerte. »Übungssache.«

Rain schob die Tasse beiseite. Auf keinen Fall würde sie zulassen, dass sich ihr Gehirn erneut in eine puffige Wattewolke verwandelte. Sie wollte klar bei Verstand sein, auch wenn ihr angesichts der Drohnen und Kameras Schweißperlen auf die Stirn traten.

»Ich lasse dir Wasser bringen«, mischte sich Bishop ein und winkte eine Dienerin herbei.

Die Show begann, und Rain konnte alles über ein TecDec verfolgen, während sie auf dem Sofa warteten.

Von der Decke senkte sich ein hölzernes Rednerpult hinab in den runden Zuschauerraum. Dahinter stand Gott Balthasar. Er trug eine weiße, schlichte Kutte, deren Kapuze sein Gesicht fast vollständig verbarg. Der Körper darunter wirkte seltsam klein, beinahe zerbrechlich.

»GOTT BALTHASAR!«

Das Publikum, im Kontrast zu ihm in schwarze Kutten gekleidet, sprang von den Sitzen auf, und ein tobendes »Gott BAL-THASAR« erfüllte den Raum. Der Moderator streckte seine Arme aus und drehte sich im Kreis, ein strahlendes Lächeln auf den Lippen.

Aus dem Boden fuhren Gebilde aus silbernen Rohren empor, die miteinander verbunden waren. Aus ihnen erschallte eine dramatische Musik, die den Raum erfüllte. Ein Instrument, das Rain noch nie zuvor gesehen hatte.

An den Rohren, die an gigantische Flöten erinnerten, tanzten und räkelten sich leicht bekleidete Männer und Frauen zum Takt der Melodie. Ihre Körper waren mit Neonfarben besprüht und glühten vor dem schwarzen Hintergrund.

Rain hatte von den Shows gehört, die in Aventin veranstaltet wurden, aber live dabei zu sein war etwas anderes. Ihre Mutter war natürlich kein großer Fan dieser »stumpfen Unterhaltung« gewesen.

»GOTT. GOTT. GOTT«, schallte das Publikum.

Und Gott ließ sein Publikum nicht länger warten. Er schob die Kapuze nach hinten und enthüllte das Gesicht eines kleinen Jungen, höchstens dreizehn Jahre alt. Rain schnappte nach Luft, während der Rest des Publikums von den Sitzen aufsprang und die Finger an die Herzen drückte, um ihn zu ehren.

Gott Balthasar hatte ein liebliches Gesicht, das von goldgelben Haaren umrahmt wurde. Er schritt in seiner weißen Kutte nach vorne und grüßte sein Publikum angemessen, indem er seine kleinen Finger immer wieder auf Stirn und Herz drückte. Er hätte niedlich aussehen können, ja unschuldig beinahe, wären da nicht die Augen gewesen, die im Gegensatz zum Rest seiner Erscheinung schwarz waren. Das Weiß in ihnen war verschwunden, ebenso wie die Unterteilung von Iris und Pupille. Man schien in ein schwarzes Loch zu gucken.

Sie wollte Bishop danach fragen, aber der Junge begann zu sprechen.

»Volk von Aventin.« Seiner Stimme wollte man einfach lauschen. Sie war ein heller Klang, der an Glocken erinnerte und in einem starken Gegensatz zum Rest der bizarren und schrill wirkenden Veranstaltung stand. »Treue Anhänger. Willkommen zu unserer Show.«

Das Flöteninstrument hinter ihm schmetterte eine ohrenbetäubende Melodie, und die Zuschauer begannen ekstatisch zu tanzen. Ihre Umhänge flogen um ihre Körper, während sie sich der Musik hingaben.

Gott Balthasar bewegte sich kaum. Er beobachtete die Szenerie nur aus seinen tiefschwarzen Augen und lächelte schräg.

Als die Töne des Instrumentes verstummten, endete auch das Tanzen, und die Zuschauer nahmen wieder ihre Plätze ein.

Gott Balthasar schritt ebenfalls zu seinem Platz, einem Thron aus Kerzen in der Mitte des Raumes, der für seine Statur viel zu groß war. Als er darauf Platz nahm, baumelten seine Füße in der Luft. Erst jetzt sah Rain, dass er keine Schuhe trug.

»Wir präsentieren euch nun…«, begann er, und trotz seiner zarten Stimme gelang es ihm mühelos, den Saal zum Schweigen zu bringen. Auch seine Worte waren nicht die eines Kindes. »Unseren werten Tiberius, den einfallsreichen und listigen Earl von Black Shell. Und Aurelia, unsere schweigsame Hüterin der Geheimnisse. Haben wir jemanden vergessen?«

Er schien von sich im Plural zu sprechen, was Rain irritierte. Das Publikum antwortete sofort, indem es Rains Namen rief.

»Ach ja, natürlich! Ihre Tochter, eine Schöpfung, auf die sie stolz sein können. Prinzessin Rajana, die verschollene Prinzessin«, vollendete Balthasar. »AMEN!«

Rain wusste nicht, was das Wort bedeutete, doch das Publikum tat es offenbar, denn sie antworteten einheitlich mit »HALLELUJA!«.

»Es geht los«, flüsterte Bishop in Rains Ohr. »Zeig es ihnen.«

Und plötzlich bewegte sich der Boden. Rains Finger bohrten sich in ihre Oberschenkel, als das Sofa nach oben fuhr. Sie ließen Andromeda und die Cabman unter sich zurück, während sich die Decke öffnete und gleißendes Licht sie willkommen hieß. Rain sprang auf, wurde aber von Tiberius zurück auf das Sofa gezogen.

Tobender Applaus umgab sie. Rain sah sich um. Sie befand sich auf der Bühne inmitten des gigantischen Domes. Die Zuschauer waren kreisförmig um sie herum angeordnet, wie eine Insel, von der es kein Entkommen gab.

Rains Muskeln waren angespannt, bereit loszurennen und zu fliehen, nur gab es keinen Ausweg. Sie fühlte sich eingeengt, eingekreist. Wie in der Zelle.

»Rajana.« Tiberius' ermahnende Stimme holte sie zurück in die Gegenwart.

Er lächelte, doch seine Augen strahlten nicht mit.

»Trink lieber etwas.« Seinem Tonfall nach war er Widerspruch nicht gewohnt.

Unwetter haben keine Angst … Unwetter haben keine Angst …

Rain riss sich zusammen, klammerte sich an ihren Wasserstein und befolgte Storms Leitlinien. Sie würde ihre Rolle spielen und das tun, was man von einer Gesegneten erwartete. Sie tat es für Storm. Sie entspannte die Hände und platzierte sie lässig auf den Oberschenkeln, legte den Kopf ein wenig schief und hob gleichzeitig das Kinn. Wie sie es bei Andromeda im Lächeln-Kurs gelernt hatte.

Unwetter haben keine Angst.

Sie hatte jahrelang in der Wildnis und im Smogdschungel überlebt, hatte Drohnen ausgetrickst und war den Sentinal entwischt. Es war an der Zeit, die Kontrolle, die sie verloren hatte, wiederzuerlangen und ihr Schicksal selbst in die Hand zu nehmen.

»Volk von Aventin«, rief Tiberius und stand von dem Sofa auf, die Arme erhoben, als wollte er das Land umarmen. »Ich freue mich, dass ihr hier seid. Es ist mir immer eine große Ehre, in Gott Balthasars Hallen eingeladen zu werden.«

Er hatte ein Gesicht, das mit jeder Pore Autorität ausstrahlte, ebenso wie seine ganze Erscheinung. Er war ein Mann, dem man automatisch gehorchen und dessen Wut man nicht leichtfertig auf sich ziehen wollte. Seine Bewegungen wirkten kraftvoll, seine Stimme sicher und beherrscht. Er verstand die Regeln der Show, spielte mit dem Publikum wie ein Puppenspieler.

Rains Blick wanderte zu Aurelia. Die Gesegnete ließ den Blick schweifen, ein festgefrorenes Lächeln auf den Lippen. Sie hob ihren Arm, um zu winken, wirkte aber angesichts der vielen Zuschauer angespannt, während Tiberius in der Aufmerksamkeit zu baden schien.

»Danke für deine Worte. Kommen wir nun zu dem Grund, aus dem wir uns hier versammelt haben«, sagte Balthasar schließlich, und die schwarzen Augen fanden Rain. Sie hatte das Gefühl, in einen bodenlosen Brunnen zu stürzen. »Wir glauben nicht, wen wir vor uns sitzen haben. Unsere verlorene Prinzessin Rajana!«

Rain streckte ihren Rücken durch, wie Andromeda es ihr gezeigt hatte. Auf den Projektoren sah man ihr Gesicht in Nahaufnahme, und sie zwang sich zu lächeln, doch die Erinnerung an den Regen und den Wald war nicht greifbar, und so befürchtete sie, dass es verkrampft aussah.

Auf einem TecDec hinter Balthasar wurden junge Frauen aus dem Publikum gezeigt, die Rain nicht kannte. Sie hatten ihre schwarzen Kapuzen zurückgeschoben und präsentierten ihre Frisuren. Sie trugen ihre Haare offen und hatten in die vorderen Haarsträhnen Perlen hineingeflochten. Genau wie bei Rain.

Über ihren Köpfen kreisten Projektionen, Buchstaben, die »Rajana, wir lieben dich!« ergaben.

»Du siehst toll aus«, bemerkte Balthasar, und ein schelmisches Lächeln stahl sich über sein Gesicht. »Umwerfend und natürlich, wie sollte es anders sein, absolut perfekt.«

»Danke«, presste Rain hervor, ohne das eingefrorene Lächeln aufzulösen, und sah von einem Kopf zum anderen. »Du … ihr auch.«

»Oh tatsächlich?« Balthasar strahlte professionell und fuhr sich über sein seidiges goldblondes Haar. »Das haben wir uns heute auch gesagt. Gott Balthasar, haben wir gesagt, wir sehen heute wieder absolut umwerfend aus.«

Rain verstand immer noch nicht, warum er von sich im Plural redete. In Grey galten Leute, die das taten, als verrückt, aber der Menge schien es zu gefallen. Sie applaudierte begeistert und lachte.

»Also Rajana. Wie ist es für dich, endlich wieder zu Hause zu sein?«, fragte Balthasar daraufhin.

»Ungewohnt«, erwiderte Rain.

»Ungewohnt?«, echote der Junge kichernd. »Wir haben schon gehört, dass du kein Freund vieler Worte bist, aber du musst uns verzeihen. Wir sind hoffnungslos neugierig. Du musst uns einfach verraten, was du über Aventin denkst. Es muss für dich so neu sein, so ungewohnt. Was gefällt dir besonders gut? Und was überhaupt nicht? Nur zu, Prinzessin, wir sind hier unter uns.«

Los, Rain, dachte sie. Erzähl ihnen etwas Unverfängliches.

»Die Dusche gefällt mir, aber in der Badewanne wäre ich fast ertrunken.« Sie wischte sich die feuchten Hände an der Hose ab. Eine Drohne surrte heran. Rain starrte auf das schwarze, leere

Auge der Kamera, welches alles in sich aufsaugte, ohne je eine Reaktion zu zeigen. Ein Fass ohne Boden. Es starrte zurück, ohne zu blinzeln.

Unwetter haben keine Angst …

»Oh! Das musst du uns genauer erzählen.« Gott Balthasar klatschte in die Hände und strahlte.

Das Publikum schien sich einheitlich vorzulehnen, um kein Wort zu verpassen, und sie erzählte ihm von ihrer ersten Nacht in ihrem Apartment. Es ging ihr leichter über die Lippen, als sie gedacht hatte. Und je mehr die Zuschauer lachten, desto entspannter wurde sie.

»Vielen Dank für diese erheiternde Geschichte.« Balthasar klang zufrieden. »Humor gibt es offenbar auch fernab in Grey.«

Tiberius schien überrascht, positiv überrascht, wie Rain zufrieden feststellte, und beeindruckt.

»Ist es nicht wunderbar, seine Tochter nach all den Jahren wiederzuhaben?«, fragte Gott Balthasar.

»Aurelia und ich sind unglaublich froh. Das ist ein Wunder.«

Nun, Aurelia sah nicht froh aus. Im Gegenteil. Sie starrte mit versteinertem Lächeln in die Menge und zuckte nicht einmal mit den Mundwinkeln.

»Ja, das sieht man euch an«, kommentierte Balthasar, und es klang ein wenig belustigt. »Aber nun genug der höflichen Plänkelei. Was mich und meine Zuschauer brennend interessiert, ist, was denkst du über deine Eltern, Rajana?«

Er lehnte sich vertraulich vor und fixierte Rain mit seinen schwarzen Augen, die denen der Kameradrohne glichen.

Was sollte sie sagen? Sie wusste nicht, was sie über ihre Eltern denken sollte, also spielte sie weiter die Rolle, die man von ihr erwartete.

»Nun … ähm! Wir lernen uns gerade erst kennen und haben einiges nachzuholen.«

»Jaja. Mehr höfliches Geplänkel. Und was denkst du wirklich, Rajana?« Balthasar stützte sein Kinn auf seine kleine Hand. »Magst du sie lieber als die Entführerin, die du jahrelang Mutter nanntest.«

»Frag mich noch mal, wenn ich Zeit hatte, mich einzuleben.« Rain blieb ruhig. Sie war es gewohnt, eine Rolle zu spielen, da würde sie auch ein Knirps mit gruseligen Augen nicht verunsichern. Doch Gott Balthasar ließ nicht locker.

»Wir alle fragen uns natürlich, wie dein Leben als Ghost ausgesehen hat. Kannst du uns ein paar Einblicke in dein früheres Leben geben?«

Es herrschte gespannte Stille. Alle schienen den Atem anzuhalten.

Rain räusperte sich, bevor sie erzählte. Vom Winter in Grey. Es war so kalt gewesen, dass Kälte und Smog gleichermaßen durch jede Lücke ins Haus gedrungen waren. Die Kälte hatte die Bewohner näher zusammenrücken lassen, und Rain erinnerte sich, wie sie von einem Händler Pasteten vom Vortag geschenkt bekommen hatte. Es war das Leckerste, was sie je gegessen hatte. Zumindest bis sie nach Aventin gekommen war.

Das Publikum seufzte verzückt auf, als sie über die Pastete erzählte.

»Eine traurige und gleichzeitig wunderbare Geschichte!«, rief Balthasar aus. »Wir erinnern uns gut an diesen Winter. Er war einer der kältesten.«

»Oh ja. Selbst die Drohnen waren gegen die Kälte machtlos«, erzählte Rain unbeschwert weiter. »Auf der Flucht habe ich eine mit Wasser übergossen. Sie ist wie ein Stein vom Himmel gefallen.«

Die Aventiner lachten bei der Vorstellung auf, und Balthasar nickte zufrieden.

»Gibt es denn auch etwas, das du vermisst?«, fragte er.

»Meine Fuchsmanguste«, antwortete Rain. Es war nicht gelogen, nichts davon, aber sie war es gewohnt, Fragen so zu beantworten, dass sie vage blieb und nicht zu viel verriet.

»Eine Tierliebhaberin!«, rief Balthasar begeistert aus. »Wir wissen genau, wie du dich fühlst. Wir hatten zwei entzückende Katzinchen.«

Es wurden Bilder eingeblendet von zwei Wollknäueln, die aussahen wie Katzenbabys mit Kaninchenohren. Sie waren so süß, dass ein allgemeines »Oh!« durch die Reihen lief.

»Leider sind sie in der letzten Show einer Komodoschlange zum Opfer gefallen.« Der Junge verzog die Lippen, so als würde ihm der Verlust noch immer Schmerzen bereiten.

»Wir hoffen sehr, dass du deine Fuchsmanguste wiederfindest.« Balthasar legte seine Hand aufs Herz.

»Dürfen wir fragen, was du sonst noch planst? Die Menschen setzen viel Hoffnung auf dich.«

»Tun sie das?« Rain hob eine Augenbraue.

»Aber natürlich. So etwas wie dich hat es noch nie gegeben. Eine unglaubliche und tragische Geschichte, die uns alle inspiriert. Das Mädchen, das das Unmögliche möglich gemacht hat. Die unmögliche Prinzessin. Die Menschen lieben dich.«

»Dann ist es ja gut, dass ihr mich nicht an den Mutantenhai verfüttert habt.« Es war ihr Ernst, aber sie löste damit allgemeine Heiterkeit aus. Auch Tiberius lachte auf, aber sie spürte seine Anspannung. Er sah sie wie ein Falke an, klebte an ihren Lippen, als wünschte er sich vorherzusehen, was sie als Nächstes sagen würde. Rain sah ihm direkt in die Augen, zog die Augenbraue hoch und fragte ein wortloses »Hast du Angst, dass ich dich blamiere, Vati?«.

»Oh ja. Das sind wir«, stimmte Gott Balthasar zu. »Und wir alle hoffen, in Zukunft noch mehr von dir zu hören.« Er hob die Arme, und die Zuschauer stimmten ihm zu.

»Ich denke, ich werde noch eine Weile bleiben«, sagte sie also. »Allein schon wegen der Duschen und sprechenden Spiegel.«

Das Publikum lachte erneut.

»Möchtest du uns noch etwas auf den Weg mitgeben?«, fragte Balthasar, und Rain verstand. Das war mehr als nur eine Show. Es war eine Gelegenheit. Balthasar eröffnete ihr die Möglichkeit, aus dem Schatten zu treten. Sie musste nicht das stumme und interessante Accessoire ihres Vaters spielen.

Sie erhob sich und richtete ihren Blick auf die Zuschauer: »Ich bin in der Asche von Grey aufgewachsen. Dafür schäme ich mich nicht, denn es ist ein Zirkel, den ich ins Herz geschlossen habe, auch wenn es vielleicht für einige schwer vorstellbar ist. Ich höre es immer noch. Das ewige Summen und Brummen der Maschinen. Als ob die Stadt eine lebende Kreatur aus Stahl wäre. Durch ihre Adern fließt Smog und Feuer. Ebenso wie durch die Körper der Bewohner. Sie arbeiten hart und kämpfen täglich um ihr Überleben. Sie verdienen unsere Anerkennung und Unterstützung.«

»Eine überraschend politische Stellungnahme«, bemerkte Balthasar, und seine dunklen Augen musterten sie erneut. »Ich bin sicher, uns fällt etwas ein, wie wir dem alten Zuhause unserer unmöglichen Prinzessin danken können. Nicht wahr, Tiberius?«

»Zum Beispiel mit Versorgungspaketen«, schlug Rain vor. Sie wusste, dass sie den Bogen nicht überspannte. Es war bloß eine kleine Geste, die vielen Menschen in Grey helfen würde. Und hoffentlich auch Rose und ihrer Mutter, denn die beiden waren es, die ihr wirklich am Herzen lagen.

»Wir kümmern uns darum«, mischte sich Tiberius ein. Er wusste, dass er ihr die Bitte nicht abschlagen konnte, nicht nachdem es alle gehört hatten. »Meine Tochter ist erst ein paar Tage zurück und schmiedet schon große Pläne.«

»Wie ihre Eltern«, bestätigte Balthasar, und sein Mund verzog sich zu einem listigen Grinsen. Er rieb sich die Hände. »Kann ich euch zu einer Wette überreden?«

»Heute nicht«, mischte sich Tiberius ein und ergänzte versöhnlich. »Black Shell braucht seinen Earl in einem Stück, aber ich freue mich sehr auf deine nächste Show und die mutigen Teilnehmer.«

»Bedauerlich, aber verständlich. Nur die Verrücktesten, Mutigsten wagen es, eine Wette mit dem Gott zu machen«, antwortete Balthasar grinsend. »Amen!«

»HALLELUJA!« Die Zuschauer standen auf und hielten etwas in die Höhe, das aussah wie ein Kreuz, bei dem eine Seite länger war als die anderen. So wie sie es hielten, konnte man es für ein kleines Holzschwert halten.

Balthasar erhob sich und schlug seine weiße Kapuze über den Kopf.

»Halleluja!«, riefen die Gäste, während sie die Holzklingen aneinanderschlugen. »Halleluja.«

Sie versanken in einem schimmernden Goldregen, während die seltsamen Rohre den Raum wieder mit ihren Klängen zum Vibrieren brachten.

Der Boden unter Rains Füßen erstrahlte, und das Sofa glitt nach unten.

»Sie lagen dir zu Füßen«, trällerte Andromeda, und für einen Augenblick dachte Rain, sie wollte ihr um den Hals fallen, dann hielt sie eine Handbreit Abstand und hauchte ein Küsschen in die Luft. »Ich bin so so so stolz auf dich.«

»98% will mehr von Rajana sehen«, verkündete Bishop. »Gut gemacht.«

»Was ist dieser Balthasar?«, fragte Rain.

»Gott Balthasar ist einer der einflussreichsten Gesegneten«, erklärte Andromeda. »Er wurde nie zum Earl ernannt, aber man nennt ihn Earl der Unterhaltung. Er selbst bezeichnet sich als Gott, ein recht begehrtes Amt der alten Welt.«

»Aber warum redet er von sich im Plural?«, hakte Rain nach. Weder Andromeda noch Bishop antworteten. Sie tauschten nur einen amüsierten Blick aus. »Und was ist mit seinen Augen?«

»Gott Balthasar ist sehr speziell«, kicherte Andromeda nur. »Der Herr der Unterhaltung und Illusion.«

»Du hast dich erstaunlich schnell angepasst.« Tiberius trat an sie heran und musterte sie. Jedoch schien er sich nicht darüber zu ärgern, dass sie die Initiative ergriffen hatte. »Ganz meine Gene! Ich wusste es.«

Daphne raunte Tiberius etwas ins Ohr, woraufhin er nickte. »Wir müssen los.«

»Warte, äh … Tiberius.« Rain wusste nicht, wie sie ihn nennen sollte. »Vater« kam ihr seltsam vor, auch wenn sie sich immer einen gewünscht hatte, empfand sie für den Gesegneten nicht annähernd die Gefühle, die sie für Storm hatte.

»Ich … würde euch beide gerne außerhalb der Shows sehen, um euch richtig kennenzulernen.«

»Oh.« Tiberius nickte. »Wir können dir Videos zukommen lassen.«

»Das hat Andromeda auch schon vorgeschlagen, aber ich würde lieber mit euch sprechen. Persönlich.«

»Gibt es ein Problem?«

Eine ganze Menge Probleme! Konnte er das nicht verstehen? Aber in Aventin war es offenbar nicht vollkommen normal, privat Zeit mit seinen Eltern verbringen zu wollen.

»Nein, aber…«

»Du kannst Daphne alles fragen, was du möchtest.«

»Bloß nicht«, entfuhr es Rain. »Ähm … Alles ist neu, und es ist etwas schwer für mich. Meine Mu… also Storm…« Sie hielt im Satz inne, weil seine Miene sich bei dem Namen schlagartig verdüstert hatte.

Er beugte sich mit gerunzelter Stirn und funkelnden Augen zu ihr herunter und flüsterte: »Sie war eine Rebellin und Verbrecherin, die dich entführt und dein Leben lang belogen hat, und mehr gibt es über sie nicht zu sagen.«

»Ich meinte ja nur, …« Sie musste dem Versuch widerstehen zurückzuweichen.

»Sie war verrückt.«

»Sie hat mich als ihre Tochter großgezogen«, entgegnete Rain. Das Gespräch lief nicht in die Richtung, die sie geplant hatte.

»Wenn sie Gefühle für dich gehabt hätte, hätte sie dir die Wahrheit erzählt. Sei nicht dumm, Rajana. Du solltest sie vergessen, denn jetzt bist du so viel mehr. Eine Gesegnete und meine Tochter.«

In Rains Innerem braute sich ein Sturm zusammen.

Was glaubte er, wen er vor sich hatte? Ein kleines Kind, dessen Gefühle er so einfach ersticken konnte? Egal, welche Argumente er aufbrachte, Rain kannte Storm, und sie würde sich erst ihre Version der Wahrheit anhören, bevor sie ein Urteil fällte. Tiberius mochte ihr genetischer Vater sein, aber das reichte ihr nicht, ihm mehr zu vertrauen als ihr.

»Ich hoffe, das siehst du auch so, Tochter?« Seine Stimme wurde nachdrücklicher. Die Art, wie er »Tochter« betonte, klang beinahe wie eine Drohung.

»Sicher, Tiberius.« Sie neigte artig den Kopf und nickte. Nicht wegen der Drohung, damit konnte man sie nicht erschrecken, aber wenn sie je aus diesem Glasturm wollte, musste sie mitspielen.

»Sehr schön.« Tiberius musterte sie mit einem Blick, den Rain nicht deuten konnte. Er drehte sich um, hielt dann noch einmal inne und ergänzte: »Ich werde Zeit für dich finden, damit wir reden können.«

24.

ANWÄRTER ZU SEIN HATTE VORTEILE, vor allem, als die Versorgungspakete aus Aventin kamen. Es handelte sich dabei um Boxen mit Vitaminpräparaten, Dosenmilch, Salz, Süßungsmittel, Thermodecken, neuen Masken, Schutzanzügen, Medikamenten und anderen heiß begehrten Gütern, die jedes halbe Jahr mit einem Gleiter aus Aventin gebracht wurden. Geschenke der Gesegneten, um den Anschein zu erwecken, sich um Grey zu scheren.

Die Versorgungspakete waren Hoffnung. Eine kleine Hoffnung, an die sich viele klammerten, als würde ihr Leben davon abhängen. Während die Menschen in den harten Wintern erfroren oder verhungerten, verreckten sie im Sommer an dem stehenden Smog.

Also zeigte Aventin seinen guten Willen und unterstützte Grey gelegentlich mit lebenswichtigen Utensilien, auf die sie ebenso gut »Seht ihr, ihr braucht uns!« hätten draufschreiben können.

Dank Rains Auftritt in Balthasars Show gab es dieses Mal mehr Pakete als sonst. Fast täglich erzählten die News auf den TecDecs die nach einem Märchen klingende Geschichte von der Gesegneten aus Grey, deren Herz für den Industriezirkel schlug. Dass sie wie eine Aussätzige behandelt worden war und im Verborgenen gelebt hatte, hängten sie nicht an die große Glocke.

Lark erwischte sich oft dabei, wie er vor dem TecDec saß und Rain anstarrte. Manchmal fiel es ihm schwer zu glauben, dass er sie kannte. Die Gesegnete Rajana. Das Mädchen, das das Unmögliche möglich gemacht hatte und das Undenkbare denkbar.

Die Versorgungspakete wurden in der Reihenfolge der Gene

verteilt. Da es auch dieses Mal nicht genug für alle gab, würden viele Zweien und Dreien leer ausgehen.

Als Anwärter durfte Lark sich nicht nur als Erster ein Paket sichern, sondern auch noch drei für seine Familie. Für jedes Mitglied eins. Selbst für seine Schwester. Er hatte die Boxen bereits in seinem Rucksack verstaut und konnte es kaum erwarten, sie seinen Eltern und Rose unter die Nase zu halten. Neue Masken und Schutzmäntel brauchten sie dringend, ebenso wie Vitamintabletten, da sie sich selten Obst leisten konnten. Und er hatte sogar Medikamente erhalten, die gegen den trockenen Husten und gereizte Schleimhäute halfen. Das Salz würden sie sparen, um es später zu verkaufen.

Bevor er allerdings nach Hause ging, hatte er noch etwas zu erledigen. Er löste das Armband, welches er von Thron erhalten hatte. Eine weiße »11« leuchtete ihm entgegen. Damit war er schlechter als Fox und auf einer Stufe mit Fly. Nim und Grump folgten ihm dicht mit jeweils einer »10«.

Er versteckte das Band in der Vertiefung einer Betonwand, falls es mehr konnte, als bloß Punkte anzeigen. Sie orten zum Beispiel.

Dann sah er sich um, stellte sicher, dass ihm keiner folgte, und bog in eine Straße ein. Das, was er nun im Begriff war zu tun, war gefährlich.

Lark erreichte eine Treppe, die in den Untergrund führte, wo Bahnen die Fabriken untereinander verbanden. Hier traf man selten auf andere Menschen, und wenn man es doch tat, konnte man davon ausgehen, dass sie ebenfalls keinen legalen Geschäften nachgingen.

Lark schob sich in einen Gang, der so schmal war, dass seine Schultern die Wände auf beiden Seiten berührten. Er folgte ihm, bis er einen durchgestrichenen Kreis an der Wand sah. Nicht-Eingeweihte würden dem Zeichen keine Beachtung schenken, doch er wusste es besser und stieg die schmale Leiter neben dem Kreis nach oben. Eine Schiene in der Mitte verriet ihm, dass er sich in einem Schacht befand, in dem Züge fuhren.

Lark lauschte angestrengt, vergewisserte sich, dass kein Zug in der Nähe war, und zog sich hinein. Er konnte gerade aufrecht stehen, ohne die Decke zu berühren. Ein Kohle-Zug würde den kompletten Gang ausfüllen. Er hätte keine Möglichkeit auszuweichen.

Also beeilte er sich zu einer Tür zu laufen, auf der erneut der Kreis gemalt war. Das Zeichen symbolisierte die Gefangenschaft, den Käfig, den die Gesegneten errichteten. Daher war er durchgestrichen.

Ein durchgestrichener Kreis.

Es war das geheime Zeichen der Rebellen. Sie benutzten es, um Verstecke oder Wege zu markieren, aber auch um sich untereinander zu erkennen. Man zeichnete unverfänglich einen Kreis. Wenn das Gegenüber ein Rebell war, strich er diesen durch und gab sich somit zu erkennen.

Lark holte tief Luft und öffnete die Tür. Eine Treppe führte nach unten in die Dunkelheit. Es roch trotz der aktiven Lüftungsanlagen nach Schimmel, verbranntem Gummi und Exkrementen, denn in den Tunneln gab es viele Werratten.

Flackernde Lampen waren an der Decke befestigt, doch das Licht, das sie ausstrahlten, wirkte grau und blass. Es erreichte nicht einmal den Boden unter ihnen. Er stolperte oft, weil er die Unebenheiten auf dem Boden im schwachen Schein nicht erkennen konnte.

»Da bist du ja, Junge.«

Lark erschrak so sehr, dass er zurücksprang. Vor ihm schälte sich eine schlanke Gestalt aus der Dunkelheit und stellte sich ihm in den Weg.

»Tut mir leid. Hat etwas gedauert.«

Er hatte mit den anderen Anwärtern die Versorgungspakete

sortiert und die Ware kontrolliert. Das hatte den ganzen Tag in Anspruch genommen, war aber viel angenehmer als seine Arbeit, die er sonst immer nach der Schule gemacht hatte.

»Ich hoffe, du wurdest nicht verfolgt.«

»Wurde ich nicht«, beteuerte Lark.

»Wir haben dich und die anderen Anwärter bei den Versorgungscontainern beobachtet.« Sein Gegenüber lehnte sich lässig an die Wand. Bisher war er im Schatten geblieben. Das Grau des Tunnels verschluckte ihn und ließ nicht mehr als seine Konturen erahnen.

»Wollt ihr… wollt ihr sie stehlen?« Lark schluckte.

»Wäre doch eine nette Sache, oder? Wir könnten sie an diejenigen verteilen, die sie wirklich benötigen.«

»Alle benötigen sie«, widersprach Lark. »Es gibt einfach nicht genug.«

»Ja, aber warum sollten die Einsen mehr Anspruch auf sie haben als die Zweien und Dreien?«

Lark wusste darauf keine Antwort. Er machte instinktiv einen Schritt zurück, da er fürchtete, der Mann könnte ihm seine Pakete abnehmen. Auch wenn es egoistisch sein mochte, war er fest entschlossen, alle nach Hause zu bringen.

»Ich kann euch nicht helfen. Wenn sie das rausfinden, dann…«, stotterte er.

»Keine Angst«, unterbrach ihn der Mann harsch. »Darum kümmern wir uns selbst. Für dich haben wir eine andere Mission. Eine wichtige und ehrenvolle Aufgabe.«

Lark schluckte und zwang sich stehen zu bleiben. Seine Beine zitterten, und er wäre am liebsten losgerannt, um diesen düsteren Gang hinter sich zu lassen.

»Du darfst uns nicht enttäuschen, Junge.« Der Mann trat einen Schritt vor und blieb unter der flackernden Leuchte stehen. Der dumpfe Lichtstrahl fiel auf die stachelige blaue Gasmaske, die er trug, um sein Gesicht zu verbergen. Ihr Anblick ließ Larks Herz schneller schlagen, wie beim ersten Mal, als er sie gesehen hatte. Damals war er verzweifelt gewesen, am Ende seiner Möglichkeiten.

Es war der Tag gewesen, der sein Leben für immer verändert hatte. Der Tag, als er zum Spine geworden war.

Rose war wieder einmal krank gewesen, und seine Familie hatte trotz Überstunden kein Geld gehabt, um die nötigen Medikamente zu kaufen. Er hatte sich nicht nach Hause getraut, war durch die Stadt geschlichen und hatte die Welt verflucht.

In seiner Verzweiflung war er ins MedCentre eingebrochen und hatte die Apotheke um einige Pillen erleichtert. Unentdeckt war sein Einbruch nicht geblieben. Der Wachmann hatte ihn erwischt, doch anstatt ihn den Sentinal auszuliefern, hatte er ihn zu den Spines gebracht. Die Rebellen hatten ihm ein Angebot gemacht, das er nicht ablehnen konnte. Wie sollte er auch? Es ging um das Leben seiner Schwester. Und sie konnten ihm die Medikamente besorgen, die er für Rose brauchte. Wenn er das tat, was sie verlangten. Wenn er für sie zum Spine wurde.

»Nimm das!« Der Rebell überreichte ihm einen Rucksack, der schwerer in der Hand wog als erwartet. »Verstecke ihn morgen in der leeren Versorgungskiste mit der Nummer L487.«

»Aber wie…?«

»Du bist dafür zuständig, sie wieder in den Gleiter zu räumen. Es sollte also kein Problem darstellen, oder?« Die Stimme blieb unbarmherzig.

»Nein. Kein Problem«, beeilte sich Lark zu sagen. Lark hatte keine Wahl, sie konnten ihn zwingen, wenn er nicht kooperierte, denn sie wussten, wie sehr Rose auf die Medikamente angewiesen war. Sie hatten ihn in der Hand. »Was ist das?«

»Das geht dich nichts an«, blaffte der Spine, doch ein »Na, na, na« ließ ihn verstummen.

»Sei nicht so unhöflich zu unserem Freund.«

Lark wusste, zu wem die zweite Stimme gehörte, bevor der Rebell aus dem Schatten trat. Ein Spine, der sympathischer war als die blaue Stachelmaske, aber um einiges gefährlicher. Er hatte seine rote Maske abgesetzt und lächelte freundlich. Freundlich wie eine Kobra.

Sein Name war Bolt.

Er begrüßte Lark beinahe väterlich, bevor er ihn aus dem ungemütlichen Gang in einen Raum führte, in dem ein Tisch und zwei Stühle standen, die aussahen, als würden sie jeden Moment zusammenklappen. In einer Ecke raschelte es, vermutlich nur eine Werratte. Oder einer der Riesentausendfüßler oder Spinnenkäfer, die in den Schächten wohnten.

»Wir wissen es zu schätzen, was du für uns tust, aber… «, begann der Spine und drückte den Jungen auf einen Stuhl. »Die anderen vertrauen dir nicht. Sie sehen in dir einen … Ich will ehrlich sein, einen Lauscher. Sie sagen, dass du nicht genug für unsere Sache brennen würdest.«

Larks Mund war ausgedörrt. Er spürte, wie die Spannung den Raum auflud.

»Ich will meine Familie beschützen«, krächzte er.

»Und das ist sehr ehrenhaft, Lark. Ehrlich. Niemandem ist Familie so wichtig wie mir, und ich fühle mit dir. Haben wir deine Schwester nicht immer unterstützt?«

»Ja.« Er hatte kaum noch Stimme. Was wollte der Spine von ihm?

»Nicht wir schaden deinen Liebsten, sondern Aventin. Das siehst du doch auch so, oder?«

»Ja.«

»Sehr schön, Lark.« Die Stimme klang beinahe väterlich. »Vergiss nie, wer euch bei den Medikamenten hilft, wenn nichts mehr geht, und wer dich zum Anwärter gemacht hat.«

»Ich wollte Rain nicht verraten.« Lark schob die Unterlippe vor. Und doch hatte er es getan. Er hatte ihr Leben aufs Spiel gesetzt, um sich und seine Familie zu retten.

»Ist doch alles gut ausgegangen für die Kleine. Wir haben unser Versprechen gehalten, oder nicht? Wir halten immer unser Wort.«

»Ja.«

Bolt legte die Hände auf Larks Schultern. »Wir haben eine Aufgabe für dich. Eine, die nur du erfüllen kannst. Als unser Mann unter den Sentinal.«

Ja, seitdem Lark zu den Anwärtern gehörte, hatte sein Nutzen für die Rebellen zugenommen.

»Du darfst nicht wieder zögern und musst das tun, was nötig ist.« Bolt machte eine dramatische Pause, in der er Lark mit seinen stahlblauen Augen durchlöcherte. »Du musst dafür sorgen, dass der Inhalt dieser Tasche nach Aventin gelangt. Es ist wichtig, dass du sie in die richtige Kiste legst, denn unser … Kontaktmann wird sie später dort abholen.«

»Was ist da drin?«, versuchte Lark es erneut.

»Ein Kasten. Verschlossen.«

»Und in dem Kasten?«

»Je weniger du weißt, desto besser.«

Das war nicht die Antwort, die Lark hören wollte.

»Ich weiß, dass wir auf dich zählen können. Denn du hast es selbst erlebt, wie es ist, unter den Gesegneten zu leiden. Während sie es sich gutgehen lassen, ersticken wir im Smog. Interessieren sie sich für unser Elend? Nein. Oder für deine Schwester? Nein. Es ist ihnen egal.«

»Vielleicht ändert sich das. Mit Rain … also Rajana. Sie kann uns helfen.«

»Sie ist unserer Sache nützlich, aber machen wir uns nichts vor. Die Kleine ist nur eine Marionette. Schon bald wird sie sich an Aventins Luxus gewöhnen und das Elend vergessen, in dem sie aufgewachsen ist. All die Hoffnung, die ihr entgegengebracht wird, wird in Wut umschlagen. Und Enttäuschung.«

»Aber sie tut doch etwas. Die Versorgungspakete …«

»Um uns ruhig zu halten. Das ist ein Schachzug von Aventin. Keine Samaritermission.«

Lark wurde schwindelig, und eine düstere Vorahnung beschlich ihn.

»Ich spioniere für euch die Sentinal aus, aber das … das will ich nicht tun«, stammelte er und entledigte sich des Rucksackes, indem er ihn auf den Boden stellte. »Nicht, wenn Menschen dabei zu Schaden kommen.«

»Wenn es dich beruhigt, kann ich dir versichern, dass es keine Unschuldigen treffen wird.«

Lark war nicht überzeugt.

»Wir können dich nicht dazu zwingen, aber denk bis morgen darüber nach. Es ist an der Zeit zu kämpfen. Und du musst eine Seite wählen. Entweder du bist ein Spine oder ein Feind.«

Lark wusste nicht, was er von den Rebellen halten sollte. Auf der einen Seite bewunderte er ihren Kampfgeist, und er war ihnen dankbar für ihre Hilfe, aber dann war da noch die andere Seite. Und die machte ihm eine Scheißangst.

Er konnte die Tunnelsysteme nicht schnell genug hinter sich lassen und hätte am liebsten vor Freude laut aufgelacht, als er den grauen Himmel endlich wieder über sich sehen konnte. Auch wenn sie ihm Bedenkzeit versprochen hatten, wusste er, dass er aus der Nummer nicht herauskommen würde. Die Rebellen bekamen am Ende immer, was sie wollten. Und ob er wollte oder nicht, er war einer von ihnen.

»Na?«, fragte Bishop mit strahlenden Augen. »Was fällt dir an mir auf?«

»Ähm.« Sie standen im Aufzug, und Rain hatte bisher all ihre

Energie darauf verwendet, angesichts der Enge nicht in Panik zu geraten. Nun wandte sie sich Bishop zu. Er trug seine übliche schwarze Uniform. Die welligen Haare hatte er wie gewohnt zurückgekämmt, was die hohe, markante Stirn betonte. Aber so wie seine Augen leuchteten, musste etwas anders sein.

»Du trägst eine Brille«, fiel ihr auf. Aber sie sah nicht wie eine gewöhnliche Schutzbrille aus.

»Und?«, fragte er. »Wie findest du sie?«

»Ähm … Schön.«

»Schön? Das ist der Wahnsinn«, korrigierte Bishop und strahlte wie ein hungriger Junge, dem man gerade einen Kuchen geschenkt hatte. »So etwas habe ich mir immer gewünscht, konnte es mir aber nicht leisten. Du bist mein Glücksbringer, Prinzessin. Ich wusste, dass wir zwei es zu etwas bringen können.«

»Ich dachte, nur Dreien hätten Sehschwächen.« Rain ahnte bereits, dass er die Brille nicht wegen einer Sehschwäche trug. Ihr war bereits ein ähnliches Modell an Aurelias Cabman aufgefallen.

»Sehschwäche?« Bishop lachte und deutete auf ihre Kleidungsstücke. »Hose von Guildera. Oberteil von Prisiton. Armband von … unbekannt. Dem Material nach zu urteilen aber am ehesten in Green hergestellt.«

Er sah sie direkt an, aber schien durch sie hindurchzusehen. Seine Pupillen zuckten hin und her. »Laut Umfragen unterstützen dich aktuell 61% der Aventiner in dem Vorhaben, Grey mehr zu unterstützen. Die anderen haben Angst vor einer Steuererhöhung.«

»Gut zu wissen«, brummte sie.

»Das sind TecGlasses.« Bishop zeigte auf seine Brille. »Tec. Glasses. Das ist unglaublich. Ha! Dein Gesichtsausdruck. Du bist verwirrt.«

»Stimmt.« Rain zog die Augenbrauen hoch.

»Und woher weiß ich das?«

»Weil ich verwirrt aussehe?«

»Weil die TecGlasses es sagen.«

»Wahnsinn.«

Eine sprechende Brille. Deshalb war er so aus dem Häuschen.

»Mein Zimmer kann auch sprechen«, bemerkte Rain mehr zu sich selbst.

»Ich habe mir schon immer TecGlasses gewünscht. Sie sind nicht nur ein Statussymbol, sondern auch unglaublich nützlich«, schwärmte Bishop.

Sie hatten das oberste Stockwerk ihres Turmes erreicht und stiegen aus. Rain war erleichtert, als das beklemmende Gefühl des Aufzugs endlich von ihr abfiel und sie wieder durchatmen konnte.

Sie befanden sich in einem leeren Raum, dessen Größe nur schwer einzuschätzen war. Er war weiß, so weiß, dass er beinahe zu leuchten schien.

»Willkommen in Heaven, dem Ort, wo alles möglich ist«, erklärte Bishop, als sie sich verwundert umdrehte.

»Was machen wir hier?«

»Geduld, Prinzessin. Geduld. Ich glaube, das wird dir gefallen.« Bishops Lippen zuckten, als könnte er es kaum erwarten, ihr mehr zu erzählen.

»Setz dich«, forderte er sie auf und deutete auf zwei weiße Stühle in der Mitte des Raumes, die Rain zuvor nicht einmal gesehen hatte.

Sie folgte der Anweisung. Während sie sich fragte, was sie in einem leeren Raum wollten, der aussah, als würde er sämtliche Farbe verschluckt haben, veränderte sich die Umgebung. Das Weiß verschwand, und aus dem Boden wuchsen Gras, Farn und schließlich Bäume empor.

»Was zum …«

Rain sprang auf. Von den weißen Platten an der Decke drang

goldenes Sonnenlicht, fiel durch die Baumkronen und tanzte über das weiche Moos.

Rain hatte das Gefühl, mitten im Wald zu stehen. Sie konnte den Wind hören, der durch die Baumkronen zog, und das Zwitschern der Vögel. Doch etwas stimmte nicht. Sie zog die Luft ein, aber es roch nicht nach Wald. Rains Finger glitten auf einen Baumstamm zu und durch ihn hindurch. Projektionen.

»Fantastisch, oder?« Bishop klatschte in die Hände.

»Ja.« Es erinnerte Rain an die Zeit, in der sie mit Storm im Wald gelebt hatte.

Die Sommer waren ein Traum gewesen. Sie hatten im Moos gelegen, Beeren gegessen und im Fluss gebadet. Die Winter waren härter, aber trotzdem voller Glück, wenn sie im weißen Schnee gespielt hatte. Auch wenn sie um ihr Überleben gekämpft hatten, hatte Storm ihr alle Sorgen genommen. Sie hatte sie immer beschützt.

Der Wald zerfiel vor ihren Augen, und Betonwände wuchsen in die Höhe, streckten sich einem grauen Himmel entgegen.

»Grey!«, rief Rain aus. Sie hatte die rauchenden Schornsteine und Fabriken sofort erkannt, auch wenn die Projektion weder Smog noch Müll zeigte.

»Ich dachte, du hättest vielleicht Heimweh.«

»Ich…« Es stimmte. Die Bilder der engen Betongassen, des ewig verhangenen Himmels ließen Rains Herz höher schlagen.

»Du musst nichts sagen. Ich verstehe das«, sagte Bishop und legte ihr eine Hand auf die Schulter, eine überraschend vertraute Geste für Aventin.

»Ja?«

»Natürlich.« Er nickte ernsthaft. »Es ist für lange Zeit dein Zuhause gewesen, und auch wenn vielleicht nicht alles gut und einfach war, war bestimmt auch nicht alles schlecht.«

»Vermisst du Pitch manchmal?«

Für einen kurzen Moment, nicht länger als ein Wimpernschlag, legte sich ein Schatten auf Bishops Gesicht, und seine Finger tasteten nach dem Anhänger an seinem Gürtel.

»Die Kohle der Minen fließt durch mein Blut, ebenso wie die Asche von Grey durch deines fließt. Es ist für immer ein Teil von uns.«

Für eine Weile saßen sie einfach da und betrachteten die Illusionen von Grey, während jeder seinen eigenen Gedanken nachhing.

»Danke«, flüsterte Rain schließlich.

»Du kannst mich jederzeit fragen, und wir kommen her. Sooft du möchtest.«

Auf dem Rückweg zu ihrem Apartment hielt Rain die Augen offen, um einen möglichen Fluchtweg zu entdecken. Oder eine andere Möglichkeit, ihren eingeschränkten Handlungsspielraum zu erweitern.

»Verzeihung.«

Rain wich instinktiv zurück. Ein Sentinal war ihnen entgegengetreten, als sie aus dem Fahrstuhl kamen. Der Mann trug keinen Helm, was seltsam wirkte. Rain hatte beinahe vergessen, dass wirklich Menschen unter den Visieren steckten. Er hatte ein kantiges Gesicht mit harten Zügen, die zu dem passten, was er war. Eine Kampfmaschine. Eine kleine Narbe zierte seine Haut über der linken Augenbraue. Er musste sie absichtlich behalten haben, denn Narben konnte man unkompliziert entfernen lassen.

In seinen Händen trug er eine Box, die sich bewegte.

»Ich bin Nife.« Er versuchte freundlich zu gucken, was ihm nicht sonderlich gut gelang. Sein Lächeln wirkte unbeholfen und seine Worte holzig. Er war vermutlich besser im Kämpfen als im Smalltalk.

»Einfallsreicher Name«, bemerkte Rain.

»Ich habe ihn nach meiner Ausbildung selbst gewählt.« Nife drückte seine Schultern durch.

Ja, das hatte sie vermutet.

»Wir werden uns in Zukunft öfter sehen, da ich ab jetzt für deine Sicherheit zuständig bin.«

Tiberius hat mir also noch einen Babysitter besorgt.

»Wenn mein Vater das für notwendig hält«, entgegnete Rain und verschränkte die Arme vor der Brust. Nife wartete, aber als sie nichts einzuwenden hatte, streckte er seine Arme mit der Box aus und fuhr fort: »Ich glaube, der gehört zu dir.«

Aus dem Inneren ertönte ein vertrautes Kläffen, welches Rains Herz zum Springen brachte. Cassiopaio? Sie riss dem Soldaten den Käfig aus der Hand und stellte ihn sachte auf den Boden.

»Ein treuer Kerl«, sagte Nife anerkennend.

»Ja, das ist er.«

Rain musterte Nife und überlegte, ob sie ihm schon begegnet war, aber Sentinal sahen alle gleich aus, und sie hatte bisher noch keinen von ihnen ohne Helm gesehen.

Der Mann räusperte sich: »Ich wollte ihn aus dem Käfig lassen, aber er wollte mich beißen.«

»Ja, er mag nicht jeden.« Rain öffnete die Tür der Box, und Cassiopaio sprang ihr in die Arme. »Besonders keine Sentinal.«

Sie drückte ihn an sich, und die entkräftete Manguste ließ es ausnahmsweise geschehen. Er drückte seinen Kopf an ihre Wange und bohrte seine Krallen in ihren Unterarm, als wollte er damit sagen, dass nichts sie wieder voneinander trennen könne.

»Und besonders niemanden, der sein Frauchen angegriffen hat. Ich habe dich in Grey aufgehalten, als du der Rebellin zu Hilfe geeilt bist.« Der Soldat lächelte schräg.

»*Versucht,* mich aufzuhalten«, korrigierte sie, als sie sich erinnerte. »Du warst der Typ, den ich geschockt habe.«

»Ja. Der Stromstab war mein Untergang.« Nife schien es ihr nicht übelzunehmen. Zumindest ließ er sich nichts anmerken. Tiberius schien ihn ja bestens instruiert zu haben.

»Krieg ich den auch wieder?«, fragte Rain scheinheilig, auch wenn sie sich die Antwort schon denken konnte.

»Ich kann Tiberius fragen.«

Danke, dass du mir noch einmal bestätigt hast, wem du Gehorsam schuldest.

Sie musste vorsichtig sein. Ihr Vater hatte Nife sicherlich nicht ohne Grund ausgewählt.

»Richte meinem Vater meinen Dank aus«, sagte sie. Sie war Tiberius dankbar, dass er ihr die Fuchsmanguste als Zeichen seines guten Willens hatte zurückbringen lassen. Doch das würde nicht reichen, ihr Vertrauen zu gewinnen. Im Gegenteil. Sie würde noch vorsichtiger sein.

»Was ein putziger Kerl!« Bishop beugte sich über Cassiopaio und rückte die Brille zurecht. »*Cynictis penicillata.* Eine Fuchsmanguste. Allerdings eine mutierte Form. Sehr wild. Nicht erziehbar. Au!«

In diesem Moment biss der nicht erziehbare putzige Kerl in seine Nase.

»Dein Frettchen ist so niedlich.« Die jungen Frauen hatten es sich auf dem Sofa bei der Fensterwand gemütlich gemacht und tranken süßen Saft, der durch Eisstücke gekühlt wurde.

»Fuchsmanguste«, korrigierte Rain. Cassiopaio lag auf ihrem Schoß und ließ sich kraulen. Sein Bauch spannte sich unter den Bergen an gekochten Eiern, die er verschlungen hatte, nur um sich kurz darauf auf Daphnes Schuhen zu erbrechen.

Vermutlich erschien ihm die Vorstellung, nicht mehr hungrig ins Bett zu müssen, ebenso unglaublich wie ihr.

»Und dein neuer Bodyguard sieht so gut aus«, kicherte

Andromeda und warf immer wieder verstohlene Blicke zum Fahrstuhl hinüber, durch den Nife verschwunden war. Entweder wartete er außer Sichtweite, oder er organisierte neue Sicherheitsmaßnahmen. Weit weg war er sicher nicht.

»Ach ja?«, fragte Rain. Sie hatte noch nicht darüber nachgedacht, doch jetzt, da Andromeda es ansprach, musste sie ihr recht geben. Nife sah mit seinen markanten Gesichtszügen und den großen stahlblauen Augen gut aus.

»Aber hallo. Ich erkenne gute Gene, wenn ich sie sehe.« Andromeda spielte an ihren Haaren, deren Spitzen sie heute blaugefärbt trug. Passend dazu hatte sie die Fingernägel in der gleichen Farbe lackieren lassen, an den Spitzen gingen sie wie Fächer auseinander.

Cassiopaio sprang auf den Boden und näherte sich misstrauisch einer Reinigungsdrohne, die lautlos an ihnen vorbeiglitt. Er begutachtete sie, während sie seine Haare vom Boden saugte. Als sie zu nahe kam, knurrte er. Die Drohne setzte ihre Arbeit unbeeindruckt fort. Cassiopaio bellte. Er beschloss, seinen alten Ruf als Unruhestifter wieder herzustellen, sprang auf den CleanBot und verbiss sich in einem Schlauch.

»Nicht die Gene machen jemanden perfekt«, widerholte Rain die Worte ihrer Mutter.

»Ach nein? Und was dann, Süße?« Andromeda schien die Manguste nicht zu bemerken, die mit der Reinigungsdrohne rang.

»Sein Wesen.« Rain dachte an Lark und spürte den Stich in ihrem Herzen. »Und das sieht man ihnen nicht an.«

Andromeda starrte sie ungläubig an, bevor sie in Gelächter ausbrach. Gelächter. Sie glaubte offenbar, Rain hätte einen Scherz gemacht.

»Gute Güte! Du klingst wie diese Verrückten, die sagen, dass geistige und körperliche Überlegenheit nicht so wichtig seien.«

»Was ist mit Charaktereigenschaften wie Treue und Loyalität? Oder Empathie? Sind die nicht wichtig?«

»Ach, ich verstehe … Dir hat jemand das Herz gebrochen?« Andromeda schlug immer noch kichernd die Hand vor den Mund.

»Ich habe es zugelassen.« Rain presste ihre Finger so fest um das Glas, dass die Knöchel weiß anliefen, doch ihre Wut wollte nicht bleiben. Sie wehte davon wie ein Blatt im Wind und ließ nur Schmerz zurück. Sie konnte ihn verstehen. Er hatte nur seine Familie schützen wollen, seine Schwester. Es war ihre Schuld, nicht damit gerechnet zu haben.

»Oh Süße. Da hast du recht. Männer können solche Arschlöcher sein. Ganz unabhängig von den Genen.« Andromeda kicherte immer noch, bevor sie sich zusammenriss und ein mitfühlendes Gesicht versuchte. »Was ist passiert?«

»Nichts Weltbewegendes.« Die Untertreibung des Jahres.

Cassiopaio bellte erschrocken, als die Reinigungsdrohne seinen Schwanz in ihrer Saugvorrichtung einsog.

»Erzähl mir alles. Etwa mit einem Ghostjungen?«

»Nein.«

»Einem Rebellen?« Andromedas Augen leuchteten vor Aufregung.

»Nein.«

»Kennst du sie?« Andromeda beugte sich vor. »Also die Rebellen meine ich?«

»Natürlich nicht!«, antwortete Rain und erhob sich, um die Fuchsmanguste vor der Drohne zu retten. Sie deaktivierte die Maschine und zog Cassiopaios Schwanz heraus. Das Tier knurrte die schlafende Drohne wütend an und versetzte ihr einen Hieb mit der Pfote, bevor es sich aufs Sofa zurückzog.

»Ich weiß, wie das ist…« Andromeda schien nichts von Cassiopaios Aktion mitbekommen zu haben. Sie starrte aus dem Fenster und wischte sich eine Träne aus dem Augenwinkel. Sie versuchte ein Taschentuch aus der Handtasche zu ziehen, doch die Fingernägel erschwerten es ihr.

»Ein kleiner Rat, Süße. Komm schnell über ihn hinweg und such dir einen neuen Gefährten. Glaub mir, das ist das Beste, was man tun kann, um jemanden zu vergessen.« Sie leerte den Saft in einem Zug und befahl der Dienerin nachzufüllen.

»Und mit wem musstest du diese Erfahrung machen?«, fragte Rain.

Andromeda lief rot an und schaute dann verlegen zu Boden. »Deinem Halbbruder Morpheus.«

»Im Ernst?« Rain war sprachlos.

»Ja, er ist ein Aufreißer und arroganter Mistkerl, und ich … ich bin auf ihn und seine Komplimente hereingefallen.« Sie zupfte sich die Haare zurecht. »Dann hat er gesagt, unsere Gene würden nicht zusammenpassen.«

»Oh, das tut mir leid.«

»Und 81% der Aventiner haben ihm recht gegeben.« Sie seufzte. »Ich weiß, dass er während unserer Beziehung mehrere Techtelmechtel mit einer anderen Frau hatte. Einer Menschenfrau noch dazu.«

Andromeda holte tief Luft und strich ihren Rock gerade. »Nach unserer Trennung ist er auf allen Shows mit ihr erschienen und hat mich damit noch mehr gedemütigt. Kannst du dir das vorstellen? Sein armer Cabman hatte alle Hände voll zu tun, sein Image zu retten, wie du dir vorstellen kannst. Ich meine, ein Gesegneter und Prinz wie Morpheus und ein Mensch? Ich weiß, Gesegnete sollten über menschlichen Dingen wie Eifersucht erhaben sein, aber … Er ist ein Mistkerl.«

Rain hatte immer geglaubt, dass Gesegnete über vielen Dingen standen, aber mittlerweile kamen sie ihr nur allzu menschlich vor. Zumal sie selbst sich nicht anders fühlte. Sie hatte doch dieselben

Gefühle, dieselben Gedanken wie die Menschen, oder nicht? Was unterschied sie groß voneinander?

Entschuldigend hob Andromeda die Hände: »Tut mir leid. So sollte ich nicht reden. Ich weiß ja, dass er dein Bruder ist.«

»Dieser Idiot wollte mich hinrichten lassen. Ich bin ganz auf deiner Seite.«

Andromeda schien erleichtert, dass zu hören. »Es war eine schreckliche Zeit, weißt du? Während Morpheus und seine Heart, ja, die dumme Kuh hieß wirklich so, dank Gott Balthasar als das süße verbotene Liebespaar gefeiert wurden, habe ich mich nicht mehr aus dem Haus getraut. Ich konnte es nicht mehr hören.«

»Und dann?«

»Ein Mensch sollte niemals mit einem Gesegneten gleichgestellt werden. Das kann nicht gut gehen. Daher gibt es Gesetze.«

»Was passierte mit ihr?«

»Ihr stieg der Ruhm zu Kopf. Sie hat es nicht ertragen, bloß ein Mensch zu sein. Ihre Makel haben sie in den Wahnsinn getrieben. Also hat sie sich operieren lassen. Gesicht, Körper. Ihren Namen hat sie in Heartalla geändert und sogar versucht, sich die Tätowierung entfernen zu lassen. Ein Skandal!«

Andromeda streckte ihre Hand nach Cassiopaio aus, um ihn zu streicheln, doch angesichts des unmissverständlichen Fauchens überlegte sie es sich anders.

»Was passierte mit ihr?«, drängte Rain.

»Sie wurde aus Aventin verbannt.« Andromeda grinste zufrieden, auch wenn der Schmerz deutlich in ihren Augen zu sehen war. »Eigentlich sollte sie in die Minen geschickt werden, aber das Unheil konnte Morpheus von ihr abwenden. Jetzt ist sie fort. Angeblich in Ruby im Exil.«

Bei den Worten brach ihre Stimme. Rain wusste nicht, was sie tun sollte. Also wartete sie ab.

»Er ist es nicht wert, dass ich wegen ihm Tränen vergieße. Gut, dass ich wasserdichtes Make-up trage«, schluchzte sie und wischte eine weitere Träne aus dem Augenwinkel. »Ich hasse ihn und trotzdem …«

»Magst du ihn immer noch.«

»Es ist ein Fluch!«, heulte Andromeda auf. »Ich dachte wirklich, ich würde mit ihm einen Bund eingehen und Kinder bekommen. Viele, ganz viele Kinder. Mehr habe ich mir nicht gewünscht … Kinder. Das ist meine Berufung. Ehrlich. Dafür würde ich alles tun. Ich würde sie lieben und jede freie Minute mit ihnen verbringen.«

Ihre Augen glänzten.

»Ich glaube, du wirst mal eine tolle Mutter sein«, versuchte Rain sie aufzumuntern.

»Ich werde nicht aufgeben. Es ist mein größter Wunsch, weißt du, und ich werde ihn nicht aufgeben«, schniefte Andromeda. »Es gibt immer Wege.«

Dafür würde ich alles tun. Es gibt immer Wege. Etwas an dieser Formulierung ließ Rain innehalten. Was würde sie denn genau tun? Storm hatte ihr beigebracht, vorsichtig zu sein, und nie war dieser Rat angebrachter als hier und jetzt, im Schlangennest selbst, in Aventin.

»Meine Mutter habe ich kaum gesehen, weißt du? Im Prinzip ist es genau wie bei dir. Ich wurde von einem Menschen aufgezogen. Meiner Amme, während meine Mutter damit beschäftigt war, die Welt zu verbessern.«

Das war nicht genau dasselbe, aber Rain schwieg.

»Meine Mutter hat gerne die Kontrolle. Aktuell sucht sie einen neuen Cabman für mich. Glaub nicht, dass ich da etwas mitzureden hätte. Nein.«

Während Rain sich noch fragte, was mit dem alten Cabman passiert war, redete Andromeda bereits munter weiter: »Was ist mit dir? Willst du Kinder?«

»Oh, nein, eher nicht«, gab Rain zu.

»Warum nicht?«

»Ich fürchte, das geht nicht.« Es hatte sie bisher nicht traurig gemacht, niemals schwanger werden zu können, denn sie hatte nie darüber nachgedacht. Alles, was sie einem Kind hätte bieten können, wäre ein Leben auf der Flucht gewesen. Und die Geschichte von Storm und Bolt hatte immer wie ein abschreckendes Beispiel über ihr gehangen. Doch auch jetzt konnte sie es sich nicht vorstellen.

»Das geht nicht?«

»Na ja, so ohne Mann.« Rain biss sich auf die Lippen.

»Wir könnten dir einen suchen.« Andromeda strahlte.

»Aber dafür müsste ich erst einmal aus diesem Apartment rauskommen.« Rain seufzte übertrieben. »Ich langweile mich hier zu Tode.«

»Tiberius wird es nicht gestatten, dass ich dich mitnehme, aber ich habe eine Idee.« Andromedas Stimme senkte sich verschwörerisch. »Ich habe noch ein älteres Set SpyGlasses. Das war vor einiger Zeit mal der letzte Hit. Wenn ich die Brille trage, kannst du sehen, was ich erlebe. Ich kann dich überallhin mitnehmen. Zum Shoppen. In die Badeoase. In Shows. In mein Apartment. Und du kannst dir in Ruhe heiße Gesegnete ansehen.«

Wenn Andromeda ihr nur etwas vorspielte, war sie in dem, was sie tat, verdammt gut, oder sie war wirklich genau das, was sie vorgab zu sein. Eine etwas naive, aber liebenswerte Gesegnete.

»Oh. Super.« Nicht, was sie erhofft hatte, aber trotzdem nützlich. »Ich danke dir.«

25.

LARK STRICH ÜBER DEN STOFF seiner Uniform. Er hatte zuvor nie etwas besessen, das von so edler Qualität war. Das Material war fest und robust. Gleichzeitig erlaubte die Uniform dem Träger eine uneingeschränkte Bewegungsfreiheit. Der Stoff hatte eine schmutzabweisende Oberfläche, die zumindest einen großen Teil von Greys Smog abhielt.

Auf der Brust prangte eine schwarze Muschel, das Symbol von Black Shell.

Es erfüllte Lark mit Stolz und gleichzeitig lähmender Angst. Was würden die Sentinal wohl machen, wenn sie erfuhren, dass ein Spion unter ihnen war? Ein Verräter?

»Du siehst toll aus.« Seine Mutter strahlte übers ganze Gesicht, als er in das Esszimmer kam.

»Fast wie ein echter Anwärter«, ergänzte Rose.

»Ich bin ein echter Anwärter«, lachte Lark.

»Du bist ein Streber. Das bist du.« Rose knuffte ihn spielerisch in die Seite.

Lark musste sich zum wiederholten Male vor ihnen drehen und wenden. Erst nachdem sie sich seine Uniform genau angesehen hatten, ließen sie ihn gehen.

»Los, du Streber«, rief Rose ihm hinterher und winkte überschwänglich. »Mach uns stolz!«

Draußen auf der Straße wartete ein Gleiter. Der Anblick war in Grey selten, da nicht viele ein Transportmittel wie dieses besaßen. Lark stieg die Rampe empor ins Innere, wo bereits die anderen Anwärter auf ihn warteten.

»Na endlich. Da bist du ja, Schönling«, brummte Grump.

Lark verkniff sich eine Antwort und setzte sich auf den freien Platz neben Nim.

»Ganz schön aufgeweckt, deine Schwester«, bemerkte der.

»Ja. Das ist sie«, erwiderte Lark, während er sich umdrehte, um Rose zu winken. Er wusste, wie sehr sie sich darüber freute. Sollten die anderen denken, was sie wollten.

»Mach hier jetzt ja nicht einen auf Mitleid«, mischte sich Grump ein. »Oh! Ich habe eine arme kranke Schwester und muss Sentinal werden, um sie zu retten.«

»Halt die Klappe«, drohte Lark.

»Du bist nicht der Einzige mit einer traurigen Geschichte. Also krieg dich wieder ein.« Grump verschränkte die Arme.

»Streitet nicht«, mischte sich Nim ein. »Wir haben alle dasselbe Ziel.«

»Ja. Aus dem Scheißladen hier rauszukommen«, brummte Grump.

Fox und Fly hatten sich nicht eingemischt. Sie hatten die Diskussion nur schweigend beobachtet und wortlose Blicke ausgetauscht.

»Und das schaffen wir«, sagte Nim. »Wir alle. Okay?«

Die Anwärter nickten, nur Grump ließ ein skeptisches »Wer's glaubt« von sich hören. Das wäre wirklich zu schön, um wahr zu sein.

Lark hatte damit gerechnet, dass sie ihn zur Basis der Sentinal bringen würden, die zentral in Grey lag, aber sie schwebten in die entgegengesetzte Richtung.

Sie ließen die Zirkelmauern hinter sich und verließen Grey. Lark war noch nie außerhalb seines Zirkels gewesen, ebenso wenig wie die anderen Anwärter. Sie streckten ihre Köpfe, um die Umgebung draußen in Augenschein nehmen zu können. Selbst Grump fiel es schwer, sein Staunen zu verbergen. Der Smog lichtete sich, und das Grau der Stadt wich dem Graubraun der umliegenden Gegend. Auf den Tannen lag Asche, und die meisten Bäume sahen nach Larks Einschätzung tot aus, trotzdem hatte er noch nie zuvor so viele Bäume auf einem Fleck gesehen.

»Wo wir wohl hinfahren?«, flüsterte Nim, doch niemand konnte die Frage beantworten.

Lark bemerkte die konzentrierten Gesichtsausdrücke von Fox und Fly. Die beiden hatten ihre Nasen an die Scheiben gepresst und starrten auf die Straße, als würden sie sich jede Einzelheit einprägen. Lark folgte ihrem Beispiel. Vielleicht war dies bloß ein weiterer Test.

Sie glitten über der Asphaltstraße einen Hügel empor, und je weiter sie fuhren, desto weniger dominierten tote Bäume und braune Pilze die Landschaft. Die Bäume schüttelten den Smog von Grey ab und hießen das Licht der Sonne willkommen. Es wurde grüner und lebendiger.

Vom nördlichen Hang aus hatte man einen guten Ausblick auf Grey oder vielmehr die Glocke aus Smog darüber, aus der gelegentlich Schornsteine und Türme ragten.

Lark und die anderen Anwärter konnten sich gar nicht satt sehen. Über ihm konnte er das Blau des Himmels erahnen, und in der Ferne, weit hinter dem Industriezirkel, da meinte er die Felder von Green zu sehen. Und hin und wieder vielleicht auch Strommasten von Yellow.

»Es ist … unglaublich«, staunte Nim.

Nach kurzer Zeit erreichten sie ein Gebäude, das aus dem Hang zu sprießen schien. Es erinnerte an eine Festung. Bewaffnete Sentinal waren auf den Türmen positioniert.

Drohnen patrouillierten über ihren Köpfen, und Lark entdeckte einige Hundebären, die angekettet in der Auffahrt lagen.

Als sie den Gleiter verließen, ertönte ein Brüllen.

»Da!«, rief Nim. Auf einem Sockel lag eine Chimäre, die aussah wie eine Raubkatze mit Flügeln. »Ein Flügellöwe.«

»Ein Greif«, verbesserte Fox. »Äußerst selten.«

»Sieht gefährlich aus«, sagte Nim.

»Er kann trotz seiner Flügel nicht fliegen, weil der muskulöse Körper zu schwer ist. Die sollen bloß Eindruck schinden«, ergänzte Fox. »Aber ich würde ihnen nicht zu nahe kommen.«

Die Anwärter sahen sich gerade staunend um, als Thron ihnen entgegenkam.

»Willkommen in Cliff Shell!«, begrüßte er sie. »Unsere Außenbasis von Grey.«

»Die haben sie nur wegen der frischen Luft hierhin gebaut«, flüsterte Nim Lark ins Ohr.

»Folgt mir!«

Die Anwärter passierten eine Gruppe, die im Vorhof Nahkampf trainierte. Selbst aus der Entfernung konnte Lark die Stärke der Soldaten spüren. Stärke und Sicherheit. Wie sehr er sich danach sehnte.

Thron führte sie in die Eingangshalle, die aus schwarzem Marmor bestand. Das Hologramm eines überdimensionalen Sentinals in voller Rüstung erwartete sie.

»Wir, Sentinal, leben nach den Werten Sicherheit, Ordnung und Loyalität«, erklärte Thron. »Wir schützen Hope vor den äußeren und inneren Gefahren und stehen loyal hinter den Gesegneten, egal, was passiert. Das ist unser Sinn, unsere Bestimmung, also verleibt euch die Werte ein und richtet euer Handeln nach ihnen. Sie werden ebenso wenig in Frage gestellt wie die Codierung auf euren Armen.«

Sie schritten durch den Raum, wobei Thron ihnen Zeit gab, alles zu bestaunen.

»Die Mauern von Cliff Shell zu betreten ist eine Ehre, die nur wenigen gestattet ist. Es ist euer erster Schritt in eine neue Welt, in die Welt der Sentinal.«

Lark fühlte sich so klein zwischen den gewaltigen Marmorwänden. Für jemanden, der in Grey geboren war, erschien es unwirklich, ja beinahe unmöglich, je Teil von etwas Größerem zu sein, und trotzdem stand er hier.

Nim schien es ähnlich zu gehen, denn er murmelte ohne Unterlass: »Wahnsinn! Ich sehe kaum die Decke. Wahnsinn! Ist das real?«

Grump sagte nichts, aber in seinem Blick konnte auch er seine Ehrfurcht nicht verstecken. Fox und Fly waren näher aneinander gerückt. Sie waren wie eine Einheit, so vertraut wie telepathische Zwillinge. Wenn Lark sie sah, erfüllte ihr Anblick sein Herz mit Wärme, und gleichzeitig führte ihr Anblick dazu, dass er sich einsamer fühlte. Er vermisste … Hail. Seine beste Freundin. Seine Vertraute, die immer hinter ihm stand.

Und er vermisste Rain. Beinahe spürte er ihren wilden Blick auf sich, ihre grünen Augen hatten sich unwiderruflich in seine Erinnerung gebrannt und verfolgten ihn in seine Träume.

»Unser direkter Vorgesetzter ist Tiberius als Earl von Black Shell. Trotzdem sind es natürlich alle Gesegneten, denen wir dienen. Tiberius handelt nur als ihr Sprachrohr.«

Sie passierten ein Hologramm des Earls, der mit eiserner Miene in die Ferne starrte. Er sah nicht aus wie ein Mann, den man zum Feind haben wollte. Er wirkte unbarmherzig und hart. Ganz im Gegensatz zu Rain. Wo er wie ein heißes, aber kontrolliertes Feuer war, das einen jederzeit verbrennen konnte, war sie wie ein unbeugsamer Regenschauer. Frei, ungezähmt und doch sanft.

Nim schien etwas Ähnliches zu denken, denn er flüsterte: »Dem würde etwas Humor nicht schaden.«

»Sei still!«, warnte Lark, aber es war schon zu spät. Thron hatte es gehört.

»Hast du etwas zu sagen, Anwärter?«

»Nein, Sir! Anwärter Lark hat mir nur eine Beobachtung mitgeteilt.«

Was? Dieser kleine Lügner!

»Zwei Punkte Abzug für jeden von euch.« Thron deutete auf ihre Armbänder. Larks Finger glitten instinktiv über die Zahlen, als könne er an ihnen festhalten, aber sie folgten Throns Anweisungen. Larks Herz zog sich zusammen, denn er hatte das Gefühl, dass ihm mit den Zahlen auch der Ausblick auf ein neues, sicheres Leben aus den Händen glitt. Er durfte nicht versagen.

»Nach welchen Werten leben wir?«

»Sicherheit, Ordnung und Loyalität«, beeilte sich Lark zu sagen.

»Ihr habt die Chance, ein Sentinal zu werden. Das ist eine große und ehrenvolle Aufgabe. Also verhaltet euch dementsprechend.«

»Ja, Sir!« Lark warf Nim einen wütenden Blick zu und rückte von dem Jungen weg. Es gab genug Schüler, die nur zu gerne mit ihnen getauscht hätten. Zu viele Familien, die sich genau so eine Zukunft für ihre Kinder erhofften. Er durfte seine nicht enttäuschen.

Thron führte sie herum und gewährte ihnen einen Einblick in eine andere Welt. Er zeigte ihnen die Zimmer der Soldaten, ausgestattet mit neuster Technologie. Drohnen sorgten für eine staub- und rußfreie Umgebung. In den Schränken befanden sich immer neue, saubere Uniformen für alle Klimalagen. Das Wasser aus den Hähnen war klar und auf Wunsch hin sogar warm. Es gab Seifenspender mit sanftem, wohlriechenden Schaum, der einen starken Kontrast zu den harten Waschkörnern aus Grey bot. Im Speiseraum wurden drei nahrhafte Mahlzeiten pro Tag an die Sentinal verteilt. Jeden Tag. Sie erinnerten sich nicht einmal mehr daran, wie sich Hunger anfühlte. Wirklicher, schmerzender, alles verschlingender Hunger.

»Ich hoffe, ihr wisst, wofür ihr kämpft«, verkündete Thron ihnen. »Wenn ihr zu uns gehören wollt, müsst ihr alles hinter euch lassen. Ihr seid nicht länger einfache Arbeiter aus Grey. Ihr bettelt nicht länger um die nächste Mahlzeit. Euer Körper gehört nicht länger dem Smog. Ihr seid dann Sentinal, eine Familie wie eine einzige Faust. Ihr kämpft für Ordnung und Sicherheit. Zusammen. Für all das hier.«

»Was ist mit unserer … anderen Familie?« Es war Nim, der die Frage stellte, die sich ihnen aufdrängte. »Sollen wir die ebenfalls hinter uns lassen?«

Thron zog die Augenbrauen zusammen, und Lark befürchtete, die Antwort zu kennen. Doch es kam anders.

»Folgt mir!«

Hinter der Festung erstreckte sich ein Dorf, bestehend aus mehrstöckigen Häusern, die den Berg emporwuchsen.

»Hier wohnen die Familien der stationierten Sentinal. In Sicherheit und Frieden. Wenn ihr es irgendwann einmal in unsere Familie schafft, werden auch eure Familien hier wohnen dürfen.«

»Hier?«, hakte Nim nach, und seine dunklen Augen leuchteten. Fox und Fly sahen sich an, und Lark meinte ein kurzes Lächeln über ihre Lippen huschen zu sehen. Auch Grump staunte mit offenem Mund.

»Wir versorgen sie mit Komfort und der besten medizinischen Versorgung.«

»Warum?«, fragte Nim misstrauisch.

»Du bist ziemlich neugierig«, stellte Thron amüsiert fest. »Nun, Anwärter, die Antwort ist einfach. Wir sind auch nur Menschen, und wir kämpfen besser, wenn wir unsere Familien in Sicherheit wissen. Ich will ehrlich mit euch sein. Dass die Familien so nahe stationiert sind, ist eine Besonderheit in Cliff Shell. Eine Besonderheit, die ich sehr zu schätzen weiß.« Ein flüchtiges Lächeln huschte über seine Lippen, als er fragte: »Wer hat Hunger? Meine Frau macht ausgezeichnete Pasteten.«

Vor Larks geistigem Auge sah er seine Schwester, wie sie zwischen den Bäumen entlanglief. Die Luft hier oben war sauberer als in Grey. Den ewigen Herzschlag der Maschinen und Öfen hörte man nur in der Ferne, ein Brummen, welches einen hier oben kaum berührte. Sie würden sicher sein und ein privilegiertes Leben genießen dürfen. Und Hail? Er würde sie mitnehmen. Hier würden sich vielleicht sogar ihre Augen erholen. Sie könnte die Kinder der anderen Sentinalangehörigen unterrichten. Er würde sie so gerne wieder lachen sehen. Das richtige Lachen. Mit den Grübchen.

Dies war sein Ticket in ein besseres Leben.

Am nächsten Tag geleitete Nife sie zu dem Hochhaus, in dem Tiberius wohnte. Auch wenn es nicht weit war, wollte der Sentinal Aufmerksamkeit vermeiden und beschloss, den unterirdischen Zug zu nehmen, der die Häuser miteinander verband.

Sie mussten nicht lange warten. Rain ließ sich auf einen Sitzplatz nieder und spürte Nifes Blicke auf sich, obwohl es aufgrund des Helms unmöglich war, sicher zu sein.

»Was ist?«, fragte sie und kniff die Augenbrauen zusammen. Ihr Instinkt riet ihr nach wie vor zur Flucht, wenn sie einen Soldaten sah.

»Du siehst trainiert aus«, stellte er fest und öffnete das Visier. »Hast du regelmäßig Sport gemacht?«

»Nun, ich bin regelmäßig vor den Sentinal weggerannt«, entgegnete Rain, was Nife zu Rains Überraschung ein flüchtiges Lächeln in sein sonst so ernstes Gesicht zauberte.

»Ich könnte dich unterrichten, wenn du willst«, schlug der Soldat vor. »Ein paar praktische Übungen zur Selbstverteidigung.«

Das klang fantastisch! Rain hatte sich immer gewünscht, ihre Fähigkeiten im Nahkampf zu verbessern, aber sie hielt ihre Euphorie zurück.

»Klingt gut«, sagte sie. »Danke.«

Nife ließ das Visier wieder herunterfahren, da der Zug hielt und sie aussteigen mussten.

Die Eingangshalle des Hauses sah genauso aus wie in Rains Wohnturm. Alles war aus Glas und edel glänzendem Marmor, welcher rund um die Uhr von Reinigungsdrohnen poliert wurde. Überdimensionale Statuen schmückten die Wände und starrten beinahe angsteinflößend auf Besucher hinunter. Der Aufzug glänzte golden und war von innen verspiegelt. Nur auf einer Seite konnten sie hinaus auf die Stadt sehen. Rain fixierte einen Punkt in der Ferne und hielt den Atem an, in der Hoffnung, Nife bemerke ihre Panik angesichts der Enge nicht.

»Rajana!«, rief ihr Vater aus, als sie aus dem Aufzug stiegen.

Er erwartete sie im legeren Outfit mit einnehmendem Lächeln auf den Lippen. Anstelle der edlen, schweren Roben, in denen er sich sonst der Öffentlichkeit präsentierte, trug er nun ein lockeres Hemd. Seine Haare hatte er in einem Zopf zusammengebunden, in den schwarze Bänder eingedreht waren. Er reichte ihm beinahe bis zur Hüfte. Lange Haare waren ein, wie Rain fand, sehr seltsames und unpraktisches Zeichen für Wohlstand. Sie konnte sich nicht vorstellen, ihre eigenen länger als bis zu den Schultern zu tragen, und selbst das empfand sie bereits als zu lang.

»Danke, dass du mir Cassiopaio zurückgebracht hast.«

»Cassiopaio? Der Name ist ziemlich edel für ein Frettchen.« Er zog seine Augenbrauen amüsiert hoch.

»Er ist eine Fuchsmanguste«, korrigierte Rain.

»Natürlich. Freut mich, dass dir das Geschenk gefallen hat.« Er machte eine einladende Geste. »Komm herein.«

Tiberius entließ Nife mit einer Handbewegung und führte sie in sein Apartment. Es war noch größer als das Stockwerk, in dem Rain wohnte.

»Hier entlang!« Tiberius führte sie durch den offiziellen Empfangsraum in den Wohnraum, wo sie sich setzten.

Rain bestaunte eine Wand, die aus Wasser zu bestehen schien. Bei näherer Betrachtung stellte sich heraus, dass es sich um ein gigantisches Aquarium handelte, in dem schillernde Fische und fluoreszierende Quallen schwammen.

»Möchtest du Kaffee?«

Auf dem Tisch stand ein Tablett mit süßem Gebäck und Kuchen. Es sah so verlockend aus, dass Rain das Wasser im Mund zusammenlief.

»Gerne«, antwortete sie so schnell, dass Tiberius auflachte. Es klang entspannt, ehrlich und so viel schöner als das gekünstelte Lachen für die Kameras. Mit einem Grinsen, welches ihm Grübchen auf die Wangen zauberte, schenkte er den Kaffee aus. Rain griff nach der Tasse und nippte daran.

»Wahnsinn«, entfuhr es ihr, als sich der aromatische Geschmack auf der Zunge ausbreitete. Mit einem warmen Prickeln glitt er die Kehle hinunter. »Das ist der beste Kaffee, den ich je getrunken habe.«

In Grey hatte er meist bitter und ein wenig ranzig geschmeckt. Und wenn man nicht schnell genug war, hatte man das Gefühl, dass er durch ein Kaminrohr in die Tasse geflossen war.

»Das Geheimnis ist eine Prise Zimt.«

»Zimt?« Rains Augen weiteten sich vor Aufregung. »Ich habe davon gelesen. In Rezeptbüchern von einem Herrn Weihnachten. Ich glaube, er war ein bekannter Koch in der alten Welt.«

»In Büchern. Soso.« Tiberius zog amüsiert die Augenbrauen hoch. »Habt ihr in Grey noch richtige Bücher?«

»Ja, ein paar.« Rain nickte eifrig.

»Die sind bei uns schon vor einiger Zeit ausgestorben. Man hat allerdings Bücher der alten Welt auf TecReadern archiviert. Ich habe einmal eines gelesen, es aber für befremdlich befunden, da sprechende Mäuse vorkamen, die wie Menschen gekleidet waren.«

»Ich kenne eins, in dem selbst Bäume und Frösche sprechen können. Und es kamen Menschen vor, die Flügel auf dem Rücken haben.« Rain trank mehr von dem Zimtkaffee.

Tiberius lachte. »Eine seltsame Welt war das.«

»Das würden sie über unsere vielleicht auch sagen.«

»Wohl wahr.«

Rain musterte ihren Vater. Seine markanten Gesichtszüge. Die breiten Schultern. Das Haar, rot und doch dunkel. Wie Kastanien im Wald. Rein äußerlich gab es Ähnlichkeiten, aber wie sah es im Herzen aus?

»Du musst Aurelia ihre Abwesenheit verzeihen. Deine Mutter hat eine schwere Zeit. Sie kann es noch nicht glauben, dass sie dich wieder hat. Nach all den Jahren.«

»Ja, ich verstehe.«

»Ich weiß, für dich muss das alles neu und fremd sein. Aber ich hoffe, dein Cabman und Andromeda helfen dir, zurechtzukommen.«

»Das tun sie.« Rain blieb zurückhaltend, auch wenn sie sich freute, ihren Vater näher kennenzulernen. Jetzt war er genauso freundlich, wie sie es sich gewünscht hatte, doch sie wusste nicht, ob sie ihm trauen konnte.

»Ich finde es ganz fantastisch, wie du dich geschlagen hast. Vor allem in Balthasars Show. Es ist sehr wichtig für uns Gesegnete, für die Menschen als Vorbilder zu fungieren. Gerade in den äußeren Zirkeln gibt es kritische Stimmen gegen uns, da die Menschen uns um unsere Vorteile beneiden. Ich glaube, du könntest das ändern.«

»Ich habe in Grey… nicht gerade viele Freunde.«

»Nun, dafür hast du viele Fans, wie es scheint. Die Menschen lieben Geschichten wie deine.« Tiberius schmunzelte und goss Rain erneut Kaffee ein. »Darf ich ehrlich sein?«

»Sicher!«

»Die Rebellen gewinnen in den äußeren Zirkeln an Einfluss. Sie wiegeln die Menschen gegen uns auf. Wir müssen etwas unternehmen, damit wir Ordnung und Sicherheit in den einzelnen Zirkeln garantieren können.« Seine Stimme war unerschütterlich, ebenso wie sein Glauben an Aventins Version von einer perfekten Welt. Oder spielte er diese Überzeugung nur vor? Rain fiel es schwer, die Gedanken ihres Vaters zu deuten. Ganz anders als bei Storm.

»Diese Ordnung bewertet Menschen nach ihren Genen«, widersprach Rain.

»Und wonach sollen wir sie sonst bewerten?«

»Gar nicht.« Sie zuckte die Schultern.

»Mach dir nichts vor. Wenn wir sie nicht nach Genen bewerten, dann nach etwas anderem. Geld, Aussehen, Geschlecht, Familie oder sogar Hautfarbe.«

»Hautfarbe? Geschlecht? Das klingt alles vollkommen absurd«, sagte Rain und versuchte sich eine solche Welt vorzustellen. »Das macht doch gar keinen Sinn.«

»Natürlich nicht, aber die Menschen brauchen Einteilungen«, erklärte Tiberius. »Wenn wir unseren Geschichtsforschern glauben wollen, waren die Menschen der alten Welt äußerst kreativ darin, die Gesellschaft in Kategorien einzuteilen, und du hast recht, die meisten davon sind vollkommen absurd und unsinnig.«

»Warum tun wir es dann?« Ein Teil von Rain spürte die Wahrheit hinter Tiberius' Worten. Eine Welt, in der alle wahrhaft gleich wären, in der jeder gleich viel wert wäre, konnte es so etwas überhaupt geben?

»Kategorien schaffen nicht nur Mauern, sondern auch Verbündete. Und die Menschen sind immer auf der Suche nach Zugehörigkeiten, um sich weniger allein zu fühlen. Sie in Perfektionsgrade der Gene einzuteilen macht evolutionsbiologisch gesehen Sinn. Rajana, ich sage nicht, dass es einfach ist, gerade für diejenigen, die krank sind und deren Gene weniger wert sind, aber es ist ein sinnvolles System. Ein System, welches uns seit der Gründung von Hope Frieden beschert hat und welches den Fortbestand der Menschheit sichert.«

Es hörte sich falsch an. Alles daran. Es war einfach nicht richtig, Klassen zu schaffen, aber Rain spürte, wie ihre Überzeugung ins Wanken geriet. Und in ihr regte sich Zweifel. Zweifel, den Tiberius in ihrem Herzen gesät hatte. Was, wenn er recht hatte? Was, wenn es keine Welt ohne Klassen geben konnte?

»Glaub mir, wir tun, was wir können, um den Menschen zu helfen. Unsere Wissenschaft hat Heilmittel für viele Krankheiten gefunden, erlaubt eine bessere Landwirtschaft und ein besseres Leben.«

»Aber gerade in den äußeren Zirkeln haben die Leute kein Geld für Medikamente und hungern. Die Lebensbedingungen in Grey sind kaum zu ertragen, und der Smog ist schuld an vielen Erkrankungen. Kein Wunder, dass sie unzufrieden sind.«

Und sich den Spines anschließen, ergänzte sie in Gedanken. Wenn in Grey die Lage schon so hart war, wollte sie nicht wissen, wie es in Pitch aussah.

»Ich weiß, es ist noch nicht perfekt, aber du bist jetzt ein Teil von uns, Rajana. Du hast einen anderen Blickwinkel und kannst unsere Visionen damit bereichern. Du kannst etwas bewirken.« Tiberius' Stimme beschwor Bilder herauf, die Rain nur zu gerne glauben wollte. Es fühlte sich so richtig an, wie sie zusammen köstlichen Kaffee tranken, Kuchen aßen und über die Zukunft nachdachten.

»Und was geschieht mit den Zweien und Dreien in deiner Vision?«, fragte sie.

»Ich habe nichts gegen sie. Im Moment brauchen wir sie sogar. Sie leisten wichtige Arbeiten, niedere Arbeiten, aber wichtige. In einigen Zirkeln sind sie notwendig, und auch in Aventin würde ich die Diener nicht missen wollen…«

»Aber?«, hakte Rain nach.

»Ich habe nicht vor, Zweien und Dreien wegzusperren oder zu töten. Mein Plan ist zivilisierter und zukunftsorientiert.« Tiberius strich sich über den perfekt getrimmten Bart und lächelte einnehmend. »Unsere Gesetze bezüglich der Geburtenkontrolle in Aventin und anderen Zirkeln wie Ruby, Silver, White Pearl und

Black Shell haben gezeigt, dass sich der Genpool regenerieren kann und die Qualität zunimmt. Es werden weniger Zweien und Dreien geboren. Wenn wir das in ganz Hope durchsetzen, gibt es irgendwann nur noch Einsen und Besseres. Ganz ohne dass wir die Zweien und Dreien wegsperren oder töten, wie uns die Rebellen so gerne vorwerfen. Wir sind keine Mörder. Wir sind die Schöpfer einer besseren Zukunft.«

Egal wie evolutionsbiologisch sinnvoll die Pläne ihres Vaters sein mochten, ein Bild zerschlug diese Vision mit einem Schlag. Das Bild von Rose.

Eine Welt ohne Zweien und Dreien. Eine Welt ohne Mädchen wie Rose – für Rain unvorstellbar.

»Täglich kämpfen wir gegen die Rebellen und Krankheiten, aber sieh dir an, was wir in Aventin geschaffen haben. Sieh dir an, was möglich geworden ist. Ein Hafen der Sicherheit und des Friedens. Das könnte es bald in ganz Hope geben.« Er schob ihr ein Schokotörtchen auf den Teller, welches mit roten Früchten verziert war.

Es war das, was sie sich gewünscht hatte. Einen Nachmittag mit ihrem Vater verbringen, ihn kennenzulernen und ihm nahe zu sein. Ihr hatte es bei Storm an nichts gefehlt, aber einen Vater, den hätte sie trotzdem immer gerne gehabt. Sie hatte sich versucht vorzustellen, wie er wohl sein würde und worin sie ihm ähneln mochte. Nicht im Traum hätte sie sich jemanden wie Tiberius vorgestellt.

»Sag mir, Rajana, was würdest du wählen? Sicherheit oder Freiheit? Du hast beides erlebt. Du hast die Freiheit unserer Welt gekostet, hast jenseits des Systems gelebt. Und hier? Hier bist du vielleicht nicht frei, aber sicher. Sag mir, was würdest du wählen?«

Er sah sie offen an und wartete gespannt auf die Antwort, doch Rain spürte, wie wichtig ihre nächsten Worte für den weiteren Verlauf ihrer Beziehung sein würden. Genauso gut hätte er fragen können: »Für wen entscheidest du dich? Storm oder mich?«

»Die Freiheit ist unberechenbar«, sagte Rain bedächtig. »Sie ist chaotisch und gefährlich. Damals habe ich mir immer gewünscht, wie jeder andere zu leben. In Sicherheit.«

Das stimmte, aber es war nicht die ganze Wahrheit.

»Dann wirst du verstehen, warum wir so hart gegen Rebellen vorgehen. Sie bringen Chaos und Gewalt in unsere Welt.«

Rain dachte an Storm und wusste, dass ihr Leben ohne sie leer war. Denn sie war es, die jedes Chaos erträglich gemacht hatte.

»Rajana. Meine wunderschöne, clevere Tochter. Ich bin stolz auf dich. Wirklich! Ich hoffe, du verstehst, wie wichtig es ist, dass wir Gesegneten zusammenhalten. Es gibt weitaus mehr Menschen als Gesegnete in Hope. Wir können keinen von uns entbehren.«

Das war ein Punkt, der Rain schon einige Zeit beschäftigt hatte.

»Warum gibt es nicht mehr Gesegnete?«

»Das ist nicht leicht zu erklären … Bei uns ist es anders als bei den Menschen. Einige Faktoren – unter anderem unsere Gene – müssen genau zusammenpassen, bevor daraus ein Kind entstehen kann.«

Rain stutzte.

»Aber das muss dich nicht beunruhigen. Du wirst nach und nach alles verstehen.« Er stand auf und ging um den Tisch herum. »Genug der ernsten Themen, meinst du nicht. Komm, Tochter, ich führe dich herum!«

Er zeigte ihr seine Wohnung und die Aquarien, die teilweise als Wände, teilweise als Böden oder Decken fungierten. Es sah unglaublich aus, auch wenn Storm von Fischen nie viel gehalten hatte. Stumm und dumm, hatte sie immer gesagt, doch Tiberius schien ein Faible für sie zu haben.

»Ich würde gerne mehr von Aventin sehen.« Rain ergriff die Gelegenheit beim Schopfe und wurde nicht enttäuscht.

»Natürlich. Aber nur in Begleitung von Nife, Andromeda oder mir. Das ist …«

»Sicherer«, vervollständigte Rain seinen Satz. »Ich verstehe.«

»Du lernst schnell.« Er nickte anerkennend, während er beinahe väterlich mit dem Handrücken über ihren Arm strich. Rain wusste nicht, ob sie sich über die Geste freuen oder zurückschrecken sollte. Ihr Verstand riet ihr, diesem Mann nicht über den Weg zu trauen, doch er klang so ehrlich, als er sagte. »Ich bin wirklich sehr froh, dass du wieder zu Hause bist.«

Zu Hause. Ihr Herz sehnte sich nach einem Zuhause und vermisste das Gefühl von Zärtlichkeit und Geborgenheit. Storm. Ihre Abwesenheit hatte ein tiefes Loch hinterlassen, eines, das schmerzte.

Tiberius nahm sich viel Zeit. Es kam Rain seltsam vor, dass ihr Vater nichts über ihre Vergangenheit mit Storm wissen wollte, doch sie sprach ihn auch nicht darauf an. Nur am Ende nahm er sie zur Seite und sagte eindringlich: »Wenn sich ein Rebell oder die Entführerin, die dich meinen Händen entriss, bei dir meldet, dann sagst du es mir doch, oder? Versprochen? Ich will dich nicht noch einmal verlieren.«

»Natürlich.« Lügen konnte sie gut. Ob Tiberius und sie diese Eigenschaft teilten? Vermutlich.

»Ich weiß, ich kann dir vertrauen.« Er schien sich dessen überraschend sicher. Wenn er sie manipulieren wollte, dann war er wirklich gut darin. Auch wenn Rain noch lange nicht dazu bereit war, ihm zu vertrauen, freute sie sich, Tiberius ein wenig näher kennengelernt zu haben. Es waren seine wilden, leuchtenden Augen und dieses neue, warme Lächeln, das er sich für diesen Moment aufgehoben hatte. Es waren diese kleinen Gesten, die ihn ein winziges bisschen mehr zu dem machten, was sie sich wünschte: einen Vater.

26.

ALS LARK AM NÄCHSTEN TAG die Tür öffnete, lag dort der Rucksack. Seine Bedenkzeit war abgelaufen. Jetzt musste er sich entscheiden! Zögernd bückte er sich, hob ihn auf und wog ihn in den Händen. Wie schwer war wohl eine Bombe? Er hatte keine Ahnung.

Unter der Tasche lag eine Schachtel, die aussah wie die, in der Roses Medikamente lagen. Als Lark sie nahm, musste er feststellen, dass sie leer war. Er verstand den Hinweis. Nur zu gut verstand er ihn. Von wegen Bedenkzeit! Sie ließen ihm wieder einmal keine Wahl.

Für den Weg zur Arbeit brauchte er länger als gewöhnlich, da er am liebsten niemals angekommen wäre. Mit jedem Schritt wog der Rucksack schwerer auf seiner Schulter.

»Es ist bloß eine Aufgabe«, versuchte er sich einzureden. »Du weißt doch gar nicht, was da drin ist. Es muss ja nicht gleich eine Bombe sein. Vielleicht ist es eine Nachricht. Also mach einfach, was sie von dir verlangen, und du bekommst die Medikamente.«

Sein Gewissen ließ sich nicht überzeugen. Stattdessen beschwor es Bilder herauf, die den Platz von Grey nach dem Anschlag zeigten. Regungslose Körper und verletzte Menschen, die sich stöhnend in der Asche wälzten. Schreie in der Luft. Der Gestank von verbrannter Haut. Nein, damit wollte er nichts zu tun haben.

Als Lark endlich im Hangar der Luftfahrzeuge eintraf, hatten sich bereits viele Menschen eingefunden, um ihre Versorgungspakete abzuholen. WatchBots und WarBots sorgten dafür, dass sie sich ihres Codes entsprechend in einer Reihe aufstellten.

Zuerst kamen die Einsen.

Lark passierte eine Gruppe Zweien und Dreien, die angespannt darauf wartete, aufgerufen zu werden. Er erkannte einige von ihnen, Arbeitskollegen seines Vaters, und grüßte sie flüchtig. Er wagte es nicht, sich in ein Gespräch verwickeln zu lassen, aus Angst, sie würden ihn um einen Gefallen bitten, den er ihnen nicht erfüllen konnte.

Seit er Anwärter war, hatte er das Gefühl, die Menschen reagierten anders auf ihn. Die meisten waren reservierter, aber das kam ihm gerade gelegen, denn mit seinem Doppelleben hatte er alle Hände voll zu tun.

»Anwärter Lark! Hier rüber!« Lark erkannte Throns Stimme, auch wenn sie durch den Helm verzerrt wirkte. Der Sentinal winkte ihn herbei, zeigte ihm seinen Platz und wies ihn ein. »Du bist spät dran.«

»Tut mir leid, Sir.« Lark verstaute den Rucksack an seinem Arbeitsplatz unter der Ausgabestelle für Kisten.

»Einen Punkt Abzug. Beim nächsten Mal werden es zwei sein«, mahnte Thron.

»Ja, Sir. Wird nicht wieder vorkommen, Sir.« Lark warf einen Blick auf sein Armband, auf dem nur noch eine »9« stand, und sein Herz sank. Er durfte sich keine weiteren Fehltritte leisten.

»Gut. Ich muss dich nicht daran erinnern, worum es hier geht. Anwärter, die ihre Aufgabe nicht ernst nehmen, können wir nicht gebrauchen.«

»Ja, Sir.« Lark biss sich auf die Unterlippe.

»Die Menschen treten nacheinander vor an deinen Schalter. Du musst die Zahlencodes kontrollieren, bevor du ihnen die Päckchen gibst. Immer nur ein Paket pro Person. Keine Ausnahmen. Die Drohnen werden euch bei eurer Arbeit beobachten und alles aufzeichnen.«

Es war keine anspruchsvolle Aufgabe, aber eine für die sich

Lark einen Helm gewünscht hätte, um sich dahinter zu verstecken. Immer wieder flehten ihn Menschen an, ihnen zwei Pakete auszuhändigen, und immer wieder musste er »Ein Paket pro Person. Keine Ausnahmen« zum Besten geben. Besonders unwohl fühlte er sich bei denen, die er kannte. Aber das wussten die Sentinal zweifellos. Es war ein Test, ein Test, bei dem die Anwärter klar Stellung beziehen mussten.

Nicht alle gönnten Lark seinen Aufstieg. Einige seiner ehemaligen Schulkameraden taten so, als würden sie ihn nicht kennen. Zwei beschimpften ihn sogar als »Lauscher«. Lark musste all seine Selbstbeherrschung aufbringen, um so zu tun, als ob ihn diese Anschuldigungen kalt ließen. Er war sich der Drohne im Nacken bewusst, die jede seiner Reaktionen aufzeichnete.

Als Hail vor ihm stand, war sein Mund staubtrocken. Er hoffte, dass sie seine Lage verstehen und nicht um ein zweites Päckchen bitten würde.

»Hey, Lark«, begrüßte sie ihn, während er ihren Code scannte. Erleichtert stellte er fest, dass sie weiterhin eine G1 war.

»Ich habe dich gestern vermisst. Du gehst mir doch nicht aus dem Weg wegen … du weißt schon«, flüsterte sie.

»Nein. Natürlich nicht. Tut mir leid. Ich hatte nur etwas zu erledigen.« Er konnte ihr nicht in die Augen sehen. Die weißen Schlieren darin zerrissen ihm förmlich das Herz.

»Wir treffen uns heute bei Nuts. Willst du vorbeikommen?«

»Ich habe keine Zeit.« Er drückte ihr ein Versorgungspäckchen in die Hand. »Tut mir sehr leid.«

»Versteh schon.« Hail sah traurig aus, auch wenn sie sich bemühte, es mit einem Lächeln zu verbergen. Sie nahm ihr Päckchen. »Kein Problem, Lark. Ich verstehe das. Dann ein anderes Mal.«

Ach, Hail. Liebe, verständnisvolle Hail. Sie hatte das nicht verdient.

»Warte!« Thron erschien hinter ihm und warf einen Blick über seine Schulter. »Ist sie eine G1?«

»Ja, Sir«, beeilte sich Lark zu sagen.

»Das bin ich, Herr.« Hail nickte und zeigte erneut ihre Tätowierung. Dann steckte sie das Paket ein und machte Anstalten zu gehen, aber Thron hielt sie am Arm fest.

»Was ist mit deinen Augen, Mädchen?«

Hail sah erschrocken aus, aber sie drückte die Schultern durch und antwortete mit fester Stimme: »Der Smog, Sir.«

»Aber sie ist eine G1«, warf Lark ein und zeigte das Ergebnis des Scans wie zum Beweis hoch.

Thron winkte einen MedBot herbei, während er einen prüfenden Blick auf sein TecDec warf.

Hails Blick wanderte von Thron zu Lark und wieder zurück. Sie kaute nervös auf ihren Lippen, während der MedBot ihre Augen scannte und piepend und summend seine Diagnose verkündete. Thron runzelte die Stirn.

»Warum hast du deine Tätowierung noch nicht aktualisieren lassen, Mädchen? Es fehlt deine funktionelle Herabstufung, um deine Beschädigung für alle sichtbar zu machen.«

»Tut mir leid, Sir. Ich wollte …« Sie sah so hilflos aus, dass Lark den instinktiven Drang verspürte, sie mit allen Mitteln zu beschützen – koste es, was es wolle.

Hail schien zu spüren, wie sein Körper sich verkrampfte. Ihr Blick suchte den seinen, und sie schüttelte kaum merklich den Kopf.

»Das ist Betrug. Du bist keine G1 und hast damit nicht das Recht, dich als Eins zu schmücken.«

»Das wusste ich nicht, Herr.«

Mittlerweile hatte der Zwischenfall die Aufmerksamkeit weiterer Sentinal auf sich gezogen, die heraneilten.

»Du hast dir damit ein Paket erschleichen wollen? Was als

Nächstes? Einen unwissenden Partner?« Thron gab ein Zeichen, und zwei Sentinal packten sie von beiden Seiten.

»Nehmt sie mit.« Der Sentinal wandte sich Lark zu, der wie erstarrt dastand. »Pass das nächste Mal besser auf, Anwärter.«

»Was passiert mit mir?« Hails Augen weiteten sich, und sie drehte sich panisch zu ihrem Freund um. »Wo bringt ihr mich hin?«

»Wartet! Lasst sie gehen.« Lark wollte vorspringen, doch Throns Hand landete warnend auf seiner Schulter.

»Ruhig, Anwärter. Sie ist eine Betrügerin!«

»Sie gehört zu mir. Sie ist Familie«, keuchte Lark und versuchte sich zu befreien.

»Was redest du da, Junge?« Thron packte Lark an beiden Schultern und riss ihn zu sich herum. »Das Mädchen ist nicht mit dir verwandt. Warum riskierst du für eine Betrügerin deine Zukunft?«

Seine Finger bohrten sich in Larks Schultern, doch der Junge spürte den Schmerz kaum, so sehr war er durch die aufsteigende Panik betäubt.

»Lark. Lass. Es wird alles gut«, hörte er Hail wimmern.

»Ich lüge nicht, Sir«, beteuerte er und drückte den Rücken durch. »Wir wollen eine Bindung eingehen. Wir sind bereits einander versprochen.«

Thron hielt inne.

»Sie hat Mondaugen.« So nannte man die Erkrankungen, bei der sich Smog und andere Gifte im Auge ablagerten. »Sie ist kein geeigneter Partner für einen zukünftigen Sentinal.«

Sein Blick fand den von Hail, und für einen Moment vergaß er die Sentinal und die Menschen um sich herum. Ihre Lippen formten wortlos seinen Namen, und sie schüttelte langsam den Kopf, als wolle sie ihn daran hindern, sich weiter einzumischen. Er ignorierte ihre Warnung.

»Das ist mir egal, Sir.«

»Das ist deine Entscheidung, Anwärter.« Thron seufzte und senkte die Stimme. »Ich sehe Loyalität und Ehre in dir, und das weiß ich zu schätzen, aber so etwas darf nicht noch einmal vorkommen.«

An die Sentinal gewandt, sagte er: »Bringt sie zu einem Arzt. Ihr Code muss aktualisiert werden.«

»Danke, Sir«, flüsterte Lark.

»Was dich betrifft, Anwärter, kannst du dir keine weiteren Fehler mehr erlauben. Beim nächsten Verstoß fliegst du raus.«

Auf Larks Armband erschien eine »0«. Damit lag er auf dem letzten Platz, weit hinter den anderen Anwärtern, aber das war es ihm wert. Hail war es ihm wert. Und keine Punktzahl der Welt konnte die Erleichterung auslösen, die er in diesem Moment spürte.

Nicht nur die Sentinal, auch einige Klassenkameraden hatten die Auseinandersetzung mitbekommen. Hail schämte sich und sah aus, als würde sie am liebsten im Boden versinken. Es zerriss Lark das Herz, sie so zu sehen.

»Weiter. Und keine Zwischenfälle mehr«, befahl Thron.

Der Tag zog sich, und Lark sehnte das Ende herbei. Er war angespannt, spürte Throns Blick auf sich und gönnte sich keinen Moment der Ruhe. Er musste alles geben.

Als fast alle Einsen mit Päckchen versorgt waren, kam Mo. Er war ein Nachbar und Freund von Larks Eltern.

»Junge, meine Frau ist krank, wie du weißt. Sie war eine gute Frau, hat euch immer etwas zugesteckt, als sie noch konnte. Bitte, könntest du uns nicht zwei Pakete geben? Um der alten Zeiten willen.«

»Das würde ich gerne, Mo, aber ich darf nicht.« Lark zwang sich, dem Mann in die Augen zu schauen, auch wenn es ihm schwerfiel. »Leider gibt es nur ein Päckchen pro Person.«

Mo gab nicht auf und flehte ihn weiter an, bis seine Verzweiflung schließlich in Wut umschlug.

»Aber du hast doch bestimmt genug Pakete bekommen, oder?« Er redete sich in Rage, und sein Gesicht glühte so sehr, dass es selbst unter der Schicht aus Staub zu sehen war. »Das war ja klar. Kaum Höhenluft geschnuppert, da vergisst du, wer deine Freunde sind.«

»Bitte, beruhig dich, Mo«, flüsterte Lark und nickte in die Richtung eines WarBots, der sich bereits alarmiert näherte.

»Beruhigen soll ich mich? Ich denke nicht dran.« Mo schlug mit der Faust auf den Tisch und hob drohend den Zeigefinger. Lark wusste nicht, was er tun sollte. Auf seinem Armband leuchtete ihm die Null als stumme Mahnung entgegen. Er durfte jetzt keine Schwäche zeigen und musste sich als Anwärter beweisen, sonst würde Thron ihn nach Hause schicken. Für immer.

»Du musst jetzt gehen, Mo«, erklärte er mit fester Stimme und deutete warnend auf die WarBots.

»Ich bin enttäuscht von dir, Junge. Wollte nicht glauben, was sie über dich sagen. Aber jetzt, jetzt tu ich es.«

»Und was soll das sein?« Lark fragte, bevor er nachgedacht hatte.

»Dass du ein Lauscher bist. Was erzählst du ihnen, mhm?«

Lark fehlten angesichts der Anschuldigung die Worte, und er rang nach einer Erklärung. Als hätte er die angespannte Lage gespürt, positionierte sich ein WarBot über Lark und gab ein drohendes Piepen von sich.

»Was ist hier los, Anwärter?«, mischte sich Thron, gefolgt von einem anderen Sentinal, ein.

»Der Mann hat mehr als die ihm zustehenden Pakete verlangt, Sir«, berichtete Lark mit trockenem Mund.

»Ihr könnt mich alle mal, das ist hier los«, brüllte Mo, unbeeindruckt von der Drohne, die ihre Waffen auf ihn richtete.

»Psst! Sei still!«, bat Lark verzweifelt, aber es war bereits zu spät. Die Sentinal zogen ebenfalls ihre Waffen und befahlen Mo zu gehen. Als er nicht gehorchte, winkten sie Verstärkung herbei

»Ich gehe nicht ohne mein Päckchen«, brüllte Mo. Er ließ sich nicht beruhigen. Im Gegenteil. Erst beschimpfte er die Sentinal als »Qualmköpfe« und wünschte ihnen die Rote Seuche an den Hals, dann spuckte er nach ihnen.

Thron verlor die Geduld.

»Packt ihn ein«, befahl er, und die Soldaten betäubten ihn mit einem Medikament, das sie ihm mit einer Spritze in den Oberarm jagten. Innerhalb von Sekunden fiel er wie ein leerer Kohlesack in sich zusammen und wurde in einen Gleiter gehievt.

»Wenn jemand Schwierigkeiten macht, sag eher Bescheid, Anwärter«, ermahnte Thron. »Ich weiß, wie schwierig es für euch ist. Auch ich bin in Grey aufgewachsen und kenne den Zirkel.«

»Jawohl, Sir!« Lark versuchte, seine zitternden Hände unter Kontrolle zu bringen, und wünschte sich weit weg. »Tut mir leid, Sir.«

»Du hast hier eine große Chance.« Thron sprach oft von der »großen Chance«, wie auch Bolt immer von »der großen Chance, die Welt zu verbessern« sprach.

»Ja, Sir!«

»Aber ihr müsst beweisen, dass ihr es verdient, nach Black Shell zu kommen«, fuhr der Sentinal fort. »Ich will, dass ihr das schafft. Aber nicht jeder wird weiterkommen, also streng dich an.«

»Ja, Sir. Ich werde mich anstrengen.«

»Ich weiß.« Thron eilte zu den anderen Anwärtern. Ob die sich mit ihrer Aufgabe auch so schwertaten? Lark schielte zu ihnen hinüber. Die Gesichter von Fly und Fox sahen angespannt aus. Nims Blick war leer und in die Ferne gerichtet, während er die Päckchen aushändigte. Selbst Grump schien sich nicht recht wohl zu fühlen. Er hatte rote Wangen und Schweißperlen auf der Stirn.

»Ein Paket pro Person! Keine Ausnahme«, erinnerte Thron die in der Schlange stehenden Arbeiter. »Tretet vor, nehmt es in Empfang und macht Platz.«

Mos Vorstellung schien bei den Anwesenden einen bitteren Nachgeschmack zu hinterlassen. Während sonst bei derartigen Zwischenfällen eher betreten weggesehen wurde, um keinen Ärger zu bekommen, begannen jetzt einige Stimmen laut zu werden.

»Warum gibt es nicht mehr Pakete?«

»Unsere Kinder sind krank.«

»Wir brauchen mehr.«

Erst war es nur ein Murmeln, eine Spannung, die die Luft auflud. Lark konnte das Knistern beinahe auf seiner Haut spüren, und ein Schauer lief ihm über den Rücken. Er zwang sich ruhig zu bleiben, doch mit jedem Päckchen, das sie austeilten, schwollen die Stimmen derer an, die hinten in der Schlange standen.

»Wir haben Hunger!«

»Mehr Päckchen!«

Weitere Sentinal eilten alarmiert herbei und drohten mit der Einstellung der Herausgabe, wenn nicht bald Ruhe einkehren würde. Die WarBots, die mit gezogenen Waffen einen Kreis um die Ausgabestelle zogen, ließen die meisten Einsen verstummen, aber im hinteren Teil bei den Zweien und Dreien wollten sich die Menschen nicht beruhigen.

»Wir bekommen doch eh nichts!«, rief einer.

Verdammt, was taten sie denn da? Lark fühlte sich hilflos, als sich die Unruhe wie eine Welle ausbreitete und Sentinal und Bewohner gleichermaßen erfasste.

»Gebt die Kisten frei!«

Stimmen wurden laut. Wütende Stimmen, die »Gold zu Asche!« riefen.

Gold zu Asche?

Larks Blicke flogen über die Menge, die immer mehr in

Wallung geriet wie Wellen aus grauen Partikeln. Plötzlich flog ein Stein durch die Luft, der einen der Soldaten am Arm traf.

»Was zum …?« Nim war neben Lark erschienen, und sie tauschten einen kurzen Blick aus. Einen Blick, der verriet, dass Nim ebenso viel Angst davor hatte wie Lark, was als Nächstes passieren würde.

Es ging schnell.

Sentinal stürmten aus einem Gleiter und begannen mit der Räumung des Platzes. WarBots bezogen über den Köpfen der Anwesenden Stellung und gaben unmissverständlich zu verstehen, dass sie bei Anzeichen von Widerstand von ihren Waffen Gebrauch machen würden. Bei ihrem Anblick suchten die meisten Bewohner das Weite und drängten zurück in die Gassen. Wie Wellen, die zurückfließen und den Blick darauf freigeben, was sie zuvor an die Küste gespült haben. In diesem Fall war es ein Bild an einer grauen Betonwand. Nur ein Bild und doch so viel mehr.

Es stellte eine bunte Gasmaske mit Stacheln dar. Das Zeichen der Spines.

»Gold zu Asche« stand in großen roten Buchstaben darüber.

Grump las es laut vor und ergänzte: »Na toll. Warum muss so etwas ausgerechnet während unserer Schicht passieren?«

»Verteidigt die Kisten!«, befahl Thron. Er drückte den Anwärtern Waffen in die Hand, Schusswaffen, und erklärte ihnen knapp, wie diese zu bedienen seien.

Was sollte er damit? Auf Kinder und verzweifelte Menschen schießen? Grump hob zögernd die Waffe, und die anderen taten es ihm gleich. Fly und Fox sagten wie gewohnt nichts, aber sie standen so dicht aneinander, dass ihre Uniformen sich berührten. Ihre Lippen waren zusammengepresst, und ihre Augen geradeaus auf den Platz gerichtet, der sich hinter dem Lauf ihrer Waffen erstreckte. Larks Mund war staubtrocken, als er sich neben Nim positionierte.

Er wäre am liebsten unsichtbar, so sehr schämte er sich. *Ich bin nicht besser als ein Lauscher,* dachte er. *Ich lasse meine Leute im Stich.*

Wie versprochen, erschien Nife am nächsten Tag, um die Gesegneten abzuholen. Rain freute sich, die Wohnung endlich verlassen zu dürfen. Was nutzte einem der blaue Himmel, wenn man ihn nur hinter einer Scheibe sah?

»Tiberius wünscht regelmäßige Berichte«, verkündete Daphne. Sie zog gewohnt missbilligend die Stirn in Falten und wandte sich an Rain: »Mach uns keine Schande. Hörst du?«

Daphnes Repertoire an Gesichtszügen schien nur zwei Ausdrücke zu kennen. Leichte Missbilligung, wenn sie einen guten Tag hatte, und große Missbilligung, was die meiste Zeit der Fall war.

Die Dienerin J hatte Rains vordere Haarsträhnen geflochten und goldenes Kunsthaar eingebunden, um sie hervorzuheben. Zudem hatte sie in den Rest ihres Haares weiße Blüten gesteckt. Rain hasste die Frisur jetzt schon, aber sie war bereit, es über sich ergehen zu lassen, solange es bedeutete, dass sie hier raus durfte.

Der zuvorkommende Schrank hatte ihr auf Js Vorschlag ein perlmuttfarbenes Outfit herausgelegt, auf dem man jede Verunreinigung sofort bemerken würde. Es war ein hoch geschlossener Einteiler, der eng an ihrem Körper anlag. Rain wagte es nicht einmal, den teuer aussehenden Seidenstoff zu berühren, aus Furcht ihre feuchten Handflächen würden sofort Spuren hinterlassen. In Grey wäre er innerhalb eines Wimpernschlags ruiniert.

»Atemberaubend«, hatte Glee versichert.

»Atemberaubend«, fand es auch Andromeda, die ihre Haare heute rosafarben trug. Passend zu einer Bluse in derselben Farbe. Sie sah hinreißend aus. Sie zwinkerte Rain zu und öffnete schnell ihre Handtasche, damit Rain einen Blick hineinwerfen konnte. Dann beugte sie sich vor und flüsterte verschwörerisch: »Ich hab deine SpyGlasses.«

»Perfekt. Kann ich beide haben?«

»Beide? Und ich dachte, du kannst mir damit Nife zeigen.« Andromeda tat, als würde sie schmollen. »Oder? Willst du ihn etwa damit ausspionieren?«

»Na ja.« Keine schlechte Idee. Auch wenn ihre Motivation eine andere wäre. »Ja, du hast mich ertappt.«

»Du gefällst mir.« Andromeda strahlte.

»Was heckt ihr aus?«, erkundigte sich Daphne skeptisch.

»Nichts.« Andromeda verzog ihre vollen Lippen zu einem unschuldigen Lächeln.

»Heute ist ein großer Tag«, erinnerte sie der Cabman.

»Was soll schon schiefgehen? Ich bin doch dabei.«

»Das bereitet mir ja Sorgen.« Daphne seufzte dramatisch und schüttelte den Kopf. »Ich sollte wirklich mitfahren.«

»Ach was. Ich habe alles im Griff. Wir werden uns regelmäßig melden und dir alles berichten. Ganz sicher.«

»Das hoffe ich doch sehr. Jeder Fehler fällt direkt auf uns zurück.«

Mit »uns« meinte sie wohl Tiberius.

»Keine Angst.« Andromedas Optimismus war unerschütterlich, doch Daphne schien nicht beruhigt. Erneut wandte sie sich an Rain.

»Dein ehrenwerter Vater vertraut mir, und ich lasse mir meine Historie des Erfolges nicht vermiesen, Schätzchen.« Sie riss die Augen auf, wodurch diese leicht hervorquollen.

»Ich verstehe.«

»Ich glaube nicht, dass du irgendetwas von dem zu würdigen weißt, was andere für dich tun.«

»Doch, ich bin sehr dank-bar.«

Daphne funkelte sie an, spitzte die bemalten Lippen und übergab Rain einen Mantel mit breiter, perlenbesetzter Kapuze, den sie sich über die Schulter legte.

»Das hoffe ich«, sagte sie schnippisch und drehte sich um. Rain atmete erleichtert auf, als Daphne endlich von ihnen abließ. Der Cabman hatte etwas Erdrückendes. Allein durch Daphnes Anwesenheit erschien der Raum enger und beklemmender, so als würde ihr schweres Parfüm sich auf Rain wie ein schwerer Umhang legen und ihr die Luft zum Atmen nehmen.

»Tiberius' Ruf ist ihr heilig. Für den würde sie auch über Leichen gehen«, flüsterte Andromeda und zuckte die Schultern, als sei das nicht weiter ungewöhnlich. Dann warf sie ihre Haare zurück, und ihr Gesicht schien vor Freude zu strahlen. »Komm. Lass uns Spaß haben!«

Der Tag, der nun folgte, kam Rain wie ein Traum vor. Kein wunderschöner Traum, aus dem man nie wieder erwachen wollte. Eher ein bizarrer, nicht greifbarer Traum, der beim Erwachen eine Spur von Verwirrung zurücklässt.

Tiberius stellte ihnen einen privaten Gleiter zur Verfügung, der sie vom Dach des Hochhauses abholte. Der Gleiter hatte ein schneidiges, elegantes Design und seine Form erinnerte an eine Pfeilspitze. Die Außenhülle war vollständig verchromt, sodass man sich darin spiegeln konnte. Der Gleiter war kleiner als der, der sie aus Grey geholt hatte, und hatte kleinere Triebwerke. Andromeda erklärte, dass es sich um einen Citygleiter für Kurzstrecken handelte.

Innen gab es auf beiden Seiten jeweils eine Sitzgruppe am Fenster, die um einen Tisch angeordnet war. An einer Art Küchenzeile stand eine Dienerin und begrüßte sie mit einem freundlichen Lächeln.

Andromeda setzte sich gegenüber von Rain auf die eine Seite. Nife ließ sich auf der anderen Seite der Sitzecke nieder, um nicht zu stören. Der weiche Stoff der Polster passte sich dem Körper ideal an. Es war so gemütlich, dass Rain befürchtete, nie wieder aufstehen zu wollen.

Die Dienerin, natürlich eine Zwei, brachte ihnen Gläser mit einer sprudelnden, pinkroten Flüssigkeit. Rain spürte ihren Blick auf sich, seit sie den Gleiter betreten hatte. Erst als Nife sie zur Seite nahm und ihr eindringlich etwas ins Ohr flüsterte, senkte sie erschrocken den Kopf.

»Aventin ist viel mehr als nur die goldene Stadt. Es ist das Zuhause von vielen Menschen. 91% sind Einsen und mehr. Der Rest gehört zur Dienerschaft oder verrichtet niedere, aber wichtige Arbeiten in der Unterstadt. Also in den Tunneln des unterirdischen Verkehrsnetzwerks und der Kanalisation«, erklärte Andromeda. »Unser Zirkel ist kreisförmig aufgebaut und durch Mauern unterteilt. In der Mitte steht der Palast, von wo aus das Land regiert wird. Er ist fantastisch, eine Mischung aus neuster Technologie und zeitloser Kunst.«

Ein kuppelförmiges, goldgelbes Gebäude stach ins Auge. Auch wenn die Kuppel teilweise aus Glas zu bestehen schien, konnte man nicht ins Innere sehen.

»Können wir näher heranfliegen?«, fragte Rain und nippte an ihrem Getränk. Sie war ganz aufgeregt, endlich mehr von der fremden Welt zu Gesicht zu bekommen, die sie ihr Leben lang nur aus dem TecDec kannte.

»Wir dürfen uns nicht weiter nähern, da der Luftraum gut überwacht wird«, antwortete Nife, woraufhin Andromeda einen Schmollmund zog.

»Der Palast bildet den ersten Kreis. Im zweiten Kreis stehen die Hochhäuser der Gesegneten, wo wir wohnen. Siehst du, da sind wir gestartet.«

Rain hätte das Gebäude nicht erkannt, obwohl sie versucht hatte, es sich einzuprägen. Die Häuser sahen auf den ersten Blick identisch aus. Heller marmorfarbener Stein und viel Glas. An den Seiten und auf den Dächern ragten dunkle Plattformen hervor, auf denen Gleiter parkten.

Zwischen den Häusern huschten Menschen über gepflegte Straßen, die zu beiden Seiten von Bäumen gesäumt wurden. Einige hatten Tiere dabei. Chimären, wie Rain vermutete. Es waren keine Rassen, die ihr bekannt vorkamen. Einige ähnelten einem Hund, hatten aber langes weißes Fell, welches bis zum Boden reichte. Andere sahen exotisch bunt aus.

Hinter den Hochhäusern der Gesegneten kamen die Wohnblocks der Menschen im dritten Kreis. Sie sahen nicht weniger beeindruckend aus, aber waren laut Andromeda von innen viel kleiner. Einige auserwählte Menschen wie die Cabmen genossen den Luxus, bei den Gesegneten leben zu dürfen.

»Wo wohnst du eigentlich?«, fragte Andromeda und wandte sich mit klimpernden Augen an Nife.

»Im dritten Kreis«, antwortete er ausdruckslos.

»Kann man dein Haus von hier aus sehen?« Sie himmelte ihn so offensichtlich an, dass es Rain fast schon peinlich war.

»Nein.« Wenn Nife die Fragerei unangenehm war, konnte er es gut verbergen. Sein Gesicht verriet keine Emotion, aber das war Rain nur recht. Er wirkte neben der überdrehten Andromeda beinahe wie ein Ruhepol.

»Hast du schon mal jemanden getötet?«, fragte Andromeda, und ihre großen Augen wurden noch größer.

»Ja.«

»Echt?« Sie quiekte. »Und dann?«

»War er tot.« Nife schien das nicht sonderlich zu berühren.

Wenig später landeten sie auf einer Plattform, verließen den Gleiter und gingen in das »Wolken-Café«. Es nahm das oberste Stockwerk eines besonders riesigen Gebäudes ein und war ebenfalls von einer Kuppel überwölbt.

»Zutritt ab Eins«, verkündete eine Drohne am Eingang. Sie scannte die Codes und Gesichter derjenigen, die hineinwollten.

Als sie eintraten, erwarteten sie künstlich angelegte Wasserfälle und Wasserläufe, die sich durch den Raum zogen und einzelne Tische voneinander trennten. Unter der Decke zogen Wolken entlang, sodass man meinen konnte, man säße direkt unter freiem Himmel.

Als Rain durch den Raum ging, bemerkte sie die Blicke der wenigen Anwesenden auf sich. Einige begannen aufgeregt miteinander zu tuscheln und zeigten mit dem Finger in ihre Richtung, was Rain nicht behagte. Sie wäre am liebsten auf eine der Wolken gesprungen und mit ihr davongeflogen. Zu sehr hatte sie sich Storms Überlebensregeln einverleibt, und eine davon besagte, dass es gefährlich, ja sogar tödlich sein konnte, aufzufallen.

Zu Rains Erleichterung wählten sie einen Platz ganz außen am Fenster. Hier bestand selbst der Boden aus Glas, und man konnte auf Aventin hinabsehen. Rain nahm auf einem Stuhl hinter einer goldenen Pflanze Platz, um sich vor neugierigen Blicken zu schützen. Andromeda hingegen schien die Aufmerksamkeit, die sie auf sich zogen, nicht zu stören, ganz im Gegenteil. Sie badete darin, wie eine Drachenechse in der Sonne.

»Hier kommen oft Gesegnete hin und die Einsen, die es sich leisten können. Das Wolken-Café ist sehr angesagt und sehr teuer«, erklärte sie, als ein Kellner Speisen und Getränke brachte.

Rain hatte das Gefühl, in einer anderen Welt zu verweilen. Grey mit all seinen Schornsteinen und dem ewigen Smog kam ihr mittlerweile fast so unwirklich wie ein Traum vor, wenn sie hinabblickte und auf die goldgelben Türme und gepflegten Straßen hinabsah.

»Probier das!«

Es war wieder ein rotes Getränk, doch dieses Mal lag eine milchige Substanz am Boden des Glases, und seltsame Geleeperlen schwammen darin herum. Rain folgte dem Rat und zog an dem Strohhalm. Prompt hatte sie eine der geleeartigen Perlen im Mund und untersuchte sie vorsichtig mit der Zunge. Sie platzte auf, und ein süßer, im weitesten Sinne an Beeren erinnernder Geschmack breitete sich aus.

»Das ist ein Bubbleswee-Cocktail. Wahnsinn, oder?« Andromeda strahlte so hoffnungsvoll, dass Rain sich genötigt fühlte zu nicken. »Die Perlen sind manchmal süß, manchmal bitter, manchmal sauer. Die pure Geschmacksexplosion.«

Rain verzog das Gesicht, als sie Bekanntschaft mit einer sauren Perle machte, und ertappte sich bei dem Wunsch, ein simples Wasser zu trinken. Oder einen schwarzen Kaffee.

»Das wurde aber auch wirklich Zeit, dass wir mal etwas unternehmen. Du kannst ja nicht immer in deinem Apartment versauern. Das nächste Mal zeige ich dir den Entspannungstempel, und dann lassen wir uns so richtig verwöhnen, wie es sich für Freundinnen gehört.«

Rain zuckte zusammen, als Andromeda sie als »Freundin« bezeichnete. In ihrem bisherigen Leben hatte nur die Beziehung zu Cassiopaio einer Freundschaft geähnelt. Und natürlich Rose. Das Mädchen hatte ihr Herz durch ihre Unbeschwertheit und ihren Mut im Sturm erobert. Auch Lark hätte ein guter Freund werden können, aber über ihn wollte sie nicht nachdenken, allein sein Name hinterließ einen Stich in ihrem Herzen.

Sie mochte Andromeda, weil sie im Gegensatz zu Daphne Freundlichkeit und Wärme ausstrahlte. Und weil sie es schaffte, mit ihrer fröhlichen, aufgedrehten Art für einen Moment ihre Sorgen zu vertreiben. Aber Freundschaft?

»Bist du schon mal auf einem Hai geritten? Ich habe von einem Aquarium gehört, in dem die Besucher auf Mutantenhaien reiten können. Kannst du das fassen?« Andromeda plauderte unbeirrt weiter und schien keine Antwort von Rain zu erwarten.

Rain fiel es unterdessen schwer, ihren Worten zu folgen. Sie hatte das Gefühl, ihren Körper hinter sich zu lassen und schwerelos durch die Luft zu fliegen.

Oh nein! Nicht schon wieder. Das war eine Droge!

»Was hast du mir gegeben?«, fragte sie und klammerte sich auf der Suche nach Halt an die Tischkante.

»Bleib locker. Das war nur ein Bubbleswee-Cocktail. Der macht die Gedanken leicht. Ich dachte, das hilft dir. Du wirkst immer so bedrückt.« Andromeda sah über Rains Reaktion erschrocken aus. »Hab ich etwas falsch gemacht?«

»Ich will lieber Wasser.«

»Wasser? Das klingt aber langweilig.«

»Ich will ein langweiliges Wasser. Sofort.« Rain winkte die Bedienung heran und bestellte.

»Du bist wirklich seltsam«, stellte Andromeda fest, als Rain das Glas Wasser in einem Zug leerte. »Ich wollte dich doch nicht vergiften.«

»Schon okay«, sagte Rain, weil Andromeda sie besorgt musterte. »Ich bin das noch nicht gewohnt.«

»Habt ihr denn keine Cocktails in Grey?«, erkundigte sich Andromeda.

»Nein.«

»Das ist echt eine Marktlücke.« Sie klatschte in die Hände. »Wir könnten eine gemeinnützige Aktion daraus machen und freie Blubbleswees verteilen.«

Es war offensichtlich, dass Andromeda Aventin noch nie verlassen hatte. Sie berichtete weiter von ihren Überlegungen zu einer Cocktail-Bar in Grey, während sie zeitgleich in ihrem golden glitzernden TecDec nach einem passenden Standort für ihre Bar suchte.

»Oh.« Andromedas schwarze Wimpern zuckten unruhig.

»Was ist?«, fragte Rain.

»Wo wir gerade davon sprechen. Es gibt wieder Neuigkeiten von den Spines.« Andromeda hielt ihr das TecDec unter die Nase und presste sich die Finger vor die Lippen. »Angeblich gibt es gerade Unruhen in Grey. So viel zu unseren Cocktail-Bar-Plänen…«

Auf dem Bildschirm erkannte sie einen Platz in Grey, von dem aus Menschen in alle Richtungen davonliefen. Auslöser für die Panik schienen Sentinal zu sein, die mit gezogenen Waffen und WarBots hinterherrückten. Dann änderte sich die Szenerie, und Rain sah sie.

Weißes kurzes Haar. Zerzaust, als wäre es vom Sturm geküsst.

Große dunkle Augen, in denen sie so oft Liebe gefunden hatte.

Storm.

Und neben ihr stand der Spine mit der roten Stachelmaske. Schulter an Schulter. Seite an Seite.

»Mom.«

Rain war so überrascht, dass sie den Fruchtcocktail umstieß und die roten klebrigen Kugeln über den Tisch und ihre Kleidung kullerten. Andromeda schlug die Hand vor den Mund und gab einen erschrockenen Schrei von sich, der Nife anlockte.

»Was ist los?«

»Daphne bringt mich um«, flüsterte Andromeda. »Das ist los.«

»Alles in Ordnung?« Nife wandte sich direkt an Rain. Es kostete sie all ihre Kraft zu nicken.

»Sicher?« Er nahm ihr das TecDec ab und musterte den Bildschirm mit besorgtem Blick.

»Mhm.« Was hatte Storm mit den Rebellen zu tun? War sie zu ihnen zurückgekehrt?

»Entschuldigt mich.« Rain sprang auf und wankte zu den Sanitärräumen, um den Bubbleswee-Cocktail loszuwerden, der ihr immer noch schwer im Magen lag. Nife war sofort an ihrer Seite, um sie zu stützen, doch sie schob ihn von sich. Im Moment wollte sie einfach nur allein sein.

27.

ES HERRSCHTE CHAOS.

Da die Menschen angesichts der bewaffneten Drohnen und Sentinal keine Chance hatten, die verbliebenen Kisten mit Gewalt zu holen, war nun auf den Straßen ein heilloses Durcheinander ausgebrochen. Zweien und Dreien überfielen Einsen, um ihnen ihre Kisten abzunehmen, und die Sentinal waren damit beschäftigt, die eskalierende Gewalt einzudämmen.

»Räumt die Container mit den Versorgungsboxen zurück in den Transporter«, befahl Thron den Anwärtern, nachdem der Platz gesichert war.

Die Unruhen tobten weiter auf den Straßen, doch Lark war froh, dass sie weit genug entfernt waren. So musste er zumindest nicht Gebrauch von der Waffe machen, die an seinem Gürtel hing.

Er arbeitete wie in Trance und hoffte, dass niemand auf die Idee kam, bei seiner Familie einzubrechen. Am liebsten wäre er sofort nach Hause gerannt, um zu sehen, ob es Rose gut ging, doch Thron hatte sie noch nicht entlassen. Und er durfte sich keinen weiteren Fehltritt erlauben.

»Beeilt euch!«

Lark hob eine der Kisten und trug sie zum Transporter. Er nahm seine Umgebung nur gedämpft wahr, als wäre er in Watte gehüllt. Zweimal stieß er beinahe mit einem anderen Anwärter zusammen.

»Du siehst blass aus«, stellte Nim fest, der neben ihm lief. »Ist es wegen der Unruhen?«

»Ja, auch.«

»Würdest du es fertigbringen?«, fragte Nim mit gesenkter Stimme weiter und fuhr sich nervös über das kurze schwarze Haar.

»Was?«

»Zu schießen?«

»Möglich.« Lark wollte nicht darüber nachdenken.

»Was, wenn deine Freundin vor dir steht?«

Lark erstarrte.

»Ich habe deinen Blick gesehen, als Thron sie gepackt hat.« Nim sah ihm fest in die Augen. »Was, wenn man dir befohlen hätte, auf sie zu schießen? Für welche Seite hättest du dich entschieden, Anwärter?«

Warum fragte er das?

»Die Sentinal sind jetzt unsere Familie, oder nicht?«, antwortete er vage.

»Ja, sicher.« Nim nickte langsam.

»Wir haben noch viel Arbeit vor uns«, wechselte Lark das Thema und versuchte ein Lächeln. Das Lächeln erstarb nur eine Sekunde später, als er auf die Kiste hinunterblickte. Am liebsten hätte er sich übergeben, denn sie trug die Aufschrift L487.

L487.

Seine Gedanken überschlugen sich.

»Na dann. Machen wir weiter«, stimmte Nim zu. »Sonst kriegen wir noch Punkte abgezogen.«

Lark antwortete nicht. Sein Blick klebte auf der Zahl. L487. Der Rucksack lag nur ein paar Schritte entfernt unter der Ausgabestelle. Fast hätte er ihn vergessen.

Was sollte er tun? Er könnte Bolt erzählen, dass er die Kiste nicht finden konnte oder aufgrund der Auseinandersetzungen keine Gelegenheit hatte, den Auftrag auszuführen.

Auf seiner Stirn bildete sich ein Schweißfilm. Er konnte den Blick nicht von der Nummer abwenden. Die Zahlen tanzten vor seinen Augen auf und ab.

War es überhaupt die L487? Oder doch die L478 oder eine ganz andere Nummer? Was, wenn er die Box in die falsche Kiste legte und der Spion in Aventin sie nicht fand?

»Alles in Ordnung? Du siehst echt nicht gut aus.« Nim stand immer noch da und musterte ihn.

»Der kann nicht anders gucken«, bemerkte Grump und drängte sich an ihnen vorbei.

»Geht schon wieder«, beeilte sich Lark zu sagen. »Ich brauch nur was zu trinken.«

Nim nickte und ging voraus, während Lark den Rucksack holte. *Vielleicht ist es keine Bombe, sondern eine Nachricht. Stell dich nicht so an!,* murmelte seine innere Stimme.

Auch wenn Lark versuchte sich einzureden, dass die Rebellen ihn zwangen, wusste er, dass ein kleiner Teil von ihm es auch wollte. Er wollte Aventin bestrafen und sie bluten lassen. Nur ihretwegen waren diese Menschen so verzweifelt und riskierten ihr Leben für ein paar Kisten. Nur ihretwegen musste Rose leiden. Und jetzt auch noch Hail.

»Also gut«, flüsterte er, um sich Mut zu machen. Er musste mit der Kiste allein sein, nur für einen kurzen Moment. Er spürte den schweren Inhalt des Rucksacks bei jedem Schritt und bekam vor Nervosität Schluckauf.

Nim und die anderen Anwärter kamen ihm entgegen, als er die Laderampe emporstiefelte, die Kiste fest an sich gepresst. *Hicks.* Der Rucksack auf seinem Rücken schien mit jedem Schritt schwerer zu werden. *Hicks.* Dieser verfluchte Schluckauf. *Hicks.* Er betrat den Transportraum, stellte die Kiste ab und warf einen Blick über die Schulter. Er war allein und konnte niemanden sehen.

Sein Herz schlug ihm bis zum Hals, und die Angst schränkte sein Sichtfeld auf einen Tunnelblick ein, mit dem er nur noch Augen für das hatte, was als Nächstes kam. *Hicks.* Er holte tief Luft, öffnete seinen Rucksack und holte den Inhalt heraus.

»Du weißt, dass es eine Bombe ist«, flüsterte sein Gewissen, bevor es von der Vernunft niedergedrückt wurde.

»Denk an Rose! Du musst es tun.«

Hicks. Er schob die Gedanken beiseite und öffnete den Container mit der Aufschrift L487. Mit springendem Herzen versteckte er die Box unter den Versorgungskisten. Fast geschafft. Fast.

»Was machst du da?«

Lark sprang von der Kiste zurück, stolperte über den leeren Rucksack und fiel. Schmerz schoss durch seinen Ellbogen, als er auf dem Boden aufkam.

»Hicks!«

Nim kam auf ihn zu und starrte auf die Kiste L487. Lark presste seinen Rucksack an sich. Er war erstarrt, unfähig etwas zu tun oder zu sagen. Seine Beine befahlen ihm wegzurennen, während seine Vernunft ihn anschrie, sich gefälligst eine Ausrede zurechtzulegen, doch bei diesem Plan spielte der Verstand nicht mit.

»Hier«, sagte Nim, langte in den Container und warf ihm eine der Versorgungsboxen zu. »Das wolltest du doch, oder?«

Lark starrte auf die weiße glänzende Kiste in seinen Händen. »Für deine Freundin?«

Lark schwieg. Was tat Nim da? Warum rief er nicht sofort nach Thron und lieferte seinen Konkurrenten aus? Oder wollte er ihn vielleicht erpressen?

»Keine Angst, ich kann das verstehen.« Nim fischte eine zweite Box heraus und versteckte sie im Inneren seiner Jacke. Dann zwinkerte er Lark aufmunternd zu und schloss den Container. »Ich denke, die beiden wird keiner vermissen. Oder?«

Rain fühlte sich wie ein Vogel, der in einem goldenen Käfig festsaß. Ein wirklich schöner Käfig, aber das änderte nichts an der Tatsache, dass sie eingesperrt war, und sie wäre nicht Storms Tochter, wenn sie nicht bereits an einem Plan arbeiten würde, sich ein klein bisschen Freiheit zu erkämpfen. Es war kein einfaches Unterfangen, aber sie hatte immerhin schon die SpyGlasses, die ihr Andromeda besorgt hatte. Und die waren der zentrale Ausgangspunkt ihres Plans. Die Glasses und eine gewisse Fuchsmanguste. Es fehlte nur noch eine Drohne. Dann hätte sie alles zusammen, was sie brauchte. Nur wie sollte sie an eine kommen?

Rain erinnerte Nife an sein Angebot aus dem Zug, sie in Abwehrtechniken im Kontaktkampf zu unterrichten. Sie hatte gehofft, Nife würde mit ihr außerhalb des Wohnhauses trainieren, aber ihr Wunsch war zu optimistisch gewesen. Stattdessen fuhren sie in den »Heaven«, allerdings nicht wegen der Projektionen, sondern weil ihnen dort viel Platz zur Verfügung stand.

Nife zeigte ihr die verwundbarsten Körperstellen wie Augen, Kehle, Nacken, Genitalien und Knie.

»Versuche einen Angriff auf die schnellstmögliche und effizienteste Art zu beenden. Dabei kannst du deinen eigenen Körper als Waffe einsetzen. Na los!«

Rain überlegte nicht lange, sondern griff an. Storm und sie hatten gelegentlich den Nahkampf trainiert, doch das war etwas anderes. Nife hatte mehr Kraft als ihre Mutter und war geübter. Er parierte den ersten Angriff mit einem Arm und langte mit dem anderen nach ihr. Mit einer schnellen Drehung wich sie ihm aus und sprang zur Seite.

Gut. Ihren ersten Angriff hatte er nur parieren können, weil sie ihn hatte testen wollen. Sie hatte längst nicht alles an Kraft hineingesteckt. Entschlossen biss sie die Zähne zusammen und griff erneut an. Sie zielte, wie er ihr geraten hatte, auf den Hals, doch wieder wehrte er sie mühelos ab.

»Halt dich nicht zurück! Es gibt keine Regeln!« Er trat nach ihren Beinen und erwischte sie am Schienbein. Schmerz zuckte durch ihren Körper, doch sie war nicht zimperlich. Blaue Flecken war sie schließlich gewohnt. Dennoch hatte er sie aus dem Gleichgewicht gebracht, und sie strauchelte.

Es gibt keine Regeln. Nun gut, er hat es so gewollt.

Sie ließ sich rückwärtsfallen, riss ihr unversehrtes Bein dabei hoch und traf ihn in die Genitalien. Er krümmte sich mit schmerzverzerrtem Gesicht nach vorn, doch sie war noch nicht fertig. Schnell wie eine Mutantenkatze drehte sie sich zur Seite und trat erneut zu. Dieses Mal von hinten gegen seine Unterschenkel. Er verlor den Halt und stolperte rückwärts zu Boden.

»Du bist schnell und gnadenlos«, presste er zwischen den Zähnen hervor.

»Keine Regeln!«, erinnerte sie ihn und grinste zufrieden, während sie sich aufrappelte. Es tat gut, sich körperlich zu verausgaben.

»Beim nächsten Mal werde ich mich sicher nicht zurückhalten«, knurrte Nife und umkreiste sie wie ein Tiger.

»Das hoffe ich.« Rain spürte die Entschlossenheit in sich aufflammen, wie ein Feuer, das ihr neue Kraft gab. Nife stürmte auf sie zu, und sie wich geschickt aus. Für einen kurzen Moment fühlte sie sich unverwundbar, bis sie ein Faustschlag zu Boden streckte.

Nach dem Unterricht war Rains Wange geschwollen, und ihre Rippen schmerzten, aber sie fühlte sich besser. Als sie aus dem Fahrstuhl traten, hörten sie einen schrillen Schrei. Sie fanden Daphne zu einer Salzsäule erstarrt mitten im Wohnraum stehend vor. Dichter Ruß rieselte auf sie herab und begrub Polster und Tisch unter einer schwarzen Schicht.

»Was ist passiert?«, rief Nife.

»Frag das Frettchen!«, keifte Daphne, die vor Aufregung nicht einmal Rains Verletzungen kommentierte, und zeigte auf Cassiopaio, der triumphierend auf einer rauchenden und knisternden

Reinigungsdrohne hockte und stolz ein herausgerissenes Kabel präsentierte.

»Oh!« Nife rieb sich den Hinterkopf.

»Oh?«, äffte Daphne ihn nach. »Warum erschießt du es nicht, anstatt bloß rumzustehen.«

»Ich erschieße keine Haustiere.«

»Das ist kein Haustier. Das ist ein Monster.«

Rain kniete sich neben den rußverschmierten Cassiopaio, der stolz auf seinen Hinterbeinen stand, während sie sich die Drohne genauer ansah.

»Mein Haarschmuck war eine Extraanfertigung aus Ruby. Sieh ihn dir an!«, kreischte Daphne und sammelte die Edelsteinsplitter vom Boden auf. »Ruiniert!«

»Du bist ein Genie, Pi«, flüsterte Rain und schnappte sich einen Greifarm der Drohne. Ein Teil der zentralen Steuervorrichtung hing ebenfalls aus dem Metallkörper heraus.

Ein Blick über die Schulter verriet Rain, dass Nifes Aufmerksamkeit weiterhin der tobenden Daphne galt. Und so ließ sie den Drohnenarm schnell in ihrem Ärmel verschwinden.

»Man sollte das Vieh einschläfern und ihm den Pelz über die Ohren ziehen. Ich werde mit Tiberius reden. Unter diesen Bedingungen kann ich nicht arbeiten.«

Rain ließ die Steuervorrichtung in ihren Stiefelschaft gleiten, bevor sie Cassiopaio hochhob. Jetzt hatte sie alles, was sie brauchte.

Am Abend verschwand Rain in ihrem Badezimmer, um ihren Plan umzusetzen. Sie nannte ihn »Operation SpyManguste«, doch der Hauptdarsteller lag neben ihr auf dem Rand der Liegedusche und schlief.

Ihr Kleiderschrank hatte sich als Quelle für alle möglichen nützlichen Gegenstände entpuppt. Das Drahtgestell eines Büstenhalters konnte sie dazu benutzen, um die SpyGlasses auseinanderzuschrauben. Elastische Haarbänder und Gürtel verwendete sie, um die Montur an der Manguste zu befestigen. Das Adrenalin schoss durch ihre Adern, während sie den Plan in die Tat umsetzte. Ihre Finger flogen geschickt über die Bauteile, und mit jedem Handgriff spürte sie, wie sie ein Stück an Freiheit zurückgewann.

»Jetzt ist dein großer Auftritt«, flüsterte sie und schnallte dem schnarchenden Cassiopaio die Konstruktion mit dem Drohnenarm auf den Rücken. An dem Ärmchen war ein gekochtes Ei befestigt, der über den Kopf des Tieres ragte. Sie setze Pi noch eine der beiden SpyGlasses auf den Kopf, befestigte sie mit einem Band und nahm selbst die zweite Brille, um zu sehen, was er sah.

Schnurrhaare und das Ei.

Sie lockerte das Lüftungsgitter neben der Dusche mit einer Zange und setzte den dösenden Cassiopaio hinein.

Mit der Steuereinheit aus der Drohne konnte sie den Drohnenarm mit dem Ei nach links und rechts schwenken und so die Manguste in die gewünschte Richtung bewegen. In der Theorie. Die Praxis sah so aus, dass Cassiopaio nach seinem erfolgreichen Drohnenangriff müde war und nicht daran dachte aufzuwachen.

»Pi!« Sie rüttelte ihn vorsichtig. »Los.«

Die Manguste streckte sich und gähnte ausgiebig. Mit ihrer feinen Nase roch sie das Ei, welches in unmittelbarer Umgebung schwebte, und eines der beiden schwarzen Knopfaugen öffnete sich.

Cassiopaio legte den Kopf schief, fast als würde er überlegen, ob sich der Aufwand lohnte. Wirklich hungrig schien er nicht zu sein, aber er liebte Eier und konnte nicht lang widerstehen. Er machte ein paar Schritte und bellte empört, als sich das Ei von ihm wegbewegte. Weglaufende Eier? Das kannte er nicht.

Wie geplant, verfolgte er die Beute durch die Lüftungssysteme. Zuerst passierten sie das Wohnzimmer, in dem Rain J sehen konnte, die aufräumte. Es war nicht leicht, die Manguste zu steuern, denn Cassiopaio dachte nicht daran, still zu halten und brav aus den Lüftungsgittern zu sehen. Vielmehr zappelte und knurrte er, um seinen Unmut zum Ausdruck zu bringen. Er passierte den Lüftungsschacht von Bishops Zimmer, der an seinem Schreibtisch saß und auf seinem TecDec tippte.

»Nein, das sehe ich nicht ein. Warum keine weiteren öffentlichen Auftritte … Hat er das angeordnet? War ja klar. So kommen wir nicht weiter. Wie soll ich unter diesen Umständen meine Arbeit machen?«

Bishop sah wütend aus, doch ehe Rain Näheres erfuhr, war Cassiopaio weitergehuscht. Sie hörte sein hoffnungsvolles Schmatzen beim Anblick des Köders, gefolgt von einem empörten Bellen. Der Plan »SpyManguste« erwies sich als lückenhaft, nicht zuletzt, weil Pi zwischendurch Pause machte und minutenlang das bockige Ei anknurrte.

Als Rain schon die Hoffnung aufgegeben hatte, etwas Nützliches herauszufinden, sprang Cassiopaio plötzlich dem garstigen Ei folgend in ein Rohr, das einige Stockwerke nach unten führte. Hier hörte sie eine bekannte Stimme.

»… alles für dich tun!«

Kein Zweifel. Diese schrille Stimme gehörte eindeutig zu Daphne.

»Alles.«

Rain rückte ihre Brille zurecht und lenkte die Manguste zum Lüftungsschlitz. Viel sehen konnte sie nicht. Ein gekochtes Ei, Schnurrhaare, jede Menge Metallwände und gerade genug, um zu erahnen, dass sich Daphne im Kunstsalon befand. Als hilfreich erwies sich das in die Brille integrierte Mikrofon.

»Ich weiß.«

Sie erschrak, als sie erkannte, zu wem die zweite Stimme gehörte. Tiberius!

Cassiopaio versuchte das Ei zu erreichen und stellte sich auf die Hinterbeine. Er war so unruhig, dass Rain befürchtete, man könnte ihn hören.

»Ich habe doch nur Angst, dass Rajana dir alles kaputtmacht.« Wie bitte? »Sie ist bei einer unberechenbaren Terroristin aufgewachsen. Kannst du dir sicher sein, dass sie vertrauenswürdig ist?«

»Sie ist meine Tochter und eine Gesegnete.« Tiberius' Stimme war fest und hart.

»Und wie viel hat sie von der Rebellin? Du weißt nicht, was sie ihr erzählt hat. Was, wenn sie *es* weiß? Was, wenn …«

Wovon sie vielleicht wusste, hörte Rain nicht, da Cassiopaio sich knurrend über den Boden rollte und über die Brille kratzte.

»Ich weiß, dass du dir Sorgen machst und nur mein Bestes willst. Niemand kennt ihre Gene besser als ich, und daher weiß ich, dass sie loyal ist.« Tiberius blieb standhaft.

»Und wem gilt ihre Loyalität?«

»Meine Tochter wird mich nicht verraten.«

»Du bist zu unvorsichtig, was sie betrifft.«

»Ich bin nie unvorsichtig«, ermahnte er sie mit gesenkter Stimme. Er holte tief Luft, bevor er fortfuhr. »Ich habe Vorkehrungen getroffen und lasse sie rund um die Uhr überwachen. Rajana wird nichts ohne meine Kenntnis unternehmen. Nichts.«

Außer eine SpyManguste durch die Lüftungssysteme lenken, ergänzte Rain zufrieden.

»Ich mache mir nur Sorgen um dich, Tiberius.«

»Ich weiß. Du bist der treueste Cabman, den ich kenne, und darum habe ich dich erwählt.«

»Ich werde dich nicht enttäuschen, so wie sie es getan hat«, beteuerte Daphne.

»Daran zweifele ich nicht.«

»Warum hast du sie vorgezogen? Warum hast du nicht mich nach White Pearl geschickt? Ich hätte dich in der Höhle der Engel stolz gemacht.«

Höhle der Engel? Was sollte das sein?

»Du weißt warum.« In Tiberius' Stimme klang kaum Emotion mit. »Sie hatte bessere Gene.«

»Es hat mir das Herz gebrochen. Ich dachte, du… «

Das Herz gebrochen? Wovon sprachen sie da? Hoffentlich nicht von dem, was Rain befürchtete. Das wäre viel zu absurd, um …

»Daphne …« Nun war auch Tiberius' Stimme eine Spur weicher geworden und löste ein Schluchzen seitens Daphne aus.

»Nenn mich nicht so … Ich … ich mach mir nur Sorgen, dass sie zurückkommt und …«

Cassiopaio versuchte, sein Geschirr abzustreifen.

»Deshalb müssen wir sie finden und ausschalten.« Tiberius klang angespannt. Ausschalten? Redeten sie von Storm?

Cassiopaio knurrte wütend, und er schaffte es, sich so zu verrenken, dass seine Krallen das Ei streiften.

»Pi, bitte«, flehte Rain. »Sei ruhig, oder man erwischt uns noch.«

»Was ist mit … uns?«, fragte Daphne, und ihre Stimme war voller Hoffnung. »Haben wir noch eine Chance?«

»Eine Chance?«, wiederholte Tiberius.

»Das noch einmal zu haben, was wir hatten. Vor langer Zeit.«

Ach. Du. Schande.

Rain blieb der Mund offen stehen, als sich ihr Verdacht, so verrückt er ihr vorkam, erhärtete.

»Du kennst die Antwort, Daphne. Das gehört der Vergangenheit an. Einer anderen Zeit. Ich schätze deine Loyalität und deinen Rat, aber für mehr ist kein Platz.«

»Aber ich vermisse dich. Vermisse dich so sehr, dass es schmerzt.« Man hörte in ihrer Stimme, wie sehr es sie traf. Rain war bisher immer davon ausgegangen, dass Daphne von ihrem Vater und ihrer Aufgabe als Cabman besessen war. Jetzt verstand sie, dass mehr dahintersteckte, dass die anderen mit ihren Scherzen wirklich recht gehabt hatten. Daphne liebte Tiberius. Sie liebte ihn wirklich.

»Ich weiß.«

»Wenn ich nur wieder jung sein könnte. Schön sein könnte.«

»Das kannst du nicht, Daphne.«

Die nächsten Worte gingen unter, als Cassiopaio mit der Einrichtung krachend gegen die Wand rannte, um den Drohnenarm zu verbiegen. Trotz seiner Beharrlichkeit schaffte er es nicht, seine Krallen in die Beute zu schlagen. Schließlich gab er auf und machte sich, das widerspenstige Ei ignorierend auf den Rückweg.

Daphne und Tiberius? Ihr Vater und … Daphne? Kallisto! Das wollte sie sich nun wirklich nicht vorstellen. Und was meinte er mit Vorkehrungen getroffen?

Auch als sie Cassiopaio mit dem Ei belohnte, würdigte er sie keines Blickes mehr und verschwand schmollend unter dem Bett.

Rain verstaute Cassiopaios Geschirr im Lüftungssystem und stellte sicher, dass man es von außen nicht sah.

»Wie kann ich dir helfen?«, fragte Glee. »Du siehst gestresst aus. Möchtest du vielleicht ein wohltuendes, beruhigendes Bad nehmen?«

28.

LARK KONNTE NICHT SCHLAFEN. In ihm wuchs das beklemmende Gefühl von Panik. Er dachte an die Rebellen, die Kiste L487 und daran, dass er fast erwischt worden war. Glücklicherweise hatte Nim nicht die Wahrheit erfahren. Man hätte ihn inhaftiert, und er hätte seine Familie nie wieder gesehen. Er hätte Rose nie wieder gesehen. Lark stand auf und schlich sich in die Abstellkammer, in der seine Schwester schlief.

»Lark?« Seine Mutter hob den Kopf. Wenn es Rose nicht gut ging, blieb sie manchmal die ganze Nacht vor dem Zimmer ihrer Tochter sitzen. Sie saß dort und lauschte ihrem Atem, als befürchtete sie, dass er verstummen könnte. »Was ist los?«

»Ich kann nicht schlafen.«

»Ist etwas passiert?«

Sie guckte sich sein Armband an, auf dem jetzt wieder eine »3« prangte, bevor er es beschämt wegzog. Sie alle hatten nach den Unruhen neue Punkte bekommen, doch er lag natürlich weit hinter den anderen zurück.

»Setz dich nicht zu sehr unter Druck. Hörst du?«, sagte seine Mutter. »Das, was du für Hail getan hast, das war richtig.«

»Ja.« Das war es, aber er hatte Angst.

Was wäre, wenn er nicht zum Sentinal berufen werden würde? Arbeiter wie Mo würden ihn zusammenschlagen, dafür, dass er sie verraten hatte. Und die Spines? Die brachten ihm auch mehr Ärger als Nutzen.

»Ich will doch nur, dass ihr sicher seid.«

»Ich weiß.«

Lark seufzte und erhob sich.

»Ich pass den Rest der Nacht auf sie auf.«

Seine Mutter wollte widersprechen, doch er nahm behutsam ihre Hand. »Du brauchst Schlaf.«

»Du doch auch«, protestierte sie.

»Ich schlafe bei Rose.« Er zog seine Mutter hoch und führte sie zu ihrem Bett, wo sein Vater vor sich hin schnarchte. Er sah ihn so selten. Das Leben seines Vaters bestand nur noch aus arbeiten und schlafen, aber Lark konnte es ihm nicht übelnehmen. Er tat es schließlich für seine Familie.

»Danke, Lark.« Knot strich ihm über die Wange. »Ich bin stolz auf dich.«

Sie schlüpfte unter die abgenutzten Wolldecken, und Lark schlich zurück zu Roses Zimmer. Seine Zehen stießen gegen die Matratze, und er kroch unter die Decke.

»Mmh?« Rose drehte sich um.

»Alles gut«, murmelte Lark und drückte sich an sie. Ihrem Atem zu lauschen beruhigte ihn, und trotzdem pulsierte die Angst wie der Herzschlag in ihm. Was, wenn man ihn erwischte? Was, wenn man ihn wegsperrte?

»Ich lass dich nicht allein«, gelobte er der schlafenden Rose. Er hatte ihr ein Eis versprochen, wenn sie sich von ihrer Erkältung erholt hatte. In letzter Zeit wurde sie immer öfter krank, und neben ihrer Lunge machten ihr auch die Anfälle zu schaffen, die bei Fieber häufiger auftraten als gewöhnlich.

Er spürte ihren Körper unter der Decke glühen. Vorsichtig legte er seine Hand auf ihre verschwitzte Stirn. Sie keuchte, öffnete aber nicht ihre Augen. Lark erhob sich, um ein Handtuch zu holen. Er befeuchtete es mit kaltem Wasser und legte es seiner Schwester auf die Stirn.

Seitdem er Anwärter war, waren die Dinge so viel komplizierter geworden. Er hatte das Gefühl, Spines und Sentinal zerrten gleichermaßen an ihm, und er brauchte seine ganze Kraft, um sich nicht zerreißen zu lassen. Aber jetzt, als er neben Rose lag und ihren zerbrechlichen Körper neben seinem spürte, wusste er genau, zu wem er gehörte. Zu seiner Familie.

»Ich pass auf dich auf. Versprochen!«

Am nächsten Morgen eilte Rain aus ihrem Zimmer, durchquerte das Wohnzimmer und klopfte an Bishops Tür. Die Türflügel glitten fast zeitgleich zur Seite.

»Rajana. Wie schön! Was kann ich für dich tun?« Er stand in der Mitte des Raumes mit seinen TecGlasses auf der Nase.

Rain wartete, bis die Tür sich hinter ihr geschlossen hatte: »Ich habe genug davon, hier eingesperrt zu sein.«

Sie hatte die Nacht darüber nachgedacht. Bishop war derjenige, dem sie am ehesten vertrauen konnte, denn er hatte sich schon für sie eingesetzt, bevor klar gewesen war, dass sie zu den Gesegneten gehörte. Aus welchen Gründen auch immer, mit Tiberius hatte es auf jeden Fall nichts zu tun gehabt.

»Waren die Ausflüge mit Andromeda etwa nicht aufregend genug.« Bishop zog seine linke Augenbraue hoch.

»Ich will keine Cafés oder Wellness-Oasen besuchen … Ich will etwas Sinnvolles tun.«

»Oh. Ich verstehe. Der Vogel lernt fliegen.« Bishop lächelte verschwörerisch. »Nun, was schwebt dir vor?«

»Vielleicht ein Ausflug in die Höhle der Engel«, sagte sie, während sie die Reaktion ihres Cabmans beobachtete. Ihre Mutter war anscheinend dort gewesen, und sie wollte wissen, warum.

»Verstehe.« Bishop seufzte und warf einen Blick zur Tür. »Hab ich dir eigentlich schon den Balkon gezeigt, Prinzessin?«

Dann zwinkerte er ihr vielsagend zu.

»Hier gibt es einen Balkon?« Rain spielte mit, während sie seinem Blick zur Tür folgte. Wollte er ungestört mit ihr reden?

»Den Ausblick musst du einfach gesehen haben. Ich kann nicht glauben, dass du noch nicht dort gewesen bist«, erzählte er überschwänglich, während sie sein Apartment verließen.

»Nein! Ich war wirklich noch nie dort.«

»Es ist wirklich phänomenal.«

Cassiopaio schlich neugierig hinter ihnen her, in der Hoffnung, Essen abzustauben. Allerdings würdigte er Rain keines Blickes.

»Ach komm, so schlimm war es auch wieder nicht«, brummte sie, als die Manguste sie anzischte.

»Was hat der Kleine denn?«, fragte Bishop.

»Nichts. Er ist nur sehr nachtragend«, antwortete Rain.

Sie passierten die Wachen und stiegen in den Fahrstuhl, um die Ebene zu wechseln. Niemand machte Anstalten, sie aufzuhalten.

Der Balkon war eine gläserne Plattform oder vielmehr ein gläserner Kasten, von dem aus man auf die Stadt blicken konnte. Nichts für Leute mit Höhenangst, doch Rain hatte damit keine Probleme. Im Gegenteil. Es war, als ob man in der Luft stehen würde. Weit über dem Boden und doch weit unter dem Himmel. Man hing einfach in der Luft.

Aber das Gefühl von Freiheit war nur eine Illusion. In Wirklichkeit befanden sie sich immer noch in einem gläsernen Käfig. Von allen Seiten war der Balkon mit Sicherheitsglas umgeben, was es unmöglich machte zu fliehen. Aus diesem Grund schien es niemand für nötig zu halten, ihnen zu folgen.

»Es ist beinahe, als könnte man fliegen, oder nicht?« Bishop streckte die Arme aus, während er sich durch den Käfig aus Glas drehte. Der Wind, der in dieser Höhe tobte, peitschte an die gläsernen Wände, was es Lauschern schwer machen würde, sie abzuhören.

»Beeindruckend«, stimmte Rain ihm zu und sah auf die Straßen hinunter.

Sie stellten sich an den Rand, während Cassiopaio nicht wagte, auch nur eine Pfote auf den durchsichtigen Boden zu stellen. Er bellte, gefolgt von einem langgezogenen Jammern.

»Also, was machen wir hier?«, fragte Rain.

»Die Wände haben Ohren.«

Rain sagte nichts, sondern wartete darauf, dass Bishop fortfuhr. *Wenn du schweigst, reden die anderen mehr,* hatte Storm immer gesagt.

»Rajana, ich glaube, du weißt nicht, wie viel Macht du hast. Du erinnerst die Menschen an etwas, das vor langer Zeit verloren ging.«

»An was?«

»An Märchen. Daran, dass das Unmögliche möglich ist. Die Augen von Hope sind auf dich gerichtet. Du bist vom Ghost in den Himmel gestiegen, als wären dir über Nacht Flügel gewachsen. Du bist aus der Asche emporgestiegen, um uns Hoffnung auf ein besseres Leben zu geben. Du bist der Samen, der in den Köpfen und Herzen der Menschen wächst und blüht. Der Samen einer Idee.«

»Einer Idee?«

»Die Idee, dass auch die Ärmsten fliegen können.« Bishop presste seine Finger auf sein Herz. »Die Idee, dass sich die Welt ändern kann. Du kannst die Welt ändern.«

Das klang absurd.

»Ich dachte, Aventin hasst Veränderungen.«

»Schon, aber trotzdem lieben die Aventiner Geschichten wie deine.«

»Du sagtest, ich habe das Unmögliche möglich gemacht. Was, wenn ich mich für Zweien und Dreien starkmache und für die Menschen in den ärmeren Zirkeln. Was, wenn ich von den Aventinern fordere, dass sie ihren Reichtum teilen. Dann werden sie mich nicht mehr lieben.«

»Du hast recht. Irgendwann musst du eine Entscheidung treffen. Eine Entscheidung darüber, wer du sein willst. Rajana, die Tochter von Tiberius. Die entführte und zurückgekehrte Prinzessin…« Bishop nahm die Brille ab und schenkte Rain einen tiefen Blick. »Oder Rain. Der Ghost, der das Unmögliche möglich machte.«

Rain zögerte. Sie versuchte von Bishops Gesicht seine Gedanken abzulesen, doch es war, als ob man in schwarzem Wasser versuchte, den Grund zu sehen. Was wollte er? Dass sie sich gegen die Gesegneten stellte? Dass sie für die Zweien und Dreien kämpfte? Bisher hatte sie ihn für ehrgeizig gehalten. Ein Mann, der weiß, was er will, und seine Ziele konsequent verfolgt. Auf der anderen Seite war er in Pitch aufgewachsen und hatte sich für sie eingesetzt, noch bevor er wusste, dass sie eine Gesegnete war.

»Deine Worte klingen wie Verrat«, stellte sie fest und wünschte, Storm wäre bei ihr. Sie hatte die Gabe, Menschen zu durchschauen.

»Ich erörtere nur Möglichkeiten«, berichtigte Bishop. »Tiberius versucht, deine Geschichte für sich zu nutzen. Der arme Vater, der seine Tochter wieder in die Arme schließen kann. Er bekommt dadurch Aufmerksamkeit wie noch nie zuvor, was ihm zweifellos helfen wird, der nächste Regent zu werden.«

»Was soll ich tun, Bishop? Was kann ich tun?«

»Ich bin dein Cabman, und egal was du tust, ich bin immer auf deiner Seite. Ich bin dein Schutzschild, deine Rückendeckung und dein Gewehr. Egal, was du befiehlst, ich werde es ausführen. Du kannst mir vertrauen.« Konnte sie das wirklich? Sie würde ihm nur allzu gerne glauben.

»Dein Vater lässt dich überwachen. Jeden deiner Schritte. Er hat mit Sicherheit schon sein Netz aus Spionen in deiner Nähe platziert. Die offensichtlichen wie Daphne und Nife. Und sicher auch die weniger offensichtlichen.«

Wer sagt mir, dass du es ehrlich meinst?

»Du erfährst nur das, was du erfahren sollst. Daher hat dir auch niemand etwas über Storm erzählt«, fuhr der Cabman fort.

»Was ist mit ihr?« Rains Herzschlag beschleunigte sich. Sie hatte das Gefühl, den Boden unter den Füßen zu verlieren, und stützte sich an die Wand. »Ist sie in Gefahr?«

Natürlich war sie das. Tiberius selbst hatte gesagt, dass er sie eliminieren wollte, aber so leicht würde Storm es ihm nicht machen. Die Fäuste des Windes schlugen gegen das Glas. Er sang seine wilde Melodie, die Melodie des Sturms, des freien, unbändigen Sturms, als wolle er Rain damit eine Nachricht übermitteln.

Bishop setzte ihr ohne weitere Erklärungen seine Brille auf die Nase. Sie schnappte erschrocken nach Luft, als sich die Umgebung vor ihren Augen änderte. Durch das Glas war plötzlich alles gestochen scharf. Auf dem goldenen Palast im Zentrum des Zirkels erkannte sie jeden Ziegel, der die Kuppeln bedeckte. Wenn sie länger hinsah, zoomte die Brille sogar noch näher heran und offenbarte einen Vogel, der auf der Dachrinne saß. Ein dünner Schriftzug erschien in einem Kästchen direkt über dem Tier.

Spatztaube. Weibchen. 2 Jahre alt.

»Das ist unglaublich!«, rief Rain aus und sah über den Rand der Brille. Von hier aus war der Vogel mit bloßem Auge nicht zu sehen.

»Mach weiter!«, lachte Bishop.

Rain schaute in den Himmel, und auf einer Wolke standen Temperatur, Windgeschwindigkeit und die Wettervorhersage für den Nachmittag. Es würde regnen. »Wahnsinn.«

»Sag ich doch die ganze Zeit. Die Dinger will man nie wieder absetzen. Sie sind genial.«

Rain sah Bishop an und wusste, dass seine Anzüge maßgeschneidert und noch dazu sündhaft teuer waren. Von dem Geld hätte man in Grey eine Familie ein Jahr lang versorgen können.

Sie erfuhr, dass sein Blutdruck ein wenig zu hoch war und dass seine Blase in ungefähr einer Stunde voll sein würde.

»Das verrät einem mehr, als man wissen will.«

In der Luft neben Bishop öffnete sich ein weiteres Fenster, in dem »Bisheriger Werdegang« stand. Noch während Rain zu lesen begann, erschien ein Hinweis in roter Schrift: »Vorbestraft«.

»Vorbestraft?«, echote sie, doch der Cabman nahm ihr die TecGlasses ab, bevor die Brille ihr mehr verraten konnte.

»Eine Jugendsünde, auf die ich nicht besonders stolz bin. In Pitch war das Leben nicht immer leicht, wie du dir vorstellen kannst«, erklärte er und lächelte verlegen.

»Aber du hast es trotzdem bis zum Cabman geschafft.«

»Mit viel Glück, wie du weißt. Wie hätte ich ahnen sollen, dass aus einer zum Tode Verurteilten eine Prinzessin wird.« Ja, wie hätte er das ahnen können? Bishop drehte am Gestell herum und schien etwas einzustellen. »So, jetzt kannst du es sehen.«

Er setzte ihr die Brille wieder auf. Während sie mit dem rechten Auge weiterhin ihre Umgebung sah, erschien auf dem linken Glas nur ein Mann in einem seltsamen Anzug. Bishop steckte ihr ein Mikrofon ins Ohr, und eine Stimme, die offenbar zu dem Mann gehörte, ertönte.

»Hallo?«, fragte Rain, doch der Mann reagierte nicht. Er schien sie nicht sehen zu können. Es dauerte einen Moment, bis Rain verstand, dass es sich um einen Nachrichtensprecher handelte, der die Neuigkeiten verlas.

»Die Entführerin Storm hat sich nun offiziell zu den Spines bekannt. Es wird davon ausgegangen, dass sich die Terroristen nach wie vor in Grey verstecken. Aventin geht vereint mit aller Härte gegen die Verbrecher vor, nachdem es zu Unruhen bei der Verteilung der Versorgungsgüter kam. Auf offener Straße wurden Einsen überfallen. Dieser Vorfall zeigt einmal mehr die Gefahr, die von niederen Genen ausgeht. Die Earls von Ruby und Silver fordern für ihre Zirkel eine

stärkere Überwachung der Zweien sowie eine generelle Aussiedlung von Dreien in externe Lager, in denen sie besser überwacht werden können. Aventin diskutiert eine Ausgangssperre für Zweien. Es gibt nichts zu befürchten. Die Lage ist unter Kontrolle.«

»Das glaube ich nicht.« Ihr Mund wurde trocken. Storm war bei den Spines? Dabei hatte sie nie zu den Rebellen zurückgewollt. Auch wenn sie Rain den Grund nie verraten hatte, schien sie sich dieser Entscheidung sicher gewesen zu sein.

»Die Menschen der äußeren Zirkel sind sittenlos und undankbar«, kommentierte eine Aventinerin. *»Unsere geliebten Gesegneten versorgen sie mit Medizin und Technologie. Am besten stellen wir jegliche Unterstützung ein. Dann sehen sie, was sie davon haben.«*

Ein Balken verriet, dass 84% ihrer Meinung waren.

»Kein Wunder«, murmelte ein Mann mit neongelbem Bart. *»Es gibt dort zu viele Zweien und Dreien. Sie sind die Wurzel allen Übels.«*

72% der Aventiner sind für eine strengere Bewachung der Zweien in Aventin durch implantierte Überwachungssender. 27% wollen die Zweien aus Aventin verbannen.

Rain nahm die Brille ab und spürte ein Ziehen im Magen, welches die Nachrichten hinterlassen hatten. Alles schien sich zu drehen, und am liebsten hätte sie sich übergeben. Sie fühlte sich entsetzlich hilflos.

»Die Zeiten sind unruhig. Es herrscht Angst und Unsicherheit«, erklärte Bishop. »Das ist deine Chance, etwas zu bewirken und das Richtige zu tun. Die Menschen warten auf dich.«

»Ich weiß nicht, was ich tun soll.« Rain lehnte sich gegen das kühle Glas. Während sie die Annehmlichkeiten von Badewannen und gedeckten Tischen genossen hatte, kämpften die Menschen in Grey gegeneinander. Und die Menschen in Aventin, die keine Ahnung von dem Leben in den äußeren Zirkeln hatten? Die fürchteten, dass ihre heile Welt zerbrechen könnte. So viel Chaos.

»Keine Sorge. Ich helfe dir.«

»Danke.« Rain war froh, nicht allein zu sein.

»Dafür ist ein Cabman da. Dafür lebt er. Für seine Gesegnete. Du bist meine Gesegnete … und nicht Tiberius. Du bist die unmögliche Prinzessin.«

29.

LARK FIELEN DIE DURCHGESTRICHENEN KREISE auf, die einige Häuserwände zierten. Nach der Eskalation während der Ausgabe der Versorgungspakete waren es mehr geworden. Die Menschen fürchteten sich und waren gleichzeitig wütend, dass nicht alle Versorgungskisten verteilt worden waren. Es hatte sogar einige Einbrüche in Häuser von Einsen gegeben. Larks Familie war glücklicherweise verschont geblieben. Bisher.

Immer mehr Bewohner fühlten sich von den Gesegneten im Stich gelassen. Und dann waren da die Spines, die ihnen die Lösung anboten. Sie verteilten Medizin, Versorgungspakete und das Versprechen, dass sie alles besser machen würden.

»Gold zu Asche!«, stand an einer Wand. Daneben war eine tote einäugige Taube gemalt, deren Körper mit Asche bedeckt war.

Lark fragte sich, ob die Spines es auf die Unruhen bei der Ausgabe der Versorgungskisten angelegt hatten. Wenn sie auf den richtigen Moment gewartet haben, um die Steine zu werfen … Er traute es ihnen zu.

Lark passierte eine Gruppe Arbeiter, die auf dem Weg zu ihrer Schicht waren. Auch wenn er sich bemühte, ihnen keine Beachtung zu schenken, spürte er die Feindseligkeit in ihrem Blick. Die Luft schien förmlich aufgeladen von der Spannung, die seit dem Vorfall Grey beherrschte. Es war, als würde die Stadt auf einem Pulverfass liegen, welches jederzeit explodieren konnte.

Seitdem er ein Anwärter war, wurde er wie ein Lauscher behandelt. Er war froh, die Schule ohne weitere Vorkommnisse zu erreichen.

»Guten Morgen, Lark!« Hail sprang ihm in den Weg und drückte ihre Finger gegen die Stirn.

»Guten Morgen.« Er war froh, dass sie ihn völlig normal behandelte. Im Gegensatz zu Nuts, der neben ihr stand. Seine Augen schienen förmlich Blitze zu schießen.

»Kommst du, Lark?«, rief Nim, der mit den anderen Anwärtern auf ihn wartete.

Nuts hatte den Blick auf den Boden gerichtet und murmelte: »Deine neuen Freunde rufen, Lark. Komm, Hail, der hat längst vergessen, dass er ein Kind der Asche ist.«

Dafür erntete er eine Kopfnuss.

»Halt die Klappe, Nuts.« Hail sah wütend aus. »Er tut seine Pflicht, aber er ist immer noch unser Lark.«

»Ist er das?« Nuts rieb sich den schmerzenden Kopf. »Warum hat er dir dann nicht geholfen, als du inhaftiert wurdest.«

»Ich hab es versucht«, beeilte sich Lark zu sagen. »Ich…«

»Gar nichts hast du, Lauscher. Du hast hinter deinen neuen Freunden gestanden, während unsere Leute euch um Versorgungskisten angefleht haben.«

»Ich mache nur meinen Job«, verteidigte sich Lark.

»Du *genießt* deinen Job.«

»Das tue ich nicht.«

»Warum hast du dann für uns keine Kisten besorgt?«

»Sei still und geh«, zischte Hail. Nuts zog widerwillig ab.

»Mach dir nichts draus«, sagte Hail. »Er ist bloß neidisch.«

»Es tut mir so leid. Ich…«

»Schon gut.« Sie rieb sich über den Arm, an der Stelle, wo sich ihr Tattoo befand. Nun lag ein Verband darüber, doch Lark musste es nicht sehen. Er wusste, was sich darunter verbarg. Die entscheidende Änderung am Ende der Zahlenreihe. G1 F3.

»Ich wünschte, sie hätten das nicht getan.« Er deutete auf den Arm.

»Du hättest es nicht verhindern können. Früher oder später musste es passieren.« Sie hatte die Stimme gesenkt. »Danke, dass du für mich gelogen hast. Du weißt schon. Von wegen wir sind einander versprochen.«

»Hail, ich …« Er wollte sie an sich drücken, ihr sagen, dass er sie immer beschützen würde, doch sie ließ es nicht zu.

»Später. Ich muss jetzt zum Unterricht. Falls sie mich da noch wollen.« Sie hob entschlossen das Kinn. Das war Hail. Seine stolze, eigensinnige Hail.

»Gut«, sagte er langsam und sah ihr hinterher, als sie davoneilte.

»Du solltest nicht so viel mit Mondauge abhängen. Das ist unter unserem Niveau und wirft kein gutes Licht auf uns Anwärter«, sagte Grump, als Lark die anderen Anwärter erreichte.

»Ich wüsste nicht, was dich das angeht.«

Es war bloß eine Nummer. Eine Nummer auf einem Zahlencode. Hail war immer noch dieselbe, wie konnte also diese kleine Zahl alles ändern?

»Wenn Thron sieht, dass du das Mädchen noch einmal deiner Pflicht vorziehst, verlierst du deine letzten mickrigen drei Punkte. Mhm, wenn ich so drüber nachdenke, ist das eigentlich ein super Plan. Ein Konkurrent weniger.« Summend ging Grump voraus, dicht gefolgt von Fly und Fox, die ihre Köpfe zusammensteckten und leise miteinander flüsterten.

»Er hat recht«, raunte Nim. »Du musst aufpassen.«

Ja, das musste er.

»Die Sentinal sind jetzt deine Familie, vergiss das nicht. Sie kommen immer an erster Stelle. Wenn du das befolgst, wird es auch deiner Gen-Familie an nichts fehlen. Denk an Cliff Shell. Denk an deine Schwester.«

Er dachte an seine Familie. Immerzu dachte er an sie, und Hail zählte er dazu. Er würde sie nicht im Stich lassen.

Als sie in den Keller kamen, erwartete sie Thron. Es gab immer noch den Parcours, den sie bereits einige Male absolviert hatten. Auf den ersten Blick hatte sich nichts an den Geräten verändert.

»Los«, befahl Thron. »Lauft.«

Und Lark rannte, kletterte und stolperte. Seine Beine waren bereits übersät mit blauen Flecken, doch er biss die Zähne zusammen. Die Angst trieb ihn voran. Die Angst, nicht nach Black Shell zu kommen, die Angst, hier zu bleiben. In Grey. Man würde ihn wie einen Lauscher behandeln, und er und seine Familie würden nicht einmal mehr den Schutz der Sentinal genießen. Was war mit den Spines? Würden sie ihm weiterhelfen, wenn er keinen Nutzen mehr für sie hatte?

Er benutzte die Angst als Antrieb. Seine Hände flogen von einer Sprosse zur nächsten. Er erklomm den Turm. Weiter ging es über die Hängebrücke. Seine Muskeln waren so angespannt, dass sie schmerzten. Er schwang sich das Gerüst hinunter und landete auf dem Boden. Auf allen vieren robbte er unter dem Netz durch, das unter Strom stand. Er spürte, wie es die Luft über seinen Haaren auflud.

5. 4. 3.

Hinter sich konnte er jemanden schnaufen hören, doch er beachtete ihn nicht.

2.1.0. Er richtete sich auf und sprintete weiter.

»Anwärter Lark«, hörte er Throns Stimme, als er durch das Ziel rannte. »Fünf Punkte für diese herausragende Leistung an Schnelligkeit und Geschicklichkeit.«

»Herzlichen Glückwunsch, Mondaugen-Loverboy«, brummte Grump ihm keuchend zu.

»Aber in unserer Ausbildung geht es um mehr als nur um Leistung. Sentinal sind wie Brüder und Schwestern. Sie müssen sich aufeinander verlassen können.« Thron hob seinen Arm und präsentierte eine elektronische Fessel. »Auch wenn wir Konkurrenten sind, verletzen wir nie einen Bruder oder eine Schwester. Grump?«

»Ja, Sir?« Der Anwärter verzog missmutig das Gesicht.

»Streck deinen Arm aus!«

Der Junge tat, wie ihm geheißen. Thron ließ die elektronische Fessel um sein Handgelenk schnellen.

»Lark. Nun bist du an der Reihe. Gib mir deinen Arm.«

Als die beiden Jungs aneinandergekettet waren, tat er dasselbe mit Fox und Fly. Nim blieb übrig.

»Das Pärchen, das als Erstes den Parcours absolviert hat, erhält weitere fünf Punkte.«

Grump rannte los, als wäre ein Schwarm Skorpionspinnen hinter ihm her. Ein Ruck fuhr durch Larks Handgelenk, als sich die Fessel anspannte und in sein Fleisch schnitt. Ihm blieb nichts anderes übrig, als dem Jungen zu folgen.

»Gib mir deine Hand«, keuchte er.

»Ich halte doch nicht Händchen mit dir«, widersprach Grump und kletterte eine Leiter empor.

»Dann ist es aber leichter.«

»Vergiss es.«

Fox und Fly stürmten an ihnen vorbei, ihre Körper und die geschorenen Köpfe dicht aneinandergepresst. Sie bewegten sich wie eine Person, ohne Worte und vor allem ohne Beleidigungen.

»Mach schon«, rief Grump und zog an dem Arm mit der Handschelle. Im selben Moment verlor er den Halt und riss Lark mit sich zu Boden. »Kallisto!«

»Aufstehen«, befahl Thron.

»Das ist alles deine Schuld«, fluchte Grump und versetzte Lark einen Hieb mit dem Ellbogen.

Lark blockte einen weiteren Schlag ab. »Wir sollen zusammen und nicht gegeneinander kämpfen.«

»Wir sind schneller, wenn ich dich k.o. schlage und hinterherschleife«, knurrte Grump und machte einen erneuten, halbherzigen Versuch, eine Leiter zu erklimmen.

»Gib mir deine Hand«, forderte Lark erneut.

»Ich geb dir meine Faust.«

Na, das würde ja heiter werden.

»Ich habe Schädlingsbekämpfer-Drohnen bestellt«, verkündete Daphne. »Ich glaube, es hat sich etwas im Lüftungssystem eingenistet.«

Sie saßen am Esstisch und genossen das Frühstück. Daphne hatte dafür gesorgt, dass nur kalorienarme Speisen auf dem Tisch zu finden waren, damit Rain ihre gesegnete Figur beibehielt.

»Ich habe seltsame Geräusche gehört.«

Die Spuren der Drohnenexplosion waren größtenteils beseitigt worden, nur auf dem Boden war noch ein dunkler Fleck an der Stelle, wo die Maschine in Flammen aufgegangen war.

»Vielleicht Mutantenratten?«, vermutete Rain mit einem Blick zu Cassiopaio.

»Mutantenratten? So etwas Scheußliches haben wir hier nicht!« Sie verzog angewidert das Gesicht. »Ich habe mal gehört, dass eine Berührung ausreicht, um einen Menschen mit der Seuche zu infizieren.«

»Ich habe mal eine gegessen«, erzählte Rain. Daphne verschluckte sich vor Schreck.

Bevor sie jedoch etwas erwidern konnte, mischte sich Bishop ein: »Rajana, du wirst heute eine Forschungsstation in White Pearl besuchen. Earl Amygdala wird dort ein Interview zu den Fortschritten im Kampf gegen die Rote Seuche geben, und sie würde sich sehr über deine Unterstützung freuen.«

»Ist das mit Earl Tiberius abgesprochen«, fragte Daphne. Sie musterte Rain mit einer Mischung aus Verachtung und Skepsis.

»Ich denke, es wäre sehr in seinem Interesse«, antwortete Bishop diplomatisch.

»Ja, möglicherweise. Dann unternimmt sie endlich mal etwas Nützliches und lungert hier nicht nur herum.« Daphne erhob sich und strich ihre Uniform zurecht. »Ich werde ihn darüber informieren.«

»Wunderbar«, rief Bishop Daphne hinterher. »Dann sag ihm doch bitte auch, dass ich bereits die Presse über Rajanas Auftritt informiert habe.«

Unter diesen Voraussetzungen würde es Tiberius schwerfallen, den Ausflug zu verhindern.

»Speed wird da sein.« Bishops Augen verfolgten eine Meldung auf seinen TecGlasses.

»Der Reporter, der mich tot sehen wollte.«

»Genau der! Im Prinzip sollst du hinter Amygdala stehen und brav nicken, damit Grey sieht, dass ihr an einem Strang zieht. Vermutlich will sie an die Rote Seuche erinnern, bevor sie in Vergessenheit gerät. Du musst wissen, dass das eine Art Dauerthema ist. Wie eine Art Joker, wenn die Menschen anfangen sich zu beschweren, werden sie daran erinnert, was ihnen ohne die Gesegneten drohen könnte.«

»Wie nah ist die Forschung an einer Heilung?« Rain nahm einen Schluck Kaffee.

»So nah, wie sie sein möchte.«

Rain glaubte zu verstehen, was der Cabman ihr damit sagen wollte, aber er wurde nicht konkreter.

»Und wie kann ich ihnen helfen, wenn ich stumm dastehe?«

»Fürs Erste müssen sie sehen, dass du dich interessierst und aktiv wirst«, erklärte Bishop. »Du musst präsent werden.«

Aventin war undurchsichtiger als eins der unbewohnbaren Smogviertel in Grey. Überall gab es Geheimnisse und viel Nebel. Goldenen, glitzernden Nebel.

White Shell war zwar gut mit den Bahnen zu erreichen, aber Nife bestand auf einen Gleiter, den er für sicherer hielt.

»Du solltest nicht lachen, da es um ein ernstes Thema geht«, erklärte Andromeda, die neben ihr saß. Vermutlich als Anstandsdame, damit Rain nicht aus der Reihe tanzte.

Beide trugen einen weißen Overall aus Seide und wenig Schmuck. Auf den Augenlidern hatten sie weiße Farbe aufgetragen, und selbst die Wimpern waren weiß geschminkt. Die Haare waren hochgesteckt, »wie es sich für White Pearl gehörte«. Nur die zwei geflochtenen Haarsträhnen, die sich zu Rains Markenzeichen entwickelt hatten, fielen ihr auf die Schultern.

Während des Fluges zeigte Andromeda ihr, wie man interessiert aussah. Stirn runzeln, über das Kinn streichen, viel nicken und »Mhms« und »Ahas« von sich geben. Dann ließ sie Rain das Ganze wiederholen, bis sie landeten. Bishop sah belustigt dabei zu, verkniff sich aber jedweden Kommentar.

Die Forschungsanlage erinnerte Rain an die medizinischen Räume, in denen sie aufgewacht war. In erster Linie sah alles weiß und steril aus. Es wirkte so sauber, dass man Angst hatte, etwas zu berühren.

Nife landete den Gleiter auf einem Platz, auf dem bereits in Weiß gekleidete Menschen, vermutlich Wissenschaftler, auf sie warteten. Ebenfalls weiß gekleidete Sentinal bewachten den Platz an allen Seiten, doch wie die Wissenschaftler wurden sie von dem Weiß der Umgebung verschluckt.

Ins Auge stachen die vielen glänzenden Kameradrohnen, die über den Platz surrten. Speed stand etwas abseits. Seine ungeteilte Aufmerksamkeit galt dem Bildschirm vor sich.

»Sind das nicht Versorgungskisten aus Grey?«, fragte Rain und deutete auf einen Transportgleiter, der gerade ausgeräumt wurde.

»Sie wurden aus Grey zurückgebracht, nachdem es dort zu einem Aufstand kam«, flüsterte Bishop ihr ins Ohr.

Rain wusste, wie sehr die Menschen in Grey von den Kisten abhingen. Sie selbst hatte nie die Chance gehabt, eine zu bekommen, aber mal versucht eine zu klauen. Erfolglos. Die Glücklichen, die eine ergattert hatten, hüteten sie wie einen Augapfel, und Gewalt hatte Rain nicht anwenden wollen. »Sie müssen wirklich verzweifelt sein, wenn sie so weit gehen.«

»Oder voller Hoffnung«, widersprach Bishop vage.

Stylisten eilten herbei, führten Rain zu ihrem Platz und besserten ihr Make-up auf. Rain faltete die Hände im Schoß und schlug die Beine übereinander, wie Andromeda es ihr beigebracht hatte, und wartete.

»Amygdala ist ein sehr engagierter Earl, der sich für die Rechte der Menschen einsetzt. Sie sieht die Verwaltung von Grey nicht als lästige Pflicht an, sondern ist durchaus auch gewillt, die Lebensbedingungen dort zu verbessern«, erklärte Bishop. »Du wirst sie mögen, denke ich.«

»Ganz sicher«, stimmte Andromeda ihm missmutig zu und verdrehte die Augen.

»Was ist?«, hakte Rain nach.

»Nichts. Bishop hat recht. Du wirst sie mögen. Sie wird schließlich von allen geliebt, weil sie so gerecht und intelligent ist.« Andromeda presste die Lippen aufeinander und schwieg.

Es dauerte nicht lang, und ein weiterer Gleiter landete auf dem Platz. Die Türen öffneten sich, und Amygdala trat heraus. Sie zog die Blicke der Versammelten wie ein Magnet auf sich. Der Earl von Grey war größer, als Rain sie sich vorgestellt hatte, und überragte alle anderen. Sie trug eine schlichte hellgraue Uniform und das Emblem von Grey auf der Brust. Auf den hochgesteckten Haaren lag ein Reif aus Stahl, der ebenfalls an die Industriestadt erinnerte. Amygdala schien über den Boden zu schweben, als sie auf Rain zukam. Es war unmöglich, sie zu übersehen. Sie war fast zwei Köpfe größer als Rain, bewegte sich aber auf den langen Beinen geschickt wie eine Katze.

Langes gewelltes Haar, das in silbernen Spitzen auf ihren Hüften endete, fiel ihr über die Schultern. Sie hatte dieselbe schöne dunkle Haut wie Andromeda.

»Willkommen.« Ihre Stimme war wie warmer Honig. Sie schenkte den Anwesenden ein herzliches Lächeln und hob ihre Finger an ihre Stirn.

»Begrüße sie«, flüsterte Bishop Rain ins Ohr, und sie machte einen unsicheren Schritt auf den Earl von Grey zu.

»Danke, dass du mich empfängst.«

»Es ist mir eine Ehre, die verschollene Prinzessin kennenzulernen«, erwiderte Amygdala und neigte ihren Kopf.

»Danke. Ähm gleichfalls.« Rain drückte ihre Finger ebenfalls zur Begrüßung an die Stirn.

»Und ihren Cabman, dem sie ihr Leben verdankt.« Sie nickte Bishop zu. »Du hast das Leben einer einfachen Ghost gerettet. Sag mir, Bishop, was hat einen ehrgeizigen Mann wie dich zu so einer selbstlosen Tat bewegt?«

»Ich habe schon immer gewusst, dass Rajana etwas ganz Besonderes ist«, sagte Bishop und streckte seine Schultern durch.

»Interessant.« Sie runzelte die Stirn, doch ihr Lächeln erstarb nicht. »Du bist ein sehr cleverer Mann, Bal aus Pitch. Das habe ich immer gesagt.«

»Du ehrst mich. Aber ich fürchte, du überschätzt mich. Ich hatte bloß Glück.« Er drückte seine Finger ans Herz. »Und bitte, nenn mich Bishop aus Aventin. Ich bin nicht gerade stolz auf meine Herkunft.«

»Und doch trägst du sie immer bei dir, Bishop aus Aventin.« Amygdalas Blicke wanderten auf die drei unscheinbaren Kohlesteine an dem Gürtel des Cabman. Sie beließ es bei einem Blick und wandte sich als Nächstes Andromeda zu. Sie musterte Rains plötzlich verstummte Begleiterin mit ihren großen blauen Augen, die seltsam vertraut wirkten. Rain sah genauer hin. Ihre Gesichtszüge, die vollen Lippen und die großen blauen Augen. Die Ähnlichkeit war nicht zu übersehen.

»Und willkommen, Andromeda.« Der Earl von Grey drückte ihre Finger gegen ihr Herz. »Ich freue mich auch sehr, dich zu sehen.«

»Es ist lange her«, antwortete Andromeda knapp.

»Du hast dich nicht verändert.«

»Doch das habe ich«, widersprach Andromeda und schob die Unterlippe vor.

»Nun. Wie ergeht es dir in der Hauptstadt?«

»Es könnte nicht besser sein.« Eine gewisse Spannung lag zwischen den beiden Gesegneten in der Luft.

»Es freut mich zu sehen, dass es dir gut geht.«

Andromeda schien etwas sagen zu wollen, überlegte es sich dann aber anders und schluckte die Worte herunter.

Der Earl von Grey wandte sich wieder Rain zu. »Wollen wir eine Runde gehen, Rajana?«

»Sicher.«

»Macht ruhig«, mischte sich Andromeda ein und räusperte sich unbeholfen. »Ich bleibe hier. Und lasse mein Make-up auffrischen.«

Rain folgte Amygdala zum Transporter, in dem die Versorgungskisten gelagert waren.

»Die Lage in Grey ist im Moment angespannt. Die Earls der höheren Zirkel verlangen, dass ich hart durchgreife und Sanktionen verhänge. Sie wollen, dass ich ihnen zeige, was geschieht, wenn sie sich Aventin gegenüber undankbar verhalten. Du kennst Grey besser als wir alle. Was meinst du?«

»Ich denke, das ist gar keine gute Idee. Es würde den Rebellen noch mehr in die Karten spielen.«

»Du sprichst gerade heraus, was du denkst, ohne deine Gedanken in Sirup zu wickeln. Sehr erfrischend.« Amygdala musterte Rajana mit neuem Interesse. »Was schlägst du vor, junge Prinzessin?«

Rain holte tief Luft.

»Ich würde ihnen die Versorgungskisten zurückschicken und endlich etwas gegen die Luftverschmutzung unternehmen, um den Rebellen den Wind aus den Segeln zu nehmen. Menschen haben keinen Grund zu kämpfen, wenn es ihnen gut geht.«

»Ein vernünftiger Gedanke.« Amygdala lächelte. »Dein Vater hat dir ganz offensichtlich seine Vorliebe für strategisches Denken vererbt.«

»Und was hast du Andromeda vererbt?«, fragte Rain geradeheraus.

»Seinen Scharfsinn hast du ebenso. Aber nicht sein Taktgefühl.« Amygdala lächelte flüchtig. »Andromeda ist … anders als ich.«

»Offensichtlich.«

»Ich habe mir für meine Tochter ein anderes Leben gewünscht. Sie hat einen unbeschwerten Geist, der sich nicht ständig mit niemals enden wollenden Problemen befassen möchte. Ich wollte, dass sie glücklich wird, und war froh, ein so herzliches Mädchen zu haben, das sich mit einfacheren Dingen zufrieden gibt.« Amygdala seufzte. »Aber ich fürchte, ich habe ihr nie das schenken können, wonach sie sich gesehnt hat. Ist sie glücklich?«

»Das ist sie. Denke ich«, sagte Rain.

Ein weiterer Gleiter erschien am Himmel und landete nahezu lautlos auf dem Platz. Während Rain den Kopf reckte, schien Amygdala bereits zu ahnen, wer aussteigen würde.

»Morpheus?« Rain erkannte verwundert ihren Halbbruder, der von zwei leicht bekleideten Damen flankiert ins Freie trat und in die Kameradrohnen lächelte. Er trug einen weißen Anzug, der an eine Militäruniform erinnerte. Seine goldblonden Haare waren streng nach hinten gelegt.

»Was macht der denn hier?«

»Das, was alle tun, wenn es einen Kuchen gibt. Sich ein Stück abschneiden.« Amygdala lächelte unbeeindruckt.

»Ich sage euch, wir müssen die Überwachung in Grey verschärfen«, erklärte Morpheus dem Reporter, während sich seine Begleiterinnen an ihn drückten. »Mehr Drohnen. Mehr Sentinal. Jeder, der gegen uns ist, wird inhaftiert. Mal sehen, wer sich dann noch traut, zu den Rebellen überzulaufen. Problem gelöst.«

Die Mädchen klatschten begeistert, und Morpheus fuhr sich mit einer Hand über das Haar.

»Nicht verzagen, Morpheus fragen, sag ich da nur.« Er entblößte eine Reihe strahlend weißer Zähne.

»Was sagt der Earl von Grey dazu?«, fragte Speed, als sich Amygdala näherte.

Die Gesegnete lächelte in die Kamera. »Die Lage in meinem Zirkel beschäftigt mich sehr. Als Earl trage ich die Verantwortung. Ich bin für die Sicherheit zuständig, und ich möchte das Richtige tun. Das Richtige für uns alle. Daher vertraue ich auf den Rat von jemandem, der den Zirkel besser kennt als wir alle.«

Sie schob Rain vor sich, und Morpheus rollte demonstrativ mit den Augen.

»Prinzessin Rajana, was ist deine Einschätzung?« Die Kameradrohnen zoomten auf ihr Gesicht und warteten. Rain straffte ihre Schultern und holte tief Luft. Das war ihre Chance. Die Chance, von der Bishop gesprochen hatte. Ihre Chance, aus dem Schatten zu treten.

»Mehr Sentinal und Drohnen werden das Grundproblem nicht lösen. Sicher, subjektiv vermitteln sie das Gefühl von mehr Sicherheit, aber wir sollten uns doch fragen, warum Menschen sich den Spines anschließen. Die Menschen in Grey sind verzweifelt. Sie sind auf die Versorgungspakete angewiesen. Versorgungspakete, von denen es nicht genug gibt. Aventin muss …«, Rain hielt inne und korrigierte: »Wir müssen ihnen unsere Hände in guter Absicht reichen und ihnen helfen. Zum Beispiel, indem wir ihnen die dringend benötigten Versorgungspakete zukommen lassen.«

»Du willst sie dafür belohnen, dass sie Unruhe stiften?«, unterbrach sie Morpheus ungläubig. »Das ist das Dümmste, was ich je gehört habe.«

Seine Begleiterinnen nickten.

»Ich will ihren Hilfeschrei nicht ignorieren«, verbesserte Rain. »Das Grey, das ich kenne, hält viel von den Gesegneten. Es verehrt sie.«

»Das habe ich bei meinem letzten Besuch gemerkt. Sie wollten mich in die Luft sprengen – mich, einen Gesegneten! Ich sage, wir brauchen mehr Soldaten für mehr Sicherheit und Sanktionen gegen die Unruhestifter. Sonst wird die Lage in weiteren Zirkeln eskalieren«, beharrte Morpheus.

»Sanktionen treiben sie in die Arme der Spines«, widersprach Rain.

»Dann sind sie Verräter!«

»Nein, sie sind verzweifelt und wollen ihre Familien beschützen. Ich sage, wir sollten uns wie Gesegnete verhalten und uns für den Frieden einsetzen. Die Bewohner von Grey sind Arbeiter und keine Rebellen. Wir können sie nicht mit den Spines über einen Kamm scheren. Stattdessen sollten wir ihnen zeigen, dass ihr Vertrauen uns gegenüber gerechtfertigt ist.«

»Wir müssen ihnen gar nichts zeigen. Wir müssen sie dafür bestrafen, das sie überhaupt an uns zweifeln.« Morpheus räusperte sich.

»Danke für diese interessanten Argumente«, mischte sich Earl

Amygdala ein. »Wie Sie sehen, ist das Thema sehr komplex und bedarf Ruhe und Besonnenheit, um die Konsequenzen abzuwägen, bevor eine Entscheidung getroffen werden kann.«

Lark band sich die schwarzen Stoffbinden seiner Uniform um die Unterarme, um sie vor dem Smog abzudichten.

»Hey.«

Er drehte sich um, und seine Lippen formten sich automatisch zu einem Lächeln. Hail trat ins Zimmer und setzte sich auf sein Bett. Angesichts ihres ernsten Gesichtsausdruckes erstarb Larks Lächeln wieder.

»Alles in Ordnung?«

Sie hatte den Verband von ihrem Unterarm entfernt. G1 F3. Als sie seinen Blick bemerkte, zog sie ihren Ärmel über den Code.

»Ich werde nicht mehr in die Schule kommen«, berichtete sie und strich ihre Haare hinter die Ohren.

»Was?«

»Mir wurde geraten, mich abzumelden, damit ich die anderen Einsen nicht aufhalte.«

»Aber du bist eine Eins.«

»Was soll's?« Hail zuckte die Schultern. »Ist mir egal.«

War es nicht. Das wusste Lark, aber er widersprach nicht. Er rückte näher an sie, und sie schwiegen eine Weile vor sich hin. In seinem Inneren brodelte es vor Wut. Er wollte seiner Freundin helfen, aber er wusste nicht wie.

»Was ist mit deiner Familie?«, fragte er.

»Für sie bin ich gestorben.«

Es zerriss Lark das Herz.

»Du kannst jederzeit herkommen«, flüsterte er. »Du kannst mein Bett haben. Ich schlafe eh meistens bei Rose.«

»Danke.« Sie versuchte ein Lächeln, doch es wirkte kraftlos. Dann schwiegen sie erneut.

»Meintest du das ernst, Lark?«, fragte Hail nach einer Weile.

»Was denn?«

»Das mit der Bindung?« Hail vergrub ihre Fäuste unter den Oberschenkeln und starrte an die gegenüberliegende Wand.

»Natürlich.« Er hatte es ernst gemeint, trotzdem klang es wenig überzeugend, denn genau in diesem Moment musste er an Rain denken. Aus irgendeinem Grund ließ ihn das zögern. »Ich lass dich nicht im Stich.«

»Danke, aber ich … ich brauche keine Almosen.« Hail stand auf und räusperte sich. »Und kein Mitleid! Eine Bindung mit mir würde dich nur ausbremsen. Was wäre ich für eine Freundin, wenn ich das zulassen würde?«

Sie meinte es ernst, und wenn Hail sich etwas in den Kopf gesetzt hatte, konnte man den Entschluss mit keinem Argument der Welt umstoßen.

»Hail …«

»Keine Widerrede. Ich habe gesehen, wie mich die anderen Anwärter angesehen haben. Sie halten mich einer Bindung mit dir für nicht würdig, und sie haben recht.«

»Nein, haben sie nicht, du Dickkopf.«

»Lüg nicht.«

»Ich lüge nicht. Du gehörst zur Familie. Das meine ich ernst. Hier.« Lark griff unter sein Kopfkissen und warf ihr das zusätzliche Versorgungspaket zu, das ihm Nim gegeben hatte.

»Und ich nehme bestimmt nicht dein Paket an.« Ihr Kopf glühte vor Entschlossenheit. »Ihr braucht die Pakete dringender. Wegen Rose.«

»Das ist keins von unseren.« Lark grinste.

»Sondern?«

»Ich habe es gestohlen.«

Hails Augen weiteten sich.

»Du bist verrückt«, rief sie und lachte. Ihre Freude zauberte die kleinen Grübchen auf ihre Wangen, aber sie währten nicht lange. Ihr Lachen erlosch so schnell wie eine ausgepustete Kerze, und sie wurde wieder wütend.

»Du bist verrückt, du Qualmkopf«, rief sie und boxte ihn. »Was, wenn man dich erwischt hätte? Du darfst so etwas doch nicht riskieren.«

»Es ist ja alles gut gegangen.«

»Wenn du dir deine Karriere mit Dummheiten verbaust, erwürge ich dich«, versprach sie ihm und knuffte ihn erneut in die Seite.

Das TecDec in Larks Zimmer erwachte summend zum Leben, und sie hielten inne. Das konnte nur bedeuten, dass es eine wichtige Durchsage gab: *»Achtung! Seuchenschutz. Bürger von Grey, wir bitten um Eure Aufmerksamkeit! Die Rote Seuche hat es in die Mauern von Grey geschafft. Es gilt die höchste Sicherheitsstufe.«*

»Rote Seuche?«, echote Hail. »Woher kommt die denn plötzlich?«

»Bitte bleiben Sie in Ihren Häusern und halten sich an die Anweisungen. Verdächtige Häuser müssen durchsucht werden. Erkrankte müssen den Befehlen der Sentinal Folge leisten und ohne Widerstand mitkommen.«

»Diese Heuchler«, flüsterte Hail und ballte ihre Hände zu Fäusten. »Das ist doch eine Lüge.«

Auf dem Bildschirm erschienen die Gesichter vertrauter Personen, die aus ihrer Wohnung gezerrt wurden. Lark schluckte, als er sie erkannte. Es war Mos Familie.

»Ihr werdet die Medien überschwemmen«, verkündete Bishop. »Ich sehe die Schlagzeilen bereits vor mir: *Bruder gegen Schwester im Kampf um Grey.*«

»Aber wir wollten keinen Kampf. Nur »Mhms« und »Ahas«.

Das ist nicht wie geplant abgelaufen. Ganz und gar nicht«, sagte Andromeda geknickt. »Tiberius wird das nicht gefallen.«

»Es geht hier aber nicht um Tiberius, sondern um Rajana«, mischte sich Bishop ein. Er schien mit dem bisherigen Verlauf sehr zufrieden.

»Schon, aber ich mag es nicht, wenn er böse ist. Er ist dann richtig unheimlich«, gab Andromeda zu bedenken. »Ganz zu schweigen von Daphne. Sie wird ausrasten.«

Nach dem Interview wurde ihnen eine Führung durch White Pearl angeboten. Morpheus hatte das Angebot abgelehnt und sich mit seinen kichernden Begleiterinnen zurückgezogen, zum Unmut von Andromeda. Sie sagte nichts, aber ihre Blicke verrieten ihre Gefühle.

»Dieser Tag ist ein Desaster«, flüsterte sie. »Warum bin ich bloß mitgekommen?«

»Tut mir leid«, flüsterte Rain.

»Er hat mich nicht einmal angesehen.« Sie wischte mit einer schnellen Handbewegung eine Träne aus dem Augenwinkel und setzte wieder ihr einstudiertes Lächeln auf. »Aber egal, ich kann damit umgehen. Ich trauere ihm nicht hinterher. Im Gegenteil, ich bin so froh, ihn los zu sein. Sehr froh.«

Froh sah sie nicht aus.

Rain, Bishop und eine überraschend nachdenkliche Andromeda stiegen in einen wartenden Gleiter. Es war eine schwebende Platte mit sechs Sitzen, auf der sie bereits ein hagerer Wissenschaftler erwartete. Als sie saßen, fuhr der Gleiter automatisch los.

»Willkommen in White Pearl«, verkündete der Mann, eine gestriegelte Eins Plus mit unerträglich wichtigtuerischem Lächeln. »Ich habe die Ehre, euch herumzuführen. Mein Name ist Flav.«

Sie passierten einige Hallen, in der Drohnen zusammengebaut wurden.

»Drohnensektor«, verkündete die mechanische Stimme des Bordcomputers, während Flav ihnen etwas über die bahnbrechenden Durchbrüche in der Drohnenentwicklung der letzten Jahre erzählte.

Rain sah sich in der Halle um und wunderte sich, dass es dort keine Menschen gab, sondern die Arbeit ausschließlich von Maschinen übernommen wurde. Weiße Riesen, die sich lautlos drehten und wendeten, um Hüllen zusammenzusetzen.

»Glaubst du, er hat gesehen, dass ich da war?«, flüsterte Andromeda Rain ins Ohr.

»Ich denke schon.«

»Vielleicht hat er mich gar nicht bemerkt. Sonst hätte er mich doch gegrüßt.«

Sie ließen die Halle hinter sich und bogen in einen Gang ab. Eine Glaswand fuhr nach oben, um die Gesegneten vor Gegenwind zu schützen. Dann beschleunigte der Gleiter. Nach ein paar Minuten Fahrt sahen sie ein Licht am Ende des Tunnels, das schnell näher kam.

»Willkommen im Medizinsektor«, verkündete der Bordcomputer. Der Gleiter passierte einige Labore, doch die Türen blieben verschlossen. Sie hielten vor einer Glasscheibe, hinter der ein weiterer Raum lag. Hier arbeiteten Wissenschaftler in seltsamen Ganzkörperschutzanzügen.

»Wir sehen hier den Gesegneten Pergamon, Earl von White Pearl, und seinen Assistenten bei ihren täglichen Forschungsarbeiten«, erklärte Flav. Pergamon war laut Andromeda einer, wenn nicht sogar *der* schlauste Gesegnete in Hope. Es hieß, er konnte nichts vergessen und würde jede seiner Erinnerungen im Geiste noch einmal erleben.

»Da sich Erreger der Roten Seuche in diesem Raum befinden, muss jeder nur erdenkliche Sicherheitsgrad erfüllt sein. Fragen dazu?«

Andromeda warf ab und zu ein »Aha« ein, als er etwas über den Raum, die Filtersysteme und Desinfektionsmaßnahmen erklärte. Trotzdem schien sie nicht wirklich anwesend zu sein, denn ihr Blick wanderte immer wieder in die Ferne.

Flavs Lieblingsthema war definitiv das Lüftungssystem. Während er darüber ausführlich berichtete, vermied er das Thema Rote Seuche fast gänzlich.

Sie erreichten einen Bereich, der noch stärker als die anderen durch Sentinal und Drohnen gesichert wurde. WatchBots und WarBots patrouillierten hier und überprüften alle, die durch den schmalen Gang wollten. Dadurch verzögerte sich auch die Weiterfahrt ihres Gleiters.

»Wo geht es hier entlang?«, fragte Rain Flav.

»Das ist der medizinische Sektor für Gesegnete. Nur Gesegnete mit Sicherheitsfreigabe dürfen diesen Teil betreten.«

Medizinischer Sektor? Die Gesegneten wurden nicht krank, und wenn sie sich verletzten, gab es Ärzte und Medizinerdrohnen in Aventin.

»Welche Krankheiten haben Gesegnete denn?«, fragte sie Andromeda. »Ich dachte, wir wären gegen fast alles immun.«

»Gegen gebrochene Herzen sind wir nicht immun«, kam die konstruktive Antwort, gefolgt von einem Seufzen.

»Andromeda…«

»Ich weiß. Ich bin über ihn hinweg. Ehrlich.«

Rain drückte auf die Notbremse, woraufhin der Gleiter ruckartig zum Stehen kam.

»Rajana, was tust du?«, fragte Andromeda alarmiert.

»Was passiert dort?«, wiederholte sie ihre Frage.

Äußerlich schien Flav gelassen, nur ein leichtes Zucken im Augenlid verriet seine Nervosität.

»Routineuntersuchungen und Gentests. Wir nennen den Bereich die Höhle der Engel. Das ist eine Anlehnung an die alte

Welt, in der die Menschenvogelchimären als Beschützer gesehen wurden, so wie die Gesegneten jetzt.«

Die Höhle der Engel? Rains Mund fühlte sich an wie ausgedörrt. Storm war hier gewesen. Ihre Mutter.

»Können wir uns die Höhle ansehen?«, krächzte sie mit heiserer Stimme.

»Nein, dafür braucht man eine Extragenehmigung.«

»Warum wurde ich nicht dort untersucht?« Rains Finger glitten in ihre Tasche. Dort lag das winzige Mikrofon, das sie aus den SpyGlasses gelöst hatte. Das war der Ort, der weitere Antworten versprach. Sie musste es irgendwie schaffen, das Mikrofon dort hineinzuschmuggeln.

»Das kann ich dir nicht sagen.«

»Setzt eure Führung fort«, sagte ein Sentinal, der in Begleitung von zwei WarBots auf sie zukam.

Flav wollte den Gleiter aktivieren, doch Rain sprang im selben Moment ab.

»Rajana, wo willst du hin?« quiekte Andromeda.

»Oh, ich habe meinen Ohrring verloren. Es tut mir so leid. Wie ungeschickt von mir.« Sie kniete sich hin, um Zeit zu schinden. Wenn sie jetzt Sting hätte, könnte sie den Gleiter für einige Zeit kurzschließen, doch so ohne Werkzeug hatte sie keine Gelegenheit dazu und musste sich auf die erste unkreative Ausrede berufen, die ihr eingefallen war.

»Prinzessin Rajana, vielleicht geht es damit schneller.« Bishop reichte ihr seine TecGlasses und zwinkerte ihr zu, als ahnte er, was sie vorhatte.

Rain warf den Wachen einen Blick zu. Der Herzschlag der Männer verriet Anspannung. Die Brille lieferte jedoch keine Informationen zu dem, was in der Höhle der Engel wartete.

Andromeda war abgestiegen, um ihr zu helfen. Sie flüsterte ihr zu. »Du trägst überhaupt keine Ohrringe. Was hast du vor?«

»Kann ich helfen?« Flav schien der Vorfall nicht zu gefallen. Er sprang nervös um den Gleiter herum und stieß beinahe mit einem empört piependen WarBot zusammen.

In diesem Moment öffnete sich eine Tür, und vier Frauen wurden von Sentinal flankiert durch den Gang geführt. Sie trugen weiße, schlichte Kleidung. Ihre Haare lagen offen über ihren Schultern. Den Blick hatten sie starr geradeaus gerichtet.

Sie blieben vor der Höhle der Engel stehen und warteten auf weitere Instruktionen.

»Beeilt euch und fahrt weiter«, wandte sich der Sentinal an Andromeda und Rain, während sein Kamerad die Frauen scannte. Jede von ihnen war eine Eins Plus, wie ihr die TecGlasses verrieten.

»Oh, ich hab deinen Ohrring«, verkündete Andromeda und warf ihrer Freundin einen auffordernden Blick zu. »Dann können wir ja jetzt weiterfahren. Tut uns sehr leid.«

Doch Rain dachte nicht daran.

»Was sind das für Frauen?«, fragte sie und ging auf die Gruppe zu. Die Blicke der Frauen gefielen ihr nicht. So leer. Beinahe leblos. Ihr Herzschlag war langsam und ruhig, als würden sie schlafen, und ihre Pupillen waren starr geradeaus gerichtet.

»Sie sind auserwählt, die Höhle der Engel zu betreten. Eine besondere Ehre, die nur den besten Genträgern vorenthalten ist«, erklärte Flav.

»Ich dachte, das dürfen nur Gesegnete?«, hakte Rain nach.

»Nun … es … gibt Ausnahmen.«

Die Brille verriet Rain, dass alle Frauen als aktuelle oder ehemalige Zofen der Herrscherin gelistet waren.

»Was passiert mit ihnen?«

»Herrin, geh bitte weiter, oder wir müssen dich gewaltsam von hier fortbringen.« Der Sentinal wurde ungeduldig, ebenso die WarBots, die Rain umkreisten.

»Natürlich, tut mir sehr leid.« Rain drehte sich überschwänglich um, stieß mit einer Drohne zusammen und stolperte. Sie fiel auf die ungeschickteste Weise der Länge nach hin, direkt vor die Füße der Zofen.

»Wie peinlich«, murmelte sie, als sie sich aufrappelte. Die Drohne stieß ein aufgebrachtes Piepen aus und versuchte, sich neu zu tarieren.

»Prinzessin Rajana, alles in Ordnung?« Der Sentinal schob den WarBot zur Seite.

»Ja.« Rain hielt sich an einer der Frauen fest, die es aber gar nicht zu bemerken schien. Hatte man sie unter Drogen gesetzt? Keine von ihnen hatte auch nur mit den Wimpern gezuckt, als sie vor ihren Füßen gelandet war.

»Diese Brille … Daran muss ich mich noch gewöhnen«, sagte Rain entschuldigend, während sie zum Gleiter zurückhumpelte, wo Bishop sie besorgt in Empfang nahm.

»Arme ungeschickte Prinzessin«, murmelte er mit gespielter Sorge. Rain hingegen konnte sich nur mit Mühe ein Grinsen verkneifen. Sie verdiente wirklich den Preis für die verrücktesten Pläne überhaupt, auch wenn der »Rote-Seuche-Panik-Plan« nicht unbedingt optimal verlaufen war.

»Ungeschickt kannst du laut sagen«, pflichtete ihm Andromeda bei.

Der Rest der Besichtigung war nicht weiter erwähnenswert. Sie sahen sich weitere Zimmer an und schauten einen Präsentationsfilm über Desinfektionssysteme, schwebende Solarkraftwerke und die neuste Bioforschung, zu der auch die Kreation von Chimären gehörte. Hier wurde eine neue Kaf-Generation präsentiert, die noch mehr Wolle und noch mehr Milch versprach. Die Kafe sahen aus wie runde Wollbälle, deren Beinchen man bestenfalls als rudimentär bezeichnen konnte. Dass sie darauf wirklich noch ihr Gewicht durch die Gegend tragen konnten, bezweifelte Rain.

»Werden hier auch süße Chimären kreiert?«, fragte Andromeda. »Ich hätte gerne einen Kanarienhamster.«

»Nein, wir beschäftigen uns hier nur mit sinnvollen Züchtungen«, unterbrach sie Flav harsch. »Außerdem sind die Kreationen neuer Chimärenarten schwierig und benötigen genaue ethische Prüfungen.«

»Und wie sinnvoll sind Katzinchen?« Andromeda schob schmollend die Unterlippe vor. »Die hat doch auch jeder.«

»Ja, aber sie wurden ursprünglich entwickelt, damit sie die Lüftungssysteme reinigen. Eine Aufgabe, die nun die Drohnen erfüllen. Die meisten Kreuzungen haben eine reduzierte Lebenserwartung, daher muss es vorher eine genaue Kosten-Nutzen-Abwägung geben.«

»Du findest Kanarienhamster doch bestimmt auch wahnsinnig nützlich, oder Rajana?«

»Na ja…« Rain interessierte sich nicht für potentielle Kanarienhamster. Ihre Gedanken galten allein der Höhle der Engel. Sie hatte das Gefühl, je mehr sie von Aventin sah, desto mehr Fragen drängten sich ihr auf.

Doch dank des Mikrofons in der Tasche der Zofe würde sie vielleicht schon bald Antworten bekommen. Operation SpyRain hatte begonnen.

30.

»NEUE VERSORGUNGSPAKETE FÜR GREY« war die Schlagzeile des Tages, die als Projektion über die Eingänge der Fabriken geworfen wurde und vor den ewig verschmutzten Fenstern der Büdchen aufleuchtete, in denen sich die Arbeiter in ihren Pausen sammelten. Nahezu jeder Sender in Grey berichtete über Rajana, die Ghost-Prinzessin, die sich für ihren Zirkel starkgemacht hatte.

Rose konnte ihren Blick nicht von dem TecDec abwenden und vergas sogar das Eis in ihrer Hand, das über ihre Finger lief und zu Boden kleckerte.

Sie saßen in einer Bäckerei, die neben Eis noch Kaffee, Eier und Backwaren verkaufte, die sich nur die besser verdienenden Einser-Familien leisten konnten. Da Larks Vater nur eine Zwei war, hatten sie den Laden bisher noch nie betreten. Roses Augen hatten gestrahlt, als Lark sie heute hineingeführt hatte und ihr von seinem ersten Lohn als Anwärter ein Eis spendierte.

»Ob sie den Transport begleiten wird? Ob sie uns besuchen wird?« Roses Augen wurden groß.

»Wer weiß«, lachte Lark und erinnerte sie an ihr Eis.

»Na, hier traut sich so schnell kein Gesegneter mehr hin«, mischte sich Hail ein, die ein Marmeladenhörnchen in den Händen hielt. Es hatte einige Überredungskunst gekostet, sie auf das Gebäck einzuladen. Sie hatte schließlich mit der Bedingung zugestimmt, beim nächsten Mal Lark etwas ausgeben zu dürfen. »Nicht nachdem was dem Gesegneten Morpheus passiert ist.«

Auch wenn Aventin im Minutentakt über die neuen Versorgungspakete berichtete, war die Stimmung in Grey abgekühlt, und das mitten im Sommer. Schuld daran war die Rote Seuche, die in den letzten Tagen für jede Menge Wirbel gesorgt hatte. Sentinal hatten die Erkrankten in Isolationslager ausgeflogen, von denen bekanntlich niemand zurückkam.

Seit dem Ausbruch war der Seuchen-Notstand ausgerufen worden, der es den Sentinal erlaubte, Häuser von Freunden und Angehörigen zu durchsuchen, die mit Erkrankten in Kontakt standen. »Das ist doch nur ein Vorwand. In Wirklichkeit suchen sie nach Rebellen«, hatte Larks Vater gemeint, und das Gerücht setzte sich auch bei den Arbeitern durch, die sich ungerecht behandelt fühlten.

»Ich glaube, sie versuchen die Lage zu entschärfen, damit es keinen Krieg gibt«, bemerkte Lark und biss in sein eigenes Hörnchen. Süße Marmelade floss ihm in den Mund und prickelte auf seiner Zunge.

»Auf der einen Seite füttern sie uns, und hintenherum räumen sie die aus dem Weg, die ihnen ein Dorn im Auge sind«, flüsterte Hail.

»Hail, hör auf so zu reden, als wärst du eine von *denen.*« Lark sah sich hektisch im Laden um, doch der Bäcker war im Nebenraum verschwunden.

»Warum? Es stimmt doch. Jeder weiß das«, sagte Hail und zuckte die Schultern. »Ich glaube nicht daran, dass Mos Familie infiziert war. Ist doch seltsam, dass ausgerechnet sie krank sein sollen, nachdem er den Sentinal ans Bein gepinkelt hat.«

»Ich gehöre zu den Sentinal«, erinnerte Lark sie.

»Und mein Bruder lügt nicht«, bestätigte Rose, die mit großen Augen das Gespräch verfolgt hatte.

Oh, liebe Rose. Wenn du wüsstest, dachte Lark mit schlechtem Gewissen.

»Ich weiß.« Hail senkte ihre mit weißen Schlieren durchzogenen Augen. »Du weißt, ich stehe immer hinter dir, Lark, aber die Rebellen haben recht. Die Rote Seuche ist bloß ein Vorwand, eine Möglichkeit, uns mit Angst zu unterdrücken und uns gefügig zu machen. Wer weiß, ob es sie wirklich gibt.«

»Seit wann hörst du auf die Rebellen?«, fragte Lark, doch Hail blieb ihm eine Antwort schuldig.

»Ich mag die Rebellen nicht«, verkündete Rose und leckte an ihrem Eis. »Sie haben mit der Bombe vielen Menschen wehgetan.«

»Das stimmt. Aber auch die Gesegneten tun vielen Menschen weh«, erklärte Hail, und ihre Finger fuhren instinktiv zu ihren Augen empor.

»Genug. Rose ist zu jung dafür.« Lark wollte dieses prekäre Thema nicht vor seiner Schwester ausbreiten.

»Tut mir leid. Du hast recht.« Hail war verzweifelt und versuchte die Verzweiflung mit Wut zu verdrängen. Er konnte es ihr nicht verübeln.

»Wirst du wieder gesund?«, fragte Rose besorgt.

»Leider nicht.«

»Ich finde die weißen Augen auch ganz hübsch.«

»Danke, Rose.« Hail legte das Hörnchen auf den Teller, als sei ihr der Appetit vergangen.

»Hast du keinen Hunger mehr?«, fragte Rose weiter. »Darf ich das?«

»Das ist unhygienisch«, erinnerte Hail sie. »Man darf sich Essen und Trinken nicht teilen.«

Als sie Roses betrübtes Gesicht sah, ergänzte sie: »Aber wenn du es keinem verrätst, können wir wohl eine Ausnahme machen.«

Lark erinnerte sich an die Schmuggelware aus Kiste L487, der er nach Aventin verholfen hatte. Er fragte sich, wer sie abgeholt hatte und wie viele Rebellen sich in Aventin versteckten. Wie weit reichten die Dornen der Spines wirklich?

Seit dem Auftrag hatten die Rebellen ihm keine neue Mission übertragen, aber die Angst klebte seitdem an ihm. Sie verfolgte ihn tagtäglich und selbst in der Nacht, in seinen Träumen. Dann wachte er schweißgebadet auf mit Roses Namen auf den Lippen. Wenn er nicht von seiner Schwester träumte, dann träumte er von Rain.

In Grey sah man in ihr eine Figur der Hoffnung und gleichzeitig eine Enttäuschung. »Propaganda, um die Leute ruhigzustellen«, nannten es die Rebellen.

»Träumst du, Bruderherz?« Rose riss ihn aus seinen Gedanken. An Hail gewandt fuhr sie mit vollem Mund fort: »Das macht er nämlich ständig. Vor allem von Prinzessin Rajana.«

»Ach, tut er das?« Hail warf ihm einen fragenden Blick zu, woraufhin Lark das Blut in den Kopf schoss. »Ja, sie ist wirklich hübsch, aber das dient nur der Täuschung und Blendung. Also bleib lieber auf dem Boden, Qualmkopf.«

»Warum sagst du so was?«

»Sie sind einfach nicht … natürlich. Ich meine, Perfektion, das ist nicht richtig. Die Natur kann nicht perfekt sein.«

»Seit wann denkst du so über die Gesegneten?«, fragte Lark, doch Hail schwieg. Sie musste auch nichts sagen. Er wusste es.

Seitdem ihr die Chance auf eine Karriere als Forscherin genommen worden war, seitdem sie bloßgestellt worden war und man ihr eine neue Tätowierung verpasst hatte, hatte sie sich verändert. Sie war zynischer geworden und trauriger, auch wenn sie das vor Lark zu verstecken versuchte.

Immer wenn sie glaubte, dass er nicht hinsah, erstarb ihr Lächeln, und sie fuhr sich mit den Fingern über die geschlossenen Augen. Es versetzte ihm einen Stich im Herzen, sie so zu sehen.

»Ich sag ja nur, dass du dir keine Hoffnung machen sollst. Prinzessin Rajana wird vermutlich keine Sekunde mehr an Grey denken.«

»Ich glaub schon«, widersprach Rose. »Ich glaub, so schnell wird sie dich nicht vergessen, Bruderherz.«

Wie recht Rose damit hatte. Nur, dass er für immer derjenige sein würde, der sie verraten hatte.

»Ihr wart schließlich Freunde, oder?«, fragte Rose weiter.

»Waren wir nicht, Rose.« *Wir hätten welche werden können, aber es sollte nicht sein.*

»Also ich war ihre Freundin. Freunde muss man sich gut aussuchen, hat sie gesagt. Deshalb hat es etwas gedauert, aber ich konnte sie überzeugen.«

»Oh, Rose.« *Du warst ihr sicher ein besserer Freund als ich.*

Hail sagte nichts, sondern sah einem DustBot hinterher, als wäre seine Arbeit plötzlich das Interessanteste auf der Welt.

Als sie den Bäcker verließen, stellte sich ihnen Grump in den Weg, der offenbar auf sie gewartet hatte. Er trug einen breiten Mantel, der seine Anwärteruniform fast vollständig verbarg, und hatte die Kapuze weit ins Gesicht gezogen.

»Du kommst jetzt mit.« Er packte Lark am Kragen und zog ihn mit sich.

»Hey! Was soll das?« Hail machte Anstalten, ihrem Freund zu helfen, doch sie wurde von Grump zur Seite gestoßen. Für einen Moment war sie wieder ganz die alte, kämpferische Hail. In ihren Augen blitzte die Entschlossenheit, als sich ihre Hände zu Fäusten ballten.

»Willst du mir drohen?«, knurrte Grump.

»Ich werde dich verprügeln, Großmaul«, entgegnete sie und reckte ihr Kinn.

»Das wollen wir doch mal sehen.« Grump ging einen Schritt auf sie zu, aber sie wich keinen Millimeter zurück. Lark sprang dazwischen, um den Streit zu beenden.

»Alles gut. Bring Rose nach Hause, ja?«

»Sicher?« Hail hatte die Augen zu Schlitzen verengt. »Den Wichtigtuer kann ich auch noch blind verprügeln.«

»Hör lieber auf deinen Freund und geh nach Hause, Mondauge«, sagte Grump und leckte sich mit der Zunge über die Lippen. »Oder lebst du mittlerweile auf der Straße?«

Ehe Lark darüber nachdenken konnte, bohrte sich seine Faust in Grumps Magen.

»Nenn sie noch einmal so, und ich breche dir die Finger«, drohte er, überrascht von der eigenen Wut. Sie hatte ihn regelrecht überflutet, und für einen Moment schien sein Verstand ausgesetzt zu haben.

»Na warte.« Grump holte aus, aber es kam nicht zum Schlag. Hails Fuß traf ihn am Schienbein. Er stolperte und fiel mit einem Stöhnen zu Boden.

»Wenn du mich noch einmal so nennst, landet der nächste Tritt zwischen deinen Beinen«, verkündete sie. Dann wandte sie sich an Lark. »Danke, aber ich kann auf mich selbst aufpassen.«

»Hey, hast du gerade einen Sentinal-Anwärter angegriffen?«, rief Grump empört, und Larks Herz gefror. Er würde sie doch nicht verraten, oder doch? Natürlich würde er das. Und dann?

»Ja, das habe ich.« Hail schien angesichts der Drohung unbeeindruckt. Sie beugte sich hinunter und ließ sich keine Spur von Angst anmerken. »Du wurdest gerade von einer fast blinden F3 vermöbelt. Willst du das deinem Vorgesetzten wirklich melden?«

»Du …« Grump schluckte seine Drohung herunter.

»Dachte ich mir, Weichei.« Hail grinste triumphierend.

»Schon gut.« Grump machte keine Anstalten, sich zu wehren, sondern hob bloß abwehrend seine Arme. »War doch bloß Spaß.«

»Spaß?«, echote Lark wütend und unterdrückte den Impuls, ein weiteres Mal zuzuschlagen.

»Schon gut, Lark.« Hail warf Grump einen verächtlichen Blick zu. »Er ist es nicht wert, dass du deine Punkte aufs Spiel setzt.«

»Darf ich auch noch mal hauen?«, erkundigte sich Rose.

»Nein, ich glaube, mit dir möchte er sich lieber nicht anlegen«, sagte Hail. »Komm, wir gehen.«

»Sicher, dass ich nicht hauen darf? Vielleicht ganz kurz?«, hakte Rose nach.

Lark sah ihnen hinterher und hoffte, dass diese Auseinandersetzung kein Nachspiel für seine Freundin hatte. Er würde sich noch mal eindringlich mit Grump unterhalten müssen.

»Das Mond… äh… das Mädchen hat echt Mumm. Mehr als du«, bemerkte Grump und rappelte sich auf.

»Also, was willst du?«, fragte Lark harsch.

»Händchen halten«, antwortete Grump und grinste.

»Bitte was?«

»Na wir müssen klettern üben. Sonst werden wir beim nächsten Mal wieder gegen die beiden Psycho-Zwillinge verlieren, und ich will auf keinen Fall für immer in diesem Drecksloch feststecken. Was ist? Bist du dabei?«

»Das klingt überraschend vernünftig«, entgegnete Lark.

»Sei still, und gib mir deine Hand.«

»Aventin liebt dich«, verkündete Bishop. »83% will ein Date mit dir, 87% will mit dir shoppen gehen, und 91% will dich auf einem Mutantenhai reiten sehen.«

»Für den Mutantenhai habe ich auch gestimmt«, verkündete Daphne mit einem perfiden Lächeln auf den Lippen.

Rain saß im Kunstsalon, während zwei Dienerinnen, Daphne nannte sie nur »Kamm« und »Schleife«, ihre Haare flochten.

Daphne selbst war nicht persönlich vor Ort, sondern kommentierte die Vorbereitungen von einem TecDec aus und kommandierte einen CamBot herum.

»Was wird sie denn heute anziehen?«, fragte Daphne, die zu Bishops Unmut den Auftrag hatte, ihre Vorbereitungen zu überwachen. »Kamm, zeig mir das Kleid.«

Bishop hatte Rain ein silbergraues Kleid rausgelegt, welches am Oberkörper eng anlag und an den Hüften locker fiel. Der Stoff war so weich, dass es schien, als wäre er aus Greys Smog selbst genäht.

»Wie passend«, brummte Daphne und zog die hellgrünen Lippen kraus. »Grau. Damit auch keiner vergisst, dass sie aus dem Smog zu uns kam.«

Schleife fädelte weiße und silberne Perlen in Rains Haare, während Kamm sich um Rains Make-up kümmerte. Auf den Augenlidern trug sie ihr dunkle Farbe auf, die wie Kohle aussah.

»Hängt ihr doch gleich Kohlesteine um«, kommentierte Daphne.

»Das hatten wir vor«, verkündete Bishop grinsend und präsentierte ein schweres Collier aus Kohlesteinen und Stahlsplittern, das den Blick auf Hals und Brust verdecken würde.

»Ach du meine Güte.« Daphne verdrehte die Augen, aber schwieg.

Amygdala hatte sie zum Abendessen eingeladen. Eine kleine gelbe Drohne war am Morgen in Rains Zimmer aufgetaucht und hatte über einen trötenförmigen Mund eine Melodie ausgestoßen, die klang, als würde jemand in ein Horn blasen. Dabei war sie hektisch im Kreis um Rains Bett geflogen.

Erst als Rain die Drohne eingefangen hatte, war sie verstummt und hatte Einblick in ihr Inneres gewährt. Ein goldenes Blatt hatte dort gelegen, auf dem Buchstaben kreisten. Kaum hatte Rain die Einladung herausgenommen, war die seltsame Postdrohne wieder in die Luft geschossen und auf das Fenster zugerast. Sie war in einem kleinen Loch, welches für ComBots gedacht war, verschwunden. Rain hatte die Stelle, durch die die Postdrohne verschwunden war, untersucht. Ein kleiner Knopf mit einem goldenen Horn war darauf zu sehen gewesen. Vermutlich konnte man damit einen ComBot herbeirufen.

Sie hatte darauf gedrückt, aber keine Drohne war erschienen.

»Bin ich nicht zu … äh… schick für so einen Anlass?«, fragte Rain, während Kamm ihr schwarzen Lippenstift passend zu den dunklen Augen auftrug. Schick war vielleicht nicht das richtige Wort, sie war in erster Linie auffällig.

Als Ghost war es stets ihr Ziel gewesen, nicht aufzufallen, bloß keine Blicke auf sich zu lenken. Das konnte man von diesem Kleid, welches am Oberkörper so eng saß, dass es wenig Platz für Fantasie zuließ, nicht behaupten. Und das Make-up. Sie sah aus, als wäre sie in einen Bahnschacht gefallen, zumindest was die Augen- und Lippenpartie anging. Das einzig Praktische war die kleine silberne Handtasche, in der Rain ihre SpyGlasses mitschmuggelte. »Es soll doch bloß ein gemeinsames Abendessen werden.«

»Schätzchen, es ist klar, dass du bei dem Wort Abendveranstaltung nur ans Essen denkst, aber das ist nur sekundär. Es geht um Politik, um Sehen und Gesehenwerden. Halte dich am besten an deinen Vater. Der weiß, was zu tun ist. Und rühr bloß das Essen nicht an. Dein Kleid ist nicht dafür gemacht, dass man sich darin den Bauch vollschlägt.«

Und Atmen war offensichtlich auch nicht vorgesehen.

»Ich geh zu einem Abendessen und soll nichts essen?«, fragte Rain entrüstet.

»Zu einer Abendveranstaltung. Veranstaltung, merk dir das. Niemand sagt Abendessen dazu. Das klingt so … einfach.« Daphne rollte die Augen. »Bishop, bitte! Muss ich denn alles alleine machen?«

»Nein, verausgabe dich bitte nicht. Ich habe alles im Griff«, sagte der Cabman und ging zum TecDec, auf dem Daphnes Gesicht gezeigt wurde. »Wir sehen uns später.«

»Ich …«

»Wenn es noch etwas gibt, melde ich mich.« Er drückte mit einem einnehmenden Lächeln die Finger auf die Stirn und deaktivierte den Bildschirm.

»Endlich Ruhe«, flüsterte er Rain zu, und selbst die beiden Dienerinnen schienen aufzuatmen.

Der Gleiter brachte Rain und Andromeda zu einem glänzenden Turm in der Nähe, Bishop hielt sich im Hintergrund. Er erklärte, dass für Cabmen ein separater Raum vorgesehen war, wo sie jederzeit für ihre Gesegneten erreichbar waren, ohne die Privatsphäre der Veranstaltung zu stören.

»Wie sehe ich aus?«, flüsterte Andromeda.

»Bezaubernd«, sagte Rain. Das tat sie wirklich. Sie trug ein hellblaues Corsagenkleid, welches ab der Hüfte auseinanderfächerte. Passend dazu waren die Spitzen ihrer Haare hellblau. Ein mit Perlen besetztes Haarband perfektionierte das Outfit.

»Gut.« Andromeda nickte erleichtert.

Den Bankettsaal zu betreten war wie in eine andere Welt einzutauchen. Wände und Decke glichen einem Sternenhimmel, der nicht der Realität entsprach, sondern noch beeindruckender war. Glühende Milchstraßen zogen sich über die Tapeten. Sterne funkelten wie ein Meer aus Diamanten auf dem dunklen, samtigen Hintergrund, und in der Mitte des Saals, an der höchsten Stelle thronte der Mond.

»Wahnsinn«, stellte Rain fest. Wie diese Magie, von der Rose immer geschwärmt hatte.

»Schau dir den Boden an«, quiekte Andromeda.

Der Boden war ein dunkles Aquarium, welches nur spärlich beleuchtet war und bedrohlich wirkte. Hin und wieder sah man einen Schatten unter dem Glas entlanggleiten, so groß, dass Rain an Mutantenhaie denken musste.

»Ich werde den ganzen Abend eine Gänsehaut haben«, gestand Andromeda.

Auf kleinen Inseln waren über dem Boden schwebende Sofas und Sessel gruppiert, die schwarz glänzten und in deren Oberfläche die Sterne der Decke reflektiert wurden. Sanfte Musik erfüllte den Raum, und auf einem Podest standen schwarz gekleidete Musiker, die man vor dem dunklen Hintergrund kaum erkennen konnte.

»Ich dachte, das wird nur eine *private Abendveranstaltung*«, flüsterte Rain.

»Das ist eine private Abendveranstaltung«, kicherte Andromeda.

Aus den Wänden ragten Plattformen, auf denen sich allerlei Köstlichkeiten stapelten. Exotische Früchte, Kuchen und Törtchen, Pasteten, Brote und zahlreiche Sorten an Aufstrichen. Mit diesen Mengen hätte man ganz Grey einige Tage lang versorgen können.

Andromeda quiekte auf, und Rain folgte ihrem Blick. Nicht weit entfernt saßen Aurelia und Morpheus und gaben einer Kameradrohne ein Interview. Aurelia hatte eine aufwendige Hochsteckfrisur, die für ihren zierlichen Körper beinahe zu schwer wirkte.

»Ich hasse ihn«, seufzte Andromeda. »Warum muss er so gut aussehen?«

»Genau wie du.«

»Ja, ich sehe gut aus«, echote Andromeda mit wenig Überzeugungskraft. »Ich will ihn vergessen, weißt du. Aber gleichzeitig will ich ihn beeindrucken. Es ist wirklich dumm und einer Gesegneten so gar nicht würdig. Wenn Mutter das wüsste … Es ist so peinlich. Vergiss, was ich gesagt habe.«

Sie versteckte ihr Gesicht hinter den Händen und rang um Fassung. Rain wollte sie trösten, aber sie wusste nicht so recht, welche Worte in diesem Fall angemessen waren. Was hätte ihre Mutter gesagt?

»Lass nur Leute in dein Herz, die dich auch lieben«, sagte sie schließlich. »Denen, die dir dein Herz brechen, breche die Beine.«

Rain war sich sicher, dass Storm mit dieser Äußerung auf Bolt angespielt hatte.

»Ich soll deinem Bruder die Beine brechen?« Andromedas Augen weiteten sich, und sie kicherte. »Nun, verdient hätte er es.«

»Rajana, da seid ihr ja.« Tiberius trug wieder schwere Roben aus feinstem Stoff. Rain hatte sich bereits gefragt, ob er anwesend sein würde, um ein Auge auf sie zu werfen. Sein Bart war wie immer perfekt in Form, fast so, als sei jedes Haar auf seine Haut gezeichnet worden. Das Haar hatte er wie gewohnt in einem Zopf zusammengebunden, der über eine Schulter fiel. »Du siehst bezaubernd aus.«

»Danke, ich freue mich, hier sein zu dürfen, Tiberius«, erwiderte Rain und drückte ihre Finger an die Stirn. Ihr Kleid machte, was es wollte. Der leichte Stoff umspielte ihre Beine wie wahrhaftiger Smog und spannte erschreckend über ihren Rundungen. Sie war froh, dass das Collier wie eine Schutzplatte ihren Ausschnitt bedeckte. So würde sie zumindest nicht splitterfasernackt dastehen, wenn das Kleid doch beschließen sollte, sich zu verselbstständigen.

»Nach deinem interessanten Auftritt in White Pearl wollte Amygdala dich unbedingt wiedersehen.«

Er lächelte beinahe stolz, als er das sagte.

»White Pearl ist ein faszinierender Zirkel«, erwiderte Rain.

»Das ist er. Und voller faszinierender Geheimnisse.« Ob er von dem Zwischenfall vor der Höhle der Engel gehört hatte?

Tiberius führte seine Tochter zu zwei schillernden Erscheinungen, die Rain nicht bekannt vorkamen, bei denen es sich aber offensichtlich um Gesegnete handelte. Sie waren groß, wunderschön und sahen sich sehr ähnlich.

»Darf ich euch meine Tochter Rajana vorstellen?« Rain drückte artig ihre Finger an die Stirn und warf ein Lächeln in die Runde.

»Die Ghost-Prinzessin.« Ein Mann, dessen Anzug ebenso silbern war wie sein dichtes geflochtenes Haar, musterte Rain. Über seinen Anzug liefen Schriftzüge und Bilder wie über einen Bildschirm.

»Darf ich mich vorstellen? Ich bin Eustachius, Earl von Silver, und dieses entzückende Wesen neben mir ist meine Zwillingsschwester Eustenia, Earl von Ruby.«

Die Gesegnete war ganz in Rot gekleidet und so behangen mit extravagantem Schmuck, dass Rain sich wunderte, wie sie überhaupt noch aufrecht stehen konnte. Um ihren Hals verlief etwas, das aussah wie eine Goldkette, aber bei näherem Hinsehen waren es golden schimmernde Käfer, die von innen heraus zu glühen schienen. Und sie bewegten sich.

»Luxkäfer«, erklärte Eustenia, als sie Rains Blick bemerkte, und zwinkerte ihr mit ihren großen, mandelförmigen Augen zu. »Die werden das heißbegehrteste Accessoire der nächsten Frühjahrsmode in Aventin sein.«

Rain fand die Vorstellung einfach nur gruselig und konnte ihre Augen nur schwer von den wippenden Antennen der Käfer losreißen.

»Ruby ist *der* Vorreiter, wenn es um Kunst und Mode geht«, erklärte Tiberius. »Und Eustenia hat wirklich ein Händchen dafür, Trends zu setzen.«

Dank Bishops Unterricht wusste Rain, dass die Zwillinge die anderen Gesegneten an Reichtum weit übertrumpften und dadurch großen Einfluss genossen. Ambitionen, den Thron von Hope zu besteigen, hatten sie in all den Jahren als Earls nie gehabt, auch wenn sie sich sicher einige Wählerstimmen erkaufen könnten.

»Und Eustachius hier ist für die Informations- und Unterhaltungsprogramme verantwortlich«, erklärte Tiberius. »Und? Plant ihr schon eine neue Show?«

»Selbstverständlich.« Der Mann grinste, und seine ebenfalls mandelförmigen dunklen Augen funkelten. »Sie wird alles je Dagewesene übertreffen.«

»Beinhaltet sie wieder Mutantenhaie?«, fragte Tiberius und lachte. »Ich kann mir ehrlich gesagt nicht vorstellen, wie du das übertreffen möchtest.«

Er hatte ein Talent dafür, dass sich andere in seiner Umgebung wichtig fühlten. Zumindest wenn er es wollte.

»Lass dich überraschen«, versprach Eustachius.

»Ich bin sicher, du wirst selbst Gott Balthasar in den Schatten stellen.«

Da kam er. Der Schlag ins Gesicht. Eustachius wurde erst blass, dann rot vor Wut. So stark, dass es selbst unter dem Silberstaub in seinem Gesicht zu sehen war.

»Reden wir nicht über Gott Balthasar, den Möchtegern-Earl der Unterhaltung«, knurrte er.

Tiberius musste um den wunden Punkt gewusst haben, dennoch weiteten sich überrascht seine Augen, als er sagte: »Du musst doch nicht fürchten, dass Gott Balthasar dir deinen Posten wegnehmen könnte. Er mag ein Meister der Unterhaltung sein, aber zum Earl von Silver gehört mehr. Es gibt schließlich niemanden, der so gut informiert ist wie du.«

Eustachius nickte. »Ganz recht. Wusstet ihr bereits, dass in Aventin eine Zwei festgenommen wurde, die Informationen an die Terroristen herausgegeben haben soll?«

Eustenia nickte empört. »Ich sag doch, man darf den Zweien nicht trauen. Ich hatte mal eine Zwei als Dienerin, ein junges Ding. Ich wollte ihr eine Chance geben, und sie hat mir Ohrringe geklaut. So danken sie es einem. Seitdem verzichte ich auf Zweien.«

»Du glaubst etwa, Zweien sind Diebe?«, fragte Rain. Auch wenn die Wut darüber in ihr brodelte, versuchte sie die Frage ruhig zu stellen.

»Seitdem wir die Anzahl von Zweien in Ruby reduziert haben, ist auch die Rate der Diebstähle gesunken«, erklärte ihr Bruder. »Das spricht doch für sich. Zweien haben in den oberen Zirkeln nichts zu suchen.«

»Nun, ihr habt zeitgleich auch mehr Sentinal bekommen und die Strafen für Diebstähle erhöht. Das hat potentielle Diebe vermutlich ebenfalls abgeschreckt«, fügte Tiberius mit seinem einnehmenden Lächeln hinzu.

»Und ich danke dir, dass du uns mehr Sentinal gewährt hast.« Eustenia drückte ihre Finger auf die Brust. »Die Bewohner von Ruby fühlen sich seitdem viel sicherer.«

»Eure Sicherheit ist mein größtes Anliegen.« Tiberius nickte empathisch.

Eustachius wandte sich an Rain. »Du hast eine interessante Geschichte, junge Prinzessin. Ein Straßenmädchen, welches die Flügel streckte und zu den Wolken emporstieg. Unmöglich, aber dennoch wahr.«

Er verzog seinen Mund zu einem Lächeln, doch seine silbernen Augen lachten nicht mit.

»Darf ich dir einen Rat geben? Vergiss den Ghost und werde ganz zur Prinzessin. Du machst den niederen Menschen sonst Hoffnung, wo keine ist.«

»Niedere Menschen?« Rains Stimme ließ sich nur schwer beherrschen, und sie spürte, wie sich ihr Körper angesichts der Wortwahl versteifte.

»Schlechte Gene waren der Untergang der alten Welt. Wir müssen verhindern, dass sie unsere neue Welt ebenfalls verschlingen. Sie vererben Krankheiten und Schwäche. Und sie führen zu Kriminalität, wie meine Schwester eben eindrucksvoll dargelegt hat.«

»In Grey sind viele wegen des Smogs krank«, versuchte sie es erneut auf einer rationalen Ebene. Viel lieber hätte sie Eustachius die Nase gebrochen.

»Weil ihre Körper nicht stark genug sind, sich dagegen zu wehren.« Er hatte einen leblosen, kalten Blick, der an einen blinden Kanalkarpfen erinnerte. Seine silbernen Haare glänzten mehr als seine Augen.

»Ich denke, Filteranlagen …«

»Vorsichtig, Prinzessin. Du bist eine Gesegnete und solltest auch so handeln, sonst verschluckt dich der Dreck, aus dem du gestiegen bist, am Ende noch.« So viel Hass war Rain das letzte Mal auf ihrer Beinahe-Hinrichtung entgegengeschlagen.

»Mein Bruder hat recht«, sagte Eustenia und nickte. Bei der Bewegung wippte ihr hochgestecktes Haar mit, und der Schmuck darin klingelte. »Tiberius, wird es mehr Drohnen und Sentinal geben? Wie plant ihr gegen die Terroristen vorzugehen?«

»Man sollte sie alle ausräuchern. Dieses undankbare Pack«, donnerte Eustachius. »Werft Bomben auf ihre Nester. Dann geben sie Ruhe!«

»So einfach ist es leider nicht«, begann ihr Vater ruhig wie immer, aber dieses Mal mit Nachdruck in der Stimme. »Aber wir haben die Lage im Griff. Also beruhige dich, Eustachius.«

»Sicher. Dir vertraue ich, dass du die Lage richtig einschätzt. Nur solltest du mal ein ernstes Wort mit deiner Tochter sprechen. Sie scheint noch nicht ganz in der Realität angekommen zu sein … Filteranlagen, dass ich nicht lache. Saubere Luft für die Terroristen.«

»Ihre Ideen mögen zunächst befremdlich klingen, aber meine Tochter leistet einen großen Beitrag zur Lösung des Problems.« Tiberius warf Eustachius einen Blick zu, der keinen Widerspruch zuließ. Der Earl von Silver nickte. »Natürlich, Tiberius. Natürlich.«

Rain hätte ihm gerne noch etwas mit auf den Weg gegeben, etwas sehr Ungesegnetes, aber Tiberius warf ihr einen warnenden Blick zu.

»Eingebildeter Mutantenratten-Arsch«, brummte sie stattdessen, als die Geschwister außer Hörweite waren.

»Du musst vorsichtig sein, Tochter. Du hast nicht viele Freunde unter den Gesegneten. Dafür aber eine Menge Feinde, die deinen Einsatz für die niederen Menschen nicht gut finden.«

»Niedere Menschen«, echote Rain, und ihr Gesicht färbte sich rot.

»Sie haben Angst, Tochter.«

»Angst wovor? Dass ihnen ihr perfektes, sorgloses Leben von ein paar Zweien weggenommen werden könnte?«

»Genau davor.« Tiberius meinte es ernst. Die Zwillinge schienen nicht die Einzigen zu sein, die nicht viel von Rajana hielten. Rain beobachtete Aurelia und Morpheus an einem der Stehtische nicht weit entfernt. Die beiden sahen zu ihr herüber, bevor sie die Köpfe zusammensteckten und miteinander tuschelten.

Die Musik verstummte, als die Gastgeberin den Raum betrat. Amygdala trug ein Kleid aus winzigen grauen Kristallen, die wie Sterne im Licht funkelten. Es sah atemberaubend aus. Höflich begrüßte sie ihre Gäste, bedankte sich für ihre Anwesenheit und verteilte Komplimente. Sie hob sich von allen ab. Nicht nur aufgrund ihrer Größe, sondern auch durch ihre Ausstrahlung.

»Danke, dass ihr gekommen seid, um mit mir den Abend zu genießen, zu diskutieren und mich bei meiner Planung bezüglich meines Zirkels zu unterstützen.«

Rain verstand. Amygdala musste als Earl von Grey Schadensbegrenzung für den Anschlag und die Unruhen in ihrem Zirkel betreiben, um ihre politische Position wieder zu stärken.

»Der Schrecken der letzten Tage sitzt noch tief. Einen Anschlag auf einen Gesegneten. Ich kann verstehen, dass euch das beunruhigt, aber ich bitte euch, lasst uns nach vorn blicken!«

»Das können wir gerne. Nachdem wir die Terrornester ausgeräuchert haben«, brummte Eustachius laut genug, dass es für alle hörbar war, doch Amygdala ignorierte ihn.

»Die Sicherheitsmaßnahmen wurden selbstverständlich erhöht, um die Bewohner der Zirkel zu schützen. Diejenigen, die unseren Frieden gefährden, werden verfolgt und hart bestraft.« Sie hielt inne. »Als Earl von Grey bin ich für die Bewohner meines Zirkels verantwortlich. Ich möchte ihnen zeigen, dass Aventin sie unterstützt und ihre Bitten erhört. Darum habe ich mit der Hilfe des werten Earls Pergamon Filtersysteme entwickelt, die dazu beitragen werden, das Smogproblem in den Griff zu bekommen.«

Vor ihr begann die Luft zu schimmern, als eine Projektion erschien, in dem sich eine Filteranlage formte. Rain warf den Zwillingen einen Blick zu. Sie erwartete eine Reaktion und wurde diesbezüglich nicht enttäuscht.

»Werte Amygdala, eine großzügige Geste, die deinem Edelmut nur gerecht wird, aber ich fürchte, die Menschen in Grey werden es dir nicht danken«, mischte sich Eustachius ein. »Die vielen Kranken sind das wahre Problem dieses Zirkels. Du musst das Übel an der Wurzel packen und dafür sorgen, dass sich schlechte Gene nicht vermehren.«

»Meinen Untersuchungen zufolge erkranken auch Einsen an dem Smog und müssen funktionell herabgestuft werden«, widersprach der Earl von Grey. »Ich weiß, nicht alle stimmen einer solch teuren Investition zu, lieber Eustachius, aber ich bin mir sicher, dass sie einen wichtigen Beitrag zum Frieden leisten wird. Wir stehen für Sicherheit und Gesundheit, und das sollte unser primäres Ziel sein.«

»Das stimmt, aber ich werde mein Geld nicht für niedere Menschen und Terroristen rauswerfen.«

»Keine Sorge, du musst es nicht zahlen«, erwiderte Amygdala und fuhr ungerührt fort. »Ich hoffe, dass sich andere Gesegnete finden werden, die das Vorhaben unterstützen.«

Rain freute sich. Viel zu lang schon wartete Grey auf diese Anlagen, und sie war erleichtert, dass es nun endlich so weit sein würde.

»Gut gemacht, Tochter«, flüsterte Tiberius zu Rains Überraschung. »Du hast Amygdala durch deinen Auftritt in White Pearl sehr unterstützt. Grey kann stolz auf dich sein. Ich bin es jedenfalls.«

»Ich habe kaum etwas gemacht.« Rain freute sich über das Lob, aber das wusste ihr Vater sicherlich.

»Politik kann ermüdend sein und anstrengend.« Amygdala lächelte zum Abschluss. »Also muss ich euch anhalten, von den Köstlichkeiten zu probieren und der Musik zu lauschen. Schließlich sind wir auch hergekommen, um miteinander zu plaudern und den Abend zu genießen.«

Rain ging ohne weitere Umwege zum Buffet, um sich die Verlockungen näher anzusehen. Allein am ersten Tisch stapelten sich unzählige Sorten an Pasteten und gefüllten Teigtaschen.

»Hallo Schwester.« Morpheus kam grinsend auf sie zu und reichte ihr ein Glas. Rain musterte ihn misstrauisch.

Beruhig dich, flüsterte ihre innere Stimme.

»Hallo«, presste sie zwischen den Zähnen hervor und nahm das Glas entgegen. Trinken würde sie es nicht. Das war der einzig sichere Weg, sich vor Vergiftungen und weiteren Drogen zu schützen. Eine Vorsichtsmaßnahme, die ihr bei Cup nichts genützt hatte, da die Bäckerin ihr einen Schritt voraus gewesen war.

»So wie du die Pasteten musterst, scheinst du viel Hunger mitgebracht zu haben«, stellte Morpheus fest.

»Ein wenig.« Rain starrte ihn an und überlegte fieberhaft, was er von ihr wollen könnte.

»In Grey gab es so etwas wohl nicht, oder?« Er hielt inne. »Wovon hast du überhaupt gelebt?«

»Resten. Unkraut. Mutantenratten.«

Morpheus lachte auf, als habe Rain einen Witz gemacht.

»Du bist lustig.« Dann lehnte er sich vor. »Ist es nicht seltsam, mit den Leuten zu feiern, die dich sterben sehen wollten?«

»Nicht seltsamer, als mit meinem Halbbruder zu reden, der die Hinrichtung beaufsichtigt hat.«

»War nicht persönlich gemeint, aber mein Cabman wollte mir Stärke und Unerbittlichkeit beibringen. Kleiner Imagewechsel sozusagen.« Er hob sein Glas und leerte es in einem Zug.

»Und was warst du vorher?«

Sein Blick hatte etwas Schelmisches, das Rain an Cassiopaio erinnerte, als er sagte. »Nun, ich liebe Partys. Partys und hübsche Frauen. Gelegentlich auch attraktive Männer.« Er seufzte theatralisch.

»Du wolltest mich also hinrichten, um vom Partytier zum seriösen, harten Volksvertreter zu werden.« Rain stellte unbemerkt das Glas weg und nahm sich ein neues.

»Wenn du das so formulierst, klingt das ziemlich hart, aber ich glaube, du hast es auf den Punkt gebracht.« Er versuchte ein einnehmendes Lächeln, das allerdings weniger gut gelang als bei Tiberius. Stattdessen sah es aus, als würde er flirten. »Weißt du, mir ist das ganze Politikding ziemlich egal. Von mir aus kann ich mein Leben lang feiern, aber meine Mutter hat andere Pläne für mich. Als Gesegneter muss man Verantwortung übernehmen, sagt sie.«

Rain bemerkte Aurelia, und ihr Blick jagte ihr einen Schauer über den Rücken. Er erinnerte an den einer Schlange, kurz bevor sie sich auf die Maus stürzte.

»Was ist mit … unserer Mutter?« Sie nutzte die Gelegenheit, um Informationen zu sammeln.

»Aurelia? Was soll mit ihr sein?«

»Nun, sie ist meine Mutter, aber ich kenne sie kaum. Sie wirkt mir gegenüber sehr abweisend.« Sie beobachtete Morpheus' Reaktion, doch ihn schien die Frage nicht zu verwundern.

»Oh! Liebenswürdigkeit ist nicht gerade ihre Stärke, oder?« Er lachte. »Sie hat es nicht immer leicht, weißt du … vor allem mit Tiberius.«

»Tiberius?«

»Ich will nicht tratschen, aber dein Vater … na ja …«

»Was ist mit ihm?« *Außer dass er was mit Daphne hatte? Diese Bilder werde ich nie wieder los!*

»Er ist recht schwierig und … speziell.« Morpheus senkte seine Stimme. »Ich weiß auch nicht viel. Ich bin nicht der Typ, dem man Geheimnisse erzählt.«

»Ach, echt nicht?« Jetzt musste Rain schmunzeln.

»Wenn ich will, kann ich echt verschwiegen sein. Nur will ich das meistens gar nicht.« Er kratzte sich am Hinterkopf.

»Und was weißt du?«

»Nur, dass sie ihm nicht verziehen hat, dass er diese Rebellin ins Haus geholt hat. Aber das weiß jeder.«

Rain wurde abwechselnd heiß und kalt. Sie spürte, dass es zu diesem Thema weit mehr gab, als sie bis jetzt wusste, aber als sie Aurelias Blick auf sich spürte, war sie sich nicht sicher, ob sie es auch wissen wollte. Aurelia war nicht die einzige, die das Geschwisterpaar beobachtete. Auch Tiberius schien mit einem leichten Unbehagen wahrzunehmen, dass sie sich austauschten.

»Tja, und ehrlich gesagt zweite Frau des Herrschers zu sein ist bestimmt auch kein Zuckerschlecken. Ich habe gehört, dass sie sich schon seit Wochen nicht gesehen haben. Kein Wunder, dass sie sich an den Siruptee klammert. Der hört wenigstens zu.«

»Ja, sie scheint es nicht leicht zu haben«, stimmte Rain zu, auch wenn ihr Aurelia dadurch nicht viel sympathischer wurde. Tiberius winkte Andromeda herbei und flüsterte ihr etwas zu, woraufhin diese eifrig nickte.

»Was unserer Mutter an Charme fehlt, mache ich wieder wett.« Morpheus schenkte Rain sein breitestes Grinsen.

»Du?«

»Falls du es nicht bemerkt haben solltest. Ich bin charismatisch, gutaussehend und überirdisch charmant.« Er strich sich überzeugt sein blondes Haar zurück.

»Hab ich nicht bemerkt«, entgegnete Rain trocken.

Ein schüchternes »Darf ich kurz stören?« unterbrach ihr Gespräch, und Andromeda trat hinzu.

»Wo wir gerade von Charme sprechen …« Morpheus hauchte ihr einen Luftkuss entgegen. »Du siehst wie immer wundervoll aus.«

»Du nicht«, entgegnete Andromeda, auch wenn ihr Blick etwas anderes verriet.

»Womit habe ich das verdient?« Der Prinz schlug sich die Hände an die Brust, als hätte sie ihm ein Messer ins Herz gerammt.

»Du bist ein Heuchler und Lügner«, antwortete Andromeda prompt. »Und jetzt verschwinde. Ich würde gerne mit meiner Freundin sprechen.«

»Natürlich!« Morpheus nahm sich eine Pastete und zog summend davon.

»Kennst du meinen Vater gut?«, fragte Rain skeptisch. Warum unterbrach Andromeda sie, kurz nachdem Tiberius mit ihr gesprochen hatte?

»Nicht wirklich. Wie kommst du darauf?«

»Was hat er dir dann gesagt?«, fragte Rain weiter.

Andromeda räusperte sich. »Er dachte, du bräuchtest vielleicht Hilfe bei diesem Idioten.«

»Es war eigentlich ganz in Ordnung.« Rain trat einen Schritt zurück.

»Wirklich?« Andromedas Gesicht verdüsterte sich. Sie griff nach einem Glas und fuhr fort. »Also, worüber habt ihr gesprochen? Zufällig über mich?«

»Nein, darüber, dass er mich hinrichten wollte«, erzählte Rain.

»Oh. Und sonst über nichts?«

»Nein.« Bevor sie jedoch mehr sagen konnte, schnaubte Andromeda verächtlich.

»Dieser Idiot flirtet schon mit der Nächsten.« Andromedas Blick haftete anscheinend immer noch an Morpheus. »So ein Mistkerl. Na warte, dem werde ich den Spaß verderben.«

Wutschnaubend marschierte sie los, und Rains Verdacht, dass Andromeda eine Spionin ihres Vaters war, geriet ins Wanken. Sie war paranoid, natürlich war sie das. Denn ihr Vater war wie eine Spinne, der überall seine Fäden spann.

Rain brauchte frische Luft und ging auf den Balkon, von wo aus man einen tollen Ausblick auf den Palast hatte. Ihr Kleid wirbelte im Wind um ihren Körper, und für einen Moment befürchtete Rain, der leichte Stoff würde einfach davonfliegen. Vorsichtshalber legte sie ihre Hände darauf. Sie konnte das Material kaum spüren, so zart war es. Ein Wunder, dass das Kleid nicht bei der kleinsten Beanspruchung zerriss.

Rain ging zum Rand des Balkons und beugte sich vor. Unter sich erblickte sie ein leuchtendes Gebilde, welches in ständiger Bewegung war. Sie sah genauer hin. Es war Wasser. Eine Blase aus Wasser, die wenige Meter unter ihr in der Luft schwebte. Und darunter noch eine. Und noch eine. Was war das? Fische schwammen darin. Sie schillerten im Licht der Scheinwerfer, das auf das fliegende Aquarium gerichtet war. Rain konnte von dem Anblick nicht genug bekommen und gönnte sich einen Moment in der Schönheit zu versinken.

Dann schob sie ihre Finger in die Handtasche und zog den Empfänger der SpyGlasses heraus, um zum wiederholten Mal zu lauschen. Doch sie konnte nicht hören, was in White Pearl vor sich ging. Sie hatte bereits versucht, den Transmitter zu adjustieren, damit seine Reichweite erweitert wurde, aber ohne Erfolg. Möglicherweise hatte jemand das Mikrofon gefunden. Operation SpyRain war fehlgeschlagen.

Zu ihrer Linken stand eine Vogelvoliere. Eine Gruppe Spatzentauben saß dort, den Kopf zwischen die Flügel gebettet, und schlief.

Gut, dass Cassiopaio nicht hier ist. Der würde sich diesen Imbiss nicht entgehen lassen, dachte sie.

Rain marschierte über den Balkon und dachte nach. Als sie bei dem Käfig der Spatztauben ankam, entdeckte sie erneut einen goldenen Knopf mit einem Horn darauf und inspizierte ihn. Er musste zu einer Art Kommunikationssystem in Aventin gehören. Der Knopf in ihrem Zimmer funktionierte nicht, vermutlich hatte Tiberius ihn ausschalten lassen, um sie zu isolieren.

»Dann wollen wir mal«, summte Rain und drückte auf ihn. Erwartungsvoll legte sie ihren Kopf in den Nacken und scannte den klaren Nachthimmel. Keine Wolke war zu sehen. Es war, als ob die Sterne mit ihren weißen Augen direkt auf sie herunterstarrten und jede ihrer Bewegungen beobachteten.

Die Drohne ließ nicht lange auf sich warten. Ein gelbes, kugelförmiges Gebilde schoss aus der Dunkelheit und kam vor Rain zum Stehen. Ein trötenförmiger Mund stieß ein Piepen aus, und eine mechanische Stimme ertönte: »Die Post ist da. Miep.«

»Ich … Ja.«

»Bitte lege deinen Brief ins Innere, und nenne den gewünschten Empfänger der Nachricht. Miep.«

Das Dach der kleinen Drohne öffnete sich und offenbarte ihr Inneres.

»Posthorns ist ein sicheres und geprüftes System zur Übermittlung von Nachrichten oder persönlichen Geschenken. Miep. Wir stehen für ein hohes Maß an Diskretion. Miep. Gefährliche Inhalte wie Waffen werden nicht übermittelt. Miep. Bitte bedenke, dass unser Unternehmen nur Personen in Aventin und White Pearl beliefert. Miep. Für weitere Strecken sind Ferndrohnen zuständig. Miep.«

Ein internes Kommunikationsnetzwerk. Zu ärgerlich, dass Rain niemanden in Aventin oder White Pearl kannte, dem sie eine geheime Nachricht hätte zukommen lassen, aber das musste sie auch nicht. Sie suchte in ihrer Handtasche nach den Gläsern der SpyGlasses und legte eines der Gläser ins Innere. Operation SpyRain war noch nicht abgeschrieben.

»Wer ist der Empfänger? Miep?«, fragte die Drohne.

»Die Höhle der Engel in White Pearl«, versuchte Rain es.

»Wir benötigen einen Namen. Miep«, verkündete die Drohne. »Posthorns übermittelt nur an registrierte Personen. Miep.«

»Zu den Zofen der Königin.«

»Wir benötigen einen Namen. Miep. Posthorns übermittelt nur an registrierte Personen. Miep. Wir beliefern weder Tiere noch Drohnen noch Pflanzen. Miep.«

Das war ein Problem, denn Rain kannte keine Person, die in der Höhle der Engel arbeitete oder sich dort aufhielt.

»Kallisto!«, entfuhr es ihr.

»Tut mir leid. Miep. Kallisto ist keine registrierte Person. Miep. Posthorns übermittelt nur an registrierte Personen. Miep.«

»Ja, hab ich verstanden«, knurrte sie und legte die Hände in den Nacken, während sie um die Drohne herumlief.

Wenn die Zofen noch in der Höhle der Engel waren, war dort vielleicht auch ihre Königin. Sie hatte nur eine Chance. Eine einzige, winzige Chance, einen Blick hineinzuwerfen. Also gut.

»Königin Palenope, die Weise«, sagte sie.

»Königin Palenope, die Weise, ist eine registrierte Person. Miep. Welchen Absender darf ich speichern? Miep?«, fragte die Drohne.

»Darf der Absender anonym bleiben?«

»Natürlich. Miep. Posthorns ist ein sicheres und geprüftes System zur Übermittlung von Nachrichten oder persönlichen Geschenken. Miep. Wir stehen für ein hohes Maß an Diskretion. Miep.«

Die Drohne schoss in die Luft und verschwand in der Nacht.

Die Balkontüren fuhren zur Seite, und Gäste traten hinaus ins Freie. Doch Rain versteckte sich mit einem schnellen Satz hinter der Vogelvoliere. Sie hockte sich im Schatten nieder und hielt sich das zweite Glas vor die Augen. Nichts. Vermutlich war die Drohne noch unterwegs. Sie wartete mit klopfendem Herzen. Und wartete. Ob die Nachricht die Königin wirklich erreichen würde?

Die Gäste auf dem Balkon hatten sie nicht bemerkt. Sie waren zu sehr mit sich beschäftigt. Ihr Lachen erfüllte den Balkon und veranlasste Rain einen Blick zu riskieren. Sie erkannte Andromeda, die sich ans Geländer lehnte und kichernd an einem Cocktail nippte. Ihr Gegenüber war Morpheus, der etwas sagte, das Andromeda erröten ließ.

»Ach, hör auf«, rief sie aus. »Ich lasse mich nicht mehr von dir um den Finger wickeln. Da musst du dir schon etwas Besseres einfallen lassen.«

»Unsere Gene sind wie füreinander geschaffen.«

»Das hast du anders gesehen, als du dich für Heart entschieden hast.« Sie hatte es scheinbar unbeschwert gesagt, aber Rain sah einen kurzen Ausdruck des Schmerzes über ihr Gesicht huschen.

»Es tut mir leid. Ich war wirklich dumm, so eine hübsche Frau zu verlassen.« Morpheus lachte entwaffnend. Er hielt eine Flasche in der Hand, in der sich eine leuchtend blaue Flüssigkeit befand. »Lass uns trinken, ja? Auf alte Zeiten und neue Gelegenheiten.«

»Nein, dafür ist es zu spät.« Andromeda zuckte die Schultern und ließ Morpheus stehen.

»Dromi, warte! Jetzt sei doch nicht so nachtragend.« Er beeilte sich ihr zu folgen.

Plötzlich lichtete sich die Dunkelheit auf dem Glas vor Rains Augen. Sie hielt den Atem an, als sie sah, wie sich ein Gesicht über das SpyGlass beugte und es aus der Drohne herausnahm. Weißes helles Licht strahlte von der Decke und blendete sie.

Rain kniff die Augen zusammen und hielt den Atem an, als Palenope sich über sie beugte. Ihre Lippen formten eine tonlose Frage, die Rain ohne Mikrofon nicht hören konnte. Das Bild veränderte sich und gewährte ihr Einblick in den dahinterliegenden Raum. Er war weiß und erinnerte an das sterile Untersuchungszimmer, in dem Rain vor ihrer Desinfektion aufgewacht war. Nur dass hier weiße Behälter standen, die an Eier erinnerten. Große Eier von bestimmt zwei Meter Höhe, in die gläserne Fenster eingelassen waren. Ein Dreieck mit drei Punkten, die an Augen erinnerten, zierten die Hülle.

Waren sie in der Höhle der Engel?

Palenope bewegte sich in Richtung Tür und passierte eines der Eier. Etwas war dort drin. Rain kniff die Augen zusammen, auch wenn das Bild dadurch nicht schärfer wurde. Was war das? Sie konnte nur einen dunklen Schatten hinter dem Fenster erkennen, der sich langsam, fast schwimmend bewegte.

Ehe sie mehr sehen konnte, eilte ein Sentinal auf sie zu, und das Bild erlosch. Zurück blieb Dunkelheit, in der Rain ihr eigenes Herz hektisch schlagen hörte. Ein ungutes Gefühl haftete an ihr, wie eine düstere Vorahnung, dass diese Eier ein dunkles Geheimnis hüteten. Nur welches? Was hatte Königin Palenope damit zu tun? Und wie viel wusste Storm darüber?

Rain sah in den Bankettsaal zurück, doch alles in ihr sträubte sich zurückzukehren. Es war so unecht. Alles war eine große Show aus Prunk und Glitzer. Ein goldener Käfig der Sicherheit und des Wohlstandes.

Rain spürte, wie die goldenen Stäbe sich um ihr Herz legen wollten, und ein beengendes Gefühl schnürte ihr die Luft ab. Sie verdrängte das Bild und stellte sich vor, wie sich an der klaren Himmelsnacht ein Sturm zusammenbraute. Wilde, dunkle Wolken, die den Regen mit sich trugen. Ein Donnern wie eine tiefe Trommel, die zum Tanz einlud. Wind, der mit den Wolken über den Himmel jagte und darauf wartete, sich mit dem Regen zusammenzutun.

Ein Unwetter.

Ehe Rain sich versah, stand sie auf dem Balkon und balancierte die Brüstung entlang. Unter ihr schwebte der beleuchtete, fliegende Teich. Er sah so einladend aus – wie eine Möglichkeit. Sie stellte sich vor, in das kühle Wasser zu tauchen. Von einer Blase zur nächsten zu springen, bis sie den Boden erreicht hatte. Und dann würde sie rennen. Rennen und nicht mehr zurücksehen.

Sie war keine Gesegnete. Sie war der Regen, und sie wollte tanzen.

Rain sprang.

Doch anstatt im Wasser zu landen, knallte sie gegen das unsichtbare Kraftfeld, das den Balkon umgab.

31.

»ICH WUSSTE, DASS WIR ES SCHAFFEN!«, verkündete Grump. Er sprang vor und nahm Lark in den Schwitzkasten, eine Geste, die er wohl als freundschaftlich erachtete. »Die Kahlköpfe haben wir plattgemacht.«

Mit Kahlköpfen meinte er Fox und Fly, die auf einer Betonmauer saßen und gedämpft miteinander redeten.

»Ich habe ja gleich gesagt, dass es mit Händchenhalten leichter ist«, antwortete Lark und sah voller Stolz auf sein Armband, das eine 12 abbildete. Er hatte sich bemüht, die Punkte wieder aufzuholen, und war endlich wieder im zweistelligen Bereich.

»Gewöhn dich lieber nicht dran.« Grump legte den Kopf in den Nacken und lachte wild.

Lark hielt Ausschau nach Hail, die ihn hin und wieder besuchen kam, und entdeckte sie vor dem Gelände, vertieft in ein Gespräch mit einem Mann. Der Typ kam ihm bekannt vor, und aus unerklärlichen Gründen lief Lark ein Schauer über den Rücken.

»Ich glaub, deine Freundin hat einen Neuen«, kicherte Grump.

»Kümmere dich um deine Angelegenheiten«, entgegnete Lark schroffer als beabsichtigt.

»Oh, bist du etwa eifersüchtig?«

»Nein.« Aber es gefiel ihm nicht, dass Hail mit dem Mann sprach. Sein Magen zog sich zusammen, und eine innere Unruhe drängte ihn, das Gespräch zwischen den beiden zu beenden.

Er winkte ihr zu, doch sie reagierte nicht.

»Mach dir nichts draus. Du findest bessere Frauen, wenn du erst Sentinal bist.«

»Lass gut sein, Grump.« Lark entblößte seinen Unterarm und hielt einer Drohne seinen Zahlencode hin. Sie hatten die Sicherheitsstufe enorm erhöht und die Anzahl an Drohnen verdoppelt. Ständig wurde man kontrolliert. Selbst auf dem Schulhof und einmal sogar während des Unterrichtes.

»Auf der anderen Seite hatte ich gehofft, dass du durch sie schlechtere Karten hast, Sentinal zu werden. Spricht ja nicht gerade für deinen Grips, dich mit einem Mondauge einzulassen.«

Lark war so auf Hail fokussiert, dass er Grump und seine Sticheleien ignorierte. Zu dessen Leidwesen. Er hatte wohl gehofft, seinen Kameraden etwas provozieren zu können. Um seiner Beleidigung mehr Nachdruck zu verleihen, versetzte er Lark einen Hieb.

»Hörst du mir überhaupt zu? Ich habe dich gerade beleidigt.«

»Jaja. Ich komm gleich nach«, sagte dieser nur abwesend.

»Du bist echt ein liebeskranker Qualmkopf, weißt du das?« Grump gab auf und zog grummelnd zu Fox und Fly.

Ungeduldig trat Lark von einem Bein auf das andere und wartete darauf, endlich mit Hail zu sprechen. Als die Schulglocke läutete, verabschiedete sie sich und kam auf ihn zu.

»Wer war das?«, fragte er. Hail hatte einen Ausdruck, der ihm nicht gefiel, denn sie lächelte.

»Einfach ein Typ.«

»Ein Typ?«

»Ja.«

»Was wollte er?«

»Ganz ruhig, Lark. Er hat mich zu einem Treffen eingeladen.«

»Was für ein Treffen?« Lark wurde noch unruhiger.

»Dort gehen Leute mit gesundheitlichen Problemen hin.«

»Ich will nicht, dass du da hingehst.«

»Ach ja. Und warum nicht?« Hail verschränkte die Arme, ein

klares Zeichen, dass sie sich nichts verbieten lassen würde. Erst recht nicht von ihm.

»Es könnte gefährlich sein. Spines nutzen solche Treffen, um Rebellen anzuwerben.«

»Ich kann auf mich selbst aufpassen.« Sie funkelte ihn wütend an, und er bemerkte erschrocken, dass ihre Augen heller waren als zuvor. Die weißen Fäden durchzogen die Iris und sogar Teile der Pupille.

Die Schulglocke ertönte ein zweites Mal, doch Lark machte keine Anstalten, zum Unterricht zurückzukehren.

»Nicht jeder ist mit einer Gesegneten befreundet und hat die Chance auf ein besseres Leben. Ich freu mich für dich, Lark, versteh mich nicht falsch. Aber irgendwann wirst du nicht mehr hier sein, und ich… Ich werde zurückbleiben. Allein. Ich brauche Leute, mit denen ich reden kann.«

»Dann rede mit mir. Noch bin ich hier.« Er bat sie nicht. Er flehte, doch Hail drehte sich weg.

»Ich kann schon auf mich aufpassen.«

»Ich weiß.« Er hielt sie zurück. »Ich mach mir aber trotzdem Sorgen. Du gehörst doch zur … Familie.«

Hail strich über sein Armband und kaute auf der Unterlippe. »Los jetzt! Du musst rein. Sonst bekommst du noch Punkte abgezogen, und das würde ich mir nie verzeihen. Ich will, dass du es schaffst, Lark. Denk dran, du wurdest in Asche geboren. Aber du darfst nicht in ihr sterben.«

Sie konnte es nicht ausstehen, sich zu streiten.

»Was ist mit dir? Du darfst auch nicht in Asche sterben«, erinnerte Lark.

»Das werde ich wohl. Aber nicht unglücklich, Lark. Nicht, solange zumindest einer von uns diesen verdammten Ort verlassen hat.«

»Hail, gib bitte nicht auf.« Das würde er nicht ertragen.

»Mach dir keine Sorgen, Qualmkopf«, flüsterte sie. Als er in ihre Augen sah, fiel es ihm schwer, ihrem Wunsch zu folgen. »Ich komm schon klar.«

»Pass auf dich auf«, flüsterte Lark und nahm sie in den Arm. Es fühlte sich nicht richtig an, sie jetzt allein zu lassen, doch sie hatte recht, er musste in den Unterricht. »Wir sprechen später.«

Ein Sentinal zu werden war die einzige Chance. Nicht nur für seine Familie, auch für Hail. Er musste alles in seiner Macht Stehende tun, um sie zu beschützen.

»Bis später.« Sie drehte sich um und verließ den Schulhof.

Rain ging in ihr Zimmer, warf sich aufs Bett und starrte in den Sternenhimmel, der das Gefühl vermittelte, unter freiem Himmel zu liegen. Sie sehnte sich nach einer Decke, in die man sich einkuscheln konnte. Auch wenn das Bett sich perfekt ihrem Körper anpasste und sie nicht fror, wirkte es ohne Decke und Kissen irgendwie steril.

»Willkommen«, begrüßte sie Glee. »Was kann ich für dich tun?«

»Hast du eine Decke?«, fragte sie.

»Ist dir kalt? Deinen Vitalparametern nach zu urteilen, ist die Temperatur deinen Bedürfnissen perfekt angepasst.«

»Ich möchte einfach nur eine Decke.«

»Das entspricht nicht den Hygienestandards. Zudem empfehle ich dir, dich zu reinigen, bevor du schlafen gehst. Deine Kleidung weist Verunreinigungen auf.«

»Jaja.«

Ein Fiepen ertönte, gefolgt von Klimpergeräuschen unter dem Bett, als Cassiopaio sein Nest verließ und auf das Bett sprang. Er spukte Daphnes Haarschleife vor ihr aus und reckte stolz seinen Kopf.

»Besser als stinkende Mutantenratten«, lachte Rain und kraulte die Manguste hinter den Ohren. »Dir gefällt es hier, oder Pi? Wenigstens einem von uns.«

Cassiopaio legte den Kopf schief, und die feuchte Nase zuckte.

»Du bist richtig fett geworden.« Rain konnte kaum noch seine Rippen ertasten. Als hätte er sie verstanden, schnappte er nach ihren Fingern, während er über die Bettdecke kullerte. Sie rubbelte seinen Bauch und wich dabei seinen Zähnen aus, die er in ihre Hand schlagen wollte. Früher einmal hätte er es geschafft, aber jetzt ging ihm nach einigen Minuten die Luft aus, und er gab japsend auf.

»Haustiere haben im Bett nichts zu suchen«, meldete sich Glee erneut zu Wort. »Darf ich eine Reinigungsdrohne beordern?«

»Nicht nötig.«

Rain ließ die Fuchsmanguste los, die die Gelegenheit nutzte und ihr in die Hand biss.

»Au!« Sie versuchte lachend die Fuchsmanguste von sich wegzuschieben, doch Cassiopaio bohrte seine Krallen in ihr Kleid. »Hör auf, Pi!«

»Soll ich eine Schädlingsbekämpfer-Drohne beordern? Oder einen MedBot?«, mischte sich Glee mit seiner gewohnt gut gelaunten Stimme ein.

»Nein!« Langsam fing dieses Programm an zu nerven. Während Rain damit beschäftigt war, ihr Kleid zu befreien, krallte Cassiopaio sich nur noch fester daran. Plötzlich spürte Rain etwas Ungewöhnliches im dichten Fell.

»Was hast du da?«

Cassiopaio schnappte nach ihren Fingern, doch sie ließ ihn nicht los. Vorsichtig schob sie das Fell beiseite und fand ein Band, das um seinen Hals lag. Wie war es dort hingekommen? Sie versuchte es zu lösen, doch ohne Werkzeug würde sie das nicht hinkriegen. Also eilte sie mit der strampelnden und knurrenden Manguste im Arm in die Küche, um sich ein Messer zu holen. Es war bis auf den Schein einiger gelber Kristalllampen dunkel im

Wohnraum. Aus Bishops Zimmer kam noch Licht, und sie hörte ihn reden. Vermutlich mit der Brille.

»Kann ich helfen?«, fragte Nife und trat aus dem Halbdunkel. Er trug keine Maske, und sein Blick wanderte von dem Messer zu Cassiopaio.

»Nein.« Rain räusperte sich und machte Anstalten, ohne Erklärung in ihrem Zimmer zu verschwinden, doch der Sentinal ließ sich nicht abwimmeln.

»Was hast du mit dem Messer vor?« Er kam einen Schritt auf sie zu und zog besorgt die Stirn in Falten. »Du willst den armen Kerl doch nicht …?«

»Doch. Ich hab Hunger.«

Für einen Moment schien Nife sich nicht sicher, ob sie das ernst meinte oder nicht, woraufhin Cassiopaio ein herzzerreißendes Fiepen von sich gab, wie um die schlimmsten Befürchtungen des Soldaten zu bestätigen.

»Keine Sorge, das war nur ein Scherz. Ich schneide ihm die Krallen«, erklärte Rain.

»Krallen schneiden? Mitten in der Nacht?«

»Genau.« Sie versuchte ein Lächeln, während die Manguste, ihr in den Arm biss. »Aua!«

»Und du brauchst wirklich keine Hilfe?«

»Nein, danke, geht schon.«

Als er nichts entgegnete, schob sie sich an ihm vorbei in ihr Zimmer zurück. Sie schloss die Tür und huschte ins Bad. Dort drückte sie Cassiopaio auf den Boden.

»Bitte! Halt still!«

Er knurrte und strampelte, als sie ihn von der Schnur befreite. Dann ließ sie ihn los, und er zischte sie an, bevor er wie eine Rakete davonstürmte und unter ihrem Bett verschwand, um sich die seelischen Wunden zu lecken.

Rain hielt die Schnur in den Händen und drehte sie hin und

her. Um das Band herum war etwas gewickelt. Sie sah sich um und stellte sicher, dass sie allein war. Dann rollte sie es auseinander. Eine weißsilberne Folie. Schreibfolie. Ihr Herz flatterte wie ein Vogel bei seinen ersten Flugübungen, als sie die Folie zum Mund führte und mit der Zunge darüber leckte.

Eins. Zwei. Drei. Sie zählte in Gedanken und wartete. Vier. Fünf. Sechs. Sie konnte nur noch ihr eigenes Herz hören, das aufgeregt pochte und das Blut in ihren Adern zum Kochen brachte. Dann ganz allmählich entstanden dünne Linien auf dem Blatt. Sie flossen zusammen, wurden dicker und ergaben einen Satz.

Sturm zieht auf.

Eine Nachricht für sie. Eine Nachricht ihrer Mutter. Das spürte Rain mit jeder Faser ihres Körpers, und sie drückte den Zettel an sich. Ganz fest. Tränen stiegen ihr in die Augen, und sie spürte, wie die Erleichterung sie durchströmte.

Sturm zieht auf.

Sie hatten früher nichtssagende Sätze benutzt, um sich geheime Botschaften zu schreiben. Also ging Rain die Tricks durch, die ihr einfielen. Sie verdrehte die Buchstaben und ordnete sie neu, doch es ergab keinen Sinn. Als ihr die Ideen ausgingen, faltete sie den Zettel zusammen und verstaute ihn in ihrer rechten Socke. Vielleicht gab es keine versteckte Botschaft, und der Satz bedeutete einfach nur genau das, was er versprach: Hoffnung.

Rain legte sich ins Bett mit dem wohligen Gefühl, dass Storm nicht weit entfernt war. Sie war da, ganz in der Nähe.

Rain erwachte früh und mit guter Laune. Cassiopaio hingegen blieb nachtragend und würdigte sie keines Blickes. Da half auch kein Bestechen mit Eiern oder dem Versprechen anderer Leckereien.

Rain duschte zu Glees Freude ausgiebig und stellte fest, wie schnell man Luxus als selbstverständlich erachtete. Die Tage, in denen sie bangte, ob das Wasser eiskalt oder verschmutzt sein würde, schienen lange her. Jetzt wollte sie den dampfenden Strahl und die schäumende Seife kaum noch missen, aber besser als all das war die Hoffnung, ihre Mutter wiederzusehen.

»Darf ich für heute eine Dauerwelle vorschlagen?«, fragte Glee.

»Na klar.«

»Ich empfehle eine Kur, um die Spitzen zu pflegen.«

»Gerne.« Rain summte vor Freude, und in ihrem Kopf formten sich immer wieder die Worte *Sturm zieht auf*.

Nach dem Trocknen bereute Rain, Glee freie Hand über ihre Haare gelassen zu haben. Ihre Frisur sah aus, als wäre sie explodiert. Sie band die widerspenstigen Locken in einen einfachen Zopf, damit ihr keine lästigen Strähnen ins Gesicht fallen konnten. Gerade war sie fertig, als sie ein zögerndes Klopfen hörte.

»Soll ich dir helfen, Herrin?«, fragte die Dienerin J.

»Nein danke.« Rain versuchte, immer so freundlich wie möglich zu J zu sein, aber sie wusste nie so recht, wie sie sich ihr gegenüber verhalten sollte. An den Luxus des Badezimmers hatte sie sich vielleicht schnell gewöhnt, aber nicht daran, dass eine Dienerin nur dafür da war, ihre Wünsche zu erfüllen.

»Wie du wünschst.« J sah heute geknickt aus.

»Geht es dir nicht gut?«, fragte Rain.

»Doch, doch. Alles ist in bester Ordnung«, beeilte sich die junge Frau zu sagen.

»Sicher?«

»Ja.« Sie nickte eifrig. »Komm, ich helfe dir bei deinem heutigen Outfit.«

»Okay.« Rain fand den Kleiderschrank immer noch etwas unübersichtlich und war froh, wenn die Dienerin ihr dabei half, etwas Passendes zum Anziehen zu finden.

Wenig später schlüpfte sie in ein anthrazitfarbenes Oberteil und eine eng anliegende, weiche Hose, die sich ihrer Silhouette anpasste.

»Das passt perfekt zu dir, Herrin«, schwärmte J. »Die graue Ghost-Prinzessin … Oh! Das hätte ich nicht sagen sollen. Verzeih mir, Herrin.«

Sie lief rot an.

»Nicht schlimm«, versuchte Rain sie zu beruhigen. »So nennen mich viele.«

»Aber viele meinen es nicht nett, wenn sie das sagen«, erklärte J. »Aber ich schon.«

»Was ist schlimm daran?«

»Einige Gesegnete und Einsen mögen es nicht, wenn jemand seinen Rang verlässt. Das bringt die ganze Ordnung durcheinander und führt zu Chaos. Und von einer Ghost zur Gesegneten, das ist doch undenkbar. Bis du kamst. Du hast alles verändert.« Ihre Augen leuchteten. »Aber ich darf nicht zu viel reden.«

»Warum nicht, J?« Rain sah sich um. Sie waren allein im Zimmer oder vielmehr im Kleiderschrank.

»Dein Vater … Er hat seine Augen und Ohren überall«, flüsterte die Dienerin.

»Ich darf keinen Ärger bekommen, Herrin. Zweien haben es zunehmend schwerer. Es gibt viele, die uns aus Aventin verbannen wollen, Herrin. Die uns für gefährlich halten.« J sprach jetzt mit kaum hörbarer Stimme und zitterte am ganzen Körper vor Aufregung.

»Davon habe ich gehört.« Rain zog missmutig die Stirn in Falten, als sie an Eustenia und Eustachius dachte, die Zweien unter Generalverdacht stellten.

»Einige Zweien haben bereits ihre Anstellung verloren. Andere wurden inhaftiert, weil man glaubte, sie würden mit den Rebellen sympathisieren.«

»Das ist verrückt.«

Plötzlich straffte J ihre Schultern und verkündete: »Komm. Ich bringe dich zum Frühstück. Du hast sicher Hunger.«

»J.« Rain hielt die Dienerin zurück und rang nach den richtigen Worten. »Du musst keine Angst haben, hörst du.«

»Danke, Herrin.«

Als Rain aus dem Zimmer trat, saß Andromeda vor dem TecDec und verfolgte eine Reportage über die aktuellen Trends von … Augenbrauen? Ja, soweit Rain es beurteilen konnte, ging es um Augenbrauen. Ausschließlich darum. J huschte wie ein lautloser Schatten davon, um ihnen das Frühstück zu servieren.

»Ich weiß nicht, was ich anziehen soll«, verkündete Andromeda.

»Wozu?« Rain setzte sich neben sie.

»Zum Zirkelfest natürlich!« Andromeda strahlte. »Ein Fest, um an den Zusammenhalt der Zirkel zu erinnern.«

Zirkelfest. Rains Herz schlug schneller. Einmal im Jahr trafen sich die Gesegneten, Earls und Caretaker der Zirkel, um den Frieden im Land Hope zu feiern.

»Ich will umwerfend aussehen. Allein, weil Morpheus da sein wird. Er soll sehen, was er verpasst.«

Es war der eine Tag, an dem alle Zirkel zusammenkommen sollten, um ihre Differenzen beiseitezulegen und stolz auf das zu blicken, was sie erreicht hatten: Einigkeit, Frieden und Wohlstand.

»Es ist so ärgerlich, dass ich keinen Cabman habe. Wer soll mich denn während des Festes herrichten?« Andromeda deutete auf J, und ihr Gesicht hellte sich auf. »Ich könnte ein paar Diener mitnehmen.«

»Oh, Herrin. Es tut mir leid«, mischte sich J schüchtern ein, »aber Zweien sind dieses Jahr auf dem Fest verboten.«

»Alle Zweien? Auch die Leibdiener?« Andromeda sah schockiert aus.

»Ja, Herrin, ich fürchte schon.«

Rain konnte nicht fassen, was sie da gerade hörte. »Es ist nicht richtig, die Zweien einfach auszuschließen. Wir sind alle ein Teil von Hope. Egal ob Zweien oder Dreien. Alle tragen zum Frieden bci.«

»Ach, Rajana, die Zweien, die hier wohnen, können doch froh sein, dass sie überhaupt in Aventin geduldet werden. Natürlich ist es übertrieben, wenn sie nicht zum Fest kommen dürfen, aber Sicherheit geht vor.« Andromeda wandte sich an J. »Auch wenn ich dich natürlich nicht für eine Rebellin halte.«

»Nein, Herrin. Das bin ich nicht.«

Wut stieg in Rain auf. Natürlich würde niemand für die Zweien aufstehen und sich für ihre Rechte stark machen, denn es war in ihren Augen keine große Sache, nicht erwähnenswert, und sie hatte keine Ahnung, was sie dagegen tun konnte.

War das gemeint mit, ein »Sturm zieht auf«? Hatte ihre Mutter einen Weg gefunden, sich dort einzuschleichen? Rains Herz hämmerte vor Aufregung.

»Aventin feiert, während wir hungern!« war nur einer von vielen Sprüchen, den die Rebellen über Nacht an die Fassaden der Häuser geschmiert hatten.

Um die Hetzreden zu entfernen, hatte Thron die Anwärter mit Reinigungsdrohnen losgeschickt.

»Ist doch eigentlich ein ganz entspannter Job«, verkündete Nim. Sie waren zusammen eingeteilt, die bullig aussehenden CleanBots zu beaufsichtigen. Das hätten natürlich auch WarBots übernehmen können, aber Thron wollte Präsenz zeigen. Soldaten patrouillierten in Teams durch die Straßen, und die Anzahl an WatchBots war beinahe verdoppelt worden.

Also saßen Nim und Lark in ihren schwarzen Kampfanzügen auf einem Geländer, tranken Kaffee aus Thermoskannen und sahen den Maschinen beim Reinigen zu. Mit Widerstand rechneten sie angesichts der hohen Sicherheitsvorkehrungen nicht. Sie schienen recht zu behalten, denn kaum ein Bewohner zeigte sich auf der Straße. Natürlich nicht. Die Erwachsenen waren bei der Arbeit und die Kinder in der Schule. Kaum einer hatte tagsüber Zeit für eine Revolution.

»Könnte schlimmer sein«, stimmte Lark zu, während die Drohnen Sprüche wie »Gold zu Asche!« und »Wilde Dornen wachsen überall« entfernten.

»Das könnte ich den ganzen Tag machen«, lachte Nim. »Hat schon Vorteile, ein Anwärter zu sein. Ich kann es kaum erwarten, endlich Black Shell zu sehen.«

»Wenn wir es schaffen«, erinnerte ihn Lark.

»Aber stell dir das vor. Vielleicht wohnen wir irgendwann in Aventin. Wir spazieren durch goldene Straßen, trinken Wein und schlagen uns die Bäuche voll.« Nims Augen leuchteten bei der Vorstellung.

»Oder wir werden in Grey eingesetzt oder noch schlimmer … in Pitch.« Lark lachte.

»Du Spielverderber. Ich habe gerade von Eis und süßem Tee geträumt.« Nim stieß ihn in die Seite.

»Glaubst du, das ist wieder ein Test?«, fragte er nach einiger Zeit und musterte die Drohnen mit zusammengekniffenen Augenbrauen. »Thron traue ich alles zu.«

Der Gedanke war Lark auch schon durch den Kopf gegangen, und er machte ihm Angst. Seine Finger glitten über die Waffe, die er an seinem Gürtel trug, und er hoffte, dass er sie nie einsetzen musste.

»Wir werden sehen.«

Als die CleanBots fertig waren, zogen sie weiter. Es dauerte nicht lang, bis sie eine weitere beschmierte Wand fanden. Der Boden darunter war mit Flugblättern bedeckt. Der Wind verteilte sie in die angrenzenden Straßen.

»Was ist das?« Nim war stehen geblieben.

Lark hob eines der Papierstücke auf und las:

»Die Gesegneten sind Lügner. Wenn ihr die Wahrheit über sie und ihre Herkunft erfahren wollt, schließt euch den Rebellen an.«

»Was soll das denn heißen?«, fragte Nim, während er nach dem Funkgerät in seinem Gürtel tastete, um Meldung zu machen.

»Keine Ahnung.« Lark zuckte mit den Schultern. »Wahrscheinlich nur ein Trick, um die Leute neugierig zu machen.«

Das bauchige Gehäuse der Reinigungsdrohnen öffnete sich, und ein Luftzug sog die Blätter ein. Die zweite Drohne richtete währenddessen einen Wasserstrahl auf die Wand, um die Farbe hinunterzuspülen.

Während Nim die Basis der Sentinal informierte, ging Lark in eine Nebengasse und zog ein Stück Papier aus dem Ärmel, das nur Bolt mithilfe seiner DNA würde lesen können. Es enthielt die angeforderten Namen derer, bei denen eine Hausdurchsuchung geplant war.

Lark sah sich um, um sicherzugehen, dass niemand in der Nähe war, dann öffnete er einen der Müllcontainer, der mit einem durchgestrichenen Kreis gekennzeichnet war. Ein Schatten sprang daraus hervor und landete vor ihm auf dem Asphalt. Es war eine Mutantenratte. Sie schien gut gefüttert zu sein, und ihre Vorderpfote war in blaue Farbe getunkt worden. Ein Bote der Spines.

Sie nutzten die Kanalisation als Kommunikationssystem, einen Ort, der von Sentinal und Drohnen kaum überwacht wurde. Es war allerdings auch ein gefährlicher Ort, ein Labyrinth aus giftigem Abfall, defekten Maschinen und anderen Dingen, denen man nicht zu nahe kommen sollte. Es trauten sich nicht viele hinunter. Außer den Ratten.

Schnell bückte Lark sich und band den Zettel mit zittrigen Fingern an der dafür vorgesehenen Vorrichtung fest. Das Tier zappelte ungeduldig und machte es ihm nicht leicht, das Band festzuknoten. Kaum war es fest, flitzte das Tier davon.

»Lark!«, brüllte Nim.

Kallisto!

Wie immer war sein erster Gedanke, entdeckt worden zu sein, doch niemand war ihm gefolgt. Er stand allein mit klopfendem Herzen in der Gasse.

»Lark!« Erst jetzt bemerkte er die Panik in Nims Stimme. Es musste etwas passiert sein. Ohne nachzudenken stolperte er zurück auf die Hauptstraße, doch der Anwärter war nirgends zu sehen.

»Hier!«

Lark beeilte sich, in die Richtung zu laufen, aus der die Rufe kamen, und entdeckte schließlich Nim, der die Straße mit gezogener Waffe hinunterrannte.

»Ich komme«, rief Lark, und seine Schritte flogen über den Asphalt. Es ging alles so schnell, dass er nicht einmal Zeit hatte nachzudenken, wohin Nim rannte und aus welchem Grund. Er folgte einfach.

Endlich verlangsamte der Anwärter vor ihm sein Tempo, und Lark gelang es aufzuholen.

»Was ist los?«, brüllte er.

»Attentäter!«, schnaufte Nim ohne anzuhalten.

Attentäter? Was für ein Attentäter?

Lark zog das Tempo noch etwas an, obwohl die Waden bereits zu brennen begannen.

»Was. Meinst. Du?« Es fiel ihm schwer, beim Rennen genug Luft aufzubringen, um zu sprechen.

»Graffiti-Attentäter!«, lautete die knappe Antwort.

Sie passierten eine Gasse, sprangen über einen der Kanäle, in die man viel zu leicht hineinfallen konnte, wenn man sich nicht auskannte. Und so etwas konnte häufig tödlich oder mit schweren Verätzungen enden.

»Ich habe jemanden gesehen«, erklärte der Junge und blieb

schnaufend an einer Abzweigung stehen. Vor ihnen hing dichter Smog wie eine Gardine zwischen den Betonwänden und versperrte den Weg. »Er hatte eine Spraydose. Wenn wir den erwischen, kriegen wir Punkte.«

Er hatte recht. So ein Gewinn würde sie auf der Anwärterliste ganz sicher nach oben katapultieren, aber Lark zögerte.

»Das sind unsere Leute«, flüsterte er.

»Das sind Terroristen«, korrigierte Nim und zog seinen Helm auf. »Lark, wir müssen uns für eine Seite entscheiden, und ich für meinen Teil wähle das Ticket aus Grey hinaus.«

Mit gezückter Waffe trat er in den Smog.

32.

FÜR DAS ZIRKELFEST präsentierte Bishop Rain jede Menge bezaubernder Kleidungsstücke. Eines schöner und imposanter als das andere.

»Gefallen sie dir nicht?«, fragte er, als Rain sich missmutig in einem rückenfreien Kleid vor dem Spiegel drehte.

»Doch, sie sind alle hübsch«, murmelte sie, als sie über den zarten Stoff strich. Es wirkte auf den ersten Blick unscheinbar, doch wenn Licht auf den Stoff fiel, leuchtete es wie ein Regenbogen auf. »Genau das, was von mir erwartet wird. Die perfekte Prinzessin.«

»Was ist los?« Ihr Cabman führte sie aus dem Kunst-Salon von den Dienern weg. »Beschäftigt dich das immer noch?«

Rain hatte ihm erzählt, wie sehr sie der Ausschluss von Zweien und Dreien vom Zirkelfest getroffen hatte. »Ich weiß, es ist in den Augen der meisten nur eine Kleinigkeit, aber ich weiß, wie es sich anfühlt, ausgeschlossen zu werden. Es ist nicht richtig, alle, die keine Einsergene haben, unter Generalverdacht zu stellen, mit den Spines zu sympathisieren, ebenso wie es nicht richtig ist, alle die aus Grey kommen, für Rebellen zu halten.« Die Worte sprudelten direkt aus ihrem Herzen. Es war ungewohnt, die Gedanken so frei auszusprechen, doch Bishop war weder erschrocken noch ärgerlich.

»Was willst du tun?«, fragte Bishop.

»Ich weiß es nicht.« Sie raufte sich die Haare, weil sie keinen klaren Gedanken fassen konnte. »Was kann ich denn tun?«

»Du kannst der Vision deines Vaters folgen, in der Frieden und

Sicherheit irgendwann in ganz Hope herrschen. Stell dir vor, die Lebensart von Aventin könnte es irgendwann im ganzen Land geben. Die Zweien und Dreien werden nach und nach verschwinden, und die Menschen werden sich an Bildung, Luxus und Unterhaltung erfreuen. Irgendwann wird niemand mehr Fragen stellen, was mit denen passiert, die die Sicherheit gefährden. Es wird selbstverständlich sein, dass potentielle Gefahren beseitigt werden.« Vor Rains Auge entstand diese Welt. »Das ist die Welt der Perfekten.«

Rain schwieg und ließ die Worte auf sich wirken. Eine Welt ohne Ghosts, ohne Mädchen wie Rose. Eine Welt ohne Überraschungen, ohne Wildheit und Stürme.

»Und wenn ich diese Welt nicht will, Bishop?«

Er legte seine Stirn in Falten und sah sie eine Weile nachdenklich an, bevor sich ein verschwörerisches Grinsen auf seine Lippen schlich. »Vielleicht habe ich eine Idee, die dich etwas aufmuntern könnte. Ein ganz besonderes Outfit habe ich dir noch nicht gezeigt.«

»Ich glaube nicht, dass ein Kleid meine Stimmung im Moment heben kann. Ich bin nicht wie Andromeda.«

»Oh, nein. Du bist Rajana. Die Ghost-Prinzessin.« Er schmunzelte verschwörerisch.

Und tatsächlich. Bishop zeigte Rain ein Outfit, das all ihre Erwartungen übertraf.

»Das … wird sie … nun ja… das wird sie umhauen«, sagte sie, und zum ersten Mal, als sie ein Outfit begutachtete, formte sich ein zufriedenes Lächeln auf ihren Lippen.

»Umso besser.« Bishop rückte zufrieden seine TecGlasses zurecht. »Es wird gerade heiß diskutiert, was du tragen wirst. 68% sind sich sicher, dass du dich für etwas Graues entscheiden wirst. Einige haben auf ein Kleid aus lebendigen Silbermotten getippt.«

»Das stelle ich mir nicht sehr angenehm vor«, antwortete Rain, während J an ihrem Haar herumhantierte.

»Daphne will seit Stunden einen Bericht darüber, was du tragen wirst. Diese Frau ist wirklich ein Kontrollfreak.« Bishop rieb sich die Hände, als könnte er ihre Reaktion kaum erwarten.

»Sie traut dir nicht«, bemerkte Rain, während sie sich vor dem Spiegel drehte.

»Zu Recht.« Ihr Cabman schmunzelte, und seine Augen strahlten die gewohnte Verschmitztheit aus. Er trug seine Uniform, dieses Mal aber war sie weiß. Die Weste ließ zudem die Arme frei, die zur Feier des Tages mit silbernen und goldenen Tätowierungen verziert waren. Anders als die Zahlencodes benutzten die Menschen hier Tätowierungen wie Schmuck. Und genau so ersetzbar waren sie auch, denn nach Tagen verblassten sie bereits wieder.

»Daphne hat mir einige umwerfende Entwürfe geschickt, wie sie sich dein Outfit vorstellt. Sie waren wunderschön, aber ich wollte eines, das unvergesslich ist.«

»Das hast du geschafft, denke ich«, erwiderte Rain.

Das Zirkelfest fand vor dem Königspalast statt. In kleinen Pavillons gab es Stehtische und Sitzgruppen. Drohnen hatten die Aufgaben der Diener übernommen und versorgten die Gäste mit Getränken und Snacks, während Künstler für die Unterhaltung sorgten. Glühende Ballons flogen um die Pavillons und erleuchteten die Festlichkeiten wie kleine funkelnde Sonnen.

Für die Ankunft der Gesegneten war ein großer Auftritt geplant. Um den Palast lag ein künstlich angelegter Fluss, der an den Festlichkeiten vorbeiführte. Jeder Gesegnete sollte einzeln in einer kleinen Gondel an den Gästen vorbei zu einem Steg fahren. Von dort aus ging es über einen goldenen Teppich, an den Kameradrohnen vorbei, zum Festplatz.

»Atemberaubend, oder? Letztes Jahr kamen die Gesegneten mit Ballons auf den Platz geflogen, und das Jahr davor sind sie aus goldenen Eiern geschlüpft wie in den Überlieferungen«, erklärte Bishop.

Rain behagte die Vorstellung nicht, auf einem wackeligen Boot zu stehen, während sie alle anstarrten, und ihre Knie schlotterten so sehr, dass sie kaum stehen konnte. Sie versteckte ihr Outfit vor neugierigen Blicken unter einem breiten Umhang. Während die Stylisten ihr Make-up auffrischten, wurde das Herrschaftspaar angekündigt.

»Hier sind sie. Die Bewahrer des Friedens. Die Gesegneten der Herzen. Die Vorbilder unserer Zeit. Die Regenten von Hope! König Maximus, der Starke, und Königin Palenope, die Weise.«

Sie erreichten den Hof in einer gläsernen Gondel, die von weißen Mutantenschwänen gezogen wurde.

Über den Köpfen der Regenten flog eine kleine Drohne, die fortwährend Goldstaub auf das Paar niederregnen ließ.

Königin Palenope strahlte übers ganze Gesicht, während sie mit dem König aus der Gondel stieg und den Steg entlangschritt. Die Gäste verbeugten sich, während sie ihre Finger an die Herzen drückten, um den Herrschern zu huldigen.

Auf ihren Häuptern thronten Kronen, die aussahen, als wären sie aus flüssiger Lava gegossen. Rain erwischte sich dabei, wie sie Palenope anstarrte. Was hatte die Königin mit ihren Zofen in der Höhle der Engel gemacht? Krank sah sie jedenfalls nicht aus, und auch sonst hatte sie sich nicht verändert.

»Daphne erträgt es kaum, nicht zu wissen, was sich unter deinem Umhang verbirgt.« Bishop feixte. »Ich glaube, ich werde ihre Reaktionen während deines Auftrittes aufnehmen. Das wird ein Spaß.«

Die Gesegneten standen alleine mit ihren Cabman auf den Stegen des Flusses und warteten darauf, von ihrer Gondel abgeholt zu werden. Weder Gäste noch Drohnen durften sie vorher zu Gesicht bekommen, um das Geheimnis ihrer Kostüme bis zur letzten Minute zu bewahren.

Das Regentenpaar war stehen geblieben, um einem Reporter einige Fragen zu beantworten.

»Die Herrschaftswahlen stehen an«, begann dieser. »Spekuliert ihr darauf, wiedergewählt zu werden?«

»Ganz ehrlich?«, entgegnete König Maximus mit einnehmendem Lächeln. »Nach sechs Jahren gebe ich die Krone gerne ab. Ich sage euch, es ist keine leichte Aufgabe, ein Land zu regieren, auch wenn es mir immer eine große Ehre war und ist.«

Ein allgemeines Lachen kam zur Antwort. König Maximus war für seine unkomplizierte Art bekannt und beliebt gleichermaßen.

»Ich bin sehr stolz auf das Vertrauen, das ihr all die Jahre in uns gesteckt habt. Ich liebe unser Land und meine Arbeit von ganzem Herzen und freue mich jeden Tag über all das, was wir erreicht haben.«

»Nun, es gibt einige besorgte Stimmen«, warf der Reporter ein. »Stimmen, die sich nach den letzten Vorfällen noch mehr Sicherheit erhoffen.«

»Und wir werden uns bemühen, dieser Bitte nachzukommen«, antwortete Palenope. Sie und Maximus bildeten ein harmonisches Gespann. »Aber ich möchte daran erinnern, wie gut es uns geht. Der stetige Fortschritt ermöglicht uns ein höchst komfortables Leben. Gerade hier in Aventin. Unser Ziel sollte es sein, diesen Standard in ganz Hope zu erreichen. Frieden, Sicherheit und Fortschritt für alle.«

»Schätzt ihr die Zweien hier in Aventin als Sicherheitsrisiko ein?«

»Nun, da sich viele diesbezüglich zu Recht besorgt gezeigt haben, haben wir uns entschieden, unsere Zweien strengeren Kontrollen zu unterziehen.« Palenope tauschte einen Blick mit Maximus aus, bevor sie fortfuhr. »Unsere Zweien wurden hier geboren. Sie sind nach denselben Prinzipien und Moralvorstellungen wie wir alle aufgewachsen, aber angesichts der drohenden Gefahr blieb uns keine Wahl, als sie von einem wichtigen Tag wie heute auszuschließen. Auch in Zukunft müssen wir darüber diskutieren, inwieweit sie an öffentlichen Veranstaltungen teilnehmen können.«

»Gibt es Grund zur Annahme, dass Zweien aus Aventin mit Rebellen zusammenarbeiten?«

»Entsprechende Personen werden ausfindig gemacht und verhaftet. Nicht nur in Aventin, sondern in allen Zirkeln. Aber wir sollten uns nicht durch Angst diese Festlichkeit verderben lassen«, antwortete Maximus diplomatisch. »Ich für meinen Teil freue mich, die Einigkeit aller Zirkel hier und heute zu feiern. Denn nur gemeinsam sind wir Hope.«

Er erntete laute Zustimmung von den Gästen.

»Gleich ist es so weit«, flüsterte Bishop, als eine Gondel vorfuhr und am Steg anlegte.

Rain streckte den Kopf und sah, dass jedes Boot anders aussah. Einige waren mit pompösen Verzierungen geschmückt, andere schlicht. An ihrem konnte sie nichts Auffälliges entdecken. Es war schwarz.

»Danke für eure Offenheit.« Damit beendete der Reporter das Interview und ließ das Regentenpaar passieren.

»Unser Stichwort, Prinzessin.« Bishop schob Rain in ihr Boot. Es war eher eine Schale, die auf dem Wasser tanzte, und sie brauchte ihre ganze Konzentration, um das Gleichgewicht zu halten.

Ihr Cabman erklärte ihr den Ablauf, doch sie hörte kaum zu. Das Blut rauschte in ihren Ohren bei der Vorstellung an die vielen Menschen, die sie anstarren würden. Dieses Boot war wie ein Präsentierteller, und sie hasste es, sich so schutzlos zu fühlen.

»Keine Sorge, Prinzessin. Du musst nicht viel tun, lass das Outfit für sich sprechen und lauf einfach weiter«, trichterte ihr Bishop ein. »Ich werde auf der anderen Seite auf dich warten. Fall nur nicht ins Wasser.«

»Ich versuche es«, presste Rain zwischen ihren Zähnen hervor.

Ein Boot nach dem anderen legte ab. Zuerst kamen die Earls.

Tiberius schien in einem Schild aus Gold zu sitzen, aus dessen Rändern Klingen ragten. Es symbolisierte Stärke und Sicherheit. Passend dazu trug der Earl von Black Shell eine Uniform mit breiten, goldenen Schulterplatten. Das Wasser um die Gondel herum wurde schwarz und zäh wie Teer, als das Schild darüber hinwegglitt.

Pergamon, der Earl von White Shell, war ganz in Weiß gekleidet. Seine Gewänder waren mit Perlen bestickt. Sein Boot war eine aufgeklappte Muschel, über deren Oberfläche Buchstaben und Worte liefen. Rain entschlüsselte den Satz »Wissen ist Sicherheit«.

Eustachius saß in einer Gondel aus Silber, während seine Schwester auf einer Meeresschlange aus Rubinen ritt. Eine Mischung aus Kunst und Luxus, die zu ihrem extravaganten Zirkel nur allzu gut passte.

Es folgten die Earls von Green, Azure und Yellow. Dann war Grey an der Reihe. Earl Amygdala saß in einer grauen Schale, die das Wasser um sich herum verdampfen ließ, sodass es wie die Smogsäulen der Fabriken in den Himmel stieg.

Nach den Earls kamen die Familienmitglieder der Herrscherfamilie und Earls.

Aurelia tat ihr Bestes, die Anwesenden zu ignorieren. Sie hatte wieder diesen verklärten Gesichtsausdruck, den der Siruptee hervorzauberte, und sah aus, als wäre sie in einer anderen Welt. Ihr Boot war aus Porzellan, und als es anlegte und sie ausstieg, zersprang es in tausend Scherben, die im Fluss versanken.

»Das ist so aufregend!« Andromeda kicherte, als sie an ihrem Boot an Rain vorbeiglitt. Es war bis zum Rand mit Blütenblättern gefüllt, und Andromeda selbst sah aus wie eine rosafarbene Tulpe. Sie winkte Rain zu, wodurch das Boot bedrohlich ins Schaukeln geriet.

»Viel Glück!«, rief sie ihr zu. In diesem Moment wurde sie von Morpheus überholt, der sich vorbeugte und eine Blume aus ihrem Boot stahl.

»Gib sie mir zurück!«, rief Andromeda empört. Rains Halbbruder zwinkerte ihr zu, bevor er sich die Blume an den Anzug steckte. »Du Idiot!«

Morpheus' Boot schien aus nackten, sich rekelnden Leibern zu bestehen.

So viel zu seinem Imagewechsel, dachte Rain.

Neben ihrem Halbbruder tanzten nackte Männer und Frauen. Weil sie in dem kleinen Boot nicht genug Platz hatten, um nebeneinander zu stehen, stemmte Morpheus eine von ihnen mit seinen Händen über den Kopf. Die Gäste tobten, als er sie am Ende des Flusses in das Wasser warf.

Dann kam Rain an die Reihe. Ihr Boot machte einen Ruck und fuhr vor, an den Gästen vorbei, die ihr zujubelten.

Rain klammerte sich an den Umhang, der Körper und Gesicht fast vollständig verbarg. Sie hörte das angespannte Murmeln der Gäste und spürte sämtliche Blicke auf sich gerichtet, doch sie gab ihnen nicht, was sie sehen wollten. Noch nicht.

Die Fahrt schien ewig zu dauern, und als sie endlich den Steg erreichte, konnte Rain es nicht erwarten, aus dem Boot zu springen. Als sie auf dem Steg stand, holte sie tief Luft, bevor sie ihren Umhang abstreifte.

Für einen Moment wurde es still, und die Zuschauer schienen ihren Augen nicht zu trauen.

Sie trug kein pompöses oder edles Kleid, keinen Glitzer und

keinen teuren Stoff. Sie kam nicht als Gesegnete, nicht als jemand, der mit Luxus um die Anerkennung der Aventiner buhlen wollte. Ihr Outfit hatte nichts, was es zu etwas Besonderem machte, und genau deshalb war es unvergesslich.

Sie trug eine breite, senfgelbe Kutte, die ihren Körper verschluckte. Ihr Kopf war kahl geschoren und reflektierte das Licht der Scheinwerfer, welches auf sie gerichtet war. Es war bloß eine Täuschung, da Bishop sich geweigert hatte, ihre Haare abzurasieren, aber es sah täuschend echt aus, zumal die Übergänge unter dem Make-up kaum zu sehen waren.

Ihr Outfit fühlte sich wie eine Revolution an, eine Revolution gegen alles, wofür Aventin stand. Aber für all das, was Rain für richtig und gut hielt. Sie war ein Ghost gewesen, der sich immer versteckt hatte. Nun würde sie sich als Prinzessin nicht hinter Schmuck und teuren Kleidern verstecken. Sie würde für das einstehen, was richtig war. Menschlichkeit.

Rain hörte die Stimmen der Gäste wie das Summen eines Hornissenschwarms. Sie konnte nicht verstehen, was sie sagten, aber es klang nicht begeistert. Es war ihr egal. Sie war nicht hier, um zu begeistern, auch wenn der Kloß in ihrem Hals etwas anderes sagte.

Sie streckte die Schultern durch und passierte die aufgeregten Gäste, die zwischen Unglauben und Schrecken hin und her gerissen schienen. Alle bis auf Morpheus, der sich vor Lachen kaum einkriegte. Offenbar fand er ihren Versuch, unvergesslich zu sein, höchst amüsant.

»Geh einfach an ihnen vorbei.« Sie spürte Bishops imaginäre Hand zwischen ihren Schulterblättern, und ihre Füße setzten sich in Bewegung. »Lass dein Outfit für sich sprechen.«

Und es sprach, doch nicht jeder mochte, was es sagte.

Ein Schritt. Noch ein Schritt. Die Kameraleute zu beiden Seiten riefen ihren Namen, baten sie sich zu drehen, doch sie ignorierte sie. Ihr Blick war auf den Palast gerichtet, während sie die ungläubige Menge passierte.

Es war eine Mauer aus Drohnen, die sich neben ihr aufbaute. Unzählige dunkle Augen, die auf sie gerichtet waren. Rain hörte, dass jemand ihren Namen rief. Es kam von allen Seiten. Jeder wollte, dass sie in seinen CamBot guckte, doch sie ging einfach weiter.

Mit feuchten Händen erreichte sie den Platz, auf dem die anderen Gesegneten schon warteten. Sie sah sich nach Bishop um, konnte ihn aber nicht entdecken.

»Eine großartige Vorstellung«, begrüßte sie Morpheus und drückte ihr ein Glas in die Hand. »Endlich ist jemand noch verrückter als ich.«

»Danke.« Rain fuhr sich über den kahlen Kopf.

Ein Mann mit rotem Bart starrte sie aus zusammengekniffenen Augen an. Er kam ihr bekannt vor und hob sich von den anderen Gästen irgendwie ab. Sie starrte zurück.

Da war diese Spur aus Kälte in seinem Blick, die ihr einen Schauer über den Rücken jagte. Wäre sie in Grey, würde sie ihn als eine Gefahr einstufen. Ein Lauscher, möglicherweise.

Rain entschuldigte sich und zog sich in einen der Pavillons zurück. Die Sitzecke war leer, und Rain nutzte den Moment, um durchzuatmen, doch sie blieb nicht lange allein.

»Die verlorene Prinzessin aus Grey«, ertönte eine Stimme, und ein bekanntes Gesicht trat auf sie zu.

Es war der Vertreter von Grey, eindeutig zu erkennen an der aschgrauen Schärpe, auf dem das Zeichen des Industriezirkels prangte. Sie kannte ihn, aber einen Namen konnte sie ihm nicht zuordnen. Das schien er auch nicht zu erwarten, denn er stellte sich bereits vor.

»Thrax.« Er lächelte und berührte seine Stirn. Thrax. Der Name kitzelte eine Erinnerung hervor. »Ich bin der Caretaker von Grey.«

»Stimmt. Jetzt erinnere ich mich.« Sie lächelte. »Du hast den Thraxtag eingeführt.«

»Nun, das ist keine große Sache gewesen.« Er tat bescheiden, aber der Tag der Essensausgabe war für Bedürftige überlebenswichtig.

»Wie gefällt dir Aventin?« Eine unverfängliche Frage, aber der interessierte Blick verriet seine Neugierde.

»Es ist schön hier«, antwortete Rain. »Sehr sauber. Und bunt. Und man sieht zur Abwechslung mal den Himmel.«

»Ja, in der Tat.« Thrax lachte laut und ungeniert. Wenn man in Grey etwas zu lachen hatte, dann wollte man es auch zeigen. Immerhin kam es nicht häufig vor. »Von dem kann ich gar nicht genug bekommen.«

Thrax begutachtete ihre unförmige Kutte.

»Ein interessanter Auftritt.«

»Danke. Ich dachte, der Veranstaltung fehlt etwas Senfgelb.«

»Wir sind dir sehr dankbar dafür, dass du dich für uns einsetzt. Wie du dir denken kannst, kann unser Zirkel jeden Fürsprecher im Moment gut gebrauchen. Wir würden uns freuen, wenn du wieder einmal nach Grey kommst …«

»Gerne.« Das wollte sie! Das wollte sie auf jeden Fall. Storm war dort … und Rose. »Ich vermisse es. Die Betonwände, die ewig atmenden Maschinen. Das Grau des Himmels. Es klingt seltsam, aber so ist es.«

»Ich weiß, was du meinst«, antwortete Thrax. »Die Menschen hier sind … anders. Und sie würden einen für verrückt halten, wenn man ihnen erzählt, dass Grey einen gewissen Charme hat.«

»Wie geht es mit dem Bau der Filteranlagen voran?«

»Ich hoffe, dass ich Zeit finde, um mit Earl Amygdala über das Thema zu sprechen.« Er strich sich über das Kinn. »Sie ist wirklich eine sehr große Hilfe.«

Rain bemerkte im Augenwinkel, dass sie weiterhin von dem

seltsamen Mann beobachtet wurde. Er verschwand hinter einem Brunnen, in dem golden glitzerndes Wasser um Fischfiguren und fliegende Delfine floss.

»Entschuldige mich«, murmelte Rain und folgte dem Mann, um ihn zur Rede zu stellen. »Hallo?«

Der Mann saß auf dem Rand und hielt seine Hand in das Wasser, die sofort golden glänzte.

»Gruß!«, begann Rain und baute sich vor ihm auf. »Wer bist du, und warum beobachtest du mich?«

Der Mann sah zu ihr auf und lächelte.

»Sturm zieht auf«, sagte er.

»Bitte was?« Ihr Mund war mit einem Mal staubtrocken.

Er sagte nichts weiter, übergab ihr einen Zettel und stand auf.

»Von wem ist der?«, fragte Rain und eilte ihm hinterher. »Von wem …?«

Der Mann verschwand hinter einigen Kameradrohnen, die ihre schwarzen Augen sofort auf Rain richteten. Sie lächelte gekünstelt, während sie sich an ihnen vorbeischob, doch der Mann war bereits verschwunden.

Sie sah auf die Folie in ihrer Hand. Sie war leer, aber Rain wusste, was zu tun war. Sie drehte den WatchBots den Rücken zu und leckte darüber. Es funktionierte.

Tanzender Hundebock.

Tanzender Hundebock? Was sollte das heißen? Noch während sie überlegte, erschien ein *»Beeil dich«* darunter. Rain sah sich um und erkannte abseits eine Statue, auf die die Beschreibung passte. Ein Hund mit den Beinen eines Steinbocks und gedrehten Hörnern.

Sie eilte, so schnell es ihre Kutte zuließ, zu dem gewünschten Treffpunkt und sah sich um. Was sollte sie hier? Sie untersuchte die Statue genauer. Vielleicht hatte man ihr dort eine Nachricht hinterlassen. Vielleicht von Storm …

»Herrin Rajana!« Nife kam auf sie zu. »Dein Vater sucht dich. Er ist nicht gerade begeistert über deinen Auftritt, um es vorsichtig auszudrücken. Aber gleich beginnt …«

Was begann, würde sie nicht mehr erfahren.

»GOLD ZU ASCHE!«, schallte eine Stimme über den Platz, gefolgt von einem Donnerschlag. Eine unsichtbare Kraft hob Nife in die Luft und schleuderte ihn auf Rain zu. Sie wurde rücklings zu Boden geworfen und landete mit dem Kopf auf hartem Stein.

Unwetter haben keine Angst, dachte sie und schloss die Augen, gerade als ein Regen aus Steinen und Glassplittern sie unter sich begrub.

33.

NIM UND LARK HATTEN SICH GETRENNT, um den vermeintlichen Rebellen zu stellen.

»Du willst ihn bloß allein fassen, um den Ruhm für dich zu beanspruchen«, hatte Nim vermutet, als Lark vorgeschlagen hatte sich aufzuteilen. Das entsprach nicht der Wahrheit, aber das sollte Nim ruhig denken.

Er setzte sich in einer Gasse auf einen Container und legte den Kopf in den Nacken. Auf die gegenüberliegende Wand hatte jemand »Wir sind die Wilden, die Freien, die Ech ...« geschrieben. Die Farbe war noch feucht. Offenbar war ein weiterer »Graffiti-Terrorist« in seiner Arbeit unterbrochen worden.

Lark schloss die Augen und wartete. Unter sich im Container konnte er die Mutantenratten hören, die sich durch die Abfälle wühlten. Ihre dicken Schwänze hämmerten gegen das Metall, gefolgt von dem Kratzen der Krallen, die sie in alles schlugen, was ihnen in die Quere kam. Es war das einzige Geräusch. Neben dem Brummen der Fabriken.

Lark klappte das Visier seines Helmes hoch und atmete die ungefilterte Luft ein. Sie schmeckte bitter auf der Zunge und brannte wie gewohnt auf den Schleimhäuten.

Er sprang von dem Container hinunter und wollte gerade seinen Helm wieder aufsetzen, um nach Nim zu sehen, als er ein anderes Geräusch als das der Ratten vernahm.

Ein leises Quietschen.

Er drehte sich um. Die Hände ruhten auf der Waffe ohne sie zu ziehen.

»Lark? Was machst du denn hier?«

Der Container, auf dem er gerade noch gesessen hatte, hatte sich einen Spalt breit geöffnet. Der Kopf der Person war von einer Maske bedeckt, aber er hatte sie bereits erkannt.

»Hail? Was machst du im Müll?«

»Mich verstecken.« Sie schwang ihre Beine hinaus und landete auf der Straße.

»Warum?« Lark kannte die Antwort bereits. Er wusste es, noch bevor er die Farbe an ihren Händen entdeckte. »Hail! Bist du verrückt? Überall sind Drohnen.«

»War doch bloß Spaß.«

»Die Sentinal verstehen keinen Spaß. Was, wenn sie dich für einen Rebellen halten?«

Hail schob die Unterlippe vor und verschränkte die Arme.

»Sollen sie doch. Ich will nicht länger schweigen und mein Schicksal mit gesenktem Haupt hinnehmen«, knurrte sie.

»Es ist noch nicht lange her, da warst du noch auf der Seite der Gesegneten.« Die Worte sprudelten aus seinem Mund, bevor er darüber nachgedacht hatte. An Hails Blick sah er, dass er sie mit seiner harschen Antwort getroffen hatte.

»Ja, ich war auf ihrer Seite, und dann haben sie mir meine Zukunft genommen, Lark. Sie haben mich weggeworfen und mir den Stempel »kaputt« auf den Arm gedrückt.« Sie sah nicht wütend aus, eher verletzt.

»Hail, ich werde dich beschützen.« Er ruderte hilflos mit den Armen. »Aber die Spines sind gefährlich. Du darfst dich ihnen nicht anschließen.«

»Die Rebellen sind vielleicht mein einziger Ausweg.« Hail kaute auf ihrer Unterlippe.

»Nein, sind sie nicht.« Lark ging auf sie zu. »Ich meinte es ernst. Das mit der Bindung. Ich werde für dich sorgen. Das verspreche ich dir. Wir werden Grey verlassen. Wir beide.«

»Sei nicht dumm, Lark. Du wirst keine Bindung mit einer F3 eingehen.«

Doch das würde er.

»Ich weiß, du stehst zu deinem Wort«, flüsterte Hail. »Aber ich will das nicht. Ich will keine Last sein.«

»Du bist keine Last. Du bist meine Freundin«, widersprach Lark.

»Eben deshalb«, sagte Hail und strich mit ihrem Handrücken über seinen. »Ich will dir deine Chancen nicht nehmen … Mach dir keine Sorgen und blick nicht zurück, wenn es so weit ist. Ich komm schon klar.«

»Lark, hast du was gefunden?«, hörte er Nims verzerrte Stimme durch das Funkgerät an seinem Gürtel.

»Nein, nichts, ich komme zurück.«

Als er sich zu Hail umdrehte, war sie verschwunden.

Gegen Abend war Grey weitestgehend von den Schmierereien befreit. Lark und Nim machten sich auf den Weg zur Basisstation der Sentinal, um Bericht zu erstatten, und durchquerten einen der verseuchten Sektoren, die unbewohnbar waren.

Als sie ein verlassenes Gebäude passierten, bemerkte Lark eine Bewegung im Schatten. Er sah genauer hin, doch konnte durch die Nebelschwaden nichts erkennen. Vielleicht bloß ein Tier, hoffte er.

»Nim!«, sagte er warnend, als er einen weiteren Schatten erblickte, doch der Anwärter hatte es ebenfalls gesehen. Sie tauschten einen Blick aus und beschleunigten ihr Tempo.

Lark lauschte, aber konnte nicht sagen, ob sie verfolgt wurden oder doch bloß das Echo ihrer eigenen Schritte hörten, das von den Betonwänden zurückgeworfen wurde.

Als sie das Ende der Straße fast erreicht hatten, erschienen zwei Gestalten wie aus dem Nichts und versperrten ihnen den Weg.

»Kallisto!«, entfuhr es Nim, der ruckartig stehen blieb und nach seiner Waffe tastete.

»Was wollt ihr?«, fragte Lark und bemühte sich, so viel Kraft in seine Stimme zu legen wie möglich. Er erhielt keine Antwort, stattdessen kamen die Männer näher.

»Wir wollen keinen Ärger«, versuchte Lark es noch einmal. Die Gefahr schien die Luft mit Spannung aufzuladen und jagte ihm eine Gänsehaut über den Rücken.

Nim hatte seine Waffe bereits gezogen.

»Lark«, flüsterte er angespannt. Mehr brauchte er nicht zu sagen.

Sie hatten es beide gesehen.

Aus den Gasmasken der Männer ragten Stacheln. Spines. Ein Blick über seine Schulter verriet Lark, dass sie eingekreist worden waren. *Listo Kallisto!* Diese Rebellen hatten offenbar geplant, ihren Frust an Anwärtern auszulassen.

Lark drückte sich an Nim und deutete unauffällig auf das Funkgerät. Nim verstand und aktivierte es. Es bedurfte nur eines Knopfdrucks, um der Basis den Standpunkt zu übermitteln.

»Wir wollen nur etwas Spaß haben«, verkündete einer der Männer. »Wir spielen so gerne mit Ratten.«

»Keinen Schritt weiter«, keuchte Nim und hob drohend die Waffe, doch die Rebellen zeigten sich unbeeindruckt.

»Ich warne euch.«

Ehe Nim seine Drohung wahrmachen konnte, wurde ihm die Waffe aus der Hand geschlagen und fiel mit einem dumpfen Aufprall zu Boden.

»So viel dazu, Kleiner.« Die Stimme war so feindselig, dass sie einer Ohrfeige gleichkam. Dann packte der Spine den Anwärter am Arm und zog ihn vor.

»Nim!«, rief Lark. Er wollte seinem Partner zu Hilfe kommen, als ihn ein Schlag traf, seine Knie nachgaben und er dem Asphalt entgegensegelte. Sein Kopf schlug auf der Straße auf, allerdings konnte der Helm den Sturz abfangen. Die Spitze eines Stiefels bohrte sich in seinen Bauch, und er krümmte sich zusammen. Instinktiv spannte er die Muskeln an und hob die Hände, um sich zu schützen.

»Verräter!« Ein Tritt traf seinen Oberschenkel.

Nim schrie auf, als er zu Boden gestoßen wurde. Durch einen Tränenschleier erkannte Lark, dass einer der Rebellen Nims Waffe aufgehoben hatte und sie auf den Jungen richtete.

»Nein!«, schrie er, aber ein weiterer Tritt gegen den Brustkorb brachte ihn zum Schweigen.

»Hast du Angst?«, fragte einer der Spines. Er riss Nim die Maske ab und presste ihm den Lauf der Waffe zwischen die Augen. »Ich glaube, du hast Angst.«

Der Junge schnappte nach Luft. Der ätzende Smog verbrannte ihm die Schleimhäute, und seine Atmung wurde mit jedem Atemzug flacher und hektischer.

»Da macht sich gleich jemand in seine feine Uniform«, lachten die Rebellen, als Nim keuchend nach seiner Maske tastete.

Wo blieben die Sentinal? Nim hatte der Basis ihren Standpunkt gesandt, ohne Meldung zu machen, was ungewöhnlich war. Das Funkgerät an seinem Gürtel blinkte. Die Basis hatte offenbar versucht, Kontakt zu ihnen aufzunehmen. Spätestens jetzt mussten sie ahnen, dass etwas nicht stimmte, und ihre WarBots losschicken.

Alles, was sie jetzt brauchten, war Zeit. Zeit, die Nim nicht hatte. Nicht ohne seine Maske.

»Lasst ihn in Ruhe«, stöhnte Lark. Er wollte aufspringen, doch Hände ergriffen ihn und drückten ihn zu Boden. Er wandte sich und trat nach ihnen. »Ihr macht einen Fehler.«

»Ach ja?«

Er wurde hochgerissen und auf die Knie gedrückt. Zwei Spines hielten ihn fest, als der Rebell mit der Waffe nun auf ihn zukam.

Larks Herz hämmerte ihm bis zum Hals. Die Männer schienen nicht zu wissen, dass er einer von ihnen war.

Also was sollte er tun?

Er durfte sich nicht enttarnen. Nicht vor Nim.

Der Spine riss ihm den Helm vom Kopf und stieß ihn zu Boden. Lark spürte den kalten Lauf der Waffe, der sich in seinen Nacken drückte. Er würde ihn töten.

»Rose«, flüsterte Lark und beschwor ihr Bild vor seinen Augen hinauf. Wenn er schon sterben musste, dann wollte er dabei wenigstens an seine Familie denken. »Rose.«

Als Rain erwachte, hörte sie nichts. Sie sah empor und stellte fest, dass der Himmel nicht länger blau war, sondern grau. Grau wie in Grey.

Eine Wolke aus Staub hatte sich zwischen sie und den Himmel geschoben, und die feinen Partikel tanzten in den Strahlen der Sonne. Es sah schön aus, beruhigend irgendwie.

Rain drehte den Kopf. Neben ihr lag der steinerne Hundekopf mit den Hörnern, doch der Rest des Körpers war verschwunden. Er sah sie direkt an, mit seinen traurigen, treuen Hundeaugen. Sie wollte ihn streicheln, doch ihre Arme gehorchten nicht. Sie schloss die Augen und verlor den Halt. Ihr Geist entglitt ihr zurück ins Reich des Nichts.

Das zweite Mal weckte sie der Schmerz, und der holte sie mit einem Schlag auf den Boden der Realität zurück. Sie schnappte nach Luft, aber jeder Atemzug tat weh. Sie spuckte geronnenes Blut aus, dass einen widerlich metallischen Geschmack in ihrem Mund hinterließ. Ihre Lippen, ihre Wangen, ihr Rachen. Alles brannte.

Sie sah an sich hinunter und entdeckte Blut und Prellungen an den Stellen, an denen ihre Kleidung zerrissen war.

Sie tastete sich ab und versuchte die Glieder zu bewegen. Als sie ihren Brustkorb abdrückte, schoss eine Welle Schmerz durch ihren Körper. Gebrochene Rippen womöglich. Sonst schien sie keine ernsten Verletzungen zu haben.

Die Geräusche drangen nur dumpf zu ihr durch, als hätte sie Watte in den Ohren. Sie stemmte sich auf die Arme und zog den Oberkörper hoch, um zu sehen, was passiert war.

Dort, wo wenige Minuten zuvor die Feierlichkeiten stattgefunden hatten, klaffte ein Krater. Der Platz war überdeckt mit Trümmern und Asche.

Eine Explosion!, schoss es endlich durch Rains Gehirnwindungen.

Sie sah genauer hin und entdeckte Leichen und Maschinenteile zwischen den Ruinen. War die Explosion ein Unfall oder ein Anschlag? Und wenn es ein Angriff war, waren dann die Täter noch hier?

Rain zitterte am ganzen Körper, rappelte sich aber trotzdem auf, um sich einen Überblick zu verschaffen. Es herrschte Chaos. Schreie. Schluchzen. Qualm. Qualm, der die Flüchtenden umschloss, auf die Blutlachen herabrieselte und in der Lunge brannte.

Sie ging ein paar Schritte, bevor ihre Beine nachgaben und sie wieder auf ihren Knien landete. Ihre Beine zitterten, ebenso wie ihre Arme. Eine Welle Magensäure schwappte in ihren Mund, als sie vor sich eine Hand entdeckte. Eine abgetrennte Hand.

Sentinal stürmten an ihr vorbei, zogen Verwundete aus den Trümmern. Ein dumpfes Schwirren und das Aufheulen von Sirenen kündigten Arbeiterdrohnen an, welche die Trümmer aus dem Weg räumten und damit begannen Opfer zu bergen. Die Luft war gefüllt von ihrem Summen.

»Erst die Gesegneten!«, brüllte jemand. »Dann die Menschen, geordnet nach den Genen.«

Rain spürte, wie sich Splitter in ihre Fußsohlen bohrten, und bemerkte erst jetzt, dass ihr ein Schuh fehlte. Einige Sentinal eilten an ihr vorbei, doch niemand schenkte ihr Beachtung. Natürlich nicht. Sie sah aus wie eine Dienerin.

»Helft mir!«, ertönte ein Schrei.

Rain sah sich um, konnte jedoch niemanden entdecken. Sie machte einige wackelige Schritte vor und stieg über die Überreste eines Brunnens, aus dem noch golden glänzendes Wasser sickerte, welches jetzt allerdings eher braun aussah. Dahinter entdeckte sie einen geschorenen Haarschopf. Eine Frau, die unter den eingestürzten Trümmern eingeklemmt war. Rain sprang zu ihr hinunter.

»Keine Angst! Ich helfe dir.«

Sie schaufelte den Müll mit bloßen Händen beiseite und riss sich an den scharfen Splittern die Haut auf. Den Schmerz ignorierend, stemmte sie einen Steinbrocken beiseite.

»Los! Komm raus«, presste Rain zwischen den Zähnen hervor.

»Ich kann nicht!«, wimmerte die Frau.

Dann sah Rain, wieso sie nicht aufstehen konnte. Eine Stange durchbohrte die Seite der in Senfgelb gekleideten Dienerin auf der Höhe des Bauchnabels. Blut sickerte kontinuierlich aus der Wunde, tauchte das safrangelbe Kleid in ein leuchtendes Rot und vermischte sich mit dem Brunnenwasser.

»Es tut so weh.« Die Frau schnappte nach Luft.

»Ich hole Hilfe«, versprach Rain und winkte einige vorbeieilende Sentinal heran. »Helft uns bitte.«

Einer der Wächter blieb stehen, warf einen Blick auf die beiden Frauen und schüttelte den Kopf.

»Tut mir leid. Diener kommen zuletzt.«

»Sie stirbt bis dahin.«

»Wir haben Befehle.«

»Kallisto.« Rain drückte ihre Hände auf die Wunde, um die

Blutung zu stoppen. Sie spürte das hektische Pulsieren der Aorta unter sich. Immer mehr Blut floss aus dem Körper, und mit ihm schwand auch das Leben aus der jungen Frau.

Was sollte sie jetzt machen? Sie fühlte sich so hilflos. Storm hatte ihr zwar gezeigt, kleinere Wunden zu versorgen, aber das? Sie hatte keine Ahnung, was zu tun war. »Wie heißt du?«, fragte Rain, um sie von den Schmerzen abzulenken.

»Ich heiße M«, keuchte die Dienerin. »Und ich sollte eigentlich gar nicht hier sein ... Aber ich war so neugierig.«

»Bist du hier geboren, M?«

»Ja. Meine Mutter wollte nicht, dass ich ... herkomme. Aber niemand hat mich bemerkt.«

Sie hustete, und ein schmales Rinnsal Blut floss aus ihrem Mund.

»Werde ich wieder gesund?«

»Äh.« Rain verfluchte sich für die Tränen in ihren Augen. Sie war miserabel darin, jemandem Trost zu spenden. Was sollte sie jetzt tun? Lügen und falsche Hoffnung machen oder die Wahrheit sagen? Darauf hatte selbst Storm sie nicht vorbereitet. »Du kommst in Ordnung. Ich meine, wir sind hier in Aventin, der goldenen Stadt. Halte einfach durch!«

M lächelte und nickte langsam. Ihre Hände klammerten sich an Rains Arm.

»Bleib bei mir.« Ihre Stimme zitterte. »Dann ist es leichter.«

Ein Surren lenkte Rains Aufmerksamkeit auf eine schwarze Drohne mit einem dunklen Auge in der Mitte. Ein CamBot! Er kam näher, surrte um die beiden Frauen herum und nahm alles auf.

»Hey, was soll das?«, brüllte Rain, doch die Kamera ließ sich nicht verscheuchen. In der plötzlich aufwallenden Wut griff Rain mit den blutüberströmten Händen nach einem Stein und schleuderte ihn der Drohne entgegen. Er traf genau die Linse, hinterließ aber nicht einmal einen Kratzer auf der glänzenden Hülle. »Verschwinde!«

Die Drohne verharrte, als ob sie überlegte. Dann surrte sie davon.

»Alles gut, M. Sie ist weg.«

Rain räusperte sich, doch die junge Frau antwortete nicht. Sie lag da mit offenen Augen und rührte sich nicht mehr.

»M?«

Das Pulsieren der Bauchschlagader unter Rains Fingern war verstummt, und der Blutfluss versiegte.

»M!«

Rain holte tief Luft und starrte auf ihre roten, klebrigen Hände. Für eine Weile saß sie einfach da und sah zu, wie das Blut hinabtropfte.

Dann stand sie auf, ganz langsam und schlang ihre Arme um ihren Körper.

Bishop. Andromeda. Tiberius. Morpheus.

Was war mit ihnen? Wo waren sie gewesen, als es zu der Explosion kam? Sie kletterte zurück über den Brunnen und kämpfte sich die Trümmer empor.

»Rajana.« Nife kam auf sie zu gestolpert. Er hatte seinen Helm abgezogen, und Blut lief ihm über die Stirn. »Alles in Ordnung?«

»Ja, was ist mit den anderen?«

»Keine Ahnung. Wir müssen hier weg.« Der Sentinal musterte mit besorgtem Blick ihren Körper und das Blut, das an ihr klebte.

»Nein, wir müssen sie suchen.«

»Dein Vater will, dass ich dich hier wegbringe. Sofort.«

»Was ist mit den anderen?«

»Später.« Nife ließ keinen Widerspruch zu. Er stützte sie, während er sich nach Hilfe umsah.

»Ich kann hier nicht weg. Es … was ist geschehen?« Ihr wurde schwindelig, als sie sich vorstellte, wie Andromeda oder Bishop tot unter den Trümmern lagen.

Ihre Beine gaben nach, sie stolperte und fiel. Für einen Moment hieß sie die wohltuende Kälte des Bodens an Armen und Wange willkommen, doch Nife ließ sie nicht rasten und hob sie empor.

»Du brauchst medizinische Versorgung«, sagte er.

»Nein!« Rain versuchte sich zu wehren, doch Nife drückte ihr eine Spritze in den Oberschenkel. War das sein Ernst? Sie betäuben?

Na, einfach würde sie es ihm definitiv nicht machen. Sie versuchte, gegen die Chemie in ihrem Blutkreislauf anzukämpfen, und trat mit den Füßen gegen sein Schienbein. Es schmerzte sie mehr als ihn. Sie verfluchte ihn mit einem »Listo Kallisto«, bevor sie in eine Welt der Dunkelheit driftete.

Die Luft biss sich in Larks Haut und trieb ihm die Tränen in die Augen. Bei jedem Atemzug hatte er das Gefühl, Kehle und Lunge würden in Flammen stehen. Neben sich hörte er Nim röcheln. In seinen Augen waren Äderchen geplatzt, und die Pupillen schwammen im Blut. Vermutlich sahen seine eigenen ähnlich schlimm aus.

»Gold zu Asche«, riefen die Spines.

Wenn er nicht schnell etwas unternahm, würden sie ersticken, und genau das schienen die Rebellen zu bezwecken.

»Bolt«, keuchte Lark, aber der Name kam ihm kaum über die aufgeplatzten Lippen und klang eher wie ein Röcheln. »Bolt.«

»Was sagst du da, Kleiner?« Der Rebell mit Nims Waffe versetzte ihm einen Fußtritt.

»Ich glaub, er will seine Maske.« Die Spines lachten. Larks Mut sank. Auf ihr Mitgefühl durfte er nicht hoffen, denn niemand würde einem Sentinal helfen.

Niemand außer eine.

»Was ist denn hier los?« Er hörte eine bekannte Stimme und zuckte zusammen. Es war Hail.

Nein! Renn weg, schrie er in Gedanken. Diese Rebellen waren unberechenbar. Wenn sie sich für einen Anwärter einsetzte, würden sie ihr vielleicht das Gleiche antun.

»Lark! Gebt ihm die Maske wieder. Sofort.« Ihre Stimme klang schrill. Sie eilte auf ihn zu, wurde jedoch von einem der Männer festgehalten.

»Nicht so schnell, Mädchen. Das ist ein verfluchter Sentinal.«

»Er ist einer von uns!«, entgegnete Hail und riss sich los. »Geboren in Asche.«

»Er hat uns verraten. Jetzt erteilen wir ihm eine Lektion.«

»Ich sagte, ihr sollt ihn in Ruhe lassen.« Hail gab nicht nach. Was tat sie denn da? Lark versuchte aufzustehen, um ihr zu Hilfe zu kommen, doch alle Kraft war aus seinem Körper gewichen.

»Mach dich nicht unglücklich, Mädchen«, drohte der Spine.

»Er gehört zu mir«, wiedersprach Hail. »Ich habe eine Bindung mit ihm.«

»Mit einem Sentinal? Was redest du für einen Unsinn?« Jemand stieß Hail zur Seite. Sie keuchte, als sie auf den Boden aufschlug.

»Er gehört zu mir«, wimmerte sie. »Bitte. Lasst ihn.«

Da Lark keine Kraft zum Sprechen hatte, streckte er seine Hand aus und zeichnete einen Kreis auf den mit Smog bedeckten Boden. Sein Finger zitterten so stark, dass die Form kaum zu erkennen war. Mit letzter Kraft strich er ihn durch.

»Was zum …!«

Endlich! Einer der Rebellen musste sein Zeichen entdeckt haben. Er spürte Hände, die ihn hochrissen. Jemand schlug ihm ins Gesicht, doch er spürte bereits, wie sein Bewusstsein schwand und im ewigen Ruß versank.

»Woher kennt er das Zeichen?«

»Lark? Lark!« Hail beugte sich über ihn. Sie zog ihre eigene Maske vom Kopf und drückte sie über sein Gesicht. »Atme!«, hörte er sie schreien. »Lark! Atme! Lass mich nicht allein. Hörst du?«

Würde er nun sterben? Im Dreck von Grey? Nein, er war doch so nah dran, endlich aus diesem Loch zu entkommen. Er durfte nicht hier enden!

Rain beugte sich über ihn und versetzte ihm eine Ohrfeige. Die hatte er verdient.

»Tut mir leid«, murmelte er.

34.

ALS SIE ERWACHTE, hörte sie Tiberius' Stimme, er klang aufgebracht.

»Wie konnte das passieren? Ein Anschlag, trotz der erhöhten Sicherheitsstufe? Die Rebellen müssen einen Spion eingeschleust haben. Ich will, dass die Schuldigen zur Rechenschaft gezogen werden.«

Die Antwort konnte Rain nicht hören.

»Meine Tochter hat sicher nichts mit diesen Terroristen zu schaffen … Sie ist uns gegenüber loyal, daran habe ich keine Zweifel … Woher ich das weiß? Sie ist meine Tochter, verdammt.«

Rain lag auf einem Sofa und spürte, wie eine Drohne, vermutlich ein MedBot, über ihr schwebte und ihre Wunden versorgte.

Sie wagte es, den Kopf in Richtung der Stimme zu drehen und die Augen zu öffnen. Nur einen Spalt breit. Tiberius stand am Fenster mit dem Rücken zu ihr. Auf den ersten Blick sah es so aus, als spräche er mit sich selbst. Dann sah sie das TecDec vor ihm in der Luft hängen.

»Die Kontrolle entgleitet uns zunehmend, auch wenn die Regenten das anders sehen. Die Ideen der Rebellen spuken bereits in den Köpfen der Menschen herum und infizieren sie. Vor allem in Pitch und Grey. Wir müssen ein klares Statement setzen. Das ist unsere Chance, um den Menschen zu zeigen, wer am besten für ihre Sicherheit sorgen kann.«

Nämlich du, dachte eine kleine hämische Stimme in Rain. Wollte Tiberius seine Chance nutzen, um an die Macht zu kommen?

»Es ist an der Zeit, Stärke und Sicherheit zu demonstrieren. Die Menschen in Aventin verlangen danach.«

Er schob das TecDec zur Seite und drehte sich zu Rain um, die ihre Augen wieder geschlossen hatte und vorgab zu schlafen.

»Steh auf, Rajana. Ich weiß, dass du wach bist.«

Rain gehorchte und war überrascht, keine Schmerzen zu spüren. Offenbar hatte die Drohne sie großzügig mit Schmerzmitteln vollgedröhnt. Ihre Wunden waren mit einem Gel versorgt worden, das sich über die Schürfwunden legte und diese verschloss.

»Geht es dir gut?« Tiberius setzte sich und musterte sie besorgt.

»Ja.« Sie schluckte. »Wie geht es Bishop und den anderen?«

»Deinem Cabman geht es gut. Er war glücklicherweise nicht in der Nähe der Explosion. Deinem Bruder und deiner Mutter ist ebenfalls nichts passiert. Daphne ist verletzt, aber sie muss sich noch gedulden, bis sie an der Reihe ist.«

»Geht es ihr denn gut?«

»Den Umständen entsprechend, sie hatte großes Glück. Nur ihr Arm hat etwas abbekommen.« Er rieb sich über das Gesicht. Erst jetzt fiel ihr auf, wie müde und angespannt er aussah.

»Und Andromeda?« Ihre Stimme zitterte.

»Sie war in der Nähe der Explosion«, begann Tiberius' ohne seine Tochter aus den Augen zu lassen.

»Wo ist sie?«

»Sie wurde bisher nicht gefunden. Vermutlich ist sie tot.«

Tot.

Das Wort sickerte in Rains Bewusstsein, aber sie wollte es nicht wahrhaben.

»Was ist denn passiert?« Ihre Stimme drohte zu versagen.

»Rebellen«, antwortete Tiberius und zog das TecDec herunter. »Dieses Video haben die Spines nach dem Anschlag verbreitet.«

Auf dem Bildschirm erschien die rote Stachelmaske: »Wir sind die Wilden. Die Freien. Die Echten. Die Gerechten.«

Und neben der Stachelmaske erschien eine Frau ohne Verkleidung.

»Mom?«, entfuhr es ihr.

Storm hatte sich verändert. Ihre Wangen waren eingefallen, ebenso wie der Bereich um ihre Augen. Hatte sie sonst immer an einen unbeugsamen Sturm erinnert, schien es jetzt, als würde das nächste Lüftchen sie davonwehen.

»Wir kämpfen für Freiheit. Freiheit ohne Überwachung. Wir kämpfen für Gerechtigkeit. Die Gesegneten haben uns ein Versprechen gegeben. Sie wollten Hope zu einem Land der Hoffnung machen, einem Land, in dem jeder glücklich ist. Aber wir sind nicht glücklich«, verkündete sie mit monotoner Stimme. »Wir kämpfen für Gleichheit. Es darf keine Menschen zweiter und dritter Klassen geben.«

»Unsinniges Gerede.« Tiberius schaltete die Übertragung aus, doch Rain starrte noch immer auf den Bildschirm. Ihre Mutter war wieder bei den Rebellen, aber sie hätte nie diesen Anschlag befürwortet. Niemals. Man musste sie zu dieser Aufnahme gezwungen haben.

»Es tut mir leid, dass du das sehen musstest«, begann Tiberius. »Ich weiß, das ist hart für dich.«

»Das ist nicht Storm. Irgendetwas stimmt nicht«, widersprach Rain. »Sie hätte so etwas nie freiwillig getan.«

»Sie ist jetzt eines der führenden Gesichter der Rebellen, Rajana. Vielleicht hat sie diese Seite bisher vor dir versteckt.«

Rain konnte und wollte das nicht glauben. Nein, nicht Storm!

»Denk nach, Tochter. Die Frau mag dich vielleicht wie eine Mutter aufgezogen haben, aber sie steht nicht mehr auf deiner Seite. Sie hat sich für den Terror entschieden.« Er legte Rain eine Hand auf die Schulter. »Ich weiß, ich kann mir nicht einmal ansatzweise vorstellen, wie du dich gerade fühlen musst. Aber sie hat diesen Anschlag zu verantworten. Einen Anschlag, bei dem ich dich, meine Tochter, um ein Haar verloren hätte.«

Und dann, zu Rains Überraschung, zog er sie kurz an sich. Er umarmte sie nicht, aber drückte seine Finger auf ihr Herz und verharrte für einen Moment. »Ich bin froh, dass dir nichts geschehen ist.«

»Ja, Tiberius.« Sie löste sich von ihm. Seine Sorge um sie mochte ehrlich sein, aber alles andere würde sie erst glauben, wenn sie es aus Storms Mund hörte. Keine Sekunde eher.

»Ich weiß, du bist ein außerordentlich loyaler Mensch. Eine Eigenschaft, die ich sehr an dir schätze, doch Storm hat deine Loyalität nicht verdient.«

Rain nickte gehorsam und klammerte sich an ihren Wasserstein.

Sturm zieht auf.

Und wenn Storm es wirklich gewusst hatte? Wenn sie dafür gesorgt hatte, dass Rain zur Zeit der Explosion am Hundebock sein würde, damit sie nicht zu Schaden kam.

»Du bist meine Tochter, Rajana, und ich werde immer für dich da sein.« Tiberius sah ehrlich besorgt aus, doch Rain traute ihm nicht.

»Danke, Tiberius.« Sie brachte ein weiteres artiges Nicken zustande.

Ihr Vater war mit ihrer Reaktion zufrieden. Er lächelte erfreut und stand auf, um ihr ein Glas Wasser zu holen.

»Hast du etwas Auffälliges bei dem Fest bemerkt?«

»Ich weiß nicht.«

»Denk nach, Tochter. Denk an Andromeda und all die Opfer.«

Rain unterdrückte nur mühsam die Tränen.

»Was ist mit der Dienerin? Warum war sie dort?«

Rains Augen weiteten sich überrascht, eh sie verstand. Die

Kameradrohne hatte sie und M gefilmt. Natürlich war Tiberius darüber bereits informiert. »Earl Euchstachius vermutet in ihr die Bombenlegerin.«

»Nein, sie war genauso überrascht wie ich.« Rain berichtete kurz, was sie wusste.

»Gut, dann müssen wir schnell klarstellen, dass meine Tochter nicht versucht hat, die Attentäterin zu retten.« Er deutete auf ihre zerrissene Kutte und machte Anstalten, seinem Ärger über ihr Outfit Luft zu machen. Doch stattdessen biss er sich auf die Lippen. »Denk nach, Rajana. Hast du sonst etwas gesehen?«

»Da war ein Mann, der mich seltsam angestarrt hat, aber das könnte an meinem Outfit gelegen haben. Es haben mich viele schräg angesehen, aber er war irgendwie anders … unheimlich.«

»Du wirst ihn Nife beschreiben, damit wir das überprüfen können.«

Rain nickte.

»Ich werde nun zum Ort des Anschlages zurückkehren. Die Menschen brauchen mich. Wenn du dich dazu bereit fühlst, darfst du mich gerne begleiten.«

»Ich bin bereit.«

»Nun gut.« Tiberius rief nach Daphne, die hereingehumpelt kam. »Sag den Stylisten Bescheid. Meine Tochter und ich werden Seite an Seite erscheinen. Wir werden Hope verkünden, dass wir nicht zulassen, dass die Rebellen unsere Welt vernichten.«

»Ich bereite sofort alles vor, Herr«, beeilte sich Daphne zu sagen. Sie sah mitgenommen aus, doch ihre Würde verlangte von ihr, dass sie sich zusammenriss. Und das tat sie. Mit zusammengebissenen Zähnen humpelte sie wieder aus dem Zimmer, um Tiberius' Befehle auszuführen.

Nachdem Rain Nife den Mann beschrieben hatte, wurde sie für ihren Auftritt vorbereitet. Die Stylisten zogen ihr eine Art Uniform an, die der ihres Vaters glich. Ihre Haare fielen ihr in

Wellen über die Schultern und waren mit Silberstaub besprüht worden. In die geflochtenen Haarsträhnen waren zerbrochene Glasscherben eingefädelt worden.

Um die Verletzungen zu verbergen, trug sie einen hoch geschlossenen Kragen und Handschuhe. Im Gesicht hatte man die Wunden ebenfalls bedeckt, sodass niemand an der Unverwundbarkeit der Gesegneten zweifelte.

Für die Aufnahme wurde sie zurück an den Ort des Anschlages gebracht, damit jeder in Hope sehen konnte, was die Rebellen angerichtet hatten. Der Himmel über dem Platz war schwarz. Zuerst dachte Rain, dass es der Rauch der Explosion war, doch als sie näher hinsah, erkannte sie Drohnen. Tausende von ihnen.

»Hope!«, verkündete ihr Vater und breitete seine Arme aus. Dies war seine Stunde. »Mit diesem Akt der Gewalt haben die Rebellen uns den Krieg erklärt, doch wir sind bereit. Black Shell ist bereit, die Unruhstifter zu finden und ihrer gerechten Strafe zuzuführen. Wir werden jeden, der etwas mit diesem Anschlag zu tun hat, ausfindig machen und bestrafen.

Volk von Hope, wir müssen in dieser schweren Zeit zusammenstehen. Wenn ihr Hinweise habt, irgendeinen Verdacht, wer mit diesem schrecklichen Akt des Terrors in Verbindung steht, wendet euch an die Sentinal. Eure Kooperation wird belohnt. Wenn ihr diese Terroristen jedoch schützt, seid ihr ebenso schuldig wie sie selbst. Ab jetzt herrscht Krieg!«

Als Lark erwachte, spürte er nur den Schmerz. Seine Augen fühlten sich so an, als hätte man sie ihm aus dem Schädel gebrannt. Er konnte nicht atmen, da eine Maschine ihm Luft in die Lungen pumpte. Bei jedem Zug fühlte sich sein Brustkorb an, als ob er in Flammen stünde.

Lark stöhnte und versuchte, die Augen zu öffnen, doch sie waren zugeklebt.

»Ganz ruhig«, beschwichtigte ihn eine fremde Stimme. Wo war er? Was war passiert?

Er wollte Luft holen, doch die Maschine ließ das nicht zu. Lark bekam Panik, doch jemand drückte ihn zurück auf das Bett. Etwas Feines, vermutlich eine Nadel wurde in seine Ellenbeuge gedrückt und entlud sich in die Vene. Die Schmerzen verschwanden, ebenso wie die Angst. Er hatte das Gefühl, sein Körper löste sich auf. Knochen, Muskeln … Er ließ alles hinter sich zurück und schwebte leicht wie eine Wolke durch den Raum.

Lark wusste nicht, wie viel Zeit er in diesem tranceähnlichen Zustand verbracht hatte. Die Phasen des Erwachens waren voller Schmerzen, und er konnte es kaum erwarten, die Medikamente zu bekommen, die ihn zurück in die erlösende Dunkelheit katapultierten.

Dann wurden die wachen Phasen immer länger, und er konnte wieder normal atmen. Seine Augen konnte er weiterhin nicht öffnen, und er ertastete einen Verband. War er blind? Hatte man ihm sein Augenlicht genommen? Er kämpfte die Panik nieder. Erst einmal musste er herausfinden, wo er war. Er hörte eine Drohne, vermutlich einen DustBot, der emsig damit beschäftigt war, das Zimmer sauber zu halten.

Lark setzte sich auf und tastete das Bett ab. Metallgerüst. Dünne Matratze. Es roch nach Desinfektionsmittel. Er schien in einem MedCentre zu sein. Das bedeutete, dass die Sentinal sie noch rechtzeitig gefunden hatten.

»Geht es dir besser, Anwärter?« Es war die Stimme von Thron.

»Mhm.« Aus Larks Kehle kam nicht mehr als ein Krächzen.

»Wir haben die Schweine, die euch das angetan haben«, erzählte der Sentinal.

Hail.

Wo war Hail?

»Mhm?«, fragte Lark, und Thron berichtete. Sie hatten zwei

der Angreifer erschossen und einen gefangen genommen. Im Moment verhörten sie ihn, um »aus dem Mistkerl alles herauszuquetschen, was er wusste«.

Von Hail sagte er nichts. Trotzdem waren es keine guten Nachrichten. Wenn der Rebell sein Geheimnis verraten würde, wären er und seine Familie in Gefahr.

»Hast du Schmerzen, Junge?« Glücklicherweise hatte Thron seinen gequälten Gesichtsausdruck falsch interpretiert. »Ich sage dem Arzt Bescheid.«

Was war mit Nim? Lebte er noch? Und warum konnte er nichts sehen?

»Ruh dich aus, Junge. Du wirst deine Stärke brauchen. Wir haben Krieg.«

Krieg? Was denn für einen Krieg? Er hatte so viele Fragen, aber seine Zunge hing unbrauchbar im Mund.

»Du solltest nicht sprechen. Der Smog hat deine Stimmbänder verätzt, und nun musst du sie schonen. Aber keine Sorge. Du wirst wieder gesund.«

»Mhm.«

»Ich glaube, hier möchte dich jemand sehen. Ich lass euch allein.«

Hail?

Nein, die Schritte, die nun ins Zimmer huschten, waren leichter.

»Lark«, piepste Rose, und seine Schwester eilte zu ihm ans Bett.

Doch noch jemand kam ins Zimmer.

»Nicht so stürmisch«, hörte er Hails Stimme, doch Rose hatte sich schon auf ihren Bruder geworfen. Lark stöhnte unter ihrem Gewicht.

»Ich hab dir etwas gebastelt. Guck mal!«, rief seine Schwester aufgeregt.

»Er kann es nicht sehen«, erinnerte Hail sie.

»Es ist eine Rose. Ich habe sie für dich gebastelt, damit sie dir Glück bringt. Und ich hab dir ein Buch mitgebracht. Über ein Mädchen, das mit dem Wind spricht. Siehst du?«

»Er kann immer noch nichts sehen.«

»Oh! Ich lese es dir vor. Kein Problem, großer Bruder.«

»Wir sind so froh, dass es dir besser geht«, flüsterte Hail. Sie nahm Larks Hand und hielt sie fest. Ihre Wärme tat ihm gut. Er wünschte, er könnte sie sehen. Ihr Lächeln. Er versuchte, es sich vorzustellen, um daraus Kraft zu schöpfen, doch seine Erinnerung wollte das Bild nicht klar zusammensetzen.

»Du hast großes Glück. Die Sentinal lassen dir die beste medizinische Behandlung zukommen«, fuhr Hail fort.

»Und vor der Tür stehen zwei Wachen«, ergänzte Rose. »Du bist echt wichtig, großer Bruder.«

»Und solange du hier bist, kümmere ich mich um Rose. Das habe ich ihr versprochen.«

»Sie hat mir sogar gestern vorgelesen.«

Er wollte so gerne Danke sagen, aber er brachte nicht mal ein Lächeln zustande. Stattdessen entwich ihm ein erschreckend klingendes Grunzen.

»Es tut mir leid«, sprach Hail weiter. »Das alles.«

»Darf ich ihm etwas vorsingen?«, quiekte Rose.

»Morgen, in Ordnung?« Hails Stimme war warm und brachte Larks Herz zum Springen. Er war so froh, dass ihr nichts passiert war. »Dein Bruder braucht Ruhe.«

»Aber wir kommen morgen wieder?«, hakte Rose nach.

»Natürlich.«

Dann beugte Hail sich vor und flüsterte: »Warum hast du nie etwas gesagt?«

Sie wusste es. Sie wusste, dass er ein Spine war. Sein Herz schlug schneller, woraufhin sich einer der angeschlossenen Maschinen mit einem schrillen Pfeifen zu Wort meldete.

»Keine Sorge, ich werde es niemandem verraten«, flüsterte sie und strich ihm über die Stirn. »Aber ich habe die Geheimnisse satt. Ab jetzt sollten wir ehrlich miteinander sein. Glaubst du, das kriegen wir hin?«

Er drückte ihre Hand, um zu bestätigen, dass er fest daran glaubte.

»Das glaube ich auch«, antwortete sie. »Immerhin wollen wir eine Bindung eingehen.«

Lark wachte auf, als er spürte, dass er nicht allein im Zimmer war. Er hörte, wie jemand atmete und sich leise bewegte. Es war nicht Hail, das konnte er mit Sicherheit sagen. Es klang schwerer. Lark tippte auf einen Mann. Vielleicht Thron oder eine der Wachen.

»Hallo?«, krächzte er kaum verständlich.

Schweigen. Die Schritte kamen auf ihn zu. Lark atmete schneller. Vielleicht nur ein Pfleger vom medizinischen Personal? Oder Churchill? Aber der Arzt würde kaum in seinem Zimmer herumschleichen. Er verließ schließlich so gut wie nie seinen Schreibtisch.

Lark verspannte sich und ballte die Fäuste, wurde aber von Kabeln und Schläuchen auf dem Laken zurückgehalten.

»Ich bin es«, lautete die Antwort, die Lark für einen Moment erstarren ließ. Die Stimme erkannte er sofort.

Bolt!

Wie war er hier hereingekommen, und was wollte er von ihm?

Seine Hände glitten über das Bettlaken auf der Suche nach etwas, mit dem er sich verteidigen konnte, doch er fand nur Kabel und Schläuche.

»Tut mir leid, der Zwischenfall. Das war ein übles … Missverständnis.«

Ja! Das war es! Lark versuchte, seinen Kopf zu drehen, als er hörte, wie der Rebell näher kam. Sein Herz raste und löste einen warnenden Piepton aus. Offenbar war er an einen Monitor angeschlossen, der seine Vitalfunktionen überwachte.

»Die Rebellen, die dich angegriffen haben, waren neu dabei und voller Tatendrang, wenn du verstehst was ich meine. Der Zorn, den die Gesegneten tagtäglich schüren, braucht ein Ventil.«

Der Zorn, den *ihr* schürt, korrigierte Lark in Gedanken.

Bolt setzte sich auf die Bettkante, und Lark erstarrte. Ohne sein Augenlicht fühlte er sich dem Rebellen schutzlos ausgeliefert.

»Keine Angst wegen des Gefangenen. Er wird dich nicht mehr verraten können. Dafür habe ich gesorgt.« Seine Stimme war samtig und ruhig. Er klang wie jemand, dem man gerne zuhörte, doch Lark wusste, was hinter der freundlichen Fassade lauerte.

»Gesorgt?«, krächzte er.

»Die Dornen der Spines wachsen überall, mein Junge.«

Hatte er den Gefangenen umbringen lassen? Gut möglich. Bolt war ein berechnender Mensch, und er hatte sich für Lark entschieden, denn der war nützlicher als ein gefangener, außer Kontrolle geratener Spine. »Du musst mir nicht danken. Das war doch selbstverständlich, nach allem, was du für uns getan hast.«

Bolt kannte keine wahre Loyalität. Er wollte einfach nur nicht seinen besten Spion verlieren. »Und jetzt werde schnell wieder gesund.«

Ja. Gesund.

Was, wenn er nie wieder gesund werden würde? Er dachte an seine Familie und bekam vor Panik kaum Luft. Wer würde für sie sorgen, wenn er auch auf F3 hinabgestuft werden würde?

»Mach dir keine Sorgen, mein Junge. Du bist jetzt einer von uns und noch dazu ein Held. Nur deinetwegen ist uns ein entschiedener Schlag gegen die Gesegneten gelungen. Wir haben unsere Dornen direkt in ihr goldenes Auge gebohrt und die Taube erblinden lassen.«

Was meinte er? Was hatten sie getan?

»Das Chaos der Freien. Endlich hat es begonnen. Es wird um sich greifen und die Gesegneten nach und nach verschlingen.«

Chaos? Lark fühlte sich so elend, dass ihm Tränen in die Augen stiegen.

»Sie werden sich aus Angst gegenseitig zerfleischen, und wenn sie verstehen, dass genau das unser Ziel war, wird es zu spät sein.«

Lark stöhnte.

»Keine Sorge, Junge. Du bist ein Spine, und Dornen verblühen nie. Ruh dich aus, und wenn es dir besser geht, ist die Welt eine andere. Eine bessere.«

Eine bessere.

Das bezweifelte Lark. Was auch immer geschehen war, es war bestimmt nichts Gutes.

Durch den Anschlag hatten zwei Gesegnete ihr Leben verloren. Auch wenn die Menschen wussten, dass Gesegnete nicht unsterblich waren, hinterließ es ein seltsames, beklemmendes Gefühl. So als hätte die Sonne über Nacht beschlossen, am nächsten Tag nicht aufzugehen. So grundlegend und selbstverständlich war bisher die Tatsache gewesen, dass Gesegnete unantastbar waren, dass sie ein langes Leben führten und schließlich im hohen Alter friedlich zu Bett gingen, um nicht mehr aufzuwachen. Aber niemals war ein Gesegneter durch Krankheit oder gar durch Menschenhand vorzeitig aus dem Leben geschieden.

Zuerst fand man den Earl von Green unter den Toten. Es dauerte zwei weitere Tage, bis man Andromedas Leiche barg. Rain erfuhr davon in den Nachrichten, denn seit dem Anschlag verbrachte sie den Großteil des Tages vor dem TecDec. Es dauerte nur ein paar Minuten, bis ihr Cabman ins Wohnzimmer eilte, um ihr die Nachricht persönlich mitzuteilen. Sie sah vom TecDec hoch, und er erkannte in ihren Augen, dass sie es bereits wusste.

»Es tut mir leid«, flüsterte er. Er ließ ein heißes Schokoladengetränk für Rain bringen, doch sie rührte es nicht an. Seit der Nachricht sprach sie kaum ein Wort, was nicht nur ihren Cabman, sondern auch J zutiefst beunruhigte. Aber Rain wusste einfach nicht, was sie sagen sollte. Angesichts der Situation schien jedes Wort sinnlos.

Glaubte man den Informationen aus Silver, war die Angst vor weiteren Anschlägen allgegenwärtig, und die höheren Zirkel forderten die strikte Verbannung von Zweien. Bis darüber entschieden war, mussten die Betroffenen eine aufgemalte »Zwei« für alle sichtbar auf der Stirn unter dem Haaransatz tragen und wurden von allen Veranstaltungen ausgeschlossen.

Zeitgleich verhafteten die Sentinal Verdächtige, von denen die meisten der Dienerklasse angehörten.

Rain hatte ihren Vater seit den Anschlägen öfter auf dem TecDec gesehen als in ihrem gesamten Leben zuvor. Seine Sentinal und WarBots patrouillierten durch die goldenen Straßen und erinnerten jeden daran, dass Tiberius für all das stand, wonach die höheren Zirkel verlangten. Sicherheit.

»Tiberius ist ein Realist. Er sieht die Gefahr und handelt«, sagte Eustachius gerade in die Kamera. »Ich wünschte, unsere Herrscher hätten dieselbe Weitsicht gehabt. Dann wäre es womöglich gar nicht erst zu dem Anschlag gekommen.«

Rain schaltete den TecDec mit einem wütenden Fußtritt aus. Sie fühlte sich wie ein Tier im Käfig, das nur rausgelassen wurde, um an der Seite ihres Vaters zu stehen.

»Was ist los, Prinzessin?«, fragte Nife und beäugte den zerstörten Bildschirm.

Dann kam die Beerdigung, zu der Rain ihre kleine Welt endlich verlassen durfte. Bishop legte ihr zu diesem Anlass Samtroben hin, die so schwer waren, dass man das Gefühl hatte, Gewichte mit sich herumzuschleppen.

»Das zieht dich selbst dann runter, wenn du nicht trauerst«, murmelte ihr Cabman gewohnt zynisch, als er den schweren Stoff über Rains Kopf hievte. »Wenn du etwas brauchst, ich bin die ganze Zeremonie über direkt an deiner Seite.«

Wie es Brauch war, wurde Andromeda verbrannt. Allerdings waren ihre Überreste in goldene Tücher eingewickelt, da man den Anblick niemandem zumuten wollte.

Die Veranstaltung lief nicht gerade im kleinen, privaten Rahmen ab. Es waren alle Gesegneten, selbst die Regenten, versammelt, daher überwachte ein Großaufgebot von Sentinal und WarBots die Zeremonie. Tiberius selbst erschien mit vier Leibwachen und Daphne an seiner Seite auf der Veranstaltung. Sie hatte den vorletzten Arm nicht verbunden, aber anhand ihrer Bewegungen konnte man sehen, dass sie Schmerzen hatte. Trotzdem biss sie die Zähne zusammen und folgte Tiberius wie ein Hündchen auf Schritt und Tritt. Unentwegt richtete sie seine Kleidung und frischte sein Make-up auf.

Neben den Gesegneten und ihren Cabmen waren einige Einsen anwesend und Speed, der mit seinen Kameradrohnen jeden traurigen Augenblick für den Rest von Hope festhielt.

Andromeda war auf ihre Blütengondel vom Zirkelfest gebettet. Jeder durfte an sie herantreten und sich von ihr verabschieden.

Amygdala sah aus, als wäre sie zu Stein erstarrt. Das gewohnte Lachen auf ihren Lippen war erstorben, und sie wirkte erschreckend zerbrechlich.

Morpheus konnte kaum stehen. Er hatte vor der Zeremonie zu viel Siruptee getrunken und drohte immer wieder umzukippen. Er machte Anstalten, etwas zu sagen, brachte aber nur eine Mischung aus gelallten, zusammenhangslosen Sätzen heraus. Sein Cabman führte ihn schließlich weg.

Rain liefen die Tränen über die Wangen, während sie die Worte flüsterte, die ihr in den Sinn kamen.

»Du warst eine liebenswerte Frau und hast mich immer zum Lachen gebracht. Danke, dass du für mich da warst.« Dann wischte sie sich die Tränen weg. »Wie jeder von uns hast du nur einen Platz auf dieser Welt gesucht, und du hast ihn in meinem Herzen gefunden. Ich werde dich nicht vergessen.«

Dass sie bei ihren letzten Worten gefilmt wurde, erfuhr Rain erst, als sie in ihrem Apartment das neue TecDec anschaltete. Dort waren ihre letzten Worte zur ergreifendsten Rede der Beerdigung gewählt worden und wurden in Dauerschleife wiederholt. »Wie jeder von uns hast du nur einen Platz auf dieser Welt gesucht, und du hast ihn in meinem Herzen gefunden. Ich werde dich nicht vergessen.«

Amygdala hatte nur zwei Worte gesagt: »Verzeih mir.«

In Anbetracht der Tatsache, dass sie gerade ihre eigene Tochter zu Grabe trug, erschien das den Bewohnern von Aventin als etwas mager.

Rain widerstand dem Drang auch das neue TecDec zu zerstören. Sie trat stattdessen gegen das Bett, bevor sie sich darauf fallen ließ und den Kopf unter ihren Armen vergrub. Cassiopaio stieß ein fragendes Fiepen aus und sprang auf ihren Rücken. Als sie nicht reagierte, biss er ihr in den Nacken. Dass er darauf erneut keine Reaktion erhielt, beunruhigte ihn. Fiepend schob er seine kalte Nase unter ihre Arme und blieb an ihrer Seite liegen.

Die Wahrheit war, dass alles vergänglich war. Die Aventiner weinten und bekundeten, wie wütend und traurig sie waren. Dann drehten sie sich um, präsentierten im selben Atemzug ihr Traueroutfit und nutzten den Vorfall für ihre Zwecke.

Sie würden immer seltener an Andromeda denken. Ihr Andenken würde einfach verblassen. Doch das hatte sie nicht verdient, und Rain nahm sich vor, sie nicht zu vergessen. Jede Nacht vor dem Schlafengehen würde sie ihr Gesicht heraufbeschwören, ihren Namen flüstern.

Rain fragte sich, was wäre, wenn sie gestorben wäre. Würden Tiberius und Aurelia um sie trauern? Öffentlich würden sie das tun, und Tiberius würde ihren Tod genau wie den von Andromeda für seine eigenen Ziele nutzen, denn die Angst, die blieb in den Gliedern der Menschen stecken, länger als die Trauer.

Storm.

Sie würde sie nie vergessen, nie aufhören, sie zu vermissen. Storm war die Einzige, die sie aufrichtig und ehrlich liebte, so wie sie war. Und sie liebte Storm.

Lark saß im Park unter dem alten McDonalds und starrte auf die letzten Brombeeren, die noch am Strauch hingen. Die Erinnerung, hier mit Rain gesessen zu haben, erschien ihm so surreal wie ein längst verblasster Traum.

Er hatte Glück gehabt. *Verdammtes Glück!*

Ganz im Gegensatz zu Nim. Er hatte auf dem linken Auge seine Sehfähigkeit verloren und damit die Chance vertan, ein Sentinal zu werden. Grump hatte Lark während seines Besuchs im MedCentre erzählt, dass Nim zu seinen Eltern zurückgekehrt sei. Lark selbst hatte den Jungen seit dem Überfall nicht mehr gesehen, und im Moment brachte er es einfach nicht fertig, ihm gegenüberzutreten.

»Es gibt kein Zurück«, hatte Grump gesagt. »Wir sind keine Kinder der Asche mehr. Wir sind jetzt Anwärter. Wenn ich so einen Spine in die Finger bekomme, breche ich ihm alle Knochen.«

»Und wenn es jemand ist, den du kennst?«

»Es heißt die oder wir. Oder willst du wie Nim enden?« Das wollte Lark nicht.

Ein Rascheln ließ ihn zusammenzucken. Beinahe glaubte er, Rose sei ihm hinterhergeschlichen, aber stattdessen stand ein Spine vor ihm. Eine bunt gefärbte Maske mit Stacheln zeichnete ihn eindeutig als solchen aus. Lark wich zurück.

»Was willst du?« Seine Stimme war immer noch rau, und seine Kehle brannte beim Sprechen. Churchill hatte ihm Lutschtabletten verschrieben, die seinem verätzten Mund Linderung verschaffen sollten, doch er hatte sie nicht bei sich. Absichtlich nicht, denn er hatte den Schmerz verdient. Er hätte Schlimmeres verdient, denn er war ein Mörder.

Ein Mörder.

Er hatte die Bombe nach Aventin geschleust, die auf dem Zirkelfest explodiert war. Seine Tat. Er konnte es sich nicht schönreden, denn er hatte von Anfang an geahnt, was sich in der Kiste befunden hatte. All das Blut, das an seinen Fingern klebte. All das Leid, das er verschuldet hatte. Menschen waren gestorben und Kinder. Kinder wie Rose.

»Ich will nichts mehr mit euch zu tun haben.«

»Das hättest du dir vorher überlegen sollen«, sagte der Spine mit verzerrter Stimme und hob den rechten Arm. In der Hand hielt er eine Waffe. »Träum süß.«

In diesem Moment schoss er. Zwei runde Projektile flogen auf Lark zu und trafen ihn. Ein Schlag fuhr durch seinen Körper. Seine Muskeln versteiften sich, während jede seiner Zellen sich vor Schmerz aufbäumte. Es fühlte sich an, als wäre ein Blitz in ihm eingeschlagen.

Er fiel. Fiel in ein Loch aus Dunkelheit.

Seine Augenlider waren schwer, und sein Körper schmerzte bei jeder Bewegung. Schmerz bedeutete, dass er lebte.

»Ich hoffe, das hat wehgetan«, sagte eine vertraute Stimme, die Lark nicht sofort einordnen konnte.

»Sehr«, stöhnte er und wälzte sich zur Seite.

»Gut.«

Er nahm all seine Willenskraft zusammen und öffnete die Augen. Die Sonne, die in Grey nicht hell schien, blendete ihn. Ihre

Strahlen kratzten über seine trockene Bindehaut. Er stöhnte und blinzelte, um die Augen zu befeuchten.

»Jetzt stell dich nicht so an.« Sein Angreifer hatte die Maske abgesetzt, und große dunkle Augen sahen zu ihm herab. Dichtes weißblondes Haar klebte auf der verrußten Stirn. Es war so hell, dass es in der grauen Umgebung beinahe zu leuchten schien.

»Du?«, stöhnte er.

Sie hatte sich verändert. Es schien, als sei sie in den letzten Wochen um Jahre gealtert.

»Damit hättest du wohl nicht gerechnet, was?«, fragte Storm und kniff ihre dunklen Augen zusammen. »Für das, was du uns angetan hast, hättest du weitaus mehr verdient als diesen klitzekleinen Stromschlag.«

Lark hatte das Gefühl, ein Déjà-vu zu durchleben. Auch wenn die Frau Rain optisch nicht im Geringsten glich, sah er in diesem Moment doch deutlich die Ähnlichkeit.

»Als ich dich gesehen habe, wollte ich dich eigentlich einen Kopf kürzer machen für das, was du meiner Tochter angetan hast.« Storm versetzte ihm einen Hieb gegen den Oberschenkel.

»Tut mir leid«, keuchte Lark. Er meinte es ehrlich.

»Ich weiß.« Storm lehnte sich gegen einen Baumstamm und sah ihn an. »Du hast es für deine Schwester getan.«

Lark nickte.

»Das ist der einzige Grund, warum du noch lebst.« Storm funkelte ihn an. Der Blick war genauso intensiv wie der ihrer Tochter. Ein Blick, dem man nur schwer standhalten konnte. »Sonst hätte ich dich gerade erschossen. Nur damit du es weißt.«

Lark glaubte ihr aufs Wort. In ihr glühte dasselbe wilde, unbändige Feuer, dieselbe Leidenschaft wie in Rain.

Sie legte den Kopf in den Nacken und starrte in den Himmel empor.

»Was machst du hier?«, fragte Lark.

»Was glaubst du, was ich hier mache?« Ihre Augen tasteten die Bäume ab und blieben hin und wieder an den Figuren hängen, die durch das Laub starrten. Der grinsende Herr Donalds. Die Chimären-Frau.

»Du vermisst sie«, stellte Lark fest. Darum war sie hier. Um Rain nah zu sein.

»Sie ist alles, was für mich zählt.« Unter Storms Augen lagen dunkle Schatten.

»Warum bist du bei den Spines?«, fragte Lark.

»Ich hatte diesbezüglich ebenso wenig eine Wahl wie du.« Sie sah zu Boden.

»Ich habe das Video nach dem Anschlag gesehen«, sagte er zögernd.

»Und ich habe von deiner großen Rolle in unserem Gegenschlag gehört.« Storms Züge verspannten sich.

»Ich wollte nicht, dass Menschen sterben«, knurrte Lark.

»Und doch hast du es getan.«

»Für Rose.«

»Ja. Für deine Schwester.« Sie kaute auf ihrer Unterlippe. »Für die, die wir lieben, werden wir zu Monstern.«

»Was hast du vor? Rain ist in Aventin.« Und glücklicherweise am Leben. Beinahe hätte er auch sie umgebracht. Das hätte er sich nicht verziehen. Nicht noch einmal.

»Aber dort wird sie nicht bleiben.« In Storms Augen leuchtete Angst.

»Was? Was soll das heißen?« Larks Kehle schmerzte.

»Sie wird schon bald zurückkommen.«

»Woher weißt du das?«

Storm zuckte die Schultern. »Die Dornen der Spines wachsen überall.«

Ja, das wusste er selbst nur zu gut.

»Du wirkst nicht sehr glücklich darüber.«

»Natürlich nicht. Sie ist eine Gesegnete, und ihr Leben ist in Gefahr, wenn sie nach Grey zurückkehrt.«

»Die Sentinal werden sie beschützen.«

»Oh, Junge, die Sentinal können sie nicht beschützen. Nicht in Grey.« Storm raufte sich die Haare. Lark fragte sich zum wiederholten Male, wie mächtig die Spines wirklich waren? Wie tief reichten ihre Wurzeln wirklich, und wo lauerten ihre Spione?

»Du musst sie warnen!«

»Ich kann nicht. Ich bin jetzt eine Spine.«

»Du bist ihre Familie«, widersprach Lark wütend. Auch wenn er nicht viel über Rain wissen mochte, wusste er, dass sie ihre Mutter über alles liebte.

»Die Gesegneten sind jetzt ihre Familie. Ich bin nur eine Gefahr für sie.«

Ehe Lark antworten konnte, wurden sie unterbrochen.

»Lark!« Es war Roses Stimme, und sie klang panisch. Der Junge sprang auf, wurde aber von Storm zurückgehalten.

»Falls sie es schaffen sollte. Falls sie nach Grey zurückkommt, musst du sie warnen. Bitte!«, flehte Storm. »Sie darf nicht hierbleiben. Unter keinen Umständen.«

»Sie wird sicher nicht auf mich hören.«

»Versuch es.« Storms Griff verstärkte sich, doch Lark riss sich los.

»Das bist du uns schuldig«, rief Storm ihm hinterher.

»Lark!«

Er kämpfte sich durch die Dornen und erreichte einen kleinen Pfad, auf dem ihm seine Schwester entgegeneilte. Ihr Gesicht war blasser als sonst. Ihr Brustkorb hob und senkte sich hektisch, als sie nach Luft schnappte.

»Was ist passiert, Rose?« Sein Herz hämmerte so sehr, dass er befürchtete, es würde aus der Brust springen.

Rose rang mit den Worten. Ihre Augen waren geschwollen, und immer neue Tränen liefen ihr über die Wangen.

»Rose?«, fragte er alarmiert. »Was ist los?«

»Du musst kommen. Schnell.«

Alles in Lark zog sich zusammen, und er hatte das Gefühl, sich übergeben zu müssen.

»Was?«, brachte er mühsam hervor.

»Es gab eine Explosion«, keuchte sie.

»Eine Explosion?«

»An der Schule. Drohnen, sie sind einfach vom Himmel gefallen und explodiert.«

Lark hob seine Schwester hoch und rannte los. Er konnte nicht klar denken, denn die Gedanken tobten viel zu laut hinter seiner Stirn.

»Ich glaube …«, flüsterte Rose in sein Ohr.

»Was?«

»Hail.«

»Was ist mit ihr?« Sein Herz setzte einen Schlag aus.

»Ich glaube, sie war dort.«

Es war der Tag, an dem der Vergeltungsschlag folgte.

Aventin feuerte Sprengstoffdrohnen auf Grey und zerbombte die Häuser, in denen sich ihrer Meinung nach die Drahtzieher des Anschlages versteckten. Eine der Drohnen explodierte nahe der alten Schule und riss neben den vermutlichen Rebellen auch vier Kinder mit in den Tod.

Rain saß gerade mit Cassiopaio auf dem Sofa und schaute auf die goldenen Straßen hinunter, die sich nicht verändert hatten. Es patrouillierten nur mehr Sentinal. Im TecDec wurden entweder ihr Vater gezeigt oder skurrile Unterhaltungsshows, die angesichts der Lage paradox wirkten. Jedes Mal, wenn sie es anschaltete, hatte sie das Bedürfnis, ihren Frust daran auszulassen. Also hatte sie das TecDec dem Mobiliar zu Liebe ausgeschaltet.

»Prinzessin Rajana?«

Sie konnte schon an der Stimme ihres Cabman hören, das etwas vorgefallen war. Also drehte sie sich um und war überrascht zu sehen, dass Bishop nicht allein war. Thrax stand neben ihm. Seit dem Anschlag hatte sie keinen Besuch mehr bekommen. Ihr Cabman, Nife und J waren die Einzigen gewesen, die sie zu Gesicht bekommen hatte und deren Anwesenheit sie duldete.

»Was ist passiert?«, fragte sie und suchte in den Augen ihrer Besucher nach der Antwort.

»Sieh selbst.«

Sie erwartete schlimme Nachrichten, doch damit hatte sie nicht gerechnet. Ihre Hände zitterten, als ihr Cabman ihr die TecGlasses aufsetzte, um ihr die Bilder zu zeigen. Bilder, die sie nie vergessen würde. Bilder von Sprengstoffdrohnen, die die Aventiner BoomBots nannten. Sie regneten auf Grey hinunter und hinterließen eine Spur der Verwüstung.

»Es ist furchtbar«, sagte Bishop bekümmert. »Einfach nur furchtbar.«

Rain fand keine Worte. Furchtbar reichte nicht einmal annähernd, um zu beschreiben, was dort geschah. Wer war unter den Opfern? Leute, die sie kannte?

Sie spürte, wie ihre Kehle zu brennen begann und ihr Tränen in die Augen stiegen, die sie wütend wegblinzelte.

»Wir brauchen deine Hilfe«, sagte nun auch Thrax.

Der Anschlag auf dem Zirkelfest hatte Spuren hinterlassen. Gesicht und Hände waren mit Schürfwunden übersät, und er trug einen Verband, der sein rechtes Ohr verdeckte. »Die Lage ist außer Kontrolle, und Grey wird dafür verantwortlich gemacht, aber du weißt, dass nicht nur Spines in Grey leben.«

»Natürlich, das wissen alle«, bestätigte Bishop und fuhr sich durch sein dunkles Haar. »Aber es ist einfacher, die unbeliebten Zirkel wie Grey ganz und gar dafür verantwortlich zu machen. Sonst müssten wir uns ja an die eigene Nase fassen.«

»Dort leben Unschuldige.« Thrax Augen sahen müde aus, so als hätte er die letzten Nächte nicht geschlafen.

»Niemand hat in Zeiten wie diesen Lust, sich damit zu beschäftigen, wer wofür verantwortlich ist. Das wäre viel zu kompliziert. Die Menschen wollen Rache«, erklärte Bishop verbittert.

»Bitte, Prinzessin Rajana. Wir müssen etwas tun, um den Krieg zu verhindern, den dein Vater um jeden Preis will.«

»Was kann ich tun?«, fragte Rain und nahm die TecGlasses ab. »Ich komme hier nicht raus.«

Sie deutete auf den Fahrstuhl, wo Sentinal positioniert waren. Sie war wieder ein Vögelchen, eingesperrt in einem goldenen Käfig, seiner Flügel beraubt, nach ihrem lächerlichen Versuch auszubrechen und etwas Wagemutiges zu tun. Ein Outfit, mit dem sie nichts bewirkt hatte.

Bishop und Thrax warfen sich einen Blick zu, dann setzten sie sich zu Rain aufs Sofa und lehnten verschwörerisch die Köpfe vor.

»Du bist unsere einzige Hoffnung«, flüsterte Thrax.

Eine verdammt verzweifelte Hoffnung.

Sie hatte in den letzten Tagen fieberhaft über einen Fluchtplan nachgedacht, um diesem Martyrium der Hilflosigkeit und Einsamkeit zu entkommen. Doch sie hatte keinen Ausweg gefunden.

»Habt ihr mit Amygdala gesprochen?«, fragte Rain resigniert. »Sie kann euch eher helfen als ich.«

»Ich fürchte nicht.« Thrax seufzte. »Dein Vater wird einen Machtaufhebungsantrag gegen Amygdala stellen. Es wird zur Abstimmung kommen, und wenn die anderen Gesegneten derselben Meinung sind, werden sie sie entmündigen. Es ist unausweichlich, die Earls von Ruby, Silver und Yellow stehen bereits hinter deinem Vater. White Pearl ist noch unentschlossen, steht aber meistens auf Tiberius' Seite. Green hat seinen Earl und damit seine Stimme vorerst verloren. Azure hält dagegen. Pitch enthält sich. Wenn dein Vater gewinnt, verliert Grey seinen Earl, und er kann entscheiden. Das bedeutet Krieg. Sie werden Grey dem Erdboden gleichmachen.«

»Und Amygdala?«

»Hat nach dem Tod ihrer Tochter jeden Kampfgeist verloren. Sie ist seitdem nicht einmal vor die Kameras getreten.«

»Was kann ich tun?«, fragte Rain, und die Lippen ihres Cabman verzogen sich zu einem Grinsen. Natürlich. Bishop hatte wie es aussah bereits einen Plan.

Was hast du nun schon wieder vor?, dachte ihre innere Stimme.

»Du musst ihm zuvorkommen. Wenn du ein Misstrauensvotum gegen Amygdala stellst, kannst du dich selbst als Earl von Grey vorschlagen. In diesem Fall würde der Earl ausgetauscht, aber nicht entmündigt. Das ist die einzige Chance auf Frieden, die uns bleibt.«

Magensäure schwappte in Rains Mund.

»Ich weiß nicht, ob ich dafür die Richtige bin«, stotterte sie. Sie verstand nicht viel von Politik, und es fühlte sich an wie ein Verrat an Amygdala. »Ich bin nicht gut in so etwas … Worte, Reden, das liegt mir nicht.«

»Was für eine Wahl haben wir denn?«, mischte sich Thrax ein. »Wenn du es nicht versuchst, haben wir bereits verloren. Ich glaube an dich, Rajana. Du bist die unmögliche Prinzessin. Die Prinzessin, die aus der Asche kam. Du kannst es schaffen.«

»Wie soll ich den Antrag stellen?«, fragte Rain. »Tiberius überwacht jeden meiner Schritte.«

»Er wird morgen bei Gott Balthasar auftreten«, flüsterte Bishop, und seine Augen leuchteten. »Es wird live übertragen. Wie wäre es mit einer Vater-Tochter-Reunion im Dom? Gott wird den Vorschlag lieben.«

Ja, das wird er.

»Niemand könnte dich aufhalten, wenn du deine Pläne dort verkündest.«

»Earl von Grey?«, wisperte Rain und kostete von den Worten. *Earl.*

»Du wirst der Earl von Grey. Ganz ohne Zweifel.« Und Bishop hätte es geschafft, der Cabman eines Earls zu werden. Er war wirklich der ehrgeizigste Kerl, der Rain je untergekommen war.

»Rajana, Earl von Grey«, echote sie. Plötzlich hatte das Vögelchen neue Hoffnung, und der Kampfgeist kehrte in seine Schwingen zurück.

Kein Vögelchen, korrigierte sich Rain. *Ich bin der Regen.*

Gott Balthasars Gäste trugen wie beim letzten Mal ihre schweren dunklen Kutten und hielten die Schwerter aus Holz in die Höhe. Wieder war jeder Platz besetzt, und alle Blicke waren auf Rain gerichtet, die den Gang an den Zuschauern vorbei zur Bühne in der Mitte schritt. Es war seltsam still in dem Haus Gottes. Dieses Mal gab es keine Tänzer, und die schrillen Musikinstrumente waren verstummt. Nur das Echo ihrer Schritte war zu hören.

Rain trug klobige schwarze Stiefel und eine einfache graue Uniform, die an die Arbeiter von Grey erinnerte. Sie hatte ganz auf Schmuck verzichtet. Nur auf dem Kopf trug sie ein Diadem aus Steinen, die Regentropfen ähnelten.

Der Weg durch die Reihen der Zuschauer war lang, und das Echo ihrer Schritte ließ alte, längst vergessen geglaubte Worte in ihrem Kopf entstehen. Worte eines Kinderreimes, die sie lange nicht mehr gehört hatte.

Er singt mit dem Regen,
wild und verwegen.
Er trommelt den Takt,
den Takt, den die Freiheit
für ihn bereit hat.

Die Worte gaben ihr Kraft, und sie fühlte sich wild, wild und verwegen wie der Regen.

Sic ging, ohne zur Seite zu schauen, direkt in die Mitte des Raumes, wo ihr Vater bereits auf sie wartete.

Er begrüßte sie wie gewohnt, indem er die Finger auf sein Herz drückte und freundlich lächelte. Sie nahm ihm gegenüber Platz und wartete auf den Gastgeber.

»Alles in Ordnung, Tochter?«, flüsterte Tiberius, und sie lächelte.

»Alles bestens.«

Sie war bereit. Heute würde sie um ihre Freiheit kämpfen, doch nicht mit den Fäusten, sondern mit den Worten, die ihr Bishop eingeimpft hatte.

Gott Balthasar kam dieses Mal aus dem Publikum. Er erhob sich aus den Reihen der überraschten Gäste und schritt wie Rain zuvor an ihnen vorbei in die Mitte. Einige Gäste waren so überwältigt von seiner bloßen Präsenz, dass sie theatralisch in Ohnmacht fielen.

»GOTT! GOTT! GOTT!«, schallte es von den Seiten.

Er hob eine Hand, und seine Anhänger verstummten. Als ihr Echo verklungen war, vollführte Balthasar eine elegante Bewegung, und sein schwarzer Umhang zerfiel am Saum beginnend zu weißen Federn, die zu Boden rieselten und den Gastgeber enthüllten.

Zu Rains Überraschung verbarg sich dieses Mal jedoch kein Junge mit schwarzen Augen unter der Kutte, sondern ein Mädchen. Ein Mädchen in einem Kleid aus weißen Federn. Ansonsten hatte sie sich kaum verändert, sie hatte immer noch lange Wimpern und goldene Locken, die ihr dieses Mal bis zu den Hüften fielen.

»GOTT!« Die Gäste waren begeistert. Sie sprangen von ihren Sitzen und wedelten mit ihren Holzschwertern.

Das Kind lächelte unbeeindruckt von den Mühen seiner Anhänger und setzte seinen Weg fort.

»Tiberius, Rajana. Schön euch wiederzusehen«, begrüßte es seine Gäste mit zuckersüßer Stimme.

»Es ist mir wie immer eine außerordentliche Ehre, Gott Balthasar.« Tiberius drückte seine Finger an die Brust. Offenbar schienen weder er noch die übrigen Gäste sich zu wundern, dass Gott jetzt ein Mädchen war.

»Aventin ist beunruhigt«, begann es. »Die Terroristen haben uns direkt ins Herz getroffen, und der Schmerz sitzt noch tief. Tiberius, du hast dich zu unserem Hoffnungsträger ernannt und präsentierst uns tagtäglich, wie wichtig Black Shell und seine Sentinal für unsere Sicherheit sind. Was ist dein nächstes Ziel? Die Weltherrschaft?«

Ein bittersüßes Lächeln huschte über das Gesicht des Mädchens, und für einen Moment erinnerte es eher an eine listige Schlange.

Tiberius brachte jedoch nichts so leicht aus der Fassung.

Noch nicht, ergänzte Rain.

Gekonnt nutzte er die Bühne, um seine neuen Sicherheitskonzepte vorzustellen.

»Ich schätze meine werte Freundin Amygdala sehr«, sagte er schließlich. »Aber ich fürchte, dass sie die Lage in Grey im Moment nicht im Griff hat. Wir müssen hart durchgreifen. Die Terroristen sind bereits bis nach Aventin vorgedrungen und haben uns angegriffen. Wir müssen sie aufhalten, bevor sie unseren Frieden und unsere Art zu leben weiter gefährden.«

»Wie siehst du das?«, fragte Gott Balthasar und wandte sich an Rain.

»Meine Tochter sieht das wie ich«, berichtete Tiberius, doch bevor er weiterreden konnte, erhob sich Rain. Ihr Vater verstummte überrascht, und alle Augen richteten sich auf sie.

»Auch ich habe Angst … «, begann Rain und schluckte. »… Angst vor weiteren Bomben. Angst, noch mehr Freunde zu verlieren. Aber am meisten Angst habe ich vor einem Krieg.«

»Das heißt, du bist nicht der gleichen Meinung wie dein Vater, was den Gegenschlag betrifft?«, fragte Balthasar neugierig.

»Gewalt bleibt Gewalt. Es ist egal, von welcher Seite sie erfolgt. Es ist ein Teufelskreis, aus dem kein Frieden entstehen kann.« Sie holte tief Luft, bevor sie weitersprach. »Ich bin sehr dankbar, dass unsere Herrscher König Maximus und Königin Palenope starke Verfechter des Friedens sind und Aventin sehr lange ein Ort des Wohlstandes und Friedens war. Andere Zirkel hatten diesen Luxus nicht. Ich kenne Grey. Ich kenne die Menschen, die dort leben. Sie arbeiten fleißig, um irgendwann die Möglichkeit zu bekommen, es nach White Pearl, Black Shell oder sogar Aventin zu schaffen. Sie bewundern die Gesegneten, und sie bewundern euch. Ich weiß, dass die meisten noch immer hinter Aventin stehen und nichts mit der Gewalt der Spines zu tun haben wollen. Und für diese Menschen muss etwas geschehen. Ich glaube, dass wir direkt mit Grey in Verhandlungen treten sollten und uns ihre Seite anhören sollten, bevor wir Unschuldige bombardieren. Kinder sind unserem Gegenschlag zum Opfer gefallen. Das ist nicht der Weg des Friedens. Das ist der Weg der alten Welt. Der Welt, die in Blut und Chaos versunken ist.«

»Du machst uns neugierig, Prinzessin«, säuselte Gott Balthasar, und es war, als ob die Zuschauer die Luft anhalten würden, um ja kein Wort ihrer Antwort zu verpassen. »Was schlägst du vor?«

Rain spürte die Blicke ihres Vaters auf sich ruhen, doch ließ sich davon nicht beirren. Sie nahm all ihren Mut zusammen. Der Zeitpunkt war gekommen, sich zu befreien, doch es fühlte sich an wie Verrat.

»Ich schätze Amygdala sehr, aber ich weiß, dass viele das Vertrauen in sie verloren haben und ihre Absetzung fordern. Da ich eure Meinung respektiere, stelle ich hiermit einen Misstrauensantrag gegen den amtierenden Earl von Grey und schlage mich selbst für dieses Amt vor.«

Ein Murmeln schwoll im Saal an, doch Rain ignorierte es.

»Du steckst wirklich voller Überraschungen«, rief Gott Balthasar begeistert auf. »Jedes Mal, wenn du dich zeigst, passiert etwas Unerwartetes. Wir sollten dich lieber die Prinzessin der Überraschungen nennen. Du als neuer Earl von Grey?«

»Ja. Ich werde mit eurem und Amygdalas Segen als neuer Earl nach Grey reisen und die Verhandlungen aufnehmen, damit wir so schnell wie möglich wieder Frieden finden.«

»Ist es dafür nicht etwas zu spät?«, fragte Gott Balthasar schmunzelnd.

»Ist Krieg denn eine bessere Option?«, fragte Rain.

»Gut gemacht«, flüsterte Bishop und führte sie von den Drohnen weg, die sie verfolgten.

»Was sollte das?« Tiberius war ihr hinterhergeeilt. »Du stellst einen Misstrauensantrag? Wer hat dich auf die Idee gebracht?«

»Ich habe genug davon, in meinem Zimmer Däumchen zu drehen«, entgegnete Rain kampfeslustig. »Ich will etwas tun. Und ich werde etwas tun.«

»Aber Grey …« Er zog sie in eine Ecke, um ungestört mit ihr zu reden. Überraschenderweise wirkte er mehr besorgt als wütend. »Das ist viel zu gefährlich, Tochter.«

»Ich habe es bereits verkündet.«

»Ja, das hast du«, flüsterte ihr Vater und seufzte. »Du hast mehr von meinen Genen, als mir lieb ist. Das sehe ich nun klar und deutlich.«

»Du hast also nichts dagegen?«, fragte Rain.

»Wie könnte ich? Jetzt wo es schon öffentlich ist.« Er beugte sich über sie, ohne sie zu berühren, aber sie konnte seinen Atem auf ihrer Haut spüren. Ihre Nackenhaare stellten sich auf, und ein Schauer huschte über ihren Rücken. Rain erwartete eine Drohung, doch stattdessen presste er seine Finger auf sein Herz.

»Rajana, mir gefällt das nicht«, flüsterte er. »Du musst vorsichtig sein. Im Moment gerät alles außer Kontrolle. Du kannst niemandem trauen.«

»Ich weiß, Tiberius«, antwortete Rain unbeirrt.

»Erst recht nicht deinem Cabman, der so schnell dazu bereit ist, dich in Gefahr zu bringen.«

»Ich weiß, dass es nicht einfach wird, aber ich will verhindern, dass Grey zu einem Schlachtfeld wird.«

»Ich werde alles zu deiner Sicherheit veranlassen.«

»Danke.« Rain nickte und zauberte sich ein Lächeln aufs Gesicht, auf das Andromeda stolz gewesen wäre.

»Dein Frettchen bleibt aber hier«, sagte er. »Dann weiß ich wenigstens, dass du zurückkommst.«

»Fuchsmanguste«, korrigierte Rain. Es gefiel ihr nicht, Cassiopaio zurückzulassen, aber sie wusste, dass es ihm hier besser gehen würde. Keine verschmutzte Luft und jede Menge Essen. »Pass gut auf ihn auf.«

»Pass auf dich auf, Tochter.«

Sie konnte es nicht fassen. Sie würde heimkehren. Zurück nach Grey. Zurück zu Storm.

TEIL 3

DIE GESANDTE

35.

»Grey vereint. Grey zusammen.
Sollen sie uns vergessen,
Sollen sie uns verdammen.
Der Schornstein erlischt nie.«

DAS TRAUERLIED FÜR DIE OPFER des Drohnenvergeltungsschlags schallte durch die Straßen.

Lark hielt Roses Hand ganz fest, als die Opfer in Tüchern gewickelt auf den Platz getragen wurden. Man würde sie verbrennen, damit ihre Asche eins wurde mit dem ewigen Smog. Seine Schwester weinte ununterbrochen, während er nichts spürte. Nur Leere.

Es waren mehr Sentinal als Trauergäste da. Aufgrund der angespannten Lage durften nur direkte Familienangehörige an der Zeremonie teilnehmen.

Lark und Rose knieten auf einem flachen Dach gegenüber der alten Schule. Larks Blick klebte auf dem Hologramm von Hail, das über ihrem Körper in die Luft projiziert wurde, und er konnte nicht glauben, dass sie dort lag. Seine Hail. Unter diesen grauen Tüchern. Ihr Körper ließ sich nur erahnen, doch er wirkte viel zu klein und zerbrechlich.

Ein Teil von ihm weigerte sich noch immer zu glauben, dass sie fort war. Einfach aus dem Leben gerissen. Aus seinem Leben.

Er konnte es nicht fassen. Fast wünschte er sich, sie ein letztes Mal zu sehen. Einerseits, um sich zu verabschieden. Andererseits, um ganz sicher zu sein, dass das, was sie dort verbrannten, wirklich Hail war. Seine Hail.

»In Asche werden wir geboren. Zu Asche zerfallen wir wieder«, schallte es von unten hoch.

»Ich vermisse sie«, schniefte Rose. Das tat Lark auch. Ihr Verlust hatte eine Lücke hinterlassen, die sich nie wieder schließen würde.

Er deutete auf den Staub unter ihren Knien. »Ein Teil von ihr ist immer bei uns. In der Asche, die uns umgibt und die wir einatmen.«

»Heißt das, wir atmen tote Menschen ein?« Rose war skeptisch. »Ich glaube nicht, dass Hail in meiner Nase enden will.«

»Nur ein kleiner Teil von ihr«, erklärte Lark. »Ihre Seele ist an einem anderen Ort.«

»Glaubst du, ihr geht es jetzt besser? Da, wo sie ist?«, flüsterte Rose und drückte sich an ihren Bruder.

»Ich weiß es nicht.« Larks Kehle brannte, und er hatte das Gefühl, giftigen Smog zu atmen. Dabei war es die Trauer, die ihm die Kehle zuschnürte.

»Ich hoffe, dort gibt es keinen Smog und viele glückliche Menschen.«

»Das hoffe ich auch«, krächzte er und spürte die Tränen in seinen Augen. »Hail hat es verdient, glücklich zu sein.«

Ein Rascheln ertönte hinter ihnen, und er fuhr herum. Dort stand Grump. Trotz Uniform und Maske konnte Lark ihn an seiner bulligen Statur erkennen.

»Was tust du hier?«, entfuhr es ihm harscher als geplant.

»Befehl von Thron. Ich soll auf dich aufpassen«, murmelte der Junge. »Ich war auch nicht gerade begeistert, hab schließlich Besseres zu tun, aber Befehl ist Befehl.«

»In Asche werden wir geboren. Zu Asche zerfallen wir wieder«, schallte es erneut von unten hoch.

Lark wiederholte die Worte, und Rose tat es ihm gleich. Sie hielten sich fest an den Händen und warteten, bis die Feuer erloschen waren und ihre Asche von Drohnen eingesammelt und verstreut wurde.

»Ich glaube, ich habe gerade Hail geatmet«, verkündete Rose. »Und ich glaube, sie ist doch froh, jetzt für immer bei mir zu sein.«

Nach der Zeremonie kletterten sie vom Dach hinunter und schlichen sich auf Umwegen nach Hause, um keinen wütenden Angehörigen in die Arme zu laufen. Die Stimmung in Grey war angespannt, und die Sentinal patrouillierten schwer bewaffnet in Gruppen durch die Straßen. In erschreckender Regelmäßigkeit fielen sie Angriffen zum Opfer.

»So hab ich mir das ganze Anwärterding nicht vorgestellt«, murmelte Grump, der ihnen folgte. Er hatte sich einen breiten Umhang übergeworfen, der seine Uniform und die Waffen verbarg. »Alle hassen einen plötzlich. Man traut sich kaum noch aus dem Haus ohne Waffe. Wehe, die lassen mich hier.«

Lark sagte nichts.

»Die müssen uns nach Black Shell mitnehmen. Ich habe keine Lust, in der Asche zu verrecken.« Die Angelegenheit ließ Grump keine Ruhe. Er begutachtete sein Armband, das eine »34« anzeigte. Lark musste nicht hinsehen, um zu wissen, dass auf seinem Armband nur eine »23« leuchtete, doch er schob die Sorgen beiseite. Sentinal. Spines. All das war unwichtig.

Er hatte Hail verloren.

»Da ist Hail«, sagte Rose plötzlich, und tatsächlich, da war sie. Ein blaues Porträt zierte eine einsame Steinwand und blickte traurig lächelnd auf sie herab.

»Sie nehmen uns unsere Kinder, aber niemals unsere Hoffnung« stand darüber. *»Nieder mit den Gesegneten. Gold zu Asche.«*

Lark wurde wütend. Die Spines hatten kein Recht dazu, Hails Tod für ihre Zwecke zu benutzen. Kein Recht. Er stürmte auf das Bild zu und versuchte es mit dem Ärmel seines Mantels abzureiben.

»Lark?«

Er hörte seine Schwester nicht, sondern wischte weiter darüber. Seine Hail gehörte nicht unter einen Hetzspruch. Sie war besser als dieser Hass. Besser als dieser Wahnsinn. Tränen stiegen ihm in die Augen, als das Loch in seiner Seele ihn zu verschlingen drohte.

»Lark, hör auf!« Grump versuchte ihn zurückzuziehen, doch er wehrte sich mit Händen und Füßen.

Dieses verdammte Aventin! Warum mussten sie denn gleich Bomben schicken? Und dann auch noch auf eine Schule? Warum denn eine Schule? Und diese verfluchten Spines! Er hasste sie. Er hasste sie alle!

»Lark. Sei ruhig«, flehte seine Schwester. Erst jetzt wurde ihm klar, dass er schrie. Dieser zornige, verzweifelte Schrei. Es war seiner.

»Sie sollen sie in Ruhe lassen«, keuchte er, doch die Farbe wollte nicht abgehen. »Warum ist sie tot? Warum sie?«

Grump zog ihn in eine Gasse, wo er schluchzend zusammenbrach.

»Gebt sie mir wieder«, wimmerte er und krümmte sich zusammen. Der Schmerz. Er fühlte sich schlimmer an als alles, was er bisher gespürt hatte. »Komm zurück, Hail.«

Rose sah ihn an, als hätte sie einen Geist gesehen. Er versuchte sich zusammenzureißen, doch seine Tränen wollten nicht aufhören zu fließen.

»Alles gut«, flüsterte Rose und drückte sich an ihn. Nichts war gut. Seine Welt lag in Scherben vor seinen Füßen, und er wusste nicht, wie er sie je wieder zusammensetzen sollte. »Ich vermisse sie auch.«

Bilder von Hail tauchten vor seinem geistigen Auge auf, doch sie waren zu schmerzhaft. Er konnte es nicht ertragen, sie vor sich zu sehen. Ihre strahlenden Augen und das Grübchen in der Wange, wenn sie glücklich war.

»Ich ähm … ich sage einer Reinigungsdrohne Bescheid, wenn du willst«, murmelte Grump. »Die machen das weg, also ähm … mach dir keine Sorgen.«

»Das wäre nett«, antwortete Rose und bettete den Kopf ihres Bruders auf ihrem Schoß. Als Grump nach seinem Funkgerät griff, flüsterte sie in Larks Ohr. »Es wird alles wieder gut, Bruder. Ich pass auf dich auf.«

Rains Herz klopfte, als sie die Nase an die Scheibe drückte. Es war nichts zu sehen als graue, dichte Wolken, die den Gleiter umgaben. Grey. Ihre Finger schlossen sich um das Armband ihrer Mutter und den Wasserstein. Sie hatte das Gefühl, nach Hause zurückzukehren, auch wenn sie nicht sicher war, wo genau das sein sollte.

»Ich bin wirklich entsetzt«, sagte Daphne zum wiederholten Mal. »Entsetzt!«

Dann eilte sie zurück ins Badezimmer, und es folgten Würge- und Brechlaute und undamenhafte Flüche. Rain war sich nicht sicher, ob sie das Fliegen nicht vertrug oder sich einfach zu sehr aufregte.

Nachdem Tiberius ihr aufgetragen hatte, Rain zu begleiten, war sie in Ohnmacht gefallen. Wortwörtlich. Sie empfand die Aufgabe als Bestrafung, auch wenn Tiberius ihr erklärt hatte, dass er nur ihr den Schutz seiner Tochter anvertrauen würde.

»Ich bin wertlos geworden«, hörte Rain sie im Badezimmer murmeln. »Dieser verdammte Arm. Warum musste ich ihn mir brechen? Ein Cabman mit gebrochenem Arm. Wie konnte ich nur glauben, dass ich damit durchkomme?«

Sie neigte seit dem Beginn des Fluges zu scheinbar grundlosen Tränenausbrüchen und redete mit sich selbst, so als hätte sie sich bei dem Anschlag nicht nur den Arm gebrochen.

»Hier, das gehört dir, oder?« Nife war unbemerkt an Rain herangetreten. »Primitiv. Aber besser als keine Verteidigung.«

Er streckte seine Hand aus und überreichte ihr einen silbernen Stab.

Sting.

»Woher hast du ihn?« Als Rains Finger sich um ihre Waffe schlossen, spürte sie, wie die alte Zuversicht sie durchströmte.

»Du hast mich damit niedergestreckt, schon vergessen?«

»Nein.«

»Ich bin selbst schuld. Ich hab dich unterschätzt.« Sein schiefes Lächeln zauberte ihm eine Unbeschwertheit ins Gesicht, die ihn jünger wirken ließ. »Das passiert mir sicher nicht noch einmal.«

Rain drehte den Stab, um ihn näher zu betrachten. Der Griff war neu, und die Außenhülle glänzte mehr als in ihrer Erinnerung.

»Ich habe ihn modifiziert«, erklärte Nife. »Er braucht jetzt nicht mehr so lang, um sich wieder aufzuladen.«

»Danke.« Mehr brachte Rain nicht hervor, doch Nife nickte zufrieden.

Andromeda hatte recht gehabt. Er sah wirklich gut aus, vor allem, wenn er lächelte.

»Du musst dich doch verteidigen können. Immerhin bist du jetzt der Earl von Grey.«

Ja, das war sie. Auch wenn sie es noch nicht glauben konnte.

Der Platz war relativ leer, als sie landeten. Die meisten Besucher trugen schwarze Uniformen. In der Mitte standen einige Bewohner, umgeben von dreimal so vielen Sentinal. Glühende Girlanden verzierten den sonst so tristen Platz, und irgendwo spielte eine absurd fröhliche Musik. Es war wie bei der Ankunft von Morpheus, nur dass dieses Mal Angst in den Gesichtern der Menschen lag.

Instinktiv sah Rain zu dem Gerüst hinüber, auf dem sie mit Rose gesessen hatte. Beinahe hoffte sie, das Mädchen dort sitzen zu sehen, doch es waren fremde Leute, die ein Schild emporhielten: »*Warum tötet ihr unsere Kinder?*«

Die Demonstranten wurden von fünf misstrauischen WarBots bewacht, angesichts derer sie nicht mehr wagten, als ihre Nachricht hochzuhalten.

Es schien so lange her, dass Rain das letzte Mal hier gewesen war. Es war kälter geworden, bereits deutlich kälter als in Aventin, und der Herbst hatte Einzug in die grauen Gassen genommen. Sie war froh, den Luxus eines warmen Umhanges zu haben.

Thrax führte sie zu einem Gleiter, der sie zur nächsten Station bringen sollte.

Sentinal überwachten den Weg, und Drohnen patrouillierten durch die Straßen. Das Glas, das sie von Grey abschirmte, war spezielles Panzerglas, wie Nife erklärte, doch Rain war sich sicher, dass es auch noch eine Menge Sicherheitsmaßnahmen gab, die sie nicht sehen konnte. Sie passierten graue Häuserreihen. Auf einigen waren bunte Gasmasken mit Stacheln gemalt. Darunter stand »*Gold zu Asche*«. Auf anderen Wänden war das Gesicht eines schönen Mädchens zu sehen, das traurig aussah. »*Rächt unsere Kinder*« stand dort.

Reinigungsdrohnen waren im Dauereinsatz, die Wände zu säubern, doch offenbar waren sie nicht so schnell wie diejenigen, die die Bilder malten.

»Es ist so … so trist hier.« Daphne wirkte in ihrem grasgrünen Kleid, dem violetten Pelzmantel und den gigantischen Schmetterlingen im Haar seltsam fehlplatziert. Sie trug nicht mehr die Cabman-Uniform, die sie in Aventin stets getragen hatte. Als Rain sie darauf angesprochen hatte, hatte sie »Ich bin nicht als Cabman hier« geantwortet, bevor sie in Tränen ausgebrochen war.

»Nun, ich muss dir zustimmen. Dieser Zirkel macht seinem Namen alle Ehre«, befand Bishop. »Wohin man auch sieht, überall dieses Grau.«

»Ich wusste ja, dass die Slums elend aussehen, aber das hier … Hier müsste man mal die Anstreicher durchschicken.«

»Die Bezeichnung Slums ist nicht ganz zutreffend«, korrigierte Bishop.

»Ach ja?«, fragte sie schnippisch.

»*Slum* bezeichnet einen verwahrlosten Stadtteil, ein übervölkertes Elendsviertel.« Er tippte auf die Brille, doch bevor er mit seiner Erklärung fortfahren konnte, sagte Daphne. »Und was soll daran nicht zutreffen? Keine Kultur. Keine Kunst. Keine Schönheit. Hier gibt es nichts, was das Leben erstrebenswert macht. Kein Wunder, dass alle durchdrehen.«

Der Cabman rang sichtlich mit der Beherrschung. Für einen Moment sah er so aus, als würde er Daphne am liebsten ihre Schmetterlingsdekoration um die Ohren hauen, aber er hatte sich wie immer unter Kontrolle.

»Rajana, als Erstes wirst du ein paar Geschenke entgegennehmen.« Er winkte die Kameradrohnen heran, die Rain in Grey begleiten sollten. Speed selbst war nicht dabei, aber er verfolgte ihre Mission durch die schwarzen Augen, eine deutlich sicherere Methode.

»Geschenke?«, echote Rain. Was sollten die Bewohner ihr denn schenken, wenn sie selbst kaum etwas hatten?

»Wir brauchen ein paar Bilder, die den guten Willen der Menschen hier zeigen. Wir müssen Aventin beweisen, dass die meisten Bürger ihnen treu ergeben sind. Im Gegenzug verteilst du Versorgungspäckchen an sie.«

»Ich gehe da nicht raus. Wer weiß, was hier für kriminelles Gesindel haust.« Daphne verschränkte die Arme.

»Keine Angst, wir haben WarBots und Sentinal dabei.« Bishop schob sie aus dem Gleiter.

»Wie konnte Tiberius mir das nur antun?«, schluchzte Daphne. »Was hab ich nur falsch gemacht?«

»Du hast dir den Arm gebrochen«, entgegnete Bishop zynisch.

»Gibt es Gerüchte? Raus mit der Sprache! Was weißt du?«, rief Daphne entsetzt. »Wird er mich ersetzen?«

»Du wärest nicht die Erste.« Bishop schob seine TecGlasses hoch. »Schließlich sind wir alle ersetzbar.«

»Tiberius ist anders. Er würde nie … er … er schätzt mich.« Daphne versuchte, mit ihren Worten vor allem sich selbst zu beruhigen. »Und ich bin fast wieder ganz geheilt. Guck doch.«

Sie ließ ihre Arme durch die Luft kreisen und bemühte sich, ihre Schmerzen zu verbergen, was ihr nur mittelmäßig gelang. Auch wenn die Brüche und Wunden fachmännisch versorgt worden waren, konnte man sehen, dass die Finger etwas schief standen. Kein Wunder. Jeder Knochen ihres Armes war gebrochen gewesen, nachdem ein Steinbrocken darauf gefallen war. Auch wenn Daphne ihre Haut unter goldenen Tätowierungen versteckte, konnte man noch immer die Narben sehen.

»Nun gut. Lasst uns gehen«, sagte sie mit neu gewonnener Kraft. »Ich werde ihm zeigen, dass ich mich nicht verändert habe. Ich bin immer noch sein Cabman. Mich kann man nicht so einfach abschieben.«

Sie ging mit energischen Schritten vor Rain und Bishop über die Straße.

Damit es auch jeder sah, trugen sie goldglänzende Schärpen mit der Aufschrift »Boten des Friedens«, die lächerlich aussahen.

Glücklicherweise war sie bereits nach einigen Minuten in Grey mit einer grauen Schicht bedeckt und kaum noch lesbar. Selbst das grelle Grün von Daphnes Kleid verlor schnell seine Leuchtkraft, und die Schmetterlinge in ihrem Haar waren nicht mehr als solche zu erkennen. Sie ähnelten eher Motten, die sich in ihrem Haar eingenistet hatten, um Schutz vor der aufziehenden Kälte zu suchen.

Daphne verlangte eine Gasmaske und weigerte sich, sie abzunehmen, aus Angst die Luft würde sie auf der Stelle töten, wenn es die Terroristen nicht täten. In einer Halle warteten einige Bewohner Greys auf den hohen Besuch. Sie hatten Brote, Kuchen und ein wenig Obst als Geschenke dabei.

»Ist das ihr Ernst?« Daphne war empört. »Wer verschenkt denn Brote? Ich werde nichts davon essen. Sie haben es bestimmt vergiftet.«

Rain trat vor die Menschen, passierte sie, wohl wissend, dass alle Blicke ihr galten. Sie starrten sie an, teilweise voller Furcht. Früher fürchteten sie sich, weil sie ein Ghost war, jetzt, weil sie eine Gesegnete war.

»Unsere Gesegnete Earl Rajana ist aus Aventin gekommen, um mit uns zu sprechen«, kündigte Thrax an, gefolgt von wohlwollenden Worten darüber, wie sie sich auf dem Zirkelfest begegnet waren. Dann räusperte sich Rain.

»Es ist mir eine große Ehre, der nächste Earl von Grey zu sein.« Ihr Mund war vor Aufregung wie ausgedörrt, und sie klammerte sich an das TecDec in ihren Händen, auf dem Bishop ihre Rede vorbereitet hatte. »Und ich freue mich sehr, dass ihr mich nach alldem, was passiert ist, willkommen heißt.« Die Anwesenden klatschten, wenn auch verhalten.

Rain ließ den Blick schweifen. Ausgehungerte Gesichter. Vor Kälte steife Finger. Sie hatten die Gesegneten geliebt und ihnen vertraut, doch die hatten sie im Giftgas der Fabriken zurückgelassen und Sprengstoffdrohnen hergeschickt. Was sollte sie ihnen sagen? Dass alles gut werden würde? Dass sie die Hoffnung nicht verlieren sollten?

Die Worte kamen ihr plötzlich so leer und nichtssagend vor. Also legte sie das TecDec beiseite.

»Die passenden Worte kommen mir nie so leicht über die Lippen. Ich lasse lieber Taten für mich sprechen. Das hat sich seit meiner Zeit hier in Grey nie geändert.« Sie holte tief Luft. »Wie viele wissen, hieß ich einmal Rain und war nicht mehr als ein Ghost. Diese Zeit habe ich nicht vergessen. Ich habe euch nicht vergessen. Ich habe lange in Grey gelebt und dieselbe Luft geatmet wie ihr. Die Asche fließt noch immer durch meine Venen. Ich weiß, ihr habt Angst und ihr fühlt euch im Stich gelassen. Ich will euch helfen. Ich will nicht weiter wegsehen, sondern handeln.«

Sie drehte sich um und schaltete die Projektion mit Amygdalas Plänen von neuen Filteranlagen ein. Das Klatschen wurde lauter, und sie sah Hoffnung in den Augen aufblühen. Hoffnung, die ihre Worte gesät hatten.

»Ich werde dafür sorgen, dass diese Filteranlagen endlich in den Schornsteinen der Fabriken eingebaut werden. Lange genug haben wir darauf gewartet. Keine leeren Versprechungen mehr. Sondern Taten.«

Die Zuschauer hingen an ihren Lippen, gespannt darauf, was sie als Nächstes sagen würde. Rain räusperte sich und fuhr fort. »Alles, was ich mir wünsche, ist Frieden. Bitte. Zusammen können wir dafür sorgen, dass …«

»Wir wollen keinen Frieden! Wir wollen Gerechtigkeit! Gerechtigkeit für unsere Kinder!« Es kam so schnell, dass Rain den Stein nicht kommen sah. Sie spürte Nifes Hände, die sie zu Boden rissen. Ein Schmerz schoss erst durch ihre Schultern, dann durch ihren Brustkorb, als der Körper des Soldaten auf ihr landete.

»Nife!«

»Alles gut«, beruhigte er sie und blieb auf ihr liegen, um sie mit seinem Körper zu schützen. Rain drehte den Kopf, um die Situation zu erfassen. Der Mann, der vermutlich auch den Stein geworfen hatte, schrie: »Hört nicht auf die Gesegneten! Sie verbreiten bloß Lügen!«

Sentinal stürmten vor, um den Unruhestifter zu ergreifen,

doch der sprintete los, in die Versammelten und brüllte dabei: »Wir sind die Wilden. Die Freien.«

Er rannte in Richtung Bühne, während die Menschen versuchten, panisch aus seinem Weg zu springen. Nife rollte sich von Rain hinunter, zog seine Waffe und richtete sie auf den Mann. »Die Echten.«

Bei »Die Gerechten« zog der Mann ein Messer, doch bevor er auch nur in Rains Nähe kam, feuerte Nife, und die Waffe fiel samt Hand zu Boden.

Der Mann starrte entsetzt auf seinen Handstumpf, dann sackten seine Knie zusammen, und er stürzte zu Boden. Die Menschen wichen panisch vor den Sentinal und den Drohnen zurück, die sie mit gezückten Waffen zur gegenüberliegenden Wand drängten.

»Nein!«, rief Rain und rappelte sich auf. »Nicht schießen. Das reicht.«

»Wir werden Aventin mit Asche überhäufen!«, rief der Rebell und versuchte aufzustehen.

Nife sprang vor und drückte ihn zu Boden. Dann presste er ihm den Lauf seiner Waffe an die Schläfe.

»Ich sagte, das reicht. Sorgt dafür, dass er medizinisch versorgt wird«, befahl Rain und eilte auf ihn zu.

»Der Kerl wollte dich töten.«

»Wir sind als Boten des Friedens hier.« Sie holte tief Luft und deutete auf die übrigen Anwesenden, die vor den Sentinal am Boden kauerten, die Arme über den Kopf gehoben. Sie hatten ebenso große Angst wie sie.

»Wir sind hier, um zu verhandeln.«

»Gut.« Nife nickte knapp und zog den Attentäter auf die Beine. »Tut, was sie sagt.«

»Eher sterbe ich!« Der Mann sprang vor, und seine übrig gebliebene Hand versuchte, nach Rains Hals zu greifen. Sie drehte sich zur Seite, wie Nife es ihr gezeigt hatte, und schlug mit aller

Kraft gegen den blutenden Stumpf. Blut spritzte ihr ins Gesicht, und der Mann schrie vor Schmerz.

Einen Wimpernschlag später ertönte ein Schuss, und er sackte leblos wie ein leerer Kohlesack zu Boden. Rain konnte ihren Blick nicht von dem dunklen Loch reißen, das in seinem Hinterkopf klaffte. Die Hitze des Projektils hatte den Schädelknochen zersplittert und war tief in das Gehirn eingedrungen. Es roch nach verbrannter Haut und Blut.

Nife packte sie am Arm und zog sie hinter die Panzerscheiben des Gleiters, wo Daphne schon schluchzend wartete. Bishop folgte nur einen Wimpernschlag später.

»Das lief nicht ganz wie geplant«, verkündete er und rückte seine Brille zurecht.

Die Anwärter trafen sich nicht mehr in der Schule, sondern in der zentralen Basisstation der Sentinal. Sie ähnelte wie Cliff Shell einer Festung aus Stein und Stahl. Fabriken und Wohnhäuser waren in der Umgebung niedergerissen worden, um Platz für die Station zu schaffen.

»Grey Shell« wurde die Basis kreativerweise genannt. Sie war geschützt durch ein Aufgebot an Drohnen und Chimären. Staffeln von Hundebären patrouillierten zwischen den Zäunen, die die Basis umgaben. Früher war es für die Kinder eine Mutprobe gewesen, sich möglichst nahe an den Zaun zu schleichen.

Heute hatte Lark immer noch Herzklopfen, wenn er sich der ersten Schleuse näherte. Er zeigte der Drohne sein Tattoo, und sie ließ ihn passieren. Er trat durch eine Art Türrahmen und blieb stehen. Ein Sentinal hinter einem TecDec bediente die Maschine, die Lark daraufhin durchscannte. Er spürte zwar nichts, wusste aber, dass der Bogen ihn bis auf die Knochen durchleuchtete.

Im Inneren erwartete ihn nicht wie in Cliff Shell eine edle schwarze Marmorhalle, sondern eine kleine, zweckmäßige Eingangshalle mit einem TecInfo-Schalter. Gänge und Fahrstühle zweigten von dem Raum ab.

Es herrschte ein reger Betrieb. Sentinal und Drohnen passierten Lark, und alle schienen einer bestimmten Aufgabe nachzugehen. Er fühlte sich seltsam verloren, als er an den Schalter herantrat.

»Anwärter Lark?« Ein Sentinal war stehen geblieben.

»Ja, das bin ich.«

»Bitte folge mir.«

Lark musste laufen um mit den energischen Schritten seines Führers mitzuhalten. Sie nahmen einen Fahrstuhl, in dem bereits ein Sentinal mit einer Gruppe rattenähnlicher Wesen wartete, die er an Leinen mit sich führte.

»Hamsterratten«, erklärte er, als er Larks verwunderten Blick bemerkte. Dann schob er eines der Tiere von seiner Schulter und erklärte. »Die schnuppern Sprengstoff zehn Meter gegen den Wind.«

»Als ob wir die Viecher noch bräuchten«, bemerkte Larks Führer.

»Studien zufolge sind sie ebenso erfolgreich wie Drohnen.«

»Pah, die Studien will ich sehen.« Eine der Hamsterratten lief um ihn herum und sorgte dafür, dass er sich in den Leinen verhedderte.

Fluchend bedeutete der Sentinal Lark auszusteigen.

»Links. Zweite Tür«, sagte er, während er versuchte, sein Bein aus den Schnüren zu ziehen. »Verdammte Nager!«

Lark folgte der Anweisung und erreichte einen Raum, in dem bereits die anderen Anwärter saßen. Alle bis auf Nim. Lark kämpfte die aufsteigenden Schuldgefühle nieder, dass er den Jungen immer noch nicht besucht hatte.

Die Anwärter standen um eine Projektion herum, die Lark als Gebäudekomplex erkannte, und lauschten konzentriert einem Sentinal.

Er grüßte höflich in die Runde, indem er seine Finger an die Stirn presste. Bevor er sich jedoch zu ihnen gesellen konnte, trat Thron zu ihm und baute sich vor ihm auf. Sein Gesichtsausdruck verriet nichts Gutes.

»Du nicht, Lark.«

Lark versuchte Grump einen Blick zuzuwerfen, doch der Junge zuckte nur die Schultern, als ob er nichts wissen würde. Die Gesichter von Fox und Fly blieben wie gewohnt regungslos.

»Was ist los?«, fragte Lark verunsichert.

»Hier entlang.« Thron führte ihn hinaus. Sie passierten den Fahrstuhl, in dem die beiden Sentinal immer noch mit dem wuselnden Haufen Hamsterratten beschäftigt waren.

»Muss ich mir Sorgen machen, Sir?«

Thron antwortete nicht. Stattdessen öffnete er eine Tür und ließ Lark vor sich hineintreten.

Bis auf einen Stuhl in der Mitte und einer schwebenden Tischplatte war der Raum leer. Eine Lampe an der Decke war die einzige Lichtquelle.

»Setz dich, Junge.«

Lark gehorchte. Etwas in Throns Stimme beunruhigte ihn.

»Trink das.«

Auf der Tischplatte stand ein Glas mit einer klaren Flüssigkeit, die aussah wie Wasser, doch Lark zögerte. Was wurde von ihm erwartet? Blinder Gehorsam oder Vorsicht? Er nahm das Glas in die Hand.

»Was ist da drin, Sir?«

»Ein Wahrheitsserum.« Thron ließ ihn nicht aus den Augen.

»Habe ich etwas falsch gemacht?«, krächzte Lark und versuchte sich möglichst lässig zu geben. Doch Thron würde er nichts vormachen können. Er hatte den Schweißfilm auf seiner Stirn und die zitternden Hände sicher schon bemerkt.

»Trink.«

Lark gehorchte. Er hatte keine Wahl, und je länger er diskutierte, desto verdächtiger würde er sich machen.

»Du wirst uns ein paar Fragen beantworten«, erklärte Thron. In diesem Moment senkte sich eine Drohne von der Decke und richtete ihr schwarzes Auge auf Lark. »Die Drohne ist ein Lügendetektor, der dich bei den Antworten aufzeichnen wird. Sie wird wissen, wenn du lügst.«

Das hieß, sie würde Puls, Stimmlage und Anspannung überwachen. Lark lehnte sich zurück, versuchte aber gar nicht erst, sich zu entspannen. Es war ohnehin nicht möglich. *Bloß eine Routine*, versuchte er sich einzureden. *Die anderen wurden sicher auch schon geprüft.*

»Du wunderst dich bestimmt, warum das alles notwendig ist.«

»Ja«, sprudelte es aus ihm heraus. Erschrocken hielt er inne, aber Thron erklärte es bereits.

»Das Wahrheitsserum, das du getrunken hast, lockert die Zunge.«

In der Tat fiel es Lark schwerer, sich zu konzentrieren. Sein Kopf fühlte sich taub und müde an. Wie klebriger Sirup, der sich zwischen seine Nervenzellen gesetzt hatte.

»Können wir anfangen, Sir? Ich will es hinter mich bringen«, hörte er sich sagen.

Thron schritt zur schwebenden Platte, und im selben Moment erschien dort das Abbild einer jungen Frau.

Hail.

Larks Blick klebte auf ihrem vertrauten Gesicht, ihren großen Augen, dem blonden Haar.

»Du kennst sie.« Thron drehte sich zu ihm um. »Wer ist sie?«

»Der mutigste Mensch, den ich kenne«, hörte er sich sagen. »Ich vermisse sie so sehr.«

»Ihr Name war Hail?«

»Ja.«

»Erzähl mir von ihr.«

»Sie mag es nicht, wenn ihr die Haare ins Gesicht fallen. Wenn sie lacht, also wirklich lacht, bilden sich Grübchen auf ihren Wangen. Sie hasst Lügen. Wenn sie wütend ist, werden ihre Ohren rot.«

»Erzähl mir mehr über ihren Charakter«, befahl Thron.

»Sie war sehr schlau. Immer hatte sie die besten Noten in der Schule. Ihr Wunsch war es, Wissenschaftlerin in White Pearl zu werden. Sie kam aus einer guten Gen-Familie, aber das hat sie nie raushängen lassen. Als wir den Eignungstest absolviert haben, hat sie mir geholfen. Ohne sie hätte ich nicht so gut abgeschnitten. Ich wäre vielleicht gar kein Anwärter geworden. Ich verstehe nicht, warum sie so viel für mich riskiert hat.« Das Wahrheitsserum ließ ihn den Lügendetektor vergessen, ebenso die Tatsache, dass er verhört wurde. Bilder von Hail schossen ihm in den Kopf und drohten ihn zu überschwemmen.

»Ihr mochtet euch sicher.«

»Sehr.« Larks Herz schmerzte so sehr, als ob es jemand gepackt hätte und versuchte, es ihm aus der Brust zu zerren. Er spürte, wie sich heiße Tränen in seinen Augen sammelten. »Ich konnte mich nicht verabschieden. Sie hat mich im Krankenhaus besucht. Ich habe mich so gefreut, als ich ihre Stimme gehört habe. Was ist das Letzte, das sie mir gesagt hat? Ich kann mich nicht erinnern. Warum kann ich mich nicht erinnern.«

»Du hast sie geliebt«, stellte Thron fest.

Ich hasse dich!

Lark versuchte sich zu konzentrieren, doch der Sirup ließ ihn keinen klaren Gedanken fassen.

»Ja, ich habe sie geliebt«, keuchte er schließlich, und die Tränen liefen ihm über die Wangen. »Wir kannten uns schon ewig und verstanden uns ohne Worte. *Zwei wie Feuer und Asche* haben uns unsere Freunde genannt, weil wir so unzertrennlich waren.

Meine Eltern wollten, dass ich eine Bindung mit ihr eingehe, aber ich wollte das nicht. Ihre Gene waren viel besser als meine, und ich hätte sie mit einer Bindung herabgestuft.«

»Aber dann hast du doch darüber nachgedacht.« Thron ging um Lark herum und blieb hinter ihm stehen.

»Um sie zu schützen.« Lark liefen Tränen über die Wangen, aber er konnte nicht aufhören zu reden. Warum fragte Thron ihn all das? »Ich wollte für sie sorgen, aber sie war zu stolz. Sie hat abgelehnt, aus demselben Grund wie ich zuvor. Sie wollte mir nicht zur Last fallen.«

»Hatte sie sich verändert, seitdem sie von der Mondaugenkrankheit wusste?«

Lark konnte Throns Anwesenheit hinter sich spüren. Gleichzeitig hatte er das Gefühl, nicht zu wissen, wo er war. Ein Teil von ihm war hier in diesem Raum, ein anderer in der Vergangenheit bei Hail.

»Sie lachte seltener. Sie wollte mich nicht mit ihren Sorgen runterziehen, aber ich wusste, dass sie Angst hatte. Ihre Eltern schämten sich für sie. Sie befürchteten, dass sie keine gute Bindung finden würde und auch keine gute Arbeit. Ihr Traum von Aventin war geplatzt und mit ihm all die Hoffnung auf ein besseres Leben. Ich habe gemerkt, wie sehr sie litt, aber ich habe nicht nachgefragt, weil ich Angst vor der Antwort hatte.«

Hör auf, schrie Lark in Gedanken. *Hör auf, diese Fragen zu stellen!*

Thron blieb unerbittlich: »Bei der Ausgabe der Versorgungspakete hast du also versucht, sie zu beschützen. Hast du deshalb gesagt, dass ihr eine Bindung habt.«

»Ja. Sie sah so verloren aus, und ich wollte ihr helfen. Sie dachte, ich hätte es aus Mitleid gesagt, aber das stimmt nicht. Ich hätte es nicht ertragen, wenn ihr etwas passiert wäre und nun … nun hab ich sie verloren.«

Lark hatte das Gefühl zu fallen. Er wusste nicht mehr, wo oben oder unten war. Vergangenheit, Gegenwart, alles schien ineinander zu verschwimmen.

»Wusstest du, dass sie eine Rebellin gewesen ist?«

Nein, schrie Lark. Er schloss die Augen und nahm all seine Willenskraft zusammen, um den zähen Sirup in seinem Kopf zu bezwingen.

»Sie besprühte eine Wand.« Er bemerkte, wie Throns Gesicht sich verfinsterte, und bohrte sich seine Finger in den Oberschenkel, um sich durch den Schmerz an der Realität festzuklammern. »Sie war keine Terroristin. Sie hätte nie jemanden verletzt. Aber dieser Kerl. Da war ein Kerl an der Schule … Er hat sie bestimmt überredet, die Wände zu besprühen. Ich erwischte sie. Sie meinte, es sei nur Spaß gewesen, und versprach, es nicht wieder zu tun. Sie wusste nicht, was sie tat.«

»War der Mann ein Spine?«

»Ich weiß es nicht.« Lark biss sich auf die Unterlippe.

»Beschreibe ihn mir.«

Lark gehorchte. Er hatte das Gefühl, sein Kopf würde explodieren. Die Bilder prasselten auf ihn ein, und nur der Schmerz hinderte ihn daran, mit ihnen davonzuwehen.

Thron baute sich vor ihm auf und packte ihn an den Schultern. »Ich frage dich noch einmal. War Hail eine Spine? Hast du sie geschützt?«

Lark spürte den Geschmack von Blut im Mund.

»Nein, Hail war kein Spine.« Er wollte es nicht glauben, aber tief im Inneren regte sich heimlich und still der Zweifel. Er spürte ihn, aber ließ nicht zu, dass er größer wurde. Also biss er sich fest auf die Lippe und versteckte ihn tief in seinem Herzen, wo das Wahrheitsserum ihn nicht fand.

»Bist du dir sicher? Was weißt du?«

»Sie sagte, der Mann hätte sie zu einem Treffen eingeladen. Sie sagte, dort gehen Leute mit gesundheitlichen Problemen hin. Ich wollte nicht, dass sie hingeht. Ich hatte Angst, dass Spines solche Treffen ausnutzen würden.«

Mehr Bilder quollen in ihm empor. Er versuchte sie zu unterdrücken, aber es fiel ihm schwer, sich zu konzentrieren.

»Ich lag auf dem Boden. Die Rebellen wollten mich töten. Nim lag neben mir. Ich war mir sicher, dass wir sterben würden.«

Nein. Nicht diese Erinnerung.

»Was geschah dann?«, fragte Thron.

»Hail. Sie wollte mich retten.« Er kippte nach vorn und drückte die Stirn auf die Tischplatte, doch Thron zog ihn zurück auf den Stuhl.

»War sie eine von ihnen?«

»Sie kam später dazu. Sie wollte sie aufhalten und hat sich für uns eingesetzt. Ich hatte Angst, dass sie sie töten würden. Dann habe ich das Bewusstsein verloren.«

Es war nicht die ganze Wahrheit, aber alles, was er gewillt war zu verraten. Seine Zehen krümmten sich von innen gegen die Sohle.

»Sie wurde von einer Drohne getötet. Einer Drohne aus Aventin. Willst du ihren Tod rächen?« Thron ließ ihn nicht aus den Augen.

»Ja«, keuchte Lark. »Ich werde sie rächen. Wenn die Rebellen sie in Gefahr gebracht haben, werde ich sie töten. Jeden Einzelnen von ihnen.«

»Du gibst den Spines die Schuld«, stellte Thron überrascht fest. Langsam richtete Lark sich auf, und sein Blick suchte den von Thron.

»Ja, ich hasse sie.« Das war die Wahrheit, und er spürte sie klar und deutlich in sich. »Ich hasse sie.«

»Das reicht.« Thron gab der Drohne ein Zeichen. »Keine weiteren Fragen.«

Lark war so schwindelig, dass er kaum aufstehen konnte.

»Entschuldige die Unannehmlichkeit, aber wir mussten testen, ob wir dir noch vertrauen können.« Thron gab ein Zeichen, und zwei Sentinal traten ein. »Ruh dich aus. Die Wirkung des Serums lässt gleich nach. Wenn du so weit bist, komme zu uns.«

»Aber … aber?«, flüsterte er. »Habe ich bestanden?«

»Ja.«

»Aber ich habe doch bei dem Test betrogen und Hail … sie …«

»Ich bin kein Unmensch, Junge«, sagte Thron. »Du hast sie geliebt und die Zeichen nicht richtig erkannt. Lerne daraus, damit es nie wieder passiert. Denn wenn es wieder passiert, werde ich dich persönlich erschießen.«

»Ja, Sir.«

»Und was den Test betrifft. Angesicht der aktuellen Lage haben wir wohl andere Sorgen.«

Man würde ihn nicht hinrichten. Er hatte bestanden.

»Danke, Sir.« Lark rutschte vom Stuhl, und die Sentinal eilten herbei, um ihn zu stützen. »Sie sind netter, als ich am Anfang gedacht hätte«, ließ das Wahrheitsserum verlauten.

»Ruh dich aus. Danach wirst du in Operation Phoenix eingewiesen.«

»Operation Phoenix?«

»Die Sicherheitsmaßnahmen, die Earl Rajanas Aufenthalt hier betreffen.«

»Nein, sie muss hier weg. Das ist zu gefährlich«, flüsterte Lark, als seine Knie nachgaben. Vor seinen Augen tauchte Storm auf, die ihn anflehte, Rain zu warnen.

»Dafür ist Operation Phoenix da«, versprach Thron. »Und nun ruh dich aus.«

Die Sentinal brachten ihn in ein Zimmer und legten ihn auf ein Bett. Dann ließen sie ihn allein. Allein mit seinen Gedanken, die das Wahrheitsserum hervorsprudeln ließ.

»Du hast mich verraten«, sagte Rain. »Wirst du mich dieses Mal retten?«

»Nein«, antwortete Hail. »Er wird dich sterben lassen. So wie er mich hat sterben lassen.«

»Hail. Es tut mir leid«, flüsterte Lark. Er zitterte am ganzen Körper. Die Tränen flossen unaufhörlich aus seinen Augen, und er hörte sich laut schluchzten. Er konnte Hails Bild klar und deutlich vor sich sehen. Es wirkte so echt, dass er seine Hand ausstreckte, um sie zu berühren.

»Ich habe sie geliebt. Und ihr habt sie mir genommen. Ihr alle.«

Das Apartment, das man ihr zuwies, war einfach, aber sauber. Filteranlagen hielten die Luft rein, und ein DustBot war emsig damit beschäftigt, rund um die Uhr Boden und Wände abzusaugen. Er erinnerte Rain an die defekte Drohne, an der sie geschraubt hatte, um ihrer Mutter mit diesem einfachen Luxus eine Freude zu bereiten. Es schien so lange her zu sein.

Ein kleiner Kohleofen sorgte für Wärme im Zimmer. Die Wände und Fenster waren gut isoliert, sodass es angenehm warm war. Früher hatten sie Müll verbrannt, um die Kälte aus den Räumen zu vertreiben.

Die Tür öffnete sich, und Bishop kam herein.

»Daphne hat sich in ihrem Zimmer eingesperrt und weint. Ich habe einen Arzt beordert, der ihr Beruhigungstabletten verschreibt. Die neue Daphne ist noch weniger auszuhalten als die alte, wenn du mich fragst.«

Er schritt zum Fenster und scannte die Umgebung mit seiner Brille.

»Das war ein Albtraum.« Rain war immer noch schwindelig. Sie hatte bereits geduscht, doch der Geruch von Blut und verbrannter Haut schien immer noch an ihr zu haften.

»Ja, das war es, aber ich konnte Speed überzeugen, dieses Dilemma nicht auszustrahlen.«

»Ach ja?«

»Tiberius hat es getan, um genau zu sein. Er war gar nicht begeistert und wollte Nife befehlen, dich sofort zurückzubringen, aber auch das konnte ich ihm ausreden.«

»Wie das?«

»Mit meinem unglaublichen Charme.« Bishop grinste.

»Und was machen wir jetzt?«, fragte Rain.

»Wir machen weiter. Morgen werden wir die versprochenen neuen Filteranlagen präsentieren. Das wird hoffentlich die Luft und damit auch die Stimmung ein wenig verbessern.«

»Und dann?«

»Dann besuchen wir die Angehörigen der Opfer und den Ort des Drohnenangriffs, um den Wiederaufbau zu besichtigen. Es wäre ungünstig, wenn ein Krater sie ständig daran erinnert, dass wir eine Schule bombardiert haben. Echt eine blöde Sache.«

»Gut.« Nichts war gut, doch Rain wollte allein sein. Als ihr Cabman gegangen war, warf sie sich aufs Bett und drückte ihr Gesicht in das Kissen. Kissen und Decken. Sie schlüpfte darunter und igelte sich ein. Schlafen konnte sie nicht, und das lag nicht an dem Brummen des DustBots. Das empfand sie fast als beruhigend. Es waren die Gedanken, die sie nicht zur Ruhe kommen ließen.

Ein Knistern unter dem Kopfkissen erregte ihre Aufmerksamkeit. Ihre Hände fuhren unter den Stoff und zogen eine Schreibfolie hervor. Sie war leer. Ob das eine Nachricht ihrer Mutter war? Allein der Gedanke trieb ihr die Tränen in die Augen. Rain zögerte nicht lange und leckte über die Oberfläche. Ihr Herz klopfte, als sie wartete.

Brombeeren. Wer auch immer die Nachricht geschrieben hatte, wollte sich mit ihr im Park treffen. Sie zögerte, als sie an das letzte Mal dachte, als sie einem Zettel gefolgt war. Aber was sollte sie sonst tun? Das war die Gelegenheit, endlich Storm wiederzusehen.

Sie würde sich nur etwas überlegen müssen, wie sie unbemerkt dorthin kommen sollte. Nife hatte bestimmt Sicherheitsvorkehrungen getroffen, aber keine, die sie nicht austricksen konnte. Jetzt würde sie nichts und niemand mehr einsperren.

Sie zog sich an, schnürte sich die Stiefel fest, warf einen warmen Umhang über die Schulter und schnappte sich eine Maske. Ganz wie in alten Zeiten. Nur dass Cassiopaio jetzt vollgefuttert auf Seidenkissen lag und Schmuck unterm Bett hortete, anstatt bei ihr zu sein.

Rain ging zur Küchenzeile und schob den Mülleimer beiseite. Ein Loch klaffte vor ihr auf und führte in die Tiefe.

»Volltreffer«, flüsterte sie und überlegte nicht lang. Sie schwang sich hinein. Ihr Körper glitt durch das Rohr, fiel einige Meter durch die Luft und landete in einem Container mit Müllsäcken.

Sie war frei!

Als sie durch die Straßen sprintete, fühlte sie sich großartig. Der Asphalt rann unter ihren Schuhen dahin, und für einen Moment blieben ihre Sorgen weit hinter ihr zurück. Es war, als wäre sie nie fort gewesen. Sie riss sich die Maske vom Gesicht, um den vertrauten Geruch einzuatmen.

Die Freiheit roch nach Smog, verbrannten Brötchen und Müllresten.

Ihre Beine trugen sie weiter, bis sie eine Wolke aus Abgasen zwang, die Maske wieder aufzusetzen. Sie passierte Cups Bäckerei, in der noch Licht brannte. Durch das verschmutzte Glas konnte sie die Bäckerin sehen, die an ihrer Kühlzelle herumschraubte, nur um gleich darauf wütend dagegen zu treten. Kurz überlegte sie, der Frau einen Besuch abzustatten und sich für die Vergiftung zu revanchieren. Sie könnte die Filteranlage des Ladens so manipulieren, dass sie Staub in die Bäckerei hereinblies, anstelle ihn hinauszupusten. Diesen Streich hatte sie einmal einem Schuhmacher gespielt, der ihre Mutter betrogen hatte. Auch Cup hätte es mehr als verdient, aber Rains Gedanken waren schon wieder bei Storm.

Sie eilte weiter und erreichte den Park. Ihren Park. Sie huschte unter den vertrauten Büschen hindurch und an den Bäumen vorbei. Unter dem alten McDonalds-Schild blieb sie stehen und wartete.

»Hallo?«, flüsterte sie, während sich ihre Hände um Sting legten. Weißer Dunst stieg aus ihrem Mund und verteilte sich in der kalten Luft. Sie zog ihren Mantel enger und ging mit klopfendem Herzen weiter. »Ist hier jemand?«

Lange musste sie nicht warten, da schälte sich eine Gestalt aus dem Schatten der Bäume und kam auf sie zu. Er war größer als der ihrer Mutter und breiter. Rain spannte sich an und riss Sting hoch.

»Rain.« Diese Stimme! Sie erkannte sie sofort.

»Lark?«

Er trug einen breiten Umhang und einen Schal, der die Hälfte seines Gesichtes verdeckte, doch Rain erkannte ihn sofort. Seine Augen. Seine goldgelben Falkenaugen.

»Du bist gekommen.«

Sie starrten sich an, als wären sie unschlüssig, ob sie wirklich hier waren, in der kalten Nacht, oder bloß träumten. Die Erinnerung, in der sie gemeinsam Brombeeren gegessen hatten, schien wie eine Geschichte aus einem anderen Leben.

Lark löste sich als Erster aus seiner Erstarrung und ging einen

Schritt auf sie zu, dann noch einen, und plötzlich schlossen sich seine Arme um sie. Sie erwiderte die Umarmung perplex.

»Ich fass es nicht. Du bist wirklich hier. Ich habe dich vermisst«, flüsterte er. Sie atmete seinen Geruch ein. Er roch nach Smog, Feuerholz und nach Abendessen. Es war kein Traum.

Sie bohrte Sting in seinen Hals und knurrte. »Du Verräter.«

»Nicht schocken. Nicht schon wieder.« Er ließ sie los und hob die Arme. Auch wenn ihr Verstand ihr dringend riet, ihm einen Stromschlag durch den Körper zu jagen und zu verschwinden, hielt sie etwas zurück.

»Wer von uns ist nun der Lauscher?« Sie deutete mit ihrem Stab auf seine Uniform, die er unter dem breiten Mantel zu verstecken versuchte.

»Rain, es tut mir so leid.« Er schob seinen Schal hinunter und die Kapuze zurück. Seine Wangen waren eingefallen, und dunkle Schatten lagen unter seinen Augen. »Ich habe einen Fehler gemacht.«

»Allerdings.« Auch wenn er sie verraten hatte, fiel es ihr schwer, an ihrer Wut festzuhalten, jetzt, da er vor ihr stand und sie so entwaffnend ansahen.

»Es tut mir leid. Ich … Rose.«

Das magische Wort. Rain seufzte. »Ich weiß.«

»Ich weiß, dass das, was ich getan habe, unverzeihlich ist.« Seine Knie gaben nach, und er sackte zusammen. Er sah so hilflos aus, wie er vor ihr kauerte und am ganzen Körper zitterte. So hilflos und so allein.

Rain senkte Sting und kniete sich neben ihn. Von dem Jungen, der sich über ihre Brombeeren hergemacht hatte, war nicht mehr viel übriggeblieben.

»Ich habe es dir sagen wollen. Mein Geheimnis. Weißt du noch?«

Rain nickte.

»Sag es mir jetzt«, flüsterte sie.

Er holte tief Luft. Dann sah er Rain an und begann zu erzählen. »Ich habe Medikamente gestohlen. Medikamente, die uns nicht zustehen, aber die meiner Schwester helfen. Die Spines haben mich erwischt und … angeworben … Sie haben mir versprochen, mich mit Geld und Medikamenten zu versorgen, wenn ich ihnen helfe. Ich habe mich darauf eingelassen, aber es ist alles außer Kontrolle geraten. Rain, ich habe richtig Scheiße gebaut.« Er raufte sich die Haare und murmelte mehr zu sich selbst. »Hail … Sie ist tot. Und es ist meine Schuld. Alles wegen dieses verfluchten Päckchens.«

»Es ist gut«, sagte sie, um ihn zu beruhigen. Auch wenn sie nicht verstand, über welches Päckchen er redete. Trotzdem sah sie, wie sehr er litt. Er hatte offenbar jemanden verloren, der ihm sehr wichtig war. Hail. Bei ihrem Namen war ein Schatten über sein Gesicht gekrochen. Und sie hatte den Schmerz gespürt, der ihn für einen Moment gelähmt hatte.

Vorsichtig streckte Rain ihre Hand aus und fuhr ihm über das aschfarbene Haar, das kürzer war als beim letzten Mal. Bei der Berührung zuckte er zurück und starrte sie an.

»Nichts ist gut. Ich bin ein Monster. Deine Mutter hatte recht. Wir sind alle Monster.« Er biss sich auf die Lippen und sah aus, als ob ihn allein die Erinnerung wahnsinnig machte.

»Meine Mutter?« Rains Herzschlag beschleunigte sich. »Du hast meine Mutter getroffen?«

Als Lark nicht antwortete, packte sie ihn am Arm. »Lark! Wo ist meine Mutter?«

Er sah sie an und irgendwie durch sie hindurch. »Du darfst nicht hierbleiben, Rain.«

»Lark! Sag mir, wo Storm ist«, forderte sie eindringlich.

»Du musst hier weg.«

Sie schüttelte ihn etwas fester, und endlich schien er aus seinem Kummer zu erwachen.

»Deine Mutter ist eine Spine«, berichtete er stockend. »Es ist zu gefährlich für dich, sie zu suchen. Du bist eine Gesegnete, und Grey ist nicht länger dein Zuhause.«

Was redete er da?

»Die Spines, sie sind überall.« Jetzt war er derjenige, der sie an den Schultern griff. »Du musst wieder nach Aventin. In Sicherheit.«

»Ich gehe nirgendwohin«, knurrte sie und schob ihn von sich. »Nicht ohne meine Mutter. Und wenn du nicht doch noch geschockt werden willst, sagst du mir jetzt alles, was du weißt. Wann hast du sie getroffen?«

»Sie war hier im Park«, berichtete Lark nach kurzem Zögern.

Sie ist hier gewesen, dachte Rain, und ihr Herz schlug schneller. Als könnte sie ihre Präsenz noch spüren, strich sie mit den Fingern über das Gras.

»Ich dachte wirklich, sie bringt mich um«, erzählte Lark und lehnte sich an einen Baumstamm.

»Mich wundert, dass du noch lebst«, erwiderte Rain und lächelte schräg. »Meine Mutter vergibt nicht leicht.«

»Aus irgendeinem Grund wusste sie, dass du nach Grey zurückkehren würdest, und das hat ihr große Sorgen bereitet. Sie meinte, du wärst in Gefahr und dass sie dich nicht vor den Spines schützen könne. Ebenso wenig wie die Sentinal.«

Woher hatte ihre Mutter das gewusst? Und warum war sie jetzt nicht hier? Sie hätten zusammen weglaufen können, weit weg von den Spines und von den Gesegneten, und ein neues Leben beginnen können. Doch was würde dann aus Grey werden?

»Rain«, sagte Lark eindringlich. »Die Spines sind gefährlich. Du musst zurück nach Aventin.«

»Nein, Lark. Ich kann nicht einfach wieder gehen. Ich bin jetzt der Earl von Grey, und das ist die einzige Chance, einen Krieg zu verhindern.«

Und die einzige Chance, Storm zu finden.

Bevor sie weiterreden konnte, hörten sie das Summen von Drohnen, die sich näherten.

»Kallisto«, flüsterte Lark und presste sich an den Baumstamm. Durch die dichten Zweige und den Ruß konnten sie das Licht einer Drohne sehen, die über dem Park schwebte.

»Rain.« Er ergriff ihre Hand, als wolle er sie nicht gehen lassen. »Pass bitte auf dich auf. Du musst mir versprechen, dass du auf keinen Fall nach den Spines suchst.«

»In Ordnung.« Rain nickte. Sie musste auf alle Fälle nach den Spines suchen.

Die erste Drohne hatte ihr Versteck fast erreicht. Die Äste der Baumkronen bogen sich zur Seite, als sie über sie hinwegglitt, und verursachten ein unheilverkündendes Rascheln.

»Du musst verschwinden«, flüsterte sie und schubste Lark zu einem Strauch hinüber.

»Warte.« Er drehte sich um und zog sie an sich. »Ich dachte, du würdest mich schocken.«

»Hatte ich auch vor«, brummte sie und zerrte ihn durch das Geäst von der Drohne weg und aus dem Park hinaus.

»Ich bin froh, dass du es nicht getan hast.« Er grinste sie an, als sie sich gegen eine Hauswand drückten.

»Wir müssen verschwinden«, erinnerte sie ihn. Er ließ widerstrebend ihre Hand los. Nicht weit entfernt über einem Haus schwebte eine weitere Drohne. Es würde nicht mehr lange dauern, bevor sie sie entdeckte. »Lauf!«

Da er keine Anstalten machte, sie allein zu lassen, setzte Rain sich die Maske auf und rannte los. Sie stürmte an den Drohnen vorbei, um sie von ihm wegzulocken. Es funktionierte, denn die Scheibe nahm die Verfolgung auf. Rain grinste, bog ab und drückte sich zwischen zwei Hauswänden entlang in eine schmale Gasse. Sie kannte sich aus, und diese piependen Teller würden sie auch heute nicht bekommen. Es war fast wie in alten Zeiten.

Obwohl es kalt war, fror Lark nicht. Er war in Gedanken versunken, als er sich durch den dichten Smog schlich. Das einzige Geräusch war seine eigene Atmung, die von der Maske gefiltert wurde. Er orientierte sich an einer rauen Wand, bis er aus dem Smogfeld heraus auf eine größere Straße gelangte.

Er hatte sie tatsächlich wiedergesehen. Rain. Er war sich nicht sicher, wie sie es anstellte, aber ihr wilder, entschlossener Blick vermochte ihm Hoffnung zu geben. Hoffnung, dass sie es wirklich schaffen könnte, einen Krieg zu verhindern. Hoffnung, dass sie Grey zu einem besseren Ort machte. Eine Hoffnung, die nur allzubald wieder zerstört werden sollte.

Lark hatte sein Zuhause fast erreicht, doch er musste vorsichtig sein. Nicht nur vor den Drohnen musste er sich in Acht nehmen, da er sich außerhalb der Sperrstunde bewegte, sondern auch vor möglichen Spine-Sympathisanten, die es nicht erwarten konnten, einen Sentinal-Anwärter zwischen die Finger zu kommen. Seit dem Überfall hatte er immer ein beklemmendes Gefühl, wenn er alleine unterwegs war.

Die Straßenbeleuchtung meidend, huschte er im Schatten zu seiner Haustür, schloss sie auf und drückte sich hinein. Erleichtert atmete er aus und drückte sich an die Tür. Er legte seinen Umhang ab und ging ins Badezimmer. Seine Eltern schliefen bereits, ebenso wie Rose, und er bemühte sich, sie nicht zu wecken. So leise wie möglich schrubbte er sich den Smog von der Haut, verzichtete aufs Trocknen und schlüpfte in frische Kleidung. Dann ging er in sein Zimmer und legte sich auf das schmale Bett. Er war nicht müde, obwohl er seit Tagen kaum geschlafen hatte. Sein Herzschlag raste. Er raste ständig in letzter Zeit. Das war der Stress. Der Anschlag. Hail. Das Verhör. Rains Rückkehr.

Ein Klopfen an der Fensterscheibe ließ ihn aufschrecken. Er überlegte kurz, die Ratte, die dort zweifellos auf ihn wartete, zu ignorieren. Dann rappelte er sich auf, um die Nachricht der Spines hereinzuholen.

»*Wir müssen uns unterhalten*«, stand auf dem Blatt. »*Über Operation Phoenix.*«

»Wo warst du?« Nife schälte sich aus der Dunkelheit, als Rain sich durch das Abfallrohr zurück in ihr Zimmer hievte.

»Joggen«, murmelte sie und zog sich die Maske vom Kopf.

»Du kannst nicht einfach verschwinden. Das ist gefährlich.«

»Niemand hat mich erkannt.«

»Ich bin für dich verantwortlich, also sag das nächste Mal Bescheid«, sagte er und musterte sie mit seinen durchdringenden blauen Augen. »Oder ich kette dich an. Ich meine es ernst. Dein Vater hat mir erlaubt, alle Mittel einzusetzen, um deine Sicherheit zu garantieren.«

»Jaja.« Sie zog den Mantel über den Kopf und warf ihn in eine Metallkiste, in der er abgesaugt wurde. »Ich habe verstanden.«

»Ich will dich nur beschützen, Rajana«, versicherte er ihr. »Das ist meine Aufgabe. Den Zirkel, den du meinst zu kennen, gibt es so nicht mehr. Es ist gefährlich, vor allem für jemanden wie dich. Jemanden, der …«

»Besser ist?«, vervollständigte Rain den Satz. »Ich bin nicht besser.«

»Nein, du bist perfekt.«

»Bin ich das?«

»Du bist gesegnet mit den besten Genen …« Bevor er weiterreden konnte, unterbrach sie ihn mit einer harschen Handbewegung.

»Schon gut. Ich sag das nächste Mal Bescheid.«

Würde sie nicht.

Nachdem er ihr Zimmer verlassen hatte, zog sie sich aus und stellte sich unter die Dusche. Eine Dusche mit Filter und warmem Wasser, ein Luxus in Grey. Trotzdem war das Wasser nur lauwarm. Rain zog sich frische Sachen an und legte sich in ihr Bett, um noch ein paar Stunden zu schlafen. Sie wälzte sich hin und her, fand aber einfach keine Ruhe.

36.

DAPHNE BETRAT RAINS ZIMMER mit geröteten Augen und geschwollenen Wangen. Während sie ihre Haare richtete, schniefte sie unaufhörlich.

»Alles in Ordnung?«, fragte Rain schließlich.

»Nichts ist in Ordnung.« Daphne verteilte eine Ladung Goldspray über Rains Flechtfrisur. »Tiberius antwortet nicht auf meine Nachrichten. Ich glaube, er hat mich vergessen.«

Rain trug Kleidung aus festem grauen Stoff, der an Arbeitskleidung erinnerte. Schwarze Schutzplatten sicherten Brustkorb und Schultern.

»Dieser Schmutz. Er ist einfach überall.« Daphne wischte über die goldene Friedensschärpe und zupfte sie zurecht. *Boten des Friedens.*

»Tut mir leid, dass du mitkommen musstest.« Rain meinte es ernst.

»Nun, es ist nicht so, als hätte ich eine Wahl gehabt.« Sie rümpfte ihre Nase. »Aber wir tun es schließlich auch für Andromeda. Sie hätte nicht gewollt, dass diese Kinder sterben.«

Es war das erste Mal, dass Daphne etwas nicht guthieß, was Aventin zu verantworten hatte. Ihr verletzter Arm zitterte kaum merklich. Sie benutzte den anderen, um sich die Augen trocken zu wischen. »Auch wenn niemand ahnen konnte, dass da eine Schule war. Sonst hätte Tiberius so einen Angriff ja nicht genehmigt. Was sind das denn bitte für Terroristen, die Kinder für ihre Zwecke benutzen?«

Sie holte tief Luft. Dann zog sie eine Flasche aus ihrer

Handtasche und setzte sie sich an die Lippen. Sie nahm ein paar Schlucke, und ihr Gesicht klärte sich auf.

»Nun gut, lasst uns Frieden verbreiten, mein Täubchen«, flötete sie, und Rain glaubte zu wissen, was sich in der Flasche befand. Siruptee.

In dem gepanzerten Gleiter fuhren sie zu der ersten Fabrik, deren Schornsteine mit neuen Filtersystemen ausgestattet wurden. Sentinal und Drohnen erwarteten sie bereits. Von Arbeitern oder Schaulustigen war nach dem gestrigen Vorfall nichts zu sehen, da die Soldaten den Bereich weiträumig abgesperrt hatten. Die Bewohner von Grey würden die Eröffnung der ersten Filter auf den TecDecs mitverfolgen können.

Bishop schob seinen Schützling von einer Position zur nächsten, damit die Drohnen fleißig Videomaterial aufnehmen konnten. Sie schüttelte Hände und führte für die Kameras aufgesetzte Gespräche. Schließlich durfte Rain zusammen mit Thrax den Knopf betätigen, der die erste Filteranlage in Betrieb setzte.

»Weiter geht's!«, flötete Daphne, die sich weiterhin strikt weigerte, außerhalb des Apartments die Maske abzunehmen. Nur zum Trinken hob sie sie gelegentlich an. Der Siruptee sorgte immerhin dafür, dass ihre Laune unerbittlich gut war. »Auf! Auf! Zu den armen BoomBots-Opfern!«

Das Treffen mit den Familien der Opfer war ein Albtraum. Sie waren im Verwaltungshaus von Grey versammelt, wo sie die Gesegnete erwarteten. Rain saß auf einem Sofa neben Daphne und Bishop, die Angehörigen ihnen gegenüber. Eingekesselt wurden sie von Sentinal und Drohnen, die sich im Kreis um sie herum positioniert hatten.

»Es tut mir sehr leid«, stotterte Rain und suchte nach den passenden Worten. Als ihr keine einfielen, klammerte sie sich an Bishops TecDec und verlas seine.

»Aventin ist untröstlich, dass der Drohnenangriff, der den Rebellen galt, eure Kinder getroffen hat. Wir werden euch für diesen Verlust entschädigen und übermitteln unser vollstes Beileid.«

»Nichts kann für diesen Verlust entschädigen«, presste ein Vater zwischen seinen Zähnen hervor und verbarg sein Gesicht in den Händen.

»Da hat er recht.« Daphne entfuhr ein Sirupkichern, während Thrax alles gab, um das Gespräch zu retten. Aber es war nicht zu retten.

Rain verteilte vor den Kameradrohnen Credits, wobei sie sich noch elender fühlte, fast so, als würde sie die Eltern bestechen wollen. Sie hatte das Gefühl, dass selbst die WatchBots sich beschämt umdrehten.

Beinahe fluchtartig verließ sie den Raum. Nur Daphne sprach aus, was alle dachten: »Das hat einen echt runtergezogen.« Dann fischte sie den Sirup aus der Tasche und schob die Maske hoch, um einen kräftigen Schluck zu nehmen. »Schlimmer kann es nicht werden.«

»Hätte ich das bloß nicht gesagt«, revidierte sie, als sie die Schule erreichten. Dort erwartete sie bereits eine Ansammlung Trauernder vor der Gedenkstätte, die sich, wie es in Grey Brauch war, schwarze Asche ins Gesicht gerieben hatten.

»Wir können nicht aussteigen.« Nife legte eine Hand auf Rains Schulter, und im ersten Moment war sie erleichtert, dass er das sagte. Er deutete mit dem Kopf auf eine Wand, die mit vereinfachten Darstellungen von Gasmasken bemalt war, aus deren Köpfchen Stacheln ragten. Das Zeichen der Spines bereitete ihm offenbar Sorgen, denn er zog seinen Helm über den Kopf, um sich mit den Soldaten zu besprechen, ohne dass Rain etwas davon mitbekam.

»Da sagt er was Wahres.« Daphne versank tiefer im Polster. »Lasst uns wieder fahren. Am besten gleich zurück nach Aventin, damit ich Tiberius die Meinung geigen kann. Ganz ehrlich. Ich bin stocksauer darüber, dass er mich nach all den Jahren als Cabman einfach so weggeschickt hat. Ich werde ihm das sagen. Freiheraus. Jawohl.«

»Wir fahren nicht«, widersprach Rain und beobachtete eine Gruppe Freiwilliger, die den Drohnen halfen, das Gelände aufzuräumen.

»Warum nicht? Niemand will uns hier.« Daphne stieß auf.

»Wir sollten aussteigen.« Rain holte tief Luft.

»Das sieht so bedrückend aus«, meldete sich Daphne erneut zu Wort und schielte aus dem Fenster.

»Das ist zu gefährlich«, stimmte Nife zu, der das Visier seines Helms wieder hochklappte. »Die Gegend ist schwer einzusehen.«

»Sie haben Freunde und Familie verloren. Wir müssen wenigstens den Anstand haben auszusteigen.« Rain öffnete die Tür, ehe Nife sie zurückhalten konnte, und stieg aus. Gefolgt von Kameradrohnen und Sentinal ging sie auf die Wartenden zu. Sie schienen die Luft anzuhalten, als sie an ihnen vorbeischritt.

Rains Herz klopfte ihr bis zum Herz. Sie erwartete, jeden Moment mit Trümmerteilen oder Kohlen beworfen zu werden. Nife folgte ihr mit gezogener Waffe und ließ die Umstehenden nicht aus den Augen.

An der Gedenkstätte der Opfer zeigte ein Projektor die Gesichter der Toten. Glühende Kohlen waren aufgestellt worden, aber die Lichter waren durch den Smog erstickt. Rain hatte nichts, was sie im Gedenken an die Opfer niederlegen konnte. Also kniete sie sich hin und sah den Gesichtern dabei zu, wie sie in der Luft auftauchten und wieder verschwanden. Eine Zwei. Eine Zwei und eine Zwei. Dann kam die Eins, ein Mädchen mit aschblondem Haar, das Rain bekannt vorkam. Sie war in Larks Klasse gewesen und hatte die Gesegneten um Filteranlagen gebeten. Hail. Ja, das war ihr Name gewesen. Hail. Sie war für die Leere in Larks Blick verantwortlich gewesen.

»Prinzessin Rajana!« Nife zog sie alarmiert hoch, während sich drei WarBots um sie formierten. Aus ihrem Metallgehäuse fuhren Schusswaffen und Schilde heraus, um sie zu beschützen. »Wir müssen weg.«

»Das ist schrecklich, Nife«, flüsterte sie, bevor sie sah, was er meinte. Einige Trauernde hatten ihre Arme in die Luft gehoben und ihre Zahlencodes entblößt, doch sie waren durchgestrichen.

Durchgestrichen.

Rain schnappte nach Luft, doch bevor sie etwas tun konnte, hatte Nife sie gepackt. Er zerrte sie zum Gleiter zurück, während im selben Moment Sentinal zwischen ihr und den Trauernden Stellung bezogen, um sie abzuschirmen. Zwei Kampfdrohnen schwebten mit gezogenen Waffen hinunter und nahmen die Trauernden ins Visier.

»Nein!«, brüllte Rain, doch Nife zog sie weiter. Sie hörte, wie einer der Trauernden ein Lied anstimmte.

Grau
die Seele unserer Stadt

Es schallte von den Wänden wider, und die anderen stimmten mit ein, während sie ihre durchgestrichenen Zahlencodes den Kameras und damit ganz Aventin präsentierten.

Rot
das Herz in unserer Brust,
das für die Freiheit schlägt.

Sie sangen. Sonst taten sie nichts, doch die Bedrohung, die von diesem simplen Lied ausging, war deutlich zu spüren. Nife drückte Rain in den Gleiter und folgte ihr.

»Was ist denn da draußen los?«, kreischte Daphne.

Gold
der Glanz des Untergangs;
Versprechen falsches Glück.

»Ach du Schande«, fluchte Bishop und tippte seine Brille an. Ein Stein hatte eine Kampfdrohne getroffen, woraufhin die das Feuer eröffnete.

»Nein!«, brüllte Rain und versuchte die Tür zu öffnen, doch die war verschlossen, und der Gleiter setzte sich in Bewegung. »Nicht schießen. Nife!«

Die Trauernden stoben auseinander. Einige flohen in die angrenzenden Gassen, andere griffen nach Steinen, um sie auf die Drohnen zu werfen.

»Nife! Wir müssen zurück!« Rain trommelte mit den Fäusten gegen die Scheibe, doch der Gleiter bog um eine Ecke.

»So viel zu unserer Mission, den Frieden zu bringen«, seufzte Daphne und griff nach dem Sirup. »Ich glaub, das wird nichts mehr.«

Bishop zog Rain vom Fenster weg und drückte sie an sich.

»Wieso schießt ihr auf sie?«, brüllte er überraschend wütend und mit hochrotem Gesicht. »Damit macht ihr alles nur noch schlimmer.«

»Die Lage ist bereits außer Kontrolle.« Nifes Gesicht war wie versteinert, während er aus dem Fenster sah. Das Glänzen in seinen Augen, ebenso wie das schiefe, seltene Lächeln, das ihn in Rains Gegenwart beinahe hatte menschlich wirken lassen, waren verschwunden.

»Sie haben gesungen, bloß gesungen. Das ist kein Grund, auf sie zu schießen.« Rain hatte noch nie erlebt, dass Bishop seine Fassung verlor. Eine Ader war auf seiner Schläfe emporgewachsen und pulsierte, während aus seinen Augen bloße Verachtung sprach.

»Sie haben Steine geworfen!«

»Steine«, presste Bishop zwischen seinen Lippen hervor. »Ihr hattet Schusswaffen und Drohnen. Das ist kein fairer Kampf. Das ist ein Massaker.«

Sie war gekommen, um zu helfen, doch seit ihrer Ankunft wurde alles nur noch schlimmer. Sie waren dem Frieden kein bisschen näher gekommen, sondern weiter entfernt denn je.

Als sie ihr Apartment erreichten, war Daphne durch den Siruptee eingeschlafen. Und das, obwohl sich Bishop und Nife Blicke zuwarfen, die die Temperatur im Gleiter in den Minusbereich zu senken schienen.

Eine Spur Speichel rann aus Daphnes Mund und die Scheibe hinunter. Rain bettete ihren Kopf um, weil sie wusste, wie unangenehm ihr es wäre, in diesem Zustand von einer Kameradrohne erwischt zu werden.

Von Soldaten begleitet, verließen sie den Gleiter und passierten das Eisentor, das ihr Haus absicherte. Neben Drohnen und Sentinal bewachten Hundebären das Grundstück, die emsig ihre Nase in den Wind hielten und die Luft filterten.

»Wir werden morgen abreisen«, verkündete Nife, als sie im Haus waren.

»Wir können nicht einfach gehen«, widersprach Bishop. »Damit würden wir diejenigen im Stich lassen, die noch auf Frieden hoffen.«

»Rajanas Sicherheit geht vor.« Nifes Stimme war hart wie Stahl, ebenso wie der Blick, den er dem Cabman zuwarf.

»Das ist Rajanas Entscheidung, die Entscheidung eines Earls, Soldat.« Bishops Stimme vibrierte vor Zorn.

Die Männer sahen sie erwartungsvoll an, doch Rain wusste nicht, was sie sagen sollte. Ein ganz kleiner Teil der Gesegneten Rajana wollte in der Tat zurück nach Aventin, weg von dem Tod und dem Leid. Der andere, überwiegende Teil wollte Grey auf keinen Fall verlassen, ohne Storm gefunden zu haben. Nicht noch einmal.

»Ich werde bleiben«, flüsterte sie.

Nife runzelte die Stirn. »Ich werde mit Tiberius über die Angelegenheit sprechen.«

Nachdem Rain Nife geholfen hatte, Daphne in ihr Zimmer zu tragen, verabschiedete sie sich von Bishop und ging in ihr Apartment.

Sie wollte endlich allein sein, doch noch während die Tür zu ihrem Apartment zuglitt, wusste sie, dass sie nicht allein war. Erst war es eine Ahnung, eine Spannung, die in der Luft lag. Dann eine Gewissheit, als sie das Schaben von Stiefeln auf dem Boden hörte.

Ihre Finger schlossen sich um Sting, der unter dem Mantel an ihrem Gürtel hing. Ein Schrei ihrerseits würde genügen, um Nife auf den Plan zu rufen.

»Hallo, Rain.« Aus dem Badezimmer trat ein Rebell, den Rain aufgrund seiner Statur ebenso wie der roten, gehörnten Maske erkannte. Doch er war nicht allein. Zwei weitere folgten ihm. Auch wenn sie maskiert waren, wusste Rain sofort, dass Storm nicht unter ihnen war.

»Hallo …« Ihr fiel ein, dass sie seinen Namen nicht kannte. »Wer auch immer du bist.«

Wie waren sie trotz der Sicherheitsmaßnahmen hineingekommen?

»Du bist also wieder da.«

»Offensichtlich.« Rains Handflächen waren feucht, und der Stab entglitt beinahe ihrem Griff. »Was wollt ihr hier?«

»Storm meinte, du seist mehr Ghost als Gesegnete. Hat sie damit recht, Mädchen?«

»Wo ist meine Mutter?« Rain wich zurück, bis ihr Fuß gegen die Tür stieß. Ihre Besucher ließ sie dabei keine Sekunde aus den Augen.

»In Sicherheit«, beruhigte sie der Mann mit der roten Maske.

»Ich möchte mit ihr sprechen.«

»Das ist kein Problem.« Ein hagerer Spine mit blauen Stacheln trat ungeduldig vor. Ob das der Rebell war, dem sie in die Weichteile getreten hatte? »Wenn du mit uns kommst, Kleine. Leise und friedlich.«

»Warum sollte ich?«

»Das würde deine Mutter freuen.«

Rain glaubte ihm kein Wort. Wenn ihre Mutter das wirklich wollte, warum war sie dann nicht hier, um sie selbst zu überzeugen?

»Und wenn ich es nicht tue?«

»Wirst du es bereuen.« Der blaue Stachelkopf kam auf sie zu, und jeder seiner Schritte schien eine weitere Drohung zu sein. Rain mochte seine Stimme nicht. Er versuchte nicht einmal, seine Wut zu verbergen.

»Ihr lügt«, knurrte sie.

»Dein Propaganda-Friedensgeschwafel kann hier niemand mehr hören, Prinzessin! Was wir wollen, ist Gerechtigkeit.«

»Und wie gerecht ist es, Unschuldige zu töten?« Rain stützte sich weiterhin an der Tür ab, bereit, sich von ihr abzustoßen und den Rebellen anzugreifen, wenn es nötig war.

»Oh, trauerst du etwa um deine arme Gesegneten-Freundin?«, fragte der Spine mit der blauen Maske. »Unschuldig ist niemand, der in Aventin wohnt. Sie leben im Überfluss und interessieren sich nur für sich selbst. Der Wohlstand hat sie verdorben und egoistisch gemacht.«

»Was ist mit den Bewohnern von Grey, die bei eurem Attentat umkamen?«, fragte Rain weiter.

»Sie haben sich entschieden, ihr Leben und die Ungerechtigkeiten hinzunehmen. Schlimmer noch. Sie haben Geld angenommen und ihre eigenen Leute verraten. Nicht wir sind grausam. Menschen ohne Ideale sind es.«

»So ein Blödsinn. Sie hatten keine Gelegenheit, ihre Ideale kundzutun, weil ihr sie in die Luft gesprengt habt.«

»Dafür habe ich keine Zeit«, polterte der blaue Spine und langte nach ihren Arm. »Komm jetzt, Prinzessin.«

Rain hatte damit bereits gerechnet. Sie duckte sich und wich ihm flink wie eine Mutantenkatze aus. Sie nutzte die Tür hinter sich, um sich abzustoßen. Gleichzeitig zog sie Sting und schlug den Stab gegen seinen Bauch. Sie betätigte den Auslöser, und der Rebell sank zuckend zu Boden. Wie ein Ballon, aus dem man die Luft gelassen hatte.

»Wo ist Storm?«, rief sie drohend, während der zweite Rebell auf sie zukam. Er holte aus, doch sie parierte den Schlag mit der Rechten und brüllte nach Nife. War er eingeschlafen? Den Lärm konnte er doch kaum überhört haben!

Als der Rebell ein weiteres Mal ausholen wollte, rammte sie ihm das Knie zwischen die Beine und stieß ihn rückwärts zu Boden. Er wimmerte und zog seine Schusswaffe.

»Nicht schießen!«, befahl der rote Spine. »Wir wollen sie lebend.«

Rain biss die Zähne zusammen und klammerte sich an Sting, während sie die Handfläche der anderen Hand an ihrer Hose abwischte. Sicher. Es würde der goldenen Stadt einmal mehr die Macht der Dornen demonstrieren, wenn sie eine Gesegnete direkt aus ihrem Apartment entführen würden.

Ein schriller Schrei ertönte aus einem benachbarten Zimmer, das musste Daphne sein. Wenn sie nicht einfach nur eine Mutantenratte entdeckt hatte, bedeutete das, dass sie ebenfalls angegriffen wurde.

Rain wich einem weiteren Schlag aus und trat nach ihrem Angreifer. Abwehren. Schlagen. Treten. Sie benutzte die Techniken des Nahkampfes, die sie gelernt hatte, ohne zu zögern. Mit voller Kraft. Wie Storm und Nife es ihr beigebracht hatten.

Wer zögert, der hat verloren.

Der rote Spine durchbrach ihre Deckung und verpasste ihr einen Schlag gegen die Schulter, doch sie ignorierte den Schmerz. Abwehren. Schlagen. Treten.

Wenn es noch weitere Rebellen gab, würde sie diese Position nicht mehr lange halten können.

Der Spine mit den roten Stacheln sprang erneut auf sie zu und packte sie. Rain bohrte ihm Sting in den Bauch und drückte ab. Zu spät bemerkte sie, dass der Rebell sie festhielt und sie damit ebenfalls schockte. Ihre Zellen schrien auf, als der Strom durch sie hindurchjagte.

Listo Kallisto!

Paralysiert brach sie über dem Spine zusammen und blieb liegen. Sting rutschte ihr aus den kraftlosen Händen und rollte außer Reichweite.

Der Rebell mit der Waffe kam auf sie zu, doch sie konnte nur seine Stiefelspitzen sehen. Sie versuchte sich zur Seite zu rollen, doch ein Zucken ihrer Schulter war alles, was sie zustande brachte.

Endlich hörte sie, wie die Tür hinter ihr aufglitt. Nife! Ein weiterer Schmerz durchzuckte ihren Kopf und katapultierte sie direkt in die Welt der Dunkelheit.

37.

*»*EARL RAJANA *ist wie vom Erdboden verschluckt. Ob sie Opfer eines terroristischen Anschlages wurde, ist noch nicht geklärt, also bitten wir die Menschen, die Augen offen zu halten…«*

Lark biss sich auf die Lippe, als der Sprecher auf dem TecDec die Neuigkeiten verlas.

Er ahnte, wo sie sich befand, und dieses Mal würde er sie nicht im Stich lassen. Operation Phoenix. Die Spines hatten von ihm Informationen verlangt, die die Sicherheitsvorkehrungen betrafen, aber er hatte den Ahnungslosen gemimt. Glücklicherweise erfolgreich. Bolt hatte ihm abgenommen, dass ihm als Anwärter nicht allzu viel anvertraut worden war.

Und trotzdem hatten sie es gewagt, Rain aus ihrem Apartment zu entführen. Hatten sie möglicherweise noch mehr Spione vor Ort?

Die Dornen der Spines sind überall.

Heute trug Lark nicht seine Anwärter-Uniform, sondern seine gewöhnliche Kleidung. Er versteckte sein Gesicht unter einer breiten Kapuze und einem Schal, als er die schmale Straße entlanglief.

Bei dem Deckel mit dem durchgestrichenen Kreis blieb er stehen, öffnete ihn und schwang sich in den Schacht. Eine verrostete Leiter führte in die Dunkelheit hinab bis zu einem Gang.

Lark wusste nicht, wo er sich unwohler fühlte. Bei den Sentinal, denen er täglich ins Gesicht log, oder bei den Rebellen, die ihn seit dem Anschlag in Aventin wie einen Held feierten. Sie hatten ihm eine Maske geschenkt, die aussah, als wäre sie mit Blut bespritzt. Rotem und goldenem Blut, denn das Gerücht, dass das Blut der Gesegneten diese Farbe hatte, hielt sich hartnäckig.

Lark sorgte sich um seine Familie, die zwar vor den führenden Spines und Sentinal sicher war, aber nicht vor dem Rest der aufgebrachten Menschen in Grey.

Grump hatte berichtet, dass sein Haus geplündert worden war. Fly hatte erzählt, dass ihr kleiner Cousin nach dem Drohnenangriff von wütenden Mitschülern verprügelt worden war. Nur weil sie eine Anwärterin war. Die Sentinal hatten Kampfdrohnen abkommandiert, die Familien der Anwärter zu schützen, doch das würde kaum reichen, wenn die Unruhen so weitergingen.

Die Stadt war wie ein Dampfkessel, in dem der Druck bald einen kritischen Punkt erreichen würde.

Lark blieb vor einer verschlossenen Tür stehen und holte tief Luft. Bolt hatte ihn rufen lassen. Das konnte nichts Gutes bedeuten. Er wischte sich den Schweiß von der Stirn.

Optimistisch bleiben, Lark, ermahnte er sich.

Die Tür glitt auseinander und gewährte ihm Einlass. Eine schmale Treppe führte hinab in einen Gang. Lark spürte, dass jeder seiner Schritte beobachtet wurde, als er die Stufen hinabschritt. Er folgte dem Gang zu einer weiteren Tür, über der Licht brannte.

Sie öffnete sich von selbst, als er sich näherte und gab einen Raum mit hohen Decken frei. Bolt und sein Schoßhund Smug, der hagere Spine mit der blauen Stachelmaske, und noch ein anderer Rebell waren in eine Diskussion vertieft und drehten sich nicht einmal um, als er den Raum betrat.

»Was soll das, Bolt? Warum töten wir sie nicht einfach?« Smug spitzte mit seinem Messer die Dornen seiner Maske an.

»Weil wir sie brauchen.«

Ging es um Rain? War sie hier? Larks Herz schlug ihm bis zum Hals, aber er versuchte gelassen auszusehen, so als würde es ihn nicht weiter kümmern.

Er sah sich um, damit er sich Einzelheiten des Raumes einprägen konnte, wie Thron es ihnen eingetrichtert hatte. Er befand sich in einem Kontrollraum, von dem aus die Schichtführer die Arbeiten in der Fabrik kontrollieren konnten.

Hinter den Rebellen gab es ein Fenster, durch das man eine Halle mit Maschinen sehen konnte, die sich beständig drehten und pumpten, um die Fabrik darüber am Leben zu erhalten. Die Betonwände waren mit Slogans wie »Gold zu Asche« vollgesprayt. Ein weiterer verkündete das Motto der Spines. »Wir sind die Wilden. Die Freien. Die Echten. Die Gerechten.«

Ein Spine seilte sich gerade ab, um die Wand mit einer stacheligen Maske zu verzieren, aus der Schornsteine und Türme wuchsen.

»Wenn sie erfährt, was sie ist, wird sie zerbrechen, und wir werden da sein, um sie wieder zusammenzusetzen. Sie wird an unserer Seite stehen, bis sie ihren Zweck erfüllt hat.« Bolt schien sich seiner Sache recht sicher. Alle drei Rebellen wiesen Schürfwunden und blaue Flecken auf. So als hätten sie sich geprügelt. Offensichtlich war Rains Entführung nicht ohne Gegenwehr erfolgt.

Im Nebenzimmer konnte Lark weitere Spines am Tisch sitzen sehen, und er war sich sicher, dass es noch mehr Rebellen gab, die er nicht sehen konnte, die aber jeden seiner Schritte beobachteten.

»Wie sollen wir das machen?« Smug legte seine Maske neben sich.

»Fragen wir doch unseren Freund Lark hier.« Bolts Stimme war weich wie mit Butter geölt.

Larks Herz gefror, als sich der Spine umdrehte.

»Wenn es um die verschwundene Gesegnete geht, denke ich nicht, dass ich helfen kann«, stotterte er.

»Oh, ich glaube schon.«

»Wie das?« Er versteckte seine Hände im Mantel, damit niemand sah, wie angespannt er war.

»Weißt du, Smug hier hatte vor ein paar Tagen ein interessantes Gespräch mit deiner süßen Schwester.«

»So?« Larks Kehle war mit einem Mal staubtrocken.

Der Spine mit der blauen Maske verzog seine Lippen zu einem unheimlichen Lächeln. »Ich habe sie im Park getroffen. Sie war ganz allein. So ein reizendes Kind.«

War das eine versteckte Drohung? Die Hände in seiner Manteltasche formten sich zu Fäusten.

»Ich habe ihr ein Eis gegeben, und sie hat mir erzählt, dass ihr euch von früher kennt. Die Ghost-Prinzessin und du.«

»Ja, das habe ich euch doch bereits erzählt. Wir haben uns zufällig getroffen und uns geprügelt, weil wir einander verdächtigt haben, Lauscher zu sein. Bevor wir uns besser kennenlernen konnten, musste ich sie an die Sentinal verraten. Genau so wie ihr es von mir verlangt habt«, entgegnete Lark. Er spürte nicht länger die Angst, sondern nur noch die Kälte des aufsteigenden Hasses. Es kostete ihn all seine Willenskraft, nicht vorzuspringen und Smug zu erwürgen. Wie konnte er es wagen, sich seiner Schwester zu nähern.

»Nun … Die kleine Rose sagt, ihr wart befreundet.« Bolt ließ ihn nicht aus den Augen. »Sie kam aus dem Schwärmen gar nicht mehr heraus.«

Lark zuckte scheinbar unbeteiligt die Schultern.

»Sie mag Prinzessinnen«, sagte er vage.

»Vor allem Prinzessinnen, die ihr das Leben gerettet haben. Das hast du wohl vergessen, uns zu berichten.«

»Weil ich es nicht wichtig fand.«

»Ach nein? Sie hat deine geliebte kleine Schwester gerettet. Bist du ihr nicht etwas schuldig?«

»Und sie hat Hails Leben beendet«, unterbrach Lark. Die Wut musste er nicht vortäuschen, denn er war wütend, nur nicht auf Rain. Nein, sein Hass galt allein ihnen. Den Männern mit den

Dornen. Wie konnten sie wagen, Rose in die Sache hineinzuziehen? »Ich glaube nicht, dass wir uns noch etwas schuldig sind.«

Zu seinem Glück schienen sie es ihm abzunehmen.

»Du willst Rache für deine Freundin Hail?«, hakte Bolt nach.

Ja, die wollte er. Wenn er die Gelegenheit gehabt hätte, hätte er sie alle auf der Stelle erschossen, um Rose und Rain vor ihnen zu schützen.

»Die wirst du bekommen, Junge, aber Rajana bringt uns lebendig vorerst mehr.«

»Meine Rache kann warten, aber ich werde nicht vergessen, wer mir meine Freundin genommen hat«, entgegnete Lark, und Bolt nickte zufrieden.

»Ganz genau. Siehst du, Smug? Der Junge hat es verstanden.«

»Ich bin trotzdem dafür, dass sie stirbt.« Smug schmollte.

»Später«, versprach Bolt.

Sicher nicht, dachte Lark.

»Glaubst du, sie wird uns Probleme machen?«, fragte er an Lark gerichtet. Der zuckte die Schultern, während sich seine Finger fest in das Innenfutter seines Mantels krallten.

»Sie ist in Asche aufgewachsen wie wir. Also ein richtiger Dickschädel.«

»Aber sie wird sicher darauf hören, was Storm sagt«, ergänzte Smug, und sein Mund verzog sich zu einem gruseligem Grinsen.

»Storm habe ich unter Kontrolle«, erklärte Bolt zufrieden, doch das bezweifelte Lark. Diese beiden Frauen ließen sich von niemandem kontrollieren.

Sie wurde durch die Schmerzen geweckt, die sich ihren Nacken hinunterzogen. Ihr Kopf dröhnte, fühlte sich schwer an, wie eine Eisenkugel, die an ihrem viel zu schwachen Hals hing. Sie öffnete die Augen, doch konnte nichts sehen. Die Luft war verbraucht und brachte sie zum Husten. Um die aufsteigende Panik niederzukämpfen, versuchte sie, sich zu orientieren und Informationen über ihre Lage zusammenzutragen.

Sie lag auf dem Boden. Kalter Betonboden. Hände und Füße waren gefesselt. Eng gefesselt. Die Haut unter den Schnüren brannte. Über dem Kopf hatte sie einen Sack aus rauem Material. Egal wie sehr sie sich auch anstrengte, die Dunkelheit starrte erbarmungslos zurück. Sie lauschte und hörte das Keuchen und Pumpen von Maschinen in der Nähe.

»Rajana?«

Bishop. Sie erkannte seine Stimme, direkt neben ihr.

»Bishop? Was ist passiert?«, flüsterte sie und lehnte den Kopf in seine Richtung.

»Wir sind verraten worden«, flüsterte er.

»Was ist mit Nife?«

»Tot. Wie die anderen Sentinal. Keiner hat überlebt.«

»Tot?« Die Nachricht traf Rain. Es fiel ihr schwer, sich vorzustellen, dass der Soldat, der ihr die letzten Wochen wie ein Schatten gefolgt war, nicht mehr unter ihnen sein sollte. Für immer.

»Weiß Aventin Bescheid?«, krächzte sie.

»Ich weiß es nicht. Es kam alles sehr plötzlich.«

Die Hoffnung auf Rettung versank wie ein Stein im See. Die Rebellen hatten gezeigt, dass Aventin in Grey längst keine Macht mehr hatte. Wie also sollten die Gesegneten herausfinden, wo sie Rain gefangen hielten?

»Daphne?«, fragte sie weiter. Ein Aufschluchzen von der anderen Seite verriet ihr, dass die Frau noch lebte, und sie hätte nicht geglaubt, wie erleichtert sie über diese Erkenntnis war. »Alles in Ordnung, Daphne?«

»In Ordnung?«, kam es zurück, wobei die Worte in einem Schniefen untergingen. »Sie haben mir meinen Siruptee weggenommen.«

»Was passiert jetzt?«, flüsterte Rain.

»Ich weiß es nicht.«

»Meinen Sirup …«, schniefte Daphne. »Diese Barbaren.«

»Im Moment kann ich mir nur schwer vorstellen, dass du wirklich der beste Cabman warst, den Tiberius finden konnte«, bemerkte Bishop bissig.

Rain wusste nicht, wie viel Zeit verging, bis sich die Tür öffnete.

»Nehmt die Frau mit.« Sie kannte die Stimme nicht, aber der herrische, hasserfüllte Ton ließ nichts Gutes erwarten. Daphne begann sich neben Rain zu winden, als sie hochzogen wurde.

»Nein«, flehte sie und warf ihren Körper hin und her. »Bitte. Lasst mich los.«

»Was wollt ihr von ihr?«, rief Rain, doch niemand hielt es für nötig, ihr zu antworten.

»Rajana!«, quiekte Daphne. »Tu etwas. Ra-ja-na!«

Ihr Körper wurde über den Boden geschleift. Dann fiel die Tür zurück ins Schloss. Ihre Schreie ebbten ab, und es herrschte wieder Stille, bis auf das monotone Atmen und Pumpen der Maschinen, das von jenseits des Raumes kam.

»Wenn sie uns töten wollten, hätten sie es schon gemacht, oder?«, flüsterte Bishop. »Nun, es sei denn, sie wollen uns vor ganz Aventin hinrichten.«

Rain war kalt. Vor allem ihre Hände konnte sie kaum noch spüren.

»Oder sie wollen Informationen aus uns herausfoltern«, mutmaßte Bishop weiter. Er hielt inne.

»Aber vielleicht wollen sie auch gar keine Informationen und foltern uns aus purem Sadismus. Was für Foltermethoden haben die hier wohl? Ich habe von ganz barbarischen Methoden mit Mutantenratten und Bohrwürmern gehört.«

Daphne kam nicht zurück. Als die Tür sich das nächste Mal öffnete, wurde Bishop geholt.

»Bitte keine Bohrwürmer«, flehte er, als sie ihn hinauszogen.

Dann war Rain allein. Sie versuchte, so gut es ging, in Bewegung zu bleiben, da sich die Kälte in ihre Knochen fraß und sie lähmte.

»Andromeda. M. Nife«, flüsterte Rain und schloss die Augen. Wer wusste schon, wie oft sie ihrer noch gedenken konnte.

Rain wurde nach oben gezogen und ihre Fesseln gelöst. Ihre Hände kribbelten, als endlich wieder genügend Blut durch die Fingerspitzen schoss. Die Rebellen drehten ihr die Arme auf den Rücken und hielten sie fest. Rain knurrte, versuchte sich vorzuwerfen, doch der Griff verstärkte sich. Sie führten sie hinaus, einen Gang entlang und nahmen einen Fahrstuhl, der eine ganze Weile nach unten fuhr. Rain bemühte sich, den Weg im Gedächtnis zu behalten, aber sie bogen so oft ab, dass sie es irgendwann aufgab.

»Was passiert jetzt? Wollt ihr mich töten?«, fragte sie.

»Keine Sorge, Bolt will dich vorerst am Leben lassen.«

»Bolt?« Ein Schauer lief Rain über den Rücken, und sie erstarrte.

Storms große Liebe Bolt? Der »unzuverlässige Idiot« Bolt, den sie sechzehn Jahre lang für ihren Vater gehalten hatte?

»Ja, er hat hier das Sagen.«

So ein Kallisto!

Die Rebellen führten sie in ein Zimmer, wo man ihr die Augenbinde abnahm und sie auf einen Stuhl drückte.

»Lasst uns allein.« Sie ordnete die Stimme dem Mann mit den roten Stacheln zu. Der Rebell hatte seine Maske abgelegt, und auch wenn ihre Mutter nicht viel über ihn gesprochen hatte, erkannte sie ihn.

»Bolt nehme ich an?«

Er nickte. Das war er also. Sie hatte sich oft ausgemalt, wie er wohl aussehen würde. Er war groß und durchaus trainiert, aber sein Gesicht war eingefallen, und das Haar bereits licht und an einigen Stellen ergraut. Er sah müde aus. Wie jemand, der sein Leben lang gekämpft hatte und nun nichts lieber täte, als sich zur Ruhe zu setzen.

»Die Umstände, unter denen wir einander vorstellen, tun mir sehr leid, Rain«, begann er und lächelte betrübt. Beinahe nahm man ihm den freundlichen, müden Kämpfer ab, aber es waren seine Augen, die eine gewisse Tücke verrieten.

»Mir tut es auch sehr leid«, entgegnete sie. »Vielleicht könntest du mir wenigstens die Fesseln abnehmen?«

»Nein, mein Kind. Noch nicht.«

»Zu schade.«

Sie befand sich mit ihm allein in einem spartanisch eingerichteten Zimmer. Es gab eine Pritsche mit einer alten Matratze, einen Tisch mit Stühlen und einen offenen Schrank mit Kleidungsstücken. Der Raum war fensterlos, aber Rain hatte aufgrund der Geräusche den Eindruck, dass sie sich unter einer Fabrik befanden.

»Was habt ihr mit Daphne und Bishop gemacht?« Sie wollte keine falschen Entschuldigungen hören, sondern direkt zum Punkt kommen.

»Nun, die Frau hatte eine Panikattacke, aber sonst geht es ihnen den Umständen entsprechend. Sie werden … befragt«, erklärte Bolt und klang, als würde er das ganz und gar nicht gutheißen. Rain nahm ihm das Schauspiel nicht ab.

»Ich will sie sehen.«

»Alles zu seiner Zeit.« Er griff Rain unter das Kinn und musterte sie mit der Neugierde einer Schlange, die ihre Beute ausspähte. Sein Zeigefinger glitt langsam über ihre Wange, doch sie war entschlossen, keine Angst zu zeigen.

Und biss nach ihm. Er war überrascht, aber vorbereitet. Mit einer schnellen Bewegung wich er aus, packte ihre Haare und riss ihren Kopf grob nach hinten.

»Du bist Storm sehr ähnlich«, stellte er fest.

Sie zeigte ihm die Zähne und funkelte ihn so wütend wie möglich an.

»Seit du in der Fabrik aufgetaucht bist und deine Mutter retten wolltest, mag ich dich, Kleines. Du bist loyal, und das schätze ich sehr.«

»Ach, tatsächlich?«, knurrte Rain. »Wie steht es um deine Loyalität Storm gegenüber.«

»Ich habe sie wieder bei den Spines aufgenommen, obwohl sie uns im Stich gelassen hat, um etwas wie dich großzuziehen. Ich würde sagen, ich war sehr großzügig mit ihr.« Er zog ihren Kopf weiter nach hinten.

»Du verstehst gar nichts.« Rain versuchte ihn anzuspucken, das war aus dieser Position mit dem Winkel unmöglich. Also lief der Speichel nutzlos an ihrem Kinn hinunter.

»Vielleicht hat Storm ja wirklich recht, und in dir steckt noch immer mehr Ghost als Gesegnete«, lachte Bolt, der über ihren gescheiterten Versuch sichtlich amüsiert zu sein schien. »Es ist offensichtlich, dass auch du die Asche geatmet hast, die durch unsere Adern fließt und uns stark und wild macht. Wir sind uns gar nicht so unähnlich. Du und ich.«

»Wir sind uns überhaupt nicht ähnlich.« Sie versuchte nach ihm zu treten, aber er wich ihren Beinen aus.

»Was ist anders an den Gesegneten?«, fuhr Bolt fort und ließ ihren Kopf los. »Braucht ihr keinen Schlaf? Fürchtet ihr euch nicht, wenn ihr über einem Abgrund steht? Habt ihr keine Träume? Weint ihr nicht, wenn ihr traurig seid? Rennt ihr nicht um euer Leben, wenn es sein muss? Spürt ihr keinen Schmerz?«

Er packte ihre gefesselten Arme und verdrehte ihren Daumen in eine unnatürliche Haltung, doch sie unterdrückte einen Schmerzenslaut. »Was ist also besser an euch?«

»Ich habe nie gesagt, dass ich besser bin. Ich bin nur nicht so ein Mistkerl wie du«, keuchte Rain. »Sag mir endlich, wo meine Mutter ist?«

»Sie ist nicht deine Mutter. So wenig, wie ich dein Vater bin. Aber sie hat dich dennoch geboren«, säuselte er in ihr Ohr, während sich seine Finger in ihre Schultern drückten. »Verwirrend, nicht wahr?«

»Hör auf zu schwafeln. Ich glaube dir eh kein Wort.« Rain holte aus und rammte ihm ihren Hinterkopf ins Gesicht. Wütend ließ er von ihr ab und rieb sich die geschwollene Nase. Rain erwartete, dass er sich für ihre Aktion revanchieren würde, aber er ging zur Tür.

»Ich habe mir schon gedacht, dass du mir nicht glauben wirst. Aber vielleicht glaubst du ihr.« Er verließ den Raum und ließ sie warten. Rain lauschte ihrem eigenen Herzschlag und starrte an die grauen Wände, während sie fieberhaft darauf wartete, dass sich die Tür erneut öffnen würde.

»Unwetter haben keine Angst.« Sie wiederholte den Satz wieder und wieder, bis sie endlich Schritte hörte.

Ihr Blick klebte an der Tür, während ihr Herz in der Brust wild hämmerte. Bolt trat ins Zimmer, und sie streckte den Hals, um zu sehen, ob *sie* auch da war. Tatsächlich. Hinter ihm stand eine zierliche Gestalt.

Weiße Haare.

Große, dunkle Augen.

»Mom!« Rain sprang vom Stuhl auf und rannte auf sie zu. »Mom.«

»Mein Herz.« Sie drückte ihre Tochter ganz fest an sich, während ihr die Tränen über die blassen Wangen liefen. »Ich bin so froh. So froh. Ich hatte solche Angst um dich. Bitte verzeih mir, dass ich nicht …«

»Mom, ich verzeihe dir alles. Immer«, stotterte Rain und

konnte die Tränen nicht mehr zurückhalten. »Ich habe dich so vermisst.«

Jetzt würde alles gut werden.

Sie verharrten eng umschlungen, bis Bolt sich ungeduldig räusperte.

»Ich werde dir alles erzählen. Ich verspreche es.« Storms sonst so feurigen Augen wirkten eingefallen und müde. Sie sah so zerbrechlich aus, dass es Rain innerlich zerriss.

»Was ist geschehen?«, fragte sie, und ihre Stimme brach.

»Würdest du ihr die Fesseln abnehmen?«, fragte Storm Bolt. »Bitte.«

»Sicher.« Bolt tat großzügig und befreite Rain. »Für die legendäre Storm tue ich alles.«

Dann nahm er am Tisch Platz, während sich die Frauen auf die Pritsche setzten. Rain bettete ihren Kopf auf der Schulter ihrer Mutter und schlang die Arme um sie. Sie wollte sie nie wieder loslassen. Nie wieder.

»Und nun, Storm, Liebes«, säuselte der Spine. »Erzähle ihr, was sie hören muss.«

Storm räusperte sich. »Die Rebellen haben mich angeworben. Vor langer Zeit, als ich in Aventin gearbeitet habe.«

»Für Tiberius und Aurelia«, ergänzte Rain.

»Ja, ich habe die Gesegneten ausspioniert. Für die Spines und für Bolt.« Rain wusste, dass Storm noch immer etwas für ihn empfand. Sie konnte es an dem Schmerz in ihren Augen sehen und an den Blicken, die sie ihm zuwarf. Sie würde es nicht zugeben, aber sie hatte Bolt nie ganz aus ihrem Herzen verstoßen können. »Am Anfang fand ich es aufregend. Für mich war es mehr ein Spiel, eine Art Abenteuer, bis es Ernst wurde. Tiberius hatte ein Auge auf mich geworfen, und Aurelia … sie wusste es. Nun, sie kannte ihren Mann, und es gefiel ihr nicht, dass er sich zu einem Menschen hingezogen fühlte. Mir wurde das zu viel, doch Bolt drängte mich, zu bleiben und Tiberius näherzukommen. Ich tat es, weil ich Bolt liebte und ihm vertraute.«

»Und weil es das Richtige war«, ergänzte Bolt, aber Storm ignorierte ihn.

»Ich habe vieles getan, worauf ich nicht stolz bin. Bitte denk deswegen nicht anders über mich.«

»Natürlich nicht. Das würde ich nie tun.« Rain funkelte den Spine böse an und beschloss, ihm bei nächster Gelegenheit eine zu verpassen.

»Es funktionierte. Tiberius vertraute mir und bat mich schließlich um einen Gefallen.«

»Einen Gefallen?«

Storm schloss die Augen und holte tief Luft.

»Sie muss es erfahren«, mischte sich Bolt ein, doch Rain brachte ihn mit einem Blick zum Schweigen. Sie wollte ihre Mutter nicht drängen. Sie sah so verloren aus, dass es schmerzte. Vorsichtig nahm sie Storms Hand und legte sie in ihre.

»Mom?«

»Er wollte«, begann ihre Mutter und schluckte. »Er wollte, dass ich sein Kind austrage.«

»Was?« Rain war sprachlos. »Heißt das …?«

War sie vielleicht nur eine halbe Gesegnete? War am Ende doch Storm und nicht Aurelia ihre Mutter?

»Nicht das, was du hoffst, Qualmkopf«, sagte Bolt und verschränkte die Arme. »Du hast mit Storm ebenso viele Gene gemeinsam wie ich mit einer Mutantenratte.«

»Du kannst es mir sagen, Mom.«

»Ich wurde auserwählt und mit fünf weiteren Dienerinnen in die Höhle der Engel gebracht. Ich kann mich nicht richtig erinnern, denn die meiste Zeit stand ich unter Drogen, doch als ich wieder zu mir kam, war ich schwanger. Die anderen Frauen habe ich nie wiedergesehen.«

»Wie ist das möglich? Hat Tiberius …? Vielleicht bist du von ihm schwanger geworden?« Rains Herz hämmerte so sehr gegen die Brustwand, dass es schmerzte.

»Mädchen, gib es auf. Du bist nicht ihre Tochter«, unterbrach sie Bolt ungeduldig. »Du bist bloß das Produkt eines Experimentes.«

Eines was?

»Nein, Mom …«

Doch zu Rains Entsetzen widersprach Storm Bolt nicht. Sie strich über Rains Wange, dann über ihre Haare, und ihr Blick machte Rain Angst. Sie spürte, wie sich ihr Magen verkrampfte und zusammenzog, als würde er sein Inneres nach außen kehren wollen.

»Mom?«

»Rain, du kannst keine Kinder bekommen.«

»Ja, ich weiß.«

»Aurelia konnte das auch nicht. Keine Gesegnete kann das. Deshalb musste ich dich austragen.«

Rain schluckte. »Aber ich verstehe nicht … «

»Perfekt zu sein ist nicht im Sinne der Natur. Es funktioniert nicht«, erklärte Bolt. »Daher sind die Gesegneten auch nicht auf natürlichem Wege entstanden. Sie wurden erschaffen. Es hätte sie nie geben dürfen. Ihre Erschaffung war der größte Fehler der Menschheit.«

»Erschaffen?« Rain fühlte einen bitteren Geschmack auf der Zunge. Sie hatte das Gefühl, in einem Boot zu sitzen, das sie nicht steuern konnte. Sie wurde einen Fluss entlanggezogen, direkt auf einen Schlund zu, der sie zu verschlingen drohte, aber sie konnte nichts dagegen tun.

»Sei still, Bolt«, knurrte Storm. »Mach dir keine Gedanken, mein Herz. Du bist meine Tochter.«

»Du bist ein Fehler.« Bolt verstand es, Worte zu finden, die

Rain trafen. »Die Gesegneten können keine Kinder bekommen, weil sie niemals dazu gedacht waren zu überdauern. Also experimentieren sie mit Leihmüttern, die ihren Nachwuchs austragen. Keine richtigen Babys, sondern kreierte Wesen, zusammengefügt aus ihrem Erbgut. Sie implantieren die künstlich befruchteten Eizellen in ausgewählte Frauen, aber oft stoßen sie die Embryonen wieder ab. Ihr Körper wehrt sich gegen die Kreatur, die ihnen eingesetzt wird, da jede Zelle weiß, dass es euch nicht geben dürfte.«

Passierte das in der Höhle der Engel? Experimente, bei denen Frauen Kinder eingesetzt wurden?

»Was glaubst du, geschieht mit den Frauen, die eine Fehlgeburt erleiden?«, unterbrach Bolt sie, aber er wartete nicht auf eine Antwort. »Sie werden getötet, damit sie niemandem von diesem schrecklichen Geheimnis berichten können. Euer Leben ist auf dem Tod gebaut.«

»Ich habe dich geboren«, flüsterte Storm und sah ihre Tochter so voller Liebe an, wie nur sie es vermochte. »Und darüber bin ich sehr froh.«

»Wie bist du mit mir entkommen?«, krächzte Rain.

»Ich wurde ständig von MedBots und Ärzten umsorgt. Tiberius kam mich oft besuchen, um sich mit eigenen Augen von deiner Entwicklung zu überzeugen. Doch Aurelia …«

Es schien Storm schwerzufallen, darüber zu sprechen, denn ihre Stimme zitterte, als würde sie jeden Moment ganz brechen.

»Die Beziehung deiner Eltern war zermürbt. Tiberius hat immer öfter meine Nähe gesucht und nicht versucht, es vor Aurelia zu verbergen. Für sie war es die größte Demütigung, dass die Geliebte ihres Mannes ihr Kind austragen sollte. Sie forderte sogar, meine Schwangerschaft abzubrechen. Ich wusste, dass Aurelia dich nie lieben würde. Aber ich, ich habe dich geliebt. Vom ersten Augenblick an. Ich wollte dich nicht ihnen überlassen. Ich konnte es einfach nicht.«

»Deshalb bist du weggerannt.«

»Und weil du dein Leben retten wolltest«, ergänzte Bolt trocken.

»Du verstehst gar nichts«, knurrte Storm, und in ihren Augen blitzte der Kampfgeist, den Rain so liebte. »Es war nicht leicht, da ich die Höhle der Engel nicht verlassen durfte. Tiberius schirmte mich ab und ließ niemanden in meine Nähe, da mich natürlich niemand schwanger sehen durfte. Aurelia sollte ja das Kind bekommen und nicht ich. Während sie der Welt also ihren angeblichen Babybauch präsentierte, wurde ich rund um die Uhr bewacht. Es war ein Albtraum. Ich wusste nicht einmal, was nach meiner Schwangerschaft mit mir passieren würde und ob man mich leben lassen würde, wie Tiberius es mir versprach.«

»Wie bist du entkommen?«

»Mit jeder Menge Glück und Aurelias Hilfe.«

»Aurelia?«

»Sie erwischte mich, wie ich ein Skalpell einsteckte. Aber sie sagte nichts. Vermutlich hoffte sie, dass ich einfach aus ihrem Leben verschwinden würde. Ich überwältigte eine Wache und floh.«

»Aber nicht zu uns«, kommentierte Bolt, und seine Augen verengten sich zu Schlitzen.

»Weil die Spines Rain kein Zuhause geboten hätten. Nur Vorurteile und Hass. Ich wollte, dass sie geliebt wird.«

Storms Stimme brach, und Rain wusste, dass sie niemals jemanden mehr lieben würde als Storm.

»Warum jetzt, Mom?«, flüsterte sie. »Warum bist du zu ihnen zurückgekehrt?«

»Ich hatte keine Wahl. Die Gesegneten wollten meinen Kopf, und ich musste mich verstecken. Also habe ich die Spines gesucht und ihnen die Information im Austausch für Schutz angeboten.«

»Du hast es ihnen gesagt? Das alles?«

»Nicht nur zu meinem Schutz. Auch für dich«, flüsterte Storm.

»Sie haben versprochen, dir nicht wehzutun, wenn ich ihnen helfe.«

»Du hast dich zum Anschlag in Aventin bekannt.«

»Dafür ist dir nichts geschehen, mein Herz. Alles, was ich tue, tue ich für dich.«

»Wir halten unser Wort, auch wenn du es nicht verdient hast. Es wäre deine Pflicht gewesen, uns das alles vor sechzehn Jahren zu erzählen«, mischte sich Bolt ein und stand auf. Er machte ihr nicht nur einen Vorwurf, nein, er war wütend und verletzt, auch wenn er es versuchte zu verbergen. »Nur deinetwegen konnten die Gesegneten die letzten Jahre weiter an Menschen herumexperimentieren und sie als Brutmaschinen benutzen. Nach Rain wurden noch weitere Gesegnete geboren. Du hast die Leben all dieser Leihmütter auf dem Gewissen. Das darfst du nie vergessen.«

»Ich weiß«, murmelte Storm, und ihre Hände zitterten. In Bolts Nähe war sie nicht die Kämpferin, die Rain kannte, nicht der unerbittliche Sturm.

»Jetzt kennst du die Wahrheit.« Bolt wandte sich Rain zu. »Ich werde dir nicht vorspielen, dass ich dich mag, und ich werde sicherlich nie deinen Leihpapi spielen. Aber ich gebe dir die Möglichkeit, frei zu wählen, was du sein willst. Wild oder gezähmt? Gerecht oder gesegnet? Rain oder Rajana?«

38.

BOLT UND STORM FÜHRTEN RAIN durch die Gänge, die an eine Art Bunker erinnerten und weit unter einer alten Metallfabrik lagen. Ihnen folgte eine Handvoll Spines, die Rain nicht aus den Augen ließen.

»Was will die denn hier?«, fragte ein Junge in Roses Alter und trat aus seinem Zimmer.

»Seht sie euch an. Hält sich für etwas Besseres«, schimpfte eine Drei und spuckte Rain vor die Füße.

»Spuck meine Tochter noch einmal an, und ich reiße dir die Zunge raus.« Storm schob sich vor ihre Tochter und funkelte die Frau wütend an. Für einen kurzen Moment war sie wieder der unbeugsame Sturm, den Rain kannte.

»Ganz ruhig«, schritt Bolt ein und hob beschwichtigend seine Hände. »Rain ist unser Gast.«

»Sie ist eine von denen, die die BoomBots geworfen haben.« In der Stimme des Jungen war so viel Hass, das Rain erschrak. »Aventin soll brennen.«

»Die Gesegneten haben auch Gutes getan.« Kaum hatte sie das ausgesprochen, bereute sie auch schon, darauf hingewiesen zu haben.

»Gutes?« Bolt lachte bitter auf. »Oh, sicher. Im Moment erinnern sie uns täglich daran. Auf dem Hopesender werden rund um die Uhr die Helden gezeigt, die die Rote Seuche behandeln, und die tapferen Wissenschaftler, die an einer Lösung arbeiten. Sei nicht dumm, Mädchen, und benutze die Intelligenz, die dir ins Reagenzglas gelegt wurde. Wer weiß, ob diese Krankheit nicht bloß ein weiteres Mittel Aventins ist, um uns unter Kontrolle zu halten?«

Rain wollte etwas erwidern, aber sie wusste nicht was, denn tief im Inneren keimte der Verdacht, dass Bolt recht haben könnte.

Die Rebellen nickten zustimmend. An ihren Blicken war deutlich zu sehen, wie sehr sie Bolt liebten. Sie sahen zu ihm auf wie Hunde zu ihrem Herrchen aufsahen, wenn es ihnen eine Schüssel Futter brachte. Nur sein Befehl hielt sie davon ab, Rain auf der Stelle zu zerfleischen.

Das Erklingen eines schweren Gongs rief die Spines in einer Halle zusammen. An der Decke waren die Rohre der alten Fabrik bunt angesprayt worden, ebenso wie die Wände und der Boden. Rain konnte überall Sprüche wie »Wir sind wild«, »Wir sind frei«, »Wir sind gerecht« lesen. Zusammen mit Graffiti-Bildern von Masken und chaotischen, scheinbar nicht zusammenhängenden Porträts und Szenerien.

Bolt führte Rain und Storm eine Wendeltreppe hinauf auf ein Gitter, welches als Plattform diente. Sie lehnten sich an die kalte Betonwand, während Bolt selbst zum Geländer schritt.

»Bolt! Bolt! Bolt!« Es hallte von den Wänden. »Bolt! Bolt! Bolt!«

Bei jedem Ruf traten die Anwesenden auf den Boden und hoben ihre Faust empor. Es klang wie ein Kampfschrei.

Der Spine beugte sich über die Reling und streckte ebenfalls seine geballte Hand in die Höhe. Rain konnte sein Gesicht nicht sehen, aber sie war sich sicher, dass er lächelte.

»Ich grüße euch, ihr Wilden. Ihr Freien. Ihr Echten. Ihr Gerechten.«

Die Anwesenden jubelten und klatschten in die Hände, bis eine Handbewegung seitens Bolt sie zum Verstummen brachte. Es war faszinierend, wie ruhig es durch eine einzelne Handbewegung in der Halle werden konnte, als hätte Bolt eine Fernbedienung, mit der er sein Publikum steuerte.

»Wir sind die Dornen im Arsch der Gesegneten, die sich schon viel zu lang in Aventin auf ihren Seidenkissen ausruhen, während wir für sie schuften. Wir sind die Asche, die sich über die goldene Stadt der Lügen legt und die Welt mit Grau bedeckt. Wir sind die Faust, die sich gegen Ungerechtigkeit erhebt und die für die Schwachen einsteht. Wir sind …«

Er hielt inne, während die Anwesenden den Satz vervollständigten.

»Die Wilden. Die Freien. Die Echten. Die Gerechten.«

Bolt nickte zufrieden.

»Die Gesegneten haben das Unrecht in die Welt gebracht. Sie bestimmen, welchen Wert wir haben. Sie haben die Klassen in die Welt gebracht und sich selbst an die Spitze gestellt. Ist das gerecht?«

Ein lautes »Nein« heulte durch die Halle.

»Ich frage euch, sind wir nicht alle aus Fleisch und Blut? Haben wir nicht alle dieselben Gefühle und Gedanken? Egal ob Einsen, Zweien oder Dreien. Sind wir nicht alle Menschen? Ich sage euch, wir sind alle gleich viel wert. Jeder von uns ist wichtig! Jeder von uns zählt. Wir sind alle gleich.«

»Ja!« Lautes Zustimmen unter den Versammelten.

Nein, dachte Rain bitter. *Du erhebst dich über sie.*

Das Erschreckende daran war, dass Bolt recht hatte, denn er ähnelte Tiberius mehr, als er ahnte.

»Die Gesegneten limitieren unseren Zugang zu Essen und Medikamenten. Sie sagen uns, wann wir das Haus verlassen dürfen und welche Arbeit wir erlernen. Um uns zu kontrollieren, haben sie überall Kameras und Drohnen stationiert. Wollen wir ihre sogenannte Sicherheit?«

Nein, auch das wollte niemand.

»Die füttern uns mit ihren Lügen, doch wir hören ihnen nicht länger zu. Wir werden ihre goldene Stadt zum Einsturz bringen. Wir werden ihre Klassen zum Einsturz bringen.«

Dem Aufschrei nach zu urteilen, wollten die Anwesenden das so schnell wie möglich in Angriff nehmen. Vereinzelt wurden Stimmen laut, die »Lasst es Asche regnen!« und »Gold zu Asche!« brüllten.

»Wir wurden in Asche geboren, und ich verspreche euch, die Welt wird in dieser Asche versinken«, rief Bolt.

»Gold zu Asche!«

»Wollen wir Frieden?« Bolt hielt Rains goldene Schärpe empor. Das glitzernde Band, auf dem kaum noch lesbar »Boten des Friedens« stand. Der Smog hatte das Gold ergrauen lassen und die Schrift fast unleserlich gemacht.

»Nein!«, brüllten die Spines, und Bolt zerriss den Stoff.

»Wir scheißen auf den Frieden und fordern Gerechtigkeit!«, rief Bolt.

Das war eindeutig. Rain wich instinktiv einen Schritt zurück und drückte sich fester an die Betonwand, um nicht als Nächste zerrissen zu werden. Die Wut und Entschlossenheit der Anwesenden brachte den Raum zum Vibrieren. Zumindest für Rain war es mit einem Mal unerträglich heiß. Sie wischte sich die Schweißperlen von der Stirn.

»Wir werden kämpfen. Für Freiheit! Für Gerechtigkeit! Für Gleichheit! Für Wildheit!«

Und die Masse brüllte zurück. »Frei! Gerecht! Echt! Wild!«

»Unwetter haben keine Angst«, flüsterte Storm und ergriff ihre Hand. Rain sah auf, in die dunklen, entschlossenen Augen ihrer Mutter, und für einen kurzen, wunderbaren Moment glaubte sie fest daran, dass alles gut werden könnte.

Die Spines standen auf und reckten ihre Arme mit den durchgestrichenen Zahlencodes empor. Dann begannen sie zu singen, und ihre Töne drangen durch die Halle wie das mächtige, eintönige Schlagen einer Trommel. Um das noch zu unterstützen, stampften sie im Takt mit ihren Füßen auf den Boden, als würden sie marschieren.

Grau
die Seele unserer Stadt
Rot
das Herz in unserer Brust,
das für die Freiheit schlägt
Gold
der Glanz des Untergangs;
Versprechen falsches Glück.

Grau
Die Erde auf dem Grab
Rot
das Blut der Heiligen,
vermischt mit Ruß und Schweiß.
Gold
wird unsere Krone sein.
Aus Dornen neu geboren.

Bei »Dornen« zogen sie sich ihre Masken über, aus denen die Stacheln ragten. Nichts, was Rain sagen würde, konnte diese Menschen überzeugen, von ihrem Plan abzulassen. Bolt hatte recht. Sie war eine Gesegnete ohne Macht, eine Spielfigur in einem Spiel, das sie nicht kannte.

»Du bist der Regen«, flüsterte ihre Mutter. »Die Hoffnung.«

»Ich bin nichts. Nur ein Schatten«, flüsterte Rain.

»Alles beginnt mit einem Tropfen. Einem Tropfen, dem Milliarden weitere Tropfen folgen.«

Nein, niemand würde ihr folgen. Die Seiten waren klar definiert. Gesegnete und Spines. Privilegierte und Rebellen. Tiberius und Bolt.

»Der Regen spricht nicht. Er schreit und tanzt und trommelt. Du bist wilder als all diese Menschen. Und du bist freier. Sie wissen es bloß noch nicht«, flüsterte ihre Mutter und zeigte auf ein Bild an der Wand. Es zeigte ein Mädchen, welches im Regen tanzte. »Das habe ich gemalt. Für dich.«

Die Versammlung war beendet, und Bolt stieg von der Treppe hinunter.

Rain atmete langsam ein, erleichtert darüber, dass sie nicht öffentlich zerfetzt worden war.

»Wie du siehst, sind die Menschen dazu bereit, für unsere Werte zu kämpfen«, erklärte Bolt, sichtlich zufrieden mit seiner Ansprache, und führte sie in eine Cafeteria, in der um diese Zeit nur wenig los war. Die Anwesenden begannen zu tuscheln, als sie sie sahen, wagten aber nicht, etwas zu sagen.

»Setz dich, Prinzessin.« Bolt nahm zwischen den Anwesenden an einem Tisch Platz. »Wie du siehst, sind wir alle gleich. Egal ob Anführer, Eins, Zwei oder Drei. Wir sind alle Spines.«

Allerdings muss der Anführer sein Essen nicht wie alle anderen an der Theke holen, dachte Rain, als eine Frau herbeigeeilt kam, um ihnen das Essen zu servieren. Zunächst hatte sie nur etwas für Bolt dabei, aber auf ein Zeichen von ihm holte sie auch etwas für Rain und Storm.

»Das ist wirklich bewundernswert, was ihr hier geschaffen habt«, sagte Rain brav. »Aber warum bin ich hier? Was willst du von mir?«

Die Frau kam mit ihrem Essen und donnerte den Teller vor Rain auf den Tisch. Sie beäugte die Gesegnete mit Argwohn und flüsterte etwas, das sich wie »Aventin-Abschaum« anhörte.

Rain stocherte skeptisch in der Suppe. Bestimmt hatte die Frau hineingespuckt. Oder Schlimmeres. Ihr Hunger siegte schließlich, und sie probierte vorsichtig vom dem Brot, welches neben der Suppe lag.

»Ich weiß, du hattest Freunde, die nicht mit den besten Genen gesegnet waren«, begann Bolt, und Rain hielt inne. Meinte er Rose? Und viel wichtiger, woher wusste er von ihr?

Tatsächlich hatte Bolt ein mitfühlendes Lächeln auf den Lippen. Ein falsches mitfühlendes Lächeln.

»Rose. Ein entzückendes kleines Mädchen, das ihr Leben nur dir zu verdanken hat.« Er sah sie erwartungsvoll an, und Rain wurde schlecht. Warum sprach er über Rose?

»Ja, ich erinnere mich an die Kleine. Sie war eine Drei, oder?«, antwortete sie vage. Sie spürte, wie ihre Mutter sich neben ihr versteifte und verstand. Dies war keine nette Unterhaltung. Es war ein Verhör.

»Lark hat uns von deiner Heldentat erzählt«, fuhr Bolt fort.

Ganz sicher nicht! Lark hätte den Rebellen niemals etwas über seine Schwester erzählt. Um nichts in der Welt würde er sie freiwillig in die Sache mit hineinziehen. Aber warum horchte Bolt sie aus? Vertraute er Lark nicht mehr?

»Ach ja?« Sie tat verwundert.

»Er hat erzählt, dass ihr Freunde wart«, bemerkte Bolt scheinheilig, ohne sie aus den Augen zu lassen.

»Freunde?« Rain spuckte das Wort abfällig aus ihrem Mund. »Wenn er das behauptet, ist er ein Qualmkopf.«

»War das nicht der Lauscher, der dich ausspioniert hat?«, mischte sich Storm mit gespieltem Entsetzen ein. Ihre Mutter und sie verstanden sich ohne Worte, als wären ihre Gedanken miteinander verwoben.

»Genau der. Der, der uns an die Sentinal verraten hat«, ergänzte Rain. »Wenn ich den wiedersehe, steche ich ihm die Augen aus.«

»Nicht, wenn ich ihn zuerst in die Finger bekomme«, versprach Storm, und der alte Kampfgeist funkelte in ihren dunklen Augen. »Ich werde dieser kleinen Ratte den Hals umdrehen.«

Sie ergänzten sich perfekt. Wie früher.

»Nun. Das wird nicht möglich sein, fürchte ich.« Bolt seufzte. »Lark ist nun einer von uns.«

»Ich dachte, er wäre ein Lauscher für die Sentinal?« Rain schien überrascht.

»Ja, das war er, aber er hat sich uns angeschlossen, nachdem er verstand, wie die Sentinal die Menschen behandeln. Eine traurige Geschichte. Seine große Liebe hat ihr Augenlicht an die Mondaugenkrankheit verloren und wurde herabgestuft, doch der arme Junge wollte trotzdem eine Bindung mit ihr eingehen …« Bolt schüttelte betroffen den Kopf.

Lark und Hail wollten eine Bindung eingehen?

Reiß dich zusammen, Rain, ermahnte sie sich. *Bolt will dich testen. Also guck nicht so schockiert.*

»Leider starb seine Liebe bei dem Drohnenvergeltungsschlag der Gesegneten. Daran ist der arme Junge wohl zerbrochen. Jetzt hasst er die Gesegneten von ganzem Herzen. Glücklicherweise waren wir da, um ihm zu helfen und seine Familie zu unterstützen.«

»Glücklicherweise«, echote Rain kühl. »Und jetzt vertraut ihr ihm? Einem ehemaligen Anwärter?«

»Er hat uns seine Loyalität bereits bewiesen.«

»Ach wirklich? Womit?« Rain schluckte.

»Nun, etwas sehr Wichtiges.« Bolt lächelte vage, und es gefiel Rain nicht. Was hatte Lark getan? Hatte er sie wieder verraten? Hatten sie es deshalb geschafft, sie zu entführen?

»Er hat dafür gesorgt, dass wir endlich ernstgenommen werden. Aber wir sind hier, um über dich zu sprechen. Bist du bereit, dich uns anzuschließen?«

Rain ergriff Storms Hand. »Wenn ich hier bleibe, müssen wir uns nicht mehr verstecken, Mom. Niemand würde uns mehr trennen.«

Und bei der nächsten Gelegenheit verschwinden wir von hier, ergänzte sie in Gedanken.

»Es ist das, was wir immer wollten«, bestätigte Storm. Rain sah das Funkeln in den Augen ihrer Mutter. Sie wusste, dass auch ihre Mutter alles sagen würde, um hier rauszukommen.

»Wenn du dich uns anschließen würdest, können wir die Welt gemeinsam besser machen.« Bolt sah ihr tief in die Augen. Ob er wusste, dass Tiberius vor nicht allzu langer Zeit etwas Ähnliches zu ihr gesagt hatte?

»Was muss ich tun, um bleiben zu dürfen?«, fragte Rain.

»Du bekennst dich ganz offiziell zu uns.«

»Und dann?« Es würde wohl kaum ihr Wort reichen, um die Rebellen zu überzeugen, sie in ihrer Mitte aufzunehmen. Im Augenwinkel sah sie die hasserfüllten Blicke, die man ihr zuwarf. Nein, sie war das erklärte Feindbild. Egal, was sie tat, man würde sie nie als eine Rebellin ansehen.

»Du hilfst uns bei unserem nächsten Schlag gegen Aventin. Dem entscheidenden Schlag.«

Rain schluckte.

»Und wie soll sie das tun?«, fragte Storm besorgt.

»Wir haben einen Plan, aber zunächst brauchen wir einen Beweis deiner Treue.«

Rains Gehirn ging auf Hochtouren ihre Optionen durch, von denen es nicht wirklich viele gab. Auf stur schalten und den Rebellen damit noch mehr Gründe geben, sie hinzurichten, oder sich kooperativ zeigen, um bei der nächsten Gelegenheit mit Storm zu fliehen. Ihre Mutter drückte ihre Hand, um ihr beizustehen.

»Und der wäre?«, fragte sie, und Bolt lächelte. Der Ausdruck in seinen Augen gefiel ihr nicht. Ganz und gar nicht.

»Du musst Daphne töten.«

Rains Magen zog sich zusammen. Ihr war mit einem Schlag der Hunger vergangen, und der Rest des Brotes blieb ihr im Hals stecken.

»Bolt«, protestierte Storm und stand mit einem Ruck auf. Sie war beinahe zwei Köpfe kleiner als der Rebell, aber in diesem Moment schien sie keine Angst zu haben. »Du kannst von Rain nicht erwarten, jemanden zu töten. Das lasse ich nicht zu.«

Rain bemerkte, wie einige maskierte Spines, vermutlich Bolts Leibwächter, herbeitraten.

»Beruhig dich, Storm. Nach allem, was ich weiß, wurde Rain von dieser verrückten Frau bei jeder Gelegenheit gedemütigt und entwertet. Oder, Prinzessin? Sie hat dir das Leben schwergemacht und dich schlecht behandelt. Du kannst sie nicht ausstehen, nicht wahr?«

Woher wusste Bolt das?

»Das ist kein Grund, jemanden zu töten«, knurrte Storm und ballte ihre Hände zu Fäusten. »Wir haben einen Deal.«

»Ich habe dir versprochen, deiner Tochter nichts anzutun, und ich halte mein Wort, aber wenn ihr bei den Spines bleiben wollt, müsst ihr euren Beitrag leisten.«

»Ich leiste den Beitrag.« In Storms Augen tobte der Sturm, als sie sich auf dem Tisch abstützte und sich vorbeugte. »Lass meine Tochter in Ruhe.«

»Sie ist nicht deine Tochter. Nur ein Kind, das du entführt hast.«

Das war zu viel für Storm. Rain spürte es, bevor die Leibwächter auch nur blinzeln konnten. Sie spürte die Anspannung wie eine Vibration und sah, wie ihre Mutter mit ihrer Faust ausholte, um Bolt einen Schlag zu verpassen.

»Mom, nicht«, flüsterte Rain und zog sie zurück. »Das hat keinen Sinn.«

Der Sturm im Herzen ihrer Mutter legte sich für einen kurzen

Moment, aber Rain wusste, dass er innerhalb von Sekunden wieder aufziehen konnte.

»Du Mistkerl«, knurrte sie stattdessen.

»Beruhige dich, meine Liebe. Es ist doch ganz einfach«, erklärte Bolt mit einer Stimme, als würde er einem Kind das Einfachste der Welt erklären. »Rain tötet die Aventinerin. Dann reden wir weiter.«

»Ich verstehe«, krächzte Rain und nickte langsam. »Was ist mit Bishop? Wo ist er? Ich will ihn sehen.«

»Das geht nicht. Er wird gerade … verhört.«

»Ich will ihn sehen.« Rain gab nicht auf. »Sonst mache ich gar nichts.«

»Nun gut.« Bolt nickte.

Lark konnte sich uneingeschränkt im Versteck der Spines bewegen. Trotzdem hielt er sein Gesicht tief im Schal verborgen, da er Angst hatte, als der Bombenschmuggler erkannt zu werden. Der Held, dem man die Maske des Blutes geschenkt hatte.

Er ging durch einen Gang, in dem bis vor einiger Zeit die Arbeiter, die in den Schächten unter Tage arbeiten mussten, untergebracht worden waren. Zu beiden Seiten gab es zahlreiche Zellen, in denen sie geschlafen hatten. Die Wohnräume wurden nun von Spines genutzt.

Die Rebellen schienen Bolt ebenso zu verehren wie die Aventiner ihre Gesegneten. Seine rote Stachelmaske zierte zahlreiche Betonwände, ebenso wie Zitate aus seinen Reden.

Lark erreichte einen Aufenthaltsraum. Er erkannte einige der Spines, die dort auf dem Boden saßen und sich Dornen in ihre Gasmasken bohrten. Er war mit ihnen auf die gleiche Schule gegangen. Überwiegend Zweien.

»Wenn ihr mich fragt, sollten wir der Gesegneten das geben, was sie verdient«, sagte einer der Jungs.

»Halt die Klappe, Kit. Sie hat uns nichts getan.«

»Ich will sie trotzdem brennen sehen!«

»Bolt wird schon wissen, was er macht.«

»Hoffentlich. Sie ist immerhin eine von denen.«

Lark musste all seine Willenskraft zusammenreißen, sich nicht einzumischen.

Hinter den Rebellen war ein Schacht. Lark näherte sich und warf einen Blick hinauf. Eine Leiter führte auf die Ebene darüber, vielleicht sogar bis zur Oberfläche. Genau konnte Lark es nicht sagen, denn der Tunnel war nicht beleuchtet. Es war so eng, dass ein Mann gerade hindurchpasste.

»Wo geht es da hoch?«, fragte er die Anwesenden, doch die zuckten nur mit den Schultern. Sie waren so in ihre Diskussion vertieft, dass sie seine Anwesenheit gar nicht richtig zu bemerken schienen.

Lark ergriff die Leiter und zog sich hoch. Er zwängte sich in den Schacht und kletterte empor. Die Luft reichte gerade aus, wenn man sich dazu zwang, ruhig zu atmen, und die rauen Betonwände drückten sich von allen Seiten gegen ihn, wie eine Faust, die ihm die Luft aus den Lungen presste.

Lark kämpfte die aufsteigende Panik nieder und erklomm Sprosse für Sprosse. Wenn dieser Gang bis zur Oberfläche führen sollte, wäre er eine Fluchtmöglichkeit für Rain.

Er kniff die Augen zusammen, konnte jedoch nicht einmal die eigenen Finger vor Augen sehen, so dunkel war es. Eine gefühlte Ewigkeit kletterte er in der Dunkelheit empor, dann stieß er mit dem Kopf gegen das Ende.

Kallisto!

Er tastete die Decke ab und fand einen Griff, den er betätigte. Eine Luke glitt zur Seite. Lark zog sich empor und fand sich in einem ihm unbekannten Raum wieder. Hier war es unerträglich heiß, und die Luft schien vor seinen Augen zu flimmern. Die

Wärmequelle waren Rohre, die an der Wand entlangliefen und in einem Wasserbecken landeten, in dem sie abgekühlt wurden. Dichte Wolken aus verdampftem Wasser stiegen empor und hingen schwer unter der Decke, wo sie darauf warteten, in einen der Lüftungsschächte eingesaugt zu werden.

Lark lugte über den Rand in das Wasser hinunter. Da wollte er nicht hineinfallen. Das Wasser schien nicht nur gefährlich heiß, sondern war schon lange nicht mehr gereinigt worden. Rost und Abfälle schwammen darin und färbten es rotbraun.

»Was machst du hier?« Eine Stimme ließ ihn herumfahren.

Lark drehte sich um und erschrak, als hinter ihm ein Spine stand.

»Bist du nicht ein Sentinal-Anwärter?«, fragte der Mann misstrauisch und nahm seine grüne Stachelmaske ab. Das Gesicht darunter kam Lark bekannt vor, auch wenn er es nicht einordnen konnte.

»Ich habe dich auf dem Schulhof gesehen. In deiner Uniform.« Die Hand des Mannes wanderte zu seinem Gürtel, wo er vermutlich eine Waffe versteckt hielt. »Was schnüffelst du hier herum?«

»Ich bin einer von Bolts Spionen, du Qualmkopf«, entgegnete Lark und enthüllte sein Gesicht ganz. »Einer seiner wichtigsten Spione. Wie glaubst du, hat er die Bombe nach Aventin bekommen?«

»Oh.« Der Mann atmete sichtlich erleichtert auf, als er verstand. »Hab mich schon gewundert, wie du hier reingekommen bist.«

»Jetzt weißt du es.«

»Du bist der Held, richtig?« Er beäugte Lark interessiert. »Würdest du mir meine Maske signieren?«

»Später.« Lark wich dem Wunsch aus.

»Das war echt mutig von dir. Ach, ich wünschte, ich werde auch mal so berühmt wie du.«

Lark wurde übel, aber er zwang sich, sich nichts anmerken zu lassen.

»Kennst du … kennst du Bolt gut?« Der Bewunderung in seiner Stimme nach zu urteilen, war er ein Fan.

Lark nickte.

»Mir hat er auch einen wichtigen Auftrag gegeben, weißt du?«, berichtete der Mann. »Nicht so wichtig wie deiner, aber auch wichtig. Ich habe ihn nur einmal getroffen, aber er hat gesagt, er vertraut mir. Deshalb soll ich neue Rebellen anwerben.«

»Und? Hattest du Erfolg?«

»Ja, es ist gar nicht schwer. Im Moment sind viele unzufrieden und haben ein offenes Ohr für unsere Botschaft.«

»Du hast auch Hail angeworben«, erinnerte sich Lark, und plötzlich legte sich eine eisige Kälte um sein Herz.

»Hail?« Der Mann sah verwundert aus. »Tut mir leid, Junge, ich habe mit so vielen gesprochen.«

»Sie war eine Schülerin an meiner Schule.« Und sie hatte mit ihm geredet. Vor dem Schulhof. Lark wusste plötzlich wieder genau, woher er diesen Rebellen kannte.

»Oh, war sie eine Zwei? Ich werbe viele an der Schule an. Die benachteiligten Schüler dort sind oft einfach zu überzeugen. Du weißt, was ich meine, oder?« Er lachte, als ob er einen Witz gemacht hätte, aber Lark lachte nicht mit.

»Sie war eine Eins«, sagte er. »Aber sie hatte Probleme mit dem Sehen.«

»Das Mondauge! Ja, ich erinnere mich.«

»Sie ist tot.« Als er es aussprach, spürte er, wie sein Herz erneut zerriss.

Tot.

Er konnte es nicht glauben, dass er sie nie wiedersehen würde, dabei dachten sie doch, dass sie alle Zeit der Welt zusammen hätten.

»Ja, tragische Geschichte. Ich wollte mich an dem Tag mit ihr und einem anderen Schüler treffen, aber die Bombe kam mir zuvor, wenn du verstehst.«

Lark verstand.

»Sie ist tot.« Dieses Mal erfüllte es ihn nicht mit Schmerz, sondern mit Wut.

Hail war tot, weil dieser Typ sie angeworben hatte. Weil dieser Abschaum ihre Schwäche ausgenutzt hatte.

Benachteiligte Schüler sind einfach zu überzeugen, das hatte er gesagt.

»Sie war noch nicht lang dabei. Bloß eine Sprayerin«, antwortete der Spine lächelnd. »Hat ein paar Sprüche auf die Wände geschrieben. Mehr nicht. Wir hatten echt Glück, dass die Bomben keine ähm … na, du weißt schon … keine wichtigen Spines getroffen haben.«

»Sie war wichtig«, widersprach Lark.

»Das stimmt«, überlegte der Spine. »Ihr hübsches Gesicht ziert jetzt die Wände von Grey, damit niemand vergisst, dass Aventin unsere Kinder tötet. Ihr Tod hat sie ungeheuer wichtig für uns gemacht.«

»Mir war sie schon immer sehr wichtig«, korrigierte Lark.

»Was meinst du?«

Lark holte aus und versetzte dem Mann einen Schlag. Der war zu überrascht um auszuweichen. Die Wucht des Hiebes traf ihn und warf ihn zurück.

»He! Was soll das?«, fluchte er, doch Lark hatte genug geredet und ließ zu, dass die Wut die Kontrolle übernahm.

»Du hast sie getötet«, knurrte er und schlug ein weiteres Mal zu, doch der Spine fing seinen Angriff ab. »Du hast sie dazu überredet.«

Wen würden sie als Nächstes anwerben? Rose? Wäre sie auch eine leichte Beute?

»Hast du den Verstand verloren, Junge?« Der Spine war wütend. »Die Kleine war ein Mondauge. Fast blind. Sie war allein, und wir haben ihr eine Aufgabe gegeben. Was ist falsch daran?«

»Sie brauchte euch nicht. Sie hatte mich.« Lark versetzte ihm einen Tritt gegen den Oberschenkel. Vor Schmerz krümmte sich der Rebell, und Lark trat erneut zu. Der Mann wankte nach hinten, direkt auf die Kante zu.

Lark wollte »Vorsicht« rufen, doch es war bereits zu spät. Der Mann stürzte über den Rand und fiel in das dampfende Wasser. Ein dumpfer Knall erschütterte die Rohre. Das Wasser spritzte auf. Wellen schlugen gegen den Rand. Dann beruhigte es sich wieder.

Larks Herzschlag schien den ganzen Raum auszufüllen. Ihm war schwindelig, und helle Punkte tanzten vor seinen Augen.

Vorsichtig ging er auf das Becken zu. Er wusste bereits, was ihn erwartete, noch bevor er den leblosen Körper des Mannes unter sich zwischen den Rohren sah. Den Mann, den er getötet hatte. Er trieb in einer unnatürlichen Haltung im dunklen Wasser.

39.

BOLT FÜHRTE SIE ZU EINER METALLTÜR, in die ein Fenster auf Augenhöhe eingelassen war, durch das man in den dahinterliegenden Raum blicken konnte. Er war bis auf einen Stuhl leer, und auf diesem Stuhl saß Bishop. Rain konnte nur seine dunklen Haare sehen, da sein Kinn auf der Brust ruhte, als würde er schlafen. Ihr Mund fühlte sich plötzlich so trocken an, als hätte sie Asche geschluckt.

»Hier ist dein Cabman. Beeile dich«, befahl Bolt und ließ sie hinein, während er mit den Wachen und Storm draußen blieb. »Ich gebe dir zwei Minuten. Mehr nicht.«

Die Tür fiel hinter Rain ins Schloss.

Es roch nach verbrannter Haut und Schweiß. Erst jetzt sah Rain, dass der Cabman gefesselt und verkabelt war. Drähte führten zu Manschetten, die um die entblößten Handgelenke gelegt worden waren. Hatte man ihn mit Strom gefoltert?

»Bishop? Geht es dir gut?«, hörte sie sich flüstern.

Was für eine dumme Frage! Als er Rains Stimme hörte, zuckte sein Kopf nach oben. Sein Gesicht zeigte keine Regung, sein Blick war leer, als würde er sie nicht erkennen. Die Augen waren gerötet und eingesunken.

»Bishop?«, krächzte Rain und ging vor ihm in die Hocke. Seine Mundwinkel hoben sich, als er sich zu erinnern schien.

»Alles in Ordnung«, murmelte er kaum hörbar. »Sie haben mich nur befragt.«

»Es tut mir so leid.« Rain schmeckte Magensäure im Mund, die sie versuchte wieder herunterzuschlucken, doch ihr Mund war ausgedörrter als ein Heizungsschacht. Sie bückte sich und griff nach seiner Hand.

»Was ist mit dir? Haben sie dich auch … du weißt schon?«, fragte er.

»Nein, mir geht es gut. Sie wollen, dass ich mich ihnen anschließe«, berichtete Rain.

»Und?« Bishop hatte Mühe, seinen Kopf zu halten. Immer wieder sackte das Kinn auf seine Brust.

»Ich fürchte, ich kann ihre … Bedingungen nicht erfüllen.« Ihre Stimme zitterte, als sie berichtete, was sie von ihr verlangten. Bishop nickte langsam, dann ließ er den Kopf hängen.

»Ich ertrag das nicht mehr«, stöhnte er. »Ich habe ihnen alles gesagt, was sie wissen wollen. Sie werden mich töten … So viel zu meiner großen Karriere als Cabman.«

Er versuchte ein schwaches Lächeln.

»Was soll ich machen?« Rain quollen Tränen aus den Augen.

»Wenn du Daphne nicht töten kannst, dann gibt es keine Hoffnung. Weder für mich noch für dich …« Er ließ die Schultern hängen, als hätte er aufgegeben, doch Rain konnte das nicht zulassen. Sie verdankte dem Cabman ihr Leben und war es ihm schuldig, alles zu versuchen, um ihm zu helfen.

»Meinst du, ich sollte sie töten?«, flüsterte Rain, und allein der Gedanke bereitete ihr Übelkeit.

»Es mag dir falsch vorkommen«, antwortete Bishop langsam. »Aber diese Frau ist es nicht wert, für sie zu sterben.«

Es überraschte Rain, dass ihr Cabman das so sah, aber sie wollte ihn nicht verurteilen. Immerhin war er gefoltert worden, und Schmerz konnte Menschen verändern.

»Wir werden es schaffen«, versprach Rain, aber sicher war sie sich nicht. »Irgendwie.«

»Ich glaube dir … Du machst das Unmögliche möglich, Prinzessin.«

Ihnen blieb nicht mehr Zeit, denn die Tür öffnete sich und Bolt befahl ihr, herauszukommen. Storm wurde neben ihm von zwei Spines festgehalten. Ihre weißen Haare standen ungebändigt in alle Richtungen, und sie sah wütend aus.

»Also, Mädchen? Wie lautet deine Entscheidung?«

»Ich werde euch helfen, aber bitte lasst Daphne und Bishop aus der Sache raus«, flehte Rain. Sie musste sich zurückhalten, den Spine nicht anzuschreien für das, was sie ihrem Cabman angetan hatten.

»Erst bringst du Daphne um, dann verhandeln wir über den Cabman.« Bolt blieb unnachgiebig. »Es tut mir leid, Kleine, aber wir brauchen einen Beweis, dass du es ernst meinst.«

Sie spürte den Hass, der in ihr aufstieg.

»Bolt!«, knurrte Storm und machte Anstalten, ihre Bewacher abzuschütteln. »Das ist barbarisch! Das kann ich nicht zulassen.«

»Ich weiß.« Der Spine gab den Wachen ein Zeichen. Die ergriffen Mutter und Tochter und schleiften sie zu einer Zelle. Rain versuchte nicht, sich zu wehren, denn die Gegner waren deutlich in der Überzahl. Storm hingegen schreckte das nicht ab. Sie trat um sich und brüllte wie ein wütender, tobender Sturm.

»Du weißt, was du tun musst, Prinzessin«, sagte Bolt. Mit diesen Worten wurden Rain und Storm in eine Zelle gestoßen. Bis auf die flackernde Neonröhre über dem Eingang war es im Raum dunkel, kalt und feucht. Bilder von Moos nach dem Regen tauchten in Rains Gedanken auf, und sie erlaubte sich den Luxus, kurz an den Wald zu denken. Dort waren sie glücklich gewesen. Storm und sie. Glücklich und sicher.

Im nächsten Moment waren die Bilder verflogen, und die Quelle des Geruchs erwies sich als verschimmelte Wand.

»Enttäusche uns nicht«, sagte Bolt. Bevor die Tür ins Schloss fiel, warf er Rain etwas vor die Füße, dessen Oberfläche das Licht der Neonröhre reflektierte. Ein Messer. »Je schneller du hier fertig bist, desto eher lassen wir deinen Cabman in Frieden.«

Ein Schluchzen zerriss die Stille. Im Schatten, an der gegenüberliegenden Seite, kauerte eine vertraute Gestalt.

»Daphne?« Rains Magen zog sich zusammen, als sie begriff, was das bedeutete. Bolt meinte es ernst. Sie würden die Zelle erst wieder öffnen, wenn Daphne tot war.

»Rajana?«, wimmerte Daphne. »Es ist so furchtbar hier. Jetzt verstehe ich, warum du so bist, wie du bist. Dieses Leben. Das alles. Du kannst nichts dafür, dass aus dir keine anständige Dame mehr werden konnte.«

»Äh … Danke.« Das sollte wohl so etwas wie ein Kompliment sein. Es war zumindest das Netteste, was Rain je von Daphne zu hören bekommen hatte. Die Aventinerin sah furchtbar aus. Das Make-up war verschmiert, und die künstlichen Wimpern klebten nur noch schief an einem Auge. Ihre Haare waren kurz und an einigen Stellen so licht, dass man die Kopfhaut sehen konnte.

»Wie sehe ich aus?«, flüsterte Daphne.

»Nun ja …« Rain wusste nicht, wie sie es sagen sollte, ohne Daphne den emotionalen Todesstoß zu versetzen.

»Sie haben mir die Haarverlängerung herausgerissen und mir die übrigen Haare abgeschnitten, um mich zu demütigen«, erklärte Daphne unter Tränen. »Und dann wollten sie mich befragen.«

»Was hast du ihnen gesagt?«

»Nichts. Ich bin nach dem ersten Stromschlag in Ohnmacht gefallen und in diesem Loch aufgewacht. Hier müsste ganz dringend mal wieder geputzt werden. Man sieht die Wände vor lauter Schimmel nicht mehr. Ekelerregend!«

Schimmel war Rain jedenfalls lieber als die Zelle, in der sie in Aventin gefangen gehalten worden war. Das grelle Licht hatte sie beinahe wahnsinnig gemacht.

»Das ist ein Verlies, natürlich ist es nicht gemütlich«, mischte sich Storm ein.

»Du? Was machst du denn hier?« Daphnes Stimme schnellte in die Höhe, und sie deutete panisch auf Storm. »Mit der Verräterin atme ich nicht dieselbe Luft. Damit das klar ist.«

»Beruhig dich bitte«, versuchte es Rain, doch Tiberius' Cabman dachte nicht daran, sich zu beruhigen, und sprang auf.

»Sie ist ein ganz übler Mensch. Ein ganz übler. Sie hat Tiberius' Vertrauen ausgenutzt, ihn verraten …«

»Tiberius ist ein Mistkerl«, polterte Storm und drehte sich zu ihrer Tochter um. »Tut mir leid, Herz, ich weiß, er ist dein Vater, aber …«

»Durch dich wurde er doch erst verbittert«, verteidigte Daphne ihn vehement. Sie erhob den Zeigefinger und ging wutschnaubend auf Storm zu, doch die drückte die Aventinerin mühelos von sich. »Du hast ihn verraten und ihm sein Kind genommen. Das hat ihm das Herz zerrissen.«

»Herz? Welches Herz?«

»Du weißt genau, was du ihm bedeutet hast.«

»Sein Herz hat nur für einen geschlagen, und zwar für sich selbst.« Storm verschränkte die Arme vor der Brust.

»Du warst ja nicht da und musstest ihn so sehen. Er ist daran zerbrochen, als du fort warst.« Daphnes Gesicht war hochrot und glühte selbst in dem spärlichen Licht der defekten Neonröhre.

»Ich bin sicher, du hast ihm Trost gespendet.«

Für diesen Kommentar versuchte Daphne Storm zu treten, was ihr nicht gelang. Stattdessen rutschte sie aus und landete auf ihrem Hintern. Schluchzend rieb sie sich den zitternden Arm, der ihr nicht mehr gehorchte.

»Du bist … herzloser … Abschaum«, wimmerte sie.

»Und du bist völlig verblendet«, konterte Storm.

»Können wir uns jetzt wieder einkriegen und über eine Lösung für unser Problem nachdenken?« Rains Stimme übertönte die der Frauen. »Wenn wir uns nichts einfallen lassen, werden die Rebellen uns alle töten.«

»Sie wollen uns töten?« Daphne schlug die Hände vor dem Gesicht zusammen.

»Vermutlich.« *Es sei denn, ich bringe dich um,* ergänzte Rain in Gedanken, aber das würde sie vorerst für sich behalten, damit Daphne nicht völlig hysterisch wurde.

»Ich könnte eine Ohnmacht vortäuschen … Und wenn sie die Tür öffnen, überrumpelt ihr sie, und wir hauen ab.«

»Das wird aus mehreren Gründen nicht funktionieren«, schaltete sich Storm ein, und Rain nickte zustimmend.

»Noch andere Ideen?«

Es gab keine. Die Zelle bot keine Möglichkeit zur Flucht. Der einzige Eingang war die Tür, die fest verschlossen war, und ein Lüftungsschacht in der Wand, der, wenn sie das Gitter mit dem Messer aufhebeln würden, gerade einmal groß genug war, um eine Hand hindurchzuschieben.

Die Zeit verging, ohne dass etwas geschah. Sie kauerten aneinander, um sich zu wärmen. Daphne schniefte und weinte, bis sie schließlich einschlief.

Storm streichelte ohne Unterbrechung Rains Kopf, aber es gelang ihr nicht, sie zu beruhigen. Wie auch?

»Ich könnte es tun«, flüsterte Storm schließlich, als Daphnes Schnarchen die Zelle erfüllte. »Wir sagen, du warst es.«

»Auf keinen Fall.« Rain zuckte hoch. Allein der Gedanke, Daphne im Schlaf abzustechen, war unerträglich.

»Ich hätte ihr Blut an den Händen«, redete Storm weiter. »Nicht du …«

»Mom, wir können doch nicht …« Sie wagte nicht einmal, es auszusprechen.

»Ich weiß, mein Herz.« Storm drückte sie an sich.

»Ich habe dich so vermisst, Mom«, flüsterte sie. Sie hatte ihre Mutter wiedergefunden, und das war alles, was zählte.

»Ich dich auch, mein Herz. Ich dich auch.«

Sie warteten. Stunden um Stunden. Irgendwann fielen Rain die Augen zu, und sie fiel in einen unruhigen Schlaf. Als sie aufwachte, lag ihre Zunge schwer im Mund, und ihre Kehle brannte vor Durst.

»Hier.« Storm stand an der Wand und fing mit ihrer Hand heruntertropfendes Kondenswasser auf, das sie ihrer Tochter reichte. Es schmeckte faulig, aber es war besser als nichts.

»Wie lange wollen sie uns hier drin lassen?«, fragte Daphne und schritt zur Tür. Energisch klopfte sie gegen das massive Eisen. »Hallo? Herr Wachmann? Wir haben Durst und Hunger. Eine Dusche wäre auch notwendig.«

Die Tür öffnete sich nicht, stattdessen erlosch die Neonlampe, und es war stockdunkel im Raum.

»Unglaublich«, protestierte Daphne. »Wie ihr eure Gefangenen behandelt, ist unwürdig. Ich verlange euren Vorgesetzten zu sprechen.«

»Das willst du nicht, glaub mir«, sagte Storm.

Rain döste wieder ein und wusste nicht, wie viel Zeit vergangen war, als sie ein Wispern hörte.

Lark wankte wie betäubt durch die Gänge. Die Wände schienen auf ihn zuzukommen und nahmen ihm die Luft zum Atmen. Er blieb stehen und drückte seine Stirn gegen die kalte Betonwand. Seine durchgeschwitzte Kleidung klebte ihm auf der Haut.

Es gab kein Zurück mehr. Das war Lark klar. Er hatte einen Rebellen getötet. Allein der Gedanke bereitete ihm Übelkeit. Magensäure schoss in seinen Mund, und er übergab sich.

Er hatte jemanden getötet. Nicht aus Notwehr. Sondern aus Wut. Mord. Er wich zurück und wischte sich den Mund ab.

»Hey, alles gut?« Ein Spine näherte sich ihm.

»Ja, ja«, murmelte Lark. »Die Enge.«

»Verstehe. Das hat mir am Anfang auch Schwierigkeiten bereitet.«

Lark stolperte weiter, bis er ein Badezimmer erreichte. Dort drehte er den Hahn auf, aus dem gelblich verfärbtes Wasser strömte. Er hielt seinen Kopf darunter, bis sich seine Gedanken beruhigten und die Übelkeit nachließ. Dann stützte er sich an dem Waschbecken ab und starrte auf die Wand vor sich. Was sollte er tun?

Denk nach!

Er brauchte einen Plan.

Das Wasser schmeckte auf seinen Lippen nach Rost und erinnerte an den Geschmack von Blut. Lark strich sich die Haare zurück und stellte sicher, dass kein Erbrochenes an ihm klebte. Dann holte er seine Spines-Maske aus dem Rucksack und befestigte sie so, dass man sie sehen konnte. So vorbereitet verließ er das Badezimmer.

Er musste zu Rain.

Vor ihrer Zelle standen vier Wachen, doppelt so viele wie beim letzten Mal. Lark zögerte, aber ging weiter.

»Niemand darf rein. Befehl von Bolt«, sagte einer der Spines. Lark wusste, dass eine Diskussion zwecklos war, selbst für einen Rebellen-Helden wie ihn, und zuckte mit den Schultern, als ob es ihm egal wäre.

»Schade, hätte mich gerne bei ihr für die BoomBots revanchiert.«

»Tja, das wollten schon einige«, verriet ihm der Rebell. »Aber Bolts Befehle waren unmissverständlich. Wir dürfen niemanden reinlassen.«

»Kein Problem«, sagte Lark. »Ich will nicht, dass ihr Ärger bekommt.«

Er ging weiter, innerlich fluchend. So würde er kaum an den vier Wachen vorbeikommen, um Rain zu retten.

Sein Blick huschte durch den Gang, auf der Suche nach Hinweisen und Informationen, so wie er es bei den Sentinal gelernt hatte. Zelle neben Zelle standen in diesem Gang, auch wenn die Rebellen nicht viele Gefangene hatten. Die meisten waren leer oder dienten als Abstellkammer.

Plötzlich kam ihm eine Idee. Rains Zelle mochte gut bewacht sein, aber die nebenan sicherlich nicht, und deren Eingang lag praktischerweise um die Ecke.

»Hallo?«, wisperte Rain und kroch über den feuchten Boden auf das Geräusch zu, doch die Stimmen, die sie zu hören geglaubt hatte, waren verstummt. Vielleicht war es doch nur eine Werratte? »Ist da jemand?«

Stille.

Bis auf die leise, regelmäßige Atmung von Storm und Daphne war nichts zu hören. Wer sollte da schon sein? Rain setzte sich auf, zog ihre Beine an und umschlang sie. Dann bettete sie ihre Stirn auf die Knie.

»Rain?«

Sie fuhr hoch und starrte in die Dunkelheit. Irrtum ausgeschlossen. Da hatte jemand ihren Namen gesagt, und es schien direkt aus der Wand zu kommen.

»Rain?«

»Ja?« Sie rückte auf die Stimme zu, tastete sich mit den Fingern durch die Dunkelheit, bis sie das Lüftungsgitter fand.

»Ich bin es, Lark!« Er musste auf der anderen Seite des Schachtes sein. Rains Herz machte einen Sprung. »Geht es euch gut?«

»Ja, noch. Warum bist du hier?«, presste Rain zwischen ihren Lippen hervor.

»Ich wollte nach dir sehen. Es tut mir alles so leid.«

»Dir tut so oft etwas leid.«

»Ich weiß …« Er schluckte eine weitere Entschuldigung herunter.

»Warst du es?«, fragte Rain kühl. »Hast du ihnen geholfen?«

»Nein, ich habe ihnen nichts über Operation Phoenix erzählt«, beteuerte Lark. »Sie müssen noch weitere Spione haben. Bitte glaub mir.«

»In Ordnung.« Rain klammerte sich an das Gitter und wollte nichts lieber glauben. »Was hast du vor?«

»Ich habe einen Plan … Glaube ich … Egal, was passieren wird. Mach dir keine Sorgen. Alles wird gut.« Seine Fingerspitzen berührten die ihren.

»Lark, ich weiß nicht, was ich sagen soll.«

»Versuch mir einfach zu verzeihen …«

»Hab ich doch schon längst.«

»Dafür noch nicht.«

»Wofür?« Rain wartete. »Lark, wofür?«

Er hat uns seine Loyalität bereits bewiesen, hatte Bolt gesagt.

»Ich bin kein guter Mensch«, flüsterte Lark nach einer gefühlten Ewigkeit. »Ich versuche es. Ich versuche, das Richtige zu machen, aber ich mache immer alles falsch …«

»Lark, egal was du getan hast, wir kriegen das hin.« Sie hätte ihm am liebsten alle ihre verwirrenden Gefühle durch ihre Fingerspitzen mitgeteilt, denn es war schwierig, sie in Worte zu fassen.

»Dieses Mal werde ich das Richtige tun«, flüsterte er, und seine Finger zogen sich zurück.

»Warte.« Rain hatte kein gutes Gefühl, und der Klang seiner Stimme machte ihr Angst. »Was hast du vor, Lark?«

Sie presste ihr Gesicht ans Gitter und wartete auf Antwort,

doch es blieb still. Also presste sie ihre Stirn gegen den kalten Stein und holte tief Luft.

»Bitte pass auf dich auf.«

Lark zog sich aus dem engen Schacht auf die Straße. Dann rannte er, so schnell er konnte, um die Fabrik hinter sich zu lassen.

Zuhause war niemand. Seine Eltern und seine Schwester waren zusammen mit den anderen Angehörigen in der Basisstation der Sentinal untergebracht worden. Zu ihrem Schutz, aber auch um sicherzustellen, dass sie nicht benutzt werden konnten, um die Anwärter zu erpressen.

Das, was Lark vorhatte, war verrückt und verzweifelt, aber er hatte keine andere Wahl. Also holte er eine Box unter dem Bett hervor, öffnete sie und nahm einen der Zettel heraus, die er für die Kommunikation mit den Spines benutzt hatte. Dann notierte er folgende Adresse darauf.

Fabrikhalle 154
Unter Tage

Er warf sich einen breiten Mantel über, zog die Gasmaske über das Gesicht und eilte über die Straße in das Haus, in dem früher Mo gewohnt hatte, bevor die Sentinal ihn weggebracht hatten. Jetzt stand das Haus leer, wurde allerdings gelegentlich von Spines als Treffpunkt benutzt. Spraydosen und Masken lagen in Taschen verpackt unter einer Plane. Der Rußschicht nach zu urteilen, waren sie schon einige Tage nicht mehr hier gewesen.

Lark positionierte seinen Zettel in einer Tasche und schlug die Plane auf, damit Ruß aufwirbelte. Dann griff er nach den Spraydosen und schrieb »Gold zu Asche« an die Wand. Er war gerade fertig, da hörte er Geräusche. Schritte. Gedämpfte Stimmen. Waren das Spines?

Lark lugte um eine Ecke und sah zwei junge Männer, die mit einer Tasche voll Spraydosen die Treppe hinaufstiefelten.

Kallisto!

Er hatte gehofft, dass niemand hier sein würde, aber das Glück war ihm nicht hold. Lark kletterte aus einem zerbrochenen Fenster und eilte zurück nach Hause. Dort zog er seine schmutzige Kleidung aus und wusch sich. Er nahm etwas Pulverseife aus dem Spender und versuchte damit, das Gröbste an öligem Schmutz und Asche aus den Haaren zu waschen. Dann wechselte er in die Anwärteruniform und holte tief Luft.

Jetzt musste er nur noch den Sentinal von seiner Beobachtung berichten, dass verdächtige Leute um Mos Haus geschlichen waren.

Als Rain erwachte, leuchtete die Neonröhre wieder. Auch wenn das Geflacker nervte, war es besser als die erdrückende Dunkelheit.

Um sich abzulenken, hatte Daphne sich an Rains Haaren zu schaffen gemacht. »Ich habe dafür gesorgt, dass du ordentlich aussiehst. Das ist das Mindeste, was man in diesem Verlies tun kann.«

»Als hätten wir keine anderen Probleme.« Storm verdrehte die Augen, aber es war nicht so, als hätten sie andere Pläne. Sie saßen schweigend da und hingen ihren Gedanken nach.

Rain dachte vor allem an Lark und hoffte, dass ihm nichts zustieß. Zu Daphnes Unmut kaute sie vor Nervosität ihre Nägel ab.

»Ich verstehe nicht, warum sie uns das Messer hiergelassen haben«, sagte Daphne schließlich. »Besonders helle scheinen diese Rebellen ja nicht zu sein.«

Sie erhielt keine Antwort, aber das schien sie nicht zu stören.

»Oder wollen sie, dass wir damit den Schimmel von der Wand kratzen und essen? Eher verhungere ich.«

Storm drückte ihre Tochter an sich, während sie in dem

Gefängnis ihre Runden gingen. Ihre Kleidung war feucht, und die Kälte stieg aus dem Boden, direkt in ihre Körper. Trotz der Bewegung wurde ihnen nicht warm. Sie warteten, tranken das Kondenswasser, das die Wände hinablief und versuchten, sich gegenseitig aufzuwärmen.

»Zu viel Nähe ist unhygienisch«, hatte Daphne zuerst noch gesagt, doch diese Einstellung hatte sie schnell aufgegeben.

Eine Ecke benutzten sie, um sich zu erleichtern. Rain war sich sicher, dass es bestialisch stinken musste, aber sie hatten sich an den Geruch gewöhnt.

Daphne war die Erste, die durchdrehte.

Vor Hunger und Durst trommelte sie wie von Sinnen mit den Fäusten an die Tür, bis ihre Hände wund waren und Blut die Arme hinablief. Storm und Rain versuchten, sie zu beruhigen, doch sie schrie, bis sie heiser war. Und dann brach sie einfach zusammen.

»Sie werden uns nicht rauslassen, bis ich tue, was sie verlangen«, flüsterte Rain. »Und wenn ich es nicht tue, werden sie uns verhungern lassen.«

»Aber woher können sie wissen, ob du es nicht bereits getan hast?«, flüsterte Storm und runzelte die Stirn. Ihr Blick suchte die Wände und Decken ab, als würde sie nach etwas suchen.

»Du meinst eine Kamera?«, flüsterte Rain.

Ihre Mutter nahm sie in den Arm und drückte ihre Lippen gegen Rains Ohr. »Du kannst Bolt nicht vertrauen. Er hat immer einen Hintergedanken.«

Eine Gesegnete, die zur Mörderin wurde, um ihr eigenes Leben zu retten? Das käme den Spines gelegen. Auch wenn sie keine Kamera fanden, traute sich Rain nicht mehr die Toilettenecke zu nutzen. Zu sehr beschämte sie der Gedanke, dass sie eventuell beobachtet oder gefilmt wurde. Noch erschreckender war allerdings die Überlegung, dass die Rebellen etwas von Larks Vorhaben mitbekommen haben könnten.

Als die Neonröhre erneut erlosch, kuschelte sich Rain an ihre Mutter und schlief ein. Trotz der Angst war sie froh, Storm in ihrer Nähe zu haben. Ihre Berührungen, ihre Nähe und der Klang ihres schlagenden Herzens waren das Einzige, was sie für einen Moment beruhigen konnte.

Als sich die Neonröhre erneut einschaltete, ließ ein Schrei Rain hochfahren.

»Was ist?«

»Storm!«, kreischte Daphne. »Sie ist weg.«

Rain war sofort hellwach und sprang auf. Ihre Mutter war verschwunden.

»Mom!« Sie rannte zur Tür und trommelte dagegen, doch ihre Mutter blieb verschwunden.

»Mom! Nein!« Sie warf sich gegen das Metall. Immer und immer wieder. »Mom!«

Sie schlug dagegen, aber erreichte damit nur, dass ihre Knöchel bluteten.

»Beruhig dich, Schätzchen«, versuchte es Daphne, aber Rain hatte das Gefühl, vor Verzweiflung und Angst wahnsinnig zu werden. Was hatten sie mit ihrer Mutter vor? Vor ihrem geistigen Auge sah sie, wie Storm mit Strom gefoltert wurde, und allein der Gedanke war unerträglich. Sie übergab sich schwallartig. Da sie nichts gegessen hatte, war es nur Gallensäure, die auf dem Boden landete.

»Igitt!«, rief Daphne erschrocken. »Benutz wenigstens die Toilette.«

»Unwetter haben keine Angst«, flüsterte Rain und übergab sich ein zweites Mal. Die Spitze des Messers bohrte sich dabei in ihren Oberschenkel, und sie löste die Waffe vom Gürtel.

Natürlich.

Bolt wollte sie brechen. Wenn sie Daphne nicht töten würde, würden die Rebellen Storm wehtun. Rain stieß einen verzweifelten Schrei aus und sank in sich zusammen. Was sollte sie tun? Was? Sie bohrte sich die Spitze der Waffe in den Daumenballen, bis das Blut floss. Der Schmerz half ihr ein wenig dabei, sich zu beruhigen.

»Kann ich … kann ich irgendwie helfen?« Daphne machte Anstalten, sich neben sie zu setzen, doch Rain stieß sie weg, aus Angst, sie würde etwas tun, das sie ihr Leben lang bereuen würde.

»Unwetter haben keine Angst.«

Doch. Die hatte sie.

»Unwetter haben keine Angst.«

Sie igelte sich zusammen und presste das Messer an sich, während heiße Tränen über ihre Wangen rollten. Wenn die Rebellen sie brechen wollten, waren sie kurz davor.

Und dann setzten sie noch einen drauf. Sie hörte die Stimme ihrer Mutter so nah, als wäre sie im selben Raum. Durch Mikrofone wurden ihre Schreie übertragen, um Rain daran zu erinnern, dass ihre Zeit ablief. Sie musste es tun. Sie musste Daphne töten.

40.

LARK BEZOG NEBEN GRUMP STELLUNG. Er konnte kaum erwarten zu erfahren, weshalb Thron sie herbeordert hatte.

Zweifellos ging es darum, Rain zu befreien. Sie mussten seinen Hinweis auf den Rebellenstützpunkt doch mittlerweile gefunden haben. Ungeduldig wippte er von einem Fuß auf den anderen. Je mehr Zeit verging, desto länger litt Rain. Er wollte sich gar nicht ausmalen, was genau in diesem Moment mit ihr passierte.

Die Tür schwang auf, und Thron kam herein. Er sah angespannt aus, als er ein Hologramm aktivierte, das zu Larks Erleichterung die Fabrik zeigte, unter der sich die Spines versteckten. Der Sentinal räusperte sich und nahm Haltung an.

»Wir haben dank eines Hinweises den Stützpunkt der Rebellen ausfindig machen können. Videos von WatchBots haben den Verdacht erhärtet, dass dieses Gelände einigen hochrangigen Rebellen als Versteck dient«, begann der Sentinal. Die Anwärter holten Luft, aber niemand wagte zu sprechen. Seitdem Rain entführt worden war, herrschte in der Basis ein absoluter Ausnahmezustand.

»Nach Rücksprache mit Aventin haben wir den Befehl erhalten, unverzüglich zu handeln.«

Larks Fingernägel bohrten sich in seine Handinnenflächen.

»Wir werden unsere Basis räumen und Grey verlassen.«

»Was?«, entfuhr es Grump. »Warum?«

Thron ignorierte ihn und sprach weiter. »Eure Angehörigen werden ebenfalls aus Grey gebracht, damit sich niemand um ihre Sicherheit sorgen muss.«

Und dann? Larks Mund war staubtrocken. Er spürte, wie die Spannung die Luft im Raum auflud. Fox und Fly warfen sich einen kurzen Blick zu und rückten etwas näher zusammen.

»Und wir?«, fragte Grump. »Was machen wir?«

»Wir werden den Stützpunkt zerstören.« Auf dem Hologramm formten sich BoomBots, die auf die Fabrik hinunterregneten.

Zerstören. Die Zügel, die Lark bis gerade noch glaubte in den Händen zu halten, lösten sich auf. Er hörte kaum zu, als Thron fortfuhr.

»Wenn die Bomben hochgegangen sind, werden wir landen, das Gelände umstellen und die restlichen Rebellen erledigen. Es darf niemand entkommen.«

»Wir bombardieren das Gebäude?«, brach es aus Lark heraus. »Aber … was ist mit der Gesegneten Rain … Rajana? Was ist, wenn sie dort gefangen gehalten wird?«

Throns Gesichtsausdruck war wie versteinert. »So lauten unsere Befehle, Anwärter.«

»Wir müssen sie da rausholen.« Lark ging einen Schritt vor und spürte Grumps Hand auf seiner Schulter. »Wir können sie da nicht sterben lassen.«

Er würde nicht noch eine Freundin an die Bomben verlieren. Niemals.

»Der Befehl kommt von ganz oben, und wir werden die Entscheidung der Gesegneten nicht in Frage stellen«, sagte Thron grimmig.

»Aber…« Grump versetzte Lark einen Hieb mit dem Ellbogen, um ihn zum Schweigen zu bringen, doch der dachte nicht daran.

»Aber wir können sie nicht opfern. Sie ist doch auch eine Gesegnete oder nicht?«

»Fünf Punkte Abzug, Anwärter.« Thron wandte sich wieder dem Hologramm zu, auf dem die Schornsteine der alten Fabrik mittlerweile zusammenbrachen. »Dies sind besondere Umstände, die es so noch nie gegeben hat, denn heute haben wir die Möglichkeit, die Spines ein für alle Mal zu vernichten. Heute haben wir die Möglichkeit, den Frieden in Aventin wiederherzustellen. Dies wird eure letzte Prüfung sein. Wenn ihr sie besteht, werdet ihr nach Black Shell kommen, um mit der Ausbildung zu beginnen. Jeder von euch, der dann noch lebt.«

Lark war übel. Seine Augen klebten an dem Hologramm, das nach und nach in sich zusammenstürzte. Was sollte er machen?

»Enttäuscht mich nicht. Ich verlasse mich auf euch. Die Gesegneten verlassen sich auf euch.«

»Ja, Sir«, verkündeten Fox und Fly wie aus einem Mund.

»Ja, Sir«, sagte auch Grump.

Nur Lark schwieg.

Die Anwärter setzten sich ihre Helme auf und verließen das Gebäude, vor dem bereits Gleiter vom Himmel herabsanken. Die Hundebären bellten aufgeregt, als sie auf dem Platz vor der Basis landeten.

Die Straßen vor dem Tor waren leer. Wie ausgestorben, als hätten sich die Menschen des Zirkels in eine dunkle Ecke verzogen und hielten die Luft an. Die Ruhe vor dem Sturm.

»Lark!«

Er sah sich um und entdeckte Rose.

»Lark! Hier sind wir.« Sie winkte ihm zu, während sie von Sentinal zu einem der landenden Gleiter geführt wurde. Sie machte Anstalten, auf ihn zuzulaufen, wurde jedoch von ihrer Mutter festgehalten.

Seine Eltern sahen blass und verängstigt aus. Sie wussten nicht, was sie erwartete. Lark versuchte, ihnen ein Zeichen zu geben, dass alles gut werden würde, doch seine Hände zitterten.

»Alles gut, Rose«, rief er.

»Lark«, rief sie und weinte. »Lark, komm mit.«

»Ich komme nach. Versprochen.«

Über ihren Köpfen schwirrte eine Armee aus Drohnen wie ein düsterer, Unheil verkündender Teppich. Ob einige von ihnen die Bomben trugen, die für die Fabrik gedacht waren?

»Los! Los! Beeilt euch!«, rief Thron und deutete auf einen weiteren Gleiter. Lark folgte den übrigen Anwärtern wie in Trance über den Platz. Die Turbinen wirbelten jede Menge Ruß auf, der ihnen entgegenblies.

Die vier Anwärter stiegen in den Gleiter und nahmen zwischen den bereits wartenden Sentinal Platz. Kaum hatte Lark sich festgeschnallt, hoben sie auch schon ab und schwebten über die Häusertürme in Richtung des Fabrikgeländes.

In der Ferne hörten sie ein dunkles Donnergrollen, und Lark streckte seinen Hals, doch es war unmöglich, etwas zu erkennen. Düsterer Smog und Drohnen versperrten die Sicht. Wurden bereits die BoomBots abgeworfen?

Thron reichte jedem der Anwärter wortlos eine Schusswaffe. Lark sah auf die Waffe in seinen Händen, als wäre sie nicht real. Ein kleines rotes Licht an der Seite glimmte auf und zeigte an, dass sie noch nicht entsichert war. Er hätte sie am liebsten von sich geworfen.

»Gebt mir eure Bänder«, befahl Thron. Die Anwärter lösten sie von ihren Armen und reichten sie dem Sentinal. Lark wusste nicht einmal, wo er mit seinen Punkten stand. Es war ihm im Moment auch egal. Seine Gedanken waren bei Rain.

»Eure Punkte sind nicht mehr wichtig«, sagte Thron und öffnete das Fenster einen Spalt breit, um die Bänder hinauszuwerfen. »Wenn ihr da draußen seid, zählt nur noch das, was ihr gelernt habt. Kämpft und überlebt. Seite an Seite. Tötet so viele Spines, wie ihr könnt. Denkt an eure Zukunft. Und denkt an eure Familien. Sie verlassen sich ebenso auf euch wie die Gesegneten.«

»Der letzte Test«, flüsterte Grump, vermutlich um sich selbst daran zu erinnern, dass er nicht versagen durfte.

Lark sagte nichts. Er hatte das Gefühl, in einem Albtraum gefangen zu sein, aus dem es kein Entkommen gab.

Der Klang von Sirenen änderte alles.

»Was ist da los?«, rief Daphne, als Storms Schreie verstummten und stattdessen vor der Tür Stimmen anschwollen.

»Keine Ahnung.« Rain presste sich an die Tür, konnte jedoch nichts verstehen.

»Vielleicht ein Feuer«, vermutete Daphne.

»Oder ein Angriff?«

Lark! Ob er sein Versprechen gehalten hatte? Adrenalin pumpte durch Rains geschwächten Körper und verlieh ihr neue Kräfte. In diesem Moment erschütterte ein tiefes Donnergrollen die Zelle. Wände und Boden vibrierten, und Steinbrocken rieselten auf sie herunter.

»Ach, du meine Güte!«, kreischte Daphne, die der Stoß auf die Knie geworfen hatte. »Was ist das?«

»Kein Feuer.« Rain klammerte sich mit feuchten Händen an den Griff des Messers, für den Fall, dass die Rebellen kommen würden, um sie zu holen.

»Hinter mich«, presste Rain zwischen den Zähnen hervor, als sich plötzlich die Tür bewegte. Daphne schluchzte kurz auf, tat aber wie ihr geheißen. Die Geräusche von Sirenen und Schreien wurden mit einem Schlag lauter, als die Metalltür zur Seite schwang.

Rain wartete nicht länger, sprang vor und warf sich den Männern entgegen. Im Sprung rammte sie dem ersten die Klinge in den Oberschenkel. Ein Stechen schoss durch ihre Schulter, als sie mit ihrem Opfer auf den Betonboden knallte. Sie zog ihre Waffe heraus und sprang auf. Der zweite Rebell starrte sie überrascht an, und sie nutzte die Gelegenheit, ihr Messer in seine Brust zu bohren.

»Was zum …« Ein Dritter stürmte herein, doch Rain hatte

bereits die Schusswaffe ihres letzten Opfers ergattert. Sie schoss. Der Spine sackte stöhnend in sich zusammen. Blut sickerte aus seiner Brust auf den Boden. Einen Vierten hörte sie vor der Tür, doch der lief feige davon anstelle reinzukommen.

Gute Wahl!

Rain zog den Rebellen ihre Masken vom Kopf und drückte sie an sich.

»Daphne! Komm«, brüllte sie. Ihr eigener Schweiß und das Blut der Rebellen machten es schwer, die Waffe unter Kontrolle zu halten. Immer wieder entglitt sie ihr. Sie sicherte die Schusswaffe und befestigte sie an ihrem Gürtel, ebenso das Messer.

»Sind sie tot?« Daphne verpasste einem der beiden Opfer einen vorsichtigen Tritt. Als er sich nicht bewegte, trat sie noch einmal fester zu. »Geschieht euch recht. Barbaren!«

Rain packte den Cabman am gesunden Arm und sprintete durch den bereits evakuierten Gang. Rote Lichter leuchteten über den Türen auf, und eine Stimme erörterte die Fluchtwege über die Treppenhäuser.

Eine Evakuation! Also doch.

»Wo rennst du hin?«, keuchte Daphne.

Rain riss die Tür zu der Zelle auf, in der Bishop gefangen gehalten worden war. Sie war leer.

»Ich muss sie finden«, rief Rain außer sich. »Bishop! Mom!«

Die Schreie ihrer Mutter hallten immer noch in ihren Ohren nach.

»Vielleicht sind sie schon draußen.«

Unwahrscheinlich. Rain stürmte an den Zellen vorbei, doch sie waren alle leer. Verzweiflung quoll in ihr empor, als sie die endlosen Gänge vor sich sah mit ihren unzähligen Türen.

»Rajana, wir müssen gehen!«, kreischte Daphne.

»Nein.« Sie eilte immer weiter, doch niemand war weit und breit zu sehen. »Mom! MOM!«

Eine Explosion riss ihnen den Boden unter den Füßen weg, und sie stolperten übereinander. Ein Vibrieren schwoll weiter an und schien den Gang zum Schwingen zu bringen. Rain verlor den Halt und stürzte zu Boden.

»Hier bricht gleich alles zusammen.«

Daphne hatte recht, denn in diesem Moment gab einige Meter von ihnen entfernt die Decke nach und begrub ihre alte Zelle und die am Boden liegenden Spines unter sich.

»Hier lang.« Rain sprang auf, riss eine Tür auf und stolperte in ein Treppenhaus. Es war verlassen, allerdings konnten sie noch die Schritte der Rebellen einige Etagen über sich hören. Staub rieselte auf sie herunter und tauchte die Luft in einen gelblichen Schimmer.

»Da sollen wir hochlaufen?«, quiekte Daphne entgeistert. »Ich sterbe schon bei dem Gedanken.«

»Komm schon.«

Ihre Beine flogen über den Boden. Daphne konnte schneller rennen, als Rain ihr angesichts ihrer übergroßen Körperrundungen zugetraut hätte. Nur, dass sie dabei keuchte wie eine sterbende Mutantenratte und bei jeder Stufe undamenhaft fluchte.

Eine weitere Explosion schleuderte sie gegen die Betonwand, gefolgt von einem tiefen Rumpeln, das es unmöglich machte zu laufen. Rain wurde auf ihre Knie gedrückt.

»Kallisto«, brummte sie, als das Beben stärker wurde und sie sich auf allen vieren die Stufen hochkämpfen musste.

»Wir werden sterben«, rief Daphne. »Wir schaffen es nicht.«

»Weiter!«

Von unten aus der Dunkelheit kam ein Dröhnen. Es schwoll an wie ein bedrohliches Knurren. Rain richtete sich auf und lugte über das Geländer. Die Stufen gaben nach, zerbröselten zu Staub und fielen in die Tiefe, als würde dort eine Kreatur nur darauf warten, alles zu verschlingen.

»Schnell!« Rain packte Daphne am Ärmel und schleifte sie hinter sich her. Stufen. Unzählige Stufen. Das Treppenhaus nach oben schien kein Ende zu nehmen.

»Ich kann nicht mehr.«

Rain hatte das Gefühl, in einer gigantischen Sanduhr eingeschlossen zu sein. Während die Körner unter ihren Füßen verschwanden und sie mit nach unten zogen, versuchte sie dagegen anzurennen und den Rand zu erreichen.

»Rajana«, japste Daphne. »Ich kann nicht mehr. Ich kann nicht …«

»Halt die Klappe und renn weiter.« Rain hievte den Arm der Aventinerin über ihre Schulter und trug sie weiter.

Noch vier Stockwerke, dann würden sie es geschafft haben. Vier Stockwerke. Funken sprühten, und eine Neonröhre brach aus ihrer Fassung, fiel zu Boden und zersprang vor ihnen in tausend Scherben. Sie wichen einem Stromkabel aus, das mit der Neonröhre aus der Decke brach und zappelnd wie ein Fisch an Land über die Stufen hüpfte.

Rain hob die Hand vor das Gesicht, um sich vor dem Funkenregen zu schützen, und presste sich an der Wand entlang weiter nach oben. Das Rumpeln und Beben wurde immer lauter, und der Boden unter ihren Füßen schien jeden Moment nachzugeben und den übrigen Stufen in die Dunkelheit zu folgen.

»Wir schaffen es nicht«, wimmerte Daphne, bis sie nur noch ein Stockwerk vom Ausgang entfernt waren. Dann rief sie bei jeder Stufe: »Wir schaffen es. Wir schaffen es doch.«

Rain warf sich gegen die Tür, die nach außen schwang. Sie sprangen ins Freie, während die Treppen hinter ihnen in den Abgrund stürzten.

Der Gleiter war gelandet, und die Tür glitt zur Seite.

»Los!«, hörte Lark Throns Stimme, doch sie klang dumpf und

weit entfernt. Es fühlte sich so an, als hätte er Watte in den Ohren. Das einzige, das klar zu ihm durchdrang, war sein Herzschlag.

Er drückte seine Waffe fest an sich und starrte in den Smog. Neben ihm war Grump, vor ihm Fox und Fly. Sie stolperten aus dem Gleiter und eilten zu einer Gruppe Sentinal, die hinter den Überresten einer Mauer Schutz suchte.

Das Grollen der zusammenstürzenden Fabrik brachte den Boden zum Vibrieren und erschwerte das Laufen.

»Waffen bereit!«, brüllte jemand.

Lark lugte über den Rand, doch die Explosion der Bomben wirbelte Unmengen an Staub auf. Er konnte nicht einmal die Umrisse der Fabriktürme erkennen, falls sie überhaupt noch standen. Auf Throns Geheiß setzten sie ihre Helme auf, die zwar über Infrarotsensoren verfügten, aber angesichts der Explosionen ständig für sie irrelevante Wärmequellen anzeigten, die sie von ihren eigentlichen Zielen ablenkten. Also schaltete Lark auf Normalsicht.

Sie warteten. Und warteten.

»Da! Da kommt jemand«, stotterte Grump, als eine Gestalt durch den Smog stolperte.

»Was machen wir jetzt?«, fragte Fox und sah Fly an.

Die setzte ihre Waffe an und zielte.

»Wir schießen«, sagte sie.

»Vielleicht ist es jemand, den wir kennen?« Das Gewicht der Waffe lag schwer in Larks Händen. Er konnte und wollte sie nicht heben. Allein die Vorstellung, auf jemanden zu schießen, den er womöglich sein Leben lang gekannt hatte, erschien ihm unerträglich.

»Egal, wer es ist, jetzt ist er ein Feind«, flüsterte Fly. »Hast du Thron nicht gehört? Wenn wir überleben und uns beweisen, kommen wir hier raus.«

Sie zielte und schoss. Die Gestalt sackte zusammen, als habe man einen Schalter betätigt.

Fly atmete aus und senkte die Waffe. Sie hob die Maske an und wischte sich über die Stirn. Ihr Gesicht war kreidebleich. Sofort war Fox bei ihr, doch sie schob ihn sanft beiseite.

»Wir schießen«, echote Grump langsam.

Die nächsten Schüsse übernahm ein WarBot, der kein Gewissen hatte und somit auch kein Problem damit, jemanden zu töten. Er schwebte über die Mauer und schoss scheinbar ziellos auf die Staubwand vor ihnen.

»Denk an deine Schwester«, flüsterte Grump. Der Anwärter entsicherte Larks Waffe und drückte den Lauf über die Mauer. Ein kleines grünes Licht glimmte an der Seite auf. »Wir müssen es hier rausschaffen.«

»Ich kann nicht«, stotterte Lark. Schweißtropfen flossen ihm von der Stirn. Er hatte das Gefühl, unter der Maske kaum atmen zu können.

»Wir schaffen das. Zusammen.«

Sie standen Schulter an Schulter an der Mauer. Fox und Fly taten es den übrigen Sentinal nach und eröffneten das Feuer, sobald sich etwas im Staub bewegte.

»Los«, flüsterte Grump.

Lark war unfähig, sich zu bewegen. Da konnte der verrückte Sentinal zu seiner Rechten noch so oft »Tötet die Rebellen« schreien. Er hatte bereits zu viel Tod verschuldet.

Plötzlich fiel die Kampfdrohne wie ein Stein vom Himmel und traf Fly an der Schulter. Sie schrie und stolperte zurück. Ihre Waffe landete neben ihr auf dem Boden, und Sekunden später folgte Fox. Er nahm ihr den Helm ab und flüsterte: »Alles in Ordnung?«

»Ja«, stöhnte sie und hielt ihre verletzte Schulter.

»Vorsicht!«, brüllte Grump, als das Feuer eröffnet wurde. Die Mauer, hinter der sie Schutz gesucht hatten, explodierte förmlich, als Salven auf den Beton prasselten.

Sentinal und Anwärter wichen zurück, während sich WarBots vor ihnen formierten und eine Schutzmauer bildeten.

»Rückzug! Zurück in den Gleiter! Rückzug!«

Fox half Fly auf die Beine und schleifte sie hinter sich her in Richtung Gleiter. Lark hatte das Gefühl, keine Luft mehr zu bekommen.

»Los. Weg hier!«, rief Grump. Der Anwärter wollte Lark mit sich zerren, doch der stieß Grump von sich und rannte los.

»Lark! Lark! Komm zurück«, hörte er Grumps Stimme, gefolgt von Schreien. Als Lark einen kurzen Blick zurückwarf, sah er, wie zwei Sentinal von Schüssen getroffen zu Boden gingen.

Er eilte hinter der Mauer entlang und verschwand in einer Wolke aus aufgewirbeltem Staub.

»Lark!«, hörte er erneut seinen Namen. »Komm zurück.«

Die Geräusche wurden dumpfer, je tiefer er in das Labyrinth aus Asche vordrang. Er stolperte blindlings über die Trümmerteile der alten Fabrik.

»Rain!«, brüllte er. »Rain!«

Er spürte, wie die Schüsse die Luft aufluden, aber er hatte keine Angst. Keine Angst vor dem Tod. Wenn es so sein sollte, würde er heute Hail wiedersehen. Wo auch immer sie war.

»Rain«, nuschelte er und machte einen weiteren Schritt vor. »Wo bist du?«

Ein Geschoss kam aus dem Nirgendwo und traf Lark zwischen den Schulterblättern. Stöhnend brach er zusammen. Er tastete sich vorsichtig ab, und seine Finger fanden Blut. Nur der Schmerz, der blieb zunächst aus.

Lark wandte den Kopf. Er brauchte einen Moment, bis er das Wurfgeschoss erkannte.

In seiner Schulter steckte eine Rebellenmaske. Ihre Stacheln hatten ihn am Rücken getroffen und sich in sein Fleisch gefressen. Für einen Moment dachte er daran, einfach liegenzubleiben.

Es wäre besser für alle, wenn er hier sterben würde. Er brachte nur Unglück und Tod. Egal, was er anfasste, es zerbröckelte zu Staub. Also schloss er die Augen.

»Hilfe!« Das war Roses Stimme. Sie erinnerte ihn an sein Versprechen, zu ihr zurückzukehren. »Hilfe!«

Es war ihre Stimme, aber das war unmöglich. Sie war nicht hier, sondern in Sicherheit. Weit weg, bewacht von Sentinal mit dem Rest seiner Familie. Er rappelte sich auf und lauschte.

»Hilf mir!«

Doch ... Es war ihre Stimme. Klar und deutlich.

»Rose?« Er riss sich die Maske aus dem Rücken, ignorierte den Schmerz und kroch in die Richtung, aus der die Stimme kam. Die Wunde schmerzte bei jeder Bewegung. »Rose? Was ist denn?«

Blut lief ihm den Arm hinab und tränkte seine Uniform, doch er ignorierte das Pulsieren, das mit jedem Schlag mehr Blut aus seinem Körper beförderte. Er erreichte eine Gasse. Wieder hörte er den Hilfeschrei, nur den Hilfeschrei. Nicht mehr. Er stand auf und stolperte weiter.

»Hilfe!«

Es war ganz nah. Direkt hinter ihm. Er drehte sich um, doch hinter ihm, umgeben von Smog, stand nicht seine Schwester.

Es war eine Falle gewesen.

Lark lachte vor Erleichterung auf, bevor er zu Boden sackte. Er konnte nicht aufhören zu lachen. Seine Schwester war nach wie vor in Sicherheit. Weit weg. Alles andere war egal.

»Setz das auf.« Rain presste sich die gestohlene Dornen-Gasmaske aufs Gesicht und führte Daphne weiter durch einen Vorhang aus Smog und aufgewirbeltem Staub. Der Boden vibrierte immer noch, ebenso wie die Luft. Auch wenn Rain es nicht sehen konnte, hörte sie das Summen von Gleitern und Drohnen. Oder waren es weitere BoomBots, die jeden Moment auf sie niederprasseln würden? Wollte Aventin die ganze Umgebung dem Erdboden gleichmachen?

»Komm«, keuchte sie und führte Daphne weiter. Spines rannten an ihnen vorbei, verschwanden im Smog und in den Gassen. Niemand kümmerte sich um sie oder machte Anstalten, sie aufzuhalten.

Rain sah sich nach ihrer Mutter um, konnte aber nicht viel erkennen. Also wagte sie es, die Maske kurz zu heben, um ihren Namen zu rufen.

Das Summen einer Drohne ließ sie verstummen. Über ihnen war ein Licht zu erkennen, womöglich eine Kampfdrohne?

Kallisto!

Sie beschleunigte ihre Schritte und drückte sich an die Überreste einer Betonwand, der sie weiter folgten. Vor ihnen tauchten Gitter aus dem Smog auf, dann war ein Tor zu erkennen. Es war offen, also passierten sie es und ließen das Fabrikgelände hinter sich.

»Kallisto«, fluchte Rain, als sie die WarBots sah, die vor ihr auf der Straße patrouillierten.

»Sind die nicht auf unserer Seite?«, fragte Daphne.

»Im Moment nicht. Die schießen auf alles und jeden.«

Sie humpelten in eine kleine Gasse hinein, in der sie sich verstecken konnten. Daphne lehnte beinahe ihr gesamtes Gewicht auf Rain und zitterte vor Erschöpfung. Hoffentlich würde sie nicht schon wieder zusammenbrechen.

41.

»RAJANA!«

Rain verließ die Deckung des Müllcontainers, hinter dem Daphne kauerte und verängstigt eine Mutantenratte beäugte. Sie schob sich an der Wand entlang, der Stimme entgegen. Vorsichtig lugte sie um die Ecke. Dort durch den Smog irrte eine Gestalt über die Straße.

»Rajana!«

Auch wenn das Gesicht unter einer Maske verborgen war, erkannte Rain die Stimme.

»Bishop!« Sie trat aus der Gasse heraus und hob die Arme. »Du lebst?«

»Rajana!« Ihr Cabman eilte auf sie zu. »Bin ich froh. Schnell. Hier lang.«

Er deutete in eine Straße. »Wir bringen euch hier raus.«

»Wir?« Rain verstand nicht.

»Ich komme«, keuchte Daphne erleichtert, rappelte sich röchelnd empor. »Keine Sekunde länger bleibe ich in diesem Rattenloch.«

»Schnell! Wir müssen hier weg.« Bishop übernahm die Führung. »Aventin hat Drohnen hergeschickt, um alles im Umkreis zu sprengen.«

Woher wusste Bishop das? Rain hatte in ihrer Zelle jedenfalls nichts mitbekommen.

»So viel ist ihnen unser Leben also wert«, keifte Daphne. »Jahrelang treu gedient, und so werden wir gewürdigt.«

»Sie wollen die Rebellen vernichten«, erklärte Bishop, als sie um die Ecke bogen. Dort im Dunst erwartete sie ein Gleiter, bewacht von bewaffneten Sentinal.

»Ein Wunder«, rief Daphne.

Das war es in der Tat.

Die Soldaten eilten auf sie zu, um sie in Empfang zu nehmen. Sie flankierten Rain und schoben sie über die Rampe ins Innere des Flugobjektes. Eine Wolke aus Ruß und Schmutz fegte mit ihnen hinein, bevor sich die Tür schloss.

Daphne riss sich keuchend die Maske vom Kopf. Ihr Gesicht war von einer Maske aus Schweiß, Lippenstiftresten und Ruß bedeckt.

»Was ist mit Storm?«, rief Rain. »Ich habe sie nicht gefunden, aber ich kann sie nicht hierlassen.«

»Wir haben sie.«

»Was?« Rain verschlug es die Sprache, doch sie wagte es nicht zu hoffen. Nicht bis sie Storm mit eigenen Augen gesehen hatte. »Wie habt ihr sie gefunden? Geht es ihr gut?«

»Alles gut.« Bishop nickte.

Wieso hatten die Sentinal ihre Mutter?

Der Gleiter schoss senkrecht in die Höhe, und sie wurde durch den Schwung in die Knie gezwungen. Rain richtete sich wieder auf und lugte durch das Fenster hinaus. In diesem Moment entdeckte sie weitere Umrisse von BoomBots, die an ihnen hinab in die Tiefe stürzten und auf die Straßen fielen. Die Erde glühte auf, und eine Welle aus Feuer und Hitze bäumte sich zu ihnen auf und fraß sich durch die Smog-Wolken. Die Druckwelle erfasste den Gleiter und katapultierte ihn noch schneller durch die Luft. Rain konnte sich nicht halten und wurde durch den Raum geschleudert, sodass sie mit Bishop zusammenstieß.

Der Pilot schien sein Handwerk glücklicherweise zu verstehen und schaffte es, den Gleiter schnell wieder unter Kontrolle zu bringen. Einer der Sentinal half Rain auf die Beine und schob sie auf eine Sitzbank. Sie wollte aus dem Fenster sehen, doch dort war nichts zu erkennen, eine Wand aus Grau. Die Zerstörung, die der Sprengstoff angerichtet hatte, war nicht zu erkennen, doch Rain wusste, dass sie riesig sein musste.

»Ein Wunder«, murmelte Daphne immer wieder. »Wir leben.«

Rain kaute auf ihrer Unterlippe. Das waren ein wenig zu viele Wunder auf einmal. Es war nur ein Prickeln, eine Vorahnung, aber sie spürte, dass etwas nicht stimmte.

»Wie bist du entkommen?«, fragte sie und drehte sich zu Bishop um. Zwei Sentinal drückten sich an ihnen vorbei und eilten in Richtung des Cockpits, vermutlich um mit dem Piloten zu sprechen. Vier blieben bei ihnen im Passagierraum.

»Wir mussten evakuieren. Aventin hat dank deines kleinen Freundes unsere Position erfahren und BoomBots hergeschickt. Geiseln hin oder her. Sie wollten uns vernichten.«

»Uns?«, hakte Rain nach. Ein Schauer kroch ihr über den Rücken und hinterließ eine Gänsehaut. Ihre Finger suchten nach dem Messer, das in ihrem Gürtel steckte.

»Wir. Die Spines.« Bishop ließ sie nicht aus den Augen. Sein Blick war ihr plötzlich fremd, so als hätten sie sich gerade zum ersten Mal getroffen.

»Was?« Daphne hob verwirrt den Kopf, während Rain bereits ihr Messer gezückt hatte.

»Bishop?« Ihre Stimme brach, als sie seinen Gesichtsausdruck sah, er gefiel ihr nicht.

Die Sentinal zogen ihre Waffen, doch sie sprang zurück, stieß dabei mit dem Ellbogen eine Tür auf und stolperte in das Nebenzimmer. Der Geruch von Blut quoll ihr entgegen und trieb ihr die Magensäure in den Mund. Sie wirbelte herum.

Vor ihr lag die Leiche eines Mannes. Dass er tot war, war nicht schwer zu erkennen, denn ihm fehlte das halbe Gesicht. Offenbar hatte ihn ein Schuss aus nächster Nähe getroffen. An die Wand gelehnt saß ein weiterer, jüngerer Mann, der ebenfalls leblos schien.

Und daneben kauerte Lark.

»Lark?« Ihre Stimme ging in einem erstickten Schluchzen unter.

Er war gefesselt und bewegte sich nicht. Sein Gesicht war geschwollen, als hätte man ihn geschlagen, und Blut lief über die Stirn in das linke Auge.

»Nein.« Rain sah im Augenwinkel eine weitere Person. Es war Storm, die auf dem Boden lag. Ihre Lippen waren aufgeplatzt, und sie rührte sich nicht.

»Mom? Nein!« Sie wollte zu ihrer Mutter, doch ehe sie Storm erreicht hatte, waren Bishop und einige Sentinal hinter ihr und packten sie.

»Was habt ihr getan?« Rains Stimme war kaum mehr als ein Hauch.

»Versteh das nicht falsch, Rajana!«

»Was sollte ich daran nicht falsch verstehen?« Ihre Stimme schnellte in die Höhe.

Larks Beine sahen unnatürlich verdreht aus, als hätten sie sie ihm gebrochen. Gebrochen! Rain wurde schwindelig, als sich die Gedanken in ihrem Kopf überschlugen. »Was habt ihr mit ihnen gemacht?«

Dann erfasste sie eine Kälte, und mit der Kälte kam eine berauschende Klarheit. Sie wusste, was sie als Nächstes tun würde. Sie wusste es ganz genau.

Sie würde jemanden töten.

»Wir hatten keine andere Wahl …«

Bevor er weiterreden konnte, hatte Rain den Griff ihres Messers dem nächsten Sentinal in den Hals gerammt. Der Schlag quetschte ihm seinen Kehlkopf ein und raubte ihm für immer den Atem.

Während er in die Knie sackte, schlug Rain nach dem zweiten Sentinal und rammte die Klinge in sein Bein. Sie wusste, sie hatte gegen die Überzahl an Soldaten keine Chance, aber das war ihr egal. Ihr eigener Tod zählte nicht, solange sie Rache bekam.

Sie hatten Storm und Lark wehgetan. Sie hatten sie gefoltert. Mit einem Schrei rollte sie über den Boden, um einem Angriff auszuweichen. Ein Tischbein beendete das Manöver, und sie sprang auf, nur um kurz darauf unter drei Soldaten begraben zu werden. Sie schlug um sich und traf einen der Männer mit dem Messer im Gesicht. Der schrie und fluchte. Gleichzeitig bekam ein anderer sie zu fassen und drehte ihr Handgelenk um, bis der Schmerz sie dazu zwang, die Waffe fallen zu lassen.

»Hör auf, Mädchen!« Ein Sentinal hatte das Wort ergriffen. Er zog sich die Maske vom Kopf, doch noch ehe sie sein Gesicht sah, hatte sie ihn bereits an seiner Stimme erkannt.

Bolt.

Was hatte das alles zu bedeuten? »Tut mir leid, dass du das sehen musstest, aber sie waren Verräter.«

»Sie haben niemanden verraten«, brüllte Rain.

»Doch das haben sie«, mischte sich Bishop ruhig ein. »Der Junge hat die Sentinal zu unserem Stützpunkt geführt.«

»Bishop …« Rain schüttelte den Kopf. Bishop. Ihr Cabman. Neben Bolt. Sie versuchte, die Puzzleteile zu verbinden und einen Sinn zu entdecken. »Warum?«

Die Spines hatten ihn doch gefoltert. Sie hatte mit eigenen Augen gesehen, was sie ihm angetan hatten.

»Für eine Gesegnete bist du nicht die Hellste, oder?«, fragte ein Spine, den Rain anhand seiner nervigen Stimme als den Hageren mit den blauen Stacheln erkannte. »Er gehört zu uns.«

Er hatte recht. Sie verstand es nicht. Hatten sie Bishop einer Gehirnwäsche unterzogen? Oder … oder war er von Anfang an ein Spine?

»Du …« Plötzlich fiel es Rain wie Schuppen von den Augen. Er war der Spion. Er hatte ihre Hinrichtung aufgehalten, weil die Spines wollten, dass sie überlebte. Er hatte von Anfang an gewusst, wer sie war. Und sie hatte ihm die Tür geöffnet, den Spines die Tür geöffnet. Der Anschlag beim Zirkelfest. Andromedas Tod. Ihre Entführung. Nifes Tod. Alles. Das alles hatte Bishop eingefädelt.

»Rajana«, begann er ruhig, doch Rain stieß die Rebellen zur Seite, die sie hielten, und trat nach Bishop. Sie traf ihn am Schienbein, bevor sie erneut zu Boden gedrückt wurde, die Arme hinter ihrem Rücken verdreht.

»Du Mistkerl! Du hast sie alle auf dem Gewissen. Andromeda ist deinetwegen tot.«

»Kein großer Verlust für die Welt«, entgegnete Bishop, und seine Stimme klang kalt. »Auch wenn ich lieber deinen Vater erwischt hätte. Er wollte sich eigentlich zu dem Zeitpunkt mit deiner *Freundin* Andromeda treffen. Falls du es noch nicht wusstest, sie hat für ihn spioniert. Alles, was sie über dich erfahren hat, hat sie an ihn weitergeleitet in der herzzerreißenden Hoffnung, dass er ihr bei ihrem größten Wunsch helfen würde, endlich Kinder zu bekommen.«

Rain ließ sich nicht beruhigen.

»Du wolltest, dass ich Daphne töte!«, rief sie, während ihr einer der Spines die Hand auf die Stirn drückte und ihren Kopf fixierte. »Du hättest zugelassen, dass ich sie für dich töte.«

»Tu nicht so entsetzt. Sie hat dich verabscheut«, sagte er mit einer erschreckenden Gleichgültigkeit.

»Mich töten?«, quiekte es aus dem Nebenzimmer. »Was ist denn hier los? He! Lasst mich!«

Daphne wurde in das Zimmer geschleift und neben Rain auf den Boden gedrückt.

»Rajana?«, flüsterte sie mit weit aufgerissenen Augen.

»Nun, wenn wir ehrlich sind, würde sie niemand vermissen«, sagte Bishop weiter.

»Das stimmt nicht. Ich habe ein Seidenhäschen, das auf mich angewiesen ist«, widersprach Daphne schluchzend.

»Du hast mich wirklich enttäuscht, Mädchen«, sagte Bolt und gesellte sich neben ihren Cabman. »Du solltest diese dumme Frau einfach nur umbringen, aber du bist schwach.«

»Du solltest was?«, quiekte Daphne, aber ein Spine brachte sie mit einem Schlag zum Schweigen.

»Letzte Chance.« Bolts Lippen verzogen sich zu einem sadistischen Lächeln, während er Rains Messer aufhob und mit der Klinge nacheinander auf Lark, Storm und Daphne zeigte. »Wen wählst du?«

»Ich bringe dich um, wenn du sie anrührst«, keuchte Rain, während sie von den Spines auf die Knie gezogen wurde.

Ich werde dich in jedem Fall umbringen, korrigierte sie. *Du wirst sterben. Und Bishop. Und jeder verdammte Spine in diesem Raum.*

»Wähle einen«, forderte Bolt erneut. »Wer soll sterben?«

Rain schwieg beharrlich. Sie presste die Lippen aufeinander, während sich eine Träne des Zorns aus ihrem Augenwinkel schlich.

»Soll Storm sterben?« Er drückte der bewusstlosen Gestalt mit den wirren weißen Haaren die Klinge an die Kehle.

Das würde er tun? Seine einstige Liebe töten? Ja, vermutlich.

»Bitte nicht«, hörte sich Rain flüstern.

»Nun gut, wie wäre es dann mit Larki hier?« Bolt ging weiter und versetzte dem Jungen einen Schlag, der ihn zur Seite kippen ließ. Seine Lippe platzte dabei auf, und frisches Blut tropfte zu Boden.

»Nein.«

»Dann bleibt nur noch eine übrig.« Bolt ging auf die am Boden liegende Daphne zu, die daraufhin in Tränen ausbrach.

»Nein«, rief Rain. »Töte mich! Töte einfach mich!«

Sie meinte es ernst. Sie konnte es nicht mehr ertragen. All den Schmerz, der sie zu verschlingen drohte.

»Oh mein liebes Kind«, säuselte Bolt. »Dich brauchen wir noch. Du wolltest uns doch helfen, erinnerst du dich. Bei unserem nächsten großen Schlag gegen Aventin.«

Rain wurde wieder auf den Boden gepresst, die Hände auf den Rücken fixiert, während sich ein Knie zwischen ihre Schultern drückte, sodass sie kaum atmen konnte.

»Ich habe dich gebeten, Daphne zu töten, aber du hast ja nicht gehört«, sprach Bolt weiter. Nur eine Armlänge entfernt lag Daphne auf dem Rücken. Sie hatte ihr Gesicht Rain zugewandt und sah sie direkt an, als Bolt sich über sie beugte.

»Sag ihm …«, keuchte sie. »Sag ihm, dass ich ihn liebe.«

»Und ich bin sicher, er hat dich auch geliebt.« Sie wusste, dass ihr Vater Daphne nie so sehr geliebt hatte wie sie ihn. Doch im Augenblick des Todes war es das, was sie hören wollte, und Rain sah die Erleichterung in ihrem Blick, kurz bevor Bolt zustach. Es war nur ein Stich. Ein gezielter Stich ins Herz.

Rain wollte die Augen schließen, den Blick von dieser schrecklichen Szene abwenden, doch Daphne sah sie so verzweifelt an. Ihr Blick suchte den ihren und klammerte sich daran fest. Also tat Rain das Einzige, was sie tun konnte: Daphne den letzten Trost zu schenken, indem sie sie im Augenblick des Todes nicht alleine ließ und die Augen schloss.

42.

»DER DROHNENANGRIFF AUF GREY hat zahlreiche Menschenleben gefordert. Unter den Toten befinden sich Zivilpersonen. Noch ist unklar, welches Ausmaß der Angriff angenommen hat, doch Aventin beharrt auf sein Recht, alles Notwendige zu tun, den Frieden und die Sicherheit von Hope zu gewährleisten. Ich bitte euch, Bewohner von Grey, verhaltet euch ruhig und bleibt in euren Häusern, bis die Krise vorüber ist.«

Das TecDec zeigte Thrax, der mit ernster Miene in die Kamera blickte. Hinter ihm wurden Bilder von Grey eingespielt, doch der Industriezirkel war nicht wiederzuerkennen. Alles lag in Trümmern, bedeckt von Smogschwaden, die darüber hinwegzogen.

»Wir müssen Aventin darüber informieren, dass wir entkommen und auf dem Rückweg sind«, sagte Bishop mit ruhiger Stimme. »Rajana, ich denke, dein Vater würde gerne von dir persönlich hören, dass alles in Ordnung ist.«

Sie war nicht in Ordnung. Nichts war in Ordnung.

»Denk an deine Mutter«, flüsterte Bolt drohend. Daran musste er sie nicht erinnern, sie würde die Bilder nie vergessen können.

Rain folgte ihrem Cabman zum TecDec, worauf wenig später Tiberius erschien.

»Rajana, du lebst!« Er sah sie an wie einen Geist. Sein Blick galt den Schrammen und dem verkrusteten Blut, die ihr Gesicht entstellte.

»Ich bin so froh.« Die Sorgenfalten fielen von seiner Stirn. »Ich dachte, ich hätte dich verloren.«

Du hast mich geopfert, dachte Rain. Um die Rebellen zu bezwingen.

»Die Explosionen haben uns eine Gelegenheit gegeben zu fliehen«, mischte sich Bishop ein. »Es ist ein Wunder, aber wir sind entkommen.«

»Ich bin sehr erleichtert, dass ihr am Leben seid«, beteuerte Tiberius. Es klang ehrlich erleichtert, auch wenn er zweifellos von der Bombardierung wusste und ihr zugestimmt hatte.

»Nun, wir sind dank des tapferen Einsatzes einiger Sentinal wohlauf und auf dem Weg nach Hause«, sagte Bishop.

»Das sind fantastische Neuigkeiten! Bitte kommt schnell zurück. Ich werde alles für eure medizinische Versorgung veranlassen.«

»Danke, Vater.« Rain lächelte nicht, sondern starrte ihn nur an, hoffend, dass er spüren würde, dass etwas nicht stimmte. Storm hätte es bemerkt. Kleinigkeiten hätten gereicht, um sie zu warnen. Kleinigkeiten, wie, dass sie ihn Vater nannte, was sie zuvor nie getan hatte.

»Wir werden direkt in den Palast kommen«, mischte Bishop sich ein, der seine TecGlasses zurechtrückte und an den Rahmen tippte. Tiberius hob die Augenbrauen, doch bevor er etwas sagen konnte, fuhr der Cabman fort. »Als Earl von Grey muss Prinzessin Rajana den Herrschern Bericht erstatten. Persönlich.«

»Nun.« Tiberus runzelte die Stirn. »Ihr solltet zuerst ins MedCentre gebracht werden. Meine Tochter hat viel durchgemacht …«

»Das, was wir zu sagen haben, kann nicht warten, fürchte ich«, widersprach Bishop. Sie wollten also dringend in den Palast, und Rain konnte sich den Grund denken. Das Herrschaftspaar.

»Rajana?« Tiberius wandte sich direkt an sie. »Ich weiß, du nimmst deine Aufgabe als Earl sehr ernst, aber du bist offensichtlich verletzt.«

»Mir geht es gut, Vater«, wiederholte sie. »Bishop hat recht. Wir kommen zum Palast.«

»Gut, wie du meinst, aber überfordere dich nicht, Tochter. Ich werde dich erwarten und alles Notwendige in die Wege leiten.«

»Danke, Vater.«

Er runzelte die Stirn. Die einzige Regung, die Rain hoffen ließ, dass er etwas bemerkt hatte.

Rain stand im Bad des Gleiters, um sich den Gestank von Blut, Urin und Schweiß vom Körper zu waschen, denn nach der Zeit im Verlies stank sie nach Bolts Aussage »schlimmer als Mutantenrattenscheiße«. Zwei der Rebellen warteten vor der Tür, während sie sich fertig machte.

»Guten Tag, du siehst gestresst aus. Kann ich helfen?«, fragte der Spiegel.

»Glee!« Rain war beinahe froh, die vertraute Stimme des Programms zu hören. »Ich brauche neue Kleidung.«

»Das sehe ich. Für welchen Anlass?«, fragte der Spiegel.

»Einen gefährlichen.«

»Da habe ich genau das Richtige für dich.«

Er präsentierte ihr einen schwarzen Overall mit Schulterplatten.

»Das Material ist das gleiche wie bei den neuen Kampfanzügen der Sentinal. Sehr leicht, aber außerordentlich robust«, erklärte Glee. »Und trotzdem modern und schick.«

Rain nickte, aber Glee war noch nicht fertig.

»Besonders hilfreich sind diese trendigen Armreifen. Sie sind nicht nur hübsch anzusehen. Es ist eine Schusseinrichtung für Oleoresin Capsicum eingebaut. Einfach, aber wirksam.«

Rain wurde hellhörig.

»Ich hoffe, ich konnte dir helfen.«

»Das war sehr hilfreich«, murmelte Rain. »Hilfreicher als ich dachte.«

»Immer gerne zu Diensten«, freute sich Glee, während sich in der Wand eine Öffnung offenbarte. Rain nahm die Armreifen und den Overall heraus. Dann verließ sie das Badezimmer.

Als die Spines sie durchsuchten, rollte sie mit den Augen: »Wie soll ich denn an eine Waffe kommen? Da drin ist bloß ein sprechender Spiegel.«

Sie führten sie zurück in den Raum, wo Storm und Lark festgehalten wurden. Neben den Toten, die Rain versuchte zu ignorieren.

Sie setzte sich neben ihre Mutter, lauschte ihrer schweren Atmung und fühlte ihren Puls. Er war stabil.

Lark röchelte, und sie rutschte zu ihm hinüber.

»Pssst«, flüsterte sie und strich ihm beruhigend über die Wange. Seine Lider zuckten unruhig, als würden Käfer über den Augapfel kriechen. Ob er Schmerzen hatte? Rain fiel das Atmen schwer, und sie konnte kaum noch schlucken.

Plötzlich öffnete er die Augen. Seine Lider flackerten, bevor sich der Blick klärte und sein Mund wortlos ihren Namen formte.

»Ja, ich bin es.« Rain rutschte näher an ihn heran. Er versuchte, etwas zu sagen, hustete jedoch stattdessen. Er verzog sein Gesicht vor Schmerz, und Rain presste ihm den Zeigefinger auf die Lippen. »Alles gut. Ich pass auf dich auf.«

Er lächelte, wenn auch gequält. Seine Augen suchten die ihren, und für einen kurzen Moment versank sie in dem Gold. Dann, eh sie wusste, was sie tat, drückte sie ihre Lippen auf die seinen. Es war nur eine flüchtige Berührung, doch alles daran fühlte sich richtig an.

»Wir sind gleich da«, verkündete Bolt, und Rain löste sich schweren Herzens von Lark und Storm, um ihm zu folgen.

»Bal, du bleibst mit Smug und Vip hier. Falls etwas schiefgeht, darf dich niemand mit uns in Verbindung bringen. Du wirst die Gefangenen töten und sagen, dass du ebenfalls eine Geisel warst«, befahl Bolt.

»Ich weiß, was zu tun ist.« Bishop lächelte. Dann setzten sie ihre Helme auf und warteten auf die Landung.

Rain schritt flankiert von den als Sentinal getarnten Spines aus dem Gleiter, während die Kameradrohnen sie summend begrüßten. Sie verzichtete auf einen Kommentar und marschierte so schnell wie möglich in Richtung des Palastes, um die Journalisten abzuhängen.

Die Tür glitt auf, und Tiberius eilte ihr entgegen. Beinahe dachte sie, er würde sie in den Arm nehmen wollen, doch er bremste sich und berührte stattdessen sein Herz.

»Rajana! Ich freue mich, dass du wieder da bist.« Er griff sich erneut ans Herz und strahlte sie an. »Geht es dir gut?«

»Alles gut, Vater«, sagte sie und betete, dass er bemerkt hatte, dass etwas nicht stimmte. »Ich … ich wollte unbedingt zum Palast kommen.«

»Oh Rajana, ich weiß deinen Mut zu schätzen, aber das wäre nicht nötig gewesen. Die Herrscher geben gerade eine kleine Feier, weil wir ein neues gesegnetes Kind erwarten.«

Oh nein, dachte Rain. *Nicht auch das noch!*

»Ein Kind?«, stammelte sie.

»Ja, Königin Palenope erwartet ein Kind. Wunderbar, nicht?«

»Ja …«

»Nun, wenn du dich nicht abhalten lässt, führt dich mein neuer Cabman zu ihnen.«

»Wie schön«, krächzte Rain. »Wie … wie geht es Cassiopaio?«

»Deiner Fuchsmanguste geht es gut.«

»Du meinst Frettchen!«, korrigierte sie, und Tiberius stockte.

»Ja sicher … Er hat ordentlich zugenommen.«

»Das freut mich.«

Tiberius schien den Hinweis mit Cassiopaio verstanden zu haben, denn sein Gesicht hatte sich schlagartig verdüstert. Na endlich!

»Wo ist dein Cabman?«, fragte er beiläufig und begutachtete die Sentinal, die Rain gefolgt waren.

»Im Gleiter, nehme ich an. Er muss wie immer viel organisieren.«

»Und Daphne? Hat sie … überlebt?«

»Nein, sie hat die Rückreise nicht überstanden.«

»Ich verstehe. Dann treffen wir uns nachher.« Er sah ihr in die Augen, dann ließ er seinen Blick erneut über die Wachen gleiten. Er würde etwas unternehmen. Er hatte bemerkt, dass sie in Schwierigkeiten war.

»Bis gleich«, stammelte sie und folgte Tiberius' neuem Cabman. Die Sicherheitsmaßnahmen am Eingang waren viel zu leicht zu überwinden. Man vertraute ihr, da sie eine Gesegnete war und ihr Vater sie bereits angekündigt hatte.

»Einen schönen Aufenthalt im Palast, Earl Rajana«, wünschte ein Diener und deutete auf einen Bogen, den sie passieren mussten. Er scannte sie und ließ Desinfektionsmittel auf sie hinabrieseln.

Sie sollten mehr Angst vor Rebellen als vor Keimen haben, dachte Rain verbittert.

Ihre Schritte hallten von den Wänden wider. Es klang wie das Marschieren einer Armee. Wächterdrohnen passierten sie, ohne ihnen die geringste Aufmerksamkeit zu schenken.

Rain versuchte sich zu konzentrieren, sich vorzubereiten, auf eine Gelegenheit, um die Rebellen aufzuhalten.

Viel zu schnell waren sie am Ziel angekommen. Viel zu schnell blieb Tiberius' Cabman stehen und öffnete die Tür. Aus dem Inneren des Raumes drangen Stimmen und Licht, fröhliches Gerede und unbeschwertes Lachen. Sie feierten die Ankunft eines gesegneten Kindes.

»Bal, wir sind da«, flüsterte Bolt ins Funkgerät.

Rains Arme waren so verspannt, dass sie schmerzten. Die Sehnen zeichneten sich unter dem Stoff ihrer Kleidung ab. Ihre Fäuste liefen weiß an, und die Knöchel traten hervor, als sie den Saal betrat. Sie konnte nicht zulassen, dass die Rebellen alle töteten!

Königin Palenope trug helle Kleidung. Ihre Krone hatte sie abgelegt, und stattdessen zierte ein Blumenkranz ihr Haupt. Ihr Gefährte und König, Maximus, stand an ihrer Seite und lachte über etwas, während Palenope ihren runden Bauch präsentierte. Morpheus stand mit seiner Mutter Aurelia ein wenig abseits, zwei schöne Frauen an seiner Seite. Er war ganz in seinem Element und flirtete mit beiden.

»Es geht los. Zeit für Gerechtigkeit«, flüsterte ein Rebell zu ihrer Rechten. Rain konnte aus seiner Stimme hören, dass er es nicht erwarten konnte, sie zu töten.

»Ihr bringt keine Gerechtigkeit«, flüsterte Rain, doch sie wurde von Bolt an die Wand gedrückt. »Nur den Tod.«

43.

RAIN WOLLTE TIBERIUS' CABMAN WARNEN, doch im selben Moment sank der in sich zusammen. Rains Hand blieb verirrt in der Luft hängen, während ihr Blick auf die am Boden liegende Gestalt fiel. Blut floss aus ihrem Rücken. Einen Wimpernschlag später stürmten die Rebellen in den Saal.

»Morpheus!«, brüllte Rain. Ihr Bruder sah auf, und sein Gesicht erhellte sich, als er sie sah. Dann hob er angesichts ihres Ausdruckes fragend die Schultern. Sie deutete auf den toten Cabman und brüllte so laut sie konnte: »Spines!«

»Gold zu Asche!«, rief jemand, gefolgt vom ersten Schuss, der sein Ziel fand.

Der König ging in die Knie. Einer Schreckenssekunde der Stille folgte das Chaos. Es fuhr wie eine Faust auf die Anwesenden und trieb sie auseinander.

Rain war sich sicher, dass sie schrien, doch sie hörte nichts. Sie war nicht taub. Es war eher so, als würden die Geräusche sie nicht erreichen, als wäre sie irgendwie nicht ganz präsent.

»Bolt«, hörte sie sich schreien, während ihre Füße sich in Bewegung setzten. Ihr Blick hing an dem Funkgerät, das an seinem Gürtel baumelte, als wäre das alles, was im Moment zählte. Sie musste es ihm abnehmen, denn es war Larks und Storms Lebensversicherung. Der Rebell war so abgelenkt, dass er sie nicht kommen sah. Sie stürzte sich auf ihn und riss ihn zu Boden, wo sie ihn mit ihrem Gewicht versuchte zu fixieren. Es reichte offenbar nicht aus, um ihn festzuhalten, denn er fegte sie von sich hinunter, als wäre sie nicht mehr als eine lästige Fliege.

Sie schlug mit der Faust zu, zielte auf seinen Hals, traf aber nur seinen Helm und schrie vor Schmerz auf, als ihre Knöchel zersplitterten. Bolt schlug ihr ins Gesicht. Ihr Kopf wurde zur Seite gerissen, und sie sah für ein paar Sekunden nichts außer hellen und dunklen Punkten, die vor ihren Augen tanzten. Ein metallischer Geschmack breitete sich in ihrem Mund aus.

»Das bereust du, Mädchen«, hörte sie Bolts Stimme. Sekunden später spürte sie, wie sich etwas in ihren Hals bohrte. Etwas Vertrautes.

Er wollte sie schocken. Mit ihrer eigenen Waffe.

Oh ja, dachte Rain und schlang schnell ihre Finger um sein Handgelenk, als Bolt den Auslöser betätigte.

Sie schloss die Augen, und beinahe im selben Moment flammte der bekannte Schmerz auf, der durch ihre Haut und schließlich durch den ganzen Körper fuhr. Jede Zelle, jede Faser schrie auf. Trotzdem verspürte Rain nichts als bittere Genugtuung, als sie in Bolts weit aufgerissene Augen sah. Sein Körper sackte zusammen und begrub sie unter sich.

Idiot!

Sie zählte, wartete ab und hoffte. Über sich sah sie einige WarBots kreisen, die durch die Sentinaluniform der Spines überfordert wirkten. Ihre Waffen zuckten hin und her, doch bevor sie den Feind erkannt hatten, fielen sie bereits wie Steine zu Boden.

Zuerst konnte Rain ihre Finger bewegen, dann ihre Arme. Sie versuchte, sich zu befreien und unter Bolt hervorzukrabbeln, doch der wog mehr, als sie erwartet hatte. Keuchend rollte sie sich zur Seite und streckte ihre Finger nach Sting aus. Es kostete sie all ihre Willenskraft, ihren gepeinigten Körper zur Bewegung zu zwingen, und Bolt erholte sich schneller als gehofft. Er klammerte sich an ihrem Bein fest, und seine Finger bohrten sich tief in ihre Muskeln.

Rain biss die Zähne zusammen, um nicht vor Schmerz zu schreien. Sie strampelte, während sie mit den Fingern nach dem Stab tastete.

»Na warte, Miststück.« Der Rebell griff nach seinem Funkgerät. »Bal?«

Es rauschte. Rains Hände schlossen sich um Sting.

»Ja?«, ertönte die Antwort, als sie herumwirbelte.

»Hö…!« Der Stab entlud einen weiteren Stromimpuls in das Gerät und brachte das Rauschen zum Schweigen.

»Nein!« Der Spine warf sich erneut auf sie und bohrte ihr das Knie in die Magengrube. »Meine Geduld mit dir ist am Ende. Du bist noch starrköpfiger als deine Mutter.«

»Meine Mutter?«, keuchte Rain höhnisch. Als Bolt seinen Fehler bemerkte, verzog er das Gesicht.

»Als Storm«, korrigierte er. Rain versuchte, ihm einen Fausthieb zu verpassen, doch er fixierte ihre Arme auf dem Boden. »Wie kann sie etwas wie dich mehr lieben als mich?«

»Ist das dein Problem?«, fragte sie und wand sich unter ihrem Angreifer hin und her. »Bist du eifersüchtig?«

Bolts Hände legten sich um Rains Hals, und er drückte zu. Sein Gewicht fixierte sie am Boden. Sie schob ihre Arme dazwischen, wie Nife es ihr beigebracht hatte, um seine auseinanderzudrücken. Sie spürte, wie ihre Luftröhre unter seinen Fingern nachgab. Sie musste etwas tun, schnell. Sie winkelte die Beine an und stieß ihre Hüfte vom Boden ab, woraufhin sein Oberkörper nach vorne rutschte. Für einen Moment lockerte sich sein Griff, und sie schlug zu. Ihr Handballen traf sein Ziel, und mit Genugtuung spürte sie das Brechen seiner Nase.

Im selben Moment explodierten die Fensterscheiben, und Sentinal in schwarzen Uniformen kamen von allen Seiten in den Raum gestürmt. Warum hatten sie so lange gebraucht?

Nimm das, Mistkerl!

Rain nutzte die kurze Ablenkung und aktivierte die Armbänder, um ihm eine Ladung Oleoresin Capsicum ins Gesicht zu pfeffern. Allerdings war es auf diese Entfernung unmöglich, nicht selbst etwas abzukriegen. Obwohl sie Augen und Mund geschlossen hielt, fraß sich die Flüssigkeit wie eine brennende Säure in ihre Schleimhäute. Ihre Augen schienen in Flammen zu stehen, als ob sie jemand mit einem glühenden Stock hinausbrannte.

Sie spürte, wie sich die Substanz brennend in ihrem Rachen ausbreitete, als hätte sie den ganzen Mund voller Chilischoten. Nur schlimmer.

Bolt schrie auf, und sie trat ihn von sich runter. Da es ihr unmöglich war, die geschwollenen Augen zu öffnen, schlug sie nach Gehör und folgte seinen Schreien. Sie brauchte vier Versuche, bis sie ihn erwischte und er auf dem Boden zusammensackte. Zur Sicherheit ließ sie eine Serie an Fausthieben auf ihn niederprasseln. Erst als seine Schreie verstummten, hörte sie auf.

Rain fürchtete, nie wieder sehen zu können. Die Schmerzen in Auge und Nase waren kaum auszuhalten. Tränen liefen ihr über die Wangen, schienen jedoch die Substanz nicht fortzuspülen, sondern das Brennen nur zu verschlimmern. Haut und Schleimhaut waren aufgedunsen und schmerzten bei jeder Bewegung, ebenso wie ihre Knöchel.

»Unwetter toben«, feuerte sie sich an. »Unwetter wüten. Unwetter geben niemals auf.«

Sie musste zum Gleiter, bevor Bishop alle umbringen würde. Blind stolperte sie in den Gang hinaus, wurde von einer Person angerempelt und fiel zu Boden. Sie rappelte sich erneut auf und eilte weiter. Die Schritte vermischten sich mit dem Echo der Schüsse und Schreie, die ihr folgten. Sie hatte keine Ahnung, in welche Richtung sie lief, hoffte aber auf das Beste. Wie sollte sie in diesem Zustand Lark und ihre Mutter befreien?

»Earl Rajana.« Eine junge Frau griff nach ihrem Arm. »Was ist hier los?«

»Ich muss zu meinem Gleiter. Schnell!«, keuchte Rain und tastete nach ihrem Gegenüber. Den kurzgeschorenen Haaren nach zu urteilen, handelte es sich um eine Dienerin. »Kannst du mich hinbringen?«

»Ja, aber …«

»Schnell.« Die Frau nahm ihren Arm und führte sie durch den Gang. »Du solltest zu einem MedCenter. Deine Augen.«

»Ich weiß.«

Sie passierten den Bogen, und ein Regen aus Desinfektionsmittel umhüllte sie, als sie hindurcheilten.

»Rajana.« Sie konnte durch den brennenden Tränenschleier nichts sehen, erkannte aber Bishops Stimme, als die Tür aufglitt und sie ins Freie traten.

»Dein Cabman«, freute sich die Dienerin.

»Lauf weg!«, zischte Rajana und drückte die Frau hinter sich. »Er ist ein Spine. Ein Terrorist. Du musst meinen Vater finden.«

»Was ist los, mein Glücksbringer? Du wirkst verwirrt. Wir sollten dich wirklich besser in ein MedCenter bringen«, rief Bishop besorgt, und seine Stimme kam näher. Die junge Frau war unsicher, was sie tun sollte.

»Nun lauf schon!«, rief Rain, doch es war schon zu spät. Ehe sie dem Befehl folgen konnte, schnitt ein Schuss durch die Luft, und sie röchelte. Rain hörte das dumpfe Geräusch, als der Körper der Dienerin zu Boden fiel.

»Nein!« Rain duckte sich. Sie suchte nach Deckung, konnte aber nicht mehr als Schemen erkennen. Bishop ergriff ihren Arm, doch sie stieß ihn beiseite. Angesichts ihres Nachteils entlockte ihm ihr Versuch ein freudloses Lachen. Sie zog Sting und fuchtelte damit in der Luft herum.

»Keine Angst, es wird alles wieder gut. Ich bringe dich zu

deiner Mutter«, sagte Bishop beruhigend. »Sie kann es kaum erwarten, dich zu sehen.«

»Was hast du mit ihr gemacht?« Sie stach mit Sting zu, aber langte ins Leere.

»Ihr geht es gut. Ich bin doch dein Cabman und auf deiner Seite.«

»Lügner!«

»Ich habe das alles bloß für dich getan. Verstehst du? Um dir zu helfen.«

»Was ist mit den zwei Rebellen?« Sie umkreiste ihn, während ihr Gehirn auf Hochtouren arbeitete.

»Ich habe sie getötet. Du weißt, ich hatte keine andere Wahl. Ich muss alle Zeugen töten, die mein Geheimnis kennen.«

»Du hast sie getötet? Deine eigenen Leute?«

»Meine Mission ist wichtiger als ihr Leben.«

Dann waren die Geiseln jetzt unbewacht. Rain riss ihren Arm hoch, um eine weitere Ladung Oleoresin Capsicum in die Richtung seiner Stimme zu entlassen. Der erhoffte Schmerzschrei blieb jedoch aus. Hatte sie verfehlt, oder reichte der Vorrat im Armband nur für einen Schuss?

»Jetzt bin ich aber enttäuscht, Prinzessin. Ich dachte, wir wären Freunde. Du und ich.«

Sie warf sich zur Seite, während er wie erwartet schoss. Sie rollte sich über die Schulter ab und sprang auf, als plötzlich ein Schmerz ihren Arm durchzuckte. Während sie sich zu ihrem Angreifer umdrehte, bemerkte sie, dass ihr Arm ihrem Befehl nicht folgte. Er hing nutzlos hinab. Sie konnte ihn weder bewegen noch spüren. Sie war sich nicht einmal mehr sicher, ob sie überhaupt noch einen Arm hatte.

Ihr Gehirn pumpte so viel Adrenalin und Endorphine ins Blut, die alles ausblendeten, alles bis auf den Wunsch, ihren Cabman zur Rechenschaft zu ziehen. Rain spürte das heiße Blut, das über ihren Hals rann und ihr klar werden ließ, dass Bishop sie getroffen haben musste.

Sie stolperte zurück und fiel über ein Hindernis zu Boden. Ihr Arm gehorchte nicht, und so schlug sie hart mit dem Rücken auf. Ein Schmerz fuhr durch ihre Wirbelsäule, und sie blieb betäubt liegen. Ihre Augen brannten wie verrückt, doch sie durfte nicht mit den Lidern zucken. Sie hielt den Atem an und hoffte. Was sollte sie auch tun? Sie wusste, es würde nichts bringen zu betteln oder zu flehen. Sie konnte nur hoffen, dass Bishop den Fehler machte, näher zu kommen, um nachzusehen, ob sie außer Gefecht gesetzt war, doch er schien unschlüssig zu sein. Dann endlich hörte sie seine Schritte.

»Rajana«, murmelte er. »Ich weiß, dass du lebst. TecGlasses!«

Kallisto!

»Finger weg von meiner Tochter!«

»Mom?« Rain blinzelte. Vor ihr tauchten verschwommene Umrisse auf. Sie hörte, wie Bishop den Arm mit der Waffe hob. »Nein!«

Sekunden darauf vibrierte die Luft, als Schüsse fielen. Zwei. Direkt hintereinander.

»Mom!«

Bishops Körper fiel leblos wie ein Sack Kohle neben ihr zu Boden. Für einen Moment glaubte Rain, dass alles gut werden würde. Für einen Moment … Dann hörte sie Storms Keuchen.

»Mom?«

Sie rappelte sich auf, während der linke Arm weiterhin kraftlos herabhing. Ohne weiter abzuwarten, stolperte sie zum Gleiter, die Rampe empor.

»Mom?«, flüsterte sie und ging neben dem viel zu dünnen Körper in die Knie. Vorsichtig strich sie über das kurze, mit Blut verklebte Haar.

»Mom?«

Keine Antwort.

Sie schüttelte sie sanft.

»Mein … Herz«, keuchte Storm, und Rain fiel ein Stein vom Herzen.

»Ich … liebe dich, mein Herz. Meine Tochter.« Storm brachte kaum mehr als ein Flüstern zustande.

»Mom, du musst nicht sprechen. Alles wird gut.« Rain drückte ihre Stirn an die ihrer Mutter und presste ihre Hände auf die Wunde in ihrem Bauch. Warmes Blut umschloss ihre Finger, und sie spürte das hektische Pulsieren der Bauchschlagader, welche mit jedem Schlag schwächer wurde. Was sollte sie tun? Tränen stiegen in ihre Augen, als eine Welle der Hilflosigkeit sie überrollte.

»Bis in einem Moment, mein Herz«, keuchte Storm und versuchte die Hand zu heben, um Rains Wange zu streicheln, doch auf halbem Weg gab die Hand auf und fiel.

»Bis in einem Moment, Mom«, krächzte Rain. Ihre Stimme versagte. Sie kauerte über Storms Körper und presste ihn so fest an sich, als könnte sie ihre Mutter so bei sich halten. Sie spürte den warmen Atem ihrer Mutter an ihrem Hals und das Schlagen ihrer Herzen, spürte, wie ihr eigener Herzschlag den ihrer Mutter langsam überholte und immer weiter hinter sich zurückließ.

Schließlich gerann das Blut unter Rains Händen zu einem festen, trockenen Klumpen. Storms Herz hatte aufgehört zu schlagen. Und Rains zerbrach in tausend Scherben.

44.

LARK HATTE SCHMERZEN. Besonders nachts hielten sie ihn wach. Er lag auf dem Rücken, die einzige Position, in der sie erträglich waren. Kurz überlegte er den Schalter der Pumpe zu betätigen, die Schmerzmittel in seine Venen entließ und ihn betäubte. Für einen kurzen Moment fühlte er sich dann von seinem Körper losgelöst und federleicht. Selbst seine Sorgen ließen für den Moment nach, in dem das Medikament seine Zellen durchflutete.

Lark entschied sich dagegen.

Die Schmerzen erinnerten ihn daran, dass er noch lebte. Er lebte. Und er litt, aber das hatte er verdient.

Er schob den Gedanken beiseite. Später wäre auch noch Zeit für Selbsthass. Jetzt musste er funktionieren. Wenn es auch nur den geringsten Zweifel an seiner Treue gegenüber den Sentinal und den Gesegneten gab, würde man ihn hinrichten und seine Familie nach Pitch schicken.

Rain wird das nicht zulassen, flüsterte eine optimistische Stimme in seinem Kopf.

Rain hat ganz andere Probleme, widersprach die Vernunft. Sie hatte sich verändert, seitdem ihre Mutter fort war. Ein Schatten ihrer selbst. Ihre Gedanken waren weit entfernt und hatten den Körper wie eine leere Hülle zurückgelassen.

Lark konnte unmöglich sagen, was sie von ihm hielt. Seine Besuche tolerierte sie, aber mehr auch nicht. Sie reagierte nicht auf seine Fragen und gab keinen Ton von sich. Ihr Blick war leer.

Gebrochenes Herz, nannte seine Mutter den Zustand. Sie waren mit den anderen Sentinal-Familien nach Aventin geholt und in einem Dienerhaus untergebracht worden. Dort waren viele Plätze frei geworden, nachdem Aventin verdächtige Zweien aus der goldenen Stadt verbannt hatte.

Seitdem sie Bolt in ihrer Gewalt hatten, fürchtete Lark, dass die Illusion von Sicherheit jeden Moment zerplatzen könnte. Wenn er die Augen schloss, sah er Sentinal, die in den Raum stürmten. Allen voran Thron. Er sah, wie sie Rose und seine Eltern inhaftierten und sie hinausschleiften, um sie vor ganz Hope zu demütigen.

Larks Atmung wurde schwer. Er spürte, wie sich auf seiner Stirn Schweißperlen bildeten und das Bettlaken an seiner feuchten Haut kleben blieb. Nun betätigte er doch die Pumpe. Erleichtert schloss er die Augen, als die Schmerzen davongespült wurden.

»Bruder, guck mal!« Die Tür zu seinem Zimmer schwenkte auf. Rose kam aufgeregt quiekend auf seinem schwebenden Stuhl ins Zimmer. Da er noch nicht wieder laufen konnte, musste Lark diesen Stuhl benutzen, um sich fortzubewegen. Rose trug ein senfgelbes Kleid, das einmal einer Dienerin gehört haben musste und ein paar Nummern zu groß war. Auf ihrer Stirn prangte direkt unter dem Haaransatz eine kleine, aber deutliche schwarze Drei.

Zweien wurden von Aventinern schon skeptisch beäugt, aber Rose sahen sie mit einer Mischung aus Erschrecken und Unglauben an, so als hätten sie es bisher nicht für möglich gehalten, dass Dreien überhaupt lebensfähig waren.

»Guck mal! Ich fliege!«, rief sie und fuhr den Stuhl gegen das Bett.

Jeden Morgen kam sie herein und bestand darauf, ihrem Bruder beim Aufstehen zu helfen.

»Das muss nicht sein«, murmelte Lark wie jeden Morgen, wenn sie ihn stützen wollte.

»Du hast dasselbe für mich getan«, widersprach sie. Aventin

tat ihr gut. Ihre Wangen sahen bereits nach wenigen Tagen nicht mehr ganz so knochig aus, und ihre Augen leuchteten. Trotzdem machte Lark sich Sorgen. Was sollte aus ihr werden? Eine G Drei hier in Aventin?

»Das schaffen wir«, flüsterte sie, während sie seinen Arm über ihre Schulter legte, um ihn zu stützen. Er griff mit der anderen Hand die Lehne des TecHelpers, wie der Stuhl genannt wurde. »Auf Drei … Eins …«

Lark starrte auf seine nutzlosen Beine. Selbst wenn sie ihm je wieder gehorchten, wären sie nicht stark genug, um sein volles Gewicht zu tragen. Er würde seinen Platz als Sentinal nicht mehr einnehmen können.

»Zwei.«

Doch was blieb dann übrig? Er war kein Rebell. Er war kein Soldat. Er war einfach nur Lark.

»Drei.«

Er hievte sich mit Roses Hilfe auf den Stuhl und zog seine Beine nach. Ein Schmerz durchzuckte seinen Körper, als sie sich bewegten. Rose kniete sich vor ihn und positionierte seine Füße auf den dafür vorgesehenen Flächen.

»Soll ich dir im Bad helfen?«, fragte sie.

»Nicht nötig.« Er schämte sich für seinen jetzigen Zustand, und er schämte sich für den Code auf seinem Arm. G1. F3. Jetzt wusste er, wie Hail sich gefühlt haben musste. Hilflos. Und das Schlimmste war das Mitleid der anderen. Als würden sie seine Lage für ausweglos halten, während er selbst versuchte, sich das Gegenteil einzureden.

Hail. Allein der Name ließ sein Herz gefrieren. Seine Hail. Automatisch wanderte seine Hand wieder zu der Schmerzpumpe.

»Nicht zu viel, Bruder«, warnte Rose besorgt.

»Hail. Ich ertrage es nicht«, schluchzte er und drückte den Knopf, während seine Schwester die Arme um ihn legte.

Rain hatte ihr Zimmer seit Tagen nicht verlassen. Die meiste Zeit verbrachte sie im Bett und starrte aus dem Fenster. Sie hatte geweint, bis ihre Tränen versiegt waren. Seitdem klammerte sie sich an ihr Armband mit dem Regenstein, drückte es fest an ihre Brust und spürte, wie sie der Schmerz immer wieder aufs Neue überrollte. In diesen Augenblicken presste sie sich ein Kissen über das Gesicht und schrie hinein, bis sie heiser war. Die Bilder ihrer toten Mutter verschwanden so zumindest für kurze Zeit aus ihrem Kopf. Anschließend rollte sie sich ein und flüsterte: »Andromeda. M. Nife. Daphne. Storm … Mom. Mom. Mom.« Dann fiel sie in einen unruhigen Schlaf, in dem sie die Bilder der letzten Tage verfolgten.

Sie war gefangen zwischen der Leere und dem Kummer, in einer Zwischenwelt, die sie leersaugte und all ihre Kraft und ihren Lebenswillen stahl. Sie war nicht mehr als eine leere Hülle voller schrecklicher Erinnerungen.

Selbst Cassiopaio konnte sie nicht aufmuntern. Sie spürte nicht einmal den Schmerz, wenn er ihr frustriert in die Finger biss oder sie kratzte, um sie aus ihrem inneren Gefängnis zu befreien.

Lark kam vorbei, um ihr stillen Beistand zu leisten. Er sagte es nicht, aber Rain spürte, dass die Ereignisse auch ihn gefangen hielten. Manchmal bekam er diesen erstarrten Gesichtsausdruck, wenn er nachdachte. Dann fuhren seine Hände über die tauben Beine, und sein Körper begann leicht zu zittern. Seine Augen hatten den selben verlorenen Ausdruck wie die ihren, und dunkle Schatten unter ihnen zeugten von schlaflosen Nächten.

»Rose will dich gerne besuchen«, sagte Lark eines Tages und überreichte ihr eine rote Papierrose. »Sie vermisst dich.«

Als Rain das Geschenk nicht annahm, legte er es auf ihren Nachttisch. Dann nahm er zögernd ihre Hand und hielt sie fest.

»Die Keime sind wohl unser geringstes Problem«, sagte er. Es sollte ein Scherz sein, doch keiner von beiden lachte.

»Morgen ist die Hinrichtung«, fuhr er nach einer Weile fort.

»Aber du musst das nicht tun. Ich weiß, warum du es tun willst, aber ich fürchte, es ist nicht der richtige Weg.«

Es war das Einzige, was Rain im Moment tun *wollte*. Das Einzige, was sie auf dieser Welt und die leere Hülle am Leben hielt. Der Gedanke war wie eine Flamme, die in ihr brannte und sie wärmte.

»Ich habe dich dafür bewundert. Als alle den Krieg wollten, hast du verhandelt. Du hast das Richtige getan. Bitte gib jetzt nicht auf.«

Rain war alles egal, solange sie Rache üben konnte. Solange Storm Gerechtigkeit widerfuhr.

»Du hast die Macht, die Zukunft zu beeinflussen. Auch jetzt noch. Viele warten auf dich und wollen hören, was du zu sagen hast. Sie fürchten sich. Bitte, Rain, gib den Frieden nicht auf. Du hast doch gesehen, was der Krieg aus uns gemacht hat. Er hat die Monster nicht getötet. Er hat nur noch mehr von ihnen erschaffen.«

Rain antwortete nicht, auch wenn sie seinen Worten lauschte. Seine Stimme hatte etwas Beruhigendes an sich. Sie war wie ein Anker, an den sie sich klammern konnte, um nicht mit der Flut davongerissen zu werden. Sie wollte ihm einfach zuhören. Einfach seiner Stimme folgen und wissen, dass sie nicht allein war.

Er drückte ihre Hand fester und sagte, »Egal, was du tust, ich werde bei dir sein.«

Würde er das?

Sie war dankbar, dass er das sagte, doch sie wusste, das, was sie im Begriff war zu tun, würde sie alleine tun.

Lark zeigte sich nicht gern in der Öffentlichkeit. Die Blicke der Aventiner mochte er nicht. Sie sahen ihn an wie einen Fehler und tuschelten über seine Verstümmelung, wenn er in seinem schwebenden Stuhl vorüberglitt.

Er verließ seine Wohnung nicht, wenn es sich vermeiden ließ. Nur die Besuche bei Rain waren ihm so wichtig, dass er sich den Blicken aussetzte. Er spürte, dass sie ihn brauchte. So wie er sie brauchte.

Heute hatten ihn Sentinal abgeholt und zu einem Gleiter gebracht. Ihre schwarze Rüstung sorgte jedes Mal für Herzrasen, denn jedes Mal fürchtete er, enttarnt worden zu sein.

Sie brachten ihn nicht zurück in die äußeren Zirkel, wo die Diener wohnten, sondern fuhren ihn zu einem anderen Hochhaus.

»Wo bringt ihr mich hin?«, fragte Lark, doch er erhielt keine Antwort. Sie fuhren mit einem Fahrstuhl hoch empor, bis sie in einem Zimmer ausstiegen, dessen Wände aus Glas bestanden. Dahinter schwammen schillernde Fische und leuchtende Quallen. Es war, als würde man sich unter Wasser befinden.

»Willkommen Lark. Schön, dass du Zeit für mich hast«, sagte eine wohlklingende Stimme, und ein Gesegneter betrat den Raum. Außer Rain hatte er noch keinem Gesegneten direkt gegenübergestanden. Die Haut war makellos und erschien für das Alter des Mannes viel zu glatt. Die dichten Haare waren zu einem Zopf gebunden.

Tiberius.

»Es ist mir eine Ehre«, sagte er und drückte sich tiefer in seinen Stuhl. Am liebsten wäre er wieder in seinem Zimmer, auf seinem Bett, wo er sich ungestört mit Schmerzmitteln zudröhnen konnte. Er war der Gespräche so müde.

»Ich habe gehört, dass du meine Tochter regelmäßig besuchst.«

»Ja.« Er hatte keine Lust zu reden.

»Das freut mich.« Tiberius hatte ein sympathisches, wohlwollendes Lächeln. Ein Lächeln, das Lark nur zu gut kannte, denn Bolt hatte es ebenfalls perfektioniert.

»Was willst du von mir?«

»Ihr Leute aus Grey seid herrlich direkt. Das schätze ich wirklich sehr.« Tiberius' Worte waren wie süßer Honig. Süßer, vergifteter Honig. »Ich will dir ein Angebot unterbreiten.«

»Ich bin nicht interessiert.« Lark befahl dem Stuhl sich umzudrehen, doch Tiberius gab nicht auf.

»Oh, mein Junge. Ich meine es nur gut mit dir … und mit deiner Familie. Ihr habt den großen Luxus, hier in Aventin wohnen zu dürfen. Selbst deine Schwester, eine Drei, haben wir aufgenommen, in der Hoffnung, dass du dich bei uns für unsere Großzügigkeit revanchierst.«

Hörte das denn nie auf?

»Ich kann nicht laufen.« Lark war noch nie so froh über seine Behinderung wie in diesem Moment.

»Für Sentinal, die uns besonders gut gedient haben, gibt es ein sogenanntes Update.«

»Was soll das sein?«

»Es wird dir deine alte Stärke zurückgeben.« Tiberius deutete auf seine Beine. »Du wirst wieder laufen können und dich vollständig regenerieren.«

»Ich nehme an, dieses Update ist nicht umsonst.«

»Nun, ich würde einen kleinen Gefallen im Gegenzug erwarten.«

Das hatte Lark befürchtet.

»Kein Interesse«, antwortete er und drehte den Stuhl um. Er verließ das Zimmer ohne ein weiteres Wort, doch er befürchtete, dass Tiberius nicht so schnell aufgeben würde.

»Hier stinkt es bestialisch!«, verkündete Tiberius' neuster Cabman, der mit zwei Stylisten das Zimmer betrat. Er machte sich an dem TecDec für die Belüftungsregelung zu schaffen.

»Du wirst jetzt baden, Prinzessin«, verkündete er.

Rain schüttelte den Kopf, doch der Mann ließ keinen

Widerspruch zu und zog sie am Arm aus ihrem Bett. Mit Hilfe von den beiden Dienerinnen schleifte er Rain in das Badezimmer und ließ sie erst los, als sie im vorbereiteten Schaumbad versank. Die Wärme tat überraschend gut, ebenso wie der beruhigende Geruch von Melisse.

Rain schloss ihre Augen, tauchte den Kopf unter und genoss die Stille.

Die Stimmen des Cabmans und der Dienerinnen kamen von weit her und drangen kaum durch Schaum und Wasser zu ihr herab. Weit entfernt wie aus einer anderen Welt.

Sie wurde wieder hochgezogen, und die Dienerinnen begannen damit, ihre verknoteten Haare zu kämmen. Sie gingen nicht gerade zimperlich mit ihr um, aber den Schmerz nahm Rain kaum wahr. Sie massierten ihre Kopfhaut mit duftenden Ölen, während der Cabman, ein junger Mann mit femininen Gesichtszügen, auf dem Beckenrand Platz nahm und Rains Fingernägel begutachtete. Dann zog er Rains Beine aus der Badewanne und schrie beim Anblick der Fußnägel auf.

»Es ist schlimmer, als ich dachte.« Er winkte eine der Stylistinnen heran. Diese huschte herbei und machte sich an Rains Füßen zu schaffen, während es Rain schwerfiel, das Gleichgewicht zu halten. Immer wieder wurde ihr Kopf unter Wasser gedrückt. Schaum brannte in ihren Augen, und sie konnte kaum sehen.

Der Cabman ließ das Wasser aus der Wanne, das seiner Meinung nach »vollkommen versifft« war, und ließ neues ein. Es war so brühend heiß, dass Rain befürchtete, bei lebendigem Leibe gekocht zu werden.

»Das Leben geht weiter. Also hör auf, die Mimose zu spielen. Ich meine, jeder darf trauern, aber du übertreibst es«, sagte er. »Es ist ja nicht so, als wäre die Welt untergegangen.«

Ehe Rain erwidern konnte, dass ihre Welt sehr wohl untergegangen war, wurde sie erneut in der Badewanne versenkt.

»Der arme Tiberius hat auch viel verloren. Zwei Cabmen innerhalb kürzester Zeit. Das ist furchtbar, aber er macht einfach weiter, als wäre nichts geschehen. Er ist wahrlich ein großer Mann.«

Als Rain sauber war, wurde sie in einen flauschigen Bademantel gewickelt und auf einen Stuhl gedrückt.

Eine der Frauen trocknete ihr Haar, während eine andere duftende Cremes auf Arme und Beine auftrug. Dann wurden ihre abgekauten Fingernägel mit künstlichen überklebt und mit metallisch schwarzem Lack verschönert.

Als die Haare getrocknet waren, flocht der Cabman persönlich ihr die vorderen Partien, während der Rest in Wellen über ihre Schulter fiel. Die Frisur sah aus wie an Rains erstem Tag, nur dass dieses Mal schwarze Wassertropfen in ihre Haare eingeflochten waren.

Das Make-up war ebenfalls dunkel. Der Lidstrich bestand aus derselben Farbe wie der Nagellack. Ihre Oberlippe wurde dunkel nachgezeichnet und die Unterlippe von einem schwarzen Strich getrennt.

»Jetzt versuche ein Lächeln«, sagte der Cabman. Als Rain dem nicht nachkam, ergänzte er: »Oder lass es lieber. Es ist kein Tag zum Lächeln.«

Rain erhob sich. Sie trug eine schwarze Uniform und einen Umhang aus schwarzen Regentropfen.

»100% der Aventiner wollen seinen Tod«, informierte sie der Cabman. »Es kann also nichts schiefgehen.«

Rain schritt hinter ihrem Vater her, der sie in ihrem Apartment abgeholt hatte. Ihr Kopf war wie leergefegt. Das war der Tag, auf den sie gewartet hatte, aber sie fühlte sich nicht anders als an den letzten vergangenen Tagen.

Sie fuhren mit dem Fahrstuhl bis hoch aufs Dach, wo Tiberius'

Gleiter stand. Als sie in das Innere traten, erwarteten sie bereits drei Sentinal. Der in der Mitte stehende trat vor, nachdem Tiberius ihm das Zeichen dazu gegeben hatte.

»Tochter, darf ich dir deinen Leibwächter vorstellen«, verkündete er mit zufriedenem Lächeln, doch Rain antwortete nicht. Sie hatte nur Augen für den Soldaten. »Ihr kennt euch bereits.«

Trotz der schwarzen Einheitsrüstung spürte Rain es ebenfalls. Die Vertrautheit.

Der Sentinal ließ das Visier seines Helms hochfahren, und Rain schnappte nach Luft.

»Du lebst?«, flüsterte sie.

Seine Augen waren starr geradeaus auf die Wand gerichtet.

»Nife hat unserem Land gut gedient.«

Unserem Land oder dir?, fragte Rain stumm.

»Aus diesem Grund wurde er geborgen und wiederhergestellt«, erklärte Tiberius.

»Wiederhergestellt?«, hakte Rain nach.

»Er war sehr schwer verwundet, als wir ihn fanden«, erklärte Tiberius. »Wir mussten ein sogenanntes Upgrade durchführen. Das bedeutet, dass er die beste medizinische Versorgung, die Hope zu bieten hat, erhalten hat. Es war nicht einfach, aber wir konnten so sein Leben retten, und nun ist er sogar stärker als zuvor.«

»Wie kann das sein?«

»Deshalb bedeutet es Upgrade. Durch neuste Prothesen und Implantate ist sein Körper schneller und stärker.«

»Ich bin sehr dankbar, meinem Land weiter dienen zu dürfen. Es ist die größte Ehre, die man erlangen kann«, sagte Nife.

»Wenn du einverstanden bist, stelle ich ihn wieder zum Schutz an deine Seite«, sagte Tiberius scheinbar großzügig.

Rain war erleichtert, ein bekanntes Gesicht um sich zu haben, auch wenn sie sich nicht sicher war, was das Upgrade betraf.

»Wie du meinst«, sagte sie knapp.

Der Gleiter brachte sie zu dem Ort, wo die Hinrichtung stattfinden sollte, dem Ort, wo vor nicht allzu langer Zeit noch Rain gestanden hatte. Sie schritten durch einen Gang, der von Säulen gestützt wurde. Durch die Fenster konnte Rain den Himmel sehen. Drohnen patrouillierten dort, ein Teppich aus glänzenden Scheiben und Kugeln.

»Warte hier«, wies ihr Vater sie an und wandte sich an Speed, der seine Kameradrohnen für den Auftritt vorbereitete.

Rain lehnte sich gegen eine Säule und nutzte die Zeit, um sich zu sammeln.

Dies war der Tag. Der Moment, auf den sie gewartet hatte. Heute würde sie Bolt töten.

»Willst du was?« Morpheus kam auf sie zu und reichte ihr eine Flasche. Der Anschlag hatte ihn sichtlich gezeichnet, ebenso wie der Tod seines Vaters Maximus. Seine Wangen waren eingefallen, und sein Blick wirkte fahrig.

»Siruptee?«, fragte er, während er eine Flasche aus seiner Jackettasche zog.

»Ich hab damals eine Menge davon trinken müssen, um deine Fasthinrichtung zu überstehen«, gab er zu.

»Danke.« Rain nahm ein paar kräftige Schlucke, und ein wohliges Gefühl von Wärme breitete sich in ihrem Magen aus.

»Er hat sie alle auf dem Gewissen. Andromeda. Nife. Daphne. Meine Mutter«, flüsterte sie. »Er hat es verdient.«

Morpheus nickte. »Das habe ich damals auch gedacht. Damals, als ich mir deinen Tod schönreden wollte.«

»Was willst du damit sagen?« Sie funkelte ihn wütend an.

»Nichts.« Morpheus zuckte die Schultern und trank selbst etwas von dem Tee.

»Ich bin nicht wie er«, widersprach Rain. »Ich bin kein Monster.«

Aber warum fühlte sie sich dann wie eines?

»Ich will das Richtige tun«, fuhr sie vehement fort.

»Wollen wir das nicht alle?« Morpheus sah resigniert aus. »Jeder verdammte Idiot glaubt, das Richtige zu tun. Dabei sollten wir zur Abwechslung vielleicht mal etwas Gutes tun. Es ist der Narzissmus und die Angst in uns, die uns das Verderben bringt. In der alten Welt sowie in der neuen.«

Rain hielt inne. Tief in sich drin, hinter all der Wut und dem Kummer, da wusste sie, dass er recht hatte.

»Was schlägst du vor?«

Er klopfte ihr auf den Rücken. »Was weiß ich? Ich bin doch bloß einer dieser Idioten, aber du machst das schon, Schwesterchen. Du hast die Klugheit deines Vaters und viel wichtiger, du hast das Herz deiner Mutter. Also mach dir keine Sorgen. Wenn jemand etwas richtig macht, dann du.«

Er drehte sich um und ließ sie stehen. Die Klugheit ihres Vaters. Rain war sich nicht sicher, ob sie sich darüber freuen sollte. Sie warf einen Blick zu Tiberius, der sich immer noch mit Speed unterhielt. Er strahlte übers ganze Gesicht, als würde er zu seiner Krönung gehen und nicht zu einer Hinrichtung

Das Herz ihrer Mutter. Damit hatte er sicher nicht Aurelia gemeint.

Rains Kopf war immer noch wie leergefegt, als Tiberius sie holte und auf die Bühne geleitete.

Sofort senkten sich die Kameradrohnen zu ihr hinab, und dunkle Augen schwenkten auf sie. Alle Anwesenden schienen den Atem anzuhalten. Niemand jubelte. Niemand applaudierte.

Vor ihr kauerte Bolt, der ihrer Mutter das Herz gebrochen hatte und nun auch an ihrem Tod schuld war. Er sah aus, als hätte er tagelang nicht geschlafen. Wahrscheinlich war er in der Lichtzelle gewesen, mit der auch Rain schon Bekanntschaft gemacht hatte. Sein Blick war auf den Boden gerichtet, und sie konnte seine Angst beinahe riechen. Angst zu sterben.

Tiberius trat an das Rednerpult und wandte sich an die Anwesenden. Sein Gesicht wurde über ihn in die Luft projiziert, sodass niemand ihn übersehen konntc.

Rain konnte es nicht ertragen, seinen Worten zu lauschen. Sie hatte nur Augen für Bolt, der auf dem Boden kauerte. Wer entschied, wer richtig lag und wer falsch. Ihr Gefühl war sich sicher, wer der Gute war und wer der Böse, doch was sagte ihm sein Gefühl? Konnte man seinem eigenen Herzen in dieser Angelegenheit trauen?

Sie dachte an Larks Worte. »*Der Krieg hat die Monster nicht getötet. Er hat nur noch mehr von ihnen erschaffen.*«

Sie selbst war eines.

Tiberius drückte Rain die Schusswaffe in die Hand, mit der Storm getötet worden war.

»Heute ist der Tag der Gerechtigkeit«, verkündete er wie schon so viele zuvor.

Gerechtigkeit.

Rain hasste dieses Wort mit jeder Faser ihres Körpers. Es war so verlogen, denn es versprach einem, im Recht zu sein. Es versprach einem, dass nun alles wieder gut werden würde, doch die Toten blieben tot.

Rain stolperte vor, aber als sie vor Bolt stand, war das verzehrende Verlangen, ihn zu töten, wie weggeblasen. Es lag nicht am Siruptee, der ihren Körper erwärmte, viel mehr an Morpheus. Und an Lark.

Er saß in der ersten Reihe auf seinem schwebenden Stuhl. Als sich ihre Augen trafen, hob er kurz die Hand und nickte ihr zu.

»Rajana.« Tiberius erinnerte sie an ihren Einsatz, und sie hob die Waffe.

Bolts Hinrichtung würde nur einen Toten mehr bedeuten, einen weiteren Toten in einem niemals enden wollenden Kreis aus Vergeltung und Rache. Sie wusste, ihre Mutter hätte nicht gewollt, dass sie diesen »unzuverlässigen Idioten« hinrichtete, den sie einmal geliebt hatte – warum auch immer. Storm musste etwas in ihm gesehen haben, das Rain nie kennengelernt hatte.

Sie war Rain. Der Regen. Der Neuanfang. Das hatte ihre Mutter sich für sie gewünscht.

Also ließ sie die Waffe fallen.

»Ich will kein Monster mehr sein …«, begann sie.

Sie würde diesem Mann nie vergeben, aber im Moment ging es nicht um sie oder um die Frage, was sie von ihm hielt. Es ging um die Menschen und die Gesegneten. Es ging um Hope und darum, nicht gerecht zu sein. Sondern gut.

Caroline Brinkmann wurde 1987 im hohen Norden geboren. Heute ist sie als Ärztin tätig und schreibt, wann immer sie Zeit dafür findet. 2013 gründete sie das Tintenfeder-Autorenportal, das angehende Autoren über die Verlagsbranche aufklärt. Seit 2014 veröffentlicht sie regelmäßig Bücher. Mit ihrem Debüt belegte sie den ersten Platz in der Kategorie »Beste Debütautorin 2014« bei Lovelybooks. Sie liest regelmäßig auf Buchmessen, Conventions, in Schulen und Buchhandlungen und ist in verschiedenen Internet-Gruppen und -Foren aktiv. DIE PERFEKTEN ist Brinkmanns erster Roman, der bei ONE erscheint.